종합잡지 『사상계』 총목차 및 인명 색인

종합잡지 『사상계』 총목차 및 인명 색인

김려실
김경숙
이시성

역락

'종합잡지『사상계』총목차 및 인명 색인'을 간행하며

　『사상계』는 1950, 60년대의 대표적인 월간 종합잡지이다. 이 잡지의 전신은 문교부 산하 국민사상연구원의 기관지였던『사상』(思想)으로, 1952년 여름에 임시수도 부산에서 처음 발행되었다. 이후『사상』의 편집자였던 장준하가 인수하여 1953년 4월호부터『사상계』(思想界)라는 제호로 발행했다. 전쟁과 빈곤으로 인해 지적인 읽을거리가 부족했던 상황에서 본격적인 종합교양지였던『사상계』는 식자층의 폭발적인 인기를 얻었다. 창간호의 편집후기에서 "동서고금의 사상을 밝히고 바른 세계관 인생관을 확립하여 보려는 기도(企圖)"를 밝혔듯 이 잡지는 선진 사상과 학문을 거의 동시적으로 번역하고 논평함으로써 지적 공론장을 형성하는 한편, 권력에 굴하지 않는 정치 평론을 통해 지성인들의 사상적 거점이 되었다. 사세가 융성했던 시기에는 동인문학상, 신인문학상, 사상계논문상, 사상계번역상을 제정하여 문예운동도 전개했고 집필진의 전국순회강연을 통해 독자들의 호응에 보답했다. 그러나 계속된 정권의 탄압으로 인해 1960년대 후반부터 발행부수가 급감했고 발행인 장준하가 정계에 진출하며 경영난은 가속화되었다. 1968년에 부완혁이 발행권을 넘겨받아 부활을 모색했으나 1970년 5월호에 김지하의「오적」(五賊)을 게재한 것을 당국이 문제 삼아 통권 제205호로 정간되었다.

　근 20년의 지령(誌齡)을 기록한 장수 잡지인 만큼 『사상계』는 한국 잡지사에서도 빼놓을 수 없는 자료인 데다 한국 지성사의 본령을 알고자 한다면 반드시 살펴보아야할 자료이다. 그동안 이 잡지에 관한 많은 논문과 저서가 씌었으나 워낙 방대한 분량과 종합지로서의 다양한 성격 때문에 연구자의 관심사에 따라 부분적으로 연구되었을 뿐 잡지의 전체상을 총괄하기는 어려웠다. 이 책의 편자들도 연구 과정에서 잡지의 전체상을 파악하고 필요한 자료를 통시적으로 열람하기 위해 총목록을 절실히 필요로 했었다. 우리가 한번 만들어보자는 결심을 하고 총목록을 정리하여 책으로 묶어내는 데 3년이라는 시간이 걸렸다. 괴로울 정도로 긴 시간 공을 들였지만 누군가는 해야만 하는 일이었고 노력만큼의 성과도 있는 일이었다. 총목록을 작성하면서 우리는 『사상계』 담론의 추이를 살펴볼 수 있었고, 기존 연구가 놓친 틈새를 발견했으며, 그 시대 지식인들의 사상적 궤적을 자세히 들여다 볼 수 있었을 뿐만 아니라 그들이 추구했던 '번역으로서의 근대'에 전율을 느끼기도 했다. 결과적으로 총목록 작성 작업은 우리의 연구가 『사상계』의 다양한 측면을 조명하는 방향으로 진행되는 계기가 되었고, 그 성과는 별책 『사상계, 냉전근대 한국의 지식장』에 담았다.

　우리의 노력이 후속 연구자들이 더 수월하게 연구를 진행할 수 있는 밑거름이 되기를 바란다. 아울러 방대한 총목차와 인명색인을 다듬어 더 나은 형태로 완성을 보게 해주신 도서출판 역락의 여러분들께 이 자리를 빌려 감사의 말씀을 드린다.

편자들을 대표하여
2020년 10월 김려실 씀

일러두기

이 책은 『사상계』의 전신인 『사상』 1952년 9월 창간호부터 12월호까지 통권 4호, 『사상계』 1953년 4월 창간호부터 1970년 5월호까지 통권 205호, 그리고 『사상계』 부록 6호의 목차를 총정리한 것이다. 정리의 원칙은 다음과 같다.

1. 권호, 제목, 필자명 등은 원문 그대로 표기하고 ( )안에 원문의 쪽수를 표시한다.

2. 잡지의 본문을 대조하여 차이가 있을 경우 각주를 달아 표시한다.

3. 인명 색인은 3번 이상 등장한 인물, 3번 이하라도 중요도가 있는 인물 위주로 정리한다.

思想 第1卷 第1號 創刊號 9月號 (1952년 9월호)

創刊辭 • 李教承 (6)

祝辭 • 白樂濬 (9)

新羅의 協同精神과 統一의 指導理念 • 李丙燾 (12)

歷史와 哲學 • 金基錫 (21)

宗教와 哲學 : 그 取할 態度에 關하여 • 金在俊 (27)

中國政治史想으로 본 天의 意義[1] • 金庠基 (37)

韓民族의 經濟思想 : 東洋式停滯性과 貧樂經濟觀[2] • 裵成龍 (43)

主體性과 轉換期의 倫理思想 • 金錫穆 (55)

結婚과 離婚에 關한 硏究 • 嚴堯燮 (72)

二十世紀文藝思潮 • 趙鄕 (84)

現代美術의 形成과 動向 • 金秉騏 (96)

앙드레 지드 : 그가 본 共産主義 • 에니드 스타키 (103)

思想 第1卷 第2號 10月號 (1952년 10월호)

우리의 原始民主制와 그 變遷 • 李炳燾 (6)

家族과 倫理 • 金斗憲 (20)

實踐哲學序論 • 金基錫 (34)

儒教와 經濟 • 裵成龍 (45)

座談會 : 思想運動의 回顧와 그 展望 • 參席者 : 白樂濬; 金基錫; 朴賢淑; 李炳燾; 裵成龍; 李教承; 司會 : 張俊河 (59)

獨立精神과 事大思想 • 李瑄根 (85)

實存과 哲學 • 朴相鉉 (91)

二十世紀文藝思潮 • 趙鄕 (99)

아-더 쾌슬러 : 내가 본 共産主義 • 아더 쾌슬러; 許鉉 譯 (119)

連載長篇 : 페스트 • 까뮤 原作; 梁秉植 譯 (157)

思想 第1卷 第3號 11月號 (1952년 11월호)

民主主義는 왜 公式的이 아닌가 • 白樂濬 (6)

韓民族의 文化的 責任 • 金基錫 (9)

그리스도教와 世俗主義 • 金在俊 (23)

東洋的 政治思想 及 樣式의 研究(第 一回) • 裵成龍 (30)[3]

(敍事詩 李舜臣) 白衣從軍의 길 • 薛義植 (46)[4]

---

1   목차는 '東洋思想에 나타난 「天」의 意義'.
2   목차는 '韓民族의 經濟觀'.
3   목차는 '東洋的 政治思想과 그 樣式研究'.
4   목차는 '敍事詩 李舜臣 白衣從軍'.

希臘 都市國家의 民主政治 • 愼道晟 (53)

技術 · 道德 · 信仰 : 아아놀드 J 토인비의 史論
　과 그 同時代的인 Context • 鄭大爲 (66)

社會學的으로 본 唯物史觀 • 嚴堯燮 (78)

國際聯合의 組織과 事業 • 編輯室 (94)

固有道德思想의 基本性格 • 金得榥 (117)

現代自然科學의 根本思想에 對한 哲學的 考察
　• 朴益洙 (133)

背叛當한 絶望 • R. M. 알베레에스 ; 李漢稷 譯 (141)

新刊紹介 : 最近 美國名著 • 編輯室 (157)[5]

連載長篇 : 페스트 • 알베에르 '까뮤 作, 梁秉植 譯
　(160)

思想 第1卷 第4號 12月號 (1952년 12월호)

新世代의 道德 • 金基錫 (6)

東洋的 政治思想 及 樣式의 研究[6](第二回) • 裵成
　龍 (22)

思想的으로 본 歷史的 現實 • 李泰榮 (37)

힘과 法과 虛無 · 實存 • 黃山德 (58)

現代文化의 批判과 그 再建 • P · A · 쏘로킨 . 徐南

同譯 (69)

루쏘오의 民族社會觀 • 崔文煥 (91)

法에 依한 平和思想 : 켈젠의 所說에 관하여 •
　李建鎬 (99)

實存認識의 反省 : 現代 物理學이 본 世界像[7] •
　朴益洙 (107)

上古文學에 나타난 巫俗思想 • 劉昌惇 (116)

技術, 道德, 信仰 : 아아놀드 · J · 토인비의 史
　論과 그 同時代的 Context • 鄭大爲 (129)

基督教的 社會觀 • 康元吉 (141)

(敍事詩 李舜臣) 白衣從軍의 길[8] • 薛義植 (151)

二十世紀文藝思潮 • 趙鄉 (159)

新刊紹介 : 最新 美國名著 • 編輯室 (178)

스탈린의 生과 死 • 루이스. 핏셔 ; 李始豪 譯 (180)

思想界 第1卷 第1號 通卷 第1號 (1953년 4월호)

劵頭言 · 人間과 人格 • (4)

人間問題 特輯
－ 人間과 文化 • 金桂淑 (7)
－ 人間 生活과 宗教 • 金在俊 (16)

5　목차는 '新刊紹介 : 最近 美國의 新刊'.
6　목차는 '東洋政治思想과 그 樣式研究'.

7　목차는 '實存認識의 反省 : 現代 物理學이 본 世
　　紀像'.
8　목차는 '敍事詩 白衣從軍의 길 : 李舜臣 將軍'.

- 人間과 敎育 • 林漢永 (31)
- 東洋人의 人生觀 • 裵成龍 (43)
- 人間에 對한 小考 : 基督敎的 立場에서 • 池東植 (53)
- 佛敎의 人生觀 • 權相老 (61)
- 칸트의 人間觀 • 金基錫 (71)
- 人間 變質論 • P.A.·쏘로킨; 徐南同 譯 (86)
- 人間과 二十世紀 : 人間의 問題는 人間自身이다 • 리스톤포푸; 金載河 譯 (111)

三一精神論 : 四大基本自由에 對하여 • 白樂濬 (117)

自由의 內省 • 에니·드·루 쥬몽; 梁好民 譯 (123)

長官論 • 李殷相 (143)

病든 民族主義 • 金成植 (151)

스탈린과 그의 측근자들 • 루이스·핏셔; 李始豪 譯 (159)

創作·「不孝之書」: 어떤 南便이 쓰는 • 金光洲 (182)

編輯後記 • (201)

綜合學術誌[9]
思想界 第1卷 第2號 通卷 第2號 (1953년 5월호)

券題言·社會와 秩序 • (4)

韓國의 敎育·科學·文化 • 白樂濬 (6)

韓國戰爭의 歷史的 意義 • 李泰榮 (12)

民主主義論 • 金在俊 (26)

民主國家와 女性의 地位 (上) • 金基錫 (39)

民主政治와 暴力 • 申相楚 (50)

東洋政治思想과 그 樣式研究 • 裵成龍 (61)

社會變質論 • P.A.쏘로킨; 徐南同 譯 (74)

共産社會와 知識人 • 체스라프·미롯슈 (101)

中國 文字와 改革運動 • 崔鉉培 (116)

解蔽論 • 尹永春 (128)

正義와 社會秩序 • 에미일·뿌룬너; 全澤鳧 譯 (142)

社會와 階級 • 嚴堯燮 (180)

現代 英詩壇의 動向 • 金熹星 (193)

小說·「生命의 불꽃」 • 에리히·M 레말크; 康鳳植 譯 (209)

編輯後記 • (236)

思想界 第1卷 第3號 通卷 第3號 (1953년 6월호)

韓國戰爭과 世界平和 • 白樂濬 (4)

陽明學 演論 (上) • 鄭寅普 (12)

民主主義論 : 蘇聯式 民主主義와 우리의 民主

9　　이번 호에만 '綜合學術誌'라는 표기 사용함.

主義 • 로오드 린세이; 全澤鳧 譯 (70)

民主國家와 女性의 地位(下) : 女性問題 硏究
院 創立을 機會로 • 金基錫 (87)

國文學에 나타난 國難期의 片相 • 劉昌焞 (99)

幸福論 • 버르란도 · 랏셀 (108)

中國圈內의 知識人 • 劉招唐; 金光洲 譯 (113)

나의 벗 이완 : 露西 人을 어떻게 救할까 • 보리
스 · 슈우부 (125)

人口政策論 • 邊時敏 (145)

現代中國革命의 史的 考察 : 國共 兩黨 對立
을 中心으로 하는 • 申相楚 (153)

文化攻勢論 • 吳泳鎭 (197)

善妙와 義湘大事 • 閔泳珪 (205)

小說 · 「生命의 불꽃」(下) • 에리히 레말크; 康鳳植
譯 (220)

編輯後記 • (264)

思想界 第1卷 第4號 通卷 第4號 (1953년 7월호)

卷頭言 · 思考와 行爲 • (6)

民主主義論 • 움베르트 · A 파도바니; 全澤鳧 譯 (8)

쏘베트 · 民主主義論 • 梁好民 (19)[10]

教育問題
 - 쫀 · 듀우이와 그의 敎育思想 • 林漢永 (56)[11]

陽明學演論(下) • 鄭寅普 (70)

教育問題
 - 韓國敎育의 當面課題 • 白樂濬 (123)
 - 中等敎育의 基本原理 • 클레아런스 · D 킹스리;
   李始豪 譯 (129)[12]
 - 訓育論의 再考 • 金恩雨 (162)
 - 學究와 自由 • 美國大學 總長會議; 閔錫泓 譯
   (169)
 - 自由를 僞한 敎育 • 로버트 · 메이나아드 · 헛친스[13]
   (176)

詩 · 臨終의 노래 • 호세 · 리잘; 金素星 譯 (190)

作家와 眞實性 • 알베엘 · 까뮤; 송욱 譯 (195)

現代科學의 論理 • 朴盆洙 (203)

地理學的 諸現象에 있어서의 歷史的 要素 • 盧
道陽 (213)[14]

戱曲 · 「人獸之間」 • 吳若; 金光洲 譯 (220)[15]

編輯後記 • (247)[16]

---

10   목차는 17쪽.

11   목차는 55쪽.
12   목차는 128쪽.
13   목차는 라벗트. M. 헛친스, 康鳳植 譯.
14   목차는 212쪽.
15   목차는 219쪽.
16   목차는 245쪽.

思想界 第1卷 第5號 通卷 第5號 (1953년 8월호)

卷頭言 · 生活과 政治 ● (6)

元曉論 ● 閔泳珪 (9)

맑스주의의 心理學 : 그의 性質과 相互關係 ●
　매튜우 · 스카트; 鄭泰燮 譯 (23)

文化와 人間의 人間觀念 ● 린킨 라이스[17] (31)

政治問題
－ 政黨과 階級[18] ● 申相楚 (40)
－ 國賊論 ● 裵成龍 (54)
－ 法과 政治[19] ● 張庚鶴 (63)

詩 · 「沼澤地帶」 ● 趙炳華 (80)

政治問題
－ 國際政治論 ● 朴觀淑 (88)
－ 政治와 正義 ● 에미일 · 뿌룬너; 全澤鳧 譯 (106)

中共의 宗教政策 : 一神父의 體驗記 ● 마아크 ·
　레니안 저; 閔錫泓 譯 (120)

政治問題
－ 政黨論 ● 嚴堯燮 (135)

共産主義論 ● 金在俊 (145)

政治問題
－ 로마共和國政治의 起伏 ● 愼道晟 (156)

－ 社會的 變遷과 民意[20] ● 白樂濬 (166)

詩 · 「뱀」 ● D. H. 로오렌스; 송 욱 譯 (170)

政治問題
－ 貪汚論 ● 朱碩均 (177)
－ 美國政黨政治의 史的發展 ● 李普珩 (201)

小說 · 「NAB」氏 ● 페렌츠 · 모르나르; 元應瑞 譯
　(219)

編輯後記 ● (227)

思想界 第1卷 第6號 通卷 第6號 (1953년 9월호)

卷頭言 · 理念과 方向 ● (6)

民主主義論 ● 에메 · 빠뜨리; 全澤鳧 譯[21] (9)

제퍼슨의 民主思想 ● 사울 K · 패도버 (24)

外國人이 본 韓國의 敎育 ● 尹仁駒 (36)

再建의 政治的 土臺[22] ● 愼道晟 (46)

自由世界 政府論 : 世界平和의 道程 ● 安永泰
　(57)

스포츠와 政治 ● 李斗山 (88)

韓國을 圍繞한 國際情勢의 今昔 ● 白樂濬 (109)

람스테트 博士와 그의 業蹟 : 特히 國語中心

17　목차는 '링컨 · 라이스'.
18　목차는 '階級과 政黨'.
19　목차는 '政治와 法'.

20　목차는 '社會變遷과 民意'.
21　목차는 '레메 · 빠뜨리'.
22　목차는 '再建의 政治的 台'.

의 比較研究를 보고 • 李崇寧 (114)

自由論 • 알렉산더·마이클존 (143)

民主經濟論(上)：市民의 憲章 • 젯푸리·크로우서
(158)

詩·「唯我論」• 조오지·산태야나; 송욱 譯 (167)

抽象繪畵의 問題 • 金秉騏 (170)

戲曲·「正直한 詐欺漢」(全一幕) • 吳泳鎭 (177)

「人獸之間」(中) (全四幕五場) • 吳若; 金光洲 譯
(193)

編輯後記 • (225)

思想界 第1卷 第7號 通卷 第7號
(1953년 10월·11월호)

卷頭言·批判精神의 暢達을 爲하여 • (6)

한글運動의 方向：「한글날」을 맞이하여 • 白
樂濬 (9)

方向論 (上) • 朱碩均 (15)

國史의 基本 性格：우리 社會의 停滯性을 中
心으로[23] • 金龍德 (48)

民主經濟論 (下)：市民의 憲章 • 젯푸리·크로우
서 (69)

訓育論 • 죠오지·브이·쉐비아코흐 著[24], 韓
基彦 譯 (77)

「W·H·오오덴」과 그의 詩 • 스테본·스펜더
(93)

腐敗의 暴露：國民의 높은 政治的 關心만이
腐敗를 防止한다 • 申相楚 (109)

矛盾의 統一性：科學的 論理의 展開 • 朴益洙
(126)

詩·暴風地帶 外 譯詩二篇 • 尹永春 (157)

社會事業의 科學的 考察 • 金德俊 (170)

宗敎改革과 近代社會：그 連續性과 斷絶性에
對한 省察 • 李想[25] (183)

書評·愼道晟 著「民主主義政治學」[26] • 李鍾極
(203)

戲曲·人獸之間 (全四幕) • 吳若; 金光洲 譯 (205)

編輯後記 • (247)

思想界 第1卷 第8號 通卷 第8號
(1953년 12월호)

革舊就新을 主唱함：一九五三年을 보내면서
• 白樂濬 (8)

---

23   목차는 49쪽.

24   목차는 '쪼오지. V. 쉐비아코흐, 韓基彦 譯'.

25   목차는 저자명 '李箱'으로 표기.

26   목차는 '書評「民主主義政治學」愼道晟 著'.

方向論(下) • 朱碩均 (15)

사랑의 現象學 : 에로오스와 아가페에 • 金基錫 (55)

韓國再建과 政治 • 嚴詳燮 (80)

經濟復興의 理論序說 • 金永善 (87)

社會政策의 理想 • 본·벨네루·쏨발트[27] (96)

東西文化 比較論 • 金龍珞 (108)

佛蘭西革命期의 民主主義 槪念 : 語句使用을 中心으로 하여 • R.R.팔마 (120)

實存의 倫理 • 高範瑞 (135)

알베엘·까뮈 論 • 커어밋트 랜스너[28], 송욱 譯 (146)

春香傳의 法律學的인 接近(上) • 張庚鶴 (163)

論語批判(上) • 崔敏基 (173)

小說·「두루미」 • 프레드리크·푸로코쉬 (194)

本誌 第一卷(一九五三年 四月 ~ 十二月)總內容 • (205)

編輯後記 • (207)

思想界 第2卷 第1號 通卷 第9號 (1954년 1월)

年頭辞 · 眞理를 爲하여 • (8)

새해를 맞으며 • 葛弘基 (10)

李栗谷論 • 李丙燾 (12)

우리 民族性과 東洋學 : 主로 東洋學 硏究 動機에 對하여 • 裵成龍 (51)

「穆麟德」 藏書目 • 洪以燮 (60)

論語批判(下) • 崔敏基 (70)

春香傳의 法律學的인 接近(下) • 張庚鶴 (94)

民主政治와 寬容의 精神 • 愼道晟 (106)

經濟計劃의 歷史的 發 • 柳浩善 (114)

社會政策의 理想(下) • 본·벨레르·쏨발트 (125)

「니이체」와 現代 : 파아티잔 리부誌에 • 칼·야스퍼어스[29] (136)

文明의 遭遇 • 아놀드·토임비 (150)[30]

知識人과 行動 • 삐에르·베르토 (160)[31]

小說·「說敎者」 • 죠이스·케어리 (174)[32]

---

27 목차는 '社會政策의 理想(上) 본 · 벨레르 · 쏨발트'.
28 목차는 '커어미트 · 랜스너'.

---

29 목차는 朴慶華 譯 있음.
30 목차는 申相楚 譯 있음.
31 목차는 康鳳植 譯 있음.
32 목차는 元應瑞 譯 있음.

本誌 第一卷(一九五三年 四月 ~ 十二月)總內容 • (178)

編輯後記 • (180)

思想界 第2卷 第2號 通卷 第10號 (1954년 2월)

卷頭言 · 「自由」守護를 爲한 一言 • (8)

日本의 不義와 東洋의 理想 : 日本의 識者層에게 줌 • 金基錫 (10)

「아시아的 第3勢力論」批判 • 申相楚 (43)

檀君古記箋釋 • 崔南善 (53)

族親稱號의 語源的 考察 • 劉昌惇 (77)

歐洲文化 統一論 • T.S. 에리오트[33] (100)

隨筆 · 「憲法學 이모저모」[34] • 李鍾極 (113)

隨筆 · 「天痴議員의 演說」 • 시드니 · 스미스 (119)

小說 · 「歸鄕途中」 • 랭스톤 · 휴즈 (122)

特輯 · 쏘聯의 諸問題 • (131)
- 쏘聯 共産黨과 國家機構 • 솔로몬 · M · 슈발츠 (132)
- 쏘聯 民族政策의 變遷 : 一九一七年 以前의 民族理論 • 리챠드.E.파이푸스 (141)
- 쏘聯內의 民族自決 • 솔로몬.M.슈발츠 (152)

- 쏘聯 外交와 이데오로기 • 레이몬드 · 가슌[35] (166)
- 쏘聯의 勞動政策 • 솔로몬.M.슈발츠 (181)
- 마렌코프의 가는 길 • 이삭 · 도이췌 (189)

本誌 第一卷(一九五三年 四月~十二月) 總內容[36] • (197)

編輯後記 • (199)

思想界 第2卷 第3號 通卷 第11號 (1954년 3월)

卷頭言 · 바른 判斷力을 促求함 • (8)

亞細亞와 世界政局 • 白樂濬 (11)

東洋的 「衰退史觀」槪論 : 主로 過去基點主義 本末論 循環史觀 等 諸槪念에 對하여 • 裵成龍 (18)

「人間」이라는 것 • 任晳宰 (31)

韓國經濟의 資本的 要請(上) : 政策基本線 確立을 위하여 • 金相謙 (60)

經濟條項의 改憲案과 그 課題 : 法과 經濟의 周邊 • 安霖 (113)

「H . 그로튜우스」의 片貌 • 金基洙 (139)

教育效果測定小論 : 自然科學方法에 準하는 • 朱耀燮 (144)

戰後美國의 新文學運動 : 戰後 美國文學의 一

---

33   목차는 '엘리오트'.
34   목차는 「憲法의 이모저모」.

35   목차는 '레이몬드 · L · 가아도후'.
36   목차는 '第一卷 總內容'.

轉機 • 金秉喆 (151)

小說 · 「殉敎者」 • 프랜크.오코나 (161)

編輯後記 • (173)[37]

思想界 第2卷 第4號 通卷 第12號 (1954년 6월)

中共承認反對의 論據 • 어어네스트 · A · 그로스[38]
(2)

쏘聯의 네 가지의 危機 : 쏘聯, 農業의 失敗 •
페어제 · 나기이[39] (12)

英美經濟學에 있어서의 方法論爭 • 洪性囿
(22)

現行綴字法 改定論에 對한 再檢討 • 許雄 (33)

聖書의 權威와 解釋 • 全景淵 (56)

人間的 文明의 批判 • 라인홀드 · 니이버[40] (103)

現代 思想家 論評
- 쫀듀위 • 林漢永 (116)[41]
- 한스 · 켈젠 • 張庚鶴 (132)

아메리카 紀行 (一) • 吳泳鎭 (169)

編輯後記 • (183)[42]

思想界 第2卷 第5號 通卷 第13號 夏期特大 號 (1954년 8월)

卷頭言 · 問話와 政治 : 한글 問題에 對한 民議
院의 繼續鬪爭을 促함 • (8)

財政과 通貨 • 元容奭 (10)

和戰 兩役을 하는 石油 • 허어버어트 · 훼이스 (18)

西歐經濟의 當面問題와 美國의 對外經濟政策
• 쫀 · K · 쩨섭; 미카엘 A. 하일페린[43] (32)

亞細亞의 文化的 統一性 • 프랑소아 · 봉디[44] (52)

哲學과 政治 • 버어트랜드 · 랏셀[45] (56)

科學과 神學 • 해리 · 포웨트[46] (73)

쏘聯 科學의 進出 • 쫀 · 터어키빗지 (80)

名著/論解 「쏘로킨」의 二大著書 • 嚴堯燮 (92)

「콤미니스트」의 危機 • 프란스 · 볼케나우[47] (100)

新國會 小數派의 地位와 任務 • 申相楚 (109)

世界政府論의 現實性 • 朴運大 (121)

回顧와 展望 : 화이트헤드의 對話 • 루우씬프라
이스[48] (130)

---

37 목차는 172쪽.
38 목차는 '페에렝 · 나기'.
39 목차는 '蘇聯의 네 가지 危機, 어네스트 · A · 그
로스'.
40 목차는 '人間文明의 批判'.
41 목차는 '쫀 · 듀우위', 261쪽.
42 목차는 182쪽.

43 목차는 저자 없이 白成竹 譯만 표기.
44 목차는 저자 없이 閔錫泓 譯만 표기.
45 목차는 梁秉鐸 譯도 표기.
46 목차는 吳海利 譯만 표기.
47 목차는 '프란스 볼케나우'로 표기.
48 목차는 본문 순서 상관없이 52쪽~130쪽까지

詩의 原理 : 詩의 세 가지 소리 • T.S. 엘리엇; 安秉煜 譯 (142)

短篇小說「한점의 구름」• 제임스·죠이스 作; 李鍾求 譯 (160)

國文學에 나타난 自然觀의 一端 : 特히 時調의 꽃을 中心으로 • 鄭炳昱 (178)

教育心理學의 課題와 性格診斷 • 成伯蕃 (192)[49]

-부록-
附錄(一) 實存主義는 "휴매니즘"이다, (全譯) • 장·뽈·사르트르 著; 林甲 譯 (221)

附錄(二) 現代쏘聯政治의 矛盾과 苦悶(一) : 스탈린式 平等論 • 빠링론·무어 著; 康鳳植 譯 (245)

編輯後記 • (279쪽)

思想界 第2卷 第6號 通卷 第14號 (1954년 9월)

獨立鬪史上에서 본 한글運動의 位置 • 全澤鳧 (10)
一. 訓民正音 制定當時의 歷史的 背景과 그 制定의 理由 • (11)
二. 韓末의 國文運動[50] • (14)
三. 日帝彈壓과 한글의 鬪爭 • (20)
　　1. 朝鮮語學會와 한글맞춤法統일안의 發表[51] • (20)
　　2.「조선말큰사전」의 애끓은 運命 • (22)
　　3. 洪原投獄事件의 眞相 • (23)
四. 建設期에 들어선 한글運動 • (26)[52]
五. 李承晩 博士의 國文에 對한 談話發表와 獄中記「獨立精神」• (29)
六.「한글簡素化方案」政府案의 發表 • (36)
　　1. 原理 · 利益 篇 • (36)
　　2. 理由篇 • (41)
七. 言論界 文化界의 反響 • (46)
　　1. 新聞 社說을 中心하여 • (47)
　　　한글간소화에 중지를 모으라 • 조선일보 (47)
　　　後退하는 한글 • 경향신문 (48)
　　　한글簡素化와 世論 • 동아일보 (50)
　　2. 新聞 論說을 中心하여 • (55)
　　　言語學에의 絶錄狀 : 新綴字法理論의 背景 • 李崇寧 (55)
　　　한글簡素化에 關하여 • 鄭暻海 (58)
　　　文教部長官에게 보내는 公開狀 • [53](61)
　　　한글簡素化方案 檢討 : 考慮의 價値가 없다 • 주요한
　　　한글簡素化案政府案의 批判 • 金允經 (68)
　　3. 新聞 小說을 中心하여[54] • (74)
八. 行政府와 立法府의 聖스러운 決鬪 • (78)
　　1. 第二○次 民議院 會議 速記錄; 한글 簡素化問題에 關한 質問 • (78)
　　2. 第二一次 民議院 會議 速記錄 : 한글 簡素化問題에 關한 質問 • (99)
九. 無所屬同志會議 한글問題 公聽會 • (124)
十. 結論 • (134)

묶여있음. 여기서는 본문 순서에 따라 정리함. 安秉煜 譯만 표기.
49　목차는 (210 枚全載) 표기.
50　목차는 '韓末의 國文運動 : 高宗太皇帝, 李商在, 崔光玉, 리봉운, 周時經, 兪吉濬'.

51　목차는 '1.한글맞춤法統一案의 發表'.
52　목차는 崔鉉培 있음.
53　목차는 저자 '마틴' 표기.
54　목차는 '自由夫人·鄭飛石'.

改憲問題是非論 : 改憲이 民權을 守護할 수 있겠느냐하는 問題의 檢討 • 李好俊 (140)

名著/論解 李星湖와 籧憂錄 • 鄭寅普 (150)

IS History Predictable ? 歷史는 豫言할 수 있는가? • by Reinhold Niebuhr 安秉煜 譯[55] (155)

讀者投稿 · 現代哲學과 文學의 一斷面 : 背德과 信仰[56] • 李敎祥 (166)

사랑과 藝術의 괴-테 : 運命 · 두女性 · 馬車 • 안드레 모로아 (175)

連載附錄 現代쏘聯政治의 矛盾과 苦悶(二) • 빠링톤 · 무어 著[57], 康鳳植 譯 (191)

編輯後記 • (227)[58]

思想界 第2卷 第7號 通卷 第15號
(1954년 10월호)

學問과 生活 • 兪鎭午 (10)

農業經濟의 危機 : 都市와 農村의 價値 平準化 • 安霖 (14)

抗拒의 精神 : K君에게 주는 回信 • 申相楚 (35)

許雄氏所論 「綴字法改正論批判」에 答함 • 鄭暻海 (46)

學術院의 使命 • 尹日善 (50)[59]
- 文化保護法 • (18)
- 文化人登錄令 • (22)
- 學術院 · 藝術院 選擧令 • (52)

中國의 漢字改革問題 : 特히 簡體字運動[60] • 李元植 (66)

共存 : 두個의 世界 • G. L. Aronld[61] (83)

美國 國民性의 思想的 考察 • 鄭賀恩 (91)

民主政黨과 公務員 : 國家公務員의 與黨化를 警告함 • 嚴詳燮 (105)

眞僞의 昏迷 : 鄭暻海氏所論을 駁함 • 李崇寧 (109)[62]

書評 · 文理大學報[63] • 전택부 (114)

思想界 時論
- 金門島攻擊事件 • (124)
- SEATO의 成立과 NEATO의 構想 • (125)
- 모로토프의 對日媚態 • (127)
- EDC死産과 西獨再武裝問題[64] • (129)

---

55 목차는 '歷史는 豫言할 수 있는가? 라인홀트 · 니-버 安秉煜 譯'.
56 목차는 '독자투고' 누락.
57 목차는 번역자만 표기.
58 목차는 쪽수 누락.
59 學術院의 使命 • 尹日善(50)에 속한 文化保護法 • (18), 文化人登錄令 • (22)은 편의상 본문 순서 상관없이 배치함.
60 목차는 '中國의 文字改革運動'로 표기, 본문 소제목 '簡體字運動은 簡體字運動'의 오타임.
61 목차는 '아아놀드'로 저자 표기.
62 목차는 46쪽 '許雄氏所論'과 묶여있으나 본문 수록 순서대로 편집함.
63 목차는 '現代時文學特輯 文理大學報'.
64 목차는 'EDC死産과 西獨의 再武裝'.

現代文明의 活路 • 韓己植 (132)[65]

書評 · 李鍾極 教授 著「行政法講義」[66] • (135)

創作 · 幻想曲 • 金光植 (153)

連載附錄 現代쏘聯政治의 矛盾과 苦悶(三) • 빠
링톤 · 무어 著; 康鳳植 譯 (167)

編輯後記 • (193)

思想界 第2卷 第8號 通卷 第16號
(1954년 11월호)

甲午更張의 思想的硏究 論文(第一)[67]
- 東學亂의 歷史的 意義 : 그 一回甲을 當하여
• 李丙燾 (10)

世界史의 課題 : 世界平和에 對한 構想 • 버트랜
드 · 라셀; 安秉煜 譯 (22)[68]

政權과 文化 : 歷史的 考察을 中心하여 • 金鍾
武 (31)

甲午更張의 思想的硏究 論文(第二)[69]
- 甲午更張과 天道敎思想 • 白世明 (43)

아메리칸 · 휴매니즘의 基調問題(一) : 文藝批

評的 背景을 中心으로한 考察 • 金秉喆
(67)[70]

詩 · 尹東柱氏 未發表 遺稿 사랑의 殿堂 外五篇
• (84)[71]

民族文化 向上을 爲한 나의 提言 : 學術院 · 藝
術院의 發足을 보고
- 作品으로 對決 • 劇作家(會員) 柳致眞 (92)[72]
- 佛蘭西 翰林院 創院의 義意 • 評論 · 詩(非會
員) 李軒求 (94)[73]
- 民族音樂을 살리는 길 • 國樂(會員) 成慶麟
(95)[74]
- 發足된 바에야 애껴 키우자 • 詩 · 論說(非會
員) 주요한 (97)[75]
- 民族文化樹立에 앞장을 서라 • 論理學 · 金斗
憲 (98)[76]
- 먼저 民族文化의 主體性을 찾을 일 • 民議院
(非會員) 宋邦鏞 (100)[77]
- 健全한 發展을 向하여 • 言語學(會員) 李崇寧
(101)[78]
- 藝術院의 宗高性을 높이라 • 詩(非會員) 毛允
淑 (103)[79]
- 養老院이 되지말고 活動하는 兩院이 되라 •
音樂(會員) 玄濟明 (104)[80]

---

65 목차는 소제목 '콜롬비아大學二百週年記念論文'
있음.
66 목차는 114쪽 '文理大學報'와 묶여있으나 본문
순으로 편집함. 목차에 '敎授' 없음.
67 목차는 '甲午更張의 思想的硏究 論文'.
68 목차는 저자명 '뻐트랜트 · 랏셀'.
69 목차는 '甲午更張의 思想的硏究'에 묶여있음.

---

70 목차는 '아메리칸 · 휴매니즘의 基調問題(上)'.
71 목차는 '詩 사랑의 殿堂 外五篇 未發表遺稿'.
72 목차는 劇作家(會員) 없음.
73 목차는 '佛國 翰林院 創院의 義意'으로 표기, 저자
에 評論 · 詩(非會員) 누락.
74 목차는 國樂(會員) 누락.
75 목차는 詩 · 論說(非會員) 누락.
76 목차는 論理學 없음.
77 목차는 '民族文化의 主體性을 찾을 일', 民議院(非
會員) 누락.
78 목차는 言語學(會員) 누락.
79 목차는 詩(非會員) 누락.
80 목차는 '活動하는 兩院이 되라'. 저자에 音樂(會

- 藝術院構成의 盲占 • 小說家(非會員) 朴啓周 (105)[81]

亞細亞民族主義의 正道를 爲하여 • 趙孝源 (107)

思想界 時論[82] • (120)

"네-루"의 中共訪問 • (120)

九個國協定成立과 西獨被占領狀態의 終結[83] • (121)

美國 中間選擧와 그 外交政策 • (123)

쏘-中共회담과 對日 平和攻勢 • (126)[84]

自由人의 辯 : 「엠마뉴엘·다스티에」氏에게 보내는 答書 二篇 • 알베에르·까뮤; 李鎭求 譯 (128)

連載附錄·現代 쏘聯政治의 矛盾과 苦悶(四) • 빠링톤·무어 著; 康鳳植 譯 (144)

編輯後記 • (171)

甲午更張의 思想的研究 論文(第三) 甲午更張과 近代化[85] • 千寬宇 (8)

民謠에 나타난 法意識 • 張庚鶴 (40)

다시 鄭暾海氏 에게 • 許雄 (59)

李崇寧氏所論에 答함 • 鄭暾海 (72)

亞細亞民族主義의 새로운 課題 • W·L·홀랜드 著[86] (84)

獨逸의 政治的 眞空 • 카를·야스페르스[87] (93)

아메리칸 휴매니즘의 基調問題(下) : 文藝批評的 背景을 中心으로한 考察[88] • 金秉喆 (106)

新聞倫理에 對한 片想[89] • 禹昇圭 (117)

原罪 • 에밀·부룬너 (127)[90]

時論
- 「비신스키」는 가다 • (143)[91]
- 韓美會談의 成果 • (144)[92]
- 日本政界의 改 • (145)[93]

思想界 第2卷 第9號 通卷 第17號
(1954년 12월호)

讀者通信 • (7)

員) 누락.
81 목차는 小說家(非會員) 누락.
82 목차는 時評.
83 목차는 '九個國協定成立과 西獨被占狀態의 終結'.
84 목차는 125쪽.

---

85 목차는 '甲午更張과 近化'.
86 목차는 저자명 카르·야스페르스.
87 목차는 저자명 W·L·홀랜드.
88 목차는 소제목 누락.
89 목차는 '新聞倫理에 對한 片論'.
90 목차는 저자명 '에밀·뿌룬너어'.
91 목차는 '毒舌家 비신스키는 가다'.
92 목차는 '聯美會談의 成果'.
93 목차는 '日本政界의 改編'.

쏘聯 ―「유-고」의 接近 • (146)[94]

評論과 評論家와 그 倫理 • 申相楚 (148)[95]

連載附錄 · 現代 쏘聯政治의 矛盾과 苦悶(五) •
빠링톤 · 무어 著; 康鳳植 譯 (158)

編輯後記 • (179)

思想界 第3卷 第1號 通卷 第18號
(1955년 1월호)[96]

讀者通信 • (7)

卷頭言 · 새해를 맞이하여 • (8)[97]

研究論文
- 甲午更張과 基督敎 • 洪以燮 (10)
- 別曲의 歷史的 形態考[98] : 別曲의 장르的 考
  察을 爲한 試考 • 鄭炳昱 (20)
- 呼訴와 諦觀의 表白 : 黑山島民謠 • 全光鏞
  (29)
- 한국문화에 있어서 近代的인 起點으로서
  의 「虎叱」[99] • 張庚鶴 (38)
- 浪漫主義의 考察 : 現代把握의 一觀點으로
  서 • S · 깐도 (51)

評論
- 虛勢와 逃避 : 鄭曉海氏 答文을 再次 反駁함
  [100] • 李崇寧 (58)
- 倫理運動과 그 問題 : 道義敎育으로부터 倫
  理運動에 • 金基錫 (72)
- 나치즘과 共産主義 • H. 트레버 · 로퍼 (83)
- 시지프의 神話 • 알베르 · 까뮤 (97)[101]
- 헤밍웨이의 生活과 文學 • 엘리스 위트필드 作
  (101)[102]

內外展望[103]
(3) 時論 • (109)~(113)
  - 邑里協定의 批准波動
  - 徒勞로 끝난 함마슐드―周恩來會談
  - 追頭한 아시아 · 아랍國家會議
  - 注目꺼리의 日本總選擧
(1) 海外文化短信 • (114)
(2) 美國의 主要 著作賞 • (120)

文藝[104]
- 「소」, 「우」, 삽, 犂[105] • 金航 原作, 尹永春 飜譯
  (116~117)
- 웃음의 異論 • 全哲 (118)

美國의 主要著作賞 • (120)

文藝
- 短篇小說 · 명당 • 어네스트 · 헤밍웨이; 柳玲 譯
  (123)[106]

---

94 목차는 '쏘聯 = 유-고의 接近'.
95 목차는 '新聞倫理에 對한 片想'과 순서 묶여있음.
96 이 호부터 통권 표시됨.
97 목차는 저자 張俊河 밝힘.
98 목차는 '別曲의 歷史的 形態', 소제목 누락.
99 목차는 '近代的 起點으로서의 「虎叱」'.

100 목차 소제목은 '鄭曉海氏에게 答함'.
101 목차는 저자명 A. 까뮤.
102 목차는 저자명 E. 위트필드.
103 목차는 본문과 차례가 바뀌어 표기됨.
104 본문에는 文藝 표기 누락.
105 목차는 소 · 삽(詩).
106 목차는 저자명 'E. 헤밍웨이'.

- 제우쓰의 自殺 • 金聲翰 (128)
- 해는 지고 어둠이 • W 리암·포오크너 (146)[107]

連載附錄 現代 쏘聯政治의 矛盾과 苦悶(六) •
　　빠링톤·무어 著; 康鳳植 譯 (167)[108]

思想界 第3卷 第2號 通卷 第19號
(1955년 2월호)

讀者通信 • (7)

卷頭言 · 文學의 바른 位置를 爲하여 • (8)[109]

研究論文
- 新羅 · 高麗 · 李朝社會의 段階的 差異性에 對
　하여
　: 國史에 있어서 封建社會의 起點을 어디 둘
　　것인가 • 金龍德 (10)
- 特別寄稿 · 現代英美社會와 그 文學 : 自
　一九一四年 至一九四八年 • C. 오버제트
　(25)[110]

評論 · 新世代的인 것과 文學 • 白鐵 (34)

隨筆
- 思想의 成立 • 엄요섭 (40)[111]
- 春園이 그립다 • 田榮澤 (41)
- 平壤의 回想 • 李崇寧 (44)[112]
- 長幼有序 • 孫宇聲 (45)
- 自由主義의 終宴 • 申相楚 (48)[113]

- 誕生 • 一石 (50)[114]
- 들菊花 • 金珖燮 (53)
- 어머니 • 盧天命 (54)
- 까마귀의 노래 • 柳致環 (56)
- Y라는 符號 • 金容浩 (58)
- 影像 • 趙芝薰 (61)[115]
- 洪水 • 송욱 (63)

內外展望
(2) 天 · 地 · 人 • (66)
(3) 海外文化 短評 · 書評 • (68)
(1) 時論 座談會-新堂의 諸問題
　　參席者 : 朱耀翰, 鄭憲柱, 尹吉童, 愼道晟.
　　高貞勳 / 司會者 : 申相楚 • (72)[116]

創作
- 夫婦 • 廉相涉 (97)[117]
- 淑鄕의 境遇 • 李無影 (117)[118]
- 이것이 꿈이라면 • 주요섭 (141)[119]
- 人情 • 崔貞熙 (162)[120]
- 피의 稜線 • 朴榮濬 (177)[121]

座談會 · 韓國文學의 現在와 將來 : 우리 文學
　　의 主流

107　목차는 저자명 'W · 포오크너'.
108　목차는 저자명 'B · 무어'.
109　목차는 '張俊河' 표기함.
110　목차는 特別寄稿 표기 누락.
111　목차는 한문표기 嚴堯燮.
112　목차는 平壤의 回想 (한자 다름).
113　목차는 '自由의 終宴'.

114　목차는 '李熙昇'.
115　목차는 趙芝熏 한자표기 誤記.
116　목차는 참석자 高貞勳, 司會者 : 申相楚 표기 누락.
117　목차는 '一○四枚' 매수 표시 있음.
118　목차는 '一三八枚' 매수 표시 있음.
119　목차는 저자명 한자표기 '朱耀燮', '一一○枚'
　　매수 표기 있음.
120　목차는 '九五枚' 매수 표기 있음.
121　목차는 '九一枚' 매수 표기 있음.

出席者 • 金八峰; 白鐵; 孫宇聲; 李無影; 朱耀燮; 張
俊河; 金聲翰 (195)[122]

思想界 第3卷 第3號 通卷 第20號 (1955년 3월호)

讀者通信 • (7)

卷頭言 · 三一節을 맞이하며 • 張俊河 (8)

一九一九年의 理念 : 三一革命에로의 懷妊 •
金基錫 (10)

研究論文
- 國史研究의 回顧와 展望 : 特히 古代史를 中
心으로 • 李弘稙 (19)
- 中世紀의 藝能人-廣大 • 金東旭 (37)
- 現代識謠 : 麗鮮代 識謠의 實態 把握을 돕기
위하여[123] • 李能雨 (51)
- 現代英美社會와 그 文學(中) • C. 오버제트 (58)

評論
- 인프레이션下의 韓國金融의 特性과 그 問
題點
: 金利 및 오오바 · 로온의 問題를 中心으로[124]
• 成昌煥 (70)
- 韓國經濟와 米作農 • 朴東昂 (81)
- 外換率과 物價 • 李東旭 (93)

隨筆
- 사람의 壽命과 그 價値 • 金龍珢 (105)
- 待望의 노오르 • 金末峰 (107)
- 思想以前 • 韓沽劢 (109)

- 貧困의 族譜 • 安秉煜 (112)

內外展望
(1) 天地人 • (114)
(2) 海外文化短信(短評 · 書評) :「교육목적론」
• 화이트헤드 著 (116)
(3) 時論
- 망데스 · 프랑스의 退陣 • (119)
- 金門 · 馬租는 防衛되려는가 • (120)
- 쏘聯의 政變 • (121)

教養
- 韓非子의 法治思想 : 東洋社會治療의 名藥
으로[125] • 裵成龍 (125)
- 實存主義의 沒落 • (131)
- 邑里文學通信 • 앙드레 · 모로아 (134)

文藝
- 파이푸 : 李永純에게 • 金宗文 (137)[126]
- 會話를 잃은 世代 • 朴異汶 (138)[127]
- 文藝時感 : 主流 · 傳統 • 金八峰 (140)
- 現代詩와 思想 : 八 · 一五以後 우리詩壇의
歷史의 考察 • 金奎東 (143)
- 肉囚 • 張龍鶴 (159)[128]

**思想界 第3卷 第4號 通卷 第21號 創刊 二週
年 記念號 (1955년 4월호)**

讀者通信 • (5)[129]

---

122 목차는 本社側 : 張俊河, 金聲翰 표기 누락.
123 목차는 現代의 識謠.
124 목차는 韓國金融의 特性과 그 問題點.
125 목차는 韓非子.
126 목차는 파이푸(詩).
127 목차는 會話를 잃은 世代(詩).
128 목차는 肉囚(小說).
129 목차는 7쪽.

卷頭言 · 現代化의 據點 • (6)[130]

特輯 · 現代思想考察
- 現代不安의 解剖 • 孫宇聲 (8)
- 볼쉐위즘批判 • 李東華 (22)
- 크리스도教會의 現代的責任 • 그스타프 · 아울렌 (44)[131]
- 現代的 人間像 • 金錫穆 (56)
- 實存主義의 系譜 • 安秉煜 (77)
- 西歐民主主義의 危機 • 워터 · 리프만 (101)[132]

評論
- 우리나라 國民所得의 分析 : 特히 政府部門을 中心으로 • 申秉鉉 (117)
- 教育發展의 牆壁 : 固執과 盲從 • 朴昌海 (130)

內外展望
- 海外文化(短評 · 書評) : 海外文化(短評 · 書評) • (137)
- 天 · 地 · 人 • (140)
- 時論
  = 日本總選擧의 結果 • (142)
  = SEATO 방곡會議 • (143)[133]
  = 核武器의 相互示威 • (144)
  = 얄타의 悲劇 • (145)

隨筆
- 새벽電車 • 李弘稙 (146)
- 署名 • 李無影 (147)
- 答案紙의 表情 • 鄭炳昱 (149)
- 解放後 卒業生 • 金東旭 (150)

---

130 목차는 現代文化 據點.
131 목차 저자는 G. 아루렌.
132 목차 저자는 W. 리프만.
133 목차는 SEATO 盤谷會議.

文藝
- 文藝時感 • 金八峰 (153)
- 빈손의 自由속에서 (詩) • 李哲範 (156)

創作
- 닭 • 鄭漢淑 (159)
- 持久戰 : 死地에서 • 郭鶴松 (174)

連載附錄 現代 쏘聯政治의 矛盾과 苦悶 (七) • 빠링톤 · 무어 著;康鳳植 譯 (189)[134]

思想界 第3卷 第5號 通卷 第22號
(1955년 5월호)

讀者通信 • (7)

卷頭言 · 協同情神의 發顯을 爲하여 • 張俊河 (8)

法 · 秩序 · 國家 • 申相楚 (10)

研究論文
- 中國文字의 起源 • 董作賓 著;車柱環 譯 (17)
- 古代小說에 나타난 美人像 • 張德順 (45)
- 倫理의 終末論的 構成 (上) • 李太永 (59)

評論
- 크렘린의 피 • 韓喬石 (70)
- 所謂「共存」의 問題와 冷戰의 새 段階 • 李斗山 (77)
- 對韓經援의 變遷小考 • 李昌烈 (94)

內外展望
- 天 · 地 · 人 • (114)
- 時論

---

134 목차 저자는 B · 무어.

= 파리 協定 發效는 時間問題 • (116)

= 成熟해 가는 四大國會議 • (117)

= 처칠 首相의 隱退 • (118)

= ECAFE會議 • (119)

教養 · 現代英美社會와 그 文學 (下) : 第三章
　　生存合唱時代 • C.오버제트 (121)

海外文化 (短評) : 海外學者의 韓國書評 「마틴
　　教授의 書評을 읽고」 • (135)

隨筆

－「實學」雜記 • 洪以燮 (138)

－ 劣等意識 • 朴榮濬 (139)

－ 아픈 疑惑들 • 李能雨 (141)

－ 손톱 • 全光鏞 (143)

創作

－ 少女 • 李無影 (145)

－ 流轉二十四時 • 柳周鉉 (159)

文藝時感 : 官能的인 것 = 賣名的인 것 • 金八
　　峰 (182)

特別附錄 · 中國國民政府는 이렇게 하여 沒落
　　하였다 (上) : 中國國民政府 敗因에 關
　　한 管見 • 金俊燁 (185)

懸賞當選者發表 • (230)

**思想界 第3卷 第6號 通卷 第23號 (1955년 6월호)
－ 學生에게 보내는 特輯**

讀者通信 • (7)

卷頭言 · 反省의 時機 : 一九五五년 六 · 二五를
　　맞으며 • (8)[135]

學問의 올바른 理念을 爲하여[136]

－ 學生에게 寄함 • 白樂濬 (9)

－ 學問의 길 • 兪鎭午 (18)

學究의 길을 더듬어서[137]

－ 나의 걸어온 學問의 길 • 최현배 (27)[138]

－ 學生時代의 回顧 • 李弘稙 (37)

－ 나의 學生時代 • 李崇寧 (45)

－ 回想 • 崔允植 (56)

－ 나를 키워주신 선배들 • 아아놀드 · 토인비; 康
　　鳳植譯 (59)[139]

－ 나의 研究生活의 回顧 • 李炳燾 (70)

－ 科學하는 心像 • 權寧大 (74)

隨筆

－ 흐르는 人生 • 金敬琢 (78)

－ 나는 왜 사는가? • 鄭泰燮 (81)

－ 季節病 • 李杜鉉 (83)

－ 動物園 타령 • 車柱環 (85)

天 · 地 · 人 • (88)

學問의 올바른 理念을 爲하여[140] － 大學의 歷
　　史 • 編輯部 (90)

젊은 世代를 爲하여 － 法學을 志望하는 學生
　　에게 • 李鍾極 (94)

135　목차는 反省의 時期.

136　목차에만 큰 제목 있음.

137　목차에만 큰 제목 있음.

138　목차 저자는 崔鉉培.

139　목차는 나를 키워주신 先輩들, A. 토인비.

140　목차는 '學問의 올바른 理念을 爲하여' 9쪽부터
　　　6편 묶여있음.

知性과 敎養을 爲하여 - 學生과 科學 • 尹日善
　　(100)

젊은 世代를 爲하여
- 經濟學을 工夫하는 學生에게 • 成昌煥
　　(101)[141]
- 歷史學을 공부하는 學生에게 • 洪以燮
　　(105)[142]
- 自然科學徒 哲學徒에게 :「哲學의 革新期를
　　앞두고」• 朴同玄 (111)
- 文學을 뜻하는 學生에게 • 白鐵 (120)

知性과 敎養을 爲하여
- 學生과 社會 • 申相楚 (125)
- 學生과 藝術 • 金八峰 (135)

波濤(詩) • 柳致環 (144)

學問의 올바른 理念을 爲하여
- 學園 · 學問의 自由 • 韓喬石 (146)
- 大學의 使命 • 張庚鶴 (149)
- 大學生活의 反省 • 安秉煜 (157)

知性과 敎養을 爲하여
- 學生과 戀愛 • 엄요섭 (167)[143]
- 學生과 哲學 • 金基錫 (174)

젊은 世代를 爲하여 - 政治學을 공부하는 學
　　生에게 • 李斗山 (183)

文學
- 五分間(小說) • 金聲翰 (194)
- 主流의 生成前期 : 第一四半期 小說槪觀 • 孫

　　宇聲 (205)

特別附錄 · 中國國民政府는 이렇게하여 沒落
　　하였다(下)
　　: 中國國民政府 敗因에 關한 管見 • 金俊燁
　　(223)

思想界 第3卷 第7號 通卷 第24號 (1955년 7월호)

讀者通信 • (7)

卷頭言 · 文學과 文學人의 權威를 爲하여 • (8)

나의 사랑하는 生活 • 張俊河 (10)[144]

本誌創刊二週年記念當選作品
- 佳作入禪 · 그들이 • 朴敬洙 (14)
- 佳作入禪 · 안개는 거치고 • 具瑭瑛 (36)
- 佳作入禪 · 勿忘草 • 朴鍾仁 (63)

創作
- 金堂壁畫 • 鄭漢淑 (83)
- 遮斷 • 金重熙 (93)
- 齟齬 • 孫昌涉 (104)

詩
- 陰影 • 鄭漢模 (120)
- 종이집과 하늘 • 李仁石 (122)
- 肉體의 冥想 • 金丘庸 (129)
- 이런 〈메로드라마〉• 金奎東 (131)

特輯 · 새로운 世代의 文學[145]
- 五月 創作評 : 摸索과 大望 • 孫宇聲 (134)

141　목차는 經濟學을 志望하는 學生에게.
142　목차는 歷史學을 志望하는 學生에게.
143　목차 저자는 嚴堯燮.

144　목차는 8쪽.
145　목차는 큰 제목 있음.

- 選評 • 李無影 (139)[146]
- 批評의 創作性 : 白鐵氏와의 私談을 中心으로 • 孫宇聲 (142)
- 傳統과 文學 : 傳統意識의 序論 • 韓喬石 (157)

內外展望 – 海外文化 : 現刊美國重要文藝誌攷 • 金秉喆 (163)

特輯 · 새로운 世代의 文學 – 文藝時感 :「權威」의 問題 • 金八峰 (171)

內外展望 – 天 · 地 · 人 • (174)

隨筆
- 말없는 北岳山 • 孟柱天 (176)
- 잊혀지지 않는 어른들 • 金元圭 (178)
- 良心苛責 • 尹永春 (181)
- 孤獨 • 朴昌海 (184)

研究論文
- 倫理의 終末論의 構成 (下) • 李太永 (185)
- 巫俗研究 : 청수골의 도당굿 • 李惠求 (212)

學問하는 態度 • 胡適; 朴文範 譯 (226)[147]

思想界 第3卷 第8號 通卷 第25號 (1955년 8월호)

讀者通信 • (6)

卷頭言 · 참된 解放을 期待함 • (8)

特輯 · 自由의 本質 · 自由의 課題[148]
- 自由의 倫理 • 安秉煜 (10)
- 苦悶하는 自由와 그 方向 • 버어트런드 · 럿셀 作; 李用男 譯 (29)
- 思想의 自由 • 제카리아 · 쇄페; 朴慶華 譯 (43)

內外展望
- 天 · 地 · 人 • (60)
- 海外文化(短評 · 書評) • (62)

詩
- 女人 • 咸允洙 (64)
- 미라보橋 • G. 아뽈리네르; 洪淳旻 譯 (65)

官尊思想의 根據와 流弊 • 裵成龍 (67)

傳統意識과 創作 : 近作 몇篇을 읽고 • 韓喬石 (74)

基督敎의 興起와 그 政治思想 • 趙孝源 (79)

特輯 · 自由의 本質 · 自由의 課題
- 韓國自由民主主義의 課題 • 愼道晟 (100)
- 自由主義의 現代的 考察 • 申相楚 (107)
- 自由와 權威 : 그리스도와 쏘크라테스 • 라인홀드 · 니이버 (121)[149]
- 〈附〉自由와 自由主義에 關한 文獻紹介 • 編輯部 (132)

國文學研究의 現狀과 將來 • 金東旭 (137)

---

146 목차 제목은 本誌創刊二週年記念當選作品選評.
147 목차는 學問하는 態度(上).

148 목차는 큰 제목 있음.
149 목차 소제목은 '소크라테스와 그리스도'.

隨筆
- 피에로 • 任晳宰 (150)
- 口令과 步調 • 李仁寬 (153)
- 新語의 倫理 • 金敏洙 (156)
- 作家와 女人 • 一泉 (158)

文藝時感 : 두 개의 「文協」• 金八峰 (160)

創作
- 장날 • 鄭炳祖 (163)
- 漂浪 • 金光植 (173)

解放十年經濟史 • 崔虎鎭 (197)[150]

思想界 第3卷 第9號 通卷 第26號 (1955년 9월호)

讀者通信 • (6)

卷頭言 · 獨善과 孤高 • (8)

特輯 · 아시아의 知性[151]
- 所謂 中共의 知的 自由 • CHANG KUO-SIN (10)
- 아시아 社會의 停滯性 : 過去의 遺産 • 나르마데쉬와 · 프라산 (14)
- 아시아 知識人의 課題 • 탁크딜 · 알리스쟈바나 (24)[152]
- 共産主義와 日本知識人의 動態 • 竹山道雄 (31)
- 아시아社會의 後進性에 關한 一考察 • 金俊燁 (40)

隨筆
- 車中有閑 • 崔台鎬 (54)
- 고추 • 李仁石 (56)
- 거짓말 • 李浩盛 (58)
- 失鄕曲 • 毛月泉 (61)

學問하는 態度(下) • 胡適; 朴文範 譯 (63)

傳統과 自由 : 기독교를 中心으로 • 洪顯卨 (85)

比較文學序說 • 李慶善 (90)

讀書의 回顧 • 李鍾極 (118)

英國政治思想의 現實性 • 閔丙台 (125)

古典解說 : 「일리아드」와 「오딧세이」• 康鳳植 (132)[153]

文藝時感 : 우리 文學의 國際進出問題 • 金八峰 (142)
詩
- 랍소디 • 李相魯 (146)
- 거리 • 金洙暎 (149)

創作
- 三面紀事 • 徐允成 (155)

現代詩의 位置 : 個性과 獨自性의 問題를 中心으로 • 金奎東 (172)

---

150 목차는 解放十週年記念論稿①.
151 목차는 큰 제목 있음.
152 목차는 저자명 '타그딜 · 알리스쟈바나'.

153 목차는 '古典解說 (1)'.

內外展望
- 天·地·人 • (180)
- 움직이는 世界
 = 四巨頭會談點描 • (182)
 = 나쎄르首相의 革命課程 • (183)

海外文化(短評·書評) • (187)

女流와 新人作品의 比重 : 七·八月 創作評 •
孫宇聲 (189)

解放十週年 記念論稿② · 解放十年政治史 • 嚴
詳爕 (197)

思想界 第3卷 第10號 通卷 第27號
(1955년 10월호)

讀者通信 • (12)

卷頭言 · 所謂 危機意識에 對하여 • (14)[154]

움직이는 世界
- 간디는 무엇을 남겼는가? : 一美國人의 手
 記抄 • 노먼·카즌 (16)
- 越南의 가는길 • (25)
- 과테말라의 敎訓 • (29)
- 모록코의 民族運動 • (34)

特輯 · 나는 이렇게 생각한다[155]
- 所信에 忠實하자 • 白樂濬 (40)
- 學者·學問·學界 • 李崇寧 (44)
- 傍觀席의 知識人 • 張庚鶴 (50)
- 우리文學의 가는 길 · 가야할 길 : 「新倫理

主義」文學論序說 • 李無影 (58)
- 그 國民에 그 政治 • 裵成龍 (68)
- 人間·友情·生活 • 앙드레·모로아; 郭少晋 譯
 (76)
- 生活의 倫理 • 李弘稙 (81)
- 井蛙의 宇宙觀·人生觀 • 李熙昇 (86)
- 오늘의 主人과 來日의 主人 • 金永善 (97)
- 나의 意見·나의 主張 : 大邱 基督敎復興協
 會에 寄함 • 尹亭重 (103)
- 人生의 가는 길 • 李載壎 (120)
- 權力과 自由 • 嚴詳爕 (126)

움직이는 世界
- 海外文化 • (132)
- 天·地·人 • (134)

韓國勞動運動의 進路 • 金大仲 (136)

佛蘭西 革命의 理念 : 自由·平等·博愛 • 閔錫
泓 (153)

隨筆
- 祖上의 代辯 • 李惠求 (178)
- 내 생각과 내 글 • 홍웅선 (180)[156]
- 나이롱 打令 • 鄭炳昱 (183)[157]
- 서글픈 이야기 • 鄭炳祖 (185)

讀書의 回顧(第二回) · 讀書의 回顧 • 全景淵
 (188)

國內經濟解說① · 物價·換率·金利(上) • 成昌
煥 (194)

---

154 목차엔 저자 '張俊河' 있음.
155 목차는 큰 제목 있음.

156 목차는 '洪雄善'.
157 목차는 '정병욱'.

解放十週年 記念論稿③ · 韓國社會十年史 • 嚴堯燮 (201)[158]

現代思想講座① • 安秉煜 (215)

連載古典解說② · 舊約聖經 • 康鳳植 (223)

詩
- 美洲二題(詩)：워싱턴, 뉴욕 타임스 스퀘어
  • 皮千得 (236)[159]
- 한거름(詩) • 송욱 (239)

言語와 文學 • 李泰極 (242)

新小說研究① · 雪中梅 • 全光鏞 (250)

創作 · 감자 • 金東仁 (268)

轉形期의 文學 • 白鐵 (275)

文學의 限界：定義를 위하여 • 崔載瑞 (290)

思想界 第3卷 第11號 通卷 第28號
(1955년 11월호)

讀者通信 • (8)

卷頭言 · 愛國心의 올바른 理解를 위하여[160] •
  (14)

움직이는 世界
- 自由世界를 좀먹는 쏘聯 스파이鋼
  ① 쏘련은 왜 스파이가 必要한가? • (16)
  ② 스파이活動의 이모저모 • (19)

③ 스파이團을 움직이는 群像 • (29)
④ 방대한 個人調書 • (32)
- 中共의 胡風肅淸 • 許宇成 (35)
- 사이푸라스島의 三巴戰 • 朴炳植 (42)

評論과 敎養
- 나의 主張：民主主義와 自由經濟와 自立經
  濟의 基盤을 造成하라 • 朱碩均 (48)
- 韓國民的 幸福觀：寄生性, 浪費性, 痲醉的
  快樂性을 排擊함 • 裵成龍 (57)
- 我觀社會明暗相 • 申相楚 (72)
- 「키에르케고르」와 「카프카」 • 피에르 · 드 · 봐
  데프르; 金鵬九 譯 (77)[161]
- 書齋斷想 • 金鍾武 (86)

文學
- 詩作原理 • 스티이븐 · 스펜더; 金容權 譯 (92)[162]
- 문법연구의 방법 • 金敏洙 (111)
- 新小說研究② · 雉嶽山 • 全光鏞 (122)

連載敎養
- 讀書의 回顧③ · 讀書懷舊二題 • 梁柱東 (140)
- 古典解說③ · 古代印度文化의 遺産 • 康鳳植
  (151)[163]

隨筆
- 듬 으로 산다 • 金晟鎭 (161)
- 택시 料金 • 李君喆 (163)
- 푸라타나스 • 車柱環 (165)
- 名辯一篇 • 張德順 (167)
- 斷想 • 鄭漢模 (170)
- 落葉을 태우면서 • 張基槿 (172)

---

158 목차는 解放十年社會史.
159 목차는 '워싱턴', '뉴욕 타임스 스퀘어' 시 제목
     누락.
160 목차는 저자명 '張俊河' 있음.

---

161 목차 저자는 P. 봐데프르.
162 목차 저자는 S. 스펜더.
163 목차는 印度文化의 遺産.

連載敎養
- 現代思想講座② · 휴매니즘 • 安秉煜 (174)

創作
- 물레방아 • 故 羅稻香 (200)
- 幻 • 李無影 (213)

韓詩英譯(四篇) : 진달래꽃 (金素月), 봄은 고양이
　　　　로다 (李章熙), 自畵像 (尹東柱), 알 수 없
　　　　어요 (韓龍雲) • 皮千得 (228)

內外徑濟解設②
- 國內 : 物價 · 換率 · 金利(中) • 成昌煥 (232)
- 해외 : 서독은 이렇게 부흥했다 • 編輯部
　(241)

海外文化 • (250)

天 · 地 · 人 • (252)

金裕貞論 • 鄭昌範 (254)

韓國近代小説考 • 金東仁 (262)

特別附錄 · 제네바四巨頭演說全文
- 恒久平和의 길 • 아이젠하워 (284)[164]
- 獨逸中立地에 반대한다 • 포오르(289)
- 非武裝地帶設置를 提案한다 • 이든(298)

思想界 第3卷 第12號 通卷 第29號
(1955년 12월호)

讀者通信 • (12)

卷頭言 · 一九五五年을 보내면서 • 張俊河
　(14)[165]

움직이는 世界
- 日本共産黨의 昨今 • (16)
- 유고슬라비아의 實情 • (18)
- 美國을 訪問한 쏘련 農業視察團 • (20)
- 植民主義와 유 · 엔의 苦悶 • (24)

나의 死生觀
- 나의 死生觀 • 金在俊 (35)
- 나의 死生觀 • 郭尙勳 (42)
- 나의 死生觀 : 人間의 理想과 삶의 價値를
　中心하여 • 趙炳玉 (49)
- 나의 死生觀 • 金八峰 (57)

莊子의 死生觀 • 金敬琢 (67)

古典解說④ · 쏘크라테쓰와의 對話錄 • 康鳳植
　(71)

讀書의 回顧④ · 내가 읽은 책들 • 嚴堯燮 (87)

네이산調査團이 본 「韓國民의 能力과 國民
　性」 • 裵成龍 (94)

敎養으로서의 法律學① · 現代法學論 • 張庚鶴
　(100)

證人文學 : 앙드레 · 말로의 경우 • 金鵬九 (110)

道德의 現代的 位置 • 孫明鉉 (124)

現代思想講座③ · 生의 哲學 • 安秉煜 (136)

164　목차는 '제네바四巨頭演說全文' 큰 제목만 있음.
165　목차는 페이지 누락.

內外經濟解說 Ⅲ[166]

- 國內 : 物價 · 換率 · 金利(下) • 成昌煥 (165)

- 海外 : 인도 五個年經濟計劃 • 李昌烈 (177)[167]

1955年 韓國의 政治 · 經濟 · 社會의 回顧

우리의 現實을 率直히 말하는 座談會 : 政治 ·
　　經濟 · 外交批判 • 張暻根; 尹濟述; 金永善;
　　裵成龍; 成昌煥; 申相楚 (191)[168]

隨筆

- 生命의 必須 • 柳致環 (231)

- 花壇 • 金泰吉 (232)

- 걸음걸이 • 梁炳鐸 (234)

- 花樹會 • 鄭昌範 (237)

世界人權宣言의 現代的 意義 • 鄭泰燮 (240)

天 · 地 · 人 • (252)

海外文化 • (254)

創作

- 判決 • 프란쯔 · 카프카 (256)[169]

- 죽음에의 訓練 • 吳尙源 (267)

知性의 悲劇 :「햄맅」의 現代的 解釋 • 崔載瑞
　　(287)

思想界 第4卷 第1號 通卷 第30號

(1956년 1월호)

讀者通信 • (10)

卷頭言 · 一九五六年을 맞으면서 • 張俊河 (14)

나의 사랑하는 生活

- 나의 사랑하는 生活 • 李鍾雨 (16)

- 나의 사랑하는 生活 • 吳天錫 (21)

- 나의 사랑하는 生活 : 自意識에 對한 小考 •
　　孫宇聲 (26)

- 나의 사랑하는 生活 • 安鎬三 (32)

- 나의 사랑하는 生活 • 崔以順 (38)

- 나의 사랑하는 生活 : 나의 渴求하는 生活 •
　　樹州 (43)[170]

- 나의 사랑하는 生活 • 엄요섭 (46)[171]

- 나의 사랑하는 生活 : 경건한 신앙 생활 •
　　김호직 (48)[172]

英語學이란 무엇인가 • 趙成植 (53)

新小說研究③ : 鬼의 聲 • 全光鏞 (59)

對談 · 一九五五年의 韓國文壇 • 參席者 : 金八
　　峰; 白鐵; 司會 : 韓喬石 (76)

大學과 世界精神 • 金成植 (102)

166　전월 호는 ①, ②로 이번 호부터 'Ⅲ'으로 바뀜.
　　목차는 '國內, 海外' 표기 없음.

167　목차는 '印度 五個年經濟計劃' 페이지 누락.

168　목차는 一九五五年 回顧.

169　목차는 저자명 'F. 카프카', 페이지 257쪽.

170　목차는 저자명 '卞榮魯'.

171　목차는 저자명 '嚴堯燮'.

172　목차는 저자명 '金浩稙'.

天·地·人 • (110)

海外文化 • (112)

에집트 革命論 • 가말·압둘·낫세르; 康鳳植 譯 (114)[173]

韓國基督教는 무엇을 하고 있는가? • 咸錫憲 (126)

戰爭과 平和 • 헬만·헷세; 鄭秉錫 譯 (141)

古典解說⑤ : 古代 그레샤 悲劇 • 金聲翰 (153)

讀書의 回顧⑤ : 나의 讀書觀 • 李崇寧 (167)[174]

敎養으로서의 法律學② : 續 現代法學論 • 張庚鶴 (175)

實存哲學의 倫理性 • 高範瑞 (187)

움직이는 世界
- 티토의 가는 길 • (199)
- 또 하나의 悲劇 - 인도네시아 • (206)
- 일어서는 獨逸國防軍 • (210)
- 日本社會黨의 進路 • (213)

國文學古典과 儒·佛·道 思想 • 朴晟義 (215)

隨筆
- 꿈을 새긴다 • 桂鎔默 (220)
- 黃喜와 申翊聖 • 白大鎮 (221)
- 所願 • 皮千得 (223)

- 逍風 • 李鳳順 (225)

人間의 學과 現代哲學 : 現代問題와 人間學을 위한 隨想 • 金亨錫 (227)

現代思想講座④ : 프라그마티즘 • 安秉煜 (238)

創作 · 脫出記 • 崔曙海 (263)

詩
- 로오타리에서 • 朴泰鎮 (272)

靜 • 金南祚 (274)

創作 · 歸還兵 • 말셀·주앙도; 朴異汶 譯 (276)[175]

內外經濟解說 IV
- 國內: 農村繁榮에의 길 : 産業振興策의 一環으로서 • 成昌煥 (285)[176]
- 海外 : 필립핀經濟의 自立化政策 • 編輯部 (295)

思想界 第4卷 第2號 通卷 第31號
(1956년 2월호)

讀者通信 • (14)

拳頭言 · 밝은 秩序의 出發點 • (16)[177]

움직이는 世界
- 胡志明이란 어떤 人物인가 • (18)

---

173 목차는 저자명 'G. 낫세르'.
174 본문에는 '讀書의 回顧⑤' 누락.

175 목차는 저자명 M. 주앙도.
176 목차 페이지 283쪽.
177 목차는 '張俊河' 밝힘.

- 붉은 海軍의 現勢 • (24)[178]
- 스페인을 노리는 붉은 微笑 • (26)
- 「사랑과 性」의 再登場 : 쏘련의 現代文學 •
  (29)

人間觀 · 人生觀의 諸問題
- 現代의 人間觀 • 죠지프 · 우드 · 크랏취;康鳳植 譯
  (37)[179]
- 東洋의 人生觀과 西洋的 人生觀 • 金龍琣(44)
- 佛敎의 人間觀 • 趙明基(52)

紀行 · 五台山을 찾아서 : 方漢岩禪師와 上院
  寺鍾 • 李弘稙(60)

人間觀 · 人生觀의 諸問題
- 東洋的 人間觀 : 孔孟과 老莊을 中心으로 •
  金敬琢(66)

祭祀의 意義 : 祖先崇拜思想의 再吟味 • 李相段
  (75)

沈淸傳의 民間說話的 試考 • 張德順(84)

文學과 思想 • 崔載瑞(103)

敎養으로서의 法律學③ : 裁判의 基底로서의
  法的意識 • 張庚鶴(108)

古典解說⑥ : 論語 • 金俊燁(118)

人間觀 · 人生觀의 諸問題
- 古代 그레샤의 人間觀 • 아놀트 · 토인비; 金聲
  翰 譯(137)

現代思想講座⑤ : 虛無主義 • 安秉煜(146)

現代獨裁政黨의 本質 • 金相浹(161)

內外經濟解說 V
- 國內 : 農村繁榮에의 길(下) : 産業振興策의
  一環으로서 • 成昌煥(171)
- 海外 : 西獨經濟와 政府의 役割 • 編輯實
  (178)[180]

人間觀 · 人生觀의 諸問題
- 世紀末의 人間觀 : 所謂 파토스人의 登場 •
  白鐵(185)

아인슈타인 訪問記 • 바아너드 · 코오엔(194)[181]

海外文化 : 美國의 몇몇 作家와 作品 • 吳碩奎
  (208)

隨筆
- 늙은 것이 무서워졌다 : 곱게 늙어야 할 것
  인데 • 王學洙(210)
- 하늘 • 황하밀(212)
- 軍人과 社會 • 李度珩(214)
- 봄을 기다리는 마음 • 洪淳旻(217)

---

178 목차는 붉은 海軍의 現況.
179 목차는 'J. W. 크라춰'.

180 목차에 페이지 누락.
181 목자는 저자명 '코오엔'.

國際社會에 있어서의 權力 • 李建鎬 (219)

戰後 佛蘭西 文學思潮의 主流 • 吳鉉堣 (225)

總批判[182] · 自由黨 • 李鍾極 (237)

創作 · 金講師와 T敎授 • 兪鎭午 (250)[183]

人間觀 · 人生觀의 諸問題
– 헤부라이의 人間觀 : 유대敎 基督敎의 人間
觀 • 윌리엄 · F · 올브라이트 (268)[184]

新小說研究④ : 銀世界 • 全光鏞 (277)

總批判 · 民主黨 • 愼道晟 (301)

思想界 第4卷 第3號 通卷 第32號
(1956년 3월호)

卷頭言 · 三 · 一節에 즈음하여 • (12)[185]

改稿 文學과 思想 • 崔載瑞 (14)

二十世紀의 人間像 : 現代의 非人間化에 對한
反抗 • 폴 · J · 틸리히; 郭少晋 譯 (23)[186]

敎養으로서의 法律學④ : 立法의 民主化를
방해하는 要因은 무엇인가? • 張庚鶴
(39)

포세이돈 • 趙義高 (50)

古典解說⑦ : 諸子百家 • 金敬琢 (56)

李承晚大統領에게 呼訴함 • 賀川豊彦 (76)

國民性解剖 : 方法과 倫理 : 그 學術上 · 生活上
미치는 影響 • 裵成龍 (79)

人生노오트① : 나의 人生 노오트 • 馬海松 (92)

美國經濟學者의 日本經濟學界批判 • 申泰煥
(103)

지이드 日記抄 : 自一九四二年…至一九四九年
• 앙드레 · 지이드; 金鵬九 譯 (110)[187]

宗敎의 起源 : 自然現象과 生과 死의 神祕에
畏怖를 느낀 人間은 超越的 能力者에
對한 信仰과 精神界를 讚揚하는 儀式
을 발전시켰다 • 린컨 · 바네트 (121)[188]

獨逸과 구라파의 自由를 위하여 • 콘라드 · 아네
나워 (127)[189]

---

182 목차는 與野政黨總批判.
183 목차 페이지 205쪽.
184 목차는 '헤부라이(유태敎 基督敎)의 人間觀', 저자
는 '올브라이트'.
185 목차는 '張俊河' 표기.
186 목차는 저자명 '틸리히'.

187 목차는 저자명 '지이드'.
188 목차는 저자명 '바네트'.
189 목차는 '獨逸과 歐羅巴의 自由를 위하여 – 自由獨
逸과 自由歐羅巴를 위한 經綸', 저자는 '아네
나워'.

肉의 現實에서 永遠의 彼岸으로 • 田榮澤 (134)

意思表示의 自由와 責任內閣制度의 確立 • 李鍾極 (141)

民主主義로 가는 길 • 金壽善 (148)

現代思想講座⑥ : 實存主義 • 安秉煜 (153)

움직이는 世界
- 中東의 風雲-이스라엘 • (187)
- 印度의 쏘련頭目 歡迎劇의 裏面 • (189)
- 인도의 共産勢力 • (191)
- 「버마」의 가는 길 • (193)

新小說研究⑤ : 血의 淚 • 全光鏞 (197)

創作 · 山精 • 李孝石 (217)

天 · 地 · 人 • (222)

詩 · 地表의 소리 • 張南植 (224)

隨筆
- 羞恥心과 社會秩序 • 趙根泳 (226)
- 宗敎에 關하여 • 李鉉元 (228)
- 博文約禮 • 金鍵 (230)
- 美의 所在 • 李仁石 (233)[190]
- 性文學是非 • 李奉來 (235)[191]
- 德과 名聲 • 李相魯 (237)

創作
- 연못 • 루이스 · 부름피일드 (241)[192]
- 流失夢 • 孫昌涉 (266)

內外經濟解說 VI
- 國內 : 遊休하는 人的資源 • 編輯室 (287)
- 海外 : 「콜롬보」計劃과 後進國經濟 • 李昌烈 (291)

讀者通信 • (299)

思想界 第4卷 第4號 通卷 第33號
(1956년 4월호) - 創刊三週年記念號

卷頭言 · 새 世代를 아끼자 • (12)[193]

現代 · 智性 · 知識人
- 現代의 本質과 方向 • 金亨錫 (14)

大學의 使命 • 그레이슨 · 커어크; 郭少晋 譯 (25)[194]

現代 · 智性 · 知識人
- 智性의 歷史 : 現代哲學에 있어서의 實證主義的 傾向 • 孫明鉉 (32)

---

190 목차 페이지 235쪽.
191 목차 페이지 233쪽.
192 목차는 저자명 '부룸피일드'.
193 목차는 '張俊河' 표기.
194 목차는 저자명 '커어크'.

教養으로서의 法律學⑤ : 離婚과 繼母의 倫理
· 張庚鶴 (37)[195]

學問과 教養 · 白樂濬 (48)

現代 · 智性 · 知識人
- 文化와 智性 · 李鍾雨 (54)
- 知識階級論 · 金八峰 (58)
- 智性의 方向 : 화이트헤드의 科學哲學 · 金
  俊燮 (65)
- 現代的 思索과 知識人의 位置 · 孫宇聲 (80)

움직이는 世界
- 泰國의 實情 · (90)
- 美國共産黨 · (91)
- 近東의 防衛問題 · (93)
- 크렘린의 새戰術 · (96)

韓國經濟와 케인즈經濟學 : 케인즈經濟學은
  後進國經濟에 무엇을 寄與할 것인가?
  · 成昌煥 (99)

새 倫理(上) · 咸錫憲 (108)

二十世紀佛蘭西小說(上) · 죠프리 · 브레르튼; 金容
  權 譯 (128)[196]

小說論 · 윌리엄 · 사마세트 · 모음; 徐光洙 譯 (142)[197]

學問의 方法論 : 特히 語學志望者를 爲하여 ·
  李崇寧 (163)

理論과 實踐 · 최재희 (180)[198]

多讀과 精讀 : 續讀書論 · 兪鎭午 (189)

古典解說⑧ : 唐詩 · 任昌淳 (193)

現代文學의 諸問題① : 現代批評에 있어서의
  個性의 問題 · 崔載瑞 (213)

隨筆
- 나의 生活態度 : 남의 尺度로는 살기 싫다 ·
  卞榮魯 (224)
- 人生短章 · 南相瑛 (227)
- 恐怖의 季節 : 서글픈 抗辯 · 金奎東 (229)
- 나의 創作過程 · W · A · 모짤트 (231)[199]

新小說研究⑤ : 牧丹峯 · 全光鏞 (233)

社會思想의 諸類型에 關한 序說 · 崔文煥 (251)

創作
- 異教徒 · 잭크 · 런던 (269)
- 威脅 · 廉相涉 (288)

現代思想講座⑦ : 現代的 世界觀(上) · 安秉煜
  (309)

讀者通信 · (319)

---

195 목차는 教養 法律學⑤.
196 목차는 저자명 '브레르튼'.
197 목차는 저자명 S · 모음.

198 목차는 '崔載喜' 한문 표기.
199 목차는 저자명 모짤트.

思想界 第4卷 第5號 通卷 第34號
(1956년 5월호)

卷頭言 · 民主主義의 再確認 • (12)[200]

被支配者의 支配 : 빌어온 民主主義의 苦悶 •
　李東州 (14)

後進國綜合開發策 : 아시아 諸國의 電力 · 灌
　漑問題等 同時解決案을 論함 • 裵成龍
　(36)

原子 · 戰略 · 政策 • 포올 · H · 니쯔; 高源昶 譯
　(50)[201]

國語學序說 • 金敏洙 (62)

現代思想講座⑧ : 現代的世界觀(下) • 安秉煜
　(72,73,76,77,80,81,84,85)[202]

經濟地理學方法論 : 資源의 取扱을 中心으로
　• 陸芝修 (74,75,78,79,82,83)

表現媒體로서의 言語 • (86,87,90,91,94,95)[203]

人生노오트② : 生과死 • 金八峰 (88,89,92,93,
　96,97,98)[204]

敎養으로서의 法律學⑥ : 難航속의 司法權의
　獨立 • 張庚鶴 (99)[205]

現代의 諸問題
　- 現代 • 孫宇聲 (112)

韓國經濟의 變遷과 當面課題 • 金安在 (123)

隨筆
　- 事必歸正 • 金允經 (134)
　- 虛虛實實 • 李弘稙 (137)
　- 五尺短軀 • 李熙昇 (140)
　- 奢侈와 儉素 • 趙豊衍 (145)

國際政治에 있어서의 民族主義 • 徐碩淳 (147)

現代의 諸問題
　- 世界 : 民族主義와 世界市民主義 • 金成植
　　(157)
　- 個人 : 그 自覺科程 • 金基錫 (167)
　- 階級 • 申相楚 (175)
　- 民族 • 邊時敏 (183)

움직이는 世界
　- 사라지는 스탈린 • (194)
　- 共産世界의 內紛 • (196)
　- 外蒙古의 背景 • (197)
　- 네루의 容共政策 • (200)

現代의 諸問題
　- 國家 : 새로운 時代의 새로운 原理 • 愼道晟
　　(202)

200　목차는 '張俊河' 표기.
201　목차는 저자명 '폴. 니쯔'.
202　본문 페이지 혼란스러움.
203　목차에 누락되고 없으며 본문에도 시작페이지
　　가 없음. 56년 7월호에 실린 최재서 원고가 편
　　집 실수로 이 번호에 삽입된 것 같음.
204　목차는 표기가 있으나 본문에는 제목과 저자,
　　시작페이지가 없음.
　　現代的世界觀(下), 經濟地理學方法論, 表現媒體로서
　　의 言語, 生과死 부분에 편집상의 심각한 오류가
　　생김. 각 제목에 해당하는 부분을 개별 페이지

　　표시해서 정리는 했으나 문맥이 끊김.
205　목차는 司法權의 獨立.

國語學史(一) • 李崇寧 (213)

智性과 宗敎 • 金在俊 (229)

새 倫理(下) • 咸錫憲 (238)

二十世紀 佛蘭西 小說(中) • 죠프리·브레르튼; 金容權 譯 (257)[206]

文學의 目的·機能·效用 • 崔載瑞 (263)

金東仁文學賞·思想界論文賞 受賞者發表 • (275)

金東仁文學賞受賞作品選後評 • (276)

創作·金東仁文學賞受賞作品 : 바비도 • 金聲翰 (281)

작은 叛逆者 • 李無影 (292)

讀者通神 • (308)

思想界 第4卷 第6號 通卷 第35號
(1956년 6월호)

卷頭言·따뜻한 政治를 바란다 • (12)[207]

現代文學의 諸問題②·浪漫主義의 超克 : 휴움의 藝術思想 • 崔載瑞 (14)

思想과 生涯 : 現代를 形成하는 思想家들
- 〈宗敎〉 카톨릭思想家 마리땡 • 尹亨重 (31)
- 〈哲學〉 哲學者 야스퍼어스 • 金亨錫 (49)

自由의 運命 • 시드니·훅크 (66)[208]

隨筆
- 犬公의 倫理 • 金敬琢 (78)
- 나의 半生記 • 金晟鎭 (80)
- 過去·現在·未來 • 朱碩均 (82)
- 國防經濟 • 朴基丙 (84)
- 勤·智·恩 • 金瀅觀 (87)
- 停滯와 進步 • 金龍德 (91)

敎育者의 人格과 理念 : 性格心理學的 考察 • 金泰午 (94)

思想과 生涯 : 現代를 形成하는 思想家들
- 〈經濟〉 經濟學者 케인즈 • 成昌煥 (101)
- 〈法哲〉 法哲學者 켈젠 • 張庚鶴 (111)

刑法에 있어서의 自由 : 特히 人間의 倫理的 主體에 對하여 • 南興祐 (135)

自己資本蓄積의 國民經濟的 意義 : 經營經濟的 立場에서의 小考 • 金榮澈 (145)

나의人生노오트③ : 生의 止揚 • 李弘稙 (155)

映畫와 演劇 • 梁基哲 (160)

움직이는 世界
- 岐路에 선 「이든」首相 • (168)
- 「도스토에브스키」의 復活 • (172)
- 「피리어드」의 歷史 • (174)
- 美國의 人種問題 • (176)

---

206 목차는 '브레르튼'.
207 목차는 '張俊河' 표기, 페이지 13쪽.

---

208 목차는 '시드니·훅'.

資本主義의 再認識 • 高承濟 (178)

思想과 生涯 : 現代를 形成하는 思想家들
- 〈社會〉哲學者 · 文明批評家 럿셀 • 金夏泰
　　(183)
- 〈法律〉法律思想家 파운드 • 李恒寧 (199)
- 〈文學〉小說家 말르로 • 金鵬九 (206)

新小說研究⑦ : 花의 血 • 全光鏞 (223)

國語學史(二) • 李崇寧 (238)

思想과 生涯 : 現代를 形成하는 思想家들
- 〈倫理〉生의 哲學者 슈바이쳐 • 安秉煜 (255)
- 〈政治〉政治學者 바아커어 • 金相浹 (271)
- 〈歷史〉歷史學者 토인비 • 李海南 (278)

創作
- 운수좋은 날 • 玄鎭健 (287)
- 常綠의 地層 • 具瞎瑛 (296)

讀者通信 • (311)

思想界 第4卷 第7號 通卷 第36號
(1956년 7월호)

卷頭言 · 良識은 어디서 찾을 것인가? • (12)[209]

움직이는 世界
- 英國勞動者들의 反共決議 • (14)
- 스탈린은 被殺되었는가? • (15)
- 알제리아의 騷動 • (17)
- 부라질의 內情 • (18)

戰爭과 人間의 自由 • 李建鎬 (20)

토인비의 歷史哲學 • 鄭大爲 (29)

自由의 道程 • 덜레스 (40)

民族主義와 世界市民主義 • 金成植 (48)

哲學斷想 : 지금…여기의 處地的 把握 • 高亨
坤 (69)

經濟地理學方法論 : 資源의 取扱을 中心으로
• 陸芝修 (74)

表現媒體로서의 言語 • 崔載瑞 (85)

世界觀의 歷史的 展開
- 히부리의 世界觀 • 文益煥 (96)
- 그레샤의 世界觀 : 葛藤의 精神 · 人間의 發
見 • 趙義卨 (106)
- 中世의 世界觀 • 金奎榮 (115)
- 市民社會의 世界觀 • 金聲近 (123)

古代印度思想 · 波羅門敎 : 佛敎를 中心하여 •
趙明基 (134)

209　목차는 '張俊河' 표기.

人生노오트④ : 默想錄 • 李殷相 (146)

古典解說⑨ : 理想國家 • 孫明鉉 (150)

오늘의 遺傳學 • 洪基昶 (158)

國語學史(三) • 李崇寧 (170)

新小說研究⑧ : 春外春 • 全光鏞 (186)

後進諸國의 中小企業 • 李昌烈 (198)

自然法論과 偶像崇拜(上) : 法과 宗敎의 關係
    에 對한 小考 • 黃山德 (210)

現代英詩의 世界 • 金熹星 (217)

隨筆
 - 물방개 • 趙福成 (228)
 - 노이로제 • 權寧大 (229)
 - 忘我之境 • 許雄 (232)
 - 關羽廟 • 李榮治 (234)
 - 구두를 닦으면서 • 張德順 (239)
 - K三七九 • 全鳳健 (243)

二十世紀 佛蘭西小說(下) • 죠프리 · 브레르튼; 金
    容權 譯 (245)[210]

創作 · 痲藥 • 姜敬愛 (253)

讀者通信 • (261)

思想界 第4卷 第8號 通卷 第37號
(1956년 8월호)

權頭言 · 斷絶의 認識 • (12)[211]

韓國政治의 基本樣相 : 五 · 一五選擧後 對策案
    을 中心으로 • 裵成龍 (14)

自由世界의 勝利를 爲하여 : 一九五七年度 大
    統領 豫算敎書 • 아이젠하워 (30)

韓國의 雇傭問題와 그 基本對策 • 成昌煥
    (47)[212]

現代政治의 周邊
 - 國會○選擧 • 金永善 (57)
 - 權力○暴力 • 申相楚 (63)

人生노오트⑤ : 人生徧歷 • 李鍾雨 (74)

印度의 外交政策 • 판디트; 李始豪 譯 (83)

思想과 生涯① : 쏘크라테스 • 安秉煜 (93)

文化史試論 • 金學燁 (107)

隨筆
 - 隨筆難說 • 吳宗植 (118)
 - 生의 한개 타입 • 張龍河 (121)
 - 멋진 이야기 • 任晳宰 (124)
 - 判斷保留 • 金亨錫 (128)

---

210 목차는 '브레르튼'.

211 목차는 '張俊河' 표기.
212 목차는 雇傭問題와 그 基本對策.

- 登山 • 金基雄 (131)

- 諦念 · 躊躇 · 傍觀 • 李度珩 (133)

詩 · 노을 • 李東柱 (136)

古典解說⑩ : 佛典 • 金東華 (137)

純粹法學批判(上) • 張庚鶴 (150)

自然法論과 偶像崇拜(中) • 黃山德 (158)

古代 · 昆蟲 · 人間 • 趙福成 (165)

現代政治의 周邊

- 政黨 ○ 政策 • 金雲泰 (170)

- 大衆 ○ 輿論 • 李鍾極 (182)

韓國文壇側面史(一) • 金八峰 (188)

現代政治의 周邊

- 政權 ○ 革命 • 李斗山 (194)

움직이는 世界

- 들먹이는「아프리카」(202)

- 쏘련의 新五個年計劃 (204)

國語學史(四) • 李崇寧 (207)

新小說研究⑨ : 自由鍾 • 全光鏞 (219)

創作

- 整形手術 • 朴榮濬 (227)

- 證人 • 吳尙源 (249)[213]

思想界 第4卷 第9號 通卷 第38號
(1956년 9월호)

卷頭言 · 民主主義를 冀願한다 • (12)[214]

人生노오트⑥ : 人生縱橫 • 金在俊 (14)[215]

中立的 權力의 本質과 價値 : 韓國의 近代國家
的 性格의 缺如에 對하여 • 韓泰淵 (18)

孫子의 用兵思想 • 李榮治 (31)

近代外交史에서 본 中東 • 朴浚圭 (47)

印度經濟學界의 最新動向 • 申泰煥 (57)

프로이드와 精神分析學 : 그의 誕生 百年祭를
紀念하여 • 金泰午 (62)

詩 · 立方의 午後 • 金次榮 (77)

隨筆

- 掬雛記 • 金東鳴 (78)

- 나의 敎育觀 • 李敎善 (81)

- 老人은 붇는다 • 李寬九 (84)

---

213 목차는 '讀者通信 (261)'라고 표기되어 있음. 본
문에는 페이지와 내용 누락.
214 목차는 '張俊河' 표기.
215 본문에 '人生노오트⑥' 표기 누락.

- 長壽 • 皮千得 (86)

- 古典에의 鄕愁 • 朴英晚 (86)

- 聖職의 벌레 • 金堯燮 (89)

詩 · 거울과 칼 • 朴南秀 (92)

自然法論과 偶像崇拜(下) • 黃山德 (94)

純粹法學批判(中) • 張庚鶴 (103)

新小說研究⑩ : 續 自由鍾 • 全光鏞 (120)

座談會

- 健全한 社會는 어떻게 建設할 것인가 • 金基
  鎭; 白樂濬; 兪鎭午; 尹日善; 咸錫憲; 張俊河;
  安秉煜; 金俊燁 (128)[216]

比較行政法論(上) • 邊宇昌 (149)

韓國文壇側面史(二) • 金八峰 (158)

움직이는 世界

- 動搖하는 아데나워 • (168)

- 나일江의 붉은 그림자 • (169)

- NATO의 當面課題 • (170)

- 西藏의 義擧 • (171)

臺灣의 土地改革 • 湯武; 李志成 譯 (173)

古典解說⑪ : 史記 • 金俊燁 (178)

思想과 生涯② : 續 쏘크라테스 • 安秉煜 (193)

創作

- 悖倫兒 • 柳周鉉 (209)

- 背後 • 金重熙 (226)

續 政權 · 革命 • 李斗山 (241)

美國大統領選擧制度槪觀 • (261)[217]

- 現制度의 由來와 理論的根據 • 趙孝源 (262)[218]

- 選擧節次詳論 • 李始豪 (272)

- 民主黨과 共和黨 • 閔丙岐 (288)

- 理念的 背景 • A·S·하이달라 (296)[219]

- 選擧와 財政·經濟 • H·H·밀러 (302)[220]

讀者通信 • (311)

---

216 목차는 김팔봉 참석한 것으로 표기함. 본문에
　　는 김팔봉 없고 김기진 있음.

---

217 목차는 페이지 누락.

218 목차는 페이지 261쪽.

219 목차는 저자명 '하이달라'.

220 목차는 저자명 '밀러'.

思想界 第4卷 第10號 通卷 第39號
(1956년 10월호)

卷頭言 · 廓淸과 前進 • (16)[221]

眞理에의 鄕愁 • 咸錫憲 (18)

現代 美國哲學의 動向 • 金夏泰 (29)

人生노오트⑦ : 獨語錄 • 田榮澤 (41)

古典解說⑫ : 로오마法典 • 玄勝鍾 (47)

漫畵 · 消化가 돼야지 • (55)

經濟人의 人間像 • A·S·배론; 盧熙燁 譯 (57)[222]

進步黨運動批判 : 進步黨은 現實感覺에 徹하
라 • 崔朱喆 (62)

政策 · 革命(完) • 李斗山 (74)

美國資本主義의 變質 : 民衆資本主義機構分析
• 高源昶譯 (93)

漫畵 · 表情은 근사한건만 • (105)

大統領과 民衆 • 孫宇聲 (107)

純粹法學批判(下) • 張庚鶴 (115)

詩 · 朴敦郁 先生께 • 李敫河 (140)

움직이는 世界
- 有口無言의 꿔리敎授 • (142)
- 黃衣平和 遊擊隊 • (143)
- 西獨의 敎訓 • (144)
- 四年의 空白 • (146)
- 애매한 인도네시아 共産黨 • (147)[223]
- 英國과 印度 • (148)
- 라오쓰는 어디로 가나? • (149)
- 酷使에 呻吟하는 中共學生들 • (149)[224]
- 微笑에주는 對答 • (151)
- 侵略과 解放의 總決算 • (151)
- 中共의 産兒制限 • (152)
- 所聞東西 • (153)
- 포오크너와 黑人 • (155)
- 三巨頭의 中立觀 • (160)

漫畵 · 龜裂 • (165)

美國文學의 모더니즘 • L · 보오간; 金容權 譯
(167)[225]

國語學史(五) • 李崇寧 (181)

韓國文壇側面史(三) • 金八峰 (195)

詩 · 山처럼 • 柳致環 (203)

---

221 목차는 '張俊河' 표기.
222 목차는 저자명 '배론'.

223 목차는 '애매한 印尼共産黨'.
224 목차는 '呻吟하는 中共學生들'.
225 목차는 저자명 '보오간'.

隨筆
- 東西生活樣式의 差異 • 李相薰 (204)[226]
- 人生 不協和 二重奏 • 毛麒允 (208)
- 戰場의 長兵心理 • 朴基丙 (209)
- 易地思之 • 鄭樂殷 (213)
- 不眠症 • 車柱環 (216)
- 나비 • 金泰吉 (218)
- 안타까운 心情 • 張基槿 (221)
- 바람에 綠由한 隨想 • 李相魯 (223)[227]

스탈린과 스탈린主義 • B·D·울프; 李始豪 譯 (226)[228]

漫畫 · 難關 • (243)

空中의 神祕 • L·엔겔 (245)[229]

漫畫 · 危險한 作亂 • (251)

우리는 社會惡에 抗爭한다 • 尹亭重; 李申成; 鄭濬; 朴順天; 李鍾極; 太倫基; 李寬九 (252-284)

提言
- 徐廷學 서울市警察局長에게 • (288)[230]
- 섭섭한 일 • (288)
- 努力長官設 • (289)
- 稅吏에게 一言함 • (289)[231]

詩 · 나의 肖像을 위한 〈코라쥬〉 • 李活 (290)

人類의 良心
- 科學과 未來의 展望 • 부리쮜먼 (292)[232]
- 現世紀의 基本問題 • 말리크 (296)

豐富中의 失業과 貧困中의 失業 • 李相球 (301)

思想과 生涯③ : 플라톤 • 安秉煜 (307)

創作
- 審判 • 金松 (324)
- 꾸러미 • 허어씨; 崔升黙 譯 (335)

連載中篇小說 · 非人誕生 (第一回) • 張龍鶴 (348)[233]

讀者通信 • (365)

思想界 第4卷 第11號 通卷 第40號
(1956년 11월호)

卷頭言 · 무엇을 위한 테로냐? • (16)[234]

文化의 黎明 • 鄭在覺 (18)

農村協同組織과 農業信用 • 朴東昂 (29)

讀書遍歷 : 價値世界의 擴充 • 李殷相 (34)

---

226 목차는 東西生活樣式.
227 목차는 '隨想'.
228 목차는 저자명 '울프'.
229 목차는 저자명 '엔겔'.
230 목차는 '서울市警局長에게'.
231 목차는 稅吏에게.

---

232 본문 제목 '末來'는 '未來'의 誤記.
233 목차는 (連載) 非人誕生(一) 로 표기.
234 목차는 '張俊河' 표기.

自由世界의 活路 • 로버어트·머어피 (38)[235]

古典解說⑬ : 神國論 • 金觀錫 (44)

新小說研究(完) : 秋月色 • 全光鏞 (50)

比較行政法論(中) • 邊宇昌 (66)

隨筆
- 道德的 不感症 • 吳天錫 (76)
- 이 버릇 저 버릇 • 權重輝 (78)
- 호두哲學 • 玄錫虎 (80)
- 文化와 文化人 • 金珖燮 (83)
- 執餘筆談 • 鄭飛石 (86)[236]
- 천덕궁이 • 李泰極 (88)

人生노오트⑧ : 人生의 哲理 • 李熙昇 (90)

動搖하는 共産主義
- 共産主義의 運命 • 金昌順 (96)

漫畵 · 監視又監視 • (105)

文學과 形而上學 • 보봐르;朴異汶譯 (107)

思想과 生涯④ : 아리스토텔레스 • 孫明鉉
(116)

韓國文壇側面史(四) • 金八峰 (131)

國語學史(六) • 李崇寧 (140)

動搖하는 共産主義
- 人民戰線 • 高貞勳 (155)

詩
- 마음과 風景 • 李敭河 (164)
- 깨뜨려진 李朝花瓶 • 薛昌洙 (167)

兩黨政治論 • 金相浹 (168)

漫畵 · 騷音 • (177)

動搖하는 共産主義
- 맑스와 맑스主義 • 梁好民 (178)
- 個人崇拜와 集團指導 • 李周福 (189)

---

235 목차는 저자명 '머어피'.
236 목차는 '執筆餘談'.

現代外交論 • 申基碩 (207)

詩 · 菊花 • 柳玲 (217)

中共의 强制勞動 • 칼 · A · 위트포겔; 李始豪 譯 (218)[237]

人間윌슨 • G · W · 죤슨; 盧熙燁 譯 (236)

漫畵 · 萬事修身齊家然後 • (249)

움직이는 世界
- 空轉하는 選擧슬로간 • (250)
- 말썽 많은 색깔-黑 • (253)
- 羊頭狗肉의 解氷 • (257)
- 후루시쵸브의 秋收 • (261)
- 銃은 열쇠가 아니다 • (262)
- 페론 逐出後의 알젠틴 • (264)
- 中共社會의 狂症 • (265)

漫畵 · 漁父之利 • (267)[238]

韓國民族心理의 硏究(一) • 金泰午 (268)

도스토엡스키論(上) • W · 써머셀 · 모옴 (276)[239]

詩 · 봄 • 李炯基 (289)

提言
- 高在鳳 先生에게 • (290)
- 서울신문社에 一言함 • (290)
- 法을 세우라 • (291)
- 사람은 파리가 아니다 • (291)

動搖하는 共産主義
- 쏘련共産主義의 로시아的 性格 • 李斗山 (292)

人間의 良心
- 技術과 人間 • 뉴우맨 (300)
- 敎育의 將來 • 아이야 (303)

詩 · 나무를 심으며 • 李仁石 (306)

動搖하는 共産主義
- 第二十次 쏘련共産黨大會總評(上) • 〈SOVIET AFFAIRS〉에서 (308)[240]

創作
- 鄕愁(上) • 李無影 (322)
- 어두움은 가고 • 메에리 · 볼트; 李鍾求 譯 (338)[241]
- R씨에게 • 鄭炳祖 (349)

連載中篇小說 · 非人誕生 (第二回) • 張龍鶴 (357)

讀者通信 • (365)

---

237 목차는 저자명 '윗트포겔'.
238 본문에 '利' 누락.
239 목차는 저자명 '모옴'.

---

240 목차는 '第二十次 쏘련共産黨大會總評'.
241 목차는 저자명 '볼트'.

思想界 第4卷 第12號 通卷 第41號/送年號
(1956년 12월호)

卷頭言 · 民主命脈은 維持되었는가? : 一九五六
　　年을 보내면서 • (16)[242]

現代와 휴우매니즘 • 李鍾雨 (18)

우리는 잘 살아야 한다
- 思想과 實踐 : 社會에 剛健한 氣風이 서야만 滅
　　亡에서 生을 保全할 수 있다 • 咸錫憲 (27)
- 우리는 이런 政治를 바란다 • 孫宇聲 (38)[243]

現代行政의 一般傾向 • 尹世昌 (50)

保守政黨論 • 金永善 (58)

韓國外交는 이래서 좋은가 • 閔丙岐 (67)

美國勞動界의 展望 • 죠오지 · 미이니 (77)[244]

戰後西獨의 貿易政策 • 尹炳旭 (84)

모스크바와 回教 • A · 보오다노빅쯔; 盧熙燁 譯
　　(93)[245]

人類의 知性
- 哲學과 現代 • 시드니 · 훅크; 李鍾求 譯 (102)[246]
- 戰爭과 平和 • 벤쟈민 · 캐리온 (107)[247]

(續) 쏘련共産主義의 로시아的 性格 • 李斗山
　　(110)

兵學夜譚 • 李烱錫 (121)

詩 · 獨白 • 盧天命 (135)

隨筆
- 賣名과 竊名 • 金晟鎭 (136)
- 國防斷想 • 姜英勳 (137)
- 숨박곡질 • 柳致環 (140)
- 教授와 稅吏 • 鄭炳昱 (142)
- 사람은 어디를 가야 하나? • 郭少晋 (145)
- 淸溪川 • 朴文範 (148)

도스토엡스키論(下) • W · 써머셀 · 모옴 (150)[248]

와일더의 藝術과 人間 • 타이론 · 가스리 (165)[249]

比較行政法論(下) • 邊宇昌 (175)

思想과 生涯⑤ : 아우구스티누스 • 金奎榮
　　(184)

韓國文壇側面史(完) • 金八峰 (197)

우리는 잘 살아야 한다
- 貧困에서의 解放 : 經濟安定과 繁榮의 길 •
　　成昌煥 (207)

242　목차는 '張俊河' 표기.
243　목차는 '이런 政治를 바란다'.
244　목차는 저자명 '미이니'.
245　목차는 저자명 '보오다노빅쯔'.
246　목차는 저자명 '훅크'.
247　목차는 저자명 '캐리온'.

248　목차는 저자명 '모옴'.
249　목차는 저자명 '가스리'.

詩
- 죠오지 湖畔에서 〈LAKE GEORGE〉• 李敭
  河 (215)²⁵⁰
- 何如之鄕 • 송욱 (216)

國語學의 宿題 • 許鉉 (218)

韓國民族心理의 硏究(二) • 金泰午 (222)

歷史와 哲學(上) : 歷史의 哲學的 課題를 爲하
  여 • 金亨錫 (228)²⁵¹

우리는 잘 살아야 한다
- 文化에 對한 情熱 : 民族의 存在 理由 • 安秉
  煜 (234)

國語學史(完) • 李崇寧 (240)

움직이는 世界
- 印度의 第二次 五個年 計劃 • (254)
- 스카르노의 東西巡禮 • (258)
- 캄보디아의 農業 • (260)
- 冷戰의 道具가 된 유 · 엔加入 • (261)
- 激動하는 世界 • (262)
- 사슬을 벗는 衛星國家 • (263)
- 수에즈의 風雲 • (268)
- 애라브 그 政治와 條約 • (272)
- 中東의 石油와 經濟 • (276)
- 犬猿 關係의 이스라엘과 애라브 • (279)

詩 · 奉恩寺의 鐘 • 李鳳順 (281)

第二十次 쏘련共産黨大會總評(中) 〈SOVIET
  AFFAIRS〉에서 • (282)

創作 · 鄕愁(下) • 李無影 (306)

連載中篇小說 · 非人誕生(第三回) • 張龍鶴 (324)

創作
- 테로리스트 • 鮮于煇 (335)
- 金婚旅行 • 링 · 라아드너; 柳玲 譯 (356)²⁵²

讀者通信 • (375)

**思想界 第5卷 第1號 通卷 第42號/ 本誌揭載
翻譯物一切翻譯權獲得畢** (1957년 1월호)

畫報
- 高地에서 (謹賀新年) • (15)
- 淸平水力發電所 • (16)
- 華川水力發電所 • (17)
- 唐人里火力發電所 • (18)
- 三陟火力發電所 • (19)
- 馬山火力發電所 • (20)
- 大韓重工業公社 • (21)
- 第一毛織工業公社 • (22)
- 京城紡績工場 • (23)
- 聞慶세멘트工場 • (24)
- 忠州肥料工場 • (25)
- 再建中인 서울中央郵遞局 • (26)

---

250 목차는 '죠오지 湖畔에서'.
251 목차는 '歷史와 哲學'.

252 목차는 저자명 '라아드너'.

- 復興住宅 • (27)

- 長省鑛業所 • (28)

- 仁川板硝子工場 • (29)

- 導入되는 車輛 • (30)

- 竣工된 錦江橋 • (31)

- 大韓重石上東鑛山 • (32)

- 長項製鐵所 • (33)

- 導入된 山羊 • (34)

卷頭言 · 우리들의 職責은 完遂될 것인가? •
　　(36)[253]

現代社會의 病理 • 邊時敏 (38)

西獨의 外交政策 • 페르디난트 · A · 헤르멘스 (47)[254]

藝術의 哲學 • 金龍珤 (62)

革新政黨論 • 申相楚 (71)

官僚資本과 國民經濟 • 裵成龍 (80)

自由의 將來
- 全體主義에 對한 挑戰 : 政治的 神學의 終焉
　　을 위하여 • 韓泰淵 (85)

詩 · 내가 어질다면 (外一篇) • 李敭河 (99)

現下 韓國法律家의 課題 • 金曾漢 (101)

經濟思想史① : 資本主義 以前의 經濟思想의
　　發展 • 成昌煥 (114)

헤밍웨이論 • 劉秉千 (126)

(世界人物評傳) 록크휄러 : 世界最大의 富豪 • 金
　　孝祿 (142)[255]

思想과 生涯⑥ : 토마스 · 아퀴나스 • 尹亭重
　　(157)

自由의 將來
- 民主主義와 自由 • 金基錫 (170)

避難回想記 • 金東鳴 (178)

歷史와 哲學(中) • 金亨錫 (190)

隨筆
- 奇異한 妥協 • 曹泰岩 (198)

- 내방 • 馬海松 (201)

- 自然과 藝術 • A · S · 하이달라 (203)[256]

253　목차는 '張俊河' 표기.
254　목차는 저자명 '헤르멘스'.
255　목차는 '世界人物評傳' 중 '世界' 빠짐.
256　목차는 저자명 '하이달라'.

- 異常한 雰圍氣 • 尹鼓鍾 (207)

- 無形의 美 • 白世明 (209)

- 的 • 李庭錫 (211)

詩 · 戀人 • 李雪舟 (213)

第二十次 쏘련共産黨大會總評(下) 〈SOVIET
　　AFFAIRS〉에서 • (214)

美國社會와 哲學 • 金桂淑 (221)

自由의 將來
- 自由와 植民主義의 沒落 • 徐碩淳 (235)

- 自由의 本質과 方向 • 崔載喜 (244)

韓國民族心理의 硏究(三) • 金泰午 (254)

古典解說⑭ : 神曲 • 趙容萬 (269)

自由의 將來
- 自由經濟의 展望 • 高承濟 (279)

人生노오트⑨ : 잊혀지지 않는 사람들 : 岸
　　曙 · 金億 • 朴鍾和 (283)

人類의 知性
- 現代의 課題 • 아놀드 · J · 토인비; 李鍾求 譯
　　(288)[257]

- 國際平和의 길 • 카르로스 · P · 로무로 (291)[258]

國際經濟學會의 論點 : 이탈리 로오마에서 개
　　최된 第一回總會에 다녀와서 • 陸芝修
　　(295)

詩 · 젊은 詩人의 죽음 : 봄과의 첫날밤 • 金珖
　　燮 (301)

움직이는 世界
- 戰後史에 一線을 劃한 丙申年 • (302)

- 아이젠하워와 新共和主義 • (305)

- 復歸를 노리는 스탈린 亡靈 • (310)

- 苦惱하는 티토 • (313)

- 北베에트남의 反共義擧 • (315)

- 民主主義로 邁進하는 越南 • (318)

-「미스터 · 버마」의 反共鬪爭 • (320)

詩
- 白墨 • 柳玲 (322)

- 匍匐 • 章湖 (323)

創作 · 곰의 죽음 • 레이 · B · 웨스트; 李鍾求 譯
　　(324)

連載中篇 · 날이 밝으면(第一回) • 金八峰 (343)

連載中篇小說 · 非人誕生(第四回) • 張龍鶴
　　(354)

讀者通信 • (375)

257　목차는 저자명 '토인비'.
258　목차는 저자명 '로무로'.

思想界 第5卷 第2號 通卷 第43號
(1957년 2월호)

卷頭言 · 知識人의 任務 • (16)[259]

因果法則과 規範法則 • 車洛勳 (18)

自由와 宗教 : 內的인 面에서 • 金在俊 (27)

正義의 理念
- 實存主義와 正義의 問題 : 現代法哲學과 自
  然法에 關한 素描 • 黃山德 (34)

獨逸民族文化의 方向 • 趙璣濬 (44)

人類의 知性
- 人類의 來日 • 마아가렡 · 미이드; 李鍾求 譯
  (54)[260]
- 社會의 挑戰 • 길베르토 · 후레에르 (58)[261]

說話文學과 그 繼承問題 • 張德順 (63)

中國新文學運動의 回顧 • 朴魯胎 (78)

隨筆
- 거리의 瞑想 • 張志暎 (88)
- 벽창호 • 金敬琢 (90)
- 꼽추 • 車柱環 (92)
- 三男三女 • 金泰吉 (95)
- 忘失의 限界 • 劉昌惇 (99)
- 學校先生 • 張基槿 (101)

思想과 生涯⑦ : 데카르트 • 孫明鉉 (105)

學園의 反省 • 李弘稙 (116)

科學史① : 古代와 르네쌍스의 科學 • 權寧大
  (122)

中立主義에 對한 戰爭 • 호세 · M · 크리솔 (132)[262]

틸릭의 存在論 • 金夏泰 (136)

歷史와 哲學(下) : 歷史哲學의 根本問題들 • 金
  亨錫 (150)

經濟思想史② : 資本主義 以前의 經濟思想의
  發展(下) • 成昌煥 (164)

避難回想記(二) • 金東鳴 (175)

古典解說⑮ : 코오란 • 高柄翊 (185)

正義의 理念
- 權力에 對決하는 正義 • 尹亭重 (194)

人生노오트⑩ : 잊혀지지 않는 사람들(續) •
  朴鍾和 (202)

---

259 목차는 '張俊河' 표기.
260 목차는 저자명 '미이드'.
261 목차는 저자명 '후레에르'.

---

262 목차는 저자명 '크리솔'.

쏘련의 支配階級 • 휴·세톤·왈슨; 洪伯龍 譯
(208)[263]

現代科學의 盲點과 그 進路 • 반네버·붓슈
(221)[264]

蘇聯帝國主義와 美國植民主義 • 外誌에서 (237)

正義의 理念
- 經濟倫理 • 崔文煥 (252)

理性의 貧困 : 政治批判에 대한 批判 • 李鍾極
(264)

움직이는 世界
- 再스탈린化하는 크레믈린 • (274)
- 우라늄과 항가리 • (279)
- 人間頭腦에 挑戰하는 機械 • (280)
- 네루는 成功하였는가? • (283)
- 混亂의 도가니속의 印尼 • (287)

正義의 理念
- 社會正義의 樹立 • 李鍾雨 (290)

포오크너論 • 에드워드·F·데볼; 洪鳳龍 譯
(296)[265]

詩
- 나사는 땅에게 • 趙炳華 (306)
- 푸른傳說 :〈나의 낮과 밤〉에 붙이는 • 楊明
文 (308)

正義의 理念
- 國際政治에 있어서의 正義 • 鄭泰燮 (310)

創作·凡像 • 朴榮濬 (315)

連載中篇·날이 밝으면(第二回) • 金八峰 (338)

創作·곰의 죽음(下) • 레이·B·웨스트; 李鍾求 譯
(348)

讀者通信 • (365)

思想界 第5卷 第3號 通卷 第44號
(1957년 3월호)

卷頭言·다시맞는 三一節 • (16)[266]

三一理想論 • 白樂濬 (18)

現代의 思想的 課題 • 河岐洛 (23)

農村經濟의 現實과 그 繁榮策 • 朱碩均 (31)

政治 이데올로기와 勢力均衡 • 李建鎬 (43)

現代行政論 • 鄭仁興 (52)

---

263 목차는 저자명 '왈슨'.
264 목차는 저자명 '붓슈'.
265 목차는 저자명 '데볼'.

---

266 목차는 '張俊河' 표기.

戰後의 獨逸文學 • 朴鍾緒 (62)

科學과 現代 • J·R·오펜하이머 (74)[267]

古典解說⑯ : 君主論 • 金敏洙 (82)

人生노오트⑪ : 人生雜記 • 李載壎 (88)

避難回想記(三) • 金東鳴 (95)

思想과 生涯⑧ : 베이콘(Bacon) • 安秉煜 (104)

經濟思想史③ : 古典學派 • 成昌煥 (110)

革命의 理論과 歷史
- 푸롤레타리아 革命 : 로시아革命은 果然 無
  階級社會實現의 革命이냐? • 金學燁
  (117)
- 아시아 民族解放運動 • 金俊燁 (130)

이것이 「아메리카」다 • 죤·A·코우웬호오븐; 盧
  熙燁 譯 (141)[268]

革命의 理論과 歷史
- 産業革命 • 吳德永 (161)
- 부르죠아 革命 • 閔錫泓 (169)

科學史② : 科學의 世紀 • 權寧大 (181)

革命의 理論과 歷史
- 宗敎革命 • 金聲近 (193)

할 말이 있다 • 咸錫憲 (203)

아가페와 에로스 • 池東植 (215)

톨스토이論 • W·S·모옴 (229)[269]

움직이는 世界
- 잠을 깬 右翼 인테리들 • (242)
- 埃及의 人口問題 • (245)
  一. 爆發하는 埃及의 人口
  二. 나일강 沿岸의 人口重壓
  三. 埃及政府의 人口對策
  四. 政府의 産兒制限運動
  五. 意志에 의하여 打開될 것인가?
- 항가리 人民義擧始末 • (252)
  一. 蜂起以前의 洪牙利 實態[270]
  二. 大衆의 要求條件과 示威
  三. 市街戰과 蘇聯介入
  四. 「부」市로부터의 쏘련撤退
  五. 三日間의 自由
  六. 作戰의 後退
  七. 無抵抗抗拒

國際政治에 있어서의 正義(續) • 鄭泰燮 (265)

中共의 現實 • C·M·장; 李始豪 譯 (275)

---

267 목차는 저자명 '오펜하이머'.
268 목차는 저자명 '코우웬호오븐'.

269 목차는 저자명 '모옴'.
270 목차는 '蜂起以前의 항가리 實態'.

隨筆

-「하루살이」글 三十年 • 李寬求 (302)

- 잊어버린 愛人 • 金安在 (305)

- 마음 • 황하밀 (307)

- 可口可樂 • 趙豊衍 (309)

- 高官의 禮翰 • 李相魯 (311)

- 健忘有感 • 鄭圭 (313)

國文學史叙述方法論 : 國文學史叙述과 그 方
法에 관한 私見 • 白鐵 (315)[271]

한마디 한다

- 出版物團束法案을 집어우치라 • (328)

- 高 서울市長에게 감사한다 • (328)

- 서울市內뻐스組合에 할 말이 있다 • (328)

- 時計密輸事件은 어떻게 되었느냐? • (329)

- 張 內務長官에게 期待한다 • (329)

- 思想界는 勇敢하라 • (329)

人類의 知性

- 現代教育의 批判 • N · M · 퓨시; 李鍾求 譯
(330)[272]

- 明日의 藝術家 • 쥬르 · 로망 (334)[273]

詩

- 갈매기素描 • 朴南秀 (338)

- 薄明 • 申瞳集 (342)

- 너와 구름과 나 • 全鳳健 (343)

創作 · 海娘祠의 慶事 • 鄭漢淑 (345)

---

271 본문 소제목에 '叙' 누락.
272 목차는 저자명 '퓨시'.
273 목차는 저자명 '로망'.

連載中篇 · 날이 밝으면 (第三回) • 金八峰 (355)

**思想界 第5卷 第4號 通卷 第45號 / 本誌揭載
翻譯物一切翻譯權獲得畢** (1957년 4월호)

畫報

- 荊棘 • 피터디 (15)

- 海濱鳥 • 캡판 (16)

- 冬至 • 립튼 (16)

- 造物主 • 마아티넬리 (17)

- 家庭用品 • 쉴러 (17)

- 海上雲 • 슈래그 (18)

- 橋梁 • 스타인버그 (18)

- 山脈 • 캘러핸 (19)

- 動物 • 그레이브즈 (19)

- 男像 • 그린 (20)

- 기터켜는 女子 • 코오너 (20)

- 馬上의 女人 • 마아쉬 (21)

- 푸로미나아드 • 토베이 (21)

- 裸婦 • 마아티넬리 (22)

- 2/29/53 • 스미쓰 (22)

- 骨像 • 엘버트 (23)

- 장님 植物學者 • 솨안 (23)

- 詩人의 머리 • 바스킨 (24)

- 乞食하는 女人 • 불룸 (24)

卷頭言 · 創刊四週年에 즈음하여 • (26)[274]

二十世紀의 展望

- 人間과 神의 運命 : 基準을 爲한 序說 • 孫宇
聲 (28)

國際聯合의 危機 • 朴觀淑 (39)

---

274 목차는 '張俊河' 표기.

휫트맨과 美國의 傳統 • F · 스토발; 郭少晋 譯
(45)[275]

西獨勞動者의 生態 • 尹炳旭 (61)

空間과 時間의 限界 • D · H · 멘젤; 李鐵柱 譯
(70)[276]

共産主義法理論 批判(上) : 켈젠의 立場에서 •
張秉鶴 (87)

人物評傳 · 이든 • 李始豪 (96)

美國의 東洋研究 • 全海宗 (107)

人生노오트⑫ : 人生의 虛實 • 吳天錫 (114)

經濟思想史④ : 歷史學派 • 成昌煥 (119)

工業革命 • 吳德永 (126)

二十世紀의 展望
- 對立과 統合 : 永久平和의 問題 • 李用熙
(134)

톨스토이론(下) • W · S · 모옴 (151)[277]

文學研究論(上) 大學院을 中心으로 • A · 웰렉; R ·
월렌; 金容權 譯 (167)[278]

古典解說⑰ : 紅樓夢 • 車柱環 (174)

二十世紀의 展望
- 二十世紀의 全開 : 現代와 現代의 諸問題 •
趙義高 (187)

閑暇의 哲學 • D · 리스먼 (199)[279]

隨筆
- 失樂園을 등진 사람들 • 李明溫 (220)
- 아끼든 사람들 • 朴一松 (221)
- 서울街頭點景 • 金晟鎭 (223)
- 天不答 • 黃山德 (226)
- 주먹과 사바 사바 • 朴寺濬 (229)[280]
- 冊 • 李崇寧 (231)

科學史③ : 二十世紀의 科學 • 權寧大 (234)

二十世紀의 展望
- 人間苦役에서의 解放 : 第四次 産業革命의
展望 • A · M · 로오스 (243)[281]

움직이는 世界
- 英國과 中東 • (256)
- 뻐스를 中心한 黑白鬪爭 • (258)
- 고물카의 波瀾 • (259)
- 人類의 福祉를 爲한 原子力 • (261)[282]

---

275 목차는 저자명 '스토발'.
276 목차는 저자명 '멘젤'.
277 목차는 저자명 '모옴'.
278 목차는 저자명 '웰렉', '월렌'.
279 목차는 저자명 '리스먼'.
280 목차는 저자명 '朴榮濬'.
281 목차는 저자명 '로오스', 부제목 '科學과 明日의
世界'.
282 목차는 'ㅇ 軍事的利用에서 平和的利用, ㅇ 美蘇의
原子力援助競爭, ㅇ 原子力의 輸送動力利用,
ㅇ 原子力의 發電 利用, ㅇ 同位元素의 産業利用,
ㅇ 죽음의 재'로 분류함.

人類의 知性
- 우리가 渴求하는 世界觀 • H·R·류스 (270)[283]
- 人間自由의 設計 • S·마드리아가 (274)[284]

美洲點描(上) • 金聲翰 (277)

二十世紀의 展望
- 새로운 世界觀의 摸索 : 하나의 人間理念 •
  安秉煜 (283)[285]

民間産業의 現況과 그 振興策 • 高承濟 (291)[286]

現代美國畫壇 • L·E·쫀슨 (294)[287]

民族主義의 新次元 : 맑스主義 民族理念의 危
  險性 • 申相楚 (301)

詩
- 웃음을 위한 詩 • 金耀燮 (307)
- 부다페스트에서의 少女의 죽음 • 金春洙
  (308)
- 非情의 詩 • 金容浩 (310)
- 山바람처럼 • 金珖燮 (313)
- 한마디 한다

- 徐 治安局長을 歡迎한다 • (314)
- 번역을 많이 실으라 • (314)
- 東亞日報에 한마디 한다 • (314)
- 公報室에 要望한다 • (314)
- 讀者를 생각하라 • (315)
- 中央當局에 바란다 • (315)

創作
- 대구이야기 • 安壽吉 (316)
- 三幕寺 • 趙容萬 (327)
- 사람과 배암 • N·호오손; 李鍾求 譯 (344)[288]

連載中篇 · 날이 밝으면(第四回) • 金八峰 (363)

思想界 第5卷 第5號 通卷 第46號 / 本誌揭載
飜譯物一切飜譯權獲得畢 (1957년 5월호)

卷頭言 · 나라의 生命은 어디 있느냐? • 張俊河
  (16)

熱情論 • 崔載瑞 (18)

國營企業體의 經營合理化 • 鄭守永 (26)

社會科學方法論 : 웨버的인 見地에서 • 裴成
  龍 (34)

咸錫憲先生에게 할말이 있다 • 尹亭重 (42)

軍情神敎育論 • 李榮治 (50)

---

283 목차는 저자명 '류스'.
284 목차는 저자명 '마드리아가'.
285 '새로운 世界觀의 模索'은 '摸索'의 誤記인 듯.
286 목차는 '民間産業의 現狀과 그 振興策'.
287 목차는 저자명 '쫀슨'.

288 목차는 저자명 '호오손'.

古典解說⑱：老子道德經 ● 具本明 (56)

現代戲曲의 特質：近代와의 差質性과 그 止揚
　　方法의 批判 ● 崔一秀 (63)

全體主義論 ● M·페인소드[289] (74)

文學研究論(下) ● 웰럭 월렉 (80)

太陽系의 起源 ● D·H·멘젤; 李鐵柱 譯[290] (88)

科學史④：原子力時代 ● 權寧大 (104)

隨筆
- 두 가지의 寫眞 ● 정신득 (112)
- 愉快한 報告 ● 崔貞熙 (113)
- 班長 ● 金泰吉 (115)
- 神父 · 醫師 · 先生 ● 張基槿 (116)
- 不惑의 辯 ● 金鍾雨 (118)
- 모던양반 ● 李熙昇 (119)

暗殺 ● 李鍾極 (122)

젊음을 要求한다
- 젊음의 論理 ● 李長昊 (131)
- 움직이는 젊음：大戰後 世界青年運動 ● 金
　成植 (136)
- 不安의 根柢 ● 金在俊 (151)

經濟思想史⑤：社會主義學派 ● 成昌煥 (159)

움직이는 世界
- 新生黑人國「가나」：變貌하는 아프리카 ●
　(168)
- 불가리아 共産黨의 境遇：머리를 쳐드는
　스탈린主義 ● (170)
- 昨今의 比國政情：슬픔과 混亂의 友邦 ●
　(173)
- 獨立無援의 항가리：渴望하는 西方援助 ●
　(175)

韓國民族性의 心理學的 分析：性格心理學的
　診斷과 分析 ● 金泰午 (178)

NATO는 살아있다：NATO의 機能과 世界平
和 ● J·L·코린스[291] (188)

大學社會를 친다 ● 李崇寧 (204)

젊음을 要求한다
- 레지스탕스 ● 申相楚 (212)

북 · 레뷰
- 佛蘭西의「經濟 · 社會地理學」叢書 (假題) ●
　陸芝修 (218)
- 페히너著 法哲學 (假題) ● 黃山德 (219)
- 카아著 浪漫的亡命客들 (假題) ● 全海宗
　(220)

289　목차는 저자명 '페인소드'.
290　목차는 저자명 '멘젤'.

291　목차는 저자명 '코린스'.

－ 하아트著 福童이 (假題) • J·스피릭 (221)

젊음을 要求한다
－ 喪失된 젊음 : 젊은 世代에 고하는 글 • 金東
鳴 (224)

스탕다알論 • 朴光善 (229)

人生노오트⑬ : 내 생각 이모저모 • 金敬琢
(240)

美資本主義의 抗辯 • J·D·젤라박; 盧熙燁 譯[292]
(251)

紀行·南極의 氷原에서 • B·캘브[293] (259)

世界政治思想史① : 神話的 支配의 世界와
그 崩壞 • 李用熙 (266)

共産主義와 知識人 • R·아론[294] (283)

人類의 至性
－ 明日의 人間心理 • C·G·융그; 李鍾求 譯[295]
(290)
－ 未來의 設計圖 • D·사르노푸[296] (294)

思想과 生涯⑨ : 續 베이콘(Bacon) • 安秉煜 (299)

詩
－ 가난한 사람들 • 盧天命 (308)
－ 갈보리의 노래 • 朴斗鎭 (309)
－ 파이프 21 • 金宗文 (310)
－ 소리의 洞窟 • 印泰星 (312)
－ 탄생 • 金龍濟 (313)

한마디 한다
－ 信書는 왜 뜯느냐? • (314)
－ 愛國福券을 없애라 • (314)
－ 銀行의 狹量을 친다 • (314)
－ 區廳長에게 한마디 한다 • (314)
－ 서울市長에게 부탁한다 • (315)
－ 國民班組織에 반대한다 • (315)

創作 · 失踪 • S·쥬웨르[297] (316)

連載中篇 · 白紙의 記錄(第一回) • 吳尙源 (336)

連載中篇 · 날이 밝으면(第五回) • 金八峰 (351)

思想界 第5卷 第6號 通卷 第47號
(1957년 6월호)

卷頭言 · 우리는 特權階級의 밥이 아니다 • 張
俊河 (16)

---

292 목차는 저자명 '젤라박'.
293 목차는 저자명 '캘브'.
294 목차는 저자명 '아론'.
295 목차는 저자명 '융그'.
296 목차는 저자명 '사르노푸'.

---

297 목차는 저자명 '쥬웨르'.

누구를 爲한 政治냐? : 明君賢相主義와 法治主義 • 裵成龍 (18)

古典의 現代化論議 • 鄭炳昱 (23)

구라파人의 中國館 • 高柄翊 (33)

遺傳學노오트(上) : 原子時代를 中心으로 한 몇 가지 問題… • 姜永善 (43)

思想과 生涯⑩ : 스피노오자 • 金桂淑 (50)

쏘련의 國際法學說 : 最近動向의 瞥見 • 朴在灝 (61)

農民은 왜 못사느냐? • 朴東昂 (73)

人生노오트⑭ : 花壇과 人生 • 洪顯杲 (84)

共産主義 法理論 批判(中) : 켈젠의 立場에서 • 張庚鶴 (91)

最古의 絃樂器 • 趙成 (105)

美洲點描(下) • 金聲翰 (108)

내가 본 民法案 : 훌륭한 新民法典의 制定을 念願하면서 • 李熙鳳 (116)

人類의 知性
– 轉換하는 生物學 • H·J·뮬러; 李鍾求 譯[298]
　　(124)

– 變貌하는 世界經濟 • C·G·클라아크[299] (129)

世界政治思想史② : 信仰의 支配와 貧困에서 諦念된 服從 • 李用熙 (133)

隨筆
– 主禮 • 朴術音 (146)
– 閑居不善? • 柳致環 (147)
– 물의 공덕 • 김윤경 (150)
– 젊은 氣象圖 • 鄭忠良 (153)
– 禮 • 田榮澤 (155)
– 幸福된 韓國民 • 白世明 (159)

自然·動力·人間 • E·G·노오즈; 李海英 譯[300]
　　(161)

한마디 한다
– 稅金을 公正히 賦課하라 • (178)
– 教授의 文盲退治 • (178)
– 崔 文教長官에게 要望한다 • (178)
– 學術院·藝術院을 改編하라 • (179)
– 畫報는 좋았다 • (179)
– 咸錫憲 先生을 尊敬한다 • (179)

人物評傳 : 아이젠하워 • A·스탠리·하이달라[301]
　　(180)

칼·빨트 • 尹聖範 (185)

---

298 목차는 저자명 '뮬러'.

299 목차는 저자명 '클라아크'.
300 목차는 저자명 '노오즈'.
301 목차는 저자명 '하이달라'.

詩
- 獨白 : 허전한 時代에게 • 毛允淑 (196)
- 아담과 이브 • 尹永春 (197)

權力과 이데올로기 : 쏘련 뿔럭의 危機 • Z·브
　　르제진스키; 盧熙燁 譯[302] (198)

作家의 形成과 環境 • 송욱 (210)

우리는 反省한다 • P·H·다글라스[303] (217)

經濟思想史⑥ : 限界效用學派 • 成昌煥 (232)

휴매니즘을 中心으로
: 文學者·哲學者가 오늘과 來日을 말하는 座
　　談會 • 朴鍾鴻; 孫宇聲; 李鍾雨; 崔載瑞; 安
　　秉煜(司會) (240)

詩
- 山中問答 • 宋哲來 (269)
- 마음 • 李鳳耉 (270)
- 파 • 柳玲 (271)

움직이는 世界
- 殷鑑은 멀지않다 : 무너져가는 오스트리아
　　共産黨 • (272)
- 比重이 커가는 科學者의 位置 : 오펜하이머
　　等의 境遇 • (274)

- 네루·유엔·카슈밀 : 다시 짓밟히는 國際道
　　義 • (277)
- 明滅하는 크레므린의 主人燈 : 마렌코프의
　　再登場 • (279)

尹亨重神父에게는 할 말이 없다 • 咸錫憲 (282)

북 · 레뷰
- 맥쿠아리 著 實存主義神學 (假題) • 金在俊
　　(306)
- 베르쟈예프 著 로시아思想史 (假題) • 全海宗
　　(306)
- 하아트 著 「테네시」의 친구 (假題) • 스피릭
　　(308)
- 웰첼 著 刑法體系의 新形像 (第三版) (假題) •
　　黃山德 (310)

連載中篇 · 白紙의 記錄(第二回) • 吳尙源 (311)

創作 · 貧窮 • S·쥬웨트[304] (325)

連載中篇 · 날이 밝으면(完) • 金八峰 (336)

創作 · 歸路 • 田淑禧 (354)

思想界 第5卷 第7號 通卷 第48號
(1957년 7월호)

卷頭言 · 良識의 終焉 • (16)

事理의 壞滅을 哀悼한다 • 孫宇聲 (18)

---

302 목차는 저자명 '브르제진스키'.
303 목차는 저자명 '다글라스'.

304 목차는 저자명 '쥬웨트'.

官僚政治의 生態 • 아인스타트; 李鍾求 譯 (30)

換率 改訂問題 • 李相球 (52)

美國과 英國 • F·시슐드웨이트[305] (57)

經濟思想史⑦ : 近代經濟學(一) • 成昌煥 (77)

絞首台에 선 眞理[306] • 池東植 (85)

思想과 生涯⑪ : 파스칼 • 金亨錫 (92)

人生노오트⑮ : 누가 叛逆者며 누가 愛國者인
가? • 李秉岐 (104)

詩 · 歸鄕 • 李雪舟 (111)

움직이는 世界
- 테레비죤의 弊害 : 激增하는 어린이의 頭痛
과 眼疾 • (112)
- 選擧戰에 바쁜 西獨 : 國民은 變動을 願한다
• (113)
- 獨裁者 피닐라의 末路 : 自由에 이긴 코롬
비아 國民들 • (116)
- 쏘련의 經濟體制改革 : 스탈린化하는 후루
시쵸프 • (118)

人類의 知性
- 將來의 經濟問題 • A·R·번즈; 李鍾求 譯[307]
(120)
- 새로운 科學者의 使命 • G·랜더스[308] (125)

咸錫憲氏의 答辯에 答辯한다 • 尹亭重 (130)

時調 · 梅花頌 • 金龍琣 (152)[309]

隨筆
- 幸州山城에서 • 李榮治 (154)
- 飮食값 치르기 • 趙豊衍 (155)
- 이런 사람도 있다 • 孫明鉉 (157)
- 讀者의 片紙 • 鄭飛石 (160)
- 人生과 希望 • 李海南 (162)
- H교수와 거지애 • 金成植 (165)

遺傳學노오트(下) • 姜永善 (167)

獨逸의 復興過程(上) : 所謂「獨逸의 奇蹟」論 •
H·C·월리크[310] (174)

詩 · 女色 • 全榮慶 (180)

上半期 新舊의 創作界 : 月刊誌의 作品을 中心
• 白鐵 (182)

人民民主主義를 批判한다 • 李斗山 (199)

---

305 목차는 저자명 '시슐드웨이트'
306 목차는 絞首臺에 선 眞理.

307 목차는 저자명 '번즈'.
308 목차는 저자명 '랜더스'.
309 목차는 '詩'로 분류함.
310 목차는 저자명 '월리크'.

詩
- 海女 : 西歸浦에서 • 薛昌洙 (207)
- 묻지를 말라 • 李仁石 (208)

物價安定과 失業對策 : 나의 具體的 方案과 그
　　　論理的 根據 • 朴東昂; 李昌烈; 金相謙; 金
　　　安在; 陸芝修; 崔文煥; 崔虎鎭 (210-241)

詩 · 不穩抒情 • 李相魯 (242)

한마디 한다
- 鄭準謨 長官에게 부탁한다 • (244)
- 山林當局에 忠告한다 • (244)
- 서울市議의 醜態 • (244)
- 道峰山의 警官 • (245)
- 通禁時間을 撤廢하라 • (245)
- 國會는 딱하다 • (245)

現代小說과 小說家 • A · 푸라이쓰 · 죠운즈[311] (246)

敎養이라는 幽靈 • 주요섭[312] (256)

古典解說⑲ : 實踐理性批判 • 金基錫 (261)

現財務當局의 矛盾은 크다 • 金永善 (268)

美國의 對外經濟政策 • T · V · 칼리자비[313] (275)

李箱의 죽음 : 그의 二週忌에 즈음하여 • 金春
　　　洙 (284)

아이브즈의 音樂과 生活 • L · 슈레이드; 柳玲
　　　譯[314] (292)

共產主義 法理論批判(下) : 켈젠의 立場에서
　　　• 張庚鶴 (304)

詩 · 何如之鄕(四) • 송욱 (314)

북 · 레뷰
- 자우에르 著 法哲學入門 (假題) • 李恒寧 (316)
- 가바인 著 古代土耳其語文法(假題) • 李崇寧
　　　(316)
- 윌슨 著 局外者 (假題) • A · 맥타가트[315] (318)
- 아우에르 著 人間은 權利를 가진다 (假題) •
　　　黃山德 (322)

創作
- 木工 요셉 : 原題 「어느 날의 木工 요셉과 그
　　　의 家族들」 • 金東里 (323)
- 稚夢 • 孫昌涉 (333)
- 닭 • 朴敬洙 (355)

311　목차는 저자명 '죠운즈'.
312　목차는 저자명 '朱耀燮'.
313　목차는 저자명 '칼리자비'.

314　목차는 저자명 '슈레이드'.
315　목차는 저자명 '맥타가트'.

思想界 第5卷 第8號 通卷 第49號
(1957년 8월호)

卷頭言 · 한 개 文藝復興을 爲한 提議 • (16)

書齋 · 學園 • 李熙昇 (18)

大學行政의 批判과 反省 : 李崇寧 教授의「大
　　學社會를 친다」를 읽고 • 金泰午 (28)

思想과 生涯⑫ : 라인홀드 니이버[316] • 金龍玉
　　(37)

軍政法令 第五十五號 批判 • 曺泰岩 (49)

人間自由와 政府의 經濟的 任務 • G · 호오쥐[317]
　　(53)

美國南部文學의 教訓 • C · V · 욷워드[318] (72)

(續) 人民民主主義를 批判한다 • 李斗山 (83)

國民班騷動 · 選擧法騷動 • 嚴詳燮 (89)

人類의 特異性 • G · W · 비들; 朴松培 譯[319] (96)

歐美博士論 • 金廷鶴 (104)

餘暇의 經濟的 價値論 • D · M · 풋더[320] (115)

詩
－ 序詩 • 金洙暎 (120)
－ 養生修 • 金冠植 (121)

북 · 레뷰
－ 오자라 著 農業과 經濟發展 (假題) • 朴東昂
　　(122)
－ 엠게 著 法哲學入門 (假題) • 李恒寧 (123)
－ 슘페터 著 社會科學者論 (假題) • 高承濟 (124)
－ 벤찡 著「通古斯語」(假題) • 李崇寧 (125)

佛文學片想①[321] : 現代의 神話 • 金鵬九 (126)

政府의 低物價政策 解剖 • 朱碩均 (131)

紀行 · 哲學者 카르납 教授 訪問記 • 朴鍾鴻
　　(144)

네오 · 토미즘(Neo-Thomisme) • 黃旼性 (151)

J · R · 힉스의 經濟理論 • 崔虎鎭 (161)

東洋의 再發見
－ 無의 東洋哲學的 意義 • 金東華 (171)

沈默의 言語價值 • 金善琪 (180)

316　목차는 '니이버'.
317　목차는 저자명 '호오쥐'.
318　목차는 저자명 '욷워드'.
319　목차는 저자명 '비들'.

320　목차는 저자명 '풋더'.
321　목차는 '佛文學片想①' 누락.

人類의 知性
- 새로운 都市의 設計 • W · 젝큰도르푸; 李鍾求
譯[322] (186)
- 豫想되는 醫學의 進步 • F · M · 버어넽[323] (190)

움직이는 世界
- 窮鼠의 固執 : 스카르노 大統領의 境遇 •
(194)
- 回生하는 盟主의 꿈 : 岸日首相의 東南亞巡
禮 • (196)
- 獨裁의 또 하나 慘劇 : 멕시코의 現實 • (197)
- 길은 로마로 通한다 : 誘導彈을 둘러싼 紛
爭 • (198)

東洋의 再發見
- 東洋文化의 本質 • 金敬琢 (200)
- 아시아的 沈滯性의 諸問題 • 趙璣濬 (208)

獨逸의 復興過程(中) : 所謂「獨逸의 奇蹟」論 •
H · C · 월리크[324] (215)

經濟思想史⑧ : 近代經濟學(二) • 成昌煥 (221)

政治學의 機能 • G · 카트린[325] (229)

古典解說⑳ : 法의 精神 • 申相楚 (246)

隨筆
- 여름밤 • 全光鏞 (252)
- 慾情 • 李昌烈 (254)

- 動亂의 敎訓 • 禹昇圭 (257)
- 길에 관하여 • 李敾河 (260)

東洋의 再發見
- 東洋藝術의 特質 : 佛敎美術과 關聯하여 •
黃壽永 (266)
- 東洋의 歷史的 現實 • 鄭在覺 (275)

民衆의 소리
- 咸錫憲 · 尹亨重 兩氏論爭을 읽고 : 나도 몇
마디 한다 • 全泰樹 (284)

太陽 에네르기의 現在와 將來 : 無盡藏의 天然
資源 • F · 다니엘스; 梁興模 譯[326] (289)

詩
- 秋史의 글씨에게 • 成賛慶 (296)
- 風波 : 「사슬 푼 푸로메쥬쓰」의 續篇 • 申石
艸 (298)

勞動의 現代的 考察 • H · J · 마이어[327] (301)

한마디 한다
- 富裕層의 文化事業을 促求한다 • (306)
- 文敎當局에 要望함 • (306)
- 咸 · 尹 兩先生에게 감사한다 • (306)
- 「農民은 왜 못사느냐?」는 좋았다 • (307)
- 山林保護는 口號에 그치는가? • (307)
- 列車內의 通行稅는 무엇이냐? • (307)

322 목차는 저자명 '젝큰도르푸'.
323 목차는 저자명 '버어넽'.
324 목차는 저자명 '월리크'.
325 목차는 저자명 '카트린'.

326 목차는 저자명 '다니엘스'.
327 목차는 저자명 '마이어'.

創作 · 猫王錄 • S·V·베네트;柳玲 譯[328] (308)

詩 · 自省의 溪谷에서 • 金璟麟 (326)

創作
- 똥개 • 鮮于煇 (327)
- 連載中篇:白紙의 紀錄(第三回) • 吳尙源 (337)
- 麥嶺(上) • 李無影 (347)

思想界 第5卷 第9號 通卷 第50號 / 創刊第 50號紀念 (1957년 9월호)

卷頭言 · 本誌 第五十號를 내면서 • (16)

第二回 東仁文學賞受賞作品:불꽃 • 鮮于煇 (18)
- 審査經過 • 思想界編輯委員會 (69)
- 審査評 • 金八峰 (69); 朴榮濬 (71); 白鐵 (72); 孫 宇聲 (73)
- 受賞所感 • 鮮于煇 (73)

人間의 條件 • 河岐洛 (75)

詩
- 중얼거림 • 樹州 (83)
- 自畵像 • 柳玲 (84)
- 꽃들은 一齊히 太陽을 向하여 • 朴喜瑾 (85)

북 · 레뷰
- 崔載瑞 著 文學原論 • 金聲翰 (86)

- 藤田亮策 著 朝鮮의 歷史 • 李弘稙 (86)
- 모알레 著 二十世紀文學과 基督敎 (假題) • 金鵬九 (88)
- 벤찡 著 라무트語文法 (假題) • 李崇寧 (89)

人生노오트⑯:無限에의 鄕愁 • 崔玟順 (90)

멋 第一章:집 • 馬海松 (100)

變貌하는 最近의 쏘련 經濟政策 • R·W·캠벨[329] (115)

古典解說㉑:파우스트 • 鄭秉錫 (131)

詩人을 通해서 본 韓國文化(一) • 月灘 朴鍾和 (140)

謀略 • 李恒寧 (148)

獨逸의 復興過程(下):所謂「獨逸의 奇蹟」論 • H·C·월리크[330] (157)

基礎文學函數論:批評文學의 方法과 그 基 準 • 李御寧 (163)

思想과 生涯⑬:칸트 • 孫明鉉 (171)

---

328 목차는 저자명 '베네트'.

329 목차는 저자명 '캠벨'.
330 목차는 저자명 '월리크'.

詩 · 하늘은 높다는 意味에서 • 金次榮 (183)

世界政治思想史③ - 近世前篇(一) : 專制君
　　主思想 • 李用熙 (184)

保健物理學 • L · J · 체루빈; 朴松培 譯[331] (196)

움직이는 世界
- 고물카路線 : 크레믈린에 던지는 또 하나
　　暗影 • (204)
- 스에즈攻擊의 幕後事情 : 同志를 속인 英佛
　　의 苦衷 • (205)
- 沖繩의 苦悶 : 自由防衛에는 이런 難關도 있
　　다 • (207)
- 毛澤東에의 公開狀 : 羊頭狗肉의 百家爭鳴 •
　　(209)

나라를 救하는 길 : 某 大學校에서의 講演 • 李
　　敫河 (214)

自然과 人間 • V · F · 와이스코프; 李鐵柱 譯[332] (226)

人類의 知性
- 藝術의 領域 • H · E · 리이드; 李鍾求 譯[333] (240)
- 콤뮤니케이슌 • W · E · 디스네이[334] (244)

後進國의 政治的 風土 • Z · 브르제진스키[335] (249)

隨筆
- 하아바드 校庭의 여름 • 于湖 (274)
- 개평哲學 • 車柱環 (275)
- 꾀꼬리 • 金泰吉 (277)
- 피 파는 學生 • 張基槿 (280)
- 맘보漫步 • 晚甫 (282)
- 부자가 된 이야기 • 金亨錫 (285)

民間資本形成의 當面課題 • 李冕錫 (288)

한마디 한다
- 映畫字幕을 옳게 하라 • (296)
- 藥廣告를 統制하라 • (296)
- 遞信部長官에게 要望함 • (296)
- 高在鳳 市長에게 드림 • (297)
- 테로犯은 왜 못 잡나? • (297)
- 「麥嶺」은 感銘이 깊었다 • (297)

中共 國家體制의 成立 • 金俊燁 (298)

經濟思想史⑨ : 近代經濟學(三) • 成昌煥 (307)

아카데미즘의 危機 : 博士論文 「李朝時代의
　　歌謠研究」 批判 • 鄭炳昱 (319)

331　목차는 저자명 '체루빈'.
332　목차는 저자명 '와이스코프'.
333　목차는 저자명 '리이드'.
334　목차는 저자명 '디스네이'.

335　목차는 저자명 '브르제진스키'.

强制와 自由(上) : 經濟發展의 最上策은 무엇
　　인가? • K·슈바이니쯔[336] (332)

詩
- 暮色 • 張壽哲 (353)
- 유리의 魚缸(一) : SW氏에게 • 李哲範 (354)

創作 · 麥嶺(中) • 李無影 (356)

思想界 第5卷 第10號 通卷 第51號
(1957년 10월호)

卷頭言 · 海外留學生에게 苦言함 • (16)[337]

社會機構論
- 政治機構와 社會機構 • 邊時敏 (18)
- 社會機構와 휴매니즘 • 安秉煜 (26)
- 資本主義 社會機構 • 愼道晟 (35)
- 社會主義 · 共産主義 社會機構 • 申相楚 (41)
- 哲學的 貧困의 克服을 爲하여 • 李斗山 (55)

칼 · 맑스論 • 켈쏘 (65)

에밀 · 뿌른너의 倫理觀 : 社會倫理의 基本理
　　論 • 金錫穆 (77)

움직이는 世界
- 强烈한 人間의 良心 : 投獄된 두 作家는 人
　　類에게 呼訴한다 • (90)
- 成熟하는 一人舞臺 : 후루시쵸프는 最後勝
　　利者인가? • (93)

- 危機一髮의 스에즈再版 : 餘燼이 가시지 않
　　은 오만紛爭 • (96)
- 岐路에 선 軍縮會談 : 흥정을 爲한 흥정 •
　　(98)

人生노오트⑰ : 成事在天 • 張志暎 (100)

實存主義 法學은 可能한가? • 한스·켈젠;黃山德
　　譯[338] (108)

强制와 自由(下) : 經濟發展의 最上策은 무엇
　　인가? • K·슈바이니쯔[339] (119)

美國 外交政策의 基調와 展開 • 申基碩 (131)

늘어가는 地球의 秘密 • L·V·버크너[340] (143)

教育者의 人間像 • 徐明源 (151)

血液量의 決定法 • S·N·앨버트[341] (159)

續 아카데미즘의 危機 : 博士論文「李朝時代
　　의 歌謠研究」批判 • 鄭炳昱 (163)

思想과 生涯⑭ : 죤 록크 • 田元培 (174)

近世黨爭史論 • 金龍德 (182)

經濟思想史⑩ : 近代經濟學(四) • 成昌煥 (196)

336　목차는 저자명 '슈바이니쯔'.
337　목차와 본문 모두 저자명 누락.

338　목차는 저자명 '켈젠'.
339　목차는 저자명 '슈바이니쯔'.
340　목차는 저자명 '버크너'.
341　목차는 저자명 '앨버트'.

佛蘭西에 있어서의 中國研究 • 양켈레비찌 (204)

詩 · 다섯篇의 SONNET • 朴南秀 (210)

完全雇用과 物價安定 : 그 槪念規定을 위하여 • 李晚成 (212)

북 · 레뷰
- 셔발리에 著 思想史 第二券 基督敎思想 (假題) • 黃旼性 (222)
- 룻소 著 二十世紀 文學 第五卷 (假題) • 金鵬九 (223)
- 蔣介石 著 中國과 쏘련 (假題) • 金俊燁 (224)
- 바르쯔 著 詩的 創造 (假題) • 李御寧 (225)

古典解說㉒ : 쉑스피어의 世界 • 權重輝 (226)

토인비의 歷史方法論 • 韓泰東 (233)

詩 · 午前八時 • 申瞳集 (245)

한마디 한다
- 書評을 要望함 • (246)
- 警察은 親切하라 • (246)
- 民主黨에 失望한다 • (246)
- 貴誌 五十號出刊을 祝賀함 • (247)
- 「불꽃」은 偉大하다 • (247)
- 大學生은 特權階級이냐? • (247)

詩 · 볼을 댄다 • 朴斗鎭 (248)

詩人을 通해서 본 韓國文化(二) • 月灘 朴鍾和 (250) 詩 · 바다 • 張虎崗 (259)

隨筆
- 廣寒樓 • 千寬宇 (260)
- 衣帶尊待 • 蔡基恩 (262)
- 나의 幸福觀 • 南璋熙 (264)
- 살멋이 없다 • 朴一松 (266)

世界政治思想史④ - 近世前篇(二) : 近代國家思想의 登場 • 李用熙 (269)

詩
- 破片 • 申基宣 (280)
- 廢家 • 李禧哲 (281)
- 프로필 • 李逸 (282)
- 紀行 : 「슈바르쯔 발트」의 山莊으로 : 하이덱가아 敎授를 찾아서 • 朴鍾鴻 (283)
- 루스와 나이팅겔 • 崔載瑞 (290)

連載中篇 · 白紙의 記錄(第四回) • 吳尙源 (299)

創作
- 孫校長 • 朴榮濬 (319)
- 麥嶺(下) • 李無影 (336)
- 墓標 • 金松 (346)

思想界 第5卷 第11號 通卷 第52號 / 本誌揭載翻譯物一切翻譯權獲得畢 (1957년 11월호)

卷頭言·民主主義의 再認識 • (16)

獨裁 • 尹濟述 (18)

知識人의 抗辯 • 張庚鶴 (24)

人間擁護論 • 孫宇聲 (31)

내가만난 外國學者 : 東西學術思想縱橫談 • 李相段 (39)

表現과 傳達의 理論 • 崔載瑞 (60)

中共의 人民支配機構(上) • 金俊燁 (82)

古典解說㉓ : 國富論 • 金斗熙 (94)

韓國古美術과 民族性 : 韓國人의 美意識의 心理的 特質 • 金泰午 (103)

人生노오트⑱ : 感懷今昔 • 주요한[342] (110)

法哲學的 政黨論 • 崔栻 (118)

詩·美國兵丁 • 李敭河 (128)

隨筆

 - 新聞은 누구를 爲하여 • 高濟經 (130)

 - 給仕와 表彰 • 崔誠實 (132)

 - 口讀·眠讀·心讀 • 安春根 (134)

 - YMCA 會館 • 李榮治 (136)

 - 코끼리 • 韓㳍劤 (138)

 - 健忘症 • 金斗憲 (140)

詩人을 通해서 본 韓國文化(完) • 月灘 朴鍾和 (143)

詩·愉快한 傳說 • 金奎東 (148)

科學과 人間精神 • E·W·시높[343] (150)

思想과 生涯⑮ : 헤에겔 - 그 思想形式의 모습 • 金桂淑 (165)

쏘련學生의 思想動向 • M·페인소드[344] (173)

I·A·리챠즈의 批評과 그 方法(上) : 「科學과 詩」를 中心으로 • 金容權 (187)

사람은 動物이 아니다 : 크레믈린을 驚動시킨 小說 • P·T·위트니[345] ; 柳玲 譯 (195)

經濟思想史⑪ : 近代經濟學(五) • 成昌煥 (205)

---

342 목차는 저자명 '朱耀翰'.

343 목차는 저자명 '시높'.
344 목차는 저자명 '페인소드'.
345 목차는 저자명 '위트니'.

無盡藏의 空中資源 : 하늘에서 노다지를 파는
　　사람들 • 존·레어; 朴松培 譯[346] (217)

音樂의 歷史 : 그 發展過程을 中心하여 • 李成
　　三 (226)

詩 · 慶州懷古 (改稿) • 自然 金龍珤 (236)

움직이는 世界
- 永遠히 남을 靈魂의 純潔 : 안네를 그리는
　　獨逸의 젊은 世代 • (238)
- 自由를 찾은 마레이 : 幕을 내리는 또 하나
　　植民統治 • (240)
- 中東에 수성대는 붉은 그림자 : 岐路에 선
　　시리아 • (243)
- 美國社會의 痼疾 : 리틀 · 로크事件의 境遇 •
　　(245)

現代와 社會主義 • W·허버그; 梁興模 譯[347] (247)

知識의 前線 : 人間의 本質(上) • T·도부찬스키;
　　李鍾求 譯[348] (254)

失調와 樣式再建 : 中國文化의 現代的 批判 •
　　芮逸夫 (263)

詩
- 포스트 · 맨 • 朴致遠 (280)
- 養鴨日記抄에서 • 宋晳來 (281)

한마디 한다
- 參議院의 選擧區 • (282)
- 都市計劃의 計劃性 • (282)
- 孫 社會部長官에게 • (282)
- 사람은 짐승이 아니다 • (283)
- 火葬場을 速히 撤去하라 • (283)
- 師範敎育을 是正하라 • (283)

世界政治思想史⑤ - 近世前篇(三) : 續 近代
　　國家思想의 登場 • 李用熙 (284)

북 · 레뷰
- 뿔 · 쇼오샤르 著 行動의 克服 (假題) • 黃玟性
　　(298)
- E · O · 라이샤워 著 圓仁의 唐代中國旅行 (假
　　題) • 高柄翊 (299)
- 한스 · 콘 著 二十世紀 (假題) • 閔錫泓 (301)
- 포페 著 칼카蒙古文法 (假題) • 李崇寧 (303)
- 포페 著 蒙古文語文法 (假題) • 李崇寧 (304)[349]

詩 · FALL • 朴成龍 (305)

創作 · 一覺先生 • 柳周鉉 (306)

連載中篇 · 白紙의 記錄 (第五回) • 吳尙源 (316)

創作
- 麥嶺(完) • 李無影 (338)
- 男子란 것 · 女子란 것 • 廉相涉 (350)

346　목차는 저자명 '레어'.
347　목차는 저자명 '허버그'.
348　목차는 저자명 '도부찬스키'.

349　목차에는 없고 본문에만 있음.

思想界 第5卷 第12號 通卷 第53號
(1957년 12월호)

卷頭言·六堂 崔南善 先生을 哀悼함 • 張俊河
(18)

六堂紀念舊稿再錄：百濟舊疆으로 • 崔南善
(20)

주먹구구論 • 玄錫虎 (31)

時間과 永遠：時間은 永遠한 創造業의 影像 •
金奎榮 (37)

죽을 地境이다 • 金相敦 (48)

生의 論理 • 金夏泰 (57)

中共의 人民支配機構(下) • 金俊燁 (65)

隨筆
- 조그마한 提議：主로 女子服裝에 관하여 •
樹州[350] (76)
- 人物貧困이냐 政治貧困이냐 • 李敎善 (78)
- 訓長 • 玄勝鍾 (81)
- 愛獸歷程 • 趙炳詩 (85)
- 술 • 月鄕[351] (87)
- 카스테라 外交 • 李雪舟 (90)

小說의 本質 • W·알렌; 徐圜 譯[352] (93)

文學人의 社會的 發言 : 무엇을 할 것인가? •
金八峰 (104)

思想의 障壁 • B·S·고울드[353] (114)

知識의 前線 : (續) 人間의 本質 • T·도부찬스키;
李鍾求 譯[354] (116)

(續) 哲學的 貧困의 克服을 爲하여 • 李斗山
(128)

經濟思想史(完) : 近代經濟學(完) • 成昌煥
(137)

亞細亞의 民族主義와 共産主義 • 金基洙 (150)

彷徨하는 쏘련의 新世代：價値의 對立 • 아렌·
카쏘프[355] (158)

思想과 生涯⑯ : 니이체 • 崔逸雲 (175)

I·A·리챠즈의 批評과 그 方法(下) :「科學과
詩」를 中心으로 • 金容權 (185)

演劇論 : 原論에 關한 몇 가지 整理 • 吳華燮
(199)

---

350 목차는 저자명 '卞榮魯'.
351 목차는 저자명 '皮千得'.

---

352 목차는 저자명 '알렌'.
353 목차는 저자명 '고울드'.
354 목차 저자명 '시놑'.
355 목차는 저자명 '카쏘프'.

農業協同組合과 農業金融問題 • 文方欽 (206)

쏘련의 亞細亞政策 : 一九四五年에서 ~
　　一九五六年까지 • R · 스웨어린겐; 金橚起
　　譯[356] (215)

로고스 • 池東植 (230)

움직이는 世界
- 總選擧의 西獨政情 : 걱정되는 아데나워 首
　　相의 高齡 • (238)
- 東南亞의 無血政變 : 쫓기는 피분 · 登場하
　　는 사리트 • (240)
- 變貌하는 戰略 · 戰術 : 大陸間彈道誘導彈 ·
　　人工衛星의 出現 • (243)
- 갈수록 泰山-中東 : 에집트 · 시리아 防衛協
　　定 • (245)

詩 · 山精 • 柳玲 (248)

一九五七年 詩總評 • 李御寧 (250)

文學의 內容과 形式 • 崔載瑞 (265)

詩 · 茶毗 • 一石[357] (293)

북 · 레뷰
- 錢穆 著 文化學大義 • 金敬琢 (294)

- 쥬리안 · 학슬리 著 東西의 遺傳學 (假題) •
　　姜永善 (295)
- 앙리 · 뒤메리 著 現代哲學의 考察 (假題) •
　　黃旼性 (297)
- 崔虎鎭 著 近代韓國經濟學史硏究 • 金龍德
　　(298)

詩
- 게(蟹) : 나의 肖像 • 張萬榮 (300)
- 條件史 • 申東門 (301)
- 山中詩抄 • 柳致環 (302)

古典解說㉔ : 杜甫와 그 時(上) : 詩歌를 通해
　　본 生涯 • 李丙疇 (306)

詩 · 아드발룬이 떠있는 風景 • 金光林 (317)

한마디 한다
- 서울市警에 一言함 • (318)
- 깡패의 뿌리를 빼라 • (318)
- 「孫校長」의 휴매니티 • (318)
- 鄕村에 投身하라 • (319)
- 嗚呼晋州事件 • (319)
- 長篇을 실으라 • (319)

詩 · 果木의 受難 • 朴鳳宇 (320)

創作
- 連載中篇 : 白紙의 記錄(完) • 吳尙源 (321)
- 四色風景 • 金龍濟 (344)
- 銀河의 傳說 • 崔仁旭 (355)

356　목차는 저자명 '스웨어린겐'.
357　목차는 저자명 '李熙昇'.

思想界 第6卷 第1號 通卷 第54號 / 新年號
本誌揭載飜譯物一切飜譯權獲得畢
(1958년 1월호)

卷頭言 · 새해의 祈願 • (16)

資本主義의 現段階를 어떻게 評價할 것인가?
　　　• 申相楚 (18)

計劃經濟와 獨裁 • 金永善 (29)

一九五七年의 作家들 • 李御寧 (36)

詩
– 無題 • 金珖燮 (56)
– 歸路 • 張壽哲 (57)
– 그때에서야 비로소 너는 : 新天地 序說 • 朴
　斗鎭 (58)

(續) 文學의 內容과 形式 • 崔載瑞 (60)

隨筆
– 敎育 • 任晳宰 (72)
– 黃鶴莊散稿 • 朴靜峰 (77)
– 鐵條網 • 李泰極 (80)
– 얼굴 · 말 · 「챠렌지」 • 于湖[358] (83)
– 誤字가 가져오는 喜悅 • 車柱環 (85)
– 커피戲談 • 金松 (87)

人生노오트⑲ : 平凡한 人生記錄 • 柳達永 (90)

勞動組合本質論 • 禹基度 (99)

우리말 「큰사전」 解剖 : 語義 解釋의 理論的
　基準 • 劉昌惇 (107)

映畫論 • 梁基哲 (117)

民事訴訟法草案攷 • 李英燮 (135)

思想과 生涯⑰ : 휘히테 • 최재희[359] (142)

북 · 레뷰
– 오르템바 著 一般農業 及 工業地理學 (假
　題) • 陸芝修 (154)
– 카안 著 道德的 判斷 (假題) • 張庚鶴 (156)
– 롬멘 著 自然法의 再生 (假題) • 金昌洙 (159)
– 람스테르 著 알타이語學槪說 第二部 形態
　論 (假題) • 李崇寧 (161)

掩蔽補助와 韓國經濟 • 金泳錄 (162)

現代의 心理學 : 歷史的 考察 • 金基錫 (171)

世界政治思想史⑥ – 近世後篇(一) : 啓蒙主
　義思想 • 李用熙 (180)

科學과 明日의 世界
– 人間의 自由 • A · H · 콤프튼[360] (189)
– 原子力 • O · 프리쉬[361] (196)

358　목차는 저자명 '金海宗'.

359　목차는 저자명 '崔載喜'.
360　목차는 저자명 '콤프튼'.
361　목차는 저자명 '프리쉬'.

- 驚異의 世紀 • I·B·코헨[362] (206)
- 航空 • L·N·라이드나워[363] (214)
- 生命 • S·B·헨드릭스[364] (225)
- 空中交通 • E·P·커어티스[365] (235)
- 젊어지는 백성 • F·W·노오트스타인[366] (237)
- 變異와 進化 • E·M·위킨[367] (246)
- 宇宙旅行
  = 時間 • E·젱가[368] (257)
  = 空間 • W·R·브류스타[369] (260)
  = 宿題 • H·하우[370] (264)
- 人工衛星 • H·오디쇼[371] (266)
- 女性과 科學 • H·H·밀러[372] (267)
- 生活文化 • R·스티븐즈[373] (272)
- 自然資源 • D·A·쉐퍼드[374] (279)
- 創造 • H·게르쉬노비쯔[375] (286)

大陸法과 그 歷史的 方向(上) • 玄勝鍾 (288)

古典解說㉕ : 杜甫와 그 詩(下) : 詩歌를 通해
  본 生涯 • 李丙疇 (292)

362 목차는 저자명 '코헨'.
363 목차는 저자명 '라이드나워'.
364 목차는 저자명 '헨드릭스'.
365 목차는 저자명 '커어티스'.
366 목차는 저자명 '노오트스타인'.
367 목차는 저자명 '위킨'.
368 목차는 저자명 '젱가'.
369 목차는 저자명 '브류스타'.
370 목차는 저자명 '하우'.
371 목차는 저자명 '오디쇼'.
372 목차는 저자명 '밀러'.
373 목차는 저자명 '스티븐즈'.
374 목차는 저자명 '쉐퍼드'.
375 목차는 저자명 '게르쉬노비쯔'.

詩 · 밤의 계단 • 高遠 (302)

創作 · 火災 • 鮮于煇 (303)

움직이는 世界
- 宇宙時代의 新戰略 : 西方의 科學力 總集結
    과 防衛機構의 結合 • (328)
- 印度의 苦悶相 : 果然「牛糞時代」는 免할수
    있을까 • (331)
- 쥬코프의 悲劇 : 그치지 않는 크레믈린의 權
    力鬪爭 • (334)
- 스페인의 新興勢力 : 프랑코를 싸고도는
    「오퍼스 · 데이」 • (336)

한마디 한다
- 虛僞廣告 삼가라 • (338)
- 大學生은 覺醒하라 • (338)
- 公州 吉恒植氏에게 • (339)
- 選擧法을 通過시켜라 • (339)

創作
- 餘分의 人間 • 李浩哲 (340)
- 抒情歌(上) • 趙容萬 (351)

思想界 第6卷 第2號 通卷 第55號
(1958년 2월호)

卷頭言 · 派爭 · 謀陷 · 滅亡 • (16)

崔南善과 李光洙
- 作家로서의 春園 • 金八峰 (18)
- 史家로서의 六堂 • 李丙燾 (24)
- 春園의 人間과 生涯 • 朱耀翰 (29)

- 六堂·春園의 時代的 背景 • 李殷相 (33)

人間의 八寸 • 李熙昇 (39)

人身拘束에 異常이 있다 • 太倫基 (42)

現代 法哲學의 根本問題 : 實質的 正義와 法社
會學 • 黃山德 (48)

까뮤作品과 그 世界

「異邦人」批判 • 짱·뽀올·싸르뜨르376 (56)

우리말 「큰사전」 解剖(續) : 語義解釋의 理論
的 基準 • 劉昌惇 (75)

詩 · 廁上哲學 • 李雪舟 (85)

隨筆
- 「푸로」와 「콘」 • 金在俊 (86)
- 奉仕하는 마음 • 閔文基 (88)
- 日本見聞記 : 國聯亞細亞地域 犯罪豫防會參
加餘錄 • 權純永 (91)
- 人事 • 金泰吉 (94)
- 어제 오늘 : 逆苦의 辯 • 李錫鉉 (96)
- 「훈이」와 토끼 • 金聖道 (99)
- 집 없는 罪 • 李炳勇 (101)
- 六堂 · 春園의 밤 • 金成植 (103)

詩
- 저런 하늘 • 金永三 (105)
- 三面鏡 • 李敭河 (106)

文學과 大衆 : 序論 • 崔一秀 (108)

社會倫理의 基本課題 • 金天培 (117)

宇宙觀의 變遷 • H·P·로버트슨; 朴松培 譯 (128)

막스 웨버의 法律社會學(上) • 張庚鶴 (139)

에밀리 · 부런티論(上) : 「嵐丘」를 中心으로 •
W·S·모옴; 安東民 譯377 (151)

大陸法과 그 歷史的 動向(下) • 玄勝鍾 (162)

西洋的인 것 · 東洋的인 것 : 東西古代의 思考
形式의 懷古 • 具本明 (167)

북 · 레뷰
- 孫昌涉 著 「비오는 날」 • 吳尙源 (176)
- 鄭慶朝 著 「名日의 韓國」 (假題) • M·C·휘들러
(177)
- 존 · 와일드 著 「實在主義 哲學」 • 安秉煜
(178)
- 레오도슈즈 · 도부잔스키 著 「遺傳學과 種
의 起源」 (假題) • 姜永善 (180)

---

376 목차는 저자명 '싸르뜨르'.

377 목차는 저자명 '모옴'.

現代戰爭의 特質(上) ● 申應均 (182)

紀行[378] · 美國大學生活의 片貌 : 大學은 그 社會의 하나의 縮圖이다 ● 成昌煥 (189)

詩 · 이 길은 지금 나에게 ● 申瞳集 (195)

움직이는 世界
- 쏘련의 反「아시아的 生產樣式論」 ● (196)
- 右傾하는 세이론 ● (199)
- 스페인과 모록코 ● (202)
- 과테말라의 民意騷動 ● (204)
- 點描東西
 = 건방진 大統領 ● (205)
 = 死一等減 ● (207)
 = 잠을 깬 美國 ● (207)
 = 쏘련의 猶太人들 ● (209)
 = 까뮤略記 ● (210)

生命의 本質은 果然 究明될 것인가 : 科學的 思考方式을 中心으로 ● 李鍾珍 (212)

言論制限 反對鬪爭의 經緯 ● 李寬求 (220)

나의 人生노오트 ● 趙義高 (227)

紙上인터뷰[379] : 政治縱橫談 ● 徐相日; 張澤相; 趙炳玉; 曹泰岩 (235)

人種이란 무엇인가 ● C·S·쿠운[380] (256)

知識의 前線 : 變遷하는 過去 ● L·화이트; 朱如來 譯[381] (270)

까뮤作品과 그 世界 · 「까뮤」의 作品과 倫理 ● P·H·씨몽; 鄭明煥 譯[382] (281)

한마디 한다
- 나는 과연 옳은가 ● (304)
- 서울市警에 一言함 ● (304)
- 强制貯蓄을 폐지하라 ● (304)
- 民主黨이 싫어졌다 ● (305)
- 文敎當局은 무엇을 하나 ● (305)
- 在外公館은 무엇을 하고 있는가? ● (305)

世界政治思想史⑦-近世後篇(二) : 近代民主主義思想(一) ● 李用熙 (306)

創作
- 死亡保留 ● 李範宣 (317)
- 抒情歌(中) ● 趙容萬 (330)

까뮤作品과 그 世界
- 昏迷 ● 알베에르·까뮤; 金鵬九 譯[383] (346)

---

378 목차는 紀行 누락.
379 목차는 '紙上인터뷰① : 野의 소리'

380 목차는 저자명 '쿠운'.
381 목차는 저자명 '화이트'.
382 목차는 저자명 '씨몽'.
383 목차는 저자명 '까뮤'.

思想界 第6卷 第3號 通卷 第56號
(1958년 3월호)

卷頭言 · 三 · 一節을 맞이하며 • (16)

祖國의 繁榮을 爲하여 • 李東俊 (18)

在 쏘련 韓國人들의 生態 • W · 코라르즈; 李碩崐 譯[384] (25)

스푸트니크와 NATO • 徐碩淳 (36)

韓國經濟成長과 그 理論的 根據 • 朴東昂 (43)

쇼펜하우엘의 生涯와 思想 • 金亨錫 (51)

權力과 腐敗 : 마이노리티 指導力을 待望 • 주요한[385] (65)

東洋의 文人畵 藝術論 • 金晴江 (71)

知識의 前線 · 自然에 關한 想像 : 科學史硏究의 意義 • I · B · 코헨; 朱如來 譯[386] (80)

哲學人과 科學人의 對話 : 花潭哲學의 氣와 物理學의 素粒子를 中心으로 • 金敬琢; 李鍾珍 (87)

隨筆
- 牧師의 혓바닥 • 禹菴 (96)
- 師弟昔今 • 鄭炳昱[387] (98)
- 愛弟想 • 南龍祐 (101)
- 版權과 사과궤짝 • 吳華燮 (103)
- 겨울밤의 모밀묵 • 高永春 (105)
- 獨逸敎授의 한 장의 便紙 • 李吉相 (108)

碩學을 追憶함 : 내가 본 六堂 先生 • 金鍾武 (111)

議員活動의 初步的 理念基礎 • 金敬洙 (130)

「질리」의 藝術 • 朴逸煥 (136)

「國民의 自由」의 憲法的 意味 • 尹世昌 (141)

現代戰爭의 特質(下) • 申應均 (151)

막스 웨버의 法律社會學(中) • 張庚鶴 (169)

詩 · 파랑새 • 皮千得 (177)

북 · 레뷰
- 李秉岐, 白鐵 公著 國文學全史 • 鄭炳昱 (178)
- J · 브라이얼리 著 國際法 (假題) • 金正均 (180)
- W · 코라즈 著 쏘비에트極東地區의 諸民族 (假題) • 柳洪烈 (183)
- 金斗憲 著 道義原論 • 安秉煜 (185)

---

384 목차는 저자명 '코라르즈'.
385 목차는 저자명 '朱耀翰'.
386 목차는 저자명 '코헨'.

---

387 목차는 저자명 '晩甫'.

國會를 通過한 民法案 • 劉敏相 (187)

象徵主義文學 • 에드먼드·윌슨; 吳碩奎 譯[388] (194)

最新 自然科學의 發達이 法哲學에 미친 影響[389] • 黃山德 (203)

헤에겔의 法哲學 • 李恒寧 (219)

詩 · M에게 • 李鳳順 (230)

움직이는 世界
- 作家의 共産黨脫黨 • (232)
- 越南의 宿題 • (238)
- 스에즈의 後聞 • (240)
- 아 大統領의 去就 • (242)
- 點描東西
  = 中共六億 • (243)
  = 펄 · 벅 女史의 意見 • (244)
  = 印度經濟의 赤信號 • (245)[390]

에밀리 · 부런티論(下) : 「嵐丘」를 中心으로 • W·S·모옴; 安東民 譯[391] (247)

「歐美博士論」을 駁한다 : 妄想數片 • 徐斗銖 (262)

對話 · 政爭 · 慣例 • 金鵬九 (272)

詩 · 푸라타나스의 語錄 • 李興雨 (282)

世界政治思想史⑧ · 近世後篇(三) : 社會平等思想 : 近代民主主義思想(二) • 李用熙 (286)

한마디 한다
- 國防部堂局에 一言함 • (306)
- 女大生들의 猛省을 促求한다 • (306)
- 無資格教師를 除去하라 • (307)
- 一九五八年度 豫算案 通過를 보고 • (307)

詩
- 同題三篇 • 金春洙 (308)
- 都市(四) • 李仁石 (310)
- 뻐스를 기다리는 時間 • 朴陽均 (311)
- 噴水 • 李鳳壽 (312)

中共의 農村과 農民 • W · 라데진스키; 李始豪 譯[392] (313)

創作
- 易姓序說(上) : 非人誕生 第二部 • 張龍鶴 (317)
- 侵入者 : 續 稚夢 • 孫昌涉 (337)
- 抒情歌(下) • 趙容萬 (350)

---

388 목차는 저자명 '윌슨'.
389 목차는 제목 앞에 〈博士論文要約〉라고 표기.
390 목차는 246쪽.
391 목차는 저자명 '모옴'.

---

392 목차는 저자명 '라데진스키'.

思想界 第6卷 第4號 通卷 第57號
(1958년 4월호)

卷頭言·創刊 第五週年을 맞으면서 • (16)

生에 關한 冥想 • 柳達永 (18)

산다는 것 • 洪顯杲 (30)

美國에 있는 韓人들[393] : 그 歷史와 現況 • 柳洪烈 (37)

良心의 自由 • 朴一慶 (47)

人間精神의 崩壞 • 河岐洛 (52)

民法案審義에 異義 있다 • 李熙鳳 (61)

外資導入問題 • 金榮澈 (68)

觀念과 主觀 : 現代思考方式의 한 批判 • 孫宇聲 (83)

資産再評價實施와 資本蓄積 • 李海東 (91)

詩·사람의 마음이 어쩌면 그럴 수 있습니까 • 李敭河 (98)

時調·五高士 : 東洋의 마음 • 金龍珤 (100)

북·레뷰
– 세쉬예 著「文章의 論理的 構造에 關한 論考」(假題) • 李崇寧 (102)
– 李惠求 著「韓國音樂研究」 • 張師勛 (103)
– 럿셀 著「政治權力論」(假題) • 李克燦 (104)
– 윌슨 著「바깥사람」(假題) • 金夏泰 (106)

知識의 前線 : 自然에 關한 想像 • I·B·코헨; 朱如來 譯[394] (108)

續 象徵主義文學 • 에드먼드·윌슨; 吳碩奎 譯[395] (117)

考試制度에 關한 批判 • 康文用 (125)

丁茶山論 • G·헨더슨[396] (137)

外穀導入에 抗議한다 : 自立經濟와 外穀導入의 二律背反性 • 朱碩均 (151)

言語와 文學(上) : 古語와 古典文學과의 關係 • 金亨奎 (160)

제임스 죠이스論 • D·다이치즈; 徐園 譯[397] (168)

續 中共의 農村과 農民 • W·라데진스키; 李始豪 譯[398] (180)

---

393 목차는 '美國에 있는 韓國人들'.

394 목차는 저자명 '코헨'.
395 목차는 저자명 '윌슨'.
396 목차는 저자명 '헨더슨'.
397 목차는 저자명 '다이치즈'.
398 목차는 저자명 '라데진스키'.

키엘케골의 生涯와 思想 • 金喆孫 (192)

새로운 哲學의 誕生 • P·F·드러커; 朱相彦 譯[399] (203)

古典解說㉗ : 資治通鑑 • 鄭在覺 (213)

한마디 한다
- 「平凡한 人生記錄」을 읽고 • (218)
- 有權者는 勇敢하자 • (219)
- 먼지구렁이의 서울 • (219)
- 어린이를 아끼자 • (219)

商法制定의 方向 • 車洛勳 (220)

世界政治思想史⑨ : 近世後篇(四) · 反革命과 保護主義 : 近代民主主義思想(三) • 李用熙 (226)

움직이는 世界
- 케난騷動의 眞相 • (242)
- 애치슨·올소프·트루만의 케난評 • (248)
- 統一 애라브 共和國 誕生 • (250)
- 유·엔의 外界管理 • (253)
- 白堊館을 노리는 닉슨 • (255)

虛無의 밤새 • 설창수[400] (259)

座談會 · 우리社會와 文化의 基本問題를 解剖한다 • 尹世元; 申應均; 劉影順; 金相浹; 金夏泰; 黃山德; 金聲翰; 金俊燁; 主幹 安秉煜 (260)

詩·임 • 柳玲 (289)

現代韓國文學史(一) • 懷月·朴英熙 (290)

詩·양단치마 저고리와도 같은 抵抗 • 全榮慶 (302)

隨筆
- 아들을 바라는 사람 • 姜永善 (304)
- 西歐點描 • 尹聖範 (307)
- 勳章·博士 • 全光鏞 (310)
- 年輪 • 張德順 (312)
- 教授와 소매치기 • 金敏洙 (316)
- 석三年 : 發明과 人智 • 金晟鎭 (318)

創作
- 易姓序說(中) : 非人誕生 第二部 • 張龍鶴 (322)
- 雜草 • 주요섭[401] (342)

戲曲 · 즐거운 旅行(一幕) • T · 와일더; 吳華燮 譯[402] (352)

思想界 第6卷 第5號 通卷 第58號
(1958년 5월호)

卷頭言 · 自信과 希望을 갖게 하라 • (16)

내가 尊崇하는 人物
- 깐디 • 柳達永 (18)
- 金大建 神父 • 尹亭重 (30)
- 투르게네프와 빠르뷰스 • 金八峰 (38)

---

399 목차는 저자명 '드러커'.
400 목차는 저자명 '薛昌洙'.

401 목차는 저자명 '朱耀燮'.
402 목차는 저자명 '와일더'.

- 슈페터 • 李常薰 (42)

- 글래드스톤 • 金成植 (48)

- 분젠 • 李吉相 (60)

外國學位의 問題 : 徐斗銖氏에게 答함 • 金廷鶴 (67)

I · A · 리챠즈氏와의 文學對談 : 批評은 설명이 아니고 이해시키는 일 이라고 • 白鐵 (81)

民主主義社會에 있어서의 警察制度 • 李鍾極 (86)

國文學의 方法論的 諸問題 • 張德順 (94)

共同所有에 關한 新民法의 規定 • 金曾漢 (103)

言語와 文學(下) : 古語와 古典文學과의 關係 • 金亨奎 (111)

詩
- 戶籍이 없는 詩人 • 李雪舟 (121)
- 밤의 神話 : 코키리가 북을 치며 가던 날의 詩 • 金奎東 (122)

북 · 레뷰
- 리챠즈 著 「思考의 道具」 (假題) • 金容權 (124)

- 許雄 著 「國語音韻論」 • 劉昌惇 (125)

- 베르나르신부 著 「예수의 玄義」 • 黃玫性 (128)

- 비노그라도후 著 「法律에 있어서의 常識」 • 康文用 (129)

孝子의 世界觀과 그 現代的 價値 • 金龍琣 (131)

隨筆
- 愛讀者 社交室 • 金泰吉 (138)
- 母校 • 金在瑾 (140)
- 喰人의 倫理 • 柳致環 (143)
- 고향 • 황하밀 (145)
- 사과상자 • 玄勝鍾 (148)
- 大學은 어디로? • 李崇寧 (151)

六堂이 걸어간 길 • 泰學文 (153)

現代韓國文學史(二) • 懷月 朴英熙 (164)

官僚體制의 構造 • 李萬甲 (180)

高麗歌謠의 鑑賞(上) • 周卓 (189)

美 · 쏘의 後進國經援競爭 • 李昌烈 (202)

國家와 科學 • 尹世元 (210)

古典解說㉘：흡스의 레바이아탄[403] • 金敬洙
(222)

寫實主義 文學：그 性格과 方向 • 權明秀 (227)

獨逸 社會民主黨의 不運 • 金相浹 (237)

危機에 선 美國의 國防(上) • K·노오르; 李三峰
譯 (247)

움직이는 世界
− 라파키案이 意味하는 것 • (272)
− 英國의 國防政策 • (277)
− 退步하는 共産主義 農業 • (283)
− 宗主를 바꾼 붉은 聖書 • (287)

思想과 生涯㉑：틸릭의 生涯와 思想 • 金龍玉
(289)

詩 · 모란꽃 • 金龍濟 (300)

中國社會의 歷史的 研究(上) • 칼·A·위트포겔; 李
始豪 譯[404] (301)

韓國金融作用論：우리나라 돈은 누가 어떻게
쓰는가? • 李東旭 (309)

詩
− 無名地帶 • 李鍾憲 (321)

知識의 前線 · 眞理와 虛構와 現實 • H·M·죤스;
李鍾求 譯 (322)

詩調 · 꽃 • 鄭昭坡 (336)

創作
− 易姓序說(下①)：非人誕生 第二部 • 張龍鶴
(337)
− 罪秋 • 秋湜 (354)

思想界 第6卷 第6號 通卷 第59號
(1958년 6월호)

卷頭言 · 民心의 向方：五 · 二 總選擧를 보고
• 張俊河 (16)

科學
− 原子力利用에 對한 展望 • 李鍾珍 (18)
− 人命의 科學 • 奇龍肅 (29)
− 科學의 文化史的 意義 • 尹世元 (43)
− 科學과 現代政治：科學을 支配하는 政治와
政治를 支配하는 科學 • 李用熙 (53)
− 韓國의 工業과 技術의 現況[405]：主로 技術者
對策에 關하여 • 金東一 (63)
− 人工衛星과 天文 • 李源喆 (72)

詩
− 早春三題 • 李敭河 (81)
− 生命 • 朴南秀 (82)

---

403 목차는 '레바이아탄'.
404 목차는 저자명 '위트포겔'.

---

405 목차는 '韓國工業과 技術의 展望'.

人生노오트 : 빛을 찾아서 • 柳達永 (84)

行政上의 統制 • 嚴敏永 (101)

隨筆
- 깡패時代 • 黃山德 (108)
- 農村斷想 • 吳泳鎭 (110)
- 登錄金 • 趙義卨 (113)
- 分水界 • 劉昌惇 (116)
- 物權的 生活의 克服 : 法學 講義室에서 錄音
　• 張庚鶴 (118)
- 겸양과 자부 • 장지영[406] (122)

論理的 實證主義의 反形而上學論[407] • 金夏泰
　(126)

獨白論 : 傍白 • 吳華燮 (135)

古典解說㉙ : 人口論[408] • 李海英 (144)

民主主義와 司法權의 獨立 • 李炳勇 (153)

북 · 레뷰
- 최문환 著「民族主義의 展開過程」• 金成植
　(162)
- 나이다 著「形態論」• 許雄 (163)
- 車相轅 著「中國文學史」• 金俊燁 (165)
- B · 럿셀 著, 金泰吉 譯「倫理와 政治」• 崔載
　喜 (167)

레지스탕스 文學과 그 作家들 : 作家의「몸가
　짐」을 中心해서 • 南平祐 (169)

中國社會의 歷史的 硏究(中) • 칼 · A · 위트포겔; 李
　始豪 譯[409] (177)

危機에 선 美國의 國防(中) • K · 노오르; 李三峰
　譯 (192)

詩 · 公園길 • 朴泰鎭 (198)

音樂鑑賞① : 古典派의 音樂[410] – 代表的 人物
　과 그 作品 • 李成三 (199)

美術鑑賞 : 美國現代美術編(一) • (211)

아메리카 經濟의 分析
- 美國의 景氣後退와 그 修正策 : 景氣循環修
　正으로서의 財政金融統制 方式檢討 •
　金炳國 (219)

現代短篇小說과 藝術至高의 形式 • 레이 · B · 웨
　스트; 郭少晋 譯[411] (228)

---

406 목차는 저자명 '張志瑛'.
407 목차는 '論理的 實證主義와 反形而上學論'.
408 목차는 '맬사스의 人口論'.

---

409 목차는 저자명 '위트포겔'.
410 목차는 '古典派'.
411 목자는 저자명 '레이 웨스트'.

倒壞된 一然禪師의 舍利塔 : 麟角寺를 찾아서
　　● 李弘稙 (240)

아메리카 經濟의 分析
- 美國의 社會保障制度 ● 朴東燮 (245)
- 第二次大戰后의 美國經濟 ● 朴基淳 (251)

知識의 前線 : 고요한 勝利 - 새로운 美術史의
　　將來 ● A·뉴미어; 李鍾求 譯 (258)

아메리카 經濟의 分析
- 美國資本主義의 變貌 ● 李相球 (276)

思想과 生涯㉑ : 하이덱가의 人間과 思想 ● 曹
　　街京 (286)

高麗歌謠의 鑑賞(下) ● 周卓 (294)

움직이는 世界
- 佛 · 튜니시아 紛爭은 어디로? ● (305)
- 時事斷片 : 비제르타(Bizerta) ● (306)
- 時事斷片 : 脫出速度(Escape Velocity) ● (309)
- 인도네시아의 內戰 ● (311)
- 時事斷片 : 파아잘皇太子 ● (312)
- 時事斷片 : 오바킬(Overkill) ● (315)
- 難航하는 펜타곤 改編 ● (318)

現代와 實在 : 世界史의 實存的 課題 ● 金亨錫
　　(321)

詩 · 遠景 ● 柳致環 (327)

포크너 面談記 ● J·스타인; 劉秉千 譯 (328)

詩 · 小曲 ● 皮千得 (344)

創作
- 地層 ● 全光鏞 (345)
- 대목동티 ● 廉相涉 (359)
- 易姓序說(完) : 非人誕生 第二部 ● 張龍鶴
　　(374)

五 · 二 總選擧의 結論 : 民主政治의 着實한 成
　　長 ● 申相楚 (385)

美經援의 削減과 經濟自立 ● 崔虎鎭 (393)

思想界 第6卷 第7號 通卷 第60號
(1958년 7월호)

卷頭言 · 自覺과 決意 : 卑屈意識의 一掃를 爲
　　하여 ● 張俊河 (16)

制憲節 紀念特輯 · 憲法
- 憲法制定의 由來 ● 兪鎭午 (18)
- 近代憲法의 中心問題 : 憲法에 있어서의 存
　　在와 價値 ● 韓泰淵 (34)
- 基本人權槪念의 生成과 發展 ● 朴一慶 (48)
- 韓國憲法에 있어서의 權力의 構造 ● 李坰鎬
　　(54)
- 憲政十年의 違憲史 ● 李鍾極 (67)

人生노오트 : 사랑과 眞實 ● 柳達永 (74)

理性의 混線 ● 孫宇聲 (85)

共産黨의 聯立戰術 ● 金相浹 (92)

思想과 生涯㉒·벨그송 : 思索人으로서 行動
　　하고 行動人으로서 思索하라•安秉煜
　　(107)

知識의 前線·音樂의 地位 : 時刻藝術의 見
　　地에서•M·F·부코훗써; 李鍾求 譯[412]
　　(120)

現代와 實在 (續)•金亨錫 (133)

長期經濟計劃의 諸問題•洪性囿 (141)

批評家의 敎養〈遺稿〉:「모더니티」의 探索을
　　위한•高錫珪 (148)[413]

厚生經濟學의 動向 : 方法論的 考察•朴喜範
　　(156)

危機에 선 美國의 國防(下)•K·노오르; 李三峰
　　譯 (163)

詩
－雅歌•朴木月 (172)[414]
－깃발에 대하여•朴斗鎭 (174)

북·레뷰
－高麗大學校 亞細亞問題硏究所 發行「亞細亞
　　硏究」第一卷 第一號•車柱環 (176)
－쟈끄·마리 땡 著, 金昌洙 譯「自然法과 人
　　權」•尹亨重 (179)

－칸트 著, 崔載喜 譯「實踐理性批判」•朴鍾鴻
　　(181)[415]
－PEP報告書「世界의 人口와 資源」•陸芝修
　　(184)

北아프리카와 自由陣營 : 西方外交의 癌으
　　로서의 北阿의 歷史와 將來•로나·한
　　(186)

同盟論•G·J·모겐소; 閔丙岐 譯[416] (197)

科學과 生活①·食生活의 科學•李鍾珍 (208)

美術鑑賞②·美國 現代美術編㈡•(219)

古典解說㉚·메인의「古代法」•玄勝鍾 (221)

詩·祝祭 : 山이여 痛哭하라•申夕汀 (228)

隨筆
－H敎授와 共同墓地•金成植 (230)
－密航의 季節•鄭炳昱 (232)
－無醫村과 健康敎育[417]•金仁達 (233)
－등산 이력서•許雄 (235)
－親切한「쓰리꾼」[418]•金敬琢 (237)
－人性의 變遷과 新聞의 昨今[419]•丁來東 (238)

兩黨政治와 民主主義•金敬洙 (241)

412　목차는 저자명 '부코훗서'.
413　목차는 184쪽.
414　목차는 272쪽.

415　목차는 182쪽.
416　목차는 저자명 '모겐소'.
417　목차는 '無醫村과 醫學敎育'.
418　목차는 '親切한「쓰리군」'.
419　목차는 '人性의 變遷과 新聞'.

詩 · 꽃피는 얼굴로는 (外二篇) • 趙芝薫 (244)[420]

國內의 움직임
- 公約三章 • (246)
- 行政府에 눌리우고 暴力에 挑戰받는 司法府[421] • (253)
- 自由黨의 自慰的인 「政治白書」 • (255)

좌담회 · 小說의 革命 : 佛蘭西作家 · 評論家 五人 座談會 • 로제 · 프리우레; 로베에르 · 캉테르스; 미드 · 드 · 생 · 뻬에에르; 아랭 · 로브 · 그리예; 후랑소아 · 누릿시에; 미셀 · 뷰토오르; 李種究 譯 (257)

오늘의 日本(上)
- 傳統的 日本의 在續 • 폴 · M · A · 라인바아가[422] (270)
- 獨立後의 日本政策 • 로버어트 · A · 스카라피노[423] (278)
- 日本政界를 움직이는 사람들 • K · 콜톤 (286)

總選後의 政爭分析 • 張庚鶴 (297)

短篇小說十人集
- 꽁뜨3제 • 黃順元 (303)[424]
- 非情 • 柳周鉉 (312)[425]
- 幻滅 • 朴淵禧 (326)

- 내일쯤은… • 吳尙源 (340)
- 駱山房椿事 • 鄭漢淑 (348)
- 運河 • 金重熙 (357)
- 塞翁得失 • 李浩哲 (369)
- 報復 • 鮮于煇 (374)
- 潛聲 • 宋炳洙 (392)
- 冬眠(上) • 金利錫 (405)

思想界 第6卷 第8號 通卷 第61號
(1958년 8월호)

卷頭言 · 擧族的 反省이 促求된다 • 張俊河 (16)

우리의 悲願 : 解放十四年의 風塵 • 朱耀翰 (18)

생각하는 백성이라야 산다 : 六 · 二五 싸움이 주는 歷史的 教訓 • 咸錫憲 (25)

特輯 · 實在主義
- 實在哲學과 東洋思想 : 特히 儒學思想과의 比較 • 朴鍾鴻 (36)
- 實在主義와 基督教神學 • 金夏泰 (46)
- 實在哲學과 社會科學 • 黃山德 (55)
- 實在主義의 思想의 系譜 • 安秉煜 (63)
- 實在主義文學 • 金鵬九 (71)
- 實在主義란 무엇인가 • 카알 · 마이클슨[426] (82)

最近 佛蘭西 法學의 動向 • 李太載 (103)

보나팔티즘과 자코비니즘의 對決[427] : 颱風一過後의 프랑스政界 • 申相楚 (109)

---

420 목차는 224쪽.
421 목차는 '行政府에 눌리우고 暴力에 挑戰받는 司法權'.
422 목차는 저자명 'P · 라인바아가'.
423 목차는 저자명 'R · 스카라피노'.
424 목차는 301쪽.
425 목차는 310쪽.

---

426 목차는 저자명 '마이클슨'.
427 목차는 '보나팔티즘과 자코비니즘'.

드·골政權의 憲法的 意義 • 尹世昌 (119)

오늘의 日本(下)
- 日本과 西方世界 • P·L·레인져 (126)
- 日本과 共産圈 • A·W·버어크스 (135)
- 東南아시아에서 본 日本[428] • 암리·반덴보슈
　(147)

同盟論(續) • G·J·모겐소; 閔丙岐 譯[429] (155)

自由社會 • 劉基天 (162)

움직이는 世界
- 티토이즘과 네오·스탈린이즘 • (170)
= 時事斷片 : 수스텔(Jacques Soustelle) • (172)
- 드·골과 프랑스 • (174)
= 時事斷片 : 라울·살랑(Raol Salan) • (175)
= 時事斷片 : 第四共和國 • (176)
= 時事斷片 : 알제리아 民族解放戰線 • (178)
- 이탤리 總選擧의 意義 • (179)

復興白書의 問題點 • 高承濟 (182)

民主黨이 본 復興白書[430] • 金永善 (185)

나의 海外修學記 • 洪顯杲 (191)

우리가 걸어온 三十年(一) : 新思潮의 黎明期
　• 金八峰 (196)

북·레뷰
- 閔丙台 著「政治學」• 鄭仁興 (206)
- 그라몽 著「音韻論總論」• 李崇寧 (208)

- 近刊 國內歷史關係學報 • 高柄翊 (209)
- 삐에르·앙리·씨몽 著「二十世紀의 佛蘭西
　文學史」• 黃旼性 (211)

美術鑑賞③ · 美國 現代美術編(三) • 編輯室
　(213)

國內의 움직임
- 李大統領의 改憲希望表示 • (222)
- 迎日乙區의 選擧無效判決과 自由黨의 충
　격 • (224)

하르트만의 存在論 • 河岐洛 (226)

科學과 生活① · 人體와 細菌과 藥 • 李鍾珍
　(238)

따윈의 進化論 : 進化論 發表 一○○週年을 기
　념해서 • 姜永善 (244)

7월 作品評
- 印象 : 七月의 詩 • 柳宗鎬 (252)
- 主題를 中心으로 : 七月의 創作界 • 安壽吉
　(256)

人生노오트 · 平民의 海外論談 • 柳達永 (262)

알프스 山麓의 樂園 : 瑞西의 印象 • 尹聖範
　(276)

隨筆
- 憎惡頌 • 洪承勉 (283)
- 꿈 같은 이야기들 • 金在俊 (284)
- 古刹과 石築 • 全鎣弼 (286)

428　목차는 '東南亞에서 본 日本'.

429　목차는 저자명 '모겐소'.

430　목차는 '民主黨員이 본 復興白書'.

– 나와 한국문학 • 文益煥 (288)

– 黃色의 世界 : 新版 邯鄲之夢 • 全鳳楚 (289)

– 지금도 모르는 일 • 金亨錫 (291)

詩

– 六月에 • 金春洙 (294)

– 伴奏曲 • 金洙暎 (296)

– 主人없는 열쇠 • 金丘庸 (298)

– 何如之鄕 七 • 宋稶 (299)

– 마지막에 누구도 • 全鳳健 (302)

– 餞送 • 鄭漢模 (304)

– 安樂椅子 • 朴成龍 (306)

創作

– 法 없어도 사는 사람 • 廉相涉 (308)

– 지붕 밑 • 朴榮濬 (324)

– 縊首 • 崔泰應 (337)

– 무더운 비탈길 • 朴容九 (348)

– 遠心 • 金光植 (361)

– 몸 全體로 • 李範宣 (376)

– 死角 • 崔翔圭 (390)

– 落淚附近 • 韓末淑 (402)

– 冬眠(下) • 金利錫 (410)

思想界 第6卷 第9號 通卷 第62號
(1958년 9월호)

卷頭言 · 自主 · 自立의 促進을 위하여 • 張俊河 (16)

韓國經濟의 基本課題 (I)

– 財政 • 李海東 (18)

– 鑛工業의 現在와 將來 : 그 現實的 分析과 發展策 • 黃炳晙 (25)

– 貿易과 國際收支 • 林貞澤 (33)

– 失業問題 • 李昌烈 (41)

– 經濟體制 : 現實과 理念 • 崔虎鎭 (48)

韓國的 民族主義 • 金成植 (56)

犯罪 豫防策의 科學化 : 犯罪와 世相 • 權純永 (68)

全面戰爭과 制限戰爭 • 吳蒙 (74)

社會保障의 原理 • 康文用 (85)

現代의 宗敎心理學 • 韓承鎬 (91)

英國經濟의 分析 • 李基俊 (98)

움직이는 世界

– 激動하는 中東 • (104)

 = 時事斷片 : 후세인 요르단 王 • (106)

 = 時事斷片 : 아브둘 · 카림 · 엘 · 카셈 准將 • (107)

 = 時事斷片 : 카밀 · 샤문 • (108)

– 제네바 專門家會議 • (109)

 = 時事斷片 : 興味있는 美 · 쏘 代表團 • (110)

– 慢性化하는 싸이프라스 紛爭 • (114)

韓國文化에 對한 期待 • 그레고리 · 헨더슨[431] (116)

經濟學과 數學 • 邊衡尹 (124)

中國社會의 歷史的 硏究(完) • 칼 · A · 위트포겔; 李始豪 譯[432] (130)

美國과 外國援助 • 張大郁 (136)

人生노오트 · 아름다운 生命들 • 柳達永 (140)

---

431 목차는 저자명 '헨더슨'.

432 목차는 저자명 '위트포겔'.

國內의 움직임

- 追加更正豫算案 • (158)
- 金利引下에 對한 論爭 • (163)
- 外換特別稅法 • (166)
- 判決抗拒 데모와 上部壓力 • (168)
- 不正選擧의 모델이었던 大邱 三個區 •
  (170)[433]

研究 · 韓國文化와 刑事責任 : 法律學의 科學的
  方法의 한 適用 • 劉基天 (172)

科學과 生活③ · 太陽에너지 • 李鍾珍 (192)

古典國譯 · 異苔同岑抄(一) : 韓國 漢文學 名文
  選 • 梁柱東 (199)

美術鑑賞 · 美國 現代美術編(四) • 編輯室 (212)

예수와 막달라 · 마리아 • 張河龜 (222)

新文藝運動의 前夜 : 우리가 걸어온 三十年
  (二) • 金八峰 (228)

思想과 生涯㉓ · 윌리암 · 제임즈 • 金夏泰 (237)

쎄에느 江邊의 저녁노을 : 佛蘭西의 印象 • 李
  基寧 (248)

우리 文化의 命脈① · 金時習의 生涯와 思想[434]
  • 鄭炳昱 (255)

古典解說㉛ · 밀의 「功利主義論」 : 비판적 주
  관을 끼어 넣은 • 崔栽喜 (268)

북 · 레뷰
- 安秉煜 著 「現代思想」 • 朴鍾鴻 (276)
- 러쉬론 · 쿨본 編著 「歷史上의 封建制度」 •
  全海宗 (279)
- 죤 · M · 캇셀 編 「스탈린 地域」 • 陸芝修 (280)
- 한스 · 켈젠 著 「맑스主義法理論」 • 金基燮 (282)

現代韓國文學史(三) • 朴英熙 (285)

隨筆
- 잊혀지지 않는 것 • 李載壎 (296)
- Helen's Place • 李鳳順 (298)
- 女學生 • 黃山德 (300)
- 餇鳥有感 • 林南秀 (301)
- 감독없는 장소에 나타난 우리 겨레의 모습
  [435] • 高凰京 (303)
- 라인홀드 · 니이버와 나[436] • 池明觀 (306)
- α 와 β • 李萬甲 (308)
- 化壇 • 金錫穆 (311)
- 親切에 異狀있다 • 吳華燮 (314)
- 近視眼 • 尹亭重 (316)

詩
- 秋日微吟 • 徐廷柱 (319)
- 不斷한 逃走 • 金次榮 (320)
- 風景으로 代身하는 나의 診斷書 • 金奎東
  (322)
- 봄의 랍소디 : 다시 그날의 玲에게 • 李逸
  (324)
- 素材에서 • 具滋雲 (326)

八月 作品評
- 印象 : 八月의 詩 • 柳宗鎬 (328)
- 재미에 重點을 두고 : 八月의 創作 • 安壽吉
  (331)

---

433 목차는 171쪽.
434 목차는 '金時習'.
435 목차는 '감독없는 장소에…'.
436 목차는 '니이버와 나'.

創作
- 내일의 揷花 • 吳永壽 (335)
- 剩餘人間 • 孫昌涉 (345)

戲曲 ·「新協」五十一回 上演臺本
- 漢江은 흐른다 (二十二景) : 禁無斷上演 上映
　　• 柳致眞 (377)

思想界 第6卷 第10號 通卷 第63號
(1958년 10월호)

卷頭言 · 나라의 主人은 백성이다 • 張俊河 (16)

우리文化의 遺産
- 儒敎思想과 現代 • 金敬琢 (18)
- 우리 古美術의 特色 • 金元龍 (30)
- 科學 · 技術文化의 歷史的 推移 :「그 斷層 ·
　　近代와의 乖離」의 史的 緣由 • 洪以燮
　　(40)
- 우리 文學의 傳統과 因襲 • 鄭炳昱 (50)
- 佛敎文化의 過去와 將來 • 金東華 (62)
- 文化의 傳承 · 攝取 · 創造 • 朴鍾鴻 (77)

시드니 · 후크 對 버트랜드 · 럿셀의 論爭[437] ·
　　最後의 決定 [438] • (84)
- 原字爆彈에 關한 對論 • 시드니 · 후크 (84)
- 永久한 專制는 없다 : 하나의 答辯 • 버트랜드
　　· 럿셀 (92)
- 讓步의 限界 • 시드니 · 후크 (95)

「생각하는 백성이라야 산다」를 풀어 밝힌다
　　• 咸錫憲 (101)

孤獨한 群衆 : 그 社會的 性格의 三類型 • 李萬
　　甲 (109)

歐美各國의 國家補償制度 • 尹世昌 (117)

우리나라의 國家賠償制度 • 金道昶 (128)

刑事補償法 制定의 意義 • 金箕斗 (137)

國家報償의 理論的 基礎[439] • 嚴敏永 (143)

對共政策은 어떻게 세울 것인가 • 주요한[440]
　　(150)

國內의 움직임
- 豫算波動과 議事妨害 • (158)
- 師親會費는 없어지는가? • (160)
- 産銀連繫資金에 關한 論爭 • (161)
- 新年度 豫算編成에 對한 與 · 野의 主張 •
　　(165)
-「國家保安法」改正案의 提出 • (168)
- 腦炎과 社會保健 • (169)
- 學生 訓育의 새로운 方途 • (171)
- 한글 專用의 是非 • (172)

美國人의 生活哲學 : 그들의 生活方法에 관한
　　所感 〈美國의 印象〉 • 成昌煥 (175)

人生노오트 · 受難의 反省 • 柳達永 (182)

우리들의 鬪爭期 : 우리가 걸어온 三十年(三)
　　• 金八峰 (194)

437　목차는 '시드니 · 후크 對 버트랜드 · 럿셀의 論
　　　爭' 표기 누락.
438　목차는 '最後의 決定 : 人類의 生存과 平和를 위한
　　　論爭'.

439　목차는 '國家報償法의 理論的 基礎'.
440　목차는 저자명 '朱耀翰'.

우리 文化의 命脈② · 燕巖 朴趾源의 生涯와
　　思想[441] • 李家源 (203)

美術鑑賞 · 美國現代美術編(完) • 編輯室 (212)

思想과 生涯㉔ · 가브리엘 · 마르셀 • 金泰寬 (219)

북 · 레뷰
- 존 · 케네스 · 갈브레이스 著「豊饒한 社會」
　　• 劉彰順 (232)
- 韓泰淵 著「憲法」(菊版四五○面) • 朴一慶
　　(234)
- 마리온 · J · 레비 著「近代中國의 家族革命」
　　• 李海英 (236)
- 라스웰 著「權力과 人格」• 韓太壽 (238)

現代韓國文學社(四) • 朴英熙 (241)

現代將軍論(上) • 헬만 · 뷰크마; 吳蒙 譯 (251)

움직이는 世界
- 蘇 · 中共關係의 微妙化 • (258)[442]
　　= 時事斷片 : 코콤-친콤 • (264)
- 노틸라스號의 壯擧 • (268)
　　= 時事斷片 : 美國 太平洋艦隊 • (269)
- 緩和된 共産圈에의 輸出禁止 • (271)
　　= 時事斷片 : 間接侵略 • (272)
- 폴랜드의 國家 · 敎會 危機에 逢着 • (273)

古典國譯 · 異苔同岑抄(二) : 한국 漢文學 名
　　文選 • 梁柱東 (275)

隨筆
- 나의 趣味 • 李崇寧 (284)
- 農村에서 • 孫明鉉 (286)
- 뚱뚱이의 損得 • 金晟鎭 (287)
- 祖國의 異邦人 • 鄭忠良 (290)
- 「빅타」饗宴 • 全光鏞 (293)

詩
- 나는 무엇을… • 申瞳集 (295)
- 閑日抄 • 李炯基 (297)
- 〈삘딩〉近處의 〈쿠테타〉• 李活 (298)
- 墓地 • 朴喜璿 (300)
- 新人作品 : 꽃(外二篇) • 黃雲軒 (302)

九月 作品評
- 苦言利設 : 九月의 詩 • 柳宗鎬 (305)
- 構成에 重點을 두고 : 九月의 創作 • 安壽吉
　　(308)

第三回 東仁文學賞 受賞作品 :「謀反」
- 審査經緯 • 編輯室 (313)
- 謀反을 薦함 • 白鐵 (314)
- 나의 의견 • 黃順元 (315)
- 謀反에 贊成 • 金東里 (315)
- 所感 • 安壽吉 (316)
- 賞의 性格 · 其他 • 朴南秀 (317)
- 當選所感 • 吳尙源 (317)

第三回 東仁文學賞 受賞作品 :「謀反」• 吳尙源
　　(318)

創作
- 어둠속에서 • 孫素熙 (334)
- 가을길 • 吳有權 (347)
- 山中告發 • 河瑾燦 (357)
- 新人作品 : 失意 • 韓南哲 (372)

441　목차는 '朴燕巖'.
442　목차는 262쪽.

特別附錄 · 美國文學쎄미나[443]
- 韓美의 文學情勢에 關하여 : 「美國文學쎄미나」에 부치는 글 • 李敭河 (385)
- 휘크너文學의 悲劇性 : 「The Sound and the Fury」를 중심으로
  • V·하로우; 李三峰 譯 (392)
- 유진 · 오닐의 文學世界 • S·P·얼만; 李鍾求 譯 (400)

思想界 第6卷 第11號 通卷 第64號
(1958년 11월호)

卷頭言 · 民主政治의 確立을 僞하여 • 張俊河 (16)

現代政治의 反民主的 傾向
- 反民主的 民主主義의 時代 • 金相浹 (18)
- 全體主義의 挑戰 • 金敬洙 (33)
- 官僚制度의 盲點 • 鄭仁興 (42)
- 後進民主國家의 苦悶 • 申相楚 (51)
- 政黨組織의 딜렘마 • 金成熺 (60)
- 共産主義的 秩序의 反民主性 「스푸트니크」의 神話 • 韓泰淵 (69)

自然科學的 世界觀 : 相對性理論을 中心으로
  • 李鍾珍 (77)

韓國經濟의 基本課題(Ⅱ)
- 우리 經濟機構의 反民主性 • 成昌煥 (85)
- 新年度 食糧政策에 對한 批判 : 糧政에 대한 思想轉換의 必要性을 中心으로 • 朱碩均 (90)
- 農産物價格問題 • 車均禧 (103)

- 資源開發에 關한 諸問題 • 陸芝修 (110)

梁柱東氏의 挑戰에 答한다 • 李崇寧 (117)

새로운 戰爭 抑制力 • 申應均 (132)

프랑스 第五共和國 憲法의 分析 • 尹世昌 (136)

産業銀行法改正案에 對한 是非[444] • 金永善 (144)

現代將軍論(中) • 헬만 · 뷰크마[445] (151)

古典解釋 · 멩거의 國民經濟學 原理 • 金斗熙 (157)

움직이는 世界
- 同病, 黑人問題에 呻吟하는 美 · 英 • (164)
  = 時事斷片 : 제이코프 · D · 빔 • (166)
- 第二次 國際原子力會議의 意義 • (169)
  = 時事斷片 : 王炳南 • (171)
- 아이슬랜드 漁場紛爭 • (172)
  = 時事斷片 : 버나드 · 골드파인 • (175)
- 샤만 · 아담스와 「汚職」 • (176)
- 쏘 · 中 · 印의 三角關係 • (178)
  = 時事斷片 : 벨그라드 通信 • (180)
- 東獨政權의 新政勢 • (182)
- 쏘聯共産黨 臨時全黨大會의 展望 • (183)

人生노오트 · 人生을 가르치는 自然 • 柳達永 (184)

우리 文化의 命脈③ · 松江의 발자취 • 劉昌惇 (199)

---

443 목차는 '大學쎄미나(Ⅰ)'.

444 목차는 '産銀法改正에 對한 是非'.
445 목차는 저자명 'H · 뷰크마'.

國內의 움직임
- 九二米穀年度의 糧穀政策 • (206)
- 行政機構簡素化와 公務員減員問題 • (211)
- 메디칼 · 쎈터의 設立 • (214)
- 깡패團 掃蕩戰 • (215)
- 감람나무의 受難 • (218)
- 迎日乙의 再選擧 • (220)

歷史의 反動期 : 우리가 걸어온 三十年(四) •
　　金八峰 (222)

黃色天下와 구테타 政權 : 泰國의 印象 • 智柏
　　山 (234)

音樂鑑賞 · 浪漫派의 音樂 • 金順愛 (243)

북 · 레뷰
- 李丙疇 著「杜詩諺解批注」• 朴鍾和 (250)
- 죠로윗츠 著「現代法의 로오마的 基礎」• 玄
　　勝鍾 (251)
- 張庚鶴 著「켈젠의 法理論」• 李恒寧 (253)
- 다니엘 · 죤스 著「音韻」[446] • 許鉉 (255)

科學敎室 · 癌의 科學 • 姜永善 (258)

學者의 極樂地 : 美國의 行動科學硏究院을 중
　　심으로 • 李相佰 (265)

古典國譯 · 異苔同岑抄(三) • 梁柱東 (272)

諧謔의 美的範疇 • 李御寧 (284)

隨筆
- 외로움과 나 • 田榮澤 (296)
- 生活周邊散策 • 兪炳瑞 (298)

- 科學 · 非科學 • 全鍾暉 (300)
- 우리 말 · 우리 글 • 張志暎 (303)
- 「큰 집」의 비둘기 • 李斗山 (306)
- 無錢心理 • 鄭秉學 (308)

出世方程式 • 李吉相 (310)

現代 韓國文學史(五) • 朴英熙 (313)

作品月評
- 苦言利說 : 十月의 詩 • 柳宗鎬 (320)
- 印象을 더듬어 : 十月의 創作 • 安壽吉 (322)

詩
- 모란 : 德壽宮에서 • 李雪舟 (326)
- 盛裝하는 歲月 • 金洙敦 (327)
- 검은 SERIES • 趙鄕 (328)
- 金環日蝕 • 薛昌洙 (330)
- 麗情集 • 金冠植 (331)
- 어느 石橋 • 李鍾憲 (332)
- NOSTALGIA[447] • 金昭影 (334)

創作
- 死者의 書 • 李鳳九 (336)
- 道程 • 郭夏信 (347)
- 체스타필드 • 鮮于煇 (354)
- 女人三代 (二六○枚, 全載) • 朴榮濬 (360)

特別附錄 · 文學쎄미나(完)
- 뉴크리티시즘의 諸問題 • 白鐵 (398)
- 테네씨 · 윌리암즈의 文學 • S · P · 얼만; 金洙暎
　　譯 (411)
- 윌라 · 캐더의 「開拓者」• V · 하로우; 李鐘求 譯
　　(430)

---

446 목차는 저자명 'D · 죤스'.

447 목차는 '노스탈지'.

- 헨리·제임즈의 文學世界 • V·하로우; 李三峰
　　譯 (440)

編輯後記 • (450)

思想界 第6卷 第12號 通卷 第65號
(1958년 12월호)

卷頭言·基準의 顚倒 :一九五八年을 보내면
　　서 • 張俊河 (16)

自由와 秩序
- 韓國에 있어서의 自由 • 韓泰淵 (18)
- 宗敎의 自由 • 金夏泰 (27)
- 經濟的 自由 • 李廷煥 (35)
- 思想의 自由 • 申相楚 (44)
- 紫楡의 아포리아 :自由槪念의 史的展開를
　　중심으로… • 安秉煜 (54)
- 政治的 自由 • 閔丙台 (64)

東南亞의 政治的 意義 :國際舞臺에 登場하는
　　東南亞의 政治事情 • 智栢山 (70)

農協運動과 金融生態 :協同組合運動에 寄함 •
　　金俊輔 (77)

뤼센꼬 學說과 正統派의 反駁 • 李敏裁 (82)

原子바즈카砲 出現의 意義 :現代戰略의 轉換
　　點 • 申應均 (92)

움직이는 世界
- 人民公社 :共産主義化에 進一步 • (98)
　= 時事斷片 :毛澤東이 實力者? • (100)
- 軍部에 업히는 民主主義 • (101)
　= 時事斷片 :네·윈 將軍 • (103)

- 苦悶하는 아랍聯盟 • (106)
　= 時事斷片 :肥沃한 半月地帶 • (107)
- 흔들리는 日本의 民主主義 • (109)
- 金日成 北平訪問의 意義[448] • (113)
　= 時事斷片 :中共의 農村 콤뮨運動 • (114)
- 고물카 쏘련訪問의 背景과 展望[449] • (115)
　= 時事斷片 :스페인에 加해지는 共産電波勢
　　力 • (116)
- 쏘련臨時全黨大會와 新進幹部의 役割 •
　　(117)
　= 時事斷片 :쏘련敎育制度의 再變 • (118)
- 「닥터·지바고」의 出版顚末 • (119)
　= 時事斷片 :中東을 舞臺로 한 쏘련陣營의
　　反「티토」宣傳 • (120)
- 民主黨이 壓勝한 美國中間選擧 • (123)
　= 時事斷片 :넬슨·록펠러 • (124)

國際收支改善策 :貿易收支를 中心으로 • 李
　　相球 (127)

自由냐 平和냐 :美國은 汚名을 씻고 發奮할
　　때다 • 시드니·후크 (134)

現代將軍論(完) • H·뷰크마; 吳蒙 譯 (142)

國內의 움직임
- 民主黨 第四次 全黨大會 • (154)
- 自由黨의 「活路」와 苦悶 • (155)
- 圖書에 대한 새認識 • (157)
- 敎育稅法이 빚어낸 混亂 • (159)
- 暴力競技大會 • (161)
- 新年度 豫算案解剖 • (163)
- 外援獲得을 爲한 政府의 努力 • (167)

448　목차는 '金日成의 北平訪問'.
449　목차는 '고물카의 쏘聯訪問'.

- 國政의 亂脈相 : 審計檢查와 國政監査를 중심으로 • (172)

嚴肅한 態度로 立法을 하라 : 「涉外私法」 草案을 評하면서 • 黃山德 (176)

博士學位論文要約 · 칼 · 빨트의 聖書靈感論 • 朴鳳琅 (185)

우리文化의 命脈 · 磻溪 柳馨遠 • 千寬宇 (198)

古典解說 · 그로치우스의 戰爭과 平和의 法 • 李漢基 (204)

勤儉과 科學의 나라 : 獨逸의 印象 • 李吉相 (212)

나의 黙想錄 : 사람은 언제 高尙한가 또 언제 醜惡한가 • 張利郁 (218)

自由에의 模索 : 우리가 걸어온 三十年(完) • 金八峰 (224)

古典國譯 · 異苔同岑抄(四) : 한국漢文學 名文選 • 梁柱東 (240)

音樂鑑賞 · 近代音樂 • 羅運榮 (253)

人生노오트 · 自我의 探求 • 柳達永 (256)

북 · 레뷰
- 崔載瑞 著 「新哲學原論」 • 李鍾雨 (270)
- 시드니 · 후크 著 「歷史와 英雄」 • 閔錫泓 (271)
- 李用熙 著 「政治와 政治思想」 • 金永斗 (273)
- 董作賓 著 「甲骨學五十年」 • 高柄翊 (275)

結婚의 近代化 : 結婚의 實態의 分析과 批判을 通하여 • 張庚鶴 (277)

思想과 生涯 · 벨쟈에브 • 金天培 (285)

隨筆
- 民俗놀이는 살아 있다[450] • 任晳宰 (295)
- 고향消息 • 金泰吉 (297)
- 길 • 車柱環 (300)
- 가아든 · 파티 • 皮千得 (302)
- 反省 • 趙豊衍 (304)
- 家門을 빛내는 群像 • 吳華燮 (305)
- 李儁 烈士의 무덤을 찾아서 • 柳洪烈 (307)

現代韓國文學史(六) • 朴英熙 (310)

現文壇의 精神的 狀況 • 李敎昌 (314)

詩
- 銀杏나무散調 • 楊明文 (318)
- 書籍 • 金宗文 (319)
- 흐르지 않는 江 • 金永三 (320)
- 子正을 향하여 • 高遠 (321)
- 나붓기는 깃발이여 • 朴巨影 (322)
- 微笑 • 曺永瑞 (324)
- 우리 더욱 사랑을 위해 • 安道變 (326)
- 新人作品 · 달밤 (外三編) • 閔雄植 (328)

瘦雲錄 : 一九五八年의 詩總評 • 朴木月 (330)

一九五八年의 小說總評 • 李御寧 (340)

創作
- 그대로의 잠을 • 韓戊淑 (351)
- 浮動期 • 吳尙源 (369)
- 어떤 告白 • 安東民 (380)
- 還生 • 朴敬洙 (389)

오리지날씨나리오 · 종이 울리는 새벽(370枚 全載) : 禁無斷撮影轉化 • 吳泳鎭 (399)

---

450 목차는 '民俗놀이'.

編輯後記 • (444)

思想界 第7卷 第1號 通卷 第66號
(1959년 1월호)

卷頭言 · 새해는 「民權의 해」로 맞고 싶다 • 張
    俊河 (16)

特輯 · 現代의 理想과 現實 : 一九五九年의 展
    望
- 共産主義는 亞細亞의 神話인가 • 金相浹
    (18)
- 苦悶하는 資本主義 : 資本主義圈의 經濟動
    向 • 李東旭 (33)
- 幸福과 繁榮의 科學 : 高分子化合物 · 抗生
    物質 · 오토메이숀 • 李鍾珍 (42)
- 國際政治의 새로운 樣態 : 共産圈 動向의
    分析과 展望 • 申相楚 (50)
- 一九五九年 · 美蘇의 政治的 對決 • 朱耀翰
    (58)
- 理性과 파라독스의 問題 : 神學上으로 본 •
    洪顯卨 (65)
- 宇宙時代와 世界戰略 • 申應均 (72)

國家保安法 改正에 對한 綜合檢討 • 鄭泰爕
    (81)

國內의 움직임
- 稅法改正案의 몇 가지 問題451 • (92)
- 米價暴落 · 肥料價格 · 農村高利債整理 • (96)
- 中小企業의 金庫設置 • (100)
- 이달의 정당동태 · 自由黨452 • (103)

- 이달의 정당동태 · 民主黨 • (105)
- 福利없는 福利政策 • (108)
- 倫理綱領의 氾濫 • (110)
- 무너지는 家庭生活 • (111)

歐羅巴에서 본 祖國 • 安炳茂 (114)

政界眺望 · 「悲壯한 覺悟」와 「生死超越」의 對
    決 : 이제는 오스트라씨즘도 國內生産
    할 段階? • (129)

史筆을 울릴 悲劇 : 民族混亂의 歷史 • 金成植
    (130)

讀者에게서 온 편지 • (134)

움직이는 世界
- 體制를 完備해가는 第五共和國453 • (136)
- 中共을 承認하지 않는 理由 • (138)
- 베르린 一九五八年 冷戰의 集約 • (141)
- 그치지 않는 東獨 避難民 • (143)
- 드 · 골이 일으킨 「나토」의 波紋 • (146)
- 中共의 派閥 • (148)
- 注目되는 수단의 움직임 • (150)
- 岸政權을 讓步시킨 日本國民 • (152)
- 獨逸民族에 떠는 후르시쵸프 • (156)
- 「라파키」案의 修正454 • (158)
- 蘇聯七個年計劃案의 骨子와 그 裏面 • (159)

社會코멘트 · 뇌물도 化學成分을 가려 삼켜야
    : 「合乘의 主人들은 빽이 쎄니까요」 •
    (161)

---

451   목차는 '稅法改正案의 몇 가지 問題點'.
452   목차는 '自由黨과 民主黨 · 지난 달의 발자취'.
      102쪽.
453   목차는 '體制를 完備해가는 佛第五共和國'.
454   목차는 '修正된 라파키案'.

荒凉한 在日僑胞의 現實 • 金堂山 (162)

政治文化와 權力型 • 尹天柱 (174)

博士學位論文要約 · 칼 · 빨트의 聖書靈感論
　　(續) • 朴鳳琅 (180)

學術論戰의 倫理 : 「누가 누구를 때렸다」가
　　말이 될가 • 李敏裁 (188)

싸이언스 · 스크랩 · 宇宙旅行에도 旅人宿? :
　　술도 한잔 마실 수 있고 • (195)

겨울이 만일 온다면 (1) : 「겨울이 만일 온다면
　　봄이 어찌 멀었으리오」• 咸錫憲 (196)

思想과 生涯㉖ · 죤 · 듀이 : 듀이 誕生 百週年
　　記念 • 柳炯鎭 (205)

辨證法이라는 것 • 河岐洛 (218)

教育社會學의 動向 • 李圭煥 (231)

音樂鑑賞 · 現代音樂 • 羅運榮 (239)

古典解說㉞ · 에미일[455] • 李寅基 (242)[456]

人生노우트 · 제목 없는 글 • 李殷相 (250)

韓國 · 아라비아 · 燒酒 • 金斗鍾 (255)

북 · 레뷰
－ 李鐸 著「國語學論攷」• 金亨奎 (260)
－ D · 데이취스 著「文學批評論」• 梁炳鐸 (261)
－ 柳正基 著「孟子新講」• 金敬琢 (263)

古典國譯 · 異苔同岑抄(完) : 한국 漢文學 名文
　　選 • 梁柱東 (265)

科學教室 · 放射線과 人體 • 韓俊澤 (278)

셰익스피어 研究抄① · 셰익스피어 悲劇의 槪
　　念 • 崔載瑞 (286)

우리 文化의 命脈 · 周時經의 生涯와 業蹟[457] •
　　許雄 (306)

隨筆
－「答案」이라는 이름의 狂想曲 • 張庚鶴 (315)
－ 나는 保菌者다 • 權明秀 (318)
－「사쁜 사쁜 예쁜 신」: 한글 전용을 위하여
　　• 尹聖範 (321)
－「피타고라스」定理 • 具本明 (324)
－ 鑛脈 • 金東旭 (325)

二〇世紀作家傳(1) · 토마스 · 만
　　: 出世作《붓덴크로크 家門》과 代表作《魔法
　　의 山》을 中心으로 • 全熙洙 (328)

最近 日本文壇의 相貌 • 金哲 (338)

詩
－ 大田 • 金東鳴 (350)
－ 月光[458] • 柳致環 (351)
－ 푸른 Symphony 속에서 : 나의 少年 R에게 •
　　辛錫汀 (352)
－ 聖誕의 밤 • 金海剛 (354)
－ 물 끓는 城 • 申石艸 (356)
－ 모래벌에서 : 抒情小曲 • 張萬榮 (357)

455　목차는 '룻소의 「에미일」'.
456　목차는 245쪽.
457　목차는 '周時經'.
458　목차는 '日光'으로 誤記.

- 新人作品·돌 던질만한 距離에서[459] • 尹一柱 (358)
- 보리스·파스테르나크 詩抄[460] • 金珖燮 譯 (360)

調和의 詩人 : 파스테르나크의 人間과 文學 • 레나토·포지올리; 徐園 譯[461] (362)

現代韓國文學史(七) • 朴英熙 (376)

創作
- 싸우면서도 사랑은 • 廉想涉 (383)
- 안개구름 끼다 • 黃順元 (398)
- 달빛과 飢餓 • 徐基源 (411)
- 降雪 • 韓南哲 (422)
- 神童 • 토마쓰·만; 金晸鎭 譯 (436)

編輯後記 • (444)

思想界 第7卷 第2號 通卷 第67號
(1959년 2월호)

卷頭言·무엇을 말하랴 : 民權을 짓밟는 橫暴를 보고 • 張俊河 (14)

韓國自由民主主義의 危機 • 韓泰淵 (16)

特輯·韓國과 近代化
-「事大的」카리스마와 東洋의 再發見 : 人間意識의 近代化의 問題와 關聯하여 • 黃山德 (26)

- 近代化의 歷史的 意味 • 趙義卨 (36)
- 人間關係의 開花·凋落·그 運命 • 張庚鶴 (44)
- 韓國經濟의 近代化 過程[462] • 趙璣濬 (56)

史筆을 울릴 悲劇 • 金成植 (65)

國內의 움직임
- 保安法 波動 • (70)
- 共同出題와 無試驗制 • (73)
- 軍의 自肅要綱 • (75)
- 두 개의 깡 事件 • (77)
- 지난 달의 발자취 : 자유당의 동태[463] • (78)
- 지난달의 정당동태 : 민주당의 발자취 • (83)
- 不法과 合法의 限界는 무엇? : 一·七데모 및 一·一三集會의 流産[464] • (87)

農業政策과 與論의 反映 • 李萬甲 (90)

韓國新聞의 構造와 課題 : 그 生態를 檢討하는 하나의 試論 • 郭福山 (105)

讀者에게서 온 편지 • (109)

움직이는 世界
- 難航을 거듭하는 유럽 自由貿易地域 • (114)
= 時事斷片 : 유럽經濟協力機構 • (119)
- 核實驗中止會談 • (120)
- 奇襲防止會談 • (122)
- 나쎄르는 왜 共産主義 攻擊演說을 했는가? • (123)

---

459 목차는 '돌 던질만한 距離'.
460 목차는 '파스테르나크 詩抄', 金珖燮을 저자로 誤記.
461 목차는 저자명 'R·포지올리'.

462 목차는 '韓國經濟의 近代化'.
463 목차는 '自由黨과 民主黨 - 지난 달의 발자취'.
464 목차는 '一·七데모와 一·一三集會의 流産', 목차는 83쪽.

= 時事斷片：포쓰담 協定과 폴랜드[465] • (124)
- 毛澤東의 主席立候補辭退의 內幕[466] • (126)
= 時事斷片：土地도 酷使하는 中共 • (127)
= 時事斷片：劉少奇 • (129)
- 轉換期에 선 日本政局 • (130)

博士學位論文要約：法律關係의 性質決定과 反致 • 金辰 (134)

法에 對한 反抗心의 分析 • 李太載 (147)

落穗錄 • (157)

新民法과 民主主義 • 李恒寧 (158)

美國은 獨自的 文明을 가졌는가?[467]：美國文明의 本質과 位置를 에워싼 論戰
- 美國은 넓은 大西洋 生活共同體의 部分이다[468] • 아놀드 · J · 토인비 - 막스 · 러어너 (165)
- 美國은 獨自的 文明을 가졌다 • 막스 · 러어너[469] (171)

金利引下論의 背景 • 李晩成 (180)

博士學位論文要約 · 칼 · 빨트의 聖書靈感論(3) • 朴鳳琅 (187)

刑法學의 새로운 傾向[470] • 李建鎬 (198)

북 · 레뷰
- 金俊燮 著「現代哲學」• 朴鍾鴻 (205)
- 니이버 著「그리스도와 文化」• 田榮澤 (207)
- 統計學에 關한 두 著書：崔俊楨 著「新統計學槪論」
- 갸레트 著, 高舜德 譯「統計學入門」• 陸芝修 (211)

싸이언스 · 스크랩 · 성홀몬과 癌 • (213)

平和를 爲한 原子：原子力 平和利用 國際會議에 다녀 와서[471] • 李基寧 (214)

生涯와 思想㉗ · 화이트 헤드 • 申一澈 (223)

물 아래서 올라와서 • 咸錫憲 (232)

社會코멘트 • (243)

人生노오트 · 詭辯術의 今昔 • 張利郁 (244)

古典解說㉟ · 카라마조프의 兄弟 • 權明秀 (248)

言語生活을 通해 본 韓國人 • 崔在錫 (262)

바다 건너온 消息 • (270)

紀行 · 東伯林과 西伯林 • 梁好民 (274)

連載 · 忠武公縱談 (第一回) • 李殷相 (288)

彷徨하는 猶太의 思想的 天才들 • 아이자크 · 도이쳐; 宋錫重 譯[472] (296)

465 목차는 '포쓰담 會談과 폴랜드'.
466 목차는 '毛澤東의 主席立候補辭退의 裏面'.
467 목차는 '美國은 獨自的 文明을 가지고 있는가'.
468 목차는 '美國은 大西洋 共同生活體의 一環이다', 저자명 'A · 토인비'.
469 목차는 저자명 'M · 러어너'.
470 목차는 '刑法學의 새로운 動向', 목차는 262쪽.
471 목차는 '原子力 平和會談에 다녀 와서'.
472 목차는 저자명 'I · 도이쳐'.

싸이언스 · 스크랩 · 아스완 하이땜 • (307)

國樂鑑賞 · 時調唱의 基本問題 • 張師勛 (308)

우리 文化의 命脈 · 徐花潭의 生涯와 思想[473] • 金敬琢 (313)

現代韓國文學史(八) • 朴英熙 (320)

셰익스피어研究抄② · 에이븐江의 白鳥 • 崔載瑞 (327)

隨筆
- 自由와 이웃 • 張大郁 (333)
- 豚兒犬子 • 劉昌惇 (334)
- 外國旅行 • 權純永 (336)
- 漢字 철폐와 나 • 无涯[474] (337)
- 生命과 대구 • 李廷煥 (339)[475]
- 두 가지 해결방법 • 金亨漑 (341)[476]
- 肉體의 智慧 • 安秉煜 (343)

二〇世紀作家傳(2) · 스타인벡 • 郭少晉 譯 (345)

詩
- 冬麥 • 金洙暎 (353)
- 何如之鄕(拾) • 宋稶 (354)
- 드빗시 산장부근 • 金宗三 (356)
- 울음이 타는 가을江 • 朴在森 (357)
- 꽃의 反抗 • 金光林 (358)
- 겨울에도 피는 꽃나무 • 朴鳳宇 (360)
- 音樂室 • 李禧哲 (362)
- 新人作品 · 달의 試業 外二篇 • 金鍾元 (364)

新年號 作品評
- 言語 : 詩 • 金春洙 (367)
- 一瞥二言 : 小說 • 柳宗鎬 (370)[477]

創作
- G · M · C • 全光鏞 (375)
- 脫殼 • 李浩哲 (383)
- 마지막 별 • 李採雨 (400)
- 還元期 • 宋炳洙 (408)
- 戲曲 · 성난 機械 (一幕) • 車凡錫 (421)
- 하얀 메추리 • 죤 · 스타인벡; 梁炳鐸 譯[478] (431)

編輯後記 • (442)

思想界 第7卷 第3號 通卷 第68號
(1959년 3월호)

卷頭言 · 못난 祖上이 되지 않기 위하여 : 또 다시 三一節을 맞으면서 • 張俊河 (14)

二四波動有感 • 金炳魯 (16)

民主政治와 地方自治 • 尹世昌 (21)

豫算案無審議 通過가 가져오는 것 • 金永善 (28)

特輯 · 自由를 爲한 鬪爭
- 韓國民族의 自由鬪爭史 • 曺佐鎬 (36)
- 美國革命과 自由主義 • 吳炳憲 (46)
- 유럽의 自由를 爲한 革命 • 閔錫泓 (54)
- 印度의 自由鬪爭 • 高柄翊 (65)
- 韓國과 韓國人 : 韓人은 북어처럼 때릴수록 좋아지는가 • 申相楚 (76)

---

473 목차는 '徐花潭'.
474 목차는 저자명 '梁柱東'. 목차는 338쪽.
475 목차는 340쪽.
476 목차는 342쪽.

---

477 목차는 369쪽.
478 목차는 저자명 '스타인벡'.

無間一言 · 都下 五大日刊紙에 부치는 몇 마디 :
　　京鄕, 東亞, 서울, 朝鮮, 韓國에게 • (84)

歐洲經濟統合의 움직임 • 陸芝修 (88)

움직이는 世界
- 험악해진 美國 · 필립핀 關係 • (96)
- 큐바의 反獨裁 革命 • (98)
- 日本社會黨의 理論的 混亂 • (102)[479]
- 害毒濟를 뿌리러 다니는 티토 • (108)
- 總選擧 態勢를 갖추는 英國 政界 • (112)
- 蘇聯共産黨 第二十一次全黨大會[480] • (114)
- 「후」首相政策 闡明의 意義 • (115)
- 「醫師지바고」를 내세운 波蘭 作家同盟[481] •
　　(117)

링컨 誕生 一五○週年을 記念하여
- 아브라함 · 링컨과 美國民主主義 • 사브로우
　　스키 (118)

落穗錄 • (127)

링컨 誕生 一五○週年을 記念하여
- 美國 黑人問題의 오늘 : 大法院判決을 通해
　　본 黑白人 共學問題 • 文鴻柱 (129)

國內의 움직임
- 通貨數量說의 魔術 • (135)
- 高利貸金業의 逆說 • (138)
- 不正官吏 不正業者의 處斷 • (142)
- 原子力院의 發足 • (145)
- 體育會의 動態 • (146)
- 「無爲國會」와 三十二回 國會의 召集 • (147)
- 保安法 內外日誌 • (148)

- 僑胞送北과 國民的 反應 • (149)

「外交 · 國防 主要施策」에 對한 失望 • 高貞勳
　　(152)

博士學位論文要約 · 칼 · 빨트의 聖書靈感論
　　(四) • 朴鳳琅 (158)

友邦에서는 무어라고 했는가 : 外國人의 눈에
　　비친 二四波動 (海外主要日刊紙社說
　　묶음)
- 韓國의 不幸한 事態 • 솔트레이크 · 씨티 · 트리뷴
　　(168)
- 友邦韓國의 民主主義 濫用 • 나슈빌 · 테네씨안
　　(169)
- 李大統領에 對한 새로운 試鍊 • 와싱톤 · 데일
　　리 · 뉴스 (170)
- 南韓에서의 言論自由 制約 • 데 · 모인즈 · 레지
　　스터 (170)
- 民主主義 – 同意에 依한 統治 • 크리스챤 · 싸
　　이언스 · 모니터 (171)
- 試驗期에 놓인 韓國 • 크리스챤 · 싸이언스 · 모니
　　터 (172)
- 韓國民主主義의 守護 • 크리스챤 · 싸이언스 · 모
　　니터 (172)
- 韓國의 不安期 • 뉴욕 · 타임즈 (173)
- 韓國에서의 暴力 • 와싱톤 · 포스트 (173)
- 外部論評을 「干涉」이라고만 덮어 버릴 수
　　는 없다 • 와싱톤 · 포스트 (174)
- 韓國에 있어서의 自由 • 와싱톤 · 포스트 (175)
- 韓國政府, 自制할 氣色 • 와싱톤 · 포스트 (175)
- 우리의 友人 李博士 • 미네아폴리스 · 트리뷴
　　(176)
- 끈기있는 老人 • 런던 · 타임즈 (177)
- 一 美國市民 로져 · 홈즈氏의 書翰 • 와싱톤 ·
　　포스트 編輯人에게 (177)

<hr>

479　목차는 101쪽.
480　목차는 '蘇聯 第二十一次全黨大會'.
481　목차는 「醫師지바고」를 내세운 폴란드 作家同盟'.

- 前 웅크라團長 콜터將軍의 書翰 • 와싱톤 · 포스트 (178)
- 韓國의 「함덴」氏 • 만체스터 · 가디안 (179)

우리 文化의 命脈 · 李氏朝鮮의 異邦人 許筠[482] • 金東旭 (181)

座談會 · 文化街의 周邊 • 吳宗植; 韓泰淵; 吳泳鎭; 吳華燮 (190)

社會코멘트 • (200)

人生노오트 · 百無一齊漫想錄 • 李相佰 (202)

북 · 레뷰
- 金鵬九 著 「佛文學散考」 • 全光鏞 (211)
- 東京大學 東洋史研究室編 明代滿蒙史料(李朝實錄抄) • 李弘稙 (212)
- H · 코잉 原著, 鄭熙喆 譯 「法哲學槪論」 • 李恒寧 (214)
- 羅實中 作 「三國志」 • 崔載亨 (216)

셰익스피어研究抄③ · 詩聖의 修業時代 • 崔載瑞 (218)

싸이언스 · 스크랲 · 神祕의 酵素 • (231)

科學教室 · 藥 이야기 • 韓龜東 (232)

脫皮하는 傳統의 나라 : 滯留 二年間의 英國 印象記 • 李雄稙 (240)

나라는 망하고 • 咸錫憲 (246)

生涯와 思想㉘ · 플로티노스 • 孫明鉉 (257)

讀者에게서 온 편지 • (259)

古典解說㊱ · 짜라투스트라[483] • 金亨錫 (263)

虛無냐 神이냐 : 人間에 對한 威脅과 살아있는 神 • 에밀 · 브룬너[484] (272)

提言 · 關羽廟와 YMCA 會館 • (285)

辨證法의 論理 : 헤겔의 辨證法과 맑스의 唯物史觀 • 河岐洛 (286)

忠武公縱橫談 (第二回) · 忠武公을 救出한 鄭琢의 伸救箚 • 李殷相 (296)

隨筆
- 책과 骨董品 • 張德順 (304)
- 봄이 오면 • 張遇聖 (305)
- 崔課長네 카나리아 • 金安在 (307)
- 言語와 文化生活 • 金鍾武 (308)
- 古代人과 昆蟲 • 趙福成 (310)
- 飜譯은 고달퍼 • 呂石基 (311)

現代韓國文學史(九) • 朴英熙 (313)

二月號 作品評
- 素朴과 感傷 : 二月 의 詩 • 金春洙 (322)
- 一瞥二言 : 小說 • 柳宗鎬 (325)

詩
- 異邦人 • 柳呈 (329)
- 茶房 • 李熙昇 (330)

---

482 목차는 '西浦 許筠'.

483 목차는 '니췌의 짜라투스트라'.

484 목차는 저자명 'E · 브룬너'.

- 閑日 • 朴木月 (332)
- 畵幅 • 朴泰鎭 (334)
- 大砲와 腦炎 • 李敬純 (335)
- 바람따라 갸날픈 숨소리[485] • 朴董山 (336)
- 꽃병 • 韓性祺 (337)
- 李間九閤下
  : 남산에서 돌팔매질을 하면 김씨나 이씨집
    마당에 떨어진다(속담) • 全榮慶 (338)
- 臨終 휘파람 • 林眞樹 (340)
- 〈像〉對位法 • 申基宣 (341)
- 五月 • 許萬夏 (342)
- 사과 • 尹富鉉 (343)
- 겨울밤의 노래 (外一篇)[486] • 黃東奎 (344)
- 나비 • 劉庚煥 (346)
- 잎핀 날에 • 朱文暾 (347)
- 新人作品 · 果樹園 • 李裕暻 (348)
- 新人作品 · 風景畵 (外二篇) • 姜桂淳 (350)

長篇小說 · 落書族 제1부 • 孫昌涉 (352)

編輯後記 • (442)

思想界 第7卷 第4號 通卷 第69號
(1959년 4월호)

拳頭言 이 길 위에 서서 : 創刊 六週年을 맞으
    면서 • 張俊河 (14)

特輯 · 새로운 倫理[487]
- 人間內部世界의 破壞와 旣成倫理 • 金夏泰
  (16)
- 倫理의 世代的 差質 • 李萬甲 (24)

- 旣成秩序에 對한 레지스탕스의 構造 • 安秉
  煜 (35)
- 自由人間과 그의 力量[488] • 張利郁 (44)

倫理의 進化 • 알베르트 · 슈바이쳐[489] (54)

움직이는 世界
- 解氷期에 들어선 東西關係 • (60)
- 붉은 觸角 – 미코얀 • (61)
- 西方團結의 中心 – 덜레스 • (65)

西方의 偵察 – 맥밀란 • (68)
- 무너지는 美南部의 抵抗 : 美國의 白 · 黑人
  共學[490] • (71)
- 싸이 프라스 紛爭의 解決 • (74)
- 僑胞北送에 對한 日本 政局의 움직임[491] •
  (79)
- 黑人 아프리카의 白人政權 • (84)

社會코멘트 • (88)

美國政治의 兩大潮流(上) : 그 對立과 發展의
    過程 • 車基璧 (90)

自由社會에 있어서의 法의 支配 : 國際法律家
    大會에 다녀와서 • 嚴敏永 (96)[492]

나의 새로운 世界觀 : 철학과 헛된 속임으로
    노략하지 못하게 하라… 콜로새 二章
    八節 • 버트란드 · 럿셀[493] (104)

---

485 목차는 '바람따라 갸날픈'.
486 목차는 '겨울의 밤노래'.
487 목차는 '새로운 모랄의 探求'.

488 목차는 '自由人間과 그 力量'.
489 목차는 저자명 '슈바이쳐'.
490 목차 소제목은 '黑白人 共學問題의 結末'.
491 목차는 '韓僑北送問題에 관한 日政局의 움직임'.
492 목차는 196쪽.
493 목차는 저자명 'B · 럿셀'.

海外論評·外國人의 눈 • (113)
- UN은 韓日紛糾를 해결하라 • 뉴욕·타임즈 (113)
- 누가 귀향하는가? • 에코노미스트 (114)
- 韓國의 民主主義 • 콤몬위일誌 (114)
- 흐려진 韓國의 水晶알 • 에코노미스트 (115)

壓力團體의 理解
- 壓力團體의 本質과 展望 • 알프레드·드·그라지 아[494] (117)
- 議會·政黨·壓力團體 • 金成熺 (128)
- 壓力團體의 韓國的 現像 : 그 官製御用化를 排擊한다 • 申相楚 (138)

編輯室 앞[495] • (140)

壓力團體의 理解
- 佛蘭西의 壓力團體 • 李廷植 (144)

無間一言 : 二月의 京鄕·東亞·서울·朝鮮·韓 國에 붙이는 몇 마디 • (152)

亞細亞를 보고간 「에르하르트」 : 獨逸 經濟奇 蹟의 主人公이 본 後進國 經濟
- 亞細亞를 돕는 길 : 巡廻訪問을 마치고 느 낀 것 • 루드비히·에르하르트[496] (156)
- 이대로는 어렵다 : 에르하르트의 後進國 援 助觀決遇 (져맨·인터내쇼날誌 와의 面談記) • (162)

國內의 움직임
- 徐准將 事件과 軍紀刷新 • (171)

- 드레이퍼報告와 輸出振出策의 胎動[497] • (174)
- 硫安값이 오르는 뜻 • (176)
- 九二年度 財政安定計劃 • (179)
- 遊休資金과 公開市場操作 • (181)
- 「餘滴」 筆禍事件 • (184)
- 勞動節과 勞總의 動靜 • (186)

落穗錄 • (188)

壓力團體의 理解
- 美國의 壓力政治 • 吳炳憲 (190)

북·레뷰
- 現代 韓國文學의 診斷書 – 白鐵 著 「文學의 改造」를 읽고 • 鄭炳昱 (197)
- 보라디밀·나보코브 著 「로리타」 • 郭少晉 (199)
- M·디모크 著 「行政哲學」 • 鄭仁興 (202)

博士學位論文要約 · 칼·빨트의 聖書靈感論 (完) • 朴鳳琅 (206)

誌上·라이프寫眞作家 傑作展(一) • (213)

멕시코 滯留記·七面鳥와 銀貨의 故鄕 • 韓宗 源 (222)

우리 文化의 命脈·星湖 李瀷 • 韓㳓劤 (232)

忠武公縱橫談 (第三回)·忠武公과 元均을 論難 한 御前會議 (記事譯抄) • 李殷相 (242)

海外寸聞 • (250)

---

494 목차는 저자명 '그라지아'.
495 목차는 '讀者에게서 온 편지'.
496 목차는 저자명 '에르하르트'.

---

497 목차는 '드레이퍼報告와 輸出振興策의 胎動'.

죽을 때 까지 이 걸음으로 : 一九五九年 三一
節에 부치는 글 • 咸錫憲 (251)

싸이언스 · 스크랩 • (266)

科學教室 · 原子力의 將來 : 歐美의 原子力 發
電과 韓國의 實情 • 鄭樂殷 (268)

아르스 심포지움 · 彫刻考 ① • 金永周 (274)

人間과 動物 : 都市와 벌집 • 수잔 · K · 랭거; 崔明
官譯[498] (286)

土耳基 上空의 悲劇 • (297)

隨筆
- 邪不凡情 • 李熙昇 (298)
- 履歴書 • 趙豊衍 (299)
- 라이프 寫眞展의 印象 • 金晟鎭 (301)
- 調節 • 金東郁 (303)
- 夕陽 • 金泰吉 (305)

現代韓國文學史(十) • 朴英熙 (308)

落書族 評 · (三月號 全載長篇)「落書族」을 읽고 •
(315)[499]
-「落書族」의 독후감 • 白鐵 (315)
- 야유의 人生 · 야휴의 文學 • 金宇鍾 (316)
- 人間侮蔑의 白書 • 柳宗鎬 (318)
- 雜音 • 李御寧 (320)
- 〈無明〉에서 〈光明〉으로 • 金東里 (322)

3月의 詩評 · 新人 · 其他 • 金春洙 (324)

詩
- 아리아 • 柳致環 (328)
- 또 새로운 歲月이 온다 • 金洙敦 (330)
- 二層에서 • 金潤成 (331)
- 밤의 이야기(3) • 趙炳華 (332)
- 봄 밤의 피 • 김요섭 (334)
- 散調 二 • 李東柱 (336)
- 푸라타나스 • 柳玲 (337)
- 新人作品 · 焦土의 章(外一篇) • 洪完基 (339)

長篇小說 · 北間島 • 安壽吉 (342)

W · H · 오오든 會見記 • 베티 · 브릿지먼 (423)

特別附錄 · 英詩概說(1) • 崔載瑞 (447)

編輯後記 • (448)

思想界 第7卷 第5號 通卷 第70號
(1959년 5월호)

卷頭言 · 行政首腦들과 立法者들을 向하여 •
張俊河 (14)

特輯 · 인테리겐챠
- 知識人의 本質 • 金夏泰 (16)
- 激動期의 知識階級 • 金成植 (24)
- 韓國의 知識階級 • 韓泰淵 (34)
- 知識人의 政治參與 • 申相楚 (42)
- 文學과 知識人 : 組織과 人間의 사이 • 呂石
基 (50)

外交的 勝利의 論理的 背後 : 國際法으로 따져
본 在日僑胞 北送問題 • 李漢基 (57)

---

498 목차는 저자명 'S · 랭거'.
499 목차는 325쪽.

움직이는 世界
- 美國의 對外援助 論議[500] • (66)
- 이라크 叛亂과 中東의 新政勢 • (69)
- 햇볕을 보는 隔離案 • (75)
- 프랑스 艦隊의 나토 離脫[501] • (79)
- 中共을 다녀 온 日本社會黨 使節團[502] • (81)
- 또 하나의 「항가리」이냐 • (85)[503]

뉴스 · 박스 • (89)

座談會 · 國際政治의 暖流와 寒流 • 朱耀翰; 金相浹; 高貞勳; 李用熙; 李東旭 (90)

美國政治의 兩大潮流(下) • 車基璧 (108)

내가 걸어온 哲學의 길(上) • 버트란드 · 럿셀[504]
(116)

아르스 · 심포지움 · 彫刻考 ② • 金永周 (126)

國內의 움직임
- 教員의 政治的 中立이란 무엇인가? • (133)
- 學生徵集 問題의 係爭點[505] • (135)
- 農民은 이렇게 收奪당하고 있다 • (138)
- 絶糧農家는 없는가? • (140)
- 禿山과 青山[506] • (142)
- 凶惡事件의 連發과 그 對策 • (144)
- 改憲論의 幕後交涉[507] • (146)

落穗錄 • (148)

동이 트는 검은 大陸 • (150)
- 아프리카의 國際政治史的 位置[508] • 朴浚圭
(151)
- 검은 장글을 震動시킨 내슈날리즘의 북소리 : 아프리카 民族主義解放運動의 現況 • 高貞勳 (155)
- 나일江口와 喜望峰의 사이 : 아프리카의 植民地經濟 • 陸芝修 (166)
- 佛蘭西와 아프리카 : 佛蘭西의 아프리카 統治權 • 캐이스 · 어어빈[509] (174)
- 토고와 카메룬 : 아프리카 西岸地方 • G · R · 호오너[510] (189)
- 佛蘭西와 마그립 • 토마스 · 호지킨[511] (198)

誌上 · 라이프寫眞作家 傑作展(二) • (203)

思想과 生涯㉙ · 알키메데스 • 李鍾珍 (215)

白頭山 호랑이 • 咸錫憲 (221)

無間一言 : 三月의 五大 日刊紙에 부치는 몇 마디 • (234)

프루스트에 있어서의 時間 · 距離 · 形式 • J · O · Y 가쎄뜨[512] (238)

북 · 레뷰
- 國史編纂委員會編「壬戌錄」• 洪以燮 (246)
- 캇시러 著「人間論」• 高亨坤 (248)[513]
- 틴달 著「現代英文學史」• 梁炳鐸 (250)[514]

500 목차는 '美國外 對外援助 論議'.
501 목차는 '佛艦隊의 나토의 脫退'.
502 목차는 '中共을 訪問한 日本社會黨 使節團'.
503 목차는 86쪽.
504 목차는 저자명 'B · 럿셀'.
505 목차는 '學生徵集案의 係爭點'.
506 목차는 '青山과 禿山'.
507 목차는 '改憲論議의 幕後交涉'.

508 목차는 '아프리카의 國際政治史 位置', 목차쪽수 152로 誤記.
509 목차는 저자명 'K · 어어빈'.
510 목차는 저자명 'G · 호오너'.
511 목차는 저자명 'T · 호지킨'.
512 목차는 저자명 'J · 가쎄뜨'.
513 목차는 247쪽.
514 목차는 249쪽.

- 윌리암 · 밧처 著「板門店」 • 아민 · 랩파포트 (251)[515]
- 베스타만 著「物權法 講義」 • 金曾漢 (252)[516]

編輯室 앞[517] • (254)

人生노오트 · 博識의 辯 • 吳宗植 (255)

科學敎室 · 結核에 關하여 • 金敬植 (262)

平和를 創造하는 歷史 : 덴마아크의 印象 • 柳達永 (270)

隨筆
- 入學地獄 • 姜永善 (281)
- 文化竊盜 • 尹顯蓓 (282)
- 動物飼育反對宣言文 • 吳華燮 (284)
- 아이들 앞에서 언행을 삼가야 할 어른[518] • 玄勝鍾 (286)[519]
- 그리움 • 朴靜峰 (288)
- 丹齋傳 • 卞榮晚 (289)
- 나의 逢變記 • 安秉煜 (292)[520]

새「自由」의 摸索 • 金恩雨 (294)

싸이언스 · 스크랩 • (302)

古典解說㊲ · 발작끄의「人間劇」: 巨匠 발자크의 作品世界와 現代文學 • 金鵬九 (304)

詩
- 조용한 宣言 I • 朴斗鎭 (316)
- 새 • 千祥炳 (318)
- 火形遁走曲 • 成贊慶 (319)
- 背律 • 朴致遠 (322)
- 新人作品 · 午後 (外二篇) • 金正鈺 (324)

「北間島」를 읽고[521]
- 다시 奇巧面의 要領 • 郭鍾元 (326)
- 이것은 名篇이다 • 鮮于煇 (327)
- 紀念碑的인 努作 • 崔一秀 (329)
- 또 하나의 리얼리즘 • 白鐵 (331)

四月의 詩評 · 走馬看山 • 李御寧 (332)

九一年度[522] 文學賞受賞作家 作品集
- 詩 · 歸鄕 (外一篇) • 金春洙 - 詩協賞受賞詩人 (337)
- 童話 · 흘러간 쪽지 • 馬海松 - 自由文學賞受賞作家 (340)
- 短篇 · 張氏一家 • 柳周鉉 - 自由文學賞受賞作家 (351)
- 短篇 · 報酬 • 吳尙源 - 東仁文學賞受賞作家 (366)

오리지날 · 씨나리오
- 하늘은 나의 지붕 : 일명「십대의 반항」• 吳泳鎭 - 自由文學賞受賞作家 (379)

新人作品 · 第四樂章 • 宋相玉 (400)

特別附錄 · 英詩槪說(2) • 崔載瑞 (437)[523]

---

515 목차는 250쪽.
516 목차는 251쪽.
517 목차는 '讀者에게서 온 片紙'.
518 목차는 '어른과 아이'.
519 목차는 '그리움 • 朴靜峰(288)'과 편집 순서 바뀜.
520 목차는 291쪽.

---

521 목차는 「北間島」讀後感'.
522 '九一年度'는 단기 4291년 즉 1958년을 말함.
523 목차는 411쪽.

編輯後記 • (438)

思想界 第7卷 第6號 通卷 第71號
(1959년 6월호)

編輯室 앞[524] • (16)

卷頭言 · 가셔지지 않는 傷處 : 다시 六 · 二五
　　를 맞으며 • 張俊河 (20)[525]

軍政法令 第八十八號의 幽靈 : 自由言論은 죽
　　지 않는다 • 申相楚 (22)

軍事裁判의 上告와 節次法 • 李建鎬 (30)

特輯 · 六 · 二五 以後
- 政治史를 어떻게 적을 것인가 • 韓泰淵 (38)
- 韓國으로부터의 貿易風 : 世界經濟에 活力
　　을 불어넣는 六 · 二五 • 陸芝修 (47)
- 赤字와 黑字의 距離 : 六 · 二五 事變과 韓國
　　經濟 • 劉彰順 (54)
- UN軍 墓地가 意味하는 것 : 集團 安全保障
　　體制의 實驗成績 • 李元雨 (62)
- 現代政治 · 軍事力 · 國防思想 • 吳蒙 (70)

八年前 그날의 나의 運數 · 나의 꿈 • 吳宗植 (77)

움직이는 世界
- 덜레스는 물러났다 • (84)
- 아데나워 時代의 終焉 • (90)
- 劉小奇의 國家主席選任[526] • (94)
- 東南 아시아 經濟의 틈을 노리는 中共 • (96)

- 日本의 地方選擧[527] • (100)
- 頂上會談과 쏘聯의 움직임[528] • (104)
- 아크라會議와 아프리카의 꿈[529] • (106)

國內의 움직임
- 「京鄉新聞」廢刊의 顚末 • (109)
- 綿紡織 輸出問題 • (113)
- 四海에 떨친 韓國의 勇名 • (115)
- 中繼輸出의 貸借對照表 • (117)
- 大學敎育의 矛盾 • (119)[530]
- 犯則物資事件의 輪廓[531] • (122)

두 實存主義의 對決 : 키엘케골과 포이엘 바
　　하 • 시드니 · 후크 (125)

外國人의 눈 : 韓國에 關한 海外主要論評
- 韓國의 新聞 : 뉴욕 타임스 • (130)
- 韓國에 있어서의 言論起訴 : 와싱톤 포스트
　　• (130)
- 李博士의 言論彈壓 : 와싱톤 포스트 • (131)
- 滿場一致와 李博士 : 뉴욕 포스트 • (131)

美國이 世界文明에 貢獻한 열 가지 事實 • 아서
　　· M · 슐레징거[532] (132)

무엇을 위한 造形이었던가 : 第三回 現代作家
　　美術展의 境遇 • 李慶成 (140)

524　목차는 '讀者에게서 온 片紙', 목차는 18쪽.
525　목차는 16쪽.
526　목차는 '劉小奇가 登場하게 되기까지'.

527　목차는 '日本地方選擧의 結果가 가져오는 것'.
528　목차는 '頂上會談을 앞둔 쏘聯의 動向'.
529　목차는 '아크라會談과 아프리카의 꿈', 목차는
　　　107쪽.
530　목차는 118쪽.
531　목차는 '犯則物資處分'은 왜 말썽이 되는가'.
532　목차는 저자명 '슐레징거'.

내가 걸어온 哲學의 길(中) • 버트란드 · 럿셀[533]
(144)

韓國新聞受難史(上) • 金八峰 (151)

落穗錄 • (156)

세익스피어 研究抄④ · 歷史 · 秩序 · 文學(1) :
세익스피어 史劇 싸이클 • 崔載瑞 (158)

後進國 進出과 새로운 比較政治學 • 당크와트 ·
로스토우[534] (168)

誌上 · 라이프寫眞作家 傑作展 3 : 아름다운 世
界 • (175)

社會코멘트 • (178)

「카톨릭 反對」라는 大義名分 : 新敎徒의 立場
에서 • 張河龜 (180)

公務員과 敎員의 團結權 • 李坰鎬 (185)

無間一言 : 사월의 新聞에 부치는 몇 마디 •
(198)

共産主義經濟의 苦悶 : 쏘聯經濟속에 움트는
非共産主義的 色彩 • 李東旭 (202)

思想과 生涯㉚ · 갈릴레오 • 權寧大 (213)

座談會 · 우리도 잘 살아보자
: 原子爐 導入을 계기로 생각나는 現代科學
과 韓國의 未來 • 尹世元; 李廷煥; 李鍾珍;
黃山德 (218)

古歌註解疑 : 梁柱東 敎授의 「古歌箋劄疑」를
읽고 • 金亨奎 (236)

古典解說㊳ · 맑스 · 웨버의 「프로테스탄트 倫
理와 資本主義 精神」 • 黃山德 (246)

科學敎室 · 文化人의 精神衛生 • 徐明源 (254)

싸이언스 · 스크랲 • (262)

忠武公從橫談 (第四回) · 忠武公과 木浦 高下
島 • 李殷相 (264)

북 · 레뷰
- 崔載瑞 著 「英文學史」(古代 · 中世) • 呂石基
(275)
- 에룬스트 · 옵펠트 著, 韓沽劤 譯 「韓國紀
行」 • 李光麟 (276)
- 키르케고르 著, 林春甲 譯 「죽음에 이르는
病」 • 崔載喜 (278)
- 코쯔 著 「現代史와 國際法에 있어서의 戰爭
의 槪念」 • 朴在灑 (279)

南岡 · 島山 · 曹晩植 • 咸錫憲 (282)

뉴스 · 박스 • (299)

日記抄 : 와르소오 印象 • 스티븐 · 스펜더[535] (300)

길에 道標가 없다 : 上半期 詩와 小說 • 李御寧
(306)

詩
- 빛 • 趙芝薰 (320)

---

533 목차는 저자명 'B · 럿셀'.
534 목차는 저자명 '로스토우'.

---

535 목차는 저자명 '스펜더'.

- 눈을 위한 詩 · 終章 • 申瞳集 (322)
- 季節 • 朴成龍 (324)
- 悲歌 • 李逸 (326)
- 門 • 閔雄植 (328)

隨筆
- 天文學的 數字 • 玄正晙 (330)
- 超越로서의 韓國의 멋 : 눈물 · 사치 · 싸움 • 尹聖範 (332)
- 노래를 잊은 새야 • 柳光烈 (334)
- 大衆의 抵抗 • 梁在謨[536] (335)
- 映畫「사랑할 때와 죽을 때를 보고」• 安仁熙 (337)
- 파랑새의 아들 • 崔臣海 (338)
- 스포츠 精神과 狩獵 • 李相昈 (340)
- 競走 • 金泰吉 (342)

創作
- 落穗 • 吳永壽 (345)
- 흰 百合 • 鮮于煇 (356)[537]
- 꼬추잠자리 • 鄭漢淑 (368)
- 新人作品 · 英雄 • 金東立 (390)
- 오리지날 씨나리오 · 하늘은 나의 지붕(下) : 一名「十代의 反抗」• 吳泳鎭 (404)

編輯後記 • (426)

思想界 第7卷 第7號 通卷 第72號
(1959년 7월호)

編輯室 앞[538] • (20)

卷頭言 · 새 時代의 새 人間 • (24)

特輯 · 아메리카니즘
- 美國思想의 特徵 • 朴鍾鴻 (26)
- 美國人의 價値觀念과 大衆社會 • 李萬甲 (33)
- 美國民主主義와 忠誠心 : 아메리카니즘의 政治的 性格 • 吳炳憲 (42)
- 美國文明은 流産될까 • 李普珩 (48)
- 무엇이「美國的」이냐 : 아메리카 文學의 系譜 • 呂石基 (56)
- 韓國에 있어서의 아메리카니즘 • 金夏泰 (65)

行憲第十一周紀念
- 基本的 人權의 保障 : 美國憲法과 韓國憲法의 比較研究 • 文鴻柱 (74)
- 憲法의 變質 • 韓泰淵 (84)

特輯 · 아메리카니즘
- 資料 : 美國文化에 貢獻한 移民學者 · 藝術家 (上)[539] • 編輯委員會 提供 (91)

社會코멘트 • (100)

座談會 · 主權은 虐待받고 있다 : 時急한 韓美 行政協定 締結 • 吳宗植; 崔永斗; 嚴敏永; 李炳勇; 鄭泰燮 (102)[540]

資料 · 在韓美合州國軍隊의 管轄權에 關한 韓美協定 • (118)

資料 · 美日行政協定中 刑事裁判權에 關한 規定 • (118)

國內의 움직임
- 在日僑胞 問題의 再燃[541] • (120)

---

536 목차는 저자명 '梁在模'.
537 목차는 358쪽.
538 목차는 '讀者에게서 온 片紙'.

---

539 목차는 '美國文化에 貢獻한 移民學者들'.
540 목차는 108쪽.
541 목차는 '在日僑胞 北送問題의 再燃'.

- 外資를 끌어 오자면[542] • (122)
- 國稅와 地方稅[543] • (124)

움직이는 世界
- 東西外相會談의 成績一覽表 • (128)
- 難關이 중첩한 싱가포르國 • (133)
- 이라크에 武器를 供給하는 英國의 賭博 • (136)
- 繼續되는 쏘聯의 對日壓力 • (139)[544]
- 頂上會議를 앞둔 共産衛星國의 動向[545] • (142)

세익스피어 研究抄⑤ · 歷史 · 秩序 · 文學(2)
  : 세익스피어 史劇 싸이클의제 I 四部作 • 崔載瑞(146)

兩次頂上會談의 性格差 • 高貞勳(172)

북 · 레뷰
- 韓佛辭典과 韓語文法[546] • 柳洪烈(183)
- 郭潤直 著 獨逸民法槪論 • 玄勝鍾(185)
- 글리슨 著 記述言語學 入門 • 許雄(187)

無間一言 : 五月의 新聞에 부치는 몇마디 • (190)

아르실 · 심포지움 · 彫刻考③ • 金永周(194)

未開人의 呪術性[547] • 任晳宰(204)

韓末條約에서 본 民族의 屈辱 • 朴浚圭(212)

西洋사람 · 韓國사람 • 安炳茂(222)

行憲第十一周紀念
- 對談 · 우리 憲法의 復習問題 • 兪鎭午;韓泰淵 (238)

내가 걸어온 哲學의 길(下) • 버트란드 · 럿셀[548] (249)

落穗錄 • (254)

朝鮮語學會事件(1) : 檢擧의 旋風 • 李熙昇 (256)

地上의 地獄 : 朝鮮語學會事件 (2) • (260)

隨筆
- 藝術에 있어서의 「내것」과 「남의것」 • 張勃 (264)
- 서글픈 歷史 • 李吉相(266)
- 多變 • 李崇寧(268)
- 딸 • 張秉琳(269)
- 큰 冊床 • 趙豊衍(271)
- 自繩自縛 • 金鎭萬(272)
- 骨董 • 金廷鶴(274)
- 倍達의 嚴父들 • 金采元(276)

後進國 進出과 새로운 比較政治學(下) • 당크와크 · 로스토우[549] (278)

科學敎室 · 노이로오제 • 崔臣海(285)

---

542 목차는 '外資는 정말 들여올 수 있을까'.
543 목차는 '國稅와 地方稅 : 租稅法改定을 앞두고'.
544 목차는 138쪽.
545 목차는 '頂上會議을 바라보는 共産衛星國의 動向'.
546 목차는 '韓佛辭典과 韓國文法'.
547 목차는 '未開人의 呪術'.

---

548 목차는 저자명 'B · 럿셀'.
549 목차는 저자명 '로스토우'.

韓國新聞 受難史(中) • 金八峰 (292)

「農」에 關한 隨想 • 柳達永 (297)

異端者가 되기까지 • 咸錫憲 (308)

踏步하는 舞臺 · 變貌하는 舞臺 : 九二年度 上半期 舞臺藝術總評 • 吳華燮 (324)

뉴스 · 박스 • (327)

名畫와 良畵와 : 九二年度上半期映畫總評 • 許彰 (328)

싸이언스 · 스크랩 • (338)

漢字語使用의 史的考察 : 世宗朝를 中心으로 • 劉昌惇 (340)

思想과 生涯㉛ · 레오나르도 · 다 · 빈치 • 金秉騏 (347)

忠武公從橫談 (第五回) · 忠武公에 對한 諸家의 論評 • 李殷相 (352)

六月의 作品評
- 私談錄 : 六月의 詩評 • 朴木月 (360)
- 現實肯定의 意味 : 六月의 創作評 • 郭鍾元 (364)

地方詩人特輯
- 舞袖試韻考 : 如一寫伯의 〈運命〉에 韻하여 • 朴憘宣 (368)
- 灯 • 朴定熅 (370)
- 龍山과 마주앉아 • 金潤植 (372)
- 나 • 朴鍾禹 (374)
- 알 • 李珉永 (375)
- 너의 이름은 • 李鍾斗 (376)
- 蝸牛 • 金大炫 (377)
- 그늘 • 梁重海 (378)

創作
- 登校通告 • 安壽吉 (380)
- 山과의 對話 • 朴淵禧 (392)
- 記憶 • 金利錫 (402)
- 血脈 • 朴敬洙 (411)
- 나룻배 이야기 • 河瑾燦 (423)
- 新人作品 · 英雄(下) • 金東立 (436)

編輯後記 • (448)

思想界 第7卷 第8號 通卷 第73號
(1959년 8월호)

編輯室 앞[550] • (14)

卷頭言 · 八 · 一五의 反省 • (18)

討議 · 레바이아탄의 現代的 復活 : 現代國家에 있어서의 行政權의 强化와 그 裁量問題 • 金道昶; 金洪洙; 嚴敏永; 李丙璘; 李鍾極; 韓泰淵 (20)

뉴스 · 박스 • (39)

行政行爲와 行政救濟 • 尹世昌 (40)

特輯 : 民族性의 反省
- 民族性이라는 것 • 李恒寧 (46)

550 목차는 '讀者에게서 온 片紙'.

- 「우리 아내」와 「내 아내」의 意味論 : 言語生
　　活에 나타난 우리 民族性 • 劉昌惇 (53)
- 富와 貴의 價値觀과 族譜의 思想 : 社會的
　　條件과 우리 民族性 • 韓㳓劤 (62)[551]
- 半島에 있어서의 諸神의 變貌 : 宗敎와 우
　　리 民族性 • 黃山德 (72)
- 敗北主意의 유토비아症 : 國文學에 나타난
　　우리 民族性 • 張德順 (84)
- 下部保溫 · 多饌 · 民族性 • 申相楚 (92)
- 民族性의 政治的 意味 : 韓國의 政治的 人間
　　型의 類型에 對한 摸索 • 禹炳奎 (99)

움직이는 世界
- 케랄라州 反共産 騷動과 네루의 苦悶[552] •
　　(108)
- 아데나워 飜意와 그 意義 • (112)
- 日本에서의 反韓活動 • (115)[553]
- 라오스의 새로운 緊張狀態[554] • (118)
- 參議員選擧를 마친 日 政局[555] • (121)

國內의 움직임
- 災難이 重來한 京鄕新聞 • (126)
- 不動産 「부움」의 意味 • (128)
- 金融調整策과 市銀遊資活用策에 對한 是非
　　• (131)
- 社會事業中央協會의 發足 • (133)
- 初等敎育의 是正策 • (134)[556]

落穗錄 • (138)

壓力團體의 理解(Ⅰ)
- 壓力團體와 民主主義 • 閔丙台 (140)
- 壓力團體와 官僚制度 • 韓太壽 (147)
- 壓力團體의 機能 · 活動方式 • H · A · 터너[557]
　　(153)
- 壓力政治의 硏究方法論 • 李廷植 (159)

人口 — 그 激增의 意義 • 李海英 (174)

戰後日本外交十三年 • 金哲 (183)

韓國新聞受難史(下) • 金八峰 (193)

「쏘 · 亞關係」學會報告 • 金俊燁 (198)

社會코멘트 • (204)

對談 · 내 것이냐 카에자의 것이냐 : 世代의
　　對質 • 咸錫憲; 李御寧 (206)

資料 · 續 아메리카文化에 貢獻한 移民學者 ·
　　藝術家 (中) • 編輯委員會 提供 (221)

八 · 一五 前後 : 나의 回顧錄① • 張俊河 (223)

無間一言 : 六月의 新聞에 부치는 몇 마디 •
　　(234)

倫理의 進化(下) • 알베르트 · 슈바이쳐[558] (238)

오페라이야기① · 歌劇作曲家와 作品[559] • 吳華
　　燮 (242)

551　목차는 61쪽.

552　목차는 '케랄라州 共騷動과 네루의 苦悶'.

553　목차는 121쪽.

554　목차는 '라오스의 새로운 緊張', 목차는 115쪽.

555　목차는 '參議員選擧後의 日本政局', 목차는
　　118쪽.

556　목차는 135쪽.

557　목차는 저자명 'H · 터너'.

558　목차는 저자명 '슈바이쳐'.

559　목차는 '歌劇作曲家와 二作品'.

싸이언스 · 스크랲 • (248)

朝鮮語學會事件回想錄③ · 事件의 發端 • 李熙昇 (250)

刑法에 있어서의 學派論爭의 一斷面 : 新派의 責任論을 解剖하면서 • 朴文福 (257)

思想과 生涯㉜ · 페스탈롯지 • 金丁煥 (263)

우리 文化의 命脈 · 俛仰亭 宋純 : 그의 文學試巧 • 李在秀 (270)

古典解說㊴ · 카아라일의 「英雄崇拜論」 • 金興浩 (281)

科學敎室 · 술의 功過 • 金錫讚 (288)

三樂論 • 金東鳴 (295)

셰익스피어 研究抄⑥ · 政治는 音樂처럼 : 〈헨리五世〉의 主題와 象徵 • 崔載瑞 (301)

七月의 作品評 • (311)
– 私談錄 : 詩 • 朴木月 (311)
– 限界狀況의 人間 : 創作評 • 崔一秀 (314)[560]

隨筆
– 美國에 있어서의 非美國的 要素[561] • 金箕斗 (318)
–「孫福者」와 敎育의 懊惱 • 禹炳奎 (320)[562]
– 迷信 • 鄭炳祖 (322)

– 제비집[563] • 朴鍾和 (323)
– 어미의 辯 • 金甲順 (326)[564]
– 「노스탈지아」 • 張大郁 (327)[565]
– 글씨 • 李弘稙 (329)[566]
– 이런말 저런말 • 高銀 (330)[567]
– 아이터너래시 : 짧은 白叙 • 樹州 (332)[568]

詩
– 마흔다섯 • 徐廷柱 (334)
– 시능 • 李仁石 (335)[569]
– 薔薇를 씹었더니 (外一篇) • 李元燮 (336)[570]
– 古典的인 속사김속의 꽃 (8) • 全鳳健 (338)[571]
– 花房心書 (3) • 鄭漢淑 (340)[572]
– La vie • 李裕暻 (342)
– 新人作品 · 不如意 (外二篇) • 李昌大 (344)

創作
– 同氣 • 廉相涉 (346)
– 表情 • 吳尙源 (356)
– 照準 • 徐基源 (368)
– 한 뼘의 땅 • 鄭然喜 (378)
– 그늘진 陽地 • 宋炳洙 (393)
– 新人作品 · 午後 • 朴憲九 (405)

編輯後記 • (422)

---

560 목차는 315쪽.
561 목차는 '아메리카의 非아메리카的 要素', 목차는 320쪽.
562 목차는 318쪽.

---

563 목차는 '제비'.
564 목차는 328쪽.
565 목차는 325쪽.
566 목차는 327쪽.
567 목차는 329쪽.
568 목차는 331쪽.
569 목차는 336쪽.
570 목차는 335쪽.
571 목차는 340쪽.
572 목차는 338쪽.

思想界 第7卷 第9號 通卷 第74號
(1959년 9월호)

編輯室 앞[573] • (14)

卷頭言 · 權力과 正義 • (18)

特輯 · 官僚制度
- 官僚制度의 過去와 現在 • 黃山德 (20)[574]
- 民主主義의 反逆者냐 實踐者냐[575] : 行政國家에 있어서의 官僚制 • 鄭仁興 (28)
- 警察權과 課稅權이란 스타 · 플레이어 : 官僚制의 中央集權化와 地方自治問題 • 李鍾極 (36)
- 아시아의 官人支配의 韓國的 傳統 • 曺佐鎬 (44)
- 官僚主義의 韓國的 氣質 • 申相楚 (53)

公務員과 敎員에 團結權을 圍繞한 諸問題 : 否定論에 對한 是非[576] • 吳貞根 (60)

國內의 움직임
- 民主黨의 大統領候補競爭 • (69)
- 緊迫해진 石炭問題 • (72)

움직이는 世界
- 美쏘 首腦의 交換訪問 • (75)
- 「키르커크」以後의 이락政情 • (79)
- 一九四五年으로 되돌아가는 수카르노의 인도네시아[577] • (80)
- 美國博覽會와 쏘聯人民 • (85)
- 美國鐵鋼罷業의 背景 • (87)

- 쏘聯 國際政治研究院의 實態 • (90)[578]
- 景氣를 回復한 日本經濟[579] • (91)

나의 回顧錄② · 八 · 一 五 前後 • 張俊河 (96)[580]

大學敎授受難錄 • 權明秀 (105)

無間一言 : 七月의 新聞에 부치는 몇 마디 • (110)

프로이드 死後 二〇年[581]
- 愛情 · 憎惡 · 自責의 生涯 • 李鎭淑 (114)
- 프로이드와 文學 • L · 트릴링 (125)
- 現代 社會科學方法論에 끼친 影響[582] • 閔丙台 (130)
- 不滅의 著作「꿈의 分析」[583] • 尹泰林 (136)
- 프로이드 以後의 精神分析學 • 李東植 (146)

落穗錄 • (160)

國際法에서 본 原子力 管理問題[584] • 玄勝鍾 (162)

歐羅巴 秩序속의 保守와 排他 : 카나다의 印象 • 金在俊 (168)[585]

社會體制論의 現代的 意義 • 高永福 (175)

---

573 목차는 '讀者에게서 온 便紙'.
574 목차는 30쪽.
575 목차는 '民主主義의 實踐者냐 叛逆者냐'.
576 목차는 '公務員과 敎員에 團結權이 없을까', 목차 쪽수 59로 誤記.
577 목차는 '一九四五年으로 還元한 印尼와 수카루노'.

578 목차는 91쪽.
579 목차는 '日本經濟의 景氣回復', 목차는 92쪽.
580 목차는 94쪽.
581 목차는 '프로이드 死后 二〇年'.
582 목차는 '프로이드와 社會科學方法論'.
583 목차는 '不滅의 著書「꿈의 分析」'.
584 목차는 '現代國際法에서 본 原子力 管理問題'.
585 목차는 170쪽.

북·레뷰
- 鄭炳昱 著 國文學散藁 • 全光鏞 (186)
- 야슈톤 著「産業革命史」• 閔錫泓[586] (187)
- 國譯 碣溪隧錄 田制編 (農業銀行 調査部 發行) • 全海宗 (189)
- 高宗朝刊 大典會通 吏典編 • 李熙鳳[587] (191)
- T·S·엘리옽 著 老壯政治家 • 발라카안 (193)

科學教室·바이터민 • 李鍾珍 (195)

우리 文化의 命脈·朴埂이 後世에 준 音樂遺産[588] • 李惠求 (203)

살아있는 法과 죽어버린 法 : 土地收用令을 中心으로 • 玄勝鍾 (210)

隨筆
- 文化上의 孤兒 • 金成植 (217)
- 藝術에 나타난 結核美 • 金起鎬 (218)
- 山 • 田淑禧 (220)
- 나의 形容詞 • 金敬琢 (223)
- 旅情 • 安秉煜 (226)
- 山中日記의 著者[589] • 閔泳珪 (228)
- 時間 • 權寧大 (230)

IPI와 韓國의 言論 :「獨裁國家의 新聞」이라고 불리워 좋은가[590] • 朴觀淑 (232)

오페라 이야기②·名歌手들의 발자취[591] • 吳華燮 (238)

朝鮮語學會事件回想錄④[592]·拷問의 가지가지 • 李熙昇 (244)

싸이언스·스크랩 • (252)

英語英文學片片錄①·英國人의 由來에 關한 傳說, 미슬토와 金枝 傳說 • 權重輝 (254)

文化의 槪念(上) • 클락콘; 李効再 譯[593] (260)

座談會·르네쌍스가 가까웠다 : 飜譯文學 부움이 意味하는 것 • 金鵬九; 白鐵; 吳華燮; 李皙河; 崔載瑞; 呂石基 (268)

詩·孤獨 • 洪完基 (281)

20世紀作家研究③·休息·光名·單純 : 아나똘·프랑스와 그의 作品 • 李鎭求 (282)

對美關係에서 본 日本의 近代化(上) • 車基璧 (286)

詩
- 驛頭에서 • 姜桂淳 (295)
- 街路樹 • 金顯承 (296)
- 落葉을 밟고 • 李雪舟 (297)
- 內面의 소리 • 金奎東 (298)

---

586 목차는 저자명 '李熙鳳'으로 잘못 표기.
587 목차는 저자명 '閔錫泓'으로 잘못 표기.
588 목차는 '朴埂이 남긴 音樂의 遺産'.
589 목차는 '山中日記'.
590 목차는 '韓國의 言論과 IPI', 목차는 132쪽.
591 목차는 '오페라 이야기②'.

---

592 목차는 '語學會事件④'.
593 목차는 저자명 '클록콘'.

- 海印戀歌 四 • 송욱 (300)
- 門牌 • 金鍾元 (302)[594]
- 新人作品 · 音樂 (外二篇) • 徐林煥 (303)
- 新人作品 · 꽃씨를 받아둔다 (外二篇) • 金榮泰 (305)

短篇作家十人集
- 敎會堂이 있는 마을 • 朴榮濬 (307)
- 戱畵四題 • 柳周鉉 (320)
- 合唱 • 吳永壽 (328)
- 크라운莊 • 全光鏞 (337)[595]
- 挑戰 • 鮮于煇 (346)

詩 · 아스팔트길 위에서 • 朴異汶 (355)

短篇作家十人集
- 破裂口 • 李浩哲 (356)
- 暗礁 • 具曙瑛 (366)
- 秩序 • 崔翔圭 (373)
- 장마 • 韓末淑 (382)
- 바닥없는 陷穽 • 宋相玉 (388)
- 크랭끄 비이유 • 아나똘 · 프랑스 作; 李鎭求 譯[596] (398)

編輯後記 • (412)

思想界 第7卷 第10號 通卷 第75號
(1959년 10월호)

編輯室 앞[597] • (14)

卷頭言 · 個人의 意味 • (18)

特輯 · 歷史를 보는 눈
- 實踐理念으로서의 史觀 • 金基錫 (20)
- 슈펭글러와 토인비 : 文明의 豫言者[598] • 閔錫泓 (28)
- 歷史 안에 臨한 그리스도 : 그리스도敎에서의 歷史理解 • 金在俊 (38)
- 實存人間의 「歷史的」 定礎 : 實存哲學의 歷史觀 • 曺街京 (46)
- 絶對物質의 敎條 : 唯物史觀批判 • 河岐洛 (54)
- 「靑史에 빛나다」와 先例에의 鄕愁 : 東洋의 歷史觀 • 高柄翊 (62)
- 風土와 史觀 • 李恒寧 (69)
- 歷史의 알파와 오메가 : 自由史觀의 構造 • 安秉煜 (74)

國內의 움직임
- 九 · 一二 再選과 野黨의 選擧抛棄[599] • (83)
- 大韓勞總의 紛糾 • (85)
- 八 · 二一 措置란 • (87)

씨드니 · 후크 博士 來韓紀念 座談會 : 實驗의 價値와 狀況의 解釋 • 씨드니·후크; 朴鍾鴻; 咸錫憲; 李用熙; 金夏泰; 李相段 (90)

움직이는 世界
- 쏘聯首相 후루시쵸프의 美國旅行[600] • (100)
- 「大躍進」에 大調整을 加하는 中共 • (103)

---

594 목차는 320쪽.
595 목차는 338쪽.
596 목차는 저자명 'A · 프랑스'.
597 목차는 '讀者에게서 온 便紙'.
598 목차는 '토인비와 슈펭글러'.
599 목차는 '九 · 一七 再選과 野黨의 選擧抛棄'.
600 목차는 '후루시쵸프의 美國旅行'.

- 「頂上」代表를 定할 英國 選擧[601] • (107)

- 라오스의 將來 • (111)

- 難處해진 「네루」[602] • (113)

落穗錄 • (116)

組織과 人間 • 梁好民 (118)

韓國의 經營學 硏究 : 그 現狀과 方向에 關聯
하여 • 鄭守永 (126)

死刑廢址論 : 死刑의 刑事政策的 價値 • 李建鎬
(132)

無間一言 : 八月의 新聞에 부치는 몇 마디 •
(140)

對美關係에서 본 日本의 近代化(下) • 車基璧
(144)

科學敎室 · 原子力과 燃料 • 金東一 (152)

古典解說⑩ · 존 · 칼빈의 「基督敎 綱要」[603] • 池
東植 (160)

싸이언스 · 스크랩 • (168)

英語英文學片片錄② · 近代英文學雜考 : 作家
· 逸話 · 作風 • 梁柱東 (170)

한배움 • 咸錫憲 (180)

資料 · 美國文化에 貢獻한 移民學者 · 藝術家
(完)[604] • 編輯委員會 提供 (193)

思想과 生涯㉞ · 아레니우스 : 그의 誕生 一○
○年을 紀念하여 • 李吉相 (198)

셰익스피어 硏究抄⑦ · 虎狼의 世界 : 〈헨리六
世〉三部作 • 崔載瑞 (202)

文化의 槪念(下) • 클락콘; 李効再 譯 (212)

지나가는 길에 본 로마 • 李相佰 (217)

오페라 이야기(完) · 歌劇과 歌劇鑑賞 • 吳華變
(222)

朝鮮語學會事件 回想錄⑤ · 事件의 全貌 • 李熙
昇 (227)

隨筆 : 全國巡廻文化講演會旅程談
- 江陵가는 뻐스 • 姜永善 (234)

- 江陵의 烏竹軒 • 朴鍾鴻 (236)

- 嶺東行脚에서 보고 들은 몇 가지[605] • 玄勝
鍾 (237)

- 木浦의 눈물 • 黃山德 (239)

- 巡廻講演 湖南班을 마치고[606] • 李吉相 (242)

- 살려고 악을 쓰는 國民 • 孫宇聲 (243)

- 더위와 나 • 金夏泰 (245)

- 눈을 빼앗긴 聽衆 • 呂石基 (247)

- 돌멘과 死婚 • 李萬甲 (248)

- 知性人만은 살아있다[607] • 權寧大 (250)

歷史의 潮水속에서[608] • 柳達永 (252)

뉴스 · 박스 • (263)

601 목차는 「頂上」代表를 定할 英國 總選擧'.
602 목차는 '印 · 中共 國境紛紏와 共存'.
603 목차는 '칼빈의 「基督敎 綱要」'.
604 목차는 '아메리칸文化에 貢獻한 移民들(完)'.

605 목차는 '嶺東行脚에서 얻은 몇 가지'.
606 목차는 '巡廻講演을 마치고'.
607 목차는 '知識人은 살아있다'.
608 목차는 '歷史의 潮流속에서'.

북·레뷰
- N·A·맥도널드 著 政黨概說[609] • 金成熺
　　(264)
- K·E·볼딩 著 經濟政策論 • 李廷煥 (266)
- 에리히·프롬 著 自由로 부터의 逃避 • 禹炳
　　奎 (268)

先進國의 社會立法과 새로운 苦悶 • 李太載
　　(270)

비노바(Vinoba)와 부단(Bhoodan)運動 : 간디는
　　살아 움직인다 • 安炳茂 (276)

作品月評
- 共感의 紛失 : 八月의 詩 • 柳宗鎬 (281)
- 低能한 散文 : 九月의 詩 • 柳宗鎬 (285)
- 오늘의 小說 : 九月의 創作 • 李御寧 (289)

詩
- 나무 • 張瑞彦 (292)
- 「쥬노」의 독백 • 趙鄕 (295)
- 꽃·피 • 印泰星 (297)
- 告別 • 黃雲軒 (300)
- 新人作品·꽃은 흔들린다 外二篇 • 박재호
　　(302)

創作
- 두더지 • 李無影 (304)
- 뎃상 • 黃順元 (325)
- 還元 • 李範宣 (338)
- 金光載君 • 朴敬洙 (350)
- 흰 종이수염 • 河瑾燦 (360)
- 오늘과 來日 • 徐基源 (370)

第四回 東仁文學賞 受賞作品 : 剩餘人間 • 孫昌
　　涉 (380)
- 當選所感 : 作家의 大願과 小願 • 孫昌涉
　　(402)
- 第四回 東仁文學賞受賞 作品選考 (審查會議速
　　記錄)[610] • 金東里; 白鐵; 安壽吉; 崔貞熙; 黃
　　順元 (403)
- 第四回 東仁文學賞 受賞作品 審查經緯 •
　　(411)

編輯後記 • (412)

思想界 第7卷 第11號 通卷 第76號
(1959년 11월호)

編輯室 앞[611] • (14)

卷頭言·政治하는 사람들 • 張俊河 (18)

特輯·리더와 리더쉽
- 리더쉽의 本質과 類型 • 金成熺 (20)
- 리더쉽의 社會的 意味 • 李萬甲 (29)
- 非公式集團의 리더와 그 政治的 役割 •
　　禹炳奎 (38)
- 韓國 指導者의 正統的 像 : 「八字所關」·「無
　　爲而化」·「變德之德」• 申相楚 (48)
- 쏘비에트 社會의 指導者論 : 無産者獨裁·
　　共産黨獨裁 그리고 永久肅淸 • 金相浹
　　(56)

國內의 움직임
- 民主黨의 悲劇 • (67)

609　목차는 '政黨史概說'.

610　목차는 '授賞作品選考'.

611　목차는 '讀者에게서 온 便紙'.

- 全國 體育大會의 棄權沙汰 : 아름답지 못한 美의 祭典 • (71)
- 最近의 物價動向과 貨幣改革說 • (73)
- 九三年度 豫算案 • (76)

움직이는 世界
- 후루시쵸프 美國訪問의 決算[612] • (80)
- 쏘련의 宇宙스테이숀 • (84)
- 日本最高法廷의 松川事件原審破棄 • (88)
- 드·골의 알제리아 賭博 • (92)
- 쏘련에 발맞추지 않는 中共 • (96)
- 世界經濟의 動向[613] • (99)

나의 回顧錄③·八·一五 前後(下) • 張俊河 (103)

虐待받는 沙工族 : 船員勞動에 對한 政策 • 崔學泳 (110)

民主主義와 共産主義 • 씨드니·후크 (118)

싸이언스·스크랩 • (124)

官僚制度(下)
- 議會·政黨·官僚 : 近代國家의 工藝學 (테크노로기) • 韓泰淵 (126)
- 官僚制와 人間 • 嚴敏永 (136)
- 後進國에 있어서 官僚腐敗의 原因 : 官權資本形成을 主題로 • 李東旭 (144)

無間一言 : 九月의 新聞에 붙이는 몇 마디 • (152)

黃山德 教授에게 答함 • 白南檍 (156)

國際政治에 있어서의 「中立」 • 朴浚圭 (165)

美國人과 韓國人 : 鏡浦臺서 열린 韓國文化研究를 爲한 모임의 報告를 兼하여[614] • 安鎬三 (172)

煙幕에 싸인 大法院 : 五·二選擧訴訟의 總決算 • 李鍾極 (176)

暴力으로부터의 自由 : 强力犯의 原因과 그 對策 • 金箕斗 (185)

落穗錄 • (190)

社會科學 統合을 爲한 試論 • 李相佰 (192)

깐디는 살아 움직인다 : 비노바와 부단運動 • 安炳茂 (200)

朝鮮語學會事件 回顧錄⑥[615]·이름만의 送局 • 李熙昇 (209)

經營에 있어서의 원·맨·쇼 : 새로운 經營을 爲한 指導者論 • 鄭鍾鎭 (216)

工場과 會社속의 「人間」 : 社會學의 研究對象으로서의 産業集團 • 金彩潤 (220)

科學教室·放射能과 作物改良 • 沈相七 (226)

三八線 넘나들어 • 咸錫憲 (232)

亞細亞人의 西方 嫌忌症 • 치트라·훼르난도[616] (245)

612　목차는 '後 首相訪美의 決算'.
613　목차는 '世界經濟의 움직임', 목차는 100쪽.
614　목차는 '韓國人과 美國人'.
615　목차는 '語學會事件⑥'.
616　목차는 저자명 '훼르난도'.

隨筆

- 棺이 될 소나무 • 金廷漢 (250)
- 祥雲寺에 오르는 길 • 金永斗 (251)
- 「京鄕新聞」의 追憶 • 禹昇圭 (253)
- 잊어버린 스승[617] : 淸節의 金圭彦 先生 • 李軒求 (254)
- 煙氣에 붙이는 마음 • 金錫讚 (256)
- 「孤獨」이라는 病 • 金亨錫 (258)
- 擬古風 妄說 • 鄭炳昱 (261)
- 職場無常 • 李沐雨 (263)

古典解說 ㊶ · 다아윈의 「種의 起源」 • 姜永善 (265)

英語英文學片片錄 ③ · 죤슨 博士와 그의 英語 辭典 • 崔鳳守 (270)

뉴우스 · 박스 • (275)

作品月評

- 몇 개의 아나로지 : 十月의 詩 • 柳宗鎬 (276)
- 現實을 바라보는 여섯가지 位置 : 十月의 創作 • 李御寧 (280)

詩

- 가 · 나 · 다 · 라 • 張壽哲 (282)
- 自問하는 마음 • 朴泰鎭 (284)
- 잠을 기리는 노래 • 朴喜璡 (286)
- 抱擁 • 朴成龍 (289)
- 新人作品 · 像 (外二篇) • 張炅龍 (291)
- 新人作品 · 얼굴 (外二篇) • 鄭烈 (294)

셰익스피어 研究抄(完) · 人間渾沌 : 〈리쳐드 三世〉가 의미하는 바 • 崔載瑞 (296)

20世紀作家研究 ④ · 美의 司祭의 文學 : 제임스 · 조이스論 • 呂石基 (303)

醉蓮의 섬 : 「율리씨이즈」 第五揷話 • 제임스 · 조이스 ; 呂石基 譯 (310)

創作

- 三人家族 • 崔泰應 (324)[618]
- 染繪 • 秋湜 (334)
- 颱風 • 孫素熙 (344)

第八曜日 • 마레크 · 흘라스코 作 ; 編輯室 譯 (353)

BOOK REVIEW

- W · K · 윔세트 著 「言語像詩의 意味의 研究」 • 金容權 (405)
- 파스칼 著 申相楚 譯 「팡세」 • 安秉煜 (407)
- 崔文煥 著 「經濟學史」 • 鄭道泳 (408)
- M · 엘리아도 著 「요가」 • 黃山德 (409)
- 李英燮 著 「新民法總則講義」 • 玄勝鍾 (414)

編輯後記 • (412)

思想界 第7卷 第12號 通卷 第77號
(1959년 12월호)

編輯室 앞[619] • (14)

卷頭言 · 一九五九年을 보내면서 • 張俊河 (18)

討論 · 權力政治의 地籍圖 : 國際政治를 어떻게 볼 것인가 • 李元雨 ; 車基壁 ; 申相楚 ; 閔丙岐 (20)

---

617 목차는 '잃어버린 스승'.

618 목차는 334쪽.

619 목차는 '讀者에게서 온 便紙'.

國民의 돈이 가는 곳 : 九三年度豫算案批判 •
李東旭 (33)

無間一言 : 十月의 新聞에 붙이는 몇 마디 •
(44)

豫算編成有感 • 李漢彬 (48)

크랑크를 돌리자 : 韓國經濟의 臨床診斷을 爲
하여 • 崔基一 (52)

教育을 告發한 五七年十月四日 • 吳天錫 (58)

公法關係에 있어서 私法의 適用[620] • 邊宇昌
(66)

八道人 性格에 對한 先入觀念 • 李鎭淑 (74)

特輯 · 휴머니즘
- 휴머니즘의 系譜 • 安秉煜 (88)
- 科學과 人間精神 : 科學的 휴머니즘의 딜렘
  마 • 金夏泰 (97)
- 二五時의 人間哲學 : 휴머니즘의 危機 • 金
  亨錫 (106)[621]
- 十字架의 人間的 意味 : 카톨릭的 휴머니즘
  과 現代 • 尹炳熙 (114)
-「人間的인 것」: 文學과 휴머니즘 • 金鵬九
  (122)

마르틴 · 루터 : 그의 宗敎改革과 近代文明 •
盧平久 (133)

落穗錄 • (142)

時間과 速度의 歷史[622] • 權寧大 (144)

코리아를 돕는 白濠主義 : 오스트랄리아의
政治 · 文化 · 産業의 反映 • 白樂濬 (149)

씨알의 설움 • 咸錫憲 (154)

勞動爭議와 그 調整[623] : 主로 英 · 美法制를 中
心으로 하여 • 金振雄 (168)

움직이는 世界
- 頂上에 이르는 드 · 골 코오스 • (175)
- 日本社會黨의 分裂 • (178)
- 轉換期에 선 低開發 國家援助 • (183)[624]
- 美國을 앞지르겠다는 쏘聯經濟 • (187)

國內의 움직임
- 在日僑胞의 北送과 對日外交의 盲點 • (190)
- 國政監査의 表面과 裏面 • (193)
- 外援削減의 影響과 對策 • (197)
-「同胞愛」를 着服하는 者들 : 容納될 수 없는
  義損金不正 • (200)

政治學과 政治學者 • V · O · 키二世[625] (202)

四萬六千六百拾圜을 위한 鬪爭 : 韓國勞動爭
議의 現況과 그 民主的 解決策 • 卓熙俊
(210)

美國의 外援政策變更과 韓國의 經濟成長問題
• 李廷煥 (216)

---

620 목차는 '公法關係에 있어서 私法의 適用問題'.
621 목차는 116쪽.

622 목차는 '時間의 速度와 歷史'.
623 목차는 '外國勞動爭議와 그 調整'.
624 목차는 182쪽.
625 목차는 저자명 'Y · O · 키'.

朝鮮語學會事件 回顧錄⑦ · 警察署에서 刑務所로 • 李熙昇 (224)

隨筆
- 秀玉이 이야기 • 金玉吉 (231)
- 빛은 동방에서[626] • 權重輝 (233)
- 西部 • 千寬宇 (234)
- 隨想 • 金甲洙 (236)

20世紀作家研究⑤ · 存在와 虛僞의 限界 : 프란쯔 · 카푸카論 • 姜斗植 (238)

悲觀論 對 樂觀論 : 一九五九年의 文化街
- 韓國映畵 · 廣範한 技術的 未開發地域 • 林英 (244)
- 畵壇總評 · 問題意識의 貧困 • 李慶成 (249)[627]
- 演劇 · 前衛派役의 小劇場運動 • 吳華燮 (254)[628]
- 音樂 &오페라 · 天稟을 埋藏한 五九年 • 韓奎東 (257)
- 外國映畵 · 無秩序한 供給에 荒凉한 收穫 • 林英雄 (260)

詩
- 深淵松 • 朴斗鎭 (264)
- 唐人理 변두리 • 朴木月 (266)
- 打令調 • 金春洙 (269)
- 新人作品 · 아직은 잊지 않을 것이다 (外二篇) • 金圭泰 (271)

短篇小說十人集
- 故鄕 • 朴淵禧 (273)[629]

- Y少年의 境遇 • 吳永壽 (281)[630]
- 現實 • 吳尙源 (294)
- 海東旅館의 迷那 • 朴景利 (303)
- 中間動物 • 李浩哲 (312)
- 古木의 幽靈 • 金光植 (320)
- 두양주 • 廉相涉 (338)
- 月光 • 吳有權 (349)
- 人間信賴 • 宋炳洙 (358)
- 大衆管理 • 金東立 (368)

新人作品 · 憤怒 • 玄在勳 (385)[631]

村醫師 • F · 카프카; 姜斗植 譯[632] (399)

싸이언스 · 스크랩 • (404)

BOOK · REVIEW
- 韓國基督敎史二種 : 「白沙堂 梁柱三博士 小傳」, 「새문안 교회 七○年史」 • 洪以燮 (407)
- 李御寧 著 「抵抗의 文學」 • 鄭炳昱 (410)[633]
- 朴奎祥 著 「人口問題」 • 李海英 (411)

編輯後記 • (412)

思想界 第8卷 第1號 通卷 第78號
(1960년 1월호)

編輯室 앞[634] • (14)

卷頭言 · 鄕村의 再建을 爲하여 : 一九六○年을 맞으며 • (16)[635]

626　목차는 '빛은 東方으로부터'.
627　목차는 248쪽.
628　목차는 292쪽.
629　목차는 272쪽.

630　목차는 282쪽.
631　목차는 386쪽.
632　목차는 저자명 'F · 카프카'.
633　목차는 411쪽.
634　목차는 '讀者에게서 온 편지'.
635　목차는 18쪽.

現實의 構造 • 朴鍾鴻 (18)[636]

特輯 · 흙에 사는 사람들
- 農土를 얻고 十年 • 崔文煥 (27)
- 「떠나는 事情」 · 「안떠나는 事情」[637] : 農村
  人口의 變動 • 朴東昂 (35)
- 農村貧困의 社會學的解釋 : 農村問題 解決
  策의 盲點 • 李萬甲 (42)
- 「天下之大本」의 經濟學 : 韓國農業의 經濟
  的 位置 • 李廷煥 (54)
- 農村에 있어서의 社會主義와 自由主義 : 農
  業政策의 基本的 失策[638] • 李東旭 (60)

움직이는 世界
- 아데나워의 頂上巡禮 (70)
- 査察의 先例를 만든 南極條約 • (73)
- 岐路에 선 核實驗 停止會談[639] • (77)
- 苦悶하는 社會主義 政黨[640] • (82)
- 世界經濟의 動向 • (86)

特輯 · 흙에 사는 사람들
- 低開發國家의 農村福祉 • E · 브르너; J · 골브[641]
  (88)

나의 回顧錄④ · 苦難의 脫出 : 重慶으로 가는
길 • 張俊河 (97)

國內의 움직임
- 大法院聯合部構成은 무슨 뜻이 있는가 •
  (106)

- 穀價暴落을 막는 길 • (109)
- 娛樂의 不毛地帶 : 「베비野球場」에 閉鎖令 •
  (112)

「言語의 意味」의 發見者 : 빗트겐슈타인의
人間과 哲學 • 에릿 · 히헬러; 安秉煜 譯[642]
(115)

콜론 · 어쏘씨에이츠 報告書 · 美國의 對亞細
亞政策 • (122)

座談會 · 變貌하는 私法의 憲法 : 우리의 財産
· 身分은 어떻게 保障되는가 • 金曾漢;
李英燮; 李恒寧; 李熙鳳; 張庚鶴; 朱宰璜; 玄
勝鍾 (130)

非共産黨宣言(上) : 經濟成長段階設 • 로스토우
(147)

英美의 새로운 世代文學 • 白鐵 (158)

獨逸統一의 基本問題[643] • 梁好民 (163)

人權雜記帳① : 緘口法是非 • (178)

一九六〇年의 世界의 氣流
- 一九六〇年의 쏘聯과 中共 • 申相楚 (180)
- 元首外交論 : 美쏘首腦會議의 意義를 中心
  으로 • 閔丙岐 (186)

20世紀作家研究⑥ · 惡의 彼岸의 「모랄」 : 윌
리엄 · 포크너論 • 高錫龜 (191)

後進國에 있어서 매스 · 콤의 役割 • 洪承勉
(197)

---

636 목차는 27쪽.
637 목차는 '떠나는 事情 · 머무는 事情'.
638 목차는 '農政의 自由主義와 社會主義'.
639 목차는 '岐路에 선 核實驗 中止會談'.
640 목차는 '苦悶하는 西方社會主義 政黨'.
641 목차는 저자명 '브르너 · 골브'.

642 목차는 저자명 'E · 헬러', 목차는 190쪽.
643 목차는 '獨逸統一의 基本問題', 목차는 162쪽.

無間一言：十一月의 新聞에 붙이는 몇 마디 ● (202)

英語英文學片片錄④ · 宿命의 好敵手：리쳐드 슨과 휠딩 ● 權明秀 (206)

「東亞日報」가 創刊되던 무렵 ● 柳光烈 (212)

落穗錄：定界의 뒷창 ● (218)

朝鮮語學會事件 回顧錄⑧ · 豫審終結의 決定 書 ● 李熙昇 (220)

生活經濟解說① · 證券과 證券市場 ● 劉彰順 (226)

科學解說 · 「核酸」研究의 意義：노벨醫學賞 受賞을 계기로 ● 李基寧 (232)

모던 · 아아트의 半世紀① : 세잔느 ● 金秉騏 (240)

四十年間의 文藝誌
- 「創造」● 田榮澤 (246)
- 「廢墟」● 廉相涉 (248)
- 「薔薇村」● 樹州[644] (250)
- 「白潮」● 月灘[645] (251)
- 「金星」● 柳葉 (254)
- 「生長」● 金八峰 (256)
- 「朝鮮文壇」● 方仁根 (258)
- 「文藝公論」● 梁柱東 (259)
- 「海外文學」● 異河潤 (263)
- 「文藝月刊」● 李軒求 (265)

詩
- 하루의 共同된 希望속에서 ● 金珖燮 (267)

- 婆蘇 두 번째의 편지 ● 徐廷柱 (269)
- 옥수수 幻想歌 ● 全鳳健 (271)
- 李花子 ● 全榮慶 (274)[646]
- 新人作品 · 自畵像 (外二篇) ● 林鍾國 (276)
- 新人作品 · 뒷 窓 (外二篇) ● 姜泰烈[647] (278)

山中日記 ● 柳致環 (280)

長篇連載 一回 · 나무들 비탈에 서다 ● 黃順元 (286)

一九五九年의 小說 ● 金東里 (306)

韓國詩의 動向：一九五九年의 詩壇總評[648] ● 趙芝薰 (318)

創作
- 젊은 느티나무 ● 康信哉 (327)
- 變身 ● 徐基源 (340)
- 陰地浮彫 ● 韓南哲 (355)
- 戲曲 · 原稿紙 (全一幕) ● 李根三 (366)
- 버비나의 香氣 ● W·포크너; 高錫龜 譯 (374)

BOOK · REVIEW
- 빈쎈트 · 반 · 고흐 「書簡全集」● W·H·오오든 (402)
- H · H · 하이맨 著 「政治心理學」(假題) ● 李廷植 (406)
- A · M · 슬레징어 二世 著 「루우즈벨트의 時代：具體提의 危機」● 李普珩 (408)
- 올리버 · 골드스미스 作, 李勳燮 譯 「웨익필드의 牧師」● 金東吉 (410)[649]

---

644 목차는 저자명 '卞榮魯'.
645 목차는 저자명 '朴鍾和'.
646 목차는 273쪽.
647 목차는 저자명 '姜泰淳'으로 誤記.
648 목차는 '一九五九年의 詩'.
649 목차는 409쪽.

– 쌔뮤엘 · 루벨 著, 吳炳憲 譯「美國政治의 將
　來」• 朴浚圭 (411)

第1回 思想界新人文學賞作品募集⁶⁵⁰ • (412)

思想界 第8卷 第2號 通卷 第79號
(1960년 2월호)

編輯室 앞⁶⁵¹ • (14)

卷頭言 · 先進의 榮譽와 아름다운 前例를 바라
　면서 • 張俊河 (18)

韓國野黨의 社會學 • 韓泰淵 (20)

第1回 思想界新人文學賞作品募集 • (29)

特輯 · 彷徨하는 現代社會主義
– 大衆社會의 成立과 狀況認識의 變貌
　: 現代社會主義의 變質과 그 史的背景⁶⁵² •
　申相楚 (30)
– 社會主義理論의 世代的 考察
　: 맑스主義, 修正主義, 英國社會主義⁶⁵³, 民主
　社會主義 • 梁好民 (38)
– 國際關係에서의 社會主義 路線
　: 礎石을 잃은 이데올로기로서의 社會主義
　• 李元雨 (54)

彷徨하는 社會主義政黨群
–「墮落된 轉向者」의 苦悶〈獨〉: 獨逸社會黨
　과 基民同盟 • 金相浹 (62)

– 베바니즘의 終焉과 勞動主義로의 轉
　落⁶⁵⁴〈英〉: 英國勞動黨의 苦悶 • 卓熙
　俊 (71)
–「사랑받는 無産黨」의 失墜〈日〉: 日本에 있
　어서의 社會主義運動의 動向 • 金哲
　(78)
–「人間回復」에서「人間喪失」에의 路程
　: 社會主義思想에서의 勞動者支配의 運命에
　對하여⁶⁵⁵ • 대니얼 · 벨 (86)

國內의 움직임
– 同一 티게트 改憲案과 兩黨의 動態 • (99)
– 電力이 增强안되는 理由 • (102)
– 韓國人에 對한 美軍人의 私刑 • (105)

韓國儒敎小史(一) : 儒敎出現初期와 李朝의 黨
　爭(上) • 헨더슨; 梁基伯 譯 (107)

움직이는 世界
– 西方頂上과 남은 問題 • (114)
– 아이크 旅行의 決算 • (117)
– 再開되는 東西軍縮交涉 • (120)
– 새 體制를 摸索하는 西方經濟 • (125)

落穗錄 : 政界의 뒷 窓 • (130)

轉換期에 선 韓國經濟의 展望과 課題⁶⁵⁶ • 高承
　濟 (132)

U · N · 議事堂內의 숨결 • 朴浚圭 (138)

카톨리씨즘과 프로테스탄티즘 : 그리스도敎

650　목차는 '第1回 思想界新人文學賞作品募集 規定'.
651　목차는 '讀者에게서 온 便紙'.
652　목차는 '社會主義의 變質과 그 史的背景'.
653　목차는 '비비안주의'.
654　목차는 '勞動主義로서의 轉落이냐'.
655　목차는 '速力을 喪失한「福音」으로서의 社會主義', 목차는 96쪽.
656　목차는 '轉換期韓國經濟의 現況과 課題'.

의 二重主義 • 金成植 (144)

隨想二題 : 「固定觀念」, 「이층에 사는 사람
　　들」 • 金泰吉 (154)

英國과 勢力均衡政策 • 車基璧 (162)

言語形式에서 導出되는 誤解 : 빗트겐슈타인
　　의 人間과 哲學(下) • E · 헬러; 安秉煜 譯
　　(172)

英語英文學片片錄⑤ · 用意周到한 計算劇 : 햄
　　릿의 「無言劇」 • 吳華燮 (178)

「神」의 形成過程 : 화이트헤드와 關聯하여 •
　　申一澈 (184)

科學敎室 · 鍊金術의 今昔 : No 元素 이야기 •
　　李吉相 (191)

四〇年間의 文藝誌
　－「三千里文學」 崔貞熙 (195)
　－「三四文學」 • 趙豊衍 (197)
　－「朝鮮文學」 • 李無影 (199)[657]
　－「詩人部落」 • 徐廷柱 (201)
　－「文章」 • 朴斗鎭 (203)
　－「人文評論」 • 張萬榮 (205)
　－「白民」 • 金松 (207)
　－「文藝」 • 毛允淑 (208)
　－「文學藝術」 • 金耀燮 (210)

나의 回顧錄 · 「不孝河」河邊의 愛國歌 • 張俊河
　　(212)

카톨릭的 惡의 感知 : 프랑스와 · 모리악論 •
　　黃旼性 (221)

五〇年代 文學의 總決算(上) • (230)
　－ 韓國文壇十年 : 하나의 緖論적인 글 • 白鐵
　　(231)[658]
　－ 하늘과 땅의 比重 : 사반의 十字架論 • 孫宇
　　聲 (242)
　－ 東仁文學賞 作品論 : 「바비도」, 「불꽃」, 「謀
　　反」, 「剩餘人間」論 • 金宇鍾 (250)

人權雜記錄② : 검은 陷穽 • (258)

博士學位論文要約 · 美國의 對韓統一政策 • 趙
　　淳昇 (262)[659]

朝鮮語學會事件 回顧錄⑨ · 豫審終結의 決定
　　書 (둘째) • 李熙昇 (273)[660]

콘론 · 어쏘시에이츠 報告全文 • (289)

無間一言 : 十二月의 新聞에 붙이는 몇 마디 •
　　(306)

모던 · 아아트의 半世紀② : 포비즘 Fauvisme •
　　金秉騏 (310)

非共産黨宣言(中) : 經濟成長段階設 • 로스토우
　　(317)[661]

小集團 研究의 意義와 그 人間關係 • 高永復
　　(328)

657　목차는 201쪽.

658　목차는 201쪽.
659　목차는 622쪽.
660　목차는 280쪽.
661　목차는 327쪽.

銀行內의 人間管理 : 經營者의 人間管理에
　　관한 케이스·스터디 • 크리스·아아지리
　　스[662] (336)

사·에·라 : 一月의 詩評 • 柳宗鎬 (342)[663]

詩
- 海印戀歌 (五) • 宋稶 (343)
- 切斷된 허리 • 金丘庸 (347)
- 舍利 • 朴在森 (351)
- 野性의 부름으로 하여 • 徐林煥 (352)

創作
- 目擊者 • 徐槿培 (354)
- 두 개의 回歸線 • 李丙求 (362)
- 나무들 비탈에 서다 (連載二回) • 黃順元 (372)

BOOK REVIEW
- 피터·게이 著「民主的 사회주의의 딜렘
　　마」 : 에드워드·베른슈타인의 맑스
　　에의 挑戰 • 編輯室譯 (395)
- 오스카아·쿨만 著「그리스도와 時間」• 金
　　亨錫 (397)
- 하인리히·짐머 著「印度哲學의 諸相」(가
　　제) • 金夏泰 (399)
- 르네·웰렉, 오스틴·워어렌 共著 / 白鐵, 金
　　秉喆 共譯「文學의 理論」• 呂石基 (401)

編輯後記 • (402)

思想界 第8卷 第3號 通卷 第80號
(1960년 3月호)

編輯室 앞[664] • (15)

卷頭言 · 다시 맞는 三一節 • 張俊河 (18)

特輯·選擧 = 政權의 循環
- 政權交替에의 期待 • 韓泰淵 (20)
- 大統領職과 大統領 • 夫玩爀 (28)
- 改憲·選擧·再執權의 惡循環 • 申相楚 (37)
- 權力과 象徵과의 사이 : 大衆操作의 政治的
　　技術 • 禹炳奎 (46)
- 平和的 政權移讓의 模型 • 글랜·D·페이쥐[665]
　　(58)

政治資金의 暗流 • 李東旭 (68)

經濟開發 三個年 計劃案 分析 • 金永善 (80)

無間一言 : 一月의 新聞들에 붙이는 글 • (88)

알제리아 問題의 解決을 爲하여 • 찰스·F·갤라
　　가; 閔丙岐 譯[666] (92)

非共産黨宣言(下) • 로스토우 (100)

로스토우 學說에 對한 批判
- 로스토우 成長論에 對한 프라우다紙의 批
　　判 • 푸라우다紙 (109)
- 로스토우 學說에 關하여 • 에코노미스트誌
　　(110)

黃金의 六十時代
- 原子力과 好況의 十年 : 六十年代의 世界景
　　氣循環 • 陸芝修 (113)
- 美·쏘經濟의 成績表 • 李廷煥 (119)
- 韓國 工業化에의 意欲 • 黃炳晙 (126)
- 美國과 쏘聯의 經濟比較 • W·W·로스토우; 李
　　庭植 譯[667] (136)

662　목차는 저자명 '아아지리스'.
663　목차는 243쪽.
664　목차는 '讀者에게서 온 便紙', 목차는 14쪽.

665　목차는 저자명 '페이쥐'.
666　목차는 저자명 '갤라가'.
667　목차는 저자명 '로스토우'.

콘론・어쏘시에이츠 報告全文③ : 아시아에 있어서의 美國外交政策 • (140)

韓國깡패의 社會心理的 分析 • 黃山德 (150)

現代敎育의 反省
- 現代敎育思潮의 根本性格 • 李寅基 (158)
- 韓國敎育의 盲點 • 金夏泰 (164)
- 敎育에 있어서의 人間關係 • 金基錫 (170)

落穗錄 : 政界의 뒷 窓 • (176)

國內의 움직임
- 趙博士의 急逝와 三・一五 選擧戰 • (178)
- 서울驛 壓死事件 • (180)
- 六五○ 對 一로의 換率改定 • (183)

움직이는 世界
- 轉禍爲福이 된 알제리아 暴動 • (186)
- 美・日 新協定의 調印 • (191)
- 후루시쵸프 아시아 訪問의 背景 • (193)
- 日本의 民主社會主義 新黨의 胎動 • (197)

博士學位論文要約・韓國社會에 있어서의 宗敎混合 • 鄭大爲 (201)

나의 回顧錄⑥・잊혀지지 않는 얼굴들 : 重慶으로 가는 길③ • 張俊河 (216)

美・쏘共同委員會 時節 • 高貞勳 (226)

싸이언스・스크랩 • (232)[668]

四十年前 그 날의 파고다公園 • 鄭在鎔 (234)

朝鮮語學會事件回顧錄⑩・獄中風土記 • 李熙昇 (241)

모던・아아트의 半世紀③ : 立體主義 Cubisme • 金秉騏 (248)

隨筆
- 敎師와 學者 • 朴萬奎 (255)
- 女大生과 女敎授 • 朴外仙 (256)
- 負債투성이 人生 • 金鎭和 (258)[669]
- 旅行雜談 • 金錫穆 (260)
- 身老 心不老 • 毛麒允 (264)
- 三十九點 • 柳達永 (265)
- 結婚式과 主禮 • 高濟經 (267)
- 옛 下宿의 「또구또구」 • 李斗山[670] (268)
- 새 流行語 「노이로오제」 • 宋秉武 (270)
- 英雄과 더불어 • 李鍾泰 (272)

英語英文學片片錄・빅토리아朝의 閨秀詩人[671] • 皮千得 (274)

英美의 젊은 世代文學(下) • 白鐵 (279)

第1回 思想界新人文學賞作品募集 • (284)

20世紀作家硏究⑧・不死鳥의 노래 : D・H 로렌스論 • 鄭炳祖 (285)

五十年代 文學의 總決算(中)
- 非純粹의 宣言 : 「何如之鄕」論 • 柳宗鎬 (291)
- 앤솔로지運動의 反省 : 「平和에의 證言」과 「新風土詩集Ⅰ」論 • 金春洙 (300)

世界文壇
- 藝術性의 復活 : 1959年度 文學賞을 中心으로 • 朴異汶 (306)

---

668 목차는 252쪽.
669 목차는 257쪽.
670 목차는 저자명 '李東華'.
671 목차는 '엘리자베스朝의 閨秀詩人'.

- 前衛劇의 技巧 • 金正鈺 (308)
- 虛無의 超克으로서의 詩[672] • 姜斗植 (311)
- 作家와 社會 : 英國人의 美國文學觀 • 呂石基 (313)

뉴우스 · 박스 • (315)

詩
- 姜女에게 : 「處容은 말한다」의 一章 • 申石艸 (315)
- 파리와 더불어 • 金洙暎 (318)
- 異神의 序曲 • 金光林 (320)[673]
- 氷花 • 劉庚煥 (322)[674]
- 偉大한 奇蹟 • 李昌大 (325)[675]

創作
- 現代의 野 • 張龍鶴 (327)
- 의젓한 肖像 • 朴敬洙 (353)
- 나무들 비탈에 서다 (連載三回) • 黃順元 (362)
- 盲人 • D·H·로렌스 作, 鄭炳祖 譯 (391)

BOOK REVIEW
- 필립 · 리프 著 「프로이드 ; 모탈리스트의 精神」 • 케네스 · 버크 (408)
- 朴益洙 著 「新科學史槪論」 • 權寧大 (410)
- 크라임스 著, 李世求 譯 「英國憲政史」 • 閔錫泓 (411)

編輯後記 • (412)

思想界 第8卷 第4號 通卷 第81號
(1960년 4월호)

編輯室 앞[676] • (14)

卷頭言 · 創刊 七周年 記念號를 내면서 • (18)

特輯 · 韓國의 資本主義
- 좀발트, 웨버, 슘페터의 資本主義觀 • 崔文煥 (20)
- 資本主義는 死亡할 것인가 : 슘페터의 豫言을 再檢討한다 • J·R·슐레징거; A·필립스; 閔錫泓 譯[677] (31)
- 韓國資本主義의 特質 • 高承濟 (43)
- 資本蓄積의 形態 • 崔虎鎭 (55)
- 韓國의 財閥들 • 裵應道 (64)
- 韓國의 企業家精神 • 李廷煥 (76)
- 特別寄稿 : 資本形成의 宿題 • 崔基一 (84)

美國政治의 新氣運 • 아아서 · 슐레징거 二世; 李普珩 譯[678] (89)

「아이크 · 후르시쵸프」까지의 軍縮의 性格變化[679] • 朴浚圭 (98)

하와이 州憲法 • 文鴻柱 (105)

六十年代의 人口
- 世界人口의 展望 • 李海英 (111)
- 韓國의 經濟構造와 人口 • 李基俊 (118)
- 後進國의 人口와 經濟成長 • 車均禧 (124)[680]
- 産兒制限의 國家的 意義 • 高凰京 (131)

---

672 목차는 '孤獨의 克服으로서의 詩'.
673 목차는 340쪽.
674 목차는 342쪽.
675 목차는 345쪽.

676 목차는 '讀者에게서 온 便紙'.
677 목차는 저자명 '슐레징거'.
678 목차는 저자명 '슐레징거'.
679 목차는 「아 · 후」까지의 軍縮의 性格變化'.
680 목차는 120쪽.

콘론·어쏘시에이츠 報告全文(4)：東北亞에 있어서의 美外交政策[681] • (140)

프라우다紙의 所論을 駁함 • 로스토우 (158)

經濟解說② · ICA와 韓國經濟 · 李東旭 (161)

움직이는 世界
- 活潑해진 巨頭外交
  = 아이젠하워와 南아메리카 • (167)
  = 후르시쵸프와 南아시아 • (170)
  = 맥밀란과 아프리카 • (173)
- 프랑스 原爆實驗과 그 影響 • (176)

無間一言：二月의 新聞에 붙이는 글 • (180)

國內의 움직임
-「큰별」을 잃은 野黨 • (184)
- 三·一五選擧戰과 學生데모事件 • (188)
- 아팟치號의 活躍 • (190)
- 淸算去來의 善·惡 • (192)

落穗錄 • (194)

學生에의 길
- 大學生活의 四年計劃 • 白樂濬 (196)
- 學問하는 態度 • 李鍾雨 (202)

歐美大學의「물」
- 옥스포오드 大學 • 卓熙俊 (206)
- 하아바드 大學 • 全海宗 (209)
- 솔본느 大學 • 崔구슬 (212)
- 하이델벨크 大學 • 安炳茂 (216)

公明選擧여, 安寧히! • 申相楚 (221)

人物評傳① · 윈스톤·쳐칠 • 金成植 (228)[682]

座談會·家庭生活의 現代化 • 崔以順; 鄭泰燮; 李効再; 李萬甲 (238)

20世紀作家研究⑨ · 괴에테의 復活：한스·카롯사論 • 金晟鎭 (251)

五十年代 文學의 總決算(下)
- 植物的 人間像：「카인의 後裔」論 • 李御寧 (258)
- 新聞小說의 새로운 領域
  :「自由夫人」,「失樂圓의 별」,「悲劇은 없다」「日蝕」을 主로 • 鄭泰鎔 (266)

第1回 思想界新人文學賞作品募集 • (275)

世界文壇
- ENGLISH MORALIST • 金鎭萬 (276)
- 狀況의 演劇：싸르트르의 新作「알토나에 監禁된 者들」 • 金正鈺 (278)[683]
- 表現主義의 變遷 • 姜斗植 (280)[684]
- 앨렌·테이트의 回甲 • 金宗吉 (282)
- 不條理의 스캔들：싸르트르의 까뮈追悼全文 • J·P·싸르트르 (284)

隨筆
- 生鮮·바다·支石墓 • 金元龍 (286)
- 紅店 • 孫致武 (288)
- 새銅錢 • 王學洙 (289)
- 숲속의 椅子 • 安顯昳[685] (291)

---

681 목차는 '日本에 있어서의 美國外交政策'.

682 목차는 220쪽.

683 목차는 280쪽.

684 목차는 278쪽.

685 목차는 저자명 '安顯汶'.

- 眞·善·美의 三脚臺 • 閔德順 (293)
- 생각나는 대로 • 沈孝植 (295)
- 餘興 • 李君喆 (297)

뉴우스·박스 • (299)

詩
- 종달새와 國家 • 柳致環 (299)
- 裂傷의 章：Liberty Bell을 위하여 • 薛昌洙 (301)
- 農夫 • 金潤成 (305)
- 원 없이 • 申瞳集 (306)
- 당신의 時計 • 尹一柱 (308)

創作
- 黃線地帶 • 吳尙源 (310)
- 判異한 世界 • H·카롯사; 金晟鎭 譯 (371)
- 나무들 비탈에 서다 (連載四回) • 黃順元 (382)

BOOK REVIEW
- 페이블만 著「社會制度論」(假題) • 高永復 (405)
- 드예벨드 著「思考方式의 새 批判」(假題) • 韓泰東 (408)
- 알베레스 著「20世紀文學의 決算」• 鄭明煥 (410)
- 崔載瑞 著「英文學史」：르네쌍스篇 • 趙容萬 (411)

編輯後記 • (412)

思想界 第8卷 第5號 通卷 第82號
(1960년 5월호)

編輯室 앞[686] • (14)

卷頭言·民權의 勇士들이여 편히 쉬시라 • 張俊河 (18)

不正選擧와 藝術人의 知性 • 金八峰 (20)

座談會·民主政治 最後의 橋頭堡：三·一五 選擧後의 政局觀望[687] • 金相浹; 夫玩爀; 申相楚; 韓泰淵 (26)

特輯·創造的 人間型
- 神을 向한 姿勢：싸르트르와 틸럭의 位置에서 • 金夏泰 (40)
- 實存的 不安의 克服：하이덱거와 야스퍼스 理論[688] • 河岐洛 (48)
- 秩序와 自由에의 길：까뮈의 思想을 넘어서 • 孫宇聲 (54)
- 肯定에서 超越로의 生命：슈바이쳐를 轉換點으로 • 金亨錫 (62)
- 權力·人間·歷史：럿셀의 權力論을 中心으로 • 李克燦 (72)
- 機械의 論理와 倫理 • 安秉煜 (80)
- 韓國의 現代的 人間理念 • 金敬琢 (90)

亞·阿地域의 氣象
- 團結途上의 低氣壓地帶 • 李元雨 (100)
- 「積極的 中立」의 三重奏 • 趙淳昇 (108)
- 쏘聯과 亞·阿地域의 中立主義 • I·스펙터; 朴奉植 譯[689] (120)
- 亞·阿뿔럭과 韓國外交政策 • 高貞勳 (130)

콜론·어쏘시·이츠 報告全文⑤：中共에 있어서의 美外交政策[690] • (137)

------

686 목차는 '讀者에게서 온 便紙'.

687 목차는 '三·一五 選擧와 韓國의 政黨政治'.
688 목차는 '하이덱거와 야스퍼스 理論의 周邊'.
689 목차는 저자명 '스펙터'.
690 목차는 '中國에 있어서의 美國外交政策(中共篇)'.

落穗錄 • (154)

梁柱東氏에게 答한다(上) : 「아카데미즘」에서
　　의 質疑의 解明 • 李崇寧 (156)

國內의 움직임
－ 피비린 馬山事件의 뒷 收拾 • (164)
－ 싸늘한 歡迎속의 抑留僑胞歸還 • (167)
－ 對日通商의 氣運 • (170)
－ 美國 言論界의 羞恥 루카스記者 • (172)
－ 쌀값變動 • (173)
－ 學校株式會社 • (175)

움직이는 世界
－ 頂上摸索을 繼續하는 首腦들 • (178)
　＝ 아데나워 美國訪問의 意義 • (179)
　＝ 드·골과 낯을 익힌 후르시쵸프 • (183)
　＝ 頂上에로 앞장서는 맥밀란 • (187)
－ 美國 大統領 選擧의 指名競走 • (190)
－ 微妙해지는 韓·日·美關係 • (196)

韓國儒敎小史(下) : 儒敎와 李朝黨爭과의 關係
　　• 헨더슨; 梁基伯 供述 (199)

科學敎室·痲疾病[691] • 徐錫助 (213)

옛 記憶을 더듬어서 • 鄭寅承 (220)

朝鮮語學會事件 回顧錄⑪·獄中風土記(續) •
　　李熙昇 (228)

現代的 人間의 神話 : 實存的 人間像에 관한
　　先存在論的인 證文들 • 曹街京 (234)

實存主義와 精神分析學 • 李東植 (242)
意味論의 系譜 • 金容權 (252)

隨筆
－ 美術과 職業 • 張勃 (258)
－ P氏의 饒舌 • 兪碩鎭 (259)
－ 入學·卒業 • 金箕斗 (261)
－ 回想 • 姜誠一 (263)
－ 꽃 한 가지 • 權五惇 (265)

나의 回顧錄⑦·光復軍 訓練班에서 三個月 :
　　중경으로 가는 길④ • 張俊河 (268)

모던·아아트의 半世紀④·表現主義와 未來
　　派 • 金秉騏 (277)

續 셰익스피어 硏究抄① · 喜劇에서 悲劇으
　　로 : 셰익스피어 藝術의 實驗 • 崔載瑞
　　(285)

證言으로서의 文學 • 金鵬九 (294)

世界文壇
－ 비이트 作家와 그 後 • 張旺祿 (302)
－ 로렌스·다럴? • 金鎭萬 (304)
－ 韓國이 본 英雄 : 크로오드·바레스에 죽음
　　• 朴異汶 (306)
－ 永遠한 反抗[692] : 젊은 反抗的 詩人群 • 金正
　　鈺 (309)
－ 喪失된 인지의 꿈 : 「薔薇의 喪失」의 公演結
　　果를 듣고 • 李根三 (311)
－ 五十年代의 獨逸演劇 • 姜斗植 (313)

691　목차는 '科學解說·痲疾'.

692　목차는 '永遠한 反省'.

20世紀作家研究⑩ · 獅子의 꿈 : E · 헤밍웨이
論 • 梁炳鐸 (315)

뉴우스 · 박스 • (320)[693]

詩
- 空席 (外一篇) • 朴南秀 (320)
- 어항 • 李仁石 (324)
- 어느 都市와 呪言과 椅子群 • 文德守 (326)
- 어두운 숲 • 鄭漢模 (330)
- 抵抗의 章 • 金榮泰 (333)

創作
- 새로난 酒幕 • 吳有權 (336)
- 어느 하늘 밑 • 鄭然喜 (346)
- 戲曲 · 噴水 (全一幕) • 車凡錫 (371)
- 이제 몸을 눕히고 • E · 헤밍웨이; 梁炳鐸 譯[694]
  (382)
- 나무들 비탈에 서다 (連載五回) • 黃順元 (388)

BOOK REVIEW
- 康信哉 第二創作集「旅情」• 洪思重 (407)
- 李泰極 著「時調概論」• 金東旭 (408)
- 金東華 著「佛敎學槪論」• 元義範 (410)
- R · F · 페노二世 著「大統領의 內閣」(假題) •
  吳炳憲 (411)

編輯後記 • (412)

思想界 第8卷 第6號 通卷 第83號「民衆의 勝利」記念號 (1960년 6월호)

畵報 · 피의 火曜日 : 自由의 女神은 이렇게 復活하였다 • (13)

編輯室 앞[695] • (30)

卷頭言 · 또다시 우리의 向方을 闡明하면서 •
  張俊河 (36)[696]

座談會 · 怒한 獅子들의 證言 • 金昇泰; 沈春變;
  梁晟喆; 柳濟大; 李基澤; 李相禹; 李世基; 趙
  震彬; 趙惠行; 池英和; 崔時浩; 方正雄; 李相
  七; 柳益衡[697] (38)[698]

民衆의 勝利 • (56)

特輯 · 四月革命의 性格
- 暴風을 뚫은 學生諸君에게 • 兪鎭午 (58)
- 學生과 自由民權運動 • 金成植 (64)
- 軍人 = 沈黙의 데모隊 • 李萬甲 (73)
- 李承晩 暴政의 終焉 : 四 · 二六은 革命의 終
  末이 아니라 始發點이다 • 申相楚 (82)
- 現代史와 自由民主主義 : 四月革命의 理解
  를 위하여 • 閔錫泓 (90)
- 利의 世代와 義의 世代 • 安秉煜 (99)
- 四 · 一九와 民族의 將來 • 柳達永 (106)
- 「革命」에서「運動」으로 • 高柄翊 (111)

---

693 목차는 302쪽.
694 목차는 저자명 '헤밍웨이', 목차는 388쪽.

695 목차는 '讀者에게서 온 便紙'.
696 목차는 34쪽.
697 목차에 참가자 '柳濟大' 누락.
698 목차는 34쪽.

特輯 · 第二共和國의 方向
- 韓國의 新保守主義 • 金相浹 (121)
- 革命의 現段階와 今後 • 夫玩爀 (128)

學生革命의 結實을 爲하여 • 李範奭 (139)

特輯 · 第二共和國의 方向
- 民主黨 腹案의 骨子 • 金永善 (144)
- 韓美關係 十五年 : 四 · 一九까지 • 朴浚圭
  (150)
- 國土統一의 可能性 • 趙淳昇 (156)
- 第二共和國 憲法의 傾向 • 韓泰淵 (165)

落穗錄 • (174)

클로오즈 · 업 : 매카나기 大使 • (176)

特輯 · 第一章 第一課
- 司法部의 完全獨立 • 玄勝鍾 (178)
- 健全한 勞動組合運動 • 卓熙俊 (184)
- 阿附經濟에서 努力經濟로 • 李東旭 (190)
- 政治로부터 獨立된 經濟 • 李廷煥 (196)
- 稅制改革의 進展 • 金容甲 (201)
- 敎育民主化의 方案 • 吳天錫 (208)
- 御用學者群의 肅正 • 太倫基 (214)
- 革命과 敎會의 反省 • 張河龜 (219)
- 뮤즈의 權威回復 • 呂石基 (225)
- 새로운 外交의 構想[699] • 閔丙岐 (229)

景武台의 人의 帳幕 • 宋元英 (235)

나의 副統領職 四年(上) • 張勉 (240)

韓日問題의 基盤
- 美日安保條約과 韓國防衛 : 韓美軍事條約을
  檢討하여 • 崔永斗 (247)
- 「平和線」의 國際法的 根據 • 鄭一永 (254)
- 日本의 外交 및 再軍備와 韓國 • 金哲 (262)

웨버 死後 四十年
- 웨버의 近代資本主義 省察 • 崔文煥 (270)
- 웨버의 社會學의 어제와 오늘 • 黃山德 (280)

四 · 一九의 手記
- 銃彈을 헤치고 • 李會白 (287) – 서울대 의대
  4년
- 그 거창한 憤起여 ! • 李敦寧 (289) – 서울대
  문리대 4년
- 平和的 示威의 證言 • 金興洙 (293) – 연세대
  법정대 3년
- 四月革命과 세브란스 • 李容卨 (294) – 의학
  박사 · 연세대 의대 부속병원장
- 四 · 一九 夜의 表情 • 李勇學 (296) – 수도의
  대 부속병원 총무
- 街頭幕金을 하고 • 崔益煥 (298) – 연세대 문
  과대 강사
- 旣成에의 反抗 • 李範相 (300) – 카톨릭대 의
  학부 3년
- 아우의 죽음 앞에 • 金致善 (302) – 서울대
  법대 강사
- 決死의 覺悟를 하고 • 金勳基 (303) – 동국대
  법정대 4년

知性人과 獨裁 : 쁘띠 · 인텔리의 偏黨과 知性
人의 앙가쥬망 • 金鵬九 (306)[700]

---

699 목차는 '超黨派 外交의 實現'.

700 목차는 322쪽.

隨筆 : 恥辱의 그 날 六 · 二五
- 「人民裁判」 以後 • 金八峰 (318)[701]
- 景宮食草記 • 金元龍 (320)[702]
- 하루에 號外 열 한번 • 禹昇圭 (322)[703]
- 拉北脫出記 • 桂珖淳 (326)[704]
- 「갈멜修女院」의 受難 • 天主敎中央協議會 (329)[705]
- 動亂從軍記 • 李蕙馥 (332)[706]
- 마이크는 記憶한다 • 李相萬 (335)[707]
- 끌려가신 아버님 爲堂 • 鄭良謨 (338)[708]
- 大學敎授의 六 · 二五 • 金曾漢 (341)[709]

四月革命에 부치는 詩集
- 우리들의 깃발을 내린 것이 아니다 • 朴斗鎭 (344)
- 이제야 들었다. 그대들 음성을 • 金春洙 (348)
- 英靈은 말한다 • 成贊慶 (350)
- 아 神話같이 다비데群들 • 辛東門 (353)

四月革命畵帖
- 送濁迎淸 • 高義東 (344)[710]
- 젊은 怒濤 • 金基昶 (345)[711]
- 四月의 廣場 • 金永周 (346)
- 火曜日의 콤포지숑 • 金薰 (348)[712]

- 四月 • 劉永國 (350)[713]
- 正義의 횃불을 들고 • 朴崍賢 (352)
- 凝血 • 金秉騏 (354)
- 四月의 行進 • 金煥基 (356)

創作
- 잃어버린 旅程 • 柳周鉉 (358)
- 이 成熟한 밤의 抱擁 • 徐基源 (396)[714]
- 나무들 비탈에 서다 (連載六回) • 黃順元 (412)

編輯後記 • (428)

思想界 第8卷 第7號 通卷 第84號
(1960년 7월호)

畵報 · 韓國의 十人
: 金八峯, 白樂濬, 徐相日, 兪鎭午, 李範奭, 張利郁, 張勉, 崔斗善, 咸錫憲, 許政 • (11)

編輯室 앞[715] • (22)

卷頭言 · 四 · 二六 以後의 社會相을 보고 • (28)[716]

座談會 · 카오스의 未來을 向하여 • 金相浹; 金永善; 李東華; 李廷煥; 夫琓爀; 申相楚 (30)[717]

特輯 · 韓美關係의 再檢討
- 韓美外交의 史前史 : 舊韓國末에서 韓日合邦까지 • 柳洪烈 (46)

---

701 목차는 306쪽.
702 목차는 308쪽.
703 목차는 310쪽.
704 목차는 314쪽.
705 목차는 317쪽.
706 목차는 320쪽.
707 목차는 323쪽.
708 목차는 326쪽.
709 목차는 329쪽.
710 목차는 345쪽.
711 목차는 344쪽.
712 목차는 350쪽.

713 목차는 348쪽.
714 목차는 '이 거룩한 밤의 抱擁'.
715 목차는 '讀者에게서 온 便紙'.
716 목차는 26쪽.
717 목차는 28쪽.

- 韓國의 兩斷과 美國의 責任 • 趙淳昇 (56)
- 經濟援助의 反省 : 方式과 運營의 合理化를
    爲하여 • 夫玩爀 (66)
- 行政協定 締結의 展望 • 嚴敏永 (74)
- 韓日問題와 美國의 國家利益 • 李元雨 (83)

움직이는 世界
- 頂上會談의 決裂 • (90)
- 頂上會談의 決裂과 쏘聯 • (93)
- 頂上會談의 決裂과 美國 • (98)
- U-2 事件과 東西 스파이戰 • (102)
- 터어키의 無血革命 • (106)

不正選擧의「方程式」: 選擧는 뽑는다는 意味
    보다 간다는 意味가 더욱 重要하다 •
    尹天柱 (109)

國內의 움직임
- 輿論에 배치되는 學生데모 • (119)
- 不正蓄財를 때리자면 • (122)
- 六・二五 以來의 混亂[718] • (125)
- 李承晩 夫妻의 脫出 • (127)

다시 對日交涉論
- 文化交流를 爲한 正確한 立場 • 李萬甲 (130)
- 在日文化財의 返還問題 • 黃壽永 (137)
- 通商再開에 對備할 貿易政策 • 朴基淳 (145)

落穗錄 • (152)

經濟革命의 第一步
- 經濟行政의 民主化 • 李廷煥 (154)[719]
- 國營企業體와 經營革新 • 鄭守永 (160)

- 깨끗한 銀行을 만들자 • 李東旭 (166)
-「돈」의 政治的 中立 : 政治資金의 制度化에
    의 提言 • 鄭顯準 (174)[720]

나의 副統領職四年(下) • 張勉 (180)

工業化하는 亞細亞
- 二次大戰後 日本의 工業成長 • 申秉鉉 (188)
- 中共經濟의 展望 • J・로빈슨; S 애들러; 編輯室
    譯 (195)
- 五個年計劃의 强行軍 : 印度의 工業化 • 卓熙
    俊 (208)

四月革命의 社會史的 性格 • 崔文煥 (218)

畵報・웰컴 아이크 • (224)

産兒制限과 宗敎
- 天主의 法과 産兒制限 • 徐錫泰 (225)
- 하나님의 말씀과 産兒調節 • 姜元龍 (232)

隨筆
- 四月革命 所感 • 孫明鉉[721] (238)
- 暗雲低迷 • 李弘稙 (238)
- 어머니의 位置 • 李鳳順 (240)
- 失手와 過失 • 金正祿 (242)
- 患者의 心情 • 南明錫 (244)
- 구름과 革命 • 金聖三 (246)[722]
- 兵營의 에피소드 • 朴基丙 (248)

世界文壇
- 猥褻의 限界 : 채터레이 判決文을 보고 • 呂
    石基 (250)

---

718 목차는 '六・二五 以來의 經濟混亂'.
719 목차는 174쪽.

720 목차는 154쪽.
721 목차는 '四・一九 所感'.
722 목차는 426쪽.

- 經驗 · 現實 · 自由 : 散文文學의 可能性 • 金鎭萬 (252)
- 超現實主義 展示會 • 朴異汶 (254)
- 傳統과 革新運動 • 金晸鎭 (255)[723]
- 美國文壇의 彗星 벨로우 • 張旺祿 (259)[724]
- 美國의 野外劇 : 「심포닉 · 드라마」를 中心해 • 李根三 (261)[725]
- 까뮈以後 • 鄭明煥 (263)[726]

20世紀作家研究⑪ · 잃어버린 記憶의 點描畵 : 마르셀 · 프루우스트論 • 孫宇聲 (266)

第一回 思想界 新人文學賞 發表 • (271)

第一回新人文學賞選後評
- 小說 · 大膽한 反撥 • 安壽吉 (272)
- 小說 · 空彈이 많다 • 黃順元 (273)
- 小說 · 괄시 못할 『火田民』 • 呂石基 (274)
- 小說 · 作家의 基本姿勢 • 金聲翰 (274)
- 詩 · 詩의 墮落 • 趙芝薰 (275)
- 詩 · 文化의 表情 • 宋稶 (275)

第一回 新人賞當選作 「鐵條網」 • 姜龍俊 (276)
- 當選所感 • (279)

뉴우스 · 박스 • (308)

詩
- 胎敎 • 李東柱 (308)
- 白紙에는 • 曹永瑞 (310)
- 참으로 오랜만에 • 朴鳳宇 (313)
- 觀音像素描 • 張炅龍 (316)

- 採果 • 朴敬用 (318)

創作
- 恐慌 • 韓南哲 (320)
- 連帶者 • 金東立 (336)
- 鳥瞰圖 • 朴憲九 (352)

第二回 思想界新人賞作品募集 • (367)

創作
- 幻 • 玄在勳 (368)
- 스완의 사랑 • 프루스트 作; 孫宇聲 譯 (384)
- 나무들 비탈에 서다 (最終回) • 黃順元 (392)

BOOK REVIEW
- 金時習 原著, 李家源 譯註 「金鰲新話」 • 高柄翊 (413)
- 건너 · 헥셔 著 「比較政府 및 政治研究」 (假題) • 孫製錫 (415)
- D.G.브림二世 著 「社會學과 敎育의 領域」 (假題) • 李圭煥 (417)
- 黃山德 著 現代思想家叢書 「막스 · 베버」 • 徐元宇 (419)

編輯後記 • (420)

思想界 第8卷 第8號 通卷 第85號
(1960년 8월호)

畵報 · 서울의 貧民地帶 • (19)

讀者에게서 온 片紙 • (22)[727]

---

723 목차는 355쪽.
724 목차는 359쪽.
725 목차는 343쪽.
726 목차는 341쪽.

---

727 목차에는 있으나 본문에 누락.

卷頭言·七·二九 總選擧를 바라보며 • (30)

革命尙未成功 • 張俊河 (32)

七·二九 總選擧의 意義 • 尹世昌 (38)

後進國의 共同援助機構 : 韓國의 經濟外交와
　　國際經濟機構 • 夫玩爀 (46)

社會主義運動 十五年 : 그 歷史와 生理 • 申相
　　楚 (55)

保守勢力의 系譜 • 韓泰淵 (60)

座談會·韓國大學의 反省 • 閔丙台; 李相殷; 李鍾
　　雨; 鄭錫海; 趙潤濟; 崔載瑞; 黃山德 (68)

國內의 움직임
- 아이크 來韓의 意義 : 歷史의 盛宴·民族의
　祭典·容共分子에 强打 • (79)
- 萬年洪水國 • (81)
- 第二共和國의 첫 選擧戰 • (83)
- 敎員勞組는 必要한가 • (85)
- 不正蓄財處理와 그 問題點 • (88)

學生과 選擧啓蒙 : 特히 農村啓蒙을 爲하여 •
　　李相段 (92)

永遠한 冷戰의 共存 : 頂上會談 決裂後의 美國
　　과 쏘聯 • 趙淳昇 (100)

東亞諸國의 路線과 同盟可能性 • 朴泰植 (108)

政治的 이데올로기와 經濟的 進步 : 基本的 問
　　題 • W·마렌바움; W·슈톨퍼 共述; 具範謨
　　譯 (114)

公務員의 待遇改善策 : 公正한 官僚機構運營
　　을 爲하여 • 申南均 (120)

韓國의 東端·獨島
- 獨島의 來歷 • 申奭鎬 (126)[728]
- 獨島가 日領이 되는 境遇 • 朱孝敏 (138)
- 獨島의 國際法上 地位 • 朴觀淑 (144)

外國 大學生들의 여름[729]
- 避暑겸 돈벌이 : 美國大學의 放學 • 調査部
　(153) [730]
- 旅行과 勉學 : 英國大學生들의 放學生活 •
　調査部 (155)[731]
- 自己關心分野의 獨習 : 獨逸大學生의 放學 •
　太鎔濘 (157)[732]
- 城으로의 自動車旅行 : 프랑스大學生들의
　放學生活 • 洪承五 (160)[733]
- 거국적인 戰鬪訓練 : 中國學生들의 放學生
　活 • 宋甲鎬 (163)[734]
- 語學工夫를 爲한 外國旅行 : 瑞典學生 生活
　과 放學 • 趙錫泉 (166)[735]

韓國의 山岳 • 金鼎泰 (168)[736]

728　목차는 236쪽.
729　목차는 '外國大學生들의 여름放學生活'.
730　목차는 182쪽.
731　목차는 184쪽.
732　목차는 186쪽.
733　목차는 190쪽.
734　목차는 193쪽.
735　목차는 193쪽
736　목차는 169쪽.

움직이는 世界
- 美日新安保騷動과 日本政界 • (176)
- 아이젠하워의 極東訪問 • (181)
- 쏘聯과 中共의 理論鬪爭 • (186)
- 十個國 軍縮委員會도 決裂 • (190)

落穗錄 • (194)

座談會 · 魅力 「拍手가 모자라요」 • 李鳳順; 羅喜均; 李慶淑; 李魯美; 吳貞珠; 韓末淑; 洪貞姬; 孫世一 (196)[737]

特輯 · 二○世紀와 性
- 性의 實存的 考察 : J. P. 싸르트르의 境遇 • 鄭明煥 (211)
- 性의 社會的 諧調와 價値 • 李萬甲 (218)
- 性慾 = 心理現象의 動因 • 李東植 (226)
- 새로운 性의 神話 : 「채터레이夫人의 愛人」 을 例로 • 呂石基 (232)

畵報 · 七月裁判의 法廷 • (236)

企業國營化의 苦悶 • 李恩馥 (238)

金融機構의 根本的 改革을 : 自由經濟體制의 確立을 爲하여 • 成昌煥 (244)

프랑스 憲法의 性格 • 吳炳憲 (251)

人物評傳② · 리챠아드 · 닉슨 • 李普珩 (256)

獨立促成中央協議會時節 • 朴運大 (266)

科學과 現代 神秘主義[738] • 金夏泰 (271)

新幹會의 組織과 鬪爭 • 李源赫 (278)

二百萬 市民의 벌이와 쓰임새 • 朴珍南 (283)

夏日山川遍歷 : 海邊 · 古寺 · 古蹟을 찾아서 • 金元龍 (288)

宗敎的 傳統속의 아름다움 : 伊太利 印象記 • 尹炳熙 (294)

産兒制限과 醫學
- 産兒調節의 醫學 • 朴在彬 (300)
- 人口調節을 爲한 錠劑 • A · F · 가트매커; 編輯室 譯[739] (306)

梁柱東氏에게 答한다(中) : 接尾辭 「악」의 解明 • 李崇寧 (310)

現代演劇에 있어서의 「詩」 • 吳華燮 (317)

隨筆
- 돌 • 鄭昌熙 (322)
- 나의 노스탈쟈 山岳 • 孫慶錫 (324)
- 마타호른 山頂까지 • 李892鍾 (327)
- 후로리다의 海流 • 梁元鐸 (329)
- 月桂樹 • 尹國炳 (331)
- 榮光 • 金泰吉 (333)
- 새 살림과 새 마음 • 尹貞恩 (336)[740]

20世紀作家硏究⑫ · 美와 眞理에의 感受性 : 버어지니어 · 울프論 • 羅英均 (338)

---

737 목차는 198쪽.

738 목차는 '神秘主義와 現代科學'.
739 목차는 저자명 '가트매커'.
740 목차는 338쪽.

까뮈追悼論文: 證人과 異邦人 • R. M. 알베레스;
　　金鵬九 譯 [741] (342)

詩
- 海印戀歌 八 • 宋稶 (349)
- 顯花植物 • 朴成龍 (354)
- 夜景 • 姜泰烈 (355)

世界文壇
- 英國作家의 參與 • 金鎭萬 (356)
- 虛無의 드라마 : 몽떼를랑의 「스페인의 宰
　相」• 朴異汶 (358) [742]
- 劇評家 애트킨슨의 隱退 • 李根三 (360) [743]
- 期待되는 새로운 寫實的 傾向 : 하인리히 ·
　뵐의 小說技術 • 姜斗植 (362) [744]

創作
- 흐름속에서 • 金利錫 (365)
- 蟲媒花 • 全光鏞 (382)

第二回 思想界新人賞作品募集 • (398) [745]

創作
- 큐우植物園 • V · 울프; 羅英均 譯 (399)
- 人間史(連載一回) • 崔貞熙 (404)

BOOK REVIEW
- A. T. 피콕 編 「所得再分配와 社會政策」• 白
　錫昌 (422)
- A · 라이서슨 著 「政黨政治論」(假題) • 李廷
　植 (424)

- 대니얼 · 러너 著 「傳統的 社會의 變遷過程」
　(假題) • 李効再 (426)
- R · 율리치 著 「敎職敎育과 人文科學」(假
　題) • 徐明源 (427)

編輯後記 • (428)

思想界 第8卷 第9號 通卷 第86號
(1960년 9월호)

畵報 · 第二共和國의 誕生 • (2)

編輯室 앞 [746] • (22)

卷頭言 · 지금 곧 行動하라 • (26)

許過渡政附의 總決算 : 過政의 性格과 功過 •
　李鍾極 (28)

座談會 · 七 · 二九 總選을 이렇게 본다 • 金相
　浹; 金永善; 朴浚圭; 申相楚; 梁好民; 韓泰淵
　(36)

岐路에 선 美國外交政策 : 選擧戰과 外交 • 趙
　淳昇 (50)

國內의 움직임
- 七 · 二九 選擧 亂動 • (59)
- 民主黨分黨論의 밑바탕 • (62)
- 十月危機란 무엇인가? • (65)
- 對以北關係의 現況과 北韓硏究의 緊急性 •
　(67)

741　목차는 '알베레스'.
742　목차는 368쪽.
743　목차는 370쪽.
744　목차는 372쪽.
745　목차는 367쪽.

746　목차 제목은 '讀者에게서 온 便紙'.

特輯·勞動問題의 緊急動議
- 勞動組合과 政黨·政治•卓熙俊 (70)
- 失業勞動立法과 最低賃金立法：必要性과
  그 方向[747]•吳貞根 (77)
- 勞組運動과 經濟發展•李恩馥 (84)
- 勞動運動과 勞動法：現行法과 勞動運動을
  中心으로•金振雄 (91)

統一獨立共和國에의 길•金三奎 (99)

不正蓄財還元과 그 效果的 使用•夫玩爀 (106)

푸른 싹은 大地에서：農民과 第二共和國•柳
  達永 (112)

軍事組織의 改革問題•崔永斗 (118)

이 時代의 指導者•崔基一 (127)

新生國家의 知識人과 政治發達•에드워드·쉴
  즈;高永復 譯[748] (134)

換率改正 論義의 周邊•金容權 (146)

內閣責任制의 基本條件：外國의 實例와 對比
  하여•閔丙台 (153)

學友들의 英靈은 監視하고 있다：第二共和國
  과 民主黨•朴贊世 (158)

落穗錄•(164)

自由經濟냐 計劃經濟냐：第二共和國의 經濟
  政策•李冕錫 (166)

畵報
- 美國大統領候補指名大會•(171)
- 激動하는 콩고大地•(176)

社會主義運動十五年(下)•申相楚 (179)

움직이는 世界
- 候補指名을 끝낸 美國大統領選擧戰•(184)
- 美國 門前의 큐바冷戰•(187)
- 아프리카의 早産兒 콩고•(192)
- 協商의 門이 열린 알제리아•(198)
- 데모에 屈服한 이탤리政府•(200)

信賴냐 過分한 得席이냐：七·二九 總選과 民
  主黨•尹天柱 (203)

座談會·新生活運動의 要領•夫玩爀;柳達永;崔
  以順;李萬甲 (210)

特輯·勞動問題의 緊急動議
- 敎員勞組의 問題點•趙一文 (224)

스칸디나비아의 社會主義：스웨덴의 社會福
  祉政策을 中心으로•全永哲 (232)[749]

新聞統制의 比較法的 考察•李根祥 (238)

梁柱東氏에게 答한다(下)：學者란 良心을 가
  져야 한다•李崇寧 (248)

韓國의 山岳(下)•金鼎泰 (256)

對談·앞을 내다보는 音樂을•G·바라티;閔德
  順 (262)

---

747 목차는 '最低賃金法과 失業保險 立法'.
748 목차는 저자명 'E·쉴즈'.

---

749 목차는 233쪽.

二○世紀의 科學과 人間
- 人間思考能力과 現代物理學[750] • 權寧大 (269)
- 原子力時代의 人間像 • 李鍾珍 (273)
- 東西陣營의 遺傳學 • 姜永善 (278)

隨筆
- 夏日短想 • 秦瞬星 (284)
- 國樂 • 李敏載 (286)
- 아아 太平洋 • 韓熙銹 (288)
- 모기와 벼룩과 빈대와 • 金世永 (292)
- 변두리의 넋두리 • 安應烈 (294)

現代演劇의 潮流① : 리얼리즘의 確立 • 呂石基 (296)

20世紀作家硏究⑬ · 安住地로서의 悲劇 : E·G·오닐論 • 吳華燮 (305)

第二回 思想界新人賞作品募集 • (310)

모든 것은 가난이 說明한다는 • 李敭河 (311)

뉴우스 · 박스 • (316)

詩
- 꽃밭에서 • 韓性祺 (316)
- 壁 • 李敬南 (318)
- 雨中의 다리 위를 거닐며 • 鄭孔采 (320)
- 墓地周邊 • 權龍太 (323)
- 花瓶을 主題로하는 三章 • 林鍾國 (325)

世界文壇
- 春季文壇의 大事件? : 最近佛文學 仄聞餘談 • 金鵬九 (328)
- 셰익스피어 • 金鎭萬 (331)
- 새 劇에의 連結点 : 겔바의「連結点」이 갖는 意義 • 李根三 (333)
- 純粹의 祭物 : 젊은 新人들의 人間像 • 朴異汶 (335)
- 作家와 季刊評論誌들 • 金容權 (337)
- 演劇理論家로서의 부레히트 • 金正鈺 (339)

創作
- 戱曲·東으로 카아티프를 向하여 (全一幕) • E·오닐; 吳華燮 譯 (342)
- 아이스만 見聞記 • 金光植 (351)
- 慰靈祭 • 河瑾燦 (364)
- 怒海記 • 李文熙 (379)[751]
- 人間史 (連載二回) • 崔貞熙 (400)

BOOK REVIEW (419)
- G. A. 크레익 著「現實政治에 미치는 軍部勢力의 影響」
  : 푸러시아 軍部社會의 政治史的 硏究 • 金洪喆 (421)
- A. 동댄 著「基督敎信仰과 現代思想」 • 金奎榮 (423)
- B. 크리크 著「美國의 政治學」(假題) : 그 起源과 條件 • 金榮國 (425)
- R. C. 매크리디스 著「比較政府硏究」(假題) • 金雲泰 (427)

編輯後記 • (428)

---

[750] 목차는 '人間思考의 物理學的 理解'.

[751] 목차는 279쪽.

145

思想界 第8卷 第10號 通卷 第87號
(1960년 10월호)

畵報 · 흙의 사람들 : 慶北 · 忠北의 農村에서 ●
(13)

편집실 앞[752] ● (24)

卷頭言 · 農村과 農民을 보라 ● (28)

國務總理論 : 第二共和國의 內閣責任制의 運
用을 위한 序論 ● 韓泰淵 (30)

이로부터의 政治的 爭點 ● 夫玩爀 (38)

常奴政權의 誕生과 動搖 : 內閣責任制는 벌써
變質하고 있다 ● 申相楚 (46)

特輯 · 검은 民族主義의 旋風
- 아프리카 分割顚末記 ● 李普珩 (54)
- 검은 民族主義의 第三뿔럭形成[753] ● 李元雨
  (63)
- 一九六○年의 아프리카 氣象圖 ● 高柄翊 (70)
- 콩고의 風土 · 生活 · 沿革 ● 죤 · 간사; 車河淳 譯
  (78)
- 激動하는 大陸속의 寶庫 ● 調査部 編 (85)

國務院連帶責任論 ● 韓東燮 (91)

座談會 · 이것이 韓國의 新聞이다 ● 李寬求; 宋
志英; 千寬宇; 金永上; 朴運大; 李萬甲 (96)

美國人과 韓國人의 經濟生活 ● 李昌烈 (112)

움직이는 世界
- 亂麻처럼 얽힌 콩고事態 ● (116)
- 라오스의 動亂 ● (120)
- 激甚해지는 美쏘의 外界競爭 ● (123)
- 다시 벌어진 쏘聯과 中共의 龜裂 ● (126)

國內의 움직임
- 自殺事件의 頻發 ● (130)
- 쥬노 博士 來韓의 意義 ● (132)
- 「革命精神과 革命裁判」 ● (135)

學生地方啓蒙隊의 成果報告 ● 鄭炳祖 (138)

지난달의 映畵 · 「赤과 黑」, 「차타레이 夫人의
사랑」 ● (144)

보스政治論 : 政黨政治에 있어서의 보스의 役
割 ● 李克燦 (148)

新經濟政策에 期待한다 : 政策基盤을 整備하
라 ● 李廷煥 (154)

歸路에서 만난 사람들 ● 車柱環 (162)

國立大學 改造의 問題 ● 黃山德 (168)

畵報 · 美의 祭典: 第十七回 國際올림픽競技大
會 ● (173)

社會大衆黨의 産業國有化政策 ● 劉秉默 (179)

韓國軍事戰略의 現況
- 韓美軍事關係의 再檢討 ● 姜秉奎 (187)
- 美쏘 極東戰略比較 ● 文熙奭 (194)

---

752 목차는 '讀者에게서 온 片紙'.
753 목차는 '검은 民族主義의 第三勢力形成'.

- 韓國軍의 適正兵力 評價 : 將來戰의 形態 및 假想敵의 設定과 軍事規模 • 金周澤 (202)

投稿 · 韓日會談에 提議한다 • 田靜[754] (210)

新生國家의 知識人과 政治發達(下) • E · 쉴즈; 高永復 譯 (217)

韓國社會階層의 近代化過程 • 韓㳓劤 (229)

旅愁記 • 安秉煜 (240)

現代演劇의 潮流② · 藝術劇場運動의 擡頭 • 呂石基 (250)

좌담회 · 小說家의 「哀」와 「歡」 • 金八峰; 安壽吉; 吳永壽; 姜信哉; 呂石基 (258)

隨筆
- 祈雨祭 • 權重輝 (274)
- 두루마기 競走 • 權明秀 (276)[755]
- 洋服입은 新羅人 • 崔臣海 (278)[756]
- 幄手論 • 孔德龍 (280)
- 孤寂의 변두리 • 金熙涉 (283)

20世紀文學의 宗敎的 要素 • 李鎭求 (285)

世界文壇
- 現代의 古典派 카즌즈 • 張旺祿 (290)
- 論爭과 그 倫理 • 金容權 (293)

- 英國의 뉴우 · 오오디언스 : 飜譯의 需要 • 金鎭萬 (296)
- 動物園에 收監된 人間像 : 알비이의 「動物園 이야기」 • 李根三 (298)
- 體驗과 思索의 形式 • 田惠麟 (301)
- 오스트리文學의 位置 : H · 부롯호와 R · 무질을 中心으로 • 姜斗植 (303)

20世紀作家研究⑭ · 體驗의 文學 : 쌩떽쥐베리 論 • 金鵬九 (306)

詩
- 歸路 • 趙芝薰 (316)
- 열매 · 三題 • 朴木月 (318)
- 水平線 • 金顯承 (320)

第五回 東仁文學賞發表 • (322)
- 東仁賞選後評
    = 力量을 보여준 作品들 • 安壽吉 (323)
    = 「젊은 느티나무」의 香氣 • 崔貞熙 (323)
    = 「이 成熟한 밤의 抱擁」의 價値 • 黃順元 (324)
    = 「誤發彈」을 推薦하기까지 • 白鐵 (326)

第五回 東仁賞 作 · 「誤發彈」 • 李範宣 (328)

第五回 東仁賞 作 · 「이 成熟한 밤의 抱擁」 • 徐基源 (348)

創作
- 瑕疵 • 朴敬洙 (364)
- 아라스 上空을 가다 : 「戰時操縱士」抄 • 쌩떽쥐뻬리; 金鵬九 譯 (382)
- 人間史(連載三回) • 崔貞熙 (394)

第二回 思想界新人賞作品募集 • (393)

---

754 목차는 저자명 '田駿'.
755 목차는 277쪽.
756 목차는 279쪽.

BOOK REVIEW
- J. P. 싸르트르 著「변증법적 이성비판」• 안
드레·모르아 (421)
- 그렌쯔만 著「文學과 信仰」(假題) : 獨逸現
代文學의 諸問題와 諸形姿 • 全熙洙
(423)
- 카아터, 헬츠, 랜니 共著「比較政治論」(假
題) • 車基璧 (425)
- 金俊燮 著「現代史上家研究④ 럿셀」• 崔載
喜 (427)

編輯後記 • (428)

思想界 第8卷 第11號 通卷 第88號
(1960년 11월호)

畵報 · 第十五次UN總會 : 一級巨頭들의 雲集 •
(23)

編輯室 앞[757] • (30)

卷頭言 · 이데올로기的 混沌의 克服을 위하여
• (34)

討論 · 韓國外交의 條件과 課題 • 朴浚圭; 鄭一
永; 趙淳昇; 閔丙岐 (36)

特輯 · 美對韓援助의 盲點 : 忠州肥料工場 建設
의 케이스
- 美國의 對韓援助史(上) • 夫玩爀 (52)
- 忠州肥料建設小史[758] : 忠州肥料工場建設은
이렇게 浪費되었다 • 李東洪 (62)

- I.C.A. 援助效果를 檢討한다 • 林元澤 (78)

李承晩 없는 韓國 • D·와너 (87)

모스코바 會議에 다녀와서 : 第二五次 國際東
邦學者會議 韓國分科委員會 • G·D·페
이지[759] (94)

巴里滯留記 • 朴光善 (107)

와르쏘오의 어두운 하늘 : 國際UN協會聯盟
會議報告를 겸하여 • 鄭一永 (114)

韓日握手의 必要性 • 李東旭 (126)

美國 大統領 立候補의 辯
- 우리는 山貞에 올라가야한다[760] • 죤·F·케네
디 (134)
- 우리의 決意는 굳세지고 있다 • 리챠아드·M·
닉슨[761] (140)

나의 回顧錄⑧ · 巴蜀嶺 너머의 太極旗 : 重慶
으로 가는 길(完) • 張俊河 (148)

國內의 움직임
- 新生活運動과 爲政者의 覺醒 • (157)
- 全國에 몰아치는 日本風 • (159)
- 元凶裁判과 革命立法 • (161)

움직이는 世界
- 波瀾 많았던 유엔總會 • (164)
- 새로운 베를린 危機 • (169)

---

757 목차는 '讀者에게서 온 便紙'.
758 목차는 '忠肥建設은 이렇게 浪費되었다'.

759 목차는 저자명 '페이지'.
760 목차는 '우리는 上貞에 올라가야한다', 저자명
은 '케네디'.
761 목차는 저자명 '닉슨'.

- 印度와 파키스탄의 인더스 和解 • (173)
- 危機에 선 英國勞動黨 • (176)

韓國的 社會主義의 길(上) : 險難한 過去를 더
　　듬고 未來를 展望한다 • 李東華 (179)

「화이트 · 칼라」와 「블루 · 칼라」 • 金彩潤 (188)

쏘비에트 經濟學의 發展과 進步 • W · 레온티프;
　　全永哲 譯[762] (193)

低開發地域의 資本形成과 外國援助 : 自立精
　　神이 物質的 諸條件보다도 先行되어
　　야 한다 • 成昌煥 (202)

座談會 · 換率現實化와 來日의 韓國經濟 • 金容
　　甲; 李昌烈; 崔朱喆; 黃炳晙; 朴東昴 (210)

韓國의 地下資源과 工業化 : 産業國家建設을
　　爲한 試案 • 陸芝修 (227)

民主社會와 新聞의 責任[763] : 言論 自由의 確保
　　와 發展을 爲하여 • 金圭煥 (233)

새로운 人間調和
- 官僚機構內의 人間管理 • 徐元宇 (241)
- 人間關係와 經營者精神 • 吳秉秀 (248)
- 軍隊內의 人間關係와 指揮 • 禹炳奎 (254)

教會改革運動의 提唱 • 張河龜 (264)

古典의 比重 • 權重輝 (270)

말틴 · 부버의 影響 • 金天培 (277)

佛教가 現代哲學에 끼친 影響 : 史的背景과 現
　　代哲學의 傾向 • 元義範 (283)

隨筆
- 新聞 • 鄭炳祖 (289)
- 미스캐스트 • 洪承勉 (291)
- 蟲媒花餘滴 • 全光鏞 (293)
- 코스모스와 나 : 籠城教授의 記 • 崔碩圭
　　(296)
- 마음의 空想 • 安仁熙 (299)[764]

「大韓國民 代表民主議員」 時節 • 金善再 (302)

現代演劇의 潮流③ · 外面에서 內部로 • 呂石基
　　(307)

지난달의 映畵 · 實驗精神의 美學 · 其他 : 「無
　　情의 七番街」, 「革命兒 사바다」, 「戀人
　　들」, 「地上의 悲劇」 • (314)

官場三朔記 : 過政에서 나와서 • 全海宗 (320)

世界文壇
- 印象에서 理解로 : 이탈리가 본 美國文學 百
　　年史 • 金容權 (325)
- 로맨티씨즘의 消燈 : 詩人 훼르낭 · 그렛그
　　(1873-1960)의 境遇 • 朴異汶 (328)
- 리리안 · 헬만 女史의 歸鄕 : 「지붕밑 房의
　　장난감」 公演의 意義 • 李根三 (329)[765]
- 리노세로스(무소) • 洪承五 (332)

762　목차는 저자명 '레온티프'.
763　목차는 '民主社會와 言論自由'.
764　목차는 298쪽.
765　목차는 330쪽.

20世紀作家研究⑮ · 슬픈知性 : 올더스 · 학슬리論 ● 金鎭萬 (334)

新人十人集
- 孤獨 ● 朴喜璿 (340)
- 慰問 ● 具滋雲 (341)
- 빛을 찾아서 ● 黃雲軒 (342)
- 성냥의 形而上學 ● 金鍾元 (344)
- 仙人掌의 노래 ● 李裕憬 (345)
- 夢夜後說 ● 洪完基 (347)
- 속빈 季節 ● 李昌大 (348)
- 비의 光明속에 나타난 너는 ● 徐林煥 (349)
- 샘 ● 朴載薰 (351)
- 밤의 極地 ● 金圭泰 (352)

創作
- 博士님 ● 李範宣 (353)
- 遁走 ● 徐基源 (363)
- 熔岩流 ● 李浩哲 (372)
- 肖像畵 ● A · 학슬리; 金遇鐸 譯[766] (389)
- 人間史(連載四回) ● 崔貞熙 (398)

BOOK REVIEW
- 李萬甲 著「韓國農村의 社會構造」● 朴東昴 (422)
- J · A · R · 마리오트 著「英國政治制度」(假題) ● 金炯洙 (424)
- 루이스 · 코우서 著「社會葛藤의 機能」(假題) ● 洪承稷 (426)
- 河岐洛 著「現代思想家叢書③ 니이체」● 朴洪奎 (427)

編輯後記 ● (428)

思想界 第8卷 第12號 通卷 第89號
(1960년 12월호)

畵報 · 일하는 黑鄕地帶 ● (19)

編輯室 앞[767] ● (30)

卷頭言 · 一九六〇年을 보내면서 ● 張俊河 (34)

韓國中立化는 可能한가 : 金三奎氏의 理論을 中心으로 ● 趙淳昇 (36)

座談會 · 內閣責任制의 發育狀態 ● 金相浹; 申相楚; 黃山德; 韓泰淵 (47)

美國의 對韓援助史(下) ● 夫玩爀 (59)

緊急特輯 · 休战線 以北의 「現實」
- 쏘聯의 衛星國家로서의 北韓 : 그 一般性과 特殊性 ● 梁好民 (68)
- 朝鮮勞動黨의 十五年 ● 韓載德 (78)
- 北韓의 政權構造 分析 ● 金昌順 (89)
- 「千里馬運動」下의 北韓經濟 ● 朴東雲 (96)
- 傀儡의 軍事的 實態와 戰略 ● 文熙奭 (105)
- 政治의 手段으로서의 藝術 : 北韓 文化藝術의 現況과 批判 ● 李喆周 (112)

쏘련은 變했는가 ● L · 샤피로; 金榮國 譯 (123)

홀브라이트 · 플랜의 理念과 內容 ● 高光萬 (131)

江原道 開發의 可能性
- 韓國産業開發의 후론티어 : 地域綜合開發의 絶好의 位置 ● 白雲吉 (136)

---

766 목차는 저자명 '학슬리'.

---

767 목차는 '讀者에게서 온 便紙'.

- 觀光國家로 開發시키자 : 觀光地域으로서
　의 立地的 條件 • 金世駿 (145)
- 石炭危機의 分析 : 炭鑛長期綜合開發政策上
　의 盲點과 是正策 • 鄭寅旭 (153)

轉換期에 선 유엔 : 아프리카 新生諸國의 動
　態를 中心으로 • 朴觀淑 (160)

特輯 · 農民生活에의 關心
- 鄕土開發을 爲한 協同方式 : 地域社會開發
　理念과 그 實際 • 尹吉炳 (165)
- 農村家族計劃의 理想案 : 農婦受胎調節을
　中心하여 • 梁在謨 (172)
- 農家副業의 開發策 • 崔應祥 (181)
- 農家의 生活經濟와 經營經濟 : 農村家計의
　合理化 • 韓雄斌 (187)

내가 目擊한 土耳其革命 • 申應均 (196)

크리쓰머스 縱橫談 • 趙豊衍 (206)

鼎談 · 忍耐만이 民主主義를 지킨다 • 라이샤워;
　金俊燁; 李萬甲 (210)

對談 · 한국의 인상 • 라이샤워 夫人; 李鳳順 (218)

움직이는 世界
- 젊은 大統領과 美國의 轉換期 • (220)[768]
- 드 · 골의 딜레마 알제리아 • (224)
- 金값 暴騰과 그 原因 • (227)
- 베트남 구테타의 失敗 • (231)

國內의 움직임
- 韓日豫備會談과 日本政府의 誠意 • (234)
- 地自法 改正과 地方選擧 • (237)
- 火災가 많은 理由 • (239)
- 金財務渡美行의 意義 • (242)

現地루포 · 江原道의 炭層을 가다 : 長省 · 江原
　의 두 炭鑛을 가다 • 安柄燮 (245)

나의 回顧錄⑨ · 嘉陸淸水는 揚子濁流로 : 重
　慶臨時政府에서 • 張俊河 (252)

一九六〇年의 報告書
- 사 · 에 · 라 : 一九六〇年의 詩 • 柳宗鎬 (268)
- 喪失된 主題意識과 五里霧中의 興行性[769] :
　一九六〇年의 韓國映畵 • 金正鈺 (275)
- 요란했던 口號 · 진전없는 舞臺 : 一九六〇
　年의 演劇 • 李根三 (280)
- 社會參與를 爲한 契機 : 一九六〇年의 畵壇
　• 金永周 (284)
- 出發의 姿勢 : 一九六〇年의 舞踊 • 趙東華
　(287)
- 쓸쓸했던 一年 : 一九六〇年의 樂壇 • 韓圭東
　(291)
- 고민속에서 보낸 放送[770] : 一九六〇年의 放
　送 • 鄭純逸 (294)

20世紀作家硏究⑮ : 反抗과 正義의 神話 : 알
　베르 · 까뮤論 • 李彙榮 (298)

지난달의 映畵 · 現代的 모랄의 條件들 : 「山
　莊의 밤」, 「그 무덤에 침을 뱉어라」•
　(304)

768　목차는 230쪽.

769　목차는 '喪失된 主題意識'.

770　목차는 '苦悶 속에 보낸 마이크'.

隨筆
- 無賊日 • 趙潤濟 (308)
- VENTILATION • 兪碩鎭 (310)
- 阿諂 · 驕傲 · 獨善 • 鄭炳昱 (312)
- 隨筆의 妙味 • 崔勝範 (314)

現代演劇의 潮流(完) : 多彩로운 展開 • 呂石基 (316)

長詩 · 陽地 • 金光林 (325)

世界文壇
- 來韓한 펄 · 벅 女史 : 歡迎會席上에서의 演說 • 張旺祿 (332)
- 文學批評은 可能한가? • 朴異汶 (335)
- 英國에서 읽히는 詩人 : 傳統에 대한 노스탈쟈 • 高遠 (338)
- 現代獨逸詩의 傾向 : 그의 이해를 위하여 • 李東昇 (340)

새로운 프랑스 演劇 : 알또오, 베켓트, 쥬네, 이오네스코 • 월래스 · 파울리[771] (344)

戲曲 · 講義 • E · 이오네스코; 金正鈺 譯 (353)

創作
- 두메 • 鄭漢淑 (374)
- 돼지와 외손주 • 吳有權 (384)
- 人間史(連載五回) • 崔貞熙 (394)
- 넋 속의 죽음 • A · 까뮈; 李彙榮 譯 (412)

BOOK REVIEW
- 오스굿 · 쑤씨 · 타넨바움 共著「言語表象의 意味測定」(假題) • 鄭良殷 (422)

- 퍼어씨 · 라보크 著「小說技術論」• 鄭炳祖 (424)
- 尹天柱 · 禹炳奎 · 李廷植 編譯「政治行態의 基礎理論」• 白尙健 (425)
- 安秉煜 著「現代思想家叢書① 키엘케골」• 崔東熙 (427)

編輯後記 • (428)

思想界 第9卷 第1號 通卷 第90號
(1961년 1월호)

畵報 · 白嶺의 休戰線 : 東部戰線에서 • 白炳寅 撮影; 金東俊 記 (15)

編輯室앞[772] • (24)

卷頭言 · 一九六一年을 맞으면서 • 張俊河 (28)

國民感情과 革命完遂 • 咸錫憲 (30)

思想과 行動 • 朴鍾鴻 (44)

特輯 · 西独復興의 教訓
- 奇蹟을 創造하기까지 : 西独의 繁榮은 이렇게 이룩되었다 • 金三守 (54)
- 獨逸의 現 經濟力 • 尹炳旭 (64)
- 獨逸國民性과 復興 • 安炳茂 (70)
- 冷戰의 岐路에 선 獨逸 • 趙淳昇 (79)
- 戰後獨逸의 政黨政治 • 梁好民 (90)
- 獨逸統一은 可能한가[773] • K · 뢰뷘슈타인; 孫製錫 譯 (99)

社會刺戟의 役割을 하는 學生들 • 尹天柱 (107)

---

771 목차는 저자명 '파울리'.

772 목차는 '讀者에게서 온 便紙'.
773 목차는 '獨逸의 統一은 可能한가'.

在日僑胞問題의 解決策
- 本國政府에 建議한다 • 田駿 (114)
- 在日本 「朝總連」의 內幕 • 林道京 (122)
- 在日僑胞는 異邦人인가 • 金圭煥 (128)

韓國的社會主義의 길 (中) : 험난한 過去를 더
　　듬고 未來를 전망한다 • 李東華 (135)

獵官運動論 : 그 史的 考察로부터 • 韓沽劤 (144)

對談 · 哲學은 生活속에 있다 • 朴鍾鴻 ; 安秉煜
　　(152)

巴里滯留記 (續) • 朴光善 (166)

畵報 · 世界의 搖動 • (173)

아이크의 七個項目令과 韓國經濟 • 李廷煥
　　(179)

움직이는 世界
- 모스크바 共産頂上會談 • (184)
- 카리브海에 일은 風波 • (189)
- 金, 딸라流出에 苦悶하는 美國 • (194)
- 日本總選擧와 政治테로 • (199)

六一年度經濟成長의 展望
- 國土建設計劃과 失業者對策 • 金永善 (203)
- 韓國經濟의 近代化와 基幹産業 • 黃炳晙
　　(210)
- 動力源의 現況과 開發 : 水力, 火力, 原子力
　　利用 • 金鍾珠 (215)
- 六一年度豫算案과 經濟成長 • 朴喜範 (224)

最近學生運動의 性格과 方向 • 金成植 (232)

座談會 · 韓國人의 精神狀態를 診斷한다[774] •
　　李鎭淑 ; 南命錫 ; 兪碩鎭 ; 李東植 ; 崔臣海
　　(240)

統一을 渴望하면서 • 申相楚 (254)

現地루포 · 눈내린 休戰線을 가다 • 金東俊
　　(265)

지난달의 映畵 · 資本과 藝術의 貝殼속에서 :
　　『太陽은 가득히』『뻐스停留場』『B · B ·
　　自由夫人』『소매치기』• (270)

神話의 現代的理解 • 文相熙 (275)

第二回新人文學賞詩當選作
- 詩 · 四月에 알아진 베꼬니아 꽃[775] 外四篇 •
　　許儀寧 (280)

맑스主義敎理와 實存的휴머니즘 : 싸르트르
　　의 『唯物論과 革命』을 中心으로 • 金鵬
　　九 (288)

隨筆
- 가을에 생각나는 詩篇들 • 金顯承 (293)[776]
- 새벽 • 金泰吉 (300)[777]
- 가엾은 追憶에서 • 朴崍賢 (303)[778]
- 잠 • 皮千得 (306)[779]
- 나무 • 金奎榮 (308)[780]

774　목차는 '韓國人精神狀態를 診斷한다'.
775　목차는 '四月의 베꼬니아 꽃'.
776　목차는 288쪽. 본문의 쪽수가 맞음.
777　목차는 290쪽. 본문의 쪽수가 맞음.
778　목차는 293쪽. 본문의 쪽수가 맞음.
779　목차는 296쪽. 본문의 쪽수가 맞음.
780　목차는 298쪽. 본문의 쪽수가 맞음.

詩
- 動物詩抄 外一篇[781] ● 朴南秀 (310)
- 그 밤을 생각하며 ● 金洙映 (312)
- 矛盾의 물 ● 申瞳集 (313)
- 돌 앞에서 ● 黃錦燦 (314)
- 카프리치오60[782] ● 成贊慶 (316)
- 北間島〈第二部〉● 安壽吉 (318)

第二回新人文學賞發表 ● (389)
- 第二回新人文學賞選後評 : 詩[783] ● 趙芝薰; 宋穉 (390)
- 第二回新人文學賞選後評 : 小說[784] ● 黃順元; 安壽吉; 金聲翰; 呂石基 (391)[785]

아름다운 새벽 (連載一回) ● 馬海松 (394)

編輯後記 ● (428)

思想界 第9卷 第2號 通卷 第91號
(1961년 2월호)

編輯室앞 (20)

卷頭言 · 勤勞만이 살 길이다 ● (24)

特輯 · 失業者群의 綜合分析
- 集團的 社會現象으로서 失業群 : 失業者의 實態와 類型 ● 黃炳晙 (26)
- 韓國失業의 特殊原因 ● 李昌烈 (36)
- 社會不安의 前衛 · 인텔리失業者 ● 李萬甲 (45)
- 農村潛在失業과 離農 ● 朴東昻 (54)
- 失業者 對策을 兼한 經濟復興 ● 卓熙俊 (62)

統韓問題에 對한 諸中立國들의 立場 : 유엔活動報告[786] ● 朴浚圭 (74)

聖雄 간디翁의 길 ● 咸錫憲 (81)

大學教育은 革新되어야 한다 ● 柳炯鎭 (87)

特別寄稿 · 케네디行政府와 우리의 覺悟 ● 崔基一 (94)

케네디行政府를 이끄는 브레인 · 트러스트
- 進步主義로 새 세기를 이끄는 아서 · 슐레이진져 二世(Arthur M. Schesinger, Jr.)[787] ● 李普珩 (101)
- 經濟發展段階說로 이름난 W · W · 로스토우(Walt Whitman Rostow)[788] ● 李相球 (106)
- 極東情勢에 밝은 체스터 · B · 보울즈(Chester Bliss Bowles)[789] ● 趙淳昇 (111)
- 勞動問題專門家 아취발트 · 캉스(Archibald Cox)[790] ● 咸秉春 (118)

美國의 大統領 ● D · 러스크; 李克燦 (124)

英國外務省報告 · 冷戰宣言書 : 모스크바共産黨宣言分析[791] ● 李行譯 (138)

特別寄稿 · 共産黨의 顚覆戰術 ● C · 밀즈; 金榮國 (144)

---

781 목차는 '外二篇'. 외1편이 맞음.
782 목차는 '카프리치오 · 60'.
783 목차는 '詩選後評'.
784 목차는 '小說選後評'.
785 목차는 392쪽. 본문의 쪽수가 맞음.

786 목차는 '統韓問題에 對한 中立國의 立場 : 유엔活動報告'.
787 목차는 '進步主義者 A · 슐레진져 二世'.
788 목차는 '經濟成長段階說의 W · 로스토우'.
789 목차는 '極東政勢에 밝은 C · 보울즈'.
790 목차는 '勞動問題專門家 A · 캉스'.
791 목차는 '冷戰宣言書 : 모스크바共産黨宣言書分析'.

프랑스의 꿈 프랑스의 悲劇 : 알제리아를 中
　　心으로 • 閔錫泓 (151)

二次大戰後의 獨 · 佛關係 • 李元雨 (160)

歐洲共同市場과 貿易의 自由化 • 陸芝修 (169)

舊韓末外交史雜記 • 洪以燮 (177)

움직이는 世界
- 混亂을 거듭하는 라오스 (184)
- 알제리아의 信任을 獲得한 드 · 골 (201)
- 二日天下의 에치오피아革命 (205)
- 큐바와의 斷交를 宣言한 美國 (208)

韓國近代化에 貢獻한 「仁村」 • 金八峰 (213)

討論 · 美國經濟援助의 方向 : 美國의 對韓援助
　　를 再檢討한다 • R · T · 모이어; 夫琓爀; 李
　　廷煥 (220)

人間資源의 開發 : 高等學校卒業生의 進學問
　　題에 對한 隨想 • 李相佰 (234)

博士學位論文要約 · 集團葛藤論[792] : 少數集團
　　의 自己集團中心感과 이에 대한 多數
　　集團의 反感과의 關係 • 洪承稷 (238)

世界文壇
- 六○年代 新進作家의 與件과 氣質 • 朴異汶
　　(249)
- 理解를 돕기 위한 文藝批評 : 旺盛한 批評意
　　識과 週刊低[793]의 位置 • 高遠 (252)

- 現代 獨逸 抒情詩 序說(二) • 李東昇 (254)
- 價値의 荒蕪地 • 鄭明煥 (257)
- 反演劇의 言語 • 金正鈺 (260)

座談會 · 英詩壇周邊 : 現代 英詩의 諸問題 • 보
　　트랄(Ronald Bottroll); 呂石基; 金鎭萬; 宋稶
　　(262)

수필
- 에누리 • 權重輝 (269)
- 科學者와 妖術 • 權寧大 (271)
- 나의 幸福한 나머지 生涯 • 權明秀 (274)
- 愛林 · 電力과 研究室 • 李基寧 (278)
- 戰友歌 • 趙要翰 (281)
- 낙엽도둑과 멋있는 친구 • 金浩順 (284)
- 탑골승방 • 李秉岐 (285)
- 輿論이라는 것 • 成慶麟 (286)
- 썰물 밀물 • 安鎬三 (288)
- 아뜨리에 · 류 · 닷사스時節 • 金卿岸 (291)
- 下午 • 孫慶錫 (294)

지난달의 映畵 · 問題性의 表裏
- 「危險한 고빗길」 • (297)
- 「지난 여름 갑자기」 · 「哀愁의 旅路」 • (298)
- 「뜨거운 것이 좋아」 · 「白晝의 결투」 • (301)
- 「地平線」 • (302)

對談 · 자와할 · 네루首相을 찾아 : 三億의 人
　　口와 民主主義 • 자와할; 체스타 · 보울즈
　　(304)

韓國佛像의 樣式變遷(上) • 金元龍 (312)

詩
- 깊은 밤 촛불 아래 • 張萬榮 (324)
- 第二創世記 • 宋稶 (326)

792　목차는 '集團葛藤論(社會學)'.
793　'週刊紙'의 오자.

- 한 保導聯盟員의 마음 • 朴在森 (327)
- 落照 • 金先現 (328)
- 이슬 • 劉庚煥 (329)

思想界新人賞 第三回作品募集[794] • (330)

創作 · 深夜의 饗應 • 崔翔圭 (331)

思想界新人賞 第一回受賞作家 · 奇襲作戰記 •
　姜龍俊 (342)

아름다운 새벽(連載二回) • 馬海松 (356)

북 · 리뷰[795]
- B · 바아버 著 · 社會成層論 SOCIAL STRAT-
　IFICATION; by B.Barber A comparative
　analysis of structure and process. Harcourt,
　Brace and Company New York.1957, 6.50
　xix+540 • 金彩潤 (389)[796]
- 黃順元 作 · 나무들 비탈에 서다 思想界社刊
　532面 • 洪思重 (391)
- W · 하게만 著 · 科學으로서의 푸블리찌스
　틱 Publizistik als Wissenshaft by Walter
　Hagemann • 李海暢 (394)
- 李鎭淑 著 · 現代思想家叢書 ⑤ : 프로이드
　思想界社刊 240面 • 李東植 (396)
- R · 다렌돌프 著 · 工業社會에 있어서의 社
　會階級과 階級紛爭[797] Soziale Klasse

und Klassenkonflikt in der industriellen
Gesellschaft, by Ralf Dahrendorf Ferdi-
nand Enke Verlg Stuttgart 1957, 270面 •
黃性模 (399)

編輯後記 • (400)

附錄 · 政策研究報告書 〈1〉
- 外國援助導入의 諸問題 • 李甲燮 (402)[798]
- 貿易政策의 方向 : 貿易收支改善과 換率의
　現實化를 中心으로 • 朴基淳 (415)

社告 · 第二回全國巡廻文化講演會[799] • (428)

思想界 第9卷 第3號 通卷 第92號
(1961년 3월호)

畵報 · 아버지는 저어기 : UN聖子學院의 어느
　날 • 白炯寅 撮影; 韓南哲 記 (19)

編輯室앞 • (30)

卷頭言 · 3 · 1 精神은 어떻게 繼承되어야 할
　것인가? • (34)

民族統一의 宗敎 • 咸錫憲 (36)

自由와 統一 • K · 야스퍼스 (46)

特輯 · 自由經濟냐 計劃經濟냐
- 經濟開發을 위한 自由와 計劃의 調和 • 成
　昌煥 (58)
- 資本主義의 長短點 • 金斗熙 (65)

794　목차는 '思想界新人賞 第三回作品募集規定'.
795　'북 · 리뷰'는 399쪽부터 387까지 역순으로
　　읽도록 구성되어 있음. 따라서 차례로는 R · 다
　　렌돌프의 '공업사회에 있어서의 사회계급과 계
　　급분쟁'이 가장 먼저이고 B · 바아버의 '사회성
　　층론'이 가장 나중이지만 목차에는 순서대로
　　제시함.
796　목차는 388쪽. 본문의 쪽수가 맞음.
797　목차는 '工業社會에 있어서의 社會階級'.

798　목차는 401쪽. 본문의 쪽수가 맞음.
799　목차는 '思想社 第二回 全國巡廻文化講演會順序'.

- 後進國에 있어서의 經濟計劃 • 朴喜範 (74)
- 自由經濟體制의 確立 • 李東旭 (82)
- 混合經濟와 修正資本主義 • 高承濟 (92)
- 韓國經濟體制의 進路 • 李昌烈 (100)

內閣責任制政治의 幻想 • 尹天柱 (110)

IPI活動과 韓國의 言論 • 金圭煥 (123)

韓國政治人들의 前近代性 • 嚴基衡 (131)

東欧衛星国의 現実
- 東欧는 어디로 갈 것인가? : 과연 東歐는 獨
  立社會主義國으로 • 車基璧 (138)
- 항가리의 政治的 苦悶 • 李元雨 (150)
- 国際的 劃一性을 拒否한 티토 : 티토主義의
  本質 • 朴奉植 (156)
- 티토와 질라스의 対決 : 유고 共産主義를
  中心으로 • 金永達 (163)

特別寄稿 · 내가 만난 「밀로반 · 질라스」 • K · 클
  라크 (172)

움직이는 世界
- 싼타 · 마리아號를 탄 革命 • (182)
- 「뉴 · 프론티어」大統領에의 期待 • (187)
- 『醫師 지바고』에 또 말썽 • (191)
- 共産主義와 農業生産의 停滯 • (194)

對談 · 自立이냐? 隷屬이냐? : 韓 · 美經濟協定
  을 批判한다 • 趙東弼; 夫琓爀 (200)

루뽀루따쥐 · 國籍없는 캠퍼스 : 유엔聖者學
  院을 찾아 • 韓南哲 (211)

지난 달의 映畵
- 「누벨 · 바그」와 映畵의 새로운 反撥 : 『黑人
  올훼』 • (216)

- 새로운 大衆性에로의 두 개의 길 : 『馬夫』 ·
  『成春香』 • (218)

座談會 · 換率引上의 贊否兩論 : 換率引上은 果
  然 現實化할 것인가? • 李廷煥; 李昌烈;
  李東煥; 申秉鉉; 成昌煥; 朴東昂 (220)

現代小說의 反省과 摸索(上) : 六○年代를 基
  點으로 • 李御寧 (244)

隨筆
- 祖國의 하늘 아래서 • 柳致環 (260)
- 窓下漫筆 • 車柱環 (263)
- 바둑 • 崔載喜 (265)
- 卽興音樂[800] • 李惠求 (268)
- 轉業由來記 • 廉想涉 (270)
- 너와 自己 • 元應瑞 (272)

韓國佛像의 樣式変遷(下)[801] • 金元龍 (275)

世界文壇
- 英國版『채터레이夫人』裁判[802] • 呂石基 (286)
- 앙리 · 또마의『존 · 퍼킨즈』 • 李鎭求 (288)
- 스콧트 · 횟츠제랄드의 諷刺 • 張旺祿 (290)
- 現代 獨逸詩 傾向(第三回) : 그의 理解를 爲해
  • 李東昇 (294)
- 思想보다 生活을 素材로 : 顯著한 女流作家
  들의 進出 • 高遠 (297)
- 一九五五年 以後의 英詩壇 • R · 보트랄 (299)

詩
- 冬至의 詩 • 徐廷柱 (304)

---

800 목차는 '卽興音樂'.
801 목차는 '韓國佛像의 變遷樣式(下)'.
802 목차는 '英國版『채터레이夫人』의 裁判'.

- 나무 ⟨9⟩ • 張瑞彦 (305)
- LIMIT TIME • 鄭漢模 (306)
- 무엇을 기다리는가 • 朴泰鎭 (308)
- 나이가 드는…… • 鄭烈 (310)

씸포지움 · 무엇이 앙띠 · 로망이냐? : 새로운
   小說美學의 摸索
- 思潮로서의 앙띠 · 로망 • 朴異汶 (312)
- 反小說의 作家들 • 鄭明煥 (320)
- 앙띠 · 로망의 批判 • 金鵬九 (329)

文獻
- 小說의 技術者 • 알랭 · 로브 · 그리예[803]; 金鵬九
   譯 (341)
- 凡俗한 世界의 反抗者 • 나딸리 · 싸로뜨; 鄭明煥
   譯 (343)
- 創作은 나의 脊柱다 • 미쉘 · 뷔또르; 鄭明煥 譯
   (345)

作品
- 아이들 방 • 루이르네 · 데 · 포레[804]; 洪承五 譯 (347)
- 迷宮속에서 : 라이헨헬의 敗北 • 아랭 · 로브 ·
   그리예[805]; 朴異汶 譯 (360)

板門店 • 李浩哲 (374)

아름다운 새벽 (連載三回) • 馬海松 (396)

思想界 新人賞 第三回作品 應募規定 • (427)

編輯後記 • (428)

---

803 목차는 '로브 · 그리예'.
804 목차는 'L · 데 · 포레'.
805 목차는 '로브 · 그리예'.

思想界 第9卷 第4號 通卷 第93號
(1961년 4월호)

畵報 · 濟州道의 눈물과 꿈 • (19)

編輯室앞 • (30)

卷頭言 · 創刊 八週年[806] 紀念號를 내면서 •
   (34)

英雄的指導者論 : 强力한 指導者들과 虛脫한
   人民들의 딜레마에 關하여 • A · 슐레이
   진져 二世; 金洪喆 譯 (36)

特輯 · 革命后一年
- 四月革命의 再評價 • 洪以燮 (54)
- 政治的無關心과 民主政治의 危機 : 四 · 一九
   의 한 돐을 맞으며 • 李克燦 (60)
- 革命主體의[807] 精神的 昏迷 : 主體性確立의
   目標는 積極的自由와 經濟富强 • 曹街
   京 (70)
- 四月十九日의 心理學 • 金聖泰 (78)
- 革命後社會動態의 意味 • 高永復 (86)

새 나라를 어떻게 세울까? (上) • 咸錫憲 (94)

新世代와 舊世代間의 軋轢 : 世代間의 葛藤을
   中心으로 • 兪碩鎭 (104)

韓國人의 劣等意識論 • 鄭良殷 (111)

第二回全國巡廻文化講演會誌上講演
- 民主主義와 全體主義 • 金夏泰 (118)
- 새로운 學生運動의 方向 • 玄勝鍾 (125)

---

806 목차는 '八周年'.
807 목차는 '革命主體들의'.

- 北韓이 提起한 統一方案의 問題點 • 韓載德
  (132)

高級 · 低級 · 모던 : 通俗文化와 民主政體에 關
  한 考察 • I · 크리스톨 (141)

特輯 · 最高學府의 盲点[808]
- 國家理念과 大學의 目的 • 金曾漢 (152)
- 大學整備方法의 具體案 • 金敬洙 (158)
- 國立大學水準向上을 위한 機構改革 : 서울
  大學校를 中心으로 • 李寅基 (164)
- 大學教授의 質的向上 : 젊은 「萬年講師」의
  血代를 • 申一澈 (170)

心理葛藤의 社會的要因 • 洪承稷 (177)

韓國家族計劃의 現代化案 • 李効再 (184)

맑시즘쎄미나 ① · 世界革命의 再認識 • 申相
  楚 (190)
맑시즘쎄미나 ② · 唯物史觀의 問題點 : 唯物
  史觀을 理解하는 것은 唯物史觀을 修
  正하고 補完하는 것이다 • 林元澤 (196)

隨想 · 다시 나라를 救하는 길 : 어떤 大學生들
  을 위하여 • 李敎河 (208)

博士學位論文要約 · 勞動組合을 中心한 依存
  組織體[809]의 性格 • 徐南源 (217)

움직이는 世界
- 루뭄바被殺과 그 後의 콩고 • (230)
- 美國과 쏘련의 人工衛星 競爭 • (235)
- 새 進路를 摸索하는 西유럽 • (240)

- 새 機構를 摸索하는 東南亞細亞 • (245)

우리나라의 塔 (上) • 黃壽永 (248)

지난 달의 映畵
- 文藝映畵의 壁 : 『아들과 戀人들』 • (256)
- 記錄映畵와 드라마의 生成 : 『나의 鬪爭』 •
  (258)

隨筆
- 꽃 三題 • 梁柱東 (260)
- 근본은 사랑이다 • 한솔 (263)
- 「그로커스」에 부쳐서[810] • 金泰寬 (265)
- 巨物 • 金東旭 (267)
- 시인 「후로스트」와 고독 • 金善淑 (269)

特別寄稿 · 現代西歐文學과 後進國의 讀者 •
  R · M · 알베레스; 朴異汶譯 (272)

思想界 新人賞 第三回作品 應募規定 • (283)

時
- 來日의 鍾을 울려라 • 申石艸 (284)
- 戲作 • 金春洙 (285)
- 「憎」序章 • 李相魯 (286)
- 밤사람 • 高遠 (287)
- 候鳥의 노래 • 張炅龍 (289)

欺瞞 • 玄在勳 (290)

前夜祭[811] • 徐基源 (308)

아름다운 새벽 (連載四回) • 馬海松 (354)

---

808 목차는 '盲點'.
809 목차는 '依存組織体'.

---

810 목차는 '붙여서'.
811 목차는 '前夜祭 (四百枚)'.

북·리뷰

- 랄프·터너, 뤼스·킬리안 共著·集合行動 (假題) Collective Behavior by Ralph H·Turner, Lewis H·Kilian, Englwoos Cliffs N·J. Prenticl-Hell, Inc, 1957[812] • 洪承稷 (387)

- 카알·뢰웬슈타인 著·憲法學 by Karl Loewenstein, Verfassungslehre, 1959[813] • 金南辰 (389)

- 로버트·트래버 著·살인의 해부 (가제) ANATOMY OF A MURDRER[814] by Robert Traver (John D·Voelker의 필명), st. Martin's Press, 1958, 437pp[815] • 咸秉春 (391)

- 李光麟 著·韓國研究叢書第八輯 李朝水利史研究, 韓國研究圖書館刊 一八三面, 一九六一[816] • 李弘稙 (394)

附錄·政策研究報告書 (其二)

- 우리나라의 財政의 構造問題 • 羅雄倍 (398)

- 穀價政策의 問題点과 그 革新策 • 朴東昴 (416)

編輯後記 • (428)

思想界 第9卷 第5號 通卷 第94號
(1961년 5월호)

畵報·韓國의 前衛美術: 第五回現代作家美展 및 六○年展에서 • (19)

編輯室앞 • (30)

卷頭言·韓·日問題解決의 基本姿勢 • (34)

民族主義의 새로운 理念 • 崔文煥 (36)

새 나라를 어떻게 세울까? (中) : 새 나라 꿈틀거림 • 咸錫憲 (42)

特輯·價値意識의 再評價

- 價値體系의 科學的認識 : 통일적 가치체계의 설정 • 金夏泰 (54)
- 韓國社會의 價値構造 • 李萬甲 (62)
- 價値轉換의 社會心理的考察 • 金基錫 (72)
- 企業과 政治에 나타난 價値意識 : 움직이는 世界와 後進社會의 樣相 • 黃性模 (78)
- 異質的 價値體系間의 葛藤 : 性觀念을 中心으로 • 李東植 (88)

第二回全國巡廻文化講演會誌上講演·뉴·프론티어와 美國의 世界政策 • 李元雨 (96)

北韓의 學生生活 : 敎育制度를 中心하여 • 李喆周 (103)

케네디政權의 對中政策 • 孫製錫 (110)

技術人이 본 現政權의 産業政策 • 金文輝 (118)

經營合理化를 前提로 한 電氣三社統合問題[817] • 尹炳旭 (128)

民主主義의 定義 • C·밀즈; 金在姬 譯 (134)

맑시즘쎄미나 ③ · 剩餘價値論 • 李昌烈 (142)

---

812 목차는 '集合行動'.
813 목차는 '憲法學'.
814 MURDER의 오자.
815 목차는 '殺人의 解剖'.
816 목차는 '李朝水利史研究'.

---

817 목차는 '電氣三社統合問題'.

大邱社會의 動態 • 卓熙俊; 李政在 (150)

움직이는 世界
- 宇宙旅行에 앞장선 쏘련 • (177)
- 고비를 맞은 라오스情勢 • (181)
- 南아프리카의 離脫과 英聯邦 • (186)

哲學과 人間의 行動 • 시드니 · 후크[818]; 安秉煜 譯 (191)

獄中風土記 (續) : 朝鮮語學會事件回想錄 ⑫ • 李熙昇 (202)

聖書新譯의 意義 • 張河龜 (210)

우리나라의 塔 (下) • 黃壽永 (216)

루뽀르따쥐 · 濟州道紀行 • 孫世一 (226)

主體意識의 確立을 促求한다 : 招待展과 六〇年展에서 • 金秉騏 (238)

지난 달의 映畵
- 韓國映畵의 새로운 試圖 : 『誤發彈』 • (242)
- 『佛蘭西女性과 戀愛』 • (244)
- 風土의 멜로드라마 : 『大地』 • (246)

隨想
貧民과 美 : 隣人愛를 中心하여 • 李淵瑚 (247)

世界文壇
- 리챠드 · 라이트의 世界 : 강요된 人間條件과의 鬪爭 • 金容權 (252)

- 로맨티시즘에의 秋波[819] : 最近의 英美詩壇 • 李昌培 (254)
- 파리의 舞臺에 올려진 「카프카」 • 金正鈺 (257)
- 現代獨逸詩傾向 (第四回) • 李東昇 (259)
- 背反당한 論理 : 시몬느 · 드 · 보봐아르 『旺盛한 年代』 • 朴異汶 (262)
- 베켓뜨의 『어떻게』 • 洪承五 (265)

隨筆
- 사투리 • 金鎭萬 (268)
- 國語政策問題 : 붓가는 대로 文敎當局者에게 • 南廣祐 (270)
- 눈 가리고 아옹 : 美風良俗是非 • 李容燦 (273)
- 학적부 • 安容道 (275)
- 梁長官一代記 • 梁在謨 (278)
- 酒醉와 藥 • 金起鎬 (281)

詩
- 餞迓詞 • 辛夕汀 (284)
- 生日 • 李雪舟 (285)
- 早春 • 崔啓洛 (286)
- 春困 • 辛東門 (287)
- 메아리 • 許儀寧 (288)

作品 · 裁判은 시작되다 (五百枚全譯轉載) • 아브람 · 테르츠; 金龍澈 譯 (289)

戱曲 · 東쪽을 渴望하는 族屬들 • 李根三 (346)

創作 · 아름다운 새벽 (最終回) • 馬海松 (356)

북 · 리뷰
- 東國新續三綱行實圖 • 劉昌惇 (386)

818 목차는 'S · 후크'.

819 목차는 '로맨티즘에의 秋波'.

- 마이넥케 著 · 獨逸의 悲劇(假題) Friedlich
  meinecke, Die deutsche Katastrophe Be-
  trachtungen und Erinnerungen (1949)[820] ·
  鄭昌範 (388)
- F · H · 마이클; G · E · 테일러 共著 · 現在의
  極東(假題) Franz H. Michael and George
  E. Taylor 「The Far East in the Modern
  World」[821] · 金正均 (390)
- 막스 · 웨버 著; 崔拭 譯 · 法과 社會(法社會
  學) Wirtschaft und Gesellschaft~Wirtschaf
  und Recht(Rechtssoziologie) · 博英社 刊[822]
  · 金麗洙 (392)
- 朴喜璡詩集 · 室內樂 · 思想界社 刊[823] · 柳宗
  鎬 (394)

附錄 · 政策研究報告書 (其三)
- 農地改革과 韓國農業 : 小農保護政策의 反
  省的批判 · 崔朱喆 (398)
- 韓國農業金融의 理想案 : 農業生産性 昂揚
  의 寄與를 위하여 · 韓雄斌 (411)

社告 · (427)

編輯後記 · (428)

思想界 第9卷 第6號 通卷 第95號
(1961년 6월호)

畵報 · 革命 새벽에 오다 · (19)

編輯室앞 · (30)

卷頭言 · 五 · 一六革命과 民族의 進路 · (34)

---

820 목차는 '獨逸의 悲劇'.
821 목차는 '現在의 極東'.
822 목차는 '法과 社會'.
823 목차는 '室內樂'.

새 나라를 어떻게 세울까? (完) · 咸錫憲 (36)

現代政治의 認識과 意志 · K · 야스퍼스[824]; 李榮
久 譯 (54)

特輯 · 印度의 建設을 위한 努力
- 印度의 基本外交政策 · 趙淳昇[825] (70)
- 印度의 政治社會構造 · 李廷植 (79)
- 印度的 리이더쉽의 特徵 : 간디와 네루의
  퍼스낼리티와 關聯하여 · 金雲泰 (92)
- 印度의 經濟計劃 · 朴喜範 (102)
- 印度知識層의 힌두傳統과 그 影響 · 高柄翊
  (110)
- 印度의 對共外交政策 · 金永達 (118)

韓國中小企業의 苦憫 : 그 輸出增進策을 摸索
하여 · 黃炳晙 (126)

美 · 쏘의 後進國家援助競爭 · 李甲燮 (133)

換率現實化後의 通商關係 · 朴基淳 (140)

맑시즘쎄미나 ④ · 階級鬪爭論 · 尹河璿 (148)

움직이는 世界
- 美國의 人間로켓트 發射成功 · (155)
- 알제리아 佛軍叛亂崩壞와 에비앙會談 ·
  (161)
- 큐바侵攻失敗 · (168)

鼎談 · 宇宙旅行成功이 意味하는 것 : 美 · 쏘의
우주여행성공을 보고서 · 金洪宇; 崔永
斗; 洪承勉 (172)

---

824 목차는 '야스퍼스'.
825 목차는 '趙昇淳'. 본문이 맞음.

現代軍事革命의 類型
- 버마의 軍部統治 • 죤·F·캐디[826]; 桂昌鎬 譯 (186)
- 파키스탄의 經驗 • G·W·쵸듀리; 姜和英 譯 (195)
- 民主主義와 에집트革命 • 돈·페렛쯔[827] (202)
- 라틴·아메리카의 軍事革命 • 에드윈·류웬[828] ; 孫製錫 (214)

座談會·새로운 藝術運動의 摸索 • 金聖泰; 金永周; 朴容九; 李淸基; 呂石基 (226)

獄中風土記 (續) : 朝鮮語學會事件回想錄 ⑬ • 李熙昇 (246)

맑시스트의 實存主義觀 • 曺街京 (253)

世界文壇
- 眞理와 眞實 : 푸리쉬의 『돈·판 혹은 幾何學에 대한 사랑』에 대하여 • 姜斗植 (260)
- 이탤리 文壇의 近況 • 尹炳熙 (262)
- 職工 디래니이孃의 奇蹟 : 『꿀맛』의 뉴·욕 公演 • 李根三 (265)
- 「이것이냐? 저것이냐?」 : 프랑스 知識人들의 〈不服從權利의 宣言이 提起하는〉 것 • 朴異汶 (268)
- 英國의 새로운 演劇 • 朴泰鎭 (271)
- 옥스포드의 詩學教授 • 宋錫重 (274)

隨筆
- 廉恥 • 金東華 (278)
- 基督狂 • 兪賢穆 (281)
- 人蔘茶 • 沈載彦 (283)
- 딱한 이야기들 • 崔鎭 (286)

- 바로된 것과 거꾸로 된 것[829] • 李元壽 (289)
- 어떤 往診 • 朴文夏 (291)

詩
- 海邊의 獅子 : 靑銅獅子像錄記 • 朴斗鎭 (294)
- 속의 바다 • 全鳳建 (295)
- 皇帝 • 金耀燮 (296)
- 아까샤 꽃 • 朴成龍 (297)
- 公園 • 姜泰烈 (298)

創作
- 密告者 • 柳周鉉 (300)
- 絶壁 • 朴敬洙 (320)
- 主人없는 城 • 金東立 (343)

북·리뷰
- T·H·나이트 著·經濟學의 歷史와 方法(假題) "On the History and Method of Economics" pp. 309 by the Unversity of Chicago Press. Chicago, 1958 (Sec. Imp)[830] • 韓泰東 (373)
- C·라이트·밀즈著; 申日徹 譯·들어라 양키들아 : 큐바의 소리·正向社刊 二九九面 C·Wright Mills LISTEN, YANKEE -The Revolution in Cuba-[831] • 金洙暎 (375)

編輯後記 • (378)

思想界 第9卷 第7號 通卷 第96號
(1961년 7월호)

編輯室앞 • (30)

826 목차는 'J·F·캐디'.
827 목차는 'D·페렛쯔'.
828 목차는 'E·레웬'.

829 목차는 '바로된 것과 꺼꾸로 된 것'.
830 목차는 「經濟學의 歷史와 方法」.
831 목차는 「들어라 양키들아」.

卷頭言·緊急을 要하는 革命課業의 完遂와 民主政治에로의 復歸 • 張俊河 (34)[832]

五·一六을 어떻게 볼가? • 咸錫憲 (36)

社會構造와 憲法秩序 • 金南辰 (48)

選擧制度의 再檢討 : 그 改革과 選擧共營을 위하여 • 李廷植 (61)

苦悶하는 亞細亞 民主主義 : 버마의 境遇 • 趙淳昇 (74)

統一問題 解決의 基本條件 : 特히 對UN關係에서 본 • 朴奉植 (86)

印度와 中共의 經濟開發競爭 • 휴·C·스켄디[833]; 金榮培 譯 (94)

民主主義와 革命 • 아더·바톰리[834] (102)

電源開發의 試案 : 包裝 水力 300萬kw 活用코 電源開發은 水力에 置重 石炭枯渴 30年이면 難免 • 李熙晙 (106)

特輯·經濟自立과 外資
- 經濟自立과 外資導入의 必要性[835] • 朴炳日 (118)
- 受援態勢와 그 方法의 反省 • 金和成 (126)
- 獨逸資本導入의 經緯와 意義 • 白雲吉 (136)
- 低開發國援助의 새로운 方式 • 죤·K·갈브레이즈[836]; 金英淳 譯 (144)

本社海外特派員現地報告·五·一六革命과 海外論調
- 改革의 成功을 期待[837] • 李庭植 (156)
- 美國人이 보는 五·一六 軍事革命[838] • 金瓊元 (160)
- 破綻과 混沌을 피하는 唯一한 길[839] • 太鏞澐 (164)
- 庶民層의 따뜻한 눈초리[840] • 田駿 (169)

움직이는 世界
- 비엔나의 對決 (A) : 케네디는 왜 후르시쵸프를 만났나?[841] • (174)
- 비엔나의 對決 (B) : 西方이 받은 비엔나의 挑戰[842] • (178)
- 안 풀리는 라오스 問題 • (182)
- 앙고라의 獨立鬪爭 • (186)

地域社會開發을 위한 努力 : 서울國際會議의 意義와 關聯하여 • 金昇漢 (189)

맑시즘 쎄미나 ⑤ · 辨證法的唯物論과 그 批判 • 鮮于學源 (198)

隨想 · 두 가지의 哲学 : 現實과의 距離問題 • 金泰吉 (208)

아프리카 新生諸國 巡訪記 • 全永哲 (218)

---

832 목차는 '緊急을 要하는 革命課業完遂와 民主政治에로의 復歸'.
833 목차는 'C·H·스켄디'.
834 목차는 'A·바톰리'.
835 목차는 '經濟自立을 위한 外資導入의 必要性'.

836 목차는 '갈브레이즈'.
837 목차는 '改革의 成功을 期待(美)'.
838 목차는 '美國人이 보는 五·一六 軍事革命(美)'.
839 목차는 '破綻과 混沌을 피하는 唯一한 길(獨)'.
840 목차는 '庶民層의 따뜻한 눈초리(日)'.
841 목차는 '케네디는 왜 후르시쵸프를 만났나?'.
842 목차는 '西方이 받은 비엔나의 挑戰'.

나라를 사랑하는 마음 • 柳達永 (224)

寄稿 · 韓國의 敎育을 評價한다 • 죤 · 밋첼; 金容權 譯 (231)

學校差라는 癌 • 金蘭洙 (238)

近親殺傷의 精神分析 • 尹泰林 (246)

韓國家族의 葛藤과 그 要因 • 河相洛 (252)

韓國文化財의 種類와 價値 : 天然記念物篇 • 鄭英昊 (260)

지난 달의 映畵 · 「머큐리」로서의 映畵藝術 : 발레를 映畵化한다는 경우 • (268)

世界文壇
- 『호밀 밭의 把守군』 샐린져 • 張旺線 (272)
- 로버트 · 그레이브스의 詩 : 愛情, 神話, 諷刺를 通한 人間追究 • 高遠 (277)
- 詩人은 아올 · 싸이더인가? • 朴異汶 (280)
- 비이트族의 盛衰 • T · A · 로쓰; 金在姫 譯 (284)

批評의 領土 (上) : 批評文學의 限界性 • 洪思重 (289)

平和를 위한 藝術 : "Saturday Review" 1960년 12월 24일 號에서 • 허버트 · 리이드[843] (296)

어느날의 藝術手帖 : 音樂 · 演劇 • 朴容九 (302)

隨筆
- 노래의 죄 • 金東振 (309)
- 遊山有感 • 金永上 (311)
- 내가 보고 다닌 「길」 • 鄭忠良 (313)
- 芍藥 • 芮庸海 (316)
- 낚시 • 魚孝善 (319)
- 넓은 땅 좁은 땅 • 金星煥 (321)

詩
- 水曜日의 사과 • 朴木月 (324)
- 花詞 • 金榕八 (325)
- 내 친구 崔德圭 • 許洧 (326)
- 싸나토름 • 高銀 (327)
- 戱劇 • 金榮泰 (328)

第三回思想界新人文學賞發表[844] • (329)
第三回 新人文學賞 選後評
- 小說 • 黃順元; 安壽吉; 金聲翰; 呂石基 (330)
- 詩 • 趙芝薰; 宋稢 (332)[845]

創作
- 二次的工作 • 吳昇在 (335)
- 潛伏哨 • 宋相玉 (347)
- 囚 • 崔仁勳 (358)

북 · 리뷰
- 曹街京 著 · 『實存哲學』 · 博英社刊[846] • 鄭錫海 (371)
- 韓太壽 著 · 『韓國政黨史』 · 新太陽社刊[847] • 李廷植 (374)

編輯後記 • (378)

---

843 목차는 'H · 리이드'.

844 목차는 '第三回新人文學賞發表'.

845 목차는 322쪽. 본문이 맞음.

846 목차는 「實存哲學」.

847 목차는 「韓國政黨史」.

思想界 第9卷 第8號 通卷 第97號
(1961년 8월호)

畵報 · 太陽이 다시 뜨던 날 : 一九四五年八月 十五日 • (5)

編輯室앞 • (12)

卷頭言 · 八 · 一五解放과 우리民族의 課題 • (14)

情勢와 自由 : 오늘의 課題管見 • 曺街京 (16)

現代的社會改革의 모델
- 印度의 부우단運動 • 玄勝鍾 (24)
- 덴마아크를 救援한 敎育 • 柳達永 (31)
- 이스라엘의 農業協同組合 • 金圭煥 (44)
- 英國의 勞動黨과 社會福祉制度 • 卓熙俊 (52)
- 루즈벨트大統領의 뉴 · 디일政策[848] • 李普珩 (61)

農漁村의 貧困은 없어지겠는가?[849] : 農業政策의 革命的課題 • 崔朱喆 (70)

큐바人과 美國人 • 데오도어 · 드레이퍼[850] (78)

緊急한 産兒制限運動
- 爆發線上의 韓國人口 • 朴在彬 (106)[851]
- 家族觀念과 産兒制限 • 李萬甲 (115)
- 受胎調節의 方法과 立法措置 • 姜珠心 (124)
- 外國의 産兒制限實態 • 高凰京 (133)

座談會 · 旣成政治人의 率直한 発言 • 朴浚圭; 徐泰源; 申相楚; 嚴敏永; 梁好民 (142)

움직이는 世界
- 北아프리카에 또 하나의 難題 • (160)
- 再燃된 中 · 쏘 對立說 • (165)
- 쿠웨이트紛爭의 背景 • (167)

콘로이博士의 「日本의 韓國侵略」合理化論을 駁함 • 董天 (173)

實存主義以後의 西歐哲學 (上) • 金淙鎬 (192)
쏘련哲學界의 動向 • 崔東熙 (199)[852]

에베레스트와 各國의 山岳活動 : 그 登山史를 中心으로 • 孫慶錫 (206)

韓國文化財의 種類와 價値 (二) : 無形文化財 篇 • 金千興 (219)

批評의 領土 (下) : 批評文學의 限界性 • 洪思重 (224)

作家의 技巧 • 앙드레 · 모르와[853] (234)

지난달의 映畵 · 스크린에 옮겨진 포크너와 바이양 : 「무덥고 긴 여름밤」 · 「몸부림치는 젊은이들」 · 「여자가 사랑을 할 때」 • (244)

世界文壇
- 헤밍웨이의 變死 : 鍾은 울린다 누구를 위하여 • 梁炳鐸 (250)

---

848 목차는 '루즈벨트大統領과 뉴 · 디일政策'.
849 목차는 '農漁村의 貧困은 없어지겠는가'.
850 목차는 'T · 드레이퍼'.
851 목차는 107쪽. 본문이 맞음.

852 목차는 198쪽. 본문이 맞음.
853 목차는 'A · 모로와'.

- 人間肯定의 길로 : 엘리옽의 近年 • 李昌培
  (254)
- 主觀性과 客觀性 : 까뮈와 로브 · 그리예를
  中心으로 • 李桓 (259)

나의 藝術手帖 ② · 樂聖素描 • 羅運榮 (264)

隨筆
- 少年과 바다 • 車凡錫 (268)
- 담 • 羅英均 (270)
- 欲望과 幸福 • 全圭泰 (272)
- 〈兀〉氏의 民意 • 金聖佑 (274)
- 三多 · 九如 • 崔勝範 (278)

詩
- 꿈 이야기 • 趙芝薰 (280)
- 觀音의 窓 • 설창수 (281)
- 발끝에 채이는 것이 있다 • 全榮慶 (283)
- 거울속의 構圖 • 尹一柱 (285)
- 外出 • 權龍太 (286)

創作
- 다리를 건널때 • 孫素熙 (287)
- 氣象圖 • 南廷賢 (311)
- 無明記 (連載一回) • 吳尙源 (328)

북 · 리뷰
- R · A · 스칼라피노; 李庭植 共著 · 「韓國共産
  主義 運動의 起源」 THE ORIGINS OF
  THE KOREAN COMMUNIST MOVE-
  MENT 〈I · II〉 -The Journal of Asian
  Studies VoL xx. No. 1, November 1960 1.
  No.2, February 1961-[854] • 洪以燮 (349)
- 후레드림 · 하비손; 찰스 · 마이어스 共著 ·

「産業國經營觀」(假題) MANAGEMENT
IN THE INDUSTRIAL WORLD an
International Analysis. by Frederick Har-
bison, Charles A. Myers : McGraw-Hill
Book Company, New York, 1959, 413
pp., XIV.[855] • 徐南源 (351)
- 옷타웨이 著 · 「敎育社會學槪論」 EDUCA-
  TION AND SOCIETY An Introduction
  to Sociology of Education By A. K. C.
  Ottaway[856] • 李圭煥 (353)
- 朴木月 詩集 · 蘭 · 其他 · 新丘文化社刊
  一四二面[857] • 朴斗鎭 (356)

編輯後記 • (360)

思想界 第9卷 第9號 通卷 第98號
(1961년 9월호)

畵報 · 鬱陵島의 表情 • 白炯寅 撮影; 安柄燮 記
(19)

編輯室앞 • (30)

卷頭言 · 昨今의 趨勢에 붙이는 몇마디 • 張俊
河 (32)

韓國憲法權力構造의 變貌過程 • 李鍾極 (34)

憲政運營을 停止시킨 韓國의 社會構造 • 田源
培 (46)

韓國의 知識層

---

854 목차는 「韓國共産主義 運動의 起源」.

855 목차는 「産業國經營觀」.
856 목차는 「敎育社會學槪論」.
857 목차는 「蘭 · 其他」.

- 先進國의 知識人과 後進國의 知識人 • 高永
  復 (56)
- 韓國의 知識人과 그 機能 : 知識層은 階級인
  가? • 黃性模 (66)
- 韓國知識人의 現在와 將來 • 金成植 (76)
- 韓國知識人의 生態 : 인텔리의 앙가쥬망과
  政治 • 金鵬九 (86)
- 北韓知識人의 生態 • 韓載德 (98)

美國의 極東政策과 日本 • 金正均 (110)

中共의 對 自由陣營 外交政策 : UN加入運動을
  契機로 • 洪承勉 (118)

北韓에 있어서의 쏘련과 中共[858] • 존·브래드버
  리;李春基 譯 (126)

오늘의 폴랜드 · 이데올로기 없는 共産主義 •
  K·A·제렌스키;李文輝 譯 (135)

伯林十五年史 • 朴浚圭 (142)

맑시즘쎄미나 ⑥ · 맑시즘의 藝術觀과 그 批
  判 • 趙要翰 (153)

프랑스의 農村生活 • 孫宇聲 (162)

地中海의 午後 : 이탤리의 印象 • 安應烈 (170)

判例에 나타난 離婚實態 • 金疇洙 (176)

韓國佛敎의 進路 : 圓佛敎의 立場에서 본 佛
  敎革新運動 • 柳炳德 (184)

實存主義以後의 西歐哲學 (下) • 金淙鎬 (191)

씸볼리즘 • 韓哲河 (204)

움직이는 世界
- 유럽의 一員이 되려는 英國 • (212)
- 후르시쵸프가 그린 유토피아 • (217)
- 美國은 왜 몽골리아를 承認하려고 했느냐?
  • (223)
- 中盤戰에 들어선 宇宙競爭 • (226)
- 「푼타 · 델 · 에스테」會議成果 : 美洲經濟統
  合의 具現 • (228)
- 伯林問題와 勢力均衡 • 리챠드·로왠탈 (231)
- 再開된 核實驗 • (232)

海外特信·伯林의 新樣相 : 八月十三日의 伯林
  危機를 보고 • 太鎔澐 (234)

알피니스트의 道場
- 山岳登攀運動의 精神 : 韓國山岳運動의 걸
  어 온 자취를 돌아보며 • 洪鍾仁 (244)
- 登攀回想記 · 漢拏山과 젊은이의 對決 • 李崇
  寧 (249)
- 登攀回想記 · 白頭山大將峰 頂上에 오르다 •
  柳洪烈 (254)
- 登攀回想記 · 民衆의 품 天摩山 • 柳達永 (259)
- 登攀回想記 · 저녁노을의 山影이 金剛의 集
  仙峰을 덮고 • 方炫 (265)
- 登攀回想記 · 龍門山 有情 • 孫慶錫 (268)
- 登攀回想記 · 黃昏이 燦爛한 東海岸의 神秘
  • 崔玉子 (273)
- 登攀回想記 · 處女樹海가 끝없이 널린 智異
  山 • 朴禧善 (277)
- 登攀回想記 · 五臺山 回想과 山岳裁判 • 金榮
  潤 (282)
- 登攀回想記 · 盛夏 雪嶽頌 • 李熙成 (286)

858 목차에서 이 글과 '이데올로기 없는 共産主義'의
    제목이 바뀌었음.

- 登攀回想記 · 西海德積群島의 巡廻[859] ● 景石
  (291)
- 登攀回想記 · 風雪날리는 白頭의 莊嚴 ● 金鼎
  泰 (295)

루뽀르따쥐 · 病든 東海의 孤島 : 鬱陵島 紀行
  ● 安柄燮 (301)

우리藝術의 反省 ● 崔碩圭 (314)

나의 藝術手帖 ③ · 片片想 ● 金煥基 (323)

世界文壇
- 고래속에 들어앉은 것은 누구냐? : 싸르트
  르와 헨리 · 밀러 ● 鄭明煥 (328)
- 愛蘭劇作界의 새로운 方向 : 부렌단 · 보오
  한의 『人質』을 읽고 ● 李根三 (332)
- 발레리의 豫言 : 『精神의 危期』 ● 朴異汶
  (335)

詩
- 打令調別章 ● 金春洙 (338)
- 겨울에 山에서 ● 宋稶 (339)
- 해바라기 ● 朴喜璡 (340)
- 落照 ● 曺永瑞 (341)

創作
- 束草行 ● 趙容萬 (342)
- 뜨거운 太陽아래서의 疾走 ● 白寅斌 (352)
- 無明記 (連載二回) ● 吳尙源 (366)

編輯後記 ● (378)

思想界 第9卷 第10號 通卷 第99號
(1961년 10월호)

編輯室앞 ● (20)

卷頭言 · 韓 · 日問題의 解決을 再論한다 ● (22)

特輯 · 自由의 再認識
- 自由의 本質 ● 李鍾雨 (24)
- 市民的自由와 社會的自由 ● 申範植 (31)
- 自由의 現代的方向 ● 車基璧 (40)
- 檀君以來의 自由의 破綻 · 收拾 · 再建 : 自由
  의 計劃化가 必要 ● 申相楚 (50)

오늘의 핀랜드 · 핀랜드의 國際政治上의 位置
  ● 랄프 · 퇴릉렌; 全永哲 譯[860] (57)

젊은 세대의 價値觀 : 韓國大學生價値觀의 把
  握을 위한 序說 ● 洪承稷 (64)

反形而上學과 形而上學의 復興 ● 河岐洛 (72)

現代倫理學과 價値言語分析 ● 金泰吉 (80)

프랑스紀行 ② · 프랑스山村의 家內工業 : 再
  建國民運動에 資함 ● 孫宇聲 (88)

宇宙科學의 오늘과 來日 ● 韓萬燮 (102)

西獨의 選擧方式 ● 太鎔濬 (109)

工業社會로서의 指向과 大學機能의 變化 ● 李
  圭煥 (116)

社會混亂이 가져온 隱語 ● 姜信沆 (122)

---

859 목차는 '西海德積群島巡廻'.

860 목차는 'R · 퇴룽렌'.

쏘비엘農業의 理論과 實際 : 아시아諸國의 模型으로서의 • W·케이; 李相九 譯 (130)

『援助의 經濟學』論爭 : 經援의 目的과 效果를 圍繞한 新進과 保守의 對決
- 經濟援助의 再考 • 찰스·울푸 二世; 金鎭炫 譯 (143)
- 經援濟助[861]의 再考에 答한다 • 밀톤·푸리드맨; 金鎭炫 譯[862] (153)

原子力時代와 휴머니즘 • 李鍾珍 (160)

中小企業銀行의 이모저모 • 黃炳晙 (168)

유엔과 三人制總長案 : 쏘련이 提案한 유엔 및 國際機構에 있어서의 三人制總長案의 背景 • 알랜·제임스[863] (175)

맑시즘쎄미나 ⑦ · 맑스主義의 民族理論批判 • 崔文煥 (180)

韓国의 移民
- 移民政策의 檢討 • 朴東昻 (188)
- 中南美移民僑胞實態와 移民可能地域 • 鄭然權 (195)
- 日本의 移民政策과 現況 • 曺基成 (206)
- 資料 · 移民可能地域 • (213)

中共유엔加入의 贊反兩論
- 反對論 • 허어버트·훼이스[864] (216)
- 贊成論 • 리챠드·휴스[865] (222)

美 · 쏘의 戰略的對峙와 伯林危機를 보고 • 李範奭 (228)

움직이는 世界
- 하마슐드急逝와 유엔危機 • (240)
- 西獨의 總選擧 • (243)
- 브라질 大統領 콰드로스의 失脚 • (246)
- 中立國頂上會議와 그 成果 • (252)

지난달의 映畵
- 獨白과 心理劇에 있어서의 두 運命 : 「老人과 바다」·「테레즈의 悲劇」 • (259)
- 大型映畵의 問題點 • (263)

世界文壇
- 大山과 鴻毛와 韓國女性 • 張旺祿 (266)
- 그래엄 · 그린의 癩患部落 • 패트릭·오도노반[866] (270)

수필
- 試驗과 實力 • 李鍾洙 (273)
- 古時調 作者의 信憑性問題 • 朴魯春 (276)
- 老學生의 日課 • 金基昇 (278)
- 反共이라는 證明書 • 金用杰 (281)

시
- 家長 : 또는 팽이의 獨白 • 朴南秀 (284)
- 恨 (2)[867] • 李東柱 (285)
- 標林 • 文德守[868] (286)
- 나의 塔속의 사나이 • 申瞳集 (287)
- 女子研究 • 鄭孔采 (288)

第六回東仁賞發表 • (290)
第六回東仁賞選後評 (가나다順) • (291)

---

861 '經濟援助'의 오자.
862 목차는 'M · 푸리드맨'.
863 목차는 'A · 제임스'.
864 목차는 'H · 훼이스'.
865 목차는 'R · 휴스'.

---

866 목차는 '오도노반'.
867 목차는 '恨'.
868 목차는 '文德宇'. 본문이 맞음.

- 敗北의 記錄 • 金東里 (291)
- 『熔岩流』를 入賞케 못한 未練 • 白鐵 (292)
- 所感 • 安壽吉 (293)
- 姿勢를 갖춘 作家라야 • 崔貞熙 (294)
- 허전한 느낌 • 黃順元 (295)

第六回東仁賞候補作 • 너는 뭐냐 • 南廷賢 (296)

끊어진 다리 • 韓南哲 (338)

豫告 • 思想界百號紀念特別增刊號(第101號)發行[869] (355)

북 • 리뷰
- 막스 • 밀리칸; 도날드 • 부랙크마 共編 • 『新進國家들』假題 • 그들의 成長과 美國의 政策[870] • 李庭植 (356)
- 에릿히 • 헬러 著 • 『아이로니의 作家 토마스 • 만』[871] • 朴贊機 (357)
- 에른스트 • 포르스토프 著 • 『行政法 第一卷』 • (總論) 一九五八年版(七版)[872] • 金南辰 (362)
- 어네스트 • 헤밍웨이 作; 孫世一 譯 • 『危險한 여름』 • 新丘文化社刊[873] • 呂石基 (362)
- E • O • 라이샤워; J • K • 훼어뱅크 共著 • 『東部아시아史』 (假題) • 위대한 전통[874] • 董天 (364)

編輯後記 • (368)

---

869 목차는 「思想界」誌齡百號紀念特別增刊號發行'.
870 목차는 『新進國家들』'.
871 목차는 『아이로니의 作家 토마스 • 만』'.
872 목차는 『行政法』'.
873 목차는 『危險한 여름』'.
874 목차는 『東部아시아史』'.

思想界 第9卷 第11號 通卷 第100號
(1961년 11월호)

畵報 • 努力하는 마을들 • 白炯寅 撮影 (19)

編輯室앞 • (30)

卷頭言 • 本誌 一○○號 記念號를 내면서 • 張俊河 (34)

생각하는 갈대 : 「思想界」 百號에 부쳐서 • 咸錫憲 (36)

民主主義와 指導勢力 • 梁好民 (45)

民族主義의 現代的方向 • 車基璧 (54)

獨逸의 苦悶 • 카알 • 야스퍼스[875] (62)

特輯 • 저널리즘과 社會的進步
- 저널리즘과 아카데미즘 • 李萬甲 (68)
- 韓國저널리즘의 今昔 : 後進性과 奇形性을 脫却치 못한 韓國의 저널리즘 • 金圭煥 (76)
- 新聞自由의 再發見 • 朴權相 (84)
- 言論의 責任이란 무엇이냐? : 「言論自由」와 「言論의 責任」을 調和시키는 곳에 言論의 責任을 다할 수 있다 • 崔錫采 (92)
- 共産主義社會에 있어서의 저널리즘의 位置 • 朴東雲 (99)

韓國水産業의 現況과 그 展望 • 李汶雨 (106)

유엔改造論의 背景과 理論 • 孫製錫 (114)

---

875 목차는 '야스퍼스'.

核時代의 國際政治 • 趙淳昇 (122)

움직이는 世界
- 統一아랍共和國의 崩壞 • (131)
- 民政復歸에 苦悶하는 터어키 • (137)
- 五十메가톤의 흐루시쵸프恐喝 • (141)
- 東南亞開發의 先驅 : 마라야 • 로버트 · 가보 (144)
- 또다시 內戰危機에 선 콩고 • (146)
- 中共의 準備 • 윌리암 · 잭슨 (150)

쳐칠의 부레인들 : 하바드에서 行한 스노우 氏의 講演을 反駁한다 • 로버트 · 왓슨왓트; 韓培浩 譯[876] (152)

毛澤東과 個人崇拜 (上) • 리챠드 · L · 워커; 全永哲 譯[877] (160)

西獨의 社會的安定의 基盤 • 헬무트 · 쉘스키; 太鎔澐 譯[878] (166)

座談會 · 美国留学生들이 본 祖國의 片貌[879] • 柳益衡; 金瓊元; 全命濟; 白善基 (182)

아프리카 紀行 • 趙義卨 (198)

不安의 實態와 逃避行爲 • 李東植 (204)

휴머니스트의 人間像 : 「에스페란토」의 創案者 「자멘호프」 • 洪亨義 (210)

産兒制限論의 問題點 • 李善煥 (219)

是正을 要하는 廣告倫理 • 李秀洪 (226)

르뽀르따쥐 · 보다나은 農家 · 農村을 찾아서
- 貧農의 協同과 無知의 開發 • 李文輝 (232)
- 計劃과 參與 : 地域社會開發示範部落 探訪記[880] • 安柄燮 (239)
- 두 篤農家의 境遇[881] • 韓南哲 (247)

農村敎育의 實態 : 成人敎育을 中心하여 • 白賢基 (256)

회칠한 무덤을 파헤쳐라 : 韓國敎會가 當面한 危機를 보고 • 姜元龍 (262)

소리없는 革命 : 「소리없는 革命」이란 민중의 성장이요, 민중속에 건전한 민주주의가 뿌리를 내리게 하는 일이다 • 申一澈 (271)

革命의 理論과 實際 : 쏘로킨과 부린톤의 革命論을 中心하여 • 任星熙 (280)

對談 · 学則改編의 教育学 • 柳炯鎭; 白賢基 (290)

落塵과 人間生理 • 安承鳳 (303)

내가 愛讀하는 外国雜誌
- 유모어와 知的正直性 : 英國의 敎養誌 『인카운터』 · 『스펙테이터』 • 金鎭萬 (310)
- 二十世紀佛文學의 살아있는 資料 : N · R · F • 金鵬九 (314)

876 목차는 '왓슨 · 왓트'.
877 목차는 'R · L · 워커'.
878 목차는 'H · 쉘스키'.
879 목차는 '美国留学生들이 본 조국의 片貌'. 片貌는 片貌의 오자.
880 목차는 '地域社會開發示範部落'.
881 목차는 '두 篤農家의 境遇 : 淳昌과 珍島'.

- 「하이부로」의 美國文藝誌 :『애틀랜틱』·
　『하아퍼』誌와『쌔터디이 · 리뷰』·『뉴
　요커』誌 • 張旺祿 (318)
- 美國의 知的圖表 : 季刊文學評論誌 • 金容權
　(322)
- 要領있는 뉴스의 다이제스트 :『타임』·『뉴
　스위크』誌 • 洪承勉 (327)

말의 깡패에 관하여 : 自主統一은 우리의 누
　구나가 다 염원하는 떳떳하고 堂堂한
　말이다 • 李敭河 (332)

지난 달의 映畫
- 自己握把[882]을 위한 自由에로의 길 :『라인
　의 假橋』·『죽음의 航路』• (338)
- 追慕속에 돌아다본 싸이런트 喜劇 :『地上
　最高의 喜劇』• (340)

世界文壇
- 詩는 知識이다 : 뉴 · 크리티시즘의 昨今 •
　李昌培 (342)
- 戰後獨逸演劇 • 郭福祿 (345)
- 美國劇界의 젊은 前衛的作家 (上) : 겔버와
　리챠아드슨의 境遇 • 李根三 (348)
-「파스테르나크의 올가女史」에 대한 새로
　운 攻擊[883] • E · 크랭크쇼[884] (352)

나의 藝術手帖 ④ · 쏘련의 두 映畫作家 • 吳泳
　鎭 (357)

詩와 知識 : 詩人과 리얼리스트와의 對話 • 죤 ·
　챠르디 (362)

詩
- 裸婦 • 張萬榮 (370)
- 박꽃 • 黃錦燦 (371)
- 黃昏에 서서 • 李敬南 (373)

創作
- 어떤 노인의 죽음 • 吳有權 (374)
- 하모니카의 季節 • 李文熙 (388)
- 無明記 (連載三回) • 吳尙源 (404)

豫告 · 思想界百號紀念特別增刊號(第101號)發
　行[885] • (419)

북 · 리뷰
- 윌리암 · 샤이러 著 ·『第三帝國의 興亡』[886] •
　申範植 (420)
- C · G · 허드슨 · R · 로웬솔 · R · 맥화콰 共
　著 ·『中쏘의 葛藤』(假題)[887] • 李庭植
　(422)
- J · J · 스펭글러 · O · D · 던칸 共編著 ·『人口
　理論과 政策』(假題)[888] • 尹光來 (423)
- 미셸 · 뷔또오르 著 ·『怪譚』(假題)[889] • 죠제 ·
　카비나스;洪承五 譯[890] (425)

編輯後記 • (428)

思想界 通卷 第101號
(1961년 지령백호기념특별증간호)

畵報 · 寫眞作家招待作品集 • (19)

882　把握의 오자. 목차는 ‘自己把握을 위한 自由에로
　　의 길’.
883　목차는 「파스테르나크의 올가夫人」에 對한 새
　　로운 攻擊’.
884　목차는 ‘그랭크 · 쇼’.

885　목차는 ‘思想界誌齡百號紀念特別增刊號發行’.
886　목차는 『第三帝國의 興亡』.
887　목차는 『中 · 쏘의 葛藤』.
888　목차는 『人口論과 政策』.
889　목차는 『怪譚』.
890　목차는 ‘카비나스’.

卷頭言 · 百號紀念特別增刊號를 내면서 • (30)

創作七人集
- 等身佛 • 金東里 (32)
- 許民先生 • 金利錫 (46)
- 序章 • 安壽吉 (62)
- 枇杷 • 吳永壽 (76)
- 遺皮 • 張龍鶴 (84)
- 隊列 속에서 • 韓戊淑[891] (96)
- 송아지 • 黃順元 (120)

詩十八人集
- 우리들의 샘물에 • 具滋雲 (124)
- 一千九百六十年의 戀歌 • 金珖燮 (124)
- 九月 七日 • 金丘庸 (125)
- 裸木 • 金南祚 (125)
- 諦念이라는 것 • 李顯承 (126)
- 밝은 正午 • 朴南秀 (126)
- 백 · 밀러 • 朴木月 (127)
- 季節 • 朴成龍 (127)
- 追憶에서 • 朴在森 (128)
- 가을 • 朴泰鎭 (128)
- 어느 가을날 • 徐廷柱 (129)
- 상송 · 一九六一年 • 辛東門 (129)
- 炎熱에 끓는 돌이어 • 申瞳集 (130)
- 無題 • 申石艸 (130)
- 미루나무와 南風 • 柳致環 (131)
- 秘話 • 張瑞彦 (131)
- 속의 바다 〈3〉 • 全鳳建 (132)
- 길 위에서 • 鄭漢模 (132)

評論
- 르네쌍스의 現代的 鑑賞 : 하나의 傳統論을
　위한 試辯 • 白鐵 (133)

- 小說과 아필래이션의 問題 : 韓國小說의 커
　다란 障壁 • 李御寧 (142)
- 經驗 · 想像力 · 觀點 : 韓國小說의 反省 • 柳
　宗鎬 (153)
- 韓國評壇에 한마디 : 批評의 資格이란 무엇
　인가? • 徐基源 (165)

東仁賞受賞作家創作集[892]
- 光化門 • 金聲翰 (174)
- 遺書 • 鮮于輝 (180)
- 夜半 • 吳尙源 (205)
- 肉體醜 • 孫昌涉 (212)

엣쎄이
- 멋 第二章 옷 • 馬海松 (231)
- 늙어가는데 관하여 • 李敭河 (247)
- 시레네스의 노래 • 鄭明煥 (253)

思想界社出身小說家集[893]
- 濁流에 흐르다 • 金光植 (258)
- 연교수와 금 빼지 • 鄭炳祖 (270)
- 『구돌재』 • 朴敬洙 (280)
- 메기의 追憶 • 具璥暎 (288)
- 귀를 壁에 • 韓南哲 (297)
- 自由의 길 • 金東立 (313)
- 兄弟 그리고 두 죽음 • 宋相玉 (332)
- 유리의 壁 • 朴憲九 (349)
- 黙會說 • 玄在勳 (362)
- 蜥蜴의 抗告 • 姜龍俊 (375)

思想界社出身詩人集[894]
- 午睡에 젖어 • 黃雲軒 (389)
- 굴뚝에서 • 閔雄植 (389)

---

891 '戌'의 오자. 목차에도 '戌'로 되어 있음.

892 목차는 '東仁賞受賞作家創作集〈受賞順〉'.

893 목차는 '思想界社出身小說家集〈出身順〉'.

894 목차는 '思想界社出身詩人集〈出身順〉'.

- 언덕길 • 尹一柱 (390)
- 石燈 • 金鍾元 (390)
- 昆虫 • 李裕憬 (391)
- 눈이 오거든 • 姜桂淳 (392)
- 나팔꽃 • 洪完基 (393)
- 여기는, 그 언제나의,[895] • 金正鈺 (393)
- 무서운 遊戲 • 李昌大 (394)
- 잃어버린 羊으로 • 徐林煥 (394)
- 歸路 • 金榮泰 (395)
- 푸른 古典으로 하여 • 朴載護 (395)
- 3年 • 張炅龍 (396)
- 落花속에 • 鄭烈 (397)
- 불 붙는 摩擦 • 金圭泰 (398)
- 距離 • 林鍾國[896] (399)
- 當身이 사는 都市를 • 姜泰烈 (400)
- 古寺素描 • 許儀寧 (400)

새로움의 摸索 : 내가 私淑하는 外國作家[897]
- 존 · 단 : 내가 私淑하는 外國詩人 • 高遠 (401)
- 슈뻬르비엘과 비어레크 • 金洙暎 (407)
- 릴케와 더불어 : 하나의 追憶으로 • 金春洙 (413)
- 未完의 謝辭 • 朴喜璡 (418)
- 딜런 · 토오머스 • 成賛慶 (424)
- 彷徨하고 있다 • 柳周鉉 (433)
- 우리들에게 不足된 것은 : 우리 小說의 反省 • 李浩哲 (436)

알베르 · 까뮈 遺稿 · 作家手帖(上)[898] • 알베르 · 까뮈; 金容光 譯[899] (442)

編輯後記[900] • (452)

思想界 第9卷 第12號 通卷 第102號
(1961년 12월호)

畵報 · 빛을 남기고 가다 : 一九六一年에 사라진 별들 • (19)

編輯室앞 • (30)

卷頭言 · 一九六一年을 보내면서 • (32)

民主再建을 爲한 思想的姿勢 : 徹底한 自己批判으로 • 李相殷 (34)

日本文化人에게 보내는 公開書翰 : 易地思之의 雅量쯤을 아낄 것이 아니다 • 李熙昇 (44)

特輯 · 日本의 再認識
- 近世日本의 展開 : 그 背景과 近代化의 關聯에서 • 全海宗 (50)
- 帝國主義日本과 韓國 : 日本의 韓國侵略 • 董天 (58)
- 戰後日本의 民主化問題 : 美國의 占領政策을 中心으로 • 金圭煥 (67)
- 敗戰 日本經濟의 成長 : 어떤 이유로 日本은 西獨과 아울러 「世紀의 奇蹟」을 나타내고 있나? • 陸芝修 (76)
- 日本國民의 意識形態 : 核武器의 幽靈 · 國論分裂을 中心으로 • 田駿 (84)
- 韓國 · 美國 · 日本 : 韓 · 美 · 日의 三國關係는 과연 자유평등 국가간의 모범적인 友好均衡關係인가? • 朴浚圭 (92)

---

895 목차는 '여기는, 그 언제나의'.
896 목차는 '林鍾國'.
897 목차는 '새로움의 摸索 〈가나다順〉'.
898 목차는 '作家手帖 : 까뮈遺稿 (上)'.
899 목차는 'A · 까뮈'.

---

900 목차는 '編輯後記 · 社告'.

韓·日問題의 再檢討를 要望한다 • 趙淳昇
(102)

歷史哲學의 새로운 方向 : 韓國의 思想的定礎
를 위하여 • 崔載喜 (114)

거룩한 두려움 : 無血革命歎願署名에 붙여서
• 金在俊 (124)

米價政策의 韓國的條件 : 政府의 買上政策을
評함 • 崔朱喆 (128)

革命政府半年間의 經濟政策[901] • 林元澤 (138)

움직이는 世界
- 第二十二次 쏘련共産黨大會 : 非스탈린化
  로부터 스탈린抹殺에로 • (145)
- 알바니아를 圍繞한 中·쏘 對立 • (150)
- 惡化하는 베트남 情勢 • (155)
- 平和的으로 政權交替한 필립핀 • (159)
- 朴議長 訪美意義와 그 成果 • 申範植 (163)[902]

터어키總選擧가 意味하는 것 : 民心의 底流와
政治的斷層 • 洪承勉 (166)

毛澤東과 個人崇拜 (下) • 리챠드·L·워커[903]; 全永
哲 譯 (171)

유엔에 對한 希望 : 今年 유엔總會에 부쳐서 •
한스·J·모갠소[904] (184)

깨어진 「黃金鄕」: 中共訪問客 • 로버트·S·엘레
간트[905] (188)

公開討論·西方의 價値와 全面戰爭 : 西方國家
의 理想과 原子戰爭의 現實 • 씨드니·후
크; H·S·휴즈; H·J·모갠소; S·P·스노우; 노
먼포드레쯔; 朴琦俊 譯 (193)

一九六一年의 外國興論에 비친 韓國
- 韓國援助는 「養虎之患」인가 • 카이스·삐이취
  [906] (230)
- 韓國經濟가 當面한 課題 • 뻐어나드·카알브[907]
  (231)
- 또 다시 試驗臺에 선 韓國 • A·M·로젠탈 (234)

特輯·共産陣營의 苦悶
- 國際共産主義는 어디로? : 北京과 모스크
  바間의 이데올로기 紛爭 • 梁好民 (240)
- 第二十二次 쏘련 共産黨大會分析 : 基本動
  向을 中心으로 • 金永俊 (262)
- 人間論 • 아담·슈아프[908]; 朴相圭 譯 (271)
- 쏘련共産黨 新綱領 批判 : 思想과 유토피아
  • 레오폴드·라벳쯔[909]; 朴浩潤 譯 (286)

意味論과 그 周邊 • 金容權 (301)

日本「朝鮮學會」第十二次大會報告 • 李丙燾
(310)

國際遺傳學會報告 : 第二回 國際遺傳學會에
다녀와서 • 姜永善 (314)

第十回國展評·國展의 方向 : 아카데미즘과
아방갸르드의 兩立을 위하여 • 金秉騏
(320)

---

901 목차는 '革命政府半年의 經濟政策'.
902 목차는 162쪽. 본문이 맞음.
903 목차는 'R·L·워커'.
904 목차는 '모겐소'.
905 목차는 '엘레간트'.

---

906 목차는 'K·삐이취'.
907 목차는 'B·카알브'.
908 목차는 'A·슈아프'.
909 목차는 'L·라벳쯔'.

世界文壇 · 人間이라는 迷宮 : 공꾸우르賞
　　　쟝 · 꼬의 『神의 同情』을 中心해서 ● 朴
　　　仁熙 (326)

수필
- 마음공부 ● 金八峰 (328)
- 어려운 일 ● 柳達永 (330)
- 小市民의 憂鬱 ● 鄭在覺 (332)
- 運命의 遍歷 ● 李東旭 (334)
- 부엌언니 ● 金泰吉 (337)
- 上海時節 回顧談 ● 金明水 (341)

시
- 考古學 : 寓話 (2) ● 李仁石 (344)
- 知性을 앓고 있는 共同墓地 : 〈南秀先生 그
　　　리고 宗三, 鳳健, 光林, 成龍詩人, 그리
　　　고 모든 친구에게〉 ● 朴鳳宇 (345)
- 祈禱와 같은 瞬間 ● 朴異汶 (347)
- 동이 트기 前 ● 閔雄植 (348)
- 꽃 나무는 색갈이 없다 ● 姜桂淳 (349)

文化界 一年의 反省 : 1961年의 韓國文化界를
　　　돌아보다
- 一九六一年의 時 · 一九六一年 詩壇消息 : B
　　　兄에게 ● 金春洙 (350)
- 一九六一年의 小說 · 沈滯性의 止揚 ● 柳宗鎬
　　　(355)
- 一九六一年의 音樂 · 多彩로웠던 回顧와 몇
　　　가지 注文 ● 金聖泰 (366)
- 一九六一年의 美術 · 轉換하는 韓國現代美
　　　術 ● 李慶成 (370)
- 一九六一年의 演劇 · 아쉬운 前進에의 姿勢
　　　● 呂石基 (374)
- 一九六一年의 映畵 · 興行界의 孤兒가 된 映
　　　畵藝術 ● 金正鈺 (378)
- 一九六一年의 放送 · 轉換點에 서다 ● 鄭純逸
　　　(382)

씨나리오 · 沈淸 ● 吳泳鎭 (386)

알베르 · 까뮈 遺稿 · 作家手帖 (中) ● 알베르 · 까
　　　뮈[910] (424)

百號記念定期購讀應募者 抽籤結果發表[911] ●
　　　(427)

編輯後記 ● (428)

思想界 第10卷 第1號 通卷 第103號
(1962년 1월)

畵報 · 自活하는 少年村 : 蘭芝島에서 ● 白炯寅
　　　撮影; 朴東奎 記 (19)

卷頭言 · 一九六二年의 課題 ● (30)

韓國의 民主主義는 어떻게 再建될 것인가? ●
　　　金成植 (32)

言論은 항상 民의 편이다 : 韓國民主主義의
　　　再建 ● 千寬宇 (43)

特輯 · 韓國民主主義의 再建
- 民主主義意識과 自治精神 ● 金雲泰 (50)
- 새로운 議會制度의 摸索 ● 尹世昌 (59)
- 民政復歸와 總選 : 主로 制度的인 面에서
　　　考察 ● 申相楚 (67)
- 責任政黨政治再建의 길 : 民族的指導勢力의
　　　發見 · 訓練 · 養成 · 編成 ● 朴浚圭 (78)
- 民主主義의 土臺로서의 經濟 ● 朴喜範 (90)
- 土地改革의 基本問題 ● 崔朱喆 (101)

910　목차는 'A · 까뮈'.
911　목차는 '抽籤發表'.

民政으로 가는 길 • 크리스토퍼·밀즈[912]; 金元明 譯 (110)

歷史的自然法의 提唱 : 理念은 民衆속에서 發掘되어야 한다 • 李恒寧 (118)

一九六二年度의 韓國經濟는 어디로 가나? : 沈滯와 인플레와의 岐路위에서 • 李昌烈 (124)

海外市場開拓에 苦悶하는 日本經濟 : 日本經濟界를 視察하고 • 崔虎鎭 (139)

全國産別勞組構成後의 諸問題 • 卓熙俊 (144)

쏘련의 성난 젊은이들 • 앨른·카소프 (151)

쏘련과의 決判을 앞두고 : 흐루시쵸프 對談記 • 월터·맆먼; 朴琦俊 譯[913] (156)

월터·맆먼論 • 막스·에스커리 (166)

對談·再建國民運動의 方向과 方法 : 좀더 잘 살기 위한 汎國民運動으로 • 柳達永; 梁好民 (168)

浮浪兒들이 建設한『民主共和國』: 蘭芝島「少年市」現地르뽀 • 申一澈 (182)

愛國心의 心理 : 造作된 愛國心과 自律的愛國心 • 鄭良殷 (195)

움직이는 世界
- 고아侵政과 네루의 平和主義 • (204)

- 中共의 유엔加入案 否決 • (208)
- 胎動하는 마라시아 聯邦 • (212)
- 핀랜드를 威壓하는 쏘련外交 • (216)
- 五十메가톤彈 爆發以後
  = A 日本左翼의 感受性 • 에드워드·싸인덴스틱커 (221)
  = B 印度中立主義의 再考 • 샤로코·사바봐라 (223)

漢字廢止法令化에 對하여 : 文化政策은 準備와 研究를 거쳐야 한다 • 李崇寧 (225)

停年退職에 따라야 할 社會保障問題 • 康文用 (232)

學士資格考試監督員의 手記 • 金致達 (242)

선구자의 회상①[914]·徐載弼 : 근대화의 기수 • 洪以燮 (248)

韓國人과 魔術 • 鄭大爲 (256)

書評·李崇寧 著「中世國語文法」에 對한 異見[915] • 劉昌惇 (262)

座談會·韓國人의 思想的姿勢 • 朴鍾鴻; 李鍾雨[916]; 李相殷; 金俊燮; 申一澈 (269)

神孝의 갈길 • 金在俊 (294)

亡靈과 神話 • 全景淵 (302)

狀況과 意識 : 나의 心像 風景 • 崔碩圭 (307)

---

912 목차는 'C·밀즈'.
913 목차는 'W·맆먼'.

914 목차는 '先驅者의 回想①'.
915 목차는 「中世國語文法」에 對한 異見'.
916 목차는 '李鐘雨'. 본문이 맞음.

外國人의 感受性
- 黃河의 比喩 • 車柱環 (314)
- 傳統에 안위하는 英國人 • 朴泰鎭 (318)
- 美國人의 感覺 • 柳益衡 (322)
- 「빠리쟝」의 氣質? • 金鄕岸 (325)
- 라인江의 奇蹟은 유모어의 墮落時代? • 黃
  性模 (328)
- 약삭빠른 日本人의 進取性 • 崔埈 (332)
- 韓國人의 感受性 : 哀傷과 自己도피에 젖은
  한국인, 비극취미와 비평정신의 결여
  • 리쳐드·럿트[917] (335)

拍手잃은 韓國演劇 : 改善을 위한 몇가지 提
  言 • 呂石基 (338)

外國文學의 役割 : 國文學의 發展을 위하여 •
  金鎭萬 (344)

一九六一年度 노벨文學賞 受賞作家 이보·안
  드릿치
- 그 生涯와 作品과 思想 • 한솔 (350)
- 안드릿치와 유고슬라비아의 새 文學 • 마리
  오·페스띠니; 李文根 譯[918] (354)

世界文壇
- 私談 : 英詩壇見聞 • 金宗吉 (360)
- 再評價된 作家 : 죠르쥬·씸농을 紹介하면
  서 • 鄭明煥 (363)
- 現代文學의 意味[919] : 트릴링의 경우 • 金容
  權 (368)
- 다시 門밖에서 • 李炳璨 (371)

映畫片想
- 『肉體의 惡魔』(佛)[920] • 朴喜璡 (374)
- 『危險한 階段』(美)[921] • 李東植 (375)
- 로브·그리예와 그의 映畫『마리안바드의
  昨年』• 朴仁熙 (377)

詩
- 그냥 살아야지 • 金顯承 (379)
- 新歸去來 • 金洙暎 (380)
- 義齒 • 成贊慶 (383)

創作
- 반편들 • 全光鏞 (385)
- 나그네 • 宋炳洙 (394)

編輯室앞 • (426)

編輯後記 • (428)

思想界 第10卷 第2號 通卷 第104號
(1962년 2월호)

畫報·休戰線西端 白翎島 • 白炳寅 撮影; 安柄
  燮記 (19)

卷頭言·經濟開發五個年計劃과 韓·日問題 •
  (30)

特輯·東洋的인 것의 反省
- 東洋人의 思考方式[922] • 具本明 (32)
- 東洋社會와 專制主義論 : 東·西洋의 優越性
  을 一方的으로 判定할 수는 없다 • 鄭
  在覺 (42)

---

917 목차는 'R·럿트'.
918 목차는 '페스띠니'.
919 목차는 '近代文學의 意味'.

920 목차는 '『肉體의 惡魔』'.
921 목차는 '『危險한 階段』'.
922 목차는 '東洋人의 思考方式 : 思考方式은 各民族의
  文化·思想등 生活形態를 決定하는 源泉이다'.

- 王道와 覇道 : 儒家政治哲學의 現代的意義
  를 中心으로 • 金敬琢 (53)
- 東洋文化안의 韓國文化[923] • 李基白 (62)
- 카리스마的支配의 東洋型[924] • 黃性模 (69)
- 東洋과 西洋의 遺産 : 東·西의 遺産이 얼마
  큼 계승, 조화되고 있나 • 高柄翊 (80)
- 東洋의 後進性에 對한 로스토우의 分析 : 西
  洋人이 본 東洋의 後進性[925] • 李相球
  (86)

帝國主義로부터 自由에로 (上) : 二十世紀後半
  期人類의 偉大한 覺醒[926] • 죤·스트레이
  치; 李克燦 譯[927] (91)

座談會·共産圈의 動搖 : 스칼라피노敎授와의
  討論 • R·A·스칼라피노[928]; 金俊燁; 梁好民;
  李萬甲; 韓載德 (102)

움직이는 世界
- 東·西協商은 이루어질 것인가? • (115)
- 民主化를 摸索하는 도미니카 • (118)
- 西部 이리안 事態 • (123)
- 混亂만 거듭하는 콩고事態 • (127)
- 고물카의 스탈린主義批判 • (132)

五個年經濟計劃의 性格과 問題點 • 安霖 (134)

稅制改革에 對한 檢討 • 崔壬煥 (144)

特輯·後進國과 計劃經濟
- 파키스탄의 經濟計劃과 그 成果 : 東南亞地
  域에서 經濟成長課業에 成功한 一例 •
  朴喜範 (150)
- 에집트의 指導經濟 • 金定台 (159)
- 이스라엘의 國土開發事業 : 當分間은 外
  國의 많은 캄플注射가 必要 • 文炯宣
  (166)
- 印度의 三次 五個年計劃 • 金潤煥 (174)
- 低開發國家의 經濟計劃과 民主政治 : 新生
  國家의 政治的, 經濟的 諸問題[929] • M·부
  ·컥·턱[930]; 金元明 譯 (181)

先驅者의 回想② · 先覺者 金玉均 • 金八峰
  (194)[931]

論戰·異見에의 辯 : 劉昌惇氏의 「中世國語
  文法에 對한 異見」을 읽고서 • 李崇寧
  (203)

르뽈르따쥐[932] · 失地를 지켜보는 落島 : 白翎
  島紀行 • 安秉燮 (214)

紀行文[933]
- 日本學界를 보고 : 日本經濟界의 發展相을
  말한다 • 崔文煥 (224)
- 第三次 阿·亞經濟會議에 다녀와서 : 뉴델
  리를 訪問하다 • 徐和肅 (229)
- 日本農村을 目見하고 : 機械化와 協同事

923 목차는 '東洋文化안의 韓國文化 : 社會의 要求에 依
　　하여 受容된 文化는 새로운 創造作業을 동반한다'.
924 목차는 '카리스마的支配의 東洋型 : 「韓國의 〈고
　　아〉」, 「中國의 〈뉴기니아〉」라는 遺傳病을 남기
　　지 않기위해'.
925 목차는 '東洋의 後進性에 對한 로스토우的分析 :
　　西洋人이 본 東洋의 後進性에 對한 分析'.
926 목차는 '帝國主義로부터 自由에로(上) : 二十世紀
　　後半紀人類의 偉大한 覺醒'.
927 목차는 '스트레이치'.
928 목차는 '스칼라피노'.

929 목차는 '低開發國家에 있어서의 經濟計劃과 民主
　　政治'.
930 목차는 '부·컥·턱'.
931 목차에는 194쪽에 '先驅者의 回想③ 豫告·「島山
　　安昌浩 篇'이 나오나 본문에는 누락.
932 목차는 '르뽈'.
933 목차는 '紀行'.

業의 成功地域을 둘러 보고 • 李萬甲
　　(236)
- 太陽의 專制와 神秘한 塔婆들 : 캄보디아世
　　界佛教大會에 다녀 와서 • 李箕永 (246)
- 빠리에 모인 二百名의 圖書人 : 國際圖書目
　　錄會議에 참석하고 • 李鳳順 (256)

韓國宣教七十年의 決算[934] • 張河龜 (262)

李朝實學派 小說研究 序說 : 특히 「李朝漢文小
　　說選」을 中心으로 하여 • 李家源 (276)

수필[935]
- 나의 레크리에이션 • 玄勝鍾 (282)
- 우리 옷의 原型 • 金東旭 (284)
- 觀相 • 尹泰林 (286)
- 孤獨 • 趙豊衍 (288)
- 年號論의 苦笑 • 崔錫采 (290)
- 思想의 制服 • 吳碩奎 (292)
- 因習과 合理性 • 孫明鉉 (293)
- 自畵像의 彫刻 • 張旭鎭 (295)
- 제분기의 절개 • 朴承薰 (296)
- 수박을 째고 지고 • 문동환 (298)

사이런즈 · 코너 · 「아방 · 가르드」에로의 散策
　　(上) : 「쓰레기文化」와 前衛美術 • (301)

엘리오트와 알베레스를 찾아서
- 엘리오트의 人間 : 그와의 對面을 回顧하며
　　• 金宗吉 (306)
- 素朴한 外貌, 날카로운 頭腦 : 알베레스를
　　만나보고 • 朴仁熙 (311)

二十世紀 批評의 主流 • 르네 · 웰레크[936]; 金容權
　　譯 (315)

世界文壇
- 文明의 危機와 小說의 危機 : 누보 · 로망의
　　文化史的意義 • 金鵬九 (328)
- 브레히트의 『亡命者의 이야기』에 對해서
　　[937] • 李東昇 (334)

連載豫告 · 詩學評傳 : 韓國詩人의 立場에서 文
　　學背景을 批評하는 眼目으로[938] 筆者
　　宋稶 • (337)

알베르 · 까뮈 遺稿 · 作家手帖 (下) • 알베르 · 까
　　뮈[939]; 金容光 譯 (338)

話題의 作家 · 作品[940] · 「에스메」에게 : 사랑과
　　陋醜와 더불어 • J · D · 샐린저 (347)

詩
- 無題 • 朴木月 (362)
- 荒廢한 海邊에 서서 • 黃雲軒 (363)
- 까마귀를 위한 試音 • 金鍾元 (365)

創作
- 月狂曲 • 李範宣 (367)
- 나무열매 • 河瑾燦 (386)
- 遁走曲 • 姜龍俊 (395)

連載豫告 · 長篇小說 『禁止된 動作』 張龍鶴
　　作 • (419)

934　목차는 '韓國宣教七十年의 決算 : 新教宣教七十年
　　을 보다나은 未來를 바라면서 회고한다'.
935　목차는 '隨筆'.

936　목차는 '웰레크'.
937　목차는 '브레히트의 『亡命者의 이야기』'.
938　목차는 '宋稶筆 『詩學評傳』'.
939　목차는 'A · 까뮈'.
940　목차는 '話題의 作家 · 作品① 〈샐린저篇〉'.

讀書쌀롱
- 반가운 두 가지 辭典의 發刊 • (420)
- 千萬部나 팔린 「바람과 함께 사라지다」 •
  (421)
- 언제나 읽어도 새로운 에머슨 論文選集 •
  (421)
- 立憲主義는 巨大한 挑戰을 받고 있다 •
  (421)
- 대담하고 솔직한 歸化한 日本女性의 手記 •
  (422)
- 「李舜臣와 그들」 • (422)
- 美國大學의 텍스트·북 「社會學理論」 •
  (422)
- 新文化와 洋書 • (422)

編輯室앞 • (426)

編輯後記 • (428)[941]

思想界 第10卷 第3號 通卷 第105號
(1962년 3월)

卷頭言 · 우리는 美國國民에게 묻고자 한다 • (20)

三·一 運動論 : 三·一節 四十三週年을 맞으
  며 • 李基白 (22)

革命下의 言論과 今後 : 韓國의 新聞은 어디로
  가려나[942] • 崔錫采[943] (33)

受難의 女王께 드리는 遺言豫言 : 잠시 故國
  을 떠나면서 • 咸錫憲 (40)

特輯·前進하는 伝統社会
- 後進社會의 遺産 : 二重社會的인 要素의 脫
  皮가 時急하다 • 金廷鶴 (44)
- 後進社會의 旗手 인텔리겐챠 : 民族을 만들
  어 내야할 것이 後進社會인텔리겐챠
  의 課題다 • 車基壁 (52)
- 前進에 反抗하는 傳統의 價值 : 社會改革은
  原則的으로 漸進主義를 • 兪英濬 (62)
- 文化의 葛藤場·後進社會 : 後進社會와 文化
  移植科程 • 尹鍾周 (72)
- 後進國의 現代化目標 : 現代化를 위한 經濟
  的, 社會的, 政治的方法을 中心으로 •
  李庭植 (80)
- 經濟的自立을 指向하는 後進社會 : 低開發
  諸國의 經濟的民族主義 • K·G·뮈르달
  [944] ; 金芝雲 譯 (91)

特別寄稿·韓·日両国을 辯護한다 : 한 外國人
  이 본 最近의 韓國印象 • 싸이덴스티커
  (106)

帝國主義로부터 自由에로 (中) : 二十世紀後半
  期人類의 偉大한 覺醒[945] • 죤·스트레이
  치[946] ; 李克燦 譯 (114)

움직이는 世界
- 結末이 나려는 알제리아 戰爭 • (136)
- 「몰로토프 수수께끼」와 共産主義 • (140)
- 파워즈, 아벨의 釋放과 冷戰 • (145)
- 左傾한 이탤리의 판파니內閣 • (149)

先驅者의 回想③ · 島山安昌浩 : 民族性改革의
  先驅者 • 申一澈 (154)

---

941 목차에는 426쪽. 본문이 맞음.
942 목차는 '韓國의 新聞은 어디로'.
943 '崔錫采'의 오자.

944 목차는 '뮤르달'.
945 목차는 '二〇世紀後半期人類의 偉大한 覺醒'.
946 목차는 '스트레이치'.

맑스로부터 흐루시쵸프까지의 四幕劇 • 해리·
　　슈바르츠[947] (167)

特輯 · 七.一% 成長率의 經濟計画
- 五個年計劃과 巨視的 接近方法: 平面的 計劃
　　보다 立體的 計劃을 • 金永祿 (174)
- 工業化의 基礎作業[948] • 林元澤 (182)
- 農業開發의 問題點: 計劃은 農民의 協調를
　　求하는 데서부터 • 金炳台 (196)
- 貿易政策의 檢討: 國內生産 海外市場等 諸
　　般事情을 充分히 考慮 • 柳炯極 (204)
- 經濟開發五個年計劃 第一次年度內資調達問
　　題: 計劃成敗의 關鍵은 內資調達에 있
　　다 • 成昌煥 (210)
- 資源調達의 問題點: 輸出産業振興에 依한
　　外貨획득에 努力 • 崔鍾起 (220)

現代高試制度의 再檢討 • 徐元宇 (233)

檢定敎科書改正의 提議: 國 · 檢敎科書에 對한
　　一線敎師의 臨床解剖 • 尹五榮 (240)

家庭法院의 設置를 要望한다 • 權純永 (246)

日本人「柳宗悅」의 韓國美觀: 그의 生涯와 美
　　의 世界 • 金元龍 (254)

『반달』노래에 실려온 半生:「푸른하늘 은하
　　수」作曲家의 回顧 (上) • 尹克榮 (267)

畵報 · 빠리의 點描 • 尹應烈 撮影 (269)

論戰 · 『中世國語文法』에의 再異見: 李崇寧氏
의「異見에의 辯」을 읽고 • 劉昌惇 (286)

U-2機의 파워즈와 交換된 赤軍大領間諜 아
　　벨 • 延安駿 (295)

學生과 文章: 國民文章水準의 上昇을 위하
　　여 大學入試에 作文은 必須되어야 한
　　다 • 全光鏞 (304)

한 샛별의 遺言: 農村指導者의 追悼에 붙여 •
　　李文輝 (310)

世界大學生의 오늘: 美國 · 프랑스 · 日本 · 英
　　國大學生들의 오늘을 살핀다
- 滿足과 倦怠와 摸索의 領域에서: 美國東部
　　에서 • 金瓊元 (318)
- 色彩있는 코스모뽀리트: 프랑스學生의 이
　　모저모 • 朴仁熙 (321)
- 完全自由의 雰圍氣: 日本大學生의 就職轉
　　向 • 田駿 (324)
- 傳統에서의 培養: 英國大學生들의 理念 •
　　文祥得 (327)
- 大同 小異: 美國西部의 大學生들 • 金正水
　　(331)

수필
- 봄과 남쪽 나라 • 李宥善 (334)
- 놀부式 友誼 • 李相昑 (335)
- 盜難記 • 李淵瑚 (338)
- 三角山에서의 除夜 • 姜誠一 (341)

世界文學
- 特別寄稿 · 로빈슨 · 제퍼즈의 詩世界: 그
　　의 死亡을 哀悼하며 • A · J · 맥타가트[949]
　　(344)

---

947 목차는 '슈바르츠'.
948 목차는 '工業化의 基礎作業: 經濟計劃 · 經濟法則 ·
　　　特殊經濟史의 三位一體의 把握'.

---

949 목차는 '맥타가트'.

- 오늘의 浪漫主義 • 金容權 (347)
- 쉬테황·안드레스 • 池明烈 (350)
- 새로운 幸福의 摸索 : 人間에서 事物로 • 鄭明煥 (354)

映画片想
-『네멋대로 하라』: 常套的인 새 世代의 稚氣 • 金鵬九 (359)
-『네멋대로 하라』: 大膽이라는 美德 • 成贊慶 (360)
-『아파트의 열쇠를 빌려줍니다』• 柳益衡 (362)

詩學評傳 (連載1回) : 文學背景을 比較하는 眼目으로韓國詩人의 立場에서 • 宋穉 (364)

사이런즈·코너·아방·가르드에로의 散策 (下) : 演劇·映畵·音樂의 境遇 • (380)

詩
- 純粹思辨 • 柳致環 (387)
- 高原 • 朴斗鎭 (388)
- MORMORANDO • 高遠 (389)

創作·圓形의 傳說 (連載一回) : 禁止된 動作 • 張龍鶴 (390)

讀書 쌀롱
- 한산한 出版界 • (421)
- 베스트·셀러 周邊 • (422)
- 一生의 必讀書 • (424)
- 웹스터 大辭典의 改訂新版 • (425)

編輯室앞 • (426)

編輯後記 • (428)

思想界 第10卷 第4號 通卷 第106號
(1962년 4월호)

畵報·枯渴된 人情과 血源 • 白炯寅 撮影; 全永昶記 (17)

卷頭言·우리는 왜「思想」를 내는가? : 創刊九週年을 맞이하여 • 張俊河 (30)

韓·美行政協定을 締結하라 : 本意아닌 友好關係의 龜裂을 막는 길 • 朴觀淑 (32)

特別寄稿·中共의 対韓政策 : 中國共産黨과 韓國 左翼運動者와의 接觸 • 李庭植; 姜和英 譯 (38)

非西方社會의 政治樣相 : 이데올로기가 곧 參與社會에의 길은 아니다 • 韓培浩 (50)

英國과 歐洲共同市場 : 변천하는 西方世界의 모습[950] • 李烈模 (56)

論爭·쏘련의 民主化는 可能할까? (上) : 쏘련의 民主化를 위요한 贊否兩論
- 贊 = 쏘련의 變化에 期待한다 • 죠세프·클라아크[951]; 朴浩潤 譯 (65)

日本民間[952]資本導入 是非 : 日本의 利益을 옹호하는 買辦資本形成을 警戒하여야된다 • 裵翰慶 (77)

特輯·젊은 知性들의 広場

---

950 목차는 '英國과 歐洲共同市場 : 變遷하는 西方世界의 모습'.
951 목차는 '클라아크'.
952 '民間'의 오자.

- 우리나라 大學의 回顧와 展望 : 大學의 質的 向上은 經營者·敎授·學生의 自覺에 서 • 兪鎭午 (86)
- 파이오니어로서의 姿勢 : 大學生과 모랄의 改造 • 金泰吉 (93)
- 講義·試驗·써클 : 實生活을 通해서 본 오 늘의 大學生 • 玄勝鍾[953] (102)
- 大學生과 政治의 關心 : 살찐 도야지보다 苦 悶하는 쏘크라테스가 되려는 眞實派 의 젊은이들 • 李克燦 (110)
- 調査報告·大學生은 무엇을 생각하고 있 나? : 價値觀豫備調査에 의거하여 • 洪 承稷 (118)

캠퍼스·리포트
- 孵化直前의 不安 : 한 女子大學生이 말하는 苦悶 • 金英子 (129)
- 불꺼진 大學街 : 한 男子大學生이 말하는 苦 悶 • 金仁洙 (134)

隨想·專攻과 敎養사이에서 : 實驗室落穗 • 李 基寧 (138)

知性의 英雄들 : 美國大學院生의 푸로필 • T· 쏘르다로프[954]; 韓哲模 譯 (145)

座談會·主導勢力없는 革命은 政変에 不過 : 四·一九 二週年을 回顧하며[955] • 柳 益衡; 申相楚; 李恒寧; 李康鉉[956]; 朴贊世 (154)

帝國主義로부터 自由에로 (下) : 二十世紀後半 期人類의 偉大한 覺醒 • 스트레이치; 李 克燦 譯 (167)

움직이는 世界
- 迫車[957]를 加하는 美國의 宇宙計劃 • (180)
- 再次 구데타가 일어난 버마 • (185)
- 印度의 總選擧 • (189)
- 農業危機와 中·쏘의 對立 • (193)

世界의 裏窓
- O.A.S와 프랑스의 陣痛[958] • 朴仁熙 (198)
- 特派員通信·七年만의 休戰 : 프랑스의 痼 疾은 治療됐는가[959] • 朴仁熙 (202)
- 特派員通信·日本의 綜合誌[960] • 田駿 (204)

先驅者의 回想④·丹齋 申采浩 : 日本의 壓政 下에서 民族正氣를 부르짖은 史觀 • 洪以燮 (207)

首都 서울의 貧困度 : 人口의 都市集中과 農村 生活의 安定을 위한 對策이 必要 • 卓 熙俊 (216)

僻村의 都市化 : 産業의 地方分散을 中心으로 • 李槿洙 (230)

르뽀르따쥐·血液院을 찾아서 : 매마른 人情 에 피가 없었다[961] • 全永昶 (238)

---

953 목차는 '玄勝鐘'. 본문이 맞음.
954 목차는 '쏘로다로프'.
955 목차는 '主導勢力없는 革命은 政變에 不過 : 四· 一九 二週年을 맞으며'.
956 목차는 '李綱鉉'. 목차가 맞음.

---

957 '拍車'의 오자.
958 목차는 꼭지가 '프랑스通信'.
959 목차는 꼭지가 '프랑스通信'.
960 목차는 꼭지가 '日本通信'.
961 목차는 '血液院을 찾아서 : 매마른 人情에는 피 가 없었다'.

論戰·『再異見』에의 辯 : 다시 劉昌惇氏의 『中世國語文法에의 再異見』을 읽고 • 李崇寧 (247)

지난간 二十代들 : 現在의 四十代·五十代·六十代·七十代들에게 그들의 二十代時節을 묻는다
- 太平洋戰爭과 나의 二十代 • 申相楚 (260)

異見·T·V是非 • 金鎭萬; 文炯宣 (267)

지난간 二十代들 : 現在의 四十代·五十代·六十代·七十代들에게 그들의 二十代時節을 묻는다
- 한점의 검은 구름이…… : 나의 二十代는 너무도 길었다 • 吳泳鎭 (268)
- 情熱的 헤로이즘 : 나의 二十代, 三·一運動 直後 • 梁柱東 (276)
- 暗雲짙은 舊韓末[962] • 張道斌 (284)

『반달』노래에 실려온 半生 : 「푸른하늘 은하수」作曲家의 回顧 (中) • 尹克榮 (292)

新人賞作品募集豫告[963] • (303)

수필
- 인심쓰기 • 임석재 (304)
- 韓國硏究에 앞서는 것 • 尹聖範 (306)
- 낚시끝에 걸리는 想念 • 崔逸雲 (308)
- 科學企業 • 金根熙 (309)
- 여편내 先生 • 崔寧煥 (311)
- 山의 목소리 • 朱鈵鎭 (312)
- 陰曆설은 尊重되어야 한다 : 〈外國人이 본 설날 是非〉 • 마살·R·피일二世[964] (313)

- 家庭不和의 流行病 T·V • 柳誠 (316)

사이런즈·코너·아르투르·루빈슈타인과의 対話 : 多彩로운 交友關係 • (318)

映画片想
- 『벤·허』: 잃어버린 「그 무엇」의 鄕愁 • 鮮于輝 (324)
- 『벤·허』: 散漫한 感激 • 申正鉉 (325)

讀書쌀롱
- 北回歸線 異變 • (327)
- 덴마아크의 경우 • (328)
- 로리타의 에피소드 • (329)

世界文學
- 「孤獨」의 變奏曲《美》: 윌리엄즈의 新作劇 • 呂石基 (330)
- 世代對立의 文學《佛》: 새 世代? 사기꾼들? • 金鵬九 (332)
- 릴케와 벤베누우타《獨》: 充足될 수 없는 現實世界의 사랑 • 丘冀星 (336)

詩學評傳 (第二回) : 文學背景을 比較하는 眼目으로 韓國詩人의 立場에서 • 宋稶 (340)

詩
- 재채기 • 徐廷柱 (357)
- 肉身의 샘 • 申瞳集 (358)
- 魅惑 • 李昌大 (359)

創作
- 中篇四百枚全載·前夜祭 (第二部) • 徐基源 (360)
- 圓形의 傳說 (連載二回) • 張龍鶴 (398)

編輯室앞 • (426)

編輯後記 • (428)

962 목차는 '暗雲짙은 舊韓末 : 日帝의 韓國侵略이 시작될 무렵'.
963 목차는 '第四回 新人賞作品應募要領'.
964 목차는 'M·R·피일'.

思想界 第10卷 第5號 通卷 第107號
(1962년 5월호)

畵報 · 再出發의 姿勢 : 우리 藝術은 蘇生할 것
    인가? • 白烔寅 撮影; 安柄變 記 (17)

卷頭言 · 이 땅에도 르네쌍스가 到來해야겠다
    : 五月 藝術行事에 붙여 • (30)

特輯 · 韓国 民主主義의 前進을 위하여
- 現代 이데올로기의 性格 : 理念과 非合理的
    인 要素가 混在하는 現代政治에서 •
    吳炳憲 (32)
- 民主主義는 奢侈品인가? : 韓國民主主義失
    敗에 대한 考察 • 申相楚 (40)
- 自由民主主義 : 自由民主主義의 確立을 위
    한 힘과 慈愛의 兼備 • 朴浚圭 (52)
- 新保守主義 : 保守政黨의 健全한 政策競爭
    을 土臺로 • 金雲泰 (66)
- 民主社會主義 : 後進民主主義는 民主社會
    主義의 實現에서 • 李邦錫 (74)
- 民族民主主義 : 理念과 主導勢力의 確立 • 權
    允赫 (86)
- 이데올로기와 民主主義 : 眞正한 民主主義
    는 시작된다 • 아서 · M · 슈레진저 二世[965];
    車基璧 譯 (98)

特別寄稿 · 曲解된 民主主義 : 民主主義는 手段
    이지 奢侈品은 아니다 • W · A · 더글라스
    [966]; 劉庚煥 譯 (110)

日本社會黨의 對韓政策 : 韓 · 日會談과 關聯지
    워 • 田駿 (118)

革命政府의 金融政策은 이렇다 : 緊縮通貨政
策에서 탈피하여 生産活動을 자극하
    는 積極策으로[967] • 鄭元勳 (125)

韓國經濟發展은 不均衡成長을 択해야 한다 :
    總體的成長의 利益이 個人中心이 아
    닌 集團中心의 進步로 • 金永燮 (132)

帝國主義로부터 自由에로 (完) : 二十世紀後半
    期人類의 偉大한 覺醒 • 스트레이치; 李
    克燦 譯 (140)

쏘련은 NTS(러시아 國民勤勞同盟)에 의하여
    転覆될 것인가?[968] : 分子戰術로 파고
    드는 反쏘組織 • 金鶴秀 (154)

버마와 네 · 윈將軍 • 尹大均 (164)

黃色民族主義의 展開[969] • 李文輝 (169)

움직이는 世界
- 北平에서 열린 中共人民大會[970] • (176)
- 알제리아의 어제 · 오늘 · 내일 • (179)
- 中東에 메아리치는 시리아事態 • (183)
- 人類의 悲願, 軍縮의 歷史 · 前程[971] • (188)
- 强要된 라오스의 結緣 • D · 와너; 全永昶 譯 (192)

先驅者의 回想⑤ · 矩堂 兪吉濬 先生 : 教育과
    啓蒙으로 大衆을 指導한 不屈의 精神
    • 李熙昇 (198)

---

965 목차는 '슈레진저'.
966 목차는 '더글라스'.

967 목차는 '革命政府의 金融政策은 이렇다 : 緊縮通貨
    政策에서 脫皮하여 生産活動을 자극하는 積極策
    으로'.
968 목차는 '쏘련은 NTS(러시아 國民勤勞同盟)에 依하
    여 顚覆될것인가?'.
969 목차는 '黃色民族主義의 展開 : 東南亞諸國의 政治
    樣相'.
970 목차는 '北平서 열린 中共人民大會'.
971 목차는 '人類의 悲願—軍縮의 歷史 · 前程'.

胡適博士와 그의 生涯 : 그의 逝去를 痛惜하며 • 車柱環 (208)

五·一六以後의 靑年心理 : 靑年心理의 一般性과 五·一六以後의 學生心理 • 金聖泰 (214)

韓國의 中間階級 : 퍼스낼리티를 商品化하는 階級 • 金彩潤 (222)

紀行 · 힌두의 나라 印度를 다녀보고 : 女性이 본 印度 • 박영숙 (228)

特輯 · 韓国映画의 鳥瞰圖
- 抵抗속에 싹터온 韓國映畫 : 韓國映畫略史.『月下의 盟誓』에서 八·一五解放까지 • 魯晩 (234)

異見 · 公報部와 映畵審查委員構成 • 安柄燮; 李相回 (249)

特輯 · 韓国映画의 鳥瞰圖
- 狹軌를 달리는 映畫産業 : 國産映畫의 産業構造 • 吳泳鎭 (250)
- 매스 · 아트로서의 필림 · 아트 : 映畫의 社會性 • 許栢年 (256)

童心으로 向했던 獨立魂 : 韓國 어린이 運動略史 • 尹石重 (261)

『반달』노래에 실려온 半生 (下) :「푸른 하늘 은하수」作曲家의 回顧 • 尹克榮 (268)

隨筆
- 不安 • 朴泰俊 (274)
- 舞臺의 人格 • 李海浪 (275)

- 電車안의 母子 • 權明秀 (278)
- 巴里의「끌로 · 샬」• 朴泰鎭 (279)
- 紅顔有罪 • 姜信沆 (281)
- 藝術의 悲哀 • 金貞淑 (282)

世界文學
- 『바늘 없는 時計』《美》: 카슨 · 맥칼라즈의 孤獨 • 金容權 (284)
- 『異邦人』再考《佛》: 그것은 成功한 作品인가? • 鄭明煥 (288)
- 쉑스피어의 舞臺《英》: 엘리자베스時代의 舞臺構造에 관한 새 理論 • 文祥得 (292)
- 半東洋的인 世界안의 西洋人《유고》: 이보 · 안드릿치의『大臣과 領事』• 編輯室 (296)

文學씸포지움 ① · 新文學五十集 (第一回) 詩
- 論文 · 韓國現代詩史의 反省 • 趙芝薰 (301)
- 論文 · 現代詩의 五十年 • 柳宗鎬 (304)
- 討論 · 斷切이냐 接合이냐? : 韓國現代詩 五十年이 남긴 諸問題 • 趙芝薰; 朴木月; 金宗吉; 李御寧; 柳宗鎬 (310)

詩學評傳 (第三回) : 文學背景을 比較하는 眼目으로 韓國詩人의 立場에서 • 宋稶 (330)

詩
- 打令調 (四) • 金春洙 (352)
- 낙화유수 (二) • 全榮慶 (353)
- 信號 • 尹一柱 (354)

『思想界』第四回新人賞 作品應募要領 • (355)

創作
- 話題의 作家 · 作品② · 戰爭 (La Guerra) • 밀로

반·질라스[972]; 柳光鉉 譯 (356)
- 申之君 • 崔翔圭 (363)
- 圓形의 傳說 (連載 三回) • 張龍鶴 (392)

讀書쌀롱
- 읽을만한 두가지의 科學書籍 : 『科學偉人
傳』・『宇宙로 가는 길』• (422)
- 『케네디를 둘러싼 사람들』• (423)
- 『政策樹立機構論』• (423)
- 美國의 現代的 클래식 • (424)

編輯室앞 • (426)

編輯後記 • (428)

思想界 第10卷 第6號 通卷 第108號
(1962년 6월)

畵報 · 銀鱗의 延坪바다 : 休戰線海域 一三〇
里의 漁場 • 白炯寅 撮影; 李文輝 記 (17)

卷頭言 · 自由의 確保가 勝共의 길이다 : 六 ·
二五動亂 열두돐을 맞으며 • (30)

特輯 · 五 · 一六以後의 韓國農村
- 革命政府 一年間의 農業政策 : 果敢性보다
一貫性있는 施策을 • 朴根昌 (32)
- 農村高利債整理에 對한 考察 : 農村社會의
構造改革을 通한 高利債發生原因의
除去 • 朱碩均 (41)
- 韓國農村과 協同組合 : 組合에 對한 지나친
政治性作用은 農協의 毒이다 • 崔秉協
(50)
- 農村文庫와 農民敎養 : 農村復興은 一新된

敎養과 文化에 對한 觀念부터 • 崔台鎬
(60)

祖國에 보내는 提言 · 알고 싶은 祖國의 方向
과 原則 : 1962年 5月 15日 美國로스
앤젤스에서 • 진희섭 (67)

特輯 · 五 · 一六以後의 韓國農村
- 農民과 官吏 : 官尊民卑思想은 舊惡中 舊惡
이다 • 李萬甲 (68)
- 現地調査 · 革命一年後의 韓國農村社會 :
韓國農村의 社會經濟的分析 • 朴基赫
(75)

農村指導員의 리포트 : 흙에 묻혀사는 「常綠
樹」의 主人公들
- 蔚山郡開發의 日記 : 보다 부유하고 높은
수준의 생활조건을 마련하고자 • 金在
炫 (84)
- 四年間의 經驗에서 : 信念的인 愛着이 農村
에 깃들다 • 李仁淑 (88)
- 松林部落에 뿌려진 젊음 : 서로 돕고 협조하
여 보다 나은 來日을 이룩하기 위하여
• 金振渙 (92)
- 뜻을 세우는 사람으로서 : 숨김없는 靑雲里
의 농민들 • 李慶子 (96)

經濟開發과 農業의 役割 : 農業과 工業發展
間의 相互關係 • B · F · 죤스톤; J · W · 멜로;
김영록 譯 (100)

對談 · 韓国外交의 感度 • 崔德新; 金俊燁 (108)

研究報告 · 賃金政策은 體系化되어야 한다 :
公務員報酬改正을 보고 • 卓熙俊 (128)

---

972 목차는 'M · 질라스'.

움직이는 世界
- 變貌하는 쏘련政局 • (142)
- 가시지 않을 알젠틴의 不安 • (146)
- 決戰 다가오는 越南內戰 • (149)
- 暗澹한 核競爭再開 • (153)
- 注目되는 伯林의 新樣相 • (157)

特別寄稿 · 유럽民族主義에 基因하는 歐洲共同
市場制의 內容과 展開[973] • 李鍾淵 (160)

特別寄稿 · 第十八次 에카페 總會와 地域經濟
統合 • 金貞世 (174)

이탤리 社會黨의 立場 • P·넨니; 全永哲 譯 (182)

파이오니어 · 그룹 · 뉴 · 프론티어 · 클럽 : 美國
政界의 革新的行政家들 • 全永昶 (191)

世界의 裏窓《特派員通信》
- 크롤事件이라는 것 • 太鎔灐 (192)
- 케네디大統領과 美鋼鐵界의 衝突 • 李庭植
(199)
- 日本의 週刊誌 • 田駿 (200)

르뽀르따쥐 · 休戰線海域의 漁撈場 : 延坪漁場
를 찾아서[974] • 李文輝 (204)

特輯 · 現代人의 神
- 佛敎는 無神論인가? : 佛敎와 神의 槪念 • 李
箕永 (214)
- 니버의 現代社會 批判과 그의 信仰 : 信仰속
에서 人間을 파악하는 길 • 池明觀 (222)
- 틸릭의 神「새로운 存在」: 하나님의 自己
顯現은 歷史를 通해서 나타난다 • 金
燦國 (228)

- 불트만과 神觀 : 神學은 人間學이며 그리스
도論은 구속론이다 • 全景淵 (236)
- 맑스主義「神없는 宗敎」: 權力의 유토피아
를 꿈꾸는 「代用宗敎」• 申一澈 (242)
- 나는 왜 基督敎徒가 아닌가? : 버트란드 ·
럿셀의 神觀 • B·럿셀; 金東俊 譯 (248)

人權蹂躪의 波紋과 그 反省 • 金昊燮 (262)

先驅者의 回想⑥ · 春史 羅雲奎 : 多難했던 生
活과 反抗精神의 映畵思想 • 安鍾和
(266)

텔레비죤의 倫理 • 金圭煥 (273)

美國의 텔레비죤과 社會的影響 • 호재숙 (280)

수필
- 東洋的思考의 長短 • 金東華 (286)
- 新 · 舊世代의 調和 • 李熙鳳 (287)[975]
- 발레와 뒷 이야기 • 林聖男 (289)
- 罪意識 • 劉太鍾 (290)
- 非社交的社交性 • 李相喆 (292)
- 乘車有感 • 안용준 (294)

音樂의 不死鳥 : 誕生 八十周年을 맞는 스트라
빈스키 • 朴容九 (296)

異見 · 通行禁止存廢에 對한 是非 • 李太敎; 金
在姬 (301)

『반달』노래에 실려온 半生 (完) : 「푸른하늘
은하수」作曲家의 回顧 • 尹克榮 (302)

---

973 목차는 '歐洲共同市場制의 內容과 展開'.
974 목차는 '休戰線海域의 漁撈場 : 延坪바다를 찾아서'.

---

975 목차는 297쪽. 본문이 맞음.

映画片想·第九回 아시아映畵祭에 出品된 日本映畵
- 無理없는 作品들 • 金恩雨 (310)
- 所謂「아시아的」인 것을 脫皮한 日本映畵 • 金正鈺 (313)

사이런즈·코너·『自由의 湖水』로 날라온 白鳥 : 脫出한 쏘舞踊家 누리예브와의 對話 • (316)

讀書쌀롱
- 펄벅短篇選 • (321)
- 反映이 다른 第三帝國의 興亡 • (321)
- 플리처賞 • (322)
- 포크너와 윌리암스 • (323)

特輯·世界文學은 어떻게 變貌했나?
- 美國批評의 變貌《美》: 力點의 移動 • 金容權 (324)
- 新浪漫派와 運動派《英》: 四○年代와 五○年代의 英詩 • 金宗吉 (330)
- 戰後佛小說의 變貌《佛》: 實存主義文學에서 反小說에로의 轉換 • 洪承五 (335)
- 戰後獨逸敘事[976]文學의 新傾向 : 寫實主義와 超現實性에 對한 慾求 • 姜斗植 (339)
- 小說의 새로운 源泉《伊》: 小說文學의 傳統을 가질려는 이탤리의 새로운 世代 • 朴仁熙 (344)
- 쏘련文學의 分裂相《쏘》(上) : 로보트主義에 항거하는 새로운 「感情의 陰謀」에 대한 目擊記 • 피이터·비어레크[977] (348)

詩學評傳 (第四回) : 文學背景을 比較하는 眼目으로 韓國詩人의 立場에서 • 宋稶 (352)

---

976 敍事의 오자.
977 목차는 '비어레크'.

시
- 音響 • 黃錦燦 (370)
- 尹東柱頌 • 朴喜璿 (371)
- 뻐꾹새 • 許儀寧 (372)

第四回 新人賞 作品募集에 際하여[978] • (373)

創作
- 聖바우로의 神父 • 宋相玉 (374)
- 圓形의 傳說 (連載四回) • 張龍鶴 (396)

編輯室앞 • (426)

編輯後記 • (428)

思想界 第10卷 第7號 通卷 第109號
(1962년 7월)

畫報·보람찬 建設의 行軍 : 山새 우는 深谷에 스므드는 땀 방울 • 白炯寅 撮影; 全永昶 記 (17)

卷頭言·科學하는, 政府 科學하는 國民[979] • (30)

特輯·새로운 政黨政治를 向하여[980]
- 指導勢力의 形成要素와 政黨構成 : 中間技能所得層을 組織化하여 政黨으로 結成 • 尹河璿 (32)
- 韓國經濟社會가 要求하는 政黨 : 이 民族을 위하여 몸 바칠 政黨人을 • 李克燦 (41)

---

978 목차는 '思想界 新人賞 第四回 作品應募 要領'.
979 목차는 '科學하는 政府, 科學하는 國民'.
980 목차의 부네는 '다가오는 民政復歸와 政黨活動을 앞두고 새로운 政黨活動을 어떻게 展開시켜야 할 것인가를 摸索해 본다'.

- 政黨組織과 그 財政의 法的規制 : 外國의 實例를 中心으로 • 金哲洙 (52)
- 政黨政治와 平和的政權交替 : 國民의 利益과 그들의 慾求를 充足시킬 利益團體와 政黨의 樹立 • 韓培浩 (66)
- 選擧制度와 選擧管理 : 特히 選擧區問題와 選擧管理問題를 中心으로 • 申範植 (74)

休戰協定成立의 秘話 : 捕虜問題를 中心으로 • 崔德新 (82)

通貨改革漫想[981] • 김영록 (94)

中東圈의 氣象[982]
- 아랍民族과 回敎 : 코오란으로 結緣된 아랍世界의 共同運命體 • 宋建鎬 (100)
- 아랍世界의 民族主義와 共産主義 : 아랍的인 政治的底流와 그것을 溫床으로 한 共産主義 • 申鉉庚 (107)
- 中東의 石油利權戰 : 外國資本을 배제하고 民族資本에 依한 經濟的獨立策 • 申永澈 (116)
- 美國의 中東政策 : 복잡한 中東事態의 諸要因들[983] • H·L·호스킨스[984]; 姜和英 譯 (124)

解說 · 美國의 證券市場[985] • 鄭鍾鎭 (132)

움직이는 世界
- 라오스聯政의 前程 • (138)

- 革命과 民政과의 距離 : 흔들리는 「革命터어키」의 政局 • (142)
- 쏘 · 유고接近과 共産世界의 動向 • (145)
- 英國과 EEC 加入問題 • (148)

世界의 裏窓
- 特派員通信~日本에서 · 日本의 新聞 • 田駿 (152)

異見 · 李垠氏 夫人에 대한 「王妃」 禮遇 • 無鄕; 睦貞均 (155)

르뽀르따쥐 · 幽谷의 建設軍 : 國土建設隊를 가 보다 • 全永昶 (156)

파이오니어 · 그룹 · 젊은 韓國의 슈바이쳐들 • (165)

先驅者의 回想 ⑦ · 蘭坡 洪永厚 : 우리 樂界의 先驅 · 開拓者 • 李永世 (166)

人权周辺 · 人權侵害에 對한 國際的保障 • (171)[986]

존 · 듀이 十周忌紀念論文 · 듀이의 經驗과 知性 • 金俊燮 (172)

新聞과 讀者의 『눈』[987]
- 한 讀者의 社說論 • 金鎭萬 (178)
- 까십論序說 • 申一澈 (185)[988]
- 社會面에 새 氣風을 • 吳周煥 (190)
- 악세사리 文化面 • 洪思重 (196)

---

981 목차는 '한 經濟學者가 經驗한 六·十通貨改革'.
982 목차의 부제는 '歐·美列強의 角逐場이며 石油의 寶庫인 아랍世界의 이모저모'.
983 목차는 '美國의 中東政策 : 복잡한 中東事態의 諸要因'.
984 목차는 '호스킨스'.
985 목차의 부제는 '解說을 兼한 美國證券市場의 紹介'.

986 목차는 177쪽. 본문이 맞음.
987 목차의 부제는 '讀者는 新聞이 이랬으면 願한다'.
988 목차는 186쪽. 본문이 맞음.

나의 兄 헤밍웨이 : 헤밍웨이 一周忌에 부쳐
　　　● 라이세스터·헤밍웨이[989]; 金碩抄 譯 (200)

사이런즈·코너·美國演劇·映画의 斥候兵 :
　　　엘리아·카잔과의 對談 ● (212)

詩
- 땡 볕의 그늘 ● 朴南秀 (217)
- 年齡 ● 辛東門 (218)
- 無題 ● 洪完基 (219)

詩學評傳 (第五回①) : 文學背景을 比較하는
　　　眼目으로 韓國詩人의 立場에서 ● 宋穉
　　　(220)

創作七人集
- 臨津江 ● 柳周鉉 (232)
- 꺼삐딴·리 ● 全光鏞 (254)
- 博覽會 ● 朴敬洙 (272)
- 닳아지는 살들 ● 李浩哲 (280)
- 夜話 ● 徐基源 (294)
- 自首民 ● 南廷賢 (306)
- 七月의 아이들 ● 崔仁勳 (319)

圓形의 傳說 (連載五回) ● 張龍鶴 (330)

讀書쌀롱
- 人類에게 將來가 있을까 ● (347)
- 밤으로의 긴 旅路 ● (347)
- 뉴·크리티시즘 ● (348)
- 新刊 代表作 三篇 ● (348)
- 스탈린과의 對話 ● (349)

編輯室앞 ● (350)

編輯後記 ● (352)

思想界 第10卷 第8號 通卷 第110號
(1962년 8월)

卷頭言·民政復歸를 一年 앞두고 : 다시 八·
　　　一五를 맞으며 ● (16)

特輯·憲法·民政復歸를 앞두고
- 憲法運營 十三年의 回顧 : 違憲 十三年史 ●
　　　李鍾極 (18)
- 制定보다 憲法의 改正을 : 法秩序와 安定性
　　　을 爲해 改正을 要한다 ● 康文用 (28)
- 새로운 政府形態의 摸索 : 自身의 責任下에
　　　서 임무를 수행할 수 있는 內閣의 獨
　　　自性 ● 尹世昌 (38)
- 兩院制無用論을 駁함 : 權力集中의 위험성
　　　을 內包한 單院制 ● 金箕範 (47)
- 새 憲法上의 經濟秩序 : 自由資本主義의 育
　　　成을 爲한 自發的協同의 促進 ● 卓熙俊
　　　(58)

異見[990]·알송달송한 經濟理論家님들 ● 鮮于
　　　輝; 李治文 (69)

特輯·憲法·民政復歸를 앞두고
- 새 憲法과 基本權의 明文化[991] ● 金南辰 (70)

韓·日関係의 過去와 未來 : 會議再開를 앞두
　　　고 兩國의 根本問題를 論함 ● 朴浚圭
　　　(78)

民主主義에 있어서의 自由와 計画 : 計劃이란

---

989 목차는 'R·헤밍웨이'.

990 목차는 '單面칼럼'.
991 목차의 부제는 '基本權의 保障을 확립하기 위하여'.

自由의 制限인가? • G·라이프홀쯔[992]; 太鎔澐譯 (87)

韓國身分法의 是非 : 人格性의 主張과 관련하여 • 李熙鳳 (94)

洛東江開發計劃案 : 水資源開發과 洛東江 • 崔榮博 (101)

經濟의 論理와 現實 • 柳益衡 (110)

움직이는 世界
- 地表의 痼疾 西部 뉴기니아 • (114)
- 陣痛 거듭하는 알제리아 • (116)
- 金門島事態와 中共의 動態 • (119)
- 심각한 印·中共國境紛爭 • (122)

歐洲共同市場은 歐洲政治統合의 一步인가? : 民族國家가 지니는 矛盾의 解決策 • 金立三 (126)

네루首相과 印度中立主義의 進路 • 朴武昇 (135)

現地報告 · 마카빠갈 大統領과 필립핀 • 李聖根 (142)

검은 大陸의 民族主義 : 아프리카의 民族主義를 解剖한다 • 金昌動 (150)

세계의 裏窓
- 特派員通信—日本에서 · 日本의 텔레비 • 田駿 (157)

特輯 · 現代的思考方式의 変革
- 言語의 論理的 分析 : 論理實證主義의 方法 • 孫明鉉 (160)
- 問題解決의 論理 : 프래그마티즘의 論理 • 金永喆 (164)
- 辨證法的論理 : 「矛盾」이라는 幻覺에 빠진 思考方式 • 申一澈 (168)
- 現代社會學의 方法 : 經驗科學으로서 • 洪承稷 (172)
- 社會科學方法論 : 듈케임과 웨버를 中心으로 • 高永復 (176)
- 情報理論이란 무엇? : 將次 야기될 事象의 確率을 알 수 있는 知識 • 鄭良殷 (180)

先驅者의 回想 ⑧ · 周時經 先生 : 과학적 국어학의 앞잡이 • 김윤경 (184)

現地調査 · 서울의 貧民地域 : 가난한 사람들을 찾아서 • 李淵瑚 (194)

人権周辺[993] · 死刑制度는 檢討되어야 한다 • 金昊燮 (203)

八月이 오면 그리운 사람들
- 普慶里 二十四號와 白凡 • 金光洲 (204)
- 古堂과 朝鮮民主黨 • 朴在昌 (208)
- 毅然한 氣象의 政治家 古下 • 金八峰 (212)

파이오니어 · 그룹[994] · 하늘을 凝視하는 젊은 科學徒群 • (215)

八月이 오면 그리운 사람들
- 民主主義의 具現者 海公 • 柳光烈 (216)

992 목차는 '라이프홀쯔'.

993 목차는 '單面칼럼'.
994 목차는 '單面칼럼'.

- 獨裁에 抗拒했던 維石 • 尹濟述 (220)

納凉隨想
- 甘露는 내리는가 • 李熙昇 (224)
- 船遊 • 李恒寧 (226)
- 여행과 아롱지는 回想 • 朴花城 (227)
- 낚시와 人生 • 吳永壽 (229)
- 午睡 • 辛東門 (230)
- 조각난 貯藏庫 • 金義貞 (232)

사이런즈 · 코너 · L · P 百十三張으로 클래식
을 모은다면 • (234)

鼎談 · 韓 · 日文學을 말한다 : 日本女流作家 平
林다이고女史와 함께995 • 平林다이고;
金東里; 呂石基 (238)

特派員會見記……빠리에서 · 精力的인 作家,
女性的인 人品 : P · 드 · 봐데후르氏를
外務部에서 만나다 • 朴仁熙 (248)

映画片想 · 꽃의 아름다움을 잃어가고 : 草原
의 빛 • 李常晦 (252)

偉大한 南部의 證言 : 윌리엄 · 포크너의 文
學996 • 呂石基 (254)

第四回 思想界 新人賞 作品應募豫告 • (261)997

詩學評傳 (第五回②) : 文學背景을 比較하는 眼目
으로韓國詩人의 立場에서 • 宋稶 (262)

詩
- 旱魃 • 金珖燮 (271)
- 海水浴場 • 金潤成 (272)
- 남겨둔 拍手 • 朴載護998 (273)

海外作家七人集
- 아무 말도 말라《英》• 제임스 · 헨리999; 羅英均
  譯 (274)
- 엄청난 疑惑《美》• 피터 · 테일러1000; 張旺祿 譯
  (284)
- 식사당번《獨》• 한스 · 벤더1001; 李東昇 譯 (298)
- 방랑자여! 슈파……로 가려는가《獨》• 하
  인리히 · 뵐1002; 安仁吉 譯 (308)
- 세상에서 가장 오래된 이야기《佛》• 로멩 ·
  가리1003; 鄭明煥 譯 (316)
- 콘스탄틴노풀로 가는 길《유고》• 이보 · 안드
  릿치1004; 柳光鉉 譯 (323)
- 너와 나《쏘》• 아브람 · 테르쓰1005; 李佳炯 譯
  (328)

圓形의 傳說 (連載六回) • 張龍鶴 (344)

讀書쌀롱
- 여름과 읽을만한 古典十篇 • (359)
- O · W · 홈즈判事의 普通法 • (360)
- 板權料 二十五萬弗의 『바보들을 실은
  배』1006 • (361)
- 十月월에 發表될 노벨文學賞 • (361)

---

998 목차는 '朴載護' 목차가 맞음.
999 목차는 'J · 헨리'.
1000 목차는 'P · 테일러'.
1001 목차는 'H · 벤더'.
1002 목차는 'H · 뵐'.
1003 목차는 'R · 가리'.
1004 목차는 'I · 안드릿치'.
1005 목차는 'A · 테르쓰'.
1006 목차는 '板權料 二五萬弗의「바보들을 실은 배」'.

995 목차는 '韓 · 日文學을 말한다 : 日本女流作家 平林
女史와 함께'.
996 목차는 '偉大한 南部의 證言 : 윌리암 · 포크너의
文學'.
997 목차는 361쪽. 본문이 맞음.

- 뉴욕出版大學院 • (361)

編輯室앞 • (362)

編輯後記 • (364)

思想界 第10卷 第9號 通卷 第111號
(1962년 9월호)

畫報 · 오늘의 美術 : 第一回 앵포르멜(非定形)
　의 前衛들 • (13)

卷頭言 · 새 世代가 우리의 希望이요 힘이다. :
　今年度 라몬 · 막사이사이 言論文學賞
　受賞에 즈음하여 • (20)

꿀벌은 슬퍼할 틈이 없다 : 失意의 學生群像
　에게 부친다 • 尹泰林 (22)

國民投票란? : 그 歷史와 內容에서 본 • 李克燦
　(30)

인플레 天氣豫報 • 김영록 (39)

第十七次 유엔總會와 韓國問題 : 유엔은 우리
　에게 期待한다 • 閔丙岐 (46)

유엔內에서 比重커가는 阿洲勢力 : 第十七次
　유엔總會와 韓國問題에 關聯지워 • 金
　昌勳 (53)

特輯 · 現代휴머니즘의 苦悶
- 超휴머니즘의 理解 : 基督教와 共産主義에
　挑戰하는 줄리안 · 학슬리 • 李鍾珍 (60)
- 事實과 價值 : 싸르트르의 휴머니즘이 남기
　는 問題 • 鄭明煥 (66)

- 韓國文學에 있어서의 휴머니즘 : 그 意匠에
　의 疑惑 • 柳宗鎬 (76)
- 人格의 成熟과 휴머니즘 • 시브나라얀 · 레이
　[1007]; 申一澈 譯 (82)
- 組織化한 世界에서 自由를 찾아 • 레이몽 · 아
　롱[1008]; 金容權 譯 (88)

人權周邊[1009] · 學保兵崔一等兵事件의 教訓 •
　金昊燮 (93)

歷史的 必然性과 自由 : 슈아프의 「人間論」
　〈續一〉[1010] • 아담 · 슈아프[1011]; 朴相圭 譯
　(94)

움직이는 世界
- 十五兆六千億원 짜리 흥정 : 제네바서 陣痛
　하는 軍縮核禁論議 • (106)
- 늙은 新郞의 어려운 婚談 : 農産物에 가로
　막힌 英의 EEC加入協商 • (108)
- 가까워 오는 달나라 旅行 : 보스토크 三 · 四
　號의 成果 • (110)
- 밝아지는 西太平洋 地圖 : 西뉴기니아紛爭
　解決과 말레이시아聯邦誕生 • (112)
- 끝장에 이른 알제리아 三幕劇 : 벨라副首
　相, 軍部신세로 主役에 등장 • (116)

텔스타와 보스토크 三 · 四号 • 李鍾秀 (119)

特輯 · 変色하는 東南亞地域
- 東南亞의 民族主義와 共産主義 : 植民主義 ·

1007 목차는 'S · 레이'.
1008 목차는 'R · 아롱'.
1009 목차는 '單面칼럼'.
1010 목차는 '歷史的 必然性과 自由 : 아담 · 슈아프의
　「人間論」〈續一〉'.
1011 목차는 'A · 슈아프'.

貧富의 차이 · 人種的인 反抗의 地域 •
鄭仁亮 (124)
- 東南亞共同市場의 展望 : 世界經濟의 安定
과 發展에 이바지하기 위해 • 鄭道泳
(132)
- 國家形成에 미치는 宗敎的要因 : 東南亞諸
國에 있어서 宗敎의 政治, 經濟, 社會
的支配를 中心으로 • 尹鍾周 (136)
- 인도네시아와 西部뉴기니아 : 西部 뉴기니
아領域問題를 中心으로 • 金河龍 (142)

『闍婆』라 불리우던 인도네시아 : 인도네시아
의 民族研究를 中心으로 • 李相佰 (150)

世界의 裏窓
- 特派員通信-필립핀에서 · 世紀的密輪行爲
와 苦悶[1012]하는 필립핀 • 李聖根 (160)
- 特派員通信-日本에서 · 日本의 圖書館 • 田
駿 (164)

럿셀과의 對話 : 知性 · 行動 · 自由의 人間 • 安
秉煜 (168)

先驅者의 回想 ⑨ · 月南 李商在 : 久遠의 靑
年 · 諷刺征敵의 巨人 • 전택부 (182)

學士考試의 새 方案 : 大學共同管理案의 提言
• 玄勝鍾 (191)

解說 · 라몬 · 막사이사이와 막사이사이賞 :
典型的인 民主的指導者를 회고 하며 •
(198)[1013]

新生國家論 : 後進國의 發展과 美國의 政策 •
막스 · 밀리칸 ; 도날드 · 블랙크머[1014] ; 柳益衡
譯 (205)

美術을 通한 初期兒童의 情緒教育 • 沈孝植
(212)

헤겔哲學의 現代的 理解를 爲하여 : 國際헤겔
聯盟創立運動의 發端에 즈음하여 • 林
錫珍 (217)

特別寄稿 · 한 詩人의 追憶 : 薛貞植의 悲劇 •
티보 · 메레이[1015] ; 韓哲模 譯 (222)

헤르만 · 헷세의 文字과 生涯 : 그의 逝去에 부
쳐서 • 金晸鎭 (228)

特派員會見記 · 現代詩의 旗手 : 詩人 아랭 · 보
스게와의 인터뷰 • 朴仁熙 (234)

世界文學
- 想像文學과 證言文學《佛》• 李鎭求 (238)
- 文學의 形式(一)《英》: 英國現代劇과 「리추
얼」에의 복귀 • 金鎭萬 (240)
- 로버트 · 프로스트의 榮光《美》• 金容權
(244)
- 쏘련文學의 分裂相 (下)《쏘》: 로보트主義
에 항거하는 새로운 感情의 陰謀에 대
한 目擊記 • 피이터 · 비어레크[1016] ; 金洙暎
譯 (247)
- 美國劇界의 젊은 前衛的作家 (下)《美》: 알
비이와 코핏트의 境遇 • 李根三 (256)

1012 목차는 '苦悶'의 '悶'이 누락.
1013 목차는 필자가 '編輯室', 쪽수는 158쪽. 본문의
쪽수가 맞음.

1014 목차는 'M · 밀리칸', 'D · 블랙크머'.
1015 목차는 'T · 메레이'.
1016 목차는 'P · 비어레크'.

수필
- 여름과 女人 • 李鍾求 (259)
- 물의 悲劇 • 兪碩鎭 (260)
- 조용한 微笑 • 李淸基 (262)
- 山을 바라보는 마음 • 千鏡子 (264)
- 同窓會餘滴 • 安仁熙 (265)
- 服飾考證을 • 禹慶熙 (267)

詩學評傳 (第六回) : 文學背景을 比較하는 眼目
으로 韓國詩人의 立場에서 • 宋稶 (268)

文學심포지움 ② 新文學 五十集 (第二回) 小說
- 論文 · 韓國小說의 苦悶과 反省과 希望 • 金
東里 (283)

파이오니어 · 그룹[1017] · 國文學界를 開拓하는
新進들 • (287)

文學심포지움 ② 新文學 五十集
- 論文 · 가난한대로의 우리 遺産 : 小說五十
年史의 點景을 본다 • 白鐵 (288)
- 座談會 · 小說 五十年의 反省과 展望 : 韓國
現代小說 五十年이 남긴 諸問題 • 金東
里; 白鐵; 安壽吉; 柳宗鎬; 張龍鶴; 呂石基
(296)

詩
- 一泊 • 朴木月 (316)
- 語彙錄 (二) • 朴成龍 (317)
- 언덕 • 劉庚煥 (318)
- 祈禱 • 張炅龍 (319)

秘藏遺稿四百枚 其一[1018] · 木石夫人 • 李無影
(320)

圓形의 傳說 (連載七回) • 張龍鶴 (350)

編輯室앞 • (366)

編輯後記 • (368)

思想界 第10卷 第10號 通卷 第112號
(1962년 10월호)

畵報 · 오늘의 美術 (2) : 書的繪畵 (Calligraphic
Painting)[1019] • 金秉騏 選 (13)

卷頭言 · 指導者를 고르는 마음 • (20)

民族的 主体性 • 朴鍾鴻 (22)

比例代表制란? : 健全한 政黨과 높은 政治水
準이 前提되어야 한다 • 李鍾恒 (30)

憲法公聽會가 말해주는것 : 最大規模만이 좋
은 憲法을 保障할 것인가? • 趙庸中 (38)

特輯 · 民政復歸와 指導者의 姿勢
- 道知事 · 郡守의 姿勢 : 地方自治의 擴大와
行政의 民主化를 위해 • 申宗淳 (44)[1020]
- 來日의 國民代表 : 國會議員의 資格, 資質을
중심으로 • 이병용 (52)
- 韓國이 要求하는 大統領 : 平凡한 「良心家」
를 뽑아야 한다 • 申相楚 (58)[1021]
- 小社會指導者의 比重 : 民主指導者의 訓鍊
場이요, 供給源인 小社會의 分析 • 金
立三 (66)

1017 목차는 '單面칼럼'.
1018 목차는 '遺稿'.

1019 쪽수 불명.
1020 목차는 58쪽. 본문이 맞음.
1021 목차는 44쪽. 본문이 맞음.

時事漫畵
- 人間改造의 歷史 • 金星煥 (72)
- 짧은 準備期間 • 申東憲 (73)

韓國의 工業構造와 成長 • 金根夏 (74)

經濟計劃의 키이 · 外資導入 : 그 交涉의 進度와 隘路 • 金周仁 (84)

證券市場의 健全化 : 內資動員을 위하여 • 李善熙 (93)

움직이는 世界
- 幕 올린 世界重役會議 : 韓國問題는 끝내 유엔의 冷戰議題인가?[1022] • (100)
- 美國의 慢性癌 큐바 : 武器보다 더 무서운 「革命」輸出[1023] • (102)
- 아시아의 두 巨人 싸움 : 協商도 決戰도 못하는 印 · 中共의 國境紛爭[1024] • (105)
- 鑛脈에 에워싼 利權 다툼 : 콩고統一은 정말 가까워 오고 있나?[1025] • (107)
- 擴大하는 낫세르 對 캇셈 主導權戰 : 아랍聯의 分裂相과 伏兵한 國際勢力[1026] • (109)

줄 타는 印支半島內의 라오스中立 : 라오스聯政의 앞길을 더듬어 본다 • 尹鍾周 (112)

常識人의 科學메모 · 黑衣의 女人과 偵察衛星 : 開發되는 새로운 偵察飛行體 • 李鍾秀 (119)

세계의 裏窓
- 特派員通信 · 種類와 部數로 본 日本 月刊誌 • 田駿 (124)

特輯 · 岐路에 선 共産圈
- 千里馬에 올라앉은 獨裁者 : 金日成과 千里馬運動의 批判 • 韓載德 (128)
- 北韓의 對外貿易 : 국가독점의 대외무역제도 • 金昌順 (136)

人權周邊 · 懺悔의 눈물은 새 生命이다 : 矯導所의 獨房에 있는 李少年 • (143)

特輯 · 岐路에 선 共産圈
- 흐루시쵸프의 經濟政策 : 現代쏘련經濟의 新方向 • 全石斗 (144)
- 六億民의 굶주림 : 中共農業改革의 失敗 • 바렌틴 · 츄; 全永昶 譯 (152)
- 唯物史觀에서 본 中 · 쏘葛藤 : 第二十二次 쏘련共産黨大會 • 토니 · 클립; 金昶雨 譯 (161)

『指南号』印度洋에 가다 : 處女遠洋漁業의 經驗 • 南相圭 (172)

暴力敎室의 解剖 : 한국교육의 하리케인 • 金基錫 (182)

先驅者의 回想 ⑩ · 湖岩 文一平 : 韓國史認識의 새로운 轉機를 마련 • 洪以燮 (188)

道德的 責任에 對하여 : 슈아프의 「人間論」 〈續二〉 • 아담 · 슈아프[1027]; 朴相圭 譯 (195)

高麗葬의 傳說에 對하여 • 金廷鶴 (204)

1022 목차는 '幕 올린 世界重役會議 〈유엔총회〉'.
1023 목차는 '美國의 慢性癌 큐바 〈큐바事態〉'.
1024 목차는 '아시아의 두 巨人 싸움 〈印 · 中共〉'.
1025 목차는 '鑛脈 에워싼 利權 다툼 〈콩고〉'.
1026 목차는 '擴大하는 낫세르 對 캇셈 主導權戰 〈아랍圈〉'.

1027 목차는 'A · 슈아프'.

수필 · 가을을 위한 엣쎄이
- 공부한다는 것 • 金八峰 (210)
- 讀書懷舊記 : 나의 文學소년 시대 • 梁柱東
  (212)
- 뻬이콘의 隨筆集 • 李敭河 (214)
- 돋보기와 가을 • 鄭大爲 (216)
- 人生과 讀書 • 洪淳昶 (218)
- 가을의 聯想과 陶淵明 • 車柱環 (220)
- 사랑, 문학, 독서 etc. • 金鵬九 (221)[1028]

『미처 못부른 노래』와 나리짜 : 「흐」에 挑戰
  한 쏘련作家 • 金鶴洙 (225)

反抗하는 쏘련의 인텔리겐챠들 : 쏘련 文學
  界의 「自由主義派」와 「保守派」를 中心
  으로 • 프리실라 · 죤슨[1029] (230)

世界文學
- 文學의 形式(二)《英》: 「매직크」와 口傳을
  위한 詩 • 金鎭萬 (236)
- 原罪의 寓話《英》: 윌리암 · 고울링의 『파
  리 떼의 王者』 • 羅英均 (239)
- 現代社會의 異邦人《美》: E · E · 커밍즈의
  詩世界 • 金容權 (242)
- 스페인의 現代詩《스페인》 • 朴異汶 (246)

파이오니어 · 그룹 · 劇藝術界의 젊은 前衛들
  [1030] • (249)

사이런즈 · 코너 · 美國의 映畵檢閱 : 各가지로
  다른 檢閱法과 各層의 검열위원 • S ·
  해거티 (250)

映画片想 · 「당신들이 무엇을 알아요?」 : Lat-

verite(眞實)는 裁判 할 수 없는 것 • 金
  美子 (259)

韓国 모다니즘 비판 : 詩學評傳 (第七回) • 宋稶
  (260)

시
- 갈닢파리 • 申石艸 (276)
- 携帶品 • 李仁秀 (277)
- 外人部隊 • 朴鳳宇 (278)
- 小品二題 • 李裕憬 (279)

第七回 東仁文學賞發表
- 選考經緯 • (280)
- 受賞所感 : 『꺼삐딴 · 리』의 境遇 • 全光鏞
  (281)
- 受賞所感 : 나의 저 根源에 • 李浩哲 (281)

第七回 東仁文學賞選後評
- 리얼리즘의 原則을 支持하나 모더니즘에
  의 意慾에도 好感이 갔다[1031] • 金東里
  (282)
- 두개의 示範作品 • 白鐵 (282)
- 製作態度에 反省의 機會를 • 安壽吉 (283)
- 良識의 判斷 • 呂石基 (284)
- 자기 세계를 그냥 밀고 나가기를 • 黃順元 (285)

第七回 東仁文學賞受賞作
- 꺼삐딴 · 리 • 全光鏞 (286)
- 닳아지는 살들 • 李浩哲 (304)

李無影遺稿 其二[1032] · 木石夫人 • 李無影 (318)

圓形의 傳說 (連載八回) • 張龍鶴 (344)

1028 목차는 211쪽. 본문이 맞음.
1029 목차는 'P · 죤슨'.
1030 목차는 '젊은 劇藝術界의 前衛들'.

1031 목차는 '리얼리즘의 原則을 支持하나 모다니즘
  에의 意慾에도 好感이 갔다'.
1032 목차는 '遺稿'.

讀書쌀롱
- 好評받는 新文學[1033] • (361)
- 『世界兒童文學選集』[1034] • (362)
- 『近代英國戲曲選』[1035] • (362)
- 포크너의 『쌘크츄어리』[1036] • (363)
- 헨리·밀러의 『南回歸線』[1037] • (363)
- 프로스트의 『新開地』[1038] • (363)
- 가드너의 推理小說 • (364)
- 쉑스피어에의 새로운 관심 • (364)
- 『韓國의 歷史』[1039] • (364)

編輯室앞 • (366)

編輯後記 • (368)

思想界 第10卷 第11號 通卷 第113號
(1962년 11월호)

畫報
- 國展·選外選 : 내가좋아하는 작품들 • 成樂寅 撮影 (13)
- 오늘의 美術 (3) : 非 具象繪畫 • 金秉騏 選[1040] (19)

卷頭言 · 또 다시 知識人들에게 荊冠을 • (26)

市民抵抗权의 根據 • 閔錫泓 (28)

새로운 議會民主政治에의 길 : 낡은 資本主義 的體制를 청산하자 • 李邦錫 (37)

1033 목차는 '好評받는「新文學」'.
1034 목차는 「世界兒童文學選集」.
1035 목차는 「近代英國戲曲選」.
1036 목차는 '포크너의「쌘크츄어리」'.
1037 목차는 '헨리·밀러의「南回歸線」'.
1038 목차는 '프로스트의「新開地」'.
1039 목차는 「韓國의 歷史」.
1040 쪽수불명.

政治活動의 再開가 意味하는것 : 그 回顧와 展望 • 申範植 (44)

政党法의 病脈診斷 : 國民의 政治的自由를 沮害할 위험성은 없는가? • 鄭成觀 (50)

人權周邊 · 人種差別은 時計針을 逆으로 돌리는 行爲다 • 金昊燮 (55)

特輯 · 未來를 創造하는 知性들
- 새로운 資本主義 批判 : 슘페터論 • 李相球 (56)
- 言語의 論理的分析 : 카르나프의 印象 • 安秉煜 (65)
- 相對主義 法哲學 : 라아드부르흐論 • 金哲洙 (76)
- 基督敎와 政治 : 라인홀드·니버의 경우 • 金在俊 (82)
- 素粒子의 世界와 統一場의 理論 : 하이젠버그論 • 權寧大 (89)
- 現代社會에서의 人間 : 프롬의 精神病學的 社會理論 • 高永復 (96)
- 民主主義의 精神的 基礎 : 라타크리슈난의 見解 • 李箕永 (102)

解說 · 改正된 兵役法 : 役種·服務·徵集·召集·ROTC를 중심으로 • HSJ (109)

社會時評
- 쌀波動의 結論이 空轉되고 있다 • 無鄕山人 (114)
- 어울리지 않는 文化人 카니발 • 無鄕山人 (114)
- 젊음을 理解해 주는 良識 • 無鄕山人 (115)

南北混成팀은 可能한가? : 올림픽參加問題의 政治化를 경계한다 • 申相楚 (116)

움직이는 世界
- 選擧를 通한 「國王」 드·골 : 佛 第五共和國
  갈림길에 서다[1041] ● (122)
- 케네디 人氣의 中間決算 : 巨物級 運命 占치
  는 美十一月選擧[1042] ● (124)
- 中東에 불지른 예멘 : 親·反낫셀―親西·親
  東―共和主政派의 混戰[1043] ● (126)
- 分流期 닥친 「中立家族」 : 다시 꿈틀거리는
  亞·阿 반둥會議[1044] ● (129)
- 「美合衆國」 對 「미시시피州」 : 그치지 않
  는 南部의 黑·白紛糾와 그 餘派[1045] ●
  (131)
- 「코에는 코」의 報復은 可能할까? : 큐바封
  鎖와 쏘련의 對應策 限界[1046] ● (134)

特別寄稿·막사이사이 革命 ● 씨오닐·호세[1047];
  韓昇洙 譯 (137)

큐바의 新版共産主義者들 : 큐바의 權力鬪爭
  ● T·드레이퍼; 鄭仁亮 譯 (144)

日本은 어디로 가나 ● 金成植 (152)

特輯·庶民의 經濟學
- 서울市民은 어떻게 사나? : 家計簿와 消費
  性向의 한 分析 ● 李滿基 (162)
- 無色해진 物價安定策 : 庶民을 괴롭힌 六·
  九線 ● 文炳宣 (169)
- 庶民의 얼굴에 비친 稅金 : 아쉬운 低所得
  層의 보호 ● 金奉鎭 (176)

- 私金融陽性化는 可能한가? : 高利私債는 陰
  性的인 것이 本質[1048] ● 金定台 (182)
- 市井景氣를 診斷한다 : 庶民生活의 스켓취
  = 김장철을 맞는 商街의 表情 : 「再建」의 旋
    風 속에 零細商人들은 어떻게 지내고
    있을까? ● (186)
  = 市民의 四五.八%가 집이 없다 : 遼遠한 서
    울의 住宅難解決 ● (192)
- 앙케트·우리집 家計簿
  = 빚에 쫓기고 外上에 쫓기는 우리 生界 ● 洪
    承勉 (194)
  = 우리집 경제 ● 金恩雨 (195)
  = 赤子生計 ● 鄭飛石 (196)
  = 貯蓄이란 月世界 旅行과 같은 꿈 ● 李寬雨
    (196)
  = 조심 속에서 한달을 보내는 우리 살림 ● 朴
    鍊秀 (198)
  = 警察官의 家計 ● 金元模 (198)
  = 살림걱정 때문에 늙는 主婦들 ● 한양순 (200)

特別寄稿·八七퍼센트·마이나스의 輸出貿
  易 : 外國貿易·즉 韓國에 대한 挑戰 ●
  K·R·마튜스 (201)

時事漫畵
- 住宅難時代 ● 金星煥 (208)
- 强力野黨은 無望 ● 申東憲 (209)

常識人의 科學메모·可恐할 水中移動基地 :
  誘導彈潛과 對潛潛 ● 李鍾秀 (210)

調査報告·新聞 單刊制를 어떻게 보는가?
  : 讀者調査를 통해 본 分析 ● 吳周煥
  (214)

1041 목차의 부제는 '佛 第五共和國'.
1042 목차의 부제는 '美·中間選擧'.
1043 목차의 부제는 '예멘革命'.
1044 목차의 부제는 '亞·阿 반둥會議'.
1045 목차의 부제는 '黑·白紛糾'.
1046 목차의 부제는 '큐바封鎖'.
1047 목차는 'S·호세'.

1048 목차는 '高利債는 陰性的인 것이 本質'.

問題作·다이제스트·스탈린과의 對話 (上) •
　　M·질라스; 金元明譯 (222)

異見·營利만을 위주로 삼는 漫畵業者들 • 姜
　　小泉; 千鏡子 (231)

人物論·主觀的咸錫憲論 • 鮮于煇 (232)

先驅者의 回想 ⑪·萬海 韓龍雲 禪師：民族의
　　愛人이요 引導者인 山僧 • 徐廷柱 (241)

報告記·두개의 社會學大會：會議場의 이모
　　저모 • 李萬甲 (246)

特別寄稿·綜合雜誌의 當面課題：The "Little
　　Magnzines" • 로비·맥클리[1049] (253)

會議報告·世界文藝 및 綜合雜誌編輯人會議
　　報告：綜合雜誌의 役割 • 제임스·맥콜리
　　[1050] (256)

수필
- 黑糖(흑당)의 운명 • 李鍾雨 (260)
- 삐까소와 돋보기 • 金煥基 (262)
- 金社長의 이야기 • 李吉相 (264)
- 아마츄어 外交 • 朴泰鎭 (266)
- 나의 인생관 • 羅運榮 (267)
- 厚岩山房의 午後 • 李光周 (268)
- 펄·벅 女史와 韓國의 가을 • 高廷基 (270)

사이런즈·코너·「模寫畵」의 藝術性 • (272)

放談·뛰어 넘었느냐? 못넘었느냐?：連載小

說『圓形의 傳說』을 읽고 • 張龍鶴; 金鵬
　　九; 李正鎬 (276)

豫告·思想界1962年度文藝特別增刊號發刊[1051]
　　• (285)

詩學評傳 (第八回)：象徵美學과 近代的現實 •
　　宋稶 (286)

시
- 눈을 뜨면 이미 • 申瞳集 (301)
- 法悅 • 金光林 (302)
- 血痕 • 閔雄植 (303)

1962年度 노벨文學賞受賞作家·스타인벡의
　　作品世界：社會的抗議와 繪畵的喜劇
　　의 文學 • 盧熙燁 (304)

今年度 노벨文學賞受賞作家의 作品·붉은 망
　　아지 • 죤·스타인벡; 盧熙燁譯 (314)

창작
- 配役 • 韓戊淑 (342)
- 圓形의 傳說 (連載九回＝最終回) • 張龍鶴
　　(354)

파이오니어·그룹·詩壇의 活氣·「六十年代
　　詞華集」• (371)

編輯室앞 • (372)

編輯後記 • (374)

1049 목차는 'R·맥콜리'.
1050 목차는 'J·맥콜리'.

1051 목차는 '思想界 一九六二年度 文藝特別增刊號發刊'.

思想界 第10卷 第12號 通卷 第114號
(1962년 11월 문예특별증간특대호)

畵報·一九六二年度海外寫眞傑作選 • 成樂寅
選·글 (19)

卷頭言·「보다 나은 文學」을 위해 : 文藝增刊
號를 내면서 • (26)

世界文學과 韓國文學 • 白鐵 (28)

創作十一人集
- 荒涼한 날의 童話 • 康信哉 (42)
- 復活 : 예수 되살아나심에 대한 아리마대·
  요셉의 수기 • 金東里 (53)
- 憂愁와 訣別 • 朴敬洙 (59)
- 背理의 꽃 • 朴榮濬 (82)
- 財閥 • 徐基源 (99)
- 賭博 • 鮮于煇 (111)
- 붉은 언덕 • 宋炳洙 (129)
- 水邊 • 吳永壽 (145)
- 갈대꽃 필 무렵 • 柳周鉉 (156)
- 돌무늬 • 李範宣 (164)
- 歸鄕 • 韓南哲 (172)

詩十六人集
- 滿洲의 여자 • 金洙暎 (181)
- 打令調 (七) • 金春洙 (183)
- 종소리 • 金顯承 (184)
- 孕胎 • 朴南秀 (185)
- 孤獨의 江 • 朴斗鎭 (186)
- 連續 • 朴木月 (187)
- 語彙集 (三) • 朴成龍 (188)
- 銀杏잎感傷 • 朴在森 (189)
- 金剛淵 • 朴喜瑾 (190)
- 美人을 찬양하는 新羅의 語法 • 徐廷柱 (191)
- Tomography • 成贊慶 (193)

- 알림 어림 아가씨 • 송욱 (195)
- 絶望을 커피처럼 • 辛東門 (197)
- 꽃샘 • 柳致環 (198)
- 속의 바다 (4)[1052] • 全鳳健 (199)
- 폼페이 有感 • 趙芝薰 (200)

連載·橫步文壇回想記 (第一回) • 廉想涉 (202)

特輯·飜譯文學의 反省
- 몇 가지 一般論 • 金鎭萬 (211)
- 飜譯文學의 課題 • 鄭炳祖 (218)
- 우리文學의 海外紹介에 대한 私見 • 朴泰鎭
  (224)

나의 文壇 交友錄 : 「無所屬」文學靑年時節[1053]
  • 兪鎭午 (230)

엣쎄이
- 祈雨祭 • 李熙昇 (235)
- 作家와 「나」의 世界 • 金鵬九 (242)

評論
- 評論家는 異邦人인가? : 우리나라 文藝批評
  의 立場에 관하여[1054] • 鄭明煥 (250)
- 韓國小說의 盲點 : 리얼리티의 問題를 中心
  으로 • 李御寧 (260)
- 韓國的이라는 것 : 그것을 어떻게 規定할
  것인가? • 柳宗鎬 (269)

作家의 視覺 : 나는 作品을 어떻게 쓰나?
- 創作餘談 • 張龍鶴 (278)
- 구슬이 서 말이라도 • 全光鏞 (281)

1052 목차는 '속의 바다 (四)'.
1053 목차는 '「無所屬」文學靑年時節의 回顧'.
1054 목차는 '評論家는 異邦人인가 : 우리나라 文藝批評의 立場에 關하여'.

- 나대로의 樣態들 • 李浩哲 (284)
- 하나의 反省 • 金潤成 (287)
- 亂視와 色弱 : 詩人의 視覺 • 鄭漢模 (289)

에즈라 · 파운드 対談記[1055] • 에즈라 · 파운드; 도
　날드 · 홀; 金容權 譯 (292)

사라진 文豪 · 其他 : 一九六二年의 事件들 • 李
　根三 (304)

第四回 思想界 新人文學賞 發表
- 第四回 思想界 新人文學賞 當選所感 • (311)
- 第四回 思想界 新人文學賞 選後評 • (312)
 = 詩 · 詩選後感 • 趙芝薰 (312)
 = 詩 · 抽象的 생각과 情緒 • 宋稶 (312)
 = 小說 · 월등한 진보 • 金聲翰 (313)
 = 小說 · 혼돈이 가셔졌다 • 安壽吉 (314)
 = 小說 · 水準이 높아졌다 • 呂石基 (314)
 = 小說 · 매우 기쁜 마음 • 黃順元 (315)
- 第四回 思想界 新人文學賞 詩當選作 · 내 이
　렇게 살다가 外二篇 • 愼重信 (316)
- 第四回 思想界 新人文學賞 小說當選作 · 後
　送 (一四三枚) • 徐廷仁 (318)
- 第四回 思想界 新人文學賞 小說佳作 · 立石
　附近 (一八三枚) • 黃秀英 (338)
- 第四回 思想界 新人文學賞 小說佳作 · 아이 ·
　러브 · 유 (一〇四枚) • 朴順女 (362)

第五回 思想界新人文學賞募集要綱[1056] • (377)

世界文學
- 쿠퍼까지의 美國文學《美》• 朴熙永 (378)
- 最近獨逸演劇의 動向《獨》• 郭福祿 (380)
- 파스칼에의 浪漫《佛》• 李桓 (383)
- 남과 나의 悲劇《伊》: 모라비아의 『倦怠』
　를 紹介하면서 • 崔碩圭 (386)

一九六二年度 노벨文學賞 受賞作品[1057] · 울적
　한 겨울 (九〇〇枚 全載) • 죤 · 스타인벡;
　盧熙燁 譯 (391)

編輯後記 • (508)

思想界 第10卷 第13號 通卷 第115號
(1962년 12월)

畫報 · 오늘의 美術 (4) : 具象繪畵 • 金秉騏
　選[1058] (11)

卷頭言 · 묵은 해는 가고 : 民政第一課를 시작
　한다 • (20)

당신들 世代만이 더 不幸한 것은 아니다 : 不運
　의 三代에 보내는 公開狀 • 趙芝薰 (22)

法의 인플레이션 : 韓國人의 法意識을 中心으
　로 • 玄勝鍾 (30)

民間政府냐 民主政府냐? : 軍政에서 民政으로
　의 質的變化를 注視한다 • 申相楚 (38)

議會政治의 復活과 政黨氣象 : 野黨의 生成을
　어렵게 하는 人材枯渴과 資金難 • 鄭宗
　植 (46)

새 憲法案을 批判한다 : 좋은 憲法을 위한 誠
　意를 • 韓東燮 (52)

1055 목차의 부제는 「빠리 · 리뷰」에서'.
1056 목차는 '第五回 思想界 新人文學賞 募集要綱 (一九六
　　三年度)'.

1057 목차는 '今年度 노벨文學賞 受賞作品'.
1058 쪽수 불명.

座談會 · 憲法改正案을 이렇게 본다 : 主權者 國民의 判定을 기다리는 第三共和國 의 기틀 • 申相楚; 李克燦; 李恒寧; 韓東燮; 玄勝鍾 (60)

한 與党과 두 개의 官制野党 : 北韓共産政權과 政黨의 生態 • 韓載德 (73)

時事漫畵
- 鐵條網時代 • 金星煥 (80)
- 구멍뚫린 주머니 • 申東憲 (81)

特輯 · 韓國人
- 내가 나를 본다 · 韓國人[1059] • 鄭在覺 (82)
- 韓國人의 思考方式 : 우리 民族性格의 大陸 性風土類型과 半島性 • 李恒寧 (90)
- 外國人이 본 韓國人 : 아름다운 아침의 나 라 사람들 • 朴泰鎭 (97)
- 아글리 · 코리언 : 高麗磁器派와 「아름다운 넌센스」派 • 金鎭萬 (104)
- 一世紀前 「隱者의 나라」 : 하멜의 漂流記 와 길모어의 「서울애기」에서 • 趙容萬 (112)
- 우리 歷史意識의 貧困 : 韓國史와 韓國人 • 申一澈 (119)

忘年 經濟所感 · 더듬는 經濟診斷 • 김영록 (126)

움직이는 世界
- 冷戰은 과연 後退하는가? : 큐바事態와 그 세계적 영향[1060] • (132)
- 試鍊에 부딪친 非同盟主義 : 印度의 反中共 的勢力과의 「同盟化」傾向[1061] • (139)

- 進步派는 진출하였는가? : 美中間選擧의 質 과 量問題[1062] • (142)
- 세계의 눈, 다시 「제네바」로 : 軍內核禁協 定을 期待해 보는 초조감[1063] • (145)

카리브海의 激浪 : 美國의 「목에 걸린 가시」 는 빠졌는가? • 尹大均 (147)

世界와 聯邦化 : 말레이시아 聯邦의 胎動을 보고 • 朴俊圭 (154)

케네디의 記者觀 : 就任前과 後의 態度變化 • 趙世衡 (160)

特派員通信 · 드 · 골의 神話 「본 · 빠리樞軸」의 背景 : 전환기를 마련할 歐美의 유대 • 金瓊元 (166)

社會時評
- 模糊한 學士考試 反對 始末記 • 無鄕山人 (170)
- 田中流의 思考方式에 對한 警戒 • 無鄕山人 (170)
- 回轉撞球의 受難이 의미하는 것 • 無鄕山人 (171)

特輯 · 輿論의 解剖
- 輿論의 體質과 表皮 : 韓國社會의 歷史的 特性과 輿論形成의 缺陷[1064] • 李萬甲 (172)

異見 · 「스크린 · 쟝글」取材有感 • 曺昶; 尹仁德 (181)

1059 목차는 '내가 나를 본다 · 韓國人 : 眞正한 자신을 잃고 있는 듯한 사람들'.
1060 목차는 '큐바事態와 그것의 세계적 영향'.
1061 목차는 '印度의 反中共態度'.

1062 목차는 '美中間選擧의 質量問題'.
1063 목차는 '核禁協定을 期待하는 초조감'.
1064 목차는 '韓國社會의 歷史的特性과 輿論形成의 결함'.

特輯 · 輿論의 解剖
- 輿論은 종잡을 수 없는가? : 不感症에 걸린
　　獨裁型執權者의 귀에는 뭇 輿論이 들
　　릴 리 없다 • 洪承勉 (182)
- 流言蜚語의 眞實性 : 輿論과 關聯시킨 流言
　　蜚語의 理論 • 洪承稷 (188)

單刊制以後의 新聞 : 現在와 같이 「점잔」과
　　「卑俗」, 「神」과 「惡魔」가 제작정신에
　　서 共存해도 좋다는 것은 아닐 것이
　　다[1065] • 千寬宇 (195)

常識人의 科學메모 · 그래서 核戰爭은 勃發하
　　지 않는다 : 오직 人類滅亡이 있을 뿐
　　이니까 • 李鍾秀 (202)

人權周邊 · 國民의 意志와 政府勸力 : 世界人權
　　宣言日을 맞아 • 金昊燮 (207)

連載 · 美國旅行記[1066] · 滯美有感 〈I〉 : 能力 · 責
　　任 · 自由의 나라 • 金亨錫 (208)[1067]

先驅者의 回想 ⑫ 完 · 爲堂 鄭寅普 : 『朝鮮
　　의 얼』은 우리民族史의 烽火 • 洪以燮
　　(213)

니힐의 根底에 있는 것 : 人間과 니힐 • 金奎榮
　　(220)

韓国니힐리즘의 底流[1068] • 閔丙山 (226)

世代論 : 4 · 19, 5 · 16에 나타난 世代의 斷層과
　　그것의 分析比較 • 宋建鎬 (236)

問題作 다이제스트 · 스탈린과의 對話 (完) • M
　　· 질라스; 김원명 譯 (246)

橫步文壇回想記 (連載二回) : 나를 自然主義文
　　學의 巨木이라고? • 廉想涉 (258)

越北文化人의 悲劇 ① · 鄭芝鎔의 悲劇 • 崔泰
　　應 (264)

美国战後作家들의 末路 : 『잃어버린 世代』以
　　後 • 죤 · W · 알드릿치; 郭少普 譯 (271)

수필[1069]
- 자꾸 서러워지는 追憶 : 어린 時節의 歲末 •
　　정인승 (276)
- 초생달 같은 期待 • 윤극영 (277)
- 선물만이 반갑고 • 田炳淳 (279)
- 올해도 가나 보다 • 梁炳鐸 (280)
- 往年歲暮事 • 李能雨 (282)

사이언즈 · 코너 · 歷史를 證言한 사람 : 世界
　　最初의 寫眞從軍記者 맛슈 · B · 브래
　　디 • (284)

年評
- 一九六二年의 問題作 《小說》 • 徐基源 (288)
- 一九六二年의 收穫 《詩》 • 成賛慶 (296)

映画片想
- 暗黑의 核心 : 『콰이江의 다리』 • 金容權
　　(303)

1065 목차는 '「점잔」과 「卑俗」, 「神」과 「惡魔」가 제작
　　정신에서 사라져야한다'.
1066 목차는 '美國旅行記 ①'.
1067 목차는 200쪽. 본문이 맞음.
1068 목차는 '東洋史는 「아니다」라는 한마디를 몰랐
　　기 때문에 專制에 盲從했다'.

1069 목차는 '歲暮隨想'.

- 그날이 올 것인가? : 原名『海邊에서』[1070] • 柳益衡 (304)

宇宙와 맞서는『이데아』의 詩学 : 詩學評傳 (第九回) • 宋稶 (306)

파이오니어 · 그룹 · 봄을 부르는 史草들 • (321)

詩
- 내가 흐르는 江물에 • 金南祚 (322)
- 더러운 바다 • 具滋雲 (323)
- 꿈꾸는 새들 • 印泰星 (324)
- 酸素抄 〈I〉 • 申基宣 (325)
- CROQIS • 金榮泰 (326)
- 아무도 말하지 않으면 • 金圭泰 (327)

戲曲三人選[1071]
- 空中飛行 (一幕) • 車凡錫 (328)
- 善意의 사람 (一幕) • 河有祥 (342)
- 表裏 (一幕) • 李容燦 (352)

讀書쌀롱
- 『近代革命思想史』[1072] • (362)
- 『人生雜記』[1073] • (362)
- 『피네간즈 · 웨이크』[1074] • (363)
- 『思想의 冒險』[1075] • (364)
- 『人間의 天性과 運命』[1076] • (364)
- 『美學研究』[1077] • (364)

1070 목차는 「그날이 오면」.
1071 목차는 '戲曲三人選〈單幕劇〉'.
1072 목차는 '『近代革命思想史』'.
1073 목차는 '『人生雜記』'.
1074 목차는 '『피네간즈 · 웨이크』'.
1075 목차는 '『思想의 冒險』'.
1076 목차는 '『人間의 天性과 運命』'.
1077 목차는 '『美學研究』'.

- 美國戰後作家의 近作들[1078] • (364)

編輯室앞 • (366)

編輯後記 • (368)

思想界 第11卷 第1號 通卷 第116號 (1963년 1월)

畵報 · 移民 · 第一陣 • 林範澤 撮影; 全永昶 記 (11)

卷頭言 · 一九六三年을 맞으며 • (26)

少數의 支配냐 多數의 支配냐? • 李恒寧 (28)

出世訓 : 卒業하는 아들에게 주는 글[1079] • 馬海松 (35)

學生들에게 주는 글 : 大自然의 아름다움 속에 살자 • 라빈드라나드 · 타고르[1080]; 安東林 譯 (44)

特輯 · 韓國을 위한 世界史의 敎訓
- 나뽈레옹의 虛榮과 獨裁 : 誤導된 프랑스 革命精神 • 金成植 (51)
- 恣意의 支配를 싫어한다 : 죠오지 · 워싱턴과 美國革命의 敎訓 • 李普珩 (60)
- 議會를 復古하는 길 : 英國의 淸敎徒革命이 주는 敎訓 • 車基壁 (67)
- 인텔리를 敵으로 돌린 悲劇 : 짜아帝政과 러시아의 破局 • 申範植 (74)
- 孫文과 蔣介石의 時代 : 中國近代化의 難航을 보고 • 全海宗 (80)

1078 목차는 '『美國戰後作家의 近作들』'.
1079 목차는 '卒業하는 아이에게 주는 글'.
1080 목차는 'R · 타고르'.

- 主體性을 세우려는 覺醒 : 新生國家들의 試鍊과 鬪爭속에서 • 林芳鉉 (87)

社會時評
- 戒嚴令은 解除되나 春來不以春 • 無鄕山人 (94)
- 「한국일보」의 誤報事件 • 無鄕山人 (94)

北韓農村의 『社会主義革命』 : 內容과 時期的으로 흡사한 中共과 北傀의 集團化計劃 • 李庭植; 姜和英 譯 (96)

農業構造는 어떻게 改善되어야 하나 : 自立經營과 協同經營의 방향으로[1081] • 具在書 (107)

證券이란 이름의 蜃氣樓 : 62年度의 證券白書[1082] • 文炯宣 (112)

西獨繁榮의 原動力 : 技術訓練과 職業敎育 • 金鎭恒 (120)

韓 · 日國交에 대한 日本輿論 • 田駿 (128)

現代數學의 發展과 그 基礎 • 河光喆 (134)

時事漫畵
- 끝끝내 재간 피우는 원숭이 • 金星煥 (142)
- 들뜨지 말라 • 申東憲 (143)

独裁者의 言語 : 暴君들의 辯 • 하네스 · 매더[1083]; 姜和英 譯 (144)

움직이는 世界
- 一九六三年과 中立非同盟主義[1084] • (154)
- 마지막 코스의 아데나워 體制 : 週刊誌「슈피겔」對 西獨內閣의 決鬪[1085] • (161)
- 中共이 가져온 波動的契機 : 다시 흥정 붙은 캬슈밀 紛糾[1086] • (163)
- 「冷戰議題」에서 더 進展못한 채 : 質的으로 發展한 韓國支持勢力[1087] • (166)

世界의 裏窓
- 特派員通信 ① · 日本의 單行本 및 全集 • 田駿 (169)
- 特派員通信 ② · 昨年의 日本論調 • 田駿 (172)

人物評[1088] · 世界의 消防士 우 · 탄트 • (176)

캠퍼스動靜[1089] · 學園의 自由, 言論의 位置, 그리고 大學生들의 姿態 • (179)

常識人의 科學메모 · 電子計算器와 人工頭腦 : 지금은 人間代用品時代 • 李鍾秀 (180)

特輯 · 맑시즘과 修正主義
- 修正主義란 무엇인가? : 베른슈타인으로부터 오늘날의 東歐修正主義까지 • 梁好民 (184)
- 轉向한 東獨哲學者 블로호 : 「希望의 哲學」을 찾아 自由를 선택했다 • 金榮國 (194)

1081 목차는 '自立經營과 協同經營의 方向으로'.
1082 목차는 '六二年度의 證券白書'.
1083 목차는 'H · 매더'.

1084 목차는 '一九六三年과 中立非同盟主義 : 印 · 라오 · 알제리아'.
1085 목차의 부제는 '슈피겔 事件'.
1086 목차의 부제는 '캬슈밀 紛糾'.
1087 목차는 '冷戰議題에선 더 進展못한 채 : 유엔과 韓國問題'.
1088 목차는 '新任유엔事務總長人物評'.
1089 목차는 '단면칼럼'.

- 티토는 修正主義의 始祖인가? : 東歐衛星國들의 變質 • 趙貞子 (200)
- 非人間化와 非스탈린化 : 人間性을 喪失한 맑시즘의 危機 • 尹河璿 (206)
- 社會의 實存과 루카치 : 「社會主義에의 항가리의 길」을 모색한 修正主義者 • 申一澈 (213)
- 맑시즘과 아시아의 文化的 伝統 : 아시아에 파고든 맑시즘은 어떻게 變容되고 있나 • E·싸르키스얀즈 (220)

考證의 모랄 : 歷史作品에 對하여 • 權五敦 (229)

大學講義論 : 韓國의 大學은 學者를 양성하는가? 職業人을 양성하는가?[1090] • 高柄翊 (234)

國語運動의 反省 : 「國語白書의」 준비를 提議한다 • 李基文 (240)

韓國學者論散考[1091] • 閔斗基 (246)

現代寫眞의 思潮 : 그 性格과 作品에 대한 考察 • 成樂寅 (253)

偉大한 判事들의 이야기 • 康鳳濟 (262)

美國旅行記·滯美有感 〈Ⅱ〉 : 宗教 아닌 宗教 • 金亨錫 (270)

隨想·四十고개 • 安秉煜 (274)[1092]

나의 建設團 生活手記 : 「二十五時의 세계 속에 辛苦를 묻고!」 • 徐南源 (281)

越北文化人의 悲劇 ② · 李泰俊의 悲劇 (上) • 崔泰應 (288)

수필
- 招待 謝絶 • 金元龍 (295)
- 葉茶와 人生과 隨筆 • 尹五榮 (296)
- C君 이야기 • 池明觀 (298)
- 作品을 만드는 마음과 愛情 • 金貞淑 (300)
- 江華島 落穗 • 朴賢緒 (301)

사이런즈·코너·이탤리의 에로티씨즘 : 한 이탤리극작가의 見解 • 인드로·몬타넬리[1093] (304)

意識의 火炎과 琉璃人間 : 詩學評傳 (第拾回) • 宋稶 (308)

問題의 作家를 찾아·領主와 같은 作家 : 앙드레·모르와를 訪問하고 • 朴仁熙 (323)

映画片想·『몬도가네』를 보고 • 李浩哲 (328)

北間島 (第三部) 六○○枚 全載 • 安壽吉 (330)

讀書쌀롱
- 심오한 사색의 모노로그 • (417)
- 學園社의 『文藝大辭典』[1094] • (418)
- 『西部戰線 異狀없다』·『凱旋門』• (418)
- 作品의 映畵化 경향 • (419)
- 受賞作品을 뒤따른 스캔달 • (419)

1090 목차의 부제는 '韓國의 大學은 學者를 養成하는가? 職業人을 양성하는가?'.
1091 목차의 부제는 '韓國學者에게 眞正한 權威가 存在하나?'.
1092 목차에는 314쪽. 본문이 맞음.

1093 목차는 'I·몬타넬리'.
1094 목차는 '學園社의 「文藝大辭典」'.

- 젊은 作家를 美國에 • (420)
- 『俗談辭典』 • (420)
- 韓國文學의 새로운 可能性 : 張龍鶴作 圓形의 傳說 • (421)

編輯室앞 • (422)

編輯後記 • (424)

思想界 第11卷 第2號 通卷 第117號
(1963年 2月)

畵報 · 大関嶺의 겨울 • 林範澤 사진; 金東俊 글 (11)

卷頭言 · 國民의 「沈默의 소리」에 귀를 기울이라! : 이 混亂은 무엇을 말하는가? • (26)

對談 · 民政은 民間人에게 맡기라 : 씨라도 뿌려 놓아야 한다. 荒蕪地로 방치해 두면 안된다 • 金炳魯; 梁好民 (28)

國民 앞에 眞心으로 謝過하라 : 李在鶴氏의 「獄中雜記」를 읽고 • 李相殷 (36)

民政의 政治学 入門 • 夫琓爀 (42)

새 政黨法은 違憲이 아닌가? : 政黨法과 政黨制 • 金哲洙 (51)

英國勞動黨의 思想的 基調 : 「搖籃으로부터 무덤까지」를 외치는 福祉社會論 • 李邦錫 (62)

特別寄稿 · 내가 본 韓國政黨의 將來 : 二重的 指導監督體에 입각한 兩黨政治를 • W·A·다글러스; 韓興壽 譯 (70)

時事漫畵
- 野黨은 速히 團合하라 • 金星煥 (80)
- 아무 걱정 마세요 • 申東憲 (81)

美國政界에 一大파문을 던진 모겐소敎授의 所論을 읽고
- 美 對韓援助는 우리의 血代이다 : 賄賂型과 威信型外援의 批判 • 朴俊圭 (82)

問題된 모겐소敎授의 論文
- 外援으로는 經濟開發이 안된다 : 「浮浪輩나라와 거지나라」의 外援은? • 한스·J·모겐스[1095]; 閔丙岐 譯 (89)

問題作 全載 · 美國은 韓國에서 失敗했다 : 「아글리 · 아메리칸」의 著者가 본 1960年의 韓國實情 • H·레더러; 宋建鎬 譯 (104)

人權周邊 · 拷問은 根絶되어야 한다 • 金昊燮 (113)

國貧論 : A·스미스의 「國富論」時代는 가고 現代는 새로운 問題를 提示한다 • J·K·갈브레스; 全石斗 譯 (114)

世界經濟의 變化 : 資本主義經濟圈과 社會主義經濟圈 • 李甲燮 (126)

特輯 · 反時代的 思潮들
- 파씨즘의 狂信 : 歷史의 彼岸으로 사라졌어야 할 파씨즘 • 李克燦 (133)
- 새로운 植民主義의 擡頭 : 낡은 植民主義와 새로운 植民主義 • 文炯宣 (142)
- 現代의 個人崇拜 : 二十世紀의 神話 속에 있는 偶像 • 梁好民 (150)

1095 목차는 ‘H·J·모겐소’.

- 日本國民의 復古思潮 : 再然하는 日本의 콜
  로니즘을 注目한다 • 田駿 (156)
- 메시아니즘과 終末論 : 在來宗敎와 現代宗
  敎의 틈바구니에서 混亂된 社會 • 尹
  聖範 (163)

社會時評
- 革命은 이런 人間型이 좋아? • 無鄕山人
  (170)
- 冒瀆當한 四 · 一九의 意義 • 無鄕山人 (170)
- 官營獨占事業의 獨善主義 • 無鄕山人 (171)

資本形成의 生理 : 우리나라의 경우를 중심으
  로 • 李恩馥 (172)

韓國保險界의 底流 • 宋基澈 (179)

韓國의 農本政策을 批判한다 : 農業構造改革
  을 위한 협동정신과 공동작업의 추진
  • 金潤煥 (184)

움직이는 世界
- 中共과 東南亞情勢 : 美 · 쏘圈의 緩和와는
  別途로 東南亞 정세는 어두워지고 있
  다 • (190)
- 英保守黨의 退潮 : 맥밀란을 괴롭히는 EEC
  와 失業者問題 • (196)
- 막바지의 統合核軍問題 : 드 · 골의 콧대는
  누그러질 것인가? • (198)
- 二年半만의 콩고 轉機 : 植民殘勢 잡아누른
  國際的進步勢力 • (200)

共産圈內에서의 北韓의 苦悶 : 中 · 쏘 이데올
  로기論의 새 局面 • 梁興模 (204)

버마의 軍部社會主義 : 激動하는 아시아社會
  에서의 自由民主主義의 앞길이 그 얼
  마나 험하고 어려운가를 反省케 한다
  • 禹炳奎 (212)

軍事쿠데타와 貧困의 南美 : 政治的안정과 經
  濟的번영을 摸索하는 국민들 • 朴武昇
  (220)

人物評 · 英國勞動党首 『게이츠켈』 가다 : 정열
  로 꽃피어 叡智로 結實한 生涯 • (230)[1096]

常識人의 科學메모 · 忘想을 現實化시키는 科
  學의 힘[1097] : 올 · 플라스틱時代가 다
  가오고 있다 • 李鍾秀 (232)

特輯 · 韓國史를 보는 눈
- 내가 보는 韓國史의 問題點들 : 史觀과 考證
  및 時代區分 • 千寬宇 (236)

캠퍼스動靜 · 民政—學生—考試 • (243)

特輯 · 韓國史를 보는 눈
- 民族史學의 問題 : 丹齋와 六堂을 中心으로
  • 李基白 (244)
- 日帝官學者들의 韓國史觀 : 日本人은 韓國
  史를 어떻게 보아 왔는가? • 金容燮
  (252)
- 韓國史 씸포지움[1098] · 韓國史觀은 可能한
  가? : 轉換期에서 본 民族史眼 • 千寬
  宇; 韓㳓劤; 洪以燮; 崔文煥; 趙芝薰; 申
  一澈[1099] (260)

社告 · 「思想界」 創刊 10週年紀念 思想特別增刊
  號 發刊豫告[1100] • (275)

1096 목차는 236쪽. 본문이 맞음.
1097 목차는 '忘想을 現實化시키는 科學의 힘'. 忘想은
　　妄想의 오자.
1098 목차는 '씸포지움'.
1099 목차에는 신일철의 이름 누락.
1100 목차는 「思想界」創刊 10周年紀念 思想特別增刊號
　　發刊'.

美國旅行記·滯美有感 (完) 東洋을 동경하는
　　西歐人들：哲學會와 東洋學會의 印象
　　● 金亨錫 (276)

英國知性들의 反抗意識：方向을 잃은 理想主
　　義 ● 앤소니·하틀러[1101]; 朴相圭 譯 (281)

브라질移民通信：第一~三信·아리랑에 드새
　　는 移民航路：한 移民主婦의 日記 ● 白
　　玉彬 (294)

評論
- 小說의 方法：『圓形의 傳說』과『後送』을 例
　　로 ● 李御寧 (300)
- 批評以前의 이야기：趙演鉉氏의 評文을 反
　　駁한다 ● 鄭明煥 (308)

越北文化人의 悲劇 ②~二·李泰俊의 悲劇
　　(下) ● 崔泰應 (315)

사이런즈·코너·言語以上의 表現「소리없는
　　對話」：無言劇藝術의 永遠한 순간 ●
　　(322)

問題의 作家를 찾아·信念에 찬 아방·갸르드
　　(前衛)作家：앙띠·로망의 代表 로브·
　　그리예를 만나서 ● 朴仁熙 (326)

새 小說 새 人間 ● 알랭·로브·그리예[1102]; 李東昇
　　譯 (331)

수필
- 國展을 보고：抽象畵와 現代詩의 難解性 ●
　　孫明鉉 (336)

- 移民有感 ● 崔載喜 (338)
- 電話 ● 金泰吉 (339)
- 유모어와 人生[1103] ● 金熙昌 (341)
- 아름다운 失手 ● 金在姬 (343)

海外文壇
- 英國劇壇의 새 물결《英》：오는 世代의 에
　　너지源 ● 呂石基 (345)
- 괴로운 拍手《佛》：이오네스꼬의 境遇 ● 崔
　　碩圭 (348)
- 윌리암·포크너의 回想《美》：그는 다른 사
　　람을 言及조차 한 일이 없다 ● 앨런·태
　　이트[1104] (352)

唯美의 超越과 革命的我空：詩學評傳 (第拾壹
　　回) ● 宋稶 (356)

詩
- 落花 ● 韓性祺 (372)
- 꽃 이름으로 ● 鄭烈 (373)

映画片想·『十戒』를 보고 ● 張河龜 (374)[1105]

最近 쏘련의 問題作家·쏘련文學界의 새 소동
　　：『이반·제니쏘비치의 하루』와 쏠제
　　니쯔인 ● 金鶴秀 (376)

이반·제니쏘비치의 하루 ● A·쏠제니쯔인; 金鶴
　　秀 譯 (380)

創作
- 章台峴時節 ● 金利錫 (395)
- 에스카레이터 ● 金東立 (404)

1101　목차는 'A·하틀러'.
1102　목차는 '로브·그리예'.

1103　목차는 '유모어 人生'.
1104　목차는 'A·태이트'.
1105　목차는 372쪽. 본문이 맞음.

讀書쌀롱
- 韓國語版으로 나온 『新生國家論』 • (416)
- 니버의 『政治哲學』[1106] • (418)
- 쏘련에서 쎈세이슌을 일으킨 『이반·제니쏘비치의 하루』[1107] • (418)
- 美國의 베스트·쎌러의 首位를 차지한 『五月달의 七日間』[1108] • (420)
- 文學賞과 販賣部數 • (420)
- 文學賞소식 • (420)
- 제임스·죠이스의 『유리씨즈』를 出版한 女書店主 死亡하다 • (421)

編輯室앞 • (422)

編輯後記 • (424)

思想界 第11卷 第3號 通卷 第118號
(1963년 3월)

畵報·秘境의 『다울라기리』를 가다 • 朴鐵岩
　　사진·글 (11)

卷頭言·民主主義의 동은 터오는가? : 朴議長의 聲明은 軍政의 終末을 약속했다 • (26)

特別寄稿·우리 民族의 理想 : 우리 겨레의 세위 내 놓은 뜻 • 咸錫憲 (28)

三·一運動勃發의 槪略 • 玄相允 (44)

1106 목차는 '니버의 「政治哲學」'.
1107 목차는 '쏘련에서 쎈세이션을 일으킨 「이반·제니쏘비치의 하루」'.
1108 목차는 '美國의 베스트·쎌러의 首位를 차지한 「五月달의 七日間」'.

時言·다시 歷史의 轉換点에 서서 • 梁好民 (50)

對談·國民을 犯罪者로 몰지 말라 : 爲政者는 國民을 信賴하고 아낄 줄 알아야 한다 • 許政; 梁好民 (56)

時局은 다시 危機에 처했다 : 政權鬪爭의 安全辨부터 마련하자 • 申相楚 (64)

「過剰忠誠」의 過去와 展望 : 暴君의 臣은 暴君보다 더 暴惡하다 • 洪承勉 (70)

選擧法은 是正되어야 한다 : 國會議員 및 大統領選擧法 • 禹文孝 (76)

共和黨과 金鍾泌 플랜 : 「金師團」은 前進이냐? 休戰이냐? • 崔瑞泳 (80)

時事漫畵
- 急커브 • 申東憲 (86)
- 물론 이런 일이야 없겠죠만? • 金星煥 (87)

座談會·政党政治·政爭의 도가니 : 韓國政黨政治의 오늘과 내일 • 金相浹; 李邦錫; 金哲洙; 梁好民[1109] (88)

人權周邊·保障되어야 할 取材源秘密 : 記者·取材·證言拒否 • 金昊燮 (101)

理由없이 物價는 오르는가? : 物價統制過剰의 惡循環圖 • 김영록 (102)

特別寄稿·經濟援助와 韓國의 貧血症 : 그 莫大한 援助額이 모두 어디로 갔나? • 커트·로버트·마튜스[1110] (109)

1109 목차에는 '양호민'의 이름 누락.
1110 목차는 'K R 마튜스'.

社會時評

- 行方不明이 된 共和黨 事前 組織說 • 無鄕山人 (114)
- 文教政策 3百60度가 보여준 敎訓 • 無鄕山人 (114)
- 主婦와 食母를 울리지 말라 • 無鄕山人 (115)

움직이는 世界

- 흔들리는 西方圈 : 大西洋勢力과 歐洲大陸圈은 分家하는가? • (116)
- 中共은 原爆을 가졌는가 : 軍事的影響보다 心理的影響 重大 • (122)
- 轉換期에 선 美 · 쏘의 核戰略[1111] : 固定基地서 移動基地로, 液體燃料서 固體燃料로 • (124)
- 피로써 피를 씻은 이락革命 : 「左傾」벗었으나 經濟重壓 이겨낼까 • (126)
- 안으로 곪는 「브루네이」事態 : 馬來 · 印尼 對峙속에 장글戰 長期化? • (128)

特輯 · 苦悶하는 第三世代 : 不安 속의 젊은 世代를 위한 씸포지움

- 어떤 길이 바른 길인가? : 이 길을 갈까? 저 길을 갈까? 그것은 언제나 너 자신이 이니시아티브를 쥐고 있다.[1112] • 趙芝薰 (130)
- 젊은 世代의 自己主張 : 第三世代의 論理와 倫理 • 池明觀 (138)
- 때를 기다리는 法을 배워야한다 : 學生과 國家의 將來 • 金成植 (146)

캠퍼스動靜 · 「新陳代謝」 · 「朝令暮改」 • (155)

特輯 · 苦悶하는 第三世代 : 不安 속의 젊은 世代를 위한 씸포지움

- 無力感과 空想의 사이 : 社會變動과 靑年의 性格形成 • 金基錫 (156)
- 韓國學生은 保守的이다 : 아이젠크의 立場에 서서 • 金聖泰 (164)
- 現代靑年의 戀愛와 結婚 : 現代靑年의 性的 行動의 心理 • 鄭良殷 (172)

나의 大學時節

- 三年 英語工夫로 日人들과 겨루어 : 苦役의 豫科 一年課程은 나에게 커다란 資産을 남겨 주었다 • 李丙燾 (181)
- 醫學에서 政治로 • 朴浚圭 (183)
- 動亂속의 靑春과 浪漫 : 이른바 「戰中派」인 우리는 절름발이 學生시절 속에 고독을 배웠다 • 金永喆 (186)
- 그 一年이 아쉬워 : 進學이냐 · 入隊냐 하는 岐路를 넘어선 나에게 大學은 失望을 주었다 • 尹亨燮 (188)

畵報 · 二十代의 過剩情熱 : 韓國의 第三世代는 무엇을 하고 있는가? • 林範澤 사진 · 글 (191)

問題의 焦點 · 말썽많은 敎授와 「學園의 自由」 : 美國 미시간洲立大學의 S · 샤피로 紛糾 • (197)

나의 社會 一年生 時節

- 政治냐? 工夫냐? : 공부보다 抗日鬪爭을 • 金衡翼[1113] (198)
- 不遜하다는 잔소리 속에 : 珠板노이로제患者時節 • 文鍾健 (200)

1111 목차는 '轉換期에 선 美 · 쏘의 核戰爭'.
1112 목차는 '어떤 길이 바른 길인가? : 이 길을 갈까? 저 길을 갈까?'.

1113 목차는 '金衡益'. 본문이 맞음.

215

- 生活人 八年生의 辯：偶然·妄執·反抗의 時節 • 鄭宗植 (202)

民主主義敎育의 方向：民主主義敎育의 一般的·特殊의 原則과 韓國의 民主敎育 • 金俊爕 (205)

特輯·農業改革의 試鍊
- 쌀의 經濟學：쌀은 살아있다 • 朱碩均 (210)
- 韓國農業協同化의 方向：各國의 協同化分析을 통한[1114] • 朴基赫 (218)
- 農業政策의 새로운 展望：農民의 기본적이고 일반적인 노력을 組織化하자 • 金炳台 (228)
- 農協이 당면한 苦悶 • 蔡丙錫 (234)

常識人의 科學메모·生命의 神秘를 푸는 열쇠：核酸과 蛋白質에의 挑戰 • 李鍾秀 (240)

人物評·도노반 辯護士：東·西冷戰의 여울 사이에 살아있는 橋梁 • (244)

宗敎的인 宗敎：金亨錫 교수의 글에 대한 駐韓美國人 바하이 敎徒의 反論[1115] • 윌리엄·맥스웰[1116] (247)

三·一運動의 內幕·나더러 內亂罪因이라고？：三·一運動의 總師 崔麟氏의 自敍傳에서 • 崔麟 (250)

東京紀行·抵抗과 共感：人類愛에의 祈願 • 韓戊淑 (266)

브라질 移民通信：第四·五·六信·移民船 南印度洋을 通過·故國의 鄕愁를 달래주는 두장의 韓國版레코드 • 白玉彬 (274)

헤밍웨이의 遺稿·隨想錄·나의 人生觀·文學觀：人間의 信條 • 어네스트·헤밍웨이[1117]; 安東林 譯 (288)

問題作周邊 ①·銀·倫理·政治：죠셉·콘라드의『노스트로모』• 羅英均 (294)

수필
- 한 通에 三원整 • 安壽吉 (300)
- 古陶回想 • 金秉騏 (301)
- 사람·짐승·사람 • 白文基 (303)
- 문인과 화가 • 金星煥 (305)
- 앵무새主義 • 李相旭 (306)

사이언즈·코너·前衛音樂은 없어진다：拍手 잃은 現代의 前衛音樂 여기에도「革命」과「實驗」이 필요하다 • (309)

海外文壇
- 詩人 로버트·프로스트《美》• 金善淑 (314)
- 文學의 形式 (三)《英》：소설의 어제와 오늘 • 金鎭萬 (316)
- 敍事의 舞臺의 典型《獨》：M. 푸리쉬의 新作『안돌라』• 姜斗植 (319)
- 佛文學은 어디로《佛》[1118] • 브와데프르; 鄭明煥 譯 (322)

文學 씸포지움·新文學 五十年 (第三回) 評論篇
- 論文·現代理論을 向해서 半世紀：한국 비평의 변성한 특질을 본다 • 白鐵 (328)[1119]

1114 목차의 부제는 '各國의 協同化分析을 通한'.
1115 목차는 '宗敎的인 宗敎：金亨錫 敎授의 旅行記에 反駁하는 의미에서'.
1116 목차는 'W·맥스웰'.

1117 목차는 '헤밍웨이'.
1118 목차는 '佛文學은 어디로?《佛》'.
1119 목차는 327쪽. 본문이 맞음.

- 論文·誤解와 矛盾의 여울 목 : 그 歷史와 特性 • 李御寧 (338)
- 討論·理論과 實際의 不協和音 : 韓國文學評論半世紀의 今昔 • 金容權; 白鐵; 柳宗鎬; 李御寧; 洪思重 (346)

越北文化人의 悲劇 ③·林和의 悲劇 :『北의 詩人』의 作者에게 주는 말을 곁들여 • 崔泰應 (359)

久遠의 스승 : 李敭河先生님의 追憶 • 張世紀 (368)

詩
- 人間은 살아 있을 권리가 있다 • 李仁石 (370)
- 수풀이 한 때는 種子였다면 • 申瞳集 (372)
- 裸木 • 黃雲軒 (373)

本質的純粹와 經驗的非純粹·詩學評傳 (第拾貳回) 完 • 宋稶 (374)

問題의 作家를 찾아·누벨버그의 女流作家 : 크리시안느·로슈휘르를 찾아서 • 朴仁熙 (392)

城砦 (連載一回) • 鮮于輝 (396)

四月號 新連載 豫告 • (423)

讀書쌀롱
- 柳宗鎬評論集『非純粹의 宣言』• (424)
- 『PT 一〇九』• (424)
- 現代政治와『革命의 解剖』• (425)
- 한국 출판史上 최악의 해 • (426)
- 하아파小說賞을 탄『모래자갈』• (426)

- 大英百科辭典 出版賞 • (427)
- 最初의 韓國語完譯版『캔터베리 이야기』•(427)

編輯室앞 • (428)

編輯後記 • (430)

思想界 第11卷 第4號 通卷 第119號
(1963년 창간10주년기념특별증간호)

畫報·寫眞作品으로 본 战后世界 • 成樂寅選(11)

卷頭言·戰後思想十八年의 展望臺 : 本誌創刊十周年紀念特別增刊號를 내면서 • (26)

오늘의 世界와 來日의 世界
- 思想史로서의 戰後世界 : 구체적인 人間과 社會의 이해를 위해 • 李鍾雨 (30)
- 現代史에 있어서의 戰爭과 平和 : 自由社會의 存立을 위하여 • 金成植 (36)
- 核武器競爭의 時代 : 「恐怖의 均衡」과 世界平和의 길목 • 洪承勉 (46)
- 東·西援助競爭의 世界 : 植民地爭奪로부터 援助競爭으로 • 趙東弼 (54)
- 리포트·東·西冷戰 十八年史 : 人類史의 試鍊·冷戰型思考라는 悲劇의 誕生 • 林芳鉉 (65)

20世紀思想의 冒險
- 戰後思想의 變貌 : 歷史·人間·言語에 대한 思想의 冒險 • 申一澈 (80)
- 陣痛하는 科學思潮와 人間性의 危險 : 科學의 발달과 人間性의 退廢 • 權寧大 (89)
- 두 개의 文化 : C·P·스노우를 중심으로 • 金容權 (96)

217

- 새로운 神學의 前衛들 : R · 니버, P · 틸리히,
  R · 불트만, K · 바르트 • 朴鳳琅 (104)
- 쏘련哲學의 片貌 : 그 神學的性格 • 崔東熙
  (118)
- 宗敎에 관한 東 · 西의 對話 : 西洋人의 東洋
  宗敎研究를 中心으로 • 李箕永 (124)
- 非人間化와 抽象에의 冒險 : 現代藝術의 경
  우 • 呂石基 (132)
- 리포트 · 現代哲學思潮의 系譜 : 이데아와
  로고스의 哲學에서 리얼리티와 파토
  스의 哲學으로 • 安秉煜 (137)

戰後世界의 政治와 行動
- 現代의 獨裁政治 : 파씨즘은 결코 過去의
  것이 아니요 軍事獨裁는 그 自身을 無
  用케 하지 않는다[1120] • 申相楚 (150)
- 現代政黨의 變貌 : 西歐(특히 西獨) 政黨의
  理念과 經濟政策 • 金哲洙 (157)
- 유엔의 變質過程과 展望 : 새로운 유엔을
  갈망하며 • 閔丙岐 (170)
- 美國의 對外政策 : 冷戰과 恐怖의 均衡 • 朴
  俊圭 (179)
- 스탈린以後 쏘련의 世界政策 : 쏘련의 오
  늘 · 동생도 나이 먹으면 형과 같이 늙
  어 간다 • 尹河璿 (188)
- 東歐人民民主主義 苦悶 : 그 形成過程과 本
  質 • 梁興模 (200)
- 리포트 · 美 · 쏘의 國力比較 : 平面的 · 立
  體的으로 본 그 水準과 趨勢 • 趙世衡
  (207)
- 리포트 · 쏘 · 中共 · 北傀間의 三角社說戰 :
  서로가 헐뜯는 「프라우다」紙 · 「人民
  日報」 · 北傀 「노동신문」間의 三角對
  決 • (220)

漫畫를 통해 본 戰後 18年 • (235)

福祉社会로 가는 길
- 變貌하는 現代資本主義 : 二十世紀의 資本
  主義는 「革命過程」에 있는가?[1121] • 趙
  璣濬 (246)
- 美國經濟와 世界經濟 : 딸라와 國際景氣의
  氣象 • 金定台 (254)
- 先進國과 後進國 : 「貧困의 惡循環과 自立經
  濟」 • 김영록 (259)
- 西歐經濟統合과 그 周邊 : 世界經濟의 組織
  化傾向 • 李相球 (268)
- 쏘련의 計劃經濟 : 그 苦悶과 批判 • 全石斗
  (277)
- 西獨 · 日本 = 十五%의 經濟成長 : 隱忍의
  歲月 속에서 誕生된 奇蹟[1122] • 李冕錫
  (290)
- 北歐 諸國의 福祉社會 : 集中 · 獨占이 없는
  富의 均等과 社會保障 • 卓熙俊 (300)
- 리포트 · 後進國開發 및 外援研究動向 : 政
  治的獨立이 성취된다해서 經濟自立이
  스스로 이룩되는 것은 아니다 • 金潤
  煥 (309)

疎外時代의 人間과 社会
- 社會解體와 人間의 實存 : 모든 人間의 노력
  은 그 實存을 위해서 베풀라 • 李萬甲
  (340)
- 매스 · 콤과 主體性의 喪失 : 韓國에는 아직
  大衆化現象이 적다 • 洪承穆 (348)
- 性모랄과 人間關係의 變遷 : 소리 없는 革命
  途上의 人間疎外 • 高永復 (356)

1120 목차는 '現代의 獨裁政治 : 파씨즘과 軍事獨裁의
성격'.

1121 목차는 '變貌하는 現代資本主義 : 二〇世紀의 資本
主義는 「革命過程」에 있는가?'.

1122 목차는 '西獨 · 日本 = 十五%의 經濟成長 : 隱忍의
歲月 속에서 誕生된 기적'.

- 女性運動의 어제와 오늘 : 二次大戰 前後에 있어서의[1123] • 李兌榮 (365)
- 現代官僚의 社會的性格 : 權威誇示와 權威 追求에 매인 官僚群 • 金彩潤 (378)
- 오토오메이션時代와 人間 : 사람을 機械의 附屬品化하는 위기 • 金聖泰 (384)
- 戰後의 젊은이들 : 주로 英國과 韓國의 경우 • 金鎭萬 (392)
- 논쟁 · 쏘련의 民主化는 可能할까? (下) : 〈쏘련의 民主化를 위요한 贊否兩論〉 否 = 쏘련의 改革에는 制限이 많다 • 줄리어스 · 제이콥선[1124]; 朴浩潤 譯 (402)

民族解放의 世紀
- 新生諸國의 偉大한 覺醒 : 亞 · 阿後進地域의 民族革命 • 車基壁 (426)
- 植民主義와 帝國主義 : 보이지 않는 손이 더 무섭다 • 宋建鎬 (434)
- 西歐民主主義의 아시아 移植 : 옮겨 심어도 꽃이 펴야지 • 李克燦 (442)
- 後進國指導者論 : 民族의 指導者가 登場할 수 있는 社會의 基礎 • 禹炳奎 (451)
- 리포트 · 쿠데타의 地圖 · 後進國 : 政治的不安과 貧困의 惡循環이 낳은 것 • 文炯宣 (462)

새로운 韓国의 길
- 오늘의 韓國社會思想 : 知的貧困에서 오는 황무지의 雜草[1125] • 洪以燮 (480)
- 極東의 將來와 韓國問題 : 一九六〇年代의 中國과 日本과 우리의 立場 • 朴浚圭 (487)

- 韓國民主化의 問題點 : 意識構造와 社會經濟構造面에서 • 梁好民 (494)
- 李承晚時代의 終焉 : 一九六〇年二月三日부터 百十八日間의 「革命日誌」 • 千寬宇 (501)
- 體質改善없는 外援十八年史 : 封建 · 植民 · 分割 · 戰災의 四重災難터전 위에서 • 夫琓爀 (514)
- 리포트 · 解放十八年의 政治變動 : 解放, 軍政, 李政權, 六 · 二五, 四 · 一九, 第二共和國, 軍革 • 金景來 (524)

編輯後記 • (540)

思想界 第11卷 第5號 通卷 第120號
(1963년 4월 창간10주년기념특별증간호)

畵報 · 本誌를 빛내준 故人들 : 創刊十周年을 맞으며 追慕한다 • (11)

卷頭言 · 信賴感에 기반한 「마음의 革命」 : 本誌創刊十周年紀念에 즈음하여 • (26)

民衆이 政府를 다스려야한다 : 自由는 감옥에서 알을 까고 나온다 • 咸錫憲 (28)

宗敎人의 紙上 祈禱
- 主여! 갈림길에서 몸부림치고 있나이다 • 김재준 (32)
- 기원 • 한경직 (34)
- 우리에게 가장 좋은 길을 알게 하소서 • 홍현설 (38)

四月은 살아있다 : 學生의 피는 곧 民族의 피요 國民의 아들의 피다 • 李恒寧 (41)

1123 목차는 '女性運動의 어제와 오늘 : 二次大戰 以後에 있어서의'.
1124 목차는 '제이콥선'.
1125 목차는 '오늘의 韓國社會思想 : 知的貧困에서 오는 荒蕪地의 雜草'.

政治指導者의 智慧 : 새 그릇·새 智慧를 가진
　　指導者의 待望 • 洪鍾仁 (48)

英國의 保守主義 : 理想도 꿈도 情熱도 없는
　　英國保守主義者 • 金相浹 (58)

平和的 政权交替의 保障 : 오늘의 政治生理는
　　原始쟝글의 그것인가? • 金箕斗 (67)

軍事革命이 남긴 足跡 : 革命軍人 역시 특별
　　한 사람들은 아니었다 • 崔錫采 (72)

革命經濟 二年의 決算 : 計劃遂行이냐? 經濟
　　安定이냐? • 金民彩 (78)

失敗한 敎育革命 : 革命政府文敎政策의 批評 •
　　許鉉 (85)

特輯·問題意識을 바로 잡자
- 끈덕진 民主主義에의 熱意 : 짓밟히고 짓밟
　　히고 또 짓밟혀도 • 洪承勉 (96)
- 三·一六聲明의 理論의 批判 : 政治는 權謀가
　　아니고, 術數도 아니다 • 金成植 (100)
- 韓國은 民國이다 : 軍政延長은 國家的悲劇 •
　　申相楚 (106)
- 民主政治의 中斷은 없다 : 民主政治는 반드
　　시 迂廻曲折한다는 根據는 없다 • 卓熙
　　俊 (112)

캠퍼스動靜·季節의 音響 속에 또 다시 • (115)

特輯·問題意識을 바로 잡자
- 좀더 冷靜히 생각하자 : 危機의 克服을 위
　　한 提言 • 趙芝薰 (116)
- 國家安定은 軍政延長이어야하나? : 政局收
　　拾策과 軍政延長論을 民政移讓으로 止

揚하는 길 • 夫琓爀 (120)

政治人들의 見解·宣誓를 저버리지 말라
- 軍政延長과 國民投票에 對하여[1126] • 金炳魯
　　(130)
- 三·一六聲明을 無條件 撤回하라 • 卞榮泰
　　(132)
- 二·二七宣誓의 時點으로 되돌아가야 한다
　　• 尹潽善 (133)
- 三·一六聲明에 對한 所感 • 李範奭 (134)
- 軍政延長은 悲劇이다 • 許政 (136)
- 왜 國民投票를 反對하는가? • 洪翼杓 (138)

時事漫畵
- 「샘」의 獨白 • 申東憲 (142)
- 가다가 되 돌아선 車 • 金星煥 (143)

社會時評·新聞들여다 보기가 무섭다 • 無鄕
　　山人 (144)

앙케트·나는 이렇게 본다
- 三·一六 事態 • 金箕斗[1127] (146)
- 原則에로 돌아가자 • 金鎭萬[1128] (146)
- 더 合理的인 歷史方向을 摸索하기 바란다 •
　　白鐵 (147)
- 「宣誓」하던 마음자리로 돌아가자 • 申一
　　徹[1129] (150)
- 自由와 民主主義의 確立 • 安秉煜 (151)
- 「二·二七」의 姿勢로 되 돌아 가자 • 梁好民
　　(152)
- 極端의 길을 버리라 • 李熙昇 (153)

1126 목차는 '軍政延長과 國民投票에 대하여'.
1127 목차는 '김기두'.
1128 목차는 '김진만'.
1129 목차는 '申一澈'. 목차가 맞음.

- 할 말이 있다 • 崔錫采[1130] (154)
- 풀기 어려운 疑問 많다 • 홍종인 (155)

知性의 座標 · 作家精神의 自由問題 : 쏘련의
「反스탈린」以後의 새로운 思潮 • (157)

새 世代는 健康한가? : 世代交替와 體質改善
에 부쳐서 • 林芳鉉 (158)

獨立文化賞規定 • (164)

經濟開發의 展望 • J · K · 갤브래이스; 金泳祿 譯
(166)

畵報 · 翻意! 翻意! 翻意? : 公約 第六項은 履
行되는가? • 한국일보 · 조선일보 사진제공
(175)

紀行文 · 스칸디나비아의 政治風土 : 完璧에
이른 社會福祉 속에 「老人化」라는 社
會現象의 색다른 不安 • 鄭然權 (181)

『종이 호랑이』 論爭 : 쏘련의 유럽 第一主義
에 대한 中共의 挑戰 • 金永俊 (190)

움직이는 世界
- 아랍統一의 새 날은 밝는가? : 中東을 뒤흔
드는 革命의 물결 • (198)
- 美國과 英 · 西獨의 政情 : 兩國에 進出하는
社會黨系의 趨勢 • (204)
- 社會主義로 내닫는 버마 : 온지의 沒落과
틴페准將의 得勢 • (206)
- 統合을 바라보는 亞洲經濟 : 歷史的인 에카
페 十九次總會의 決算 • (208)

- 小康期 접어드는 쏘 · 中共 싸움 : 世界共産
黨大會와 時代間隔의 問題 • (209)

클레이 外援委報告書 (拔萃) : 韓國軍事力은 自
衛上의 必要보다 過大한가? • (212)

特輯 · 世界를 움직이는 新聞들
- 美國 · 言論은 民의 편이다 : 「크리스찬 · 싸
이언스 · 모니토」의 경우 • 金瓊元 (220)
- 쏘련 · 쏘련共産黨 宣傳紙 : 「푸라우다」의
경우 • 金容九 (226)
- 英國 · 新聞以上의 存在 「자 · 타임즈」 • 金鎭
萬 (234)
- 西獨 · 地方紙의 發達 : 代表紙로는 「디 · 벨
트」와 「프랑크푸르터 · 알게마이네」 •
太鎔灝 (239)
- 프랑스 · 知性과 理性의 헤랄드 : 「르 · 몽
드」와 「엑스푸레스」
= 「르 · 몽드」의 경우 • 金光源 (246)
= 「엑스푸레스」의 경우 • 朴仁熙 (248)

座談會 · 自由精神의 殿堂들 : 世界各國의 大學
生 生活 • 姜斗植; 朴玉茁; 文祥得; 張基槿;
金圭煥; 타워터; 徐明源[1131] (251)

나와 思想界 : 創刊十周年에 부쳐서
- 항상 빚을 진 느낌 • 兪鎭午 (262)
- 避難時節에 사귄 親舊 • 金八峰 (264)
- 請託 · 創作 · 審査 • 安壽吉 (266)
- 家族같은 愛着 • 玄勝鍾 (268)
- 나와 咸錫憲先生 • 安秉煜 (270)
- 主幹이라는 職啣과 아름다운 追憶 • 金聲翰
(274)

1130 목차는 '최석채'.

1131 목차는 '서울大學校 學生指導者研究所 提供'.

「思想界」十年의 발자취를 더듬어 : 執筆者의 一人으로서[1132] • 申相楚[1133] (277)

나와 雜誌 (上) : 「思想」 創刊十週年을 맞으며 • 張俊河 (282)

人物評
- 最年少黨首 해롤드 · 윌슨 • (292)
- 時限爆彈都市와 市長 브란트 • (294)

常識人의 科學메모 · 太陽에너지 利用에의 길 : 그 풍부한 貧鑛은 이렇게 開發되고 있다 • 李鍾秀 (296)

브라질移民通信 · 第七信[1134] · 不安해지는 마음을 달래면서 • 白玉彬 (300)

上海時節의 · 島山 : 二五周忌를 맞아 上海에서 島山先生을 모신 筆者의 回想 • 金基昇 (306)

李承晩論 • 宋建鎬 (313)

나의 回想記 (一回) · 禁酒하라는 母訓 • 金東成 (326)

歷史小說과 考證 : 洪曉民氏의 反駁에 答하여 • 權五惇 (332)

韓國 에큐메니칼運動의 課題 : 하나의 問題史的 考察[1135] • 鄭賀恩 (336)

特派員通信 = 日本에서 · 松本淸張은 人間타이프라이터인가? • 田駿 (343)

쏘련前衛文學의 動向 • 마냐 · 아라리[1136]; 吳澄子 譯 (346)

수필
- 秩序에의 念願 • 崔德新 (354)
- 프랑크푸르트의 압펠바인[1137] • 申泰煥 (356)
- 핏줄 • 梁興模 (358)
- 사랑하는 나의 生活 • 朴敬洙 (360)
- 사투리 有感 • 朴成龍 (362)
- 削髮 有感 • 劉順德 (364)

사이언즈 · 코너 · 建築美學의 未來 : 오스카 · 니에미엘과 브라질리아 • (366)

海外文壇
- 「쎈타 · 四二」運動의 이모저모《英》: 웨스카와 핀타의 경우 • 李根三 (370)
- 옥스브릿지 出身의 젊은 奇才들《英》: The New University Wits. • 文祥得 (373)
- 西獨文學의 首都《獨》 • 安仁吉 (376)
- 쏘련文化의 陣痛《쏘》: 最近의 文化論爭을 中心으로 • 李浩哲 (379)

映画片相
- 「苛酷」의 意味 : 『高麗葬』評 • 呂石基 (383)
- 寓話的인 寫實性의 追求 : 『高麗葬』의 스타일과 方法 • 李英一 (384)
- 知覺있는 「固執不通」의 죽음 : 西部版 「말광량이 길들이기」―『빅 · 칸츄리』 • 趙昶 (386)

越北文化人의 悲劇 ④ · 薛貞植의 悲劇 : 「告訴狀을 읽고 놀랄 것은 없었다」 • 崔泰應 (388)

1132 목차는 「思想界」 十年의 발자취'.
1133 목차는 '신상초'.
1134 목차는 '移民通信'.
1135 목차는 '韓國에 에큐메니칼運動의 課題'.

1136 목차는 'M · 아라리'.
1137 목차는 '프랑크로트 · 압펠바인'.

詩
- 斷想 • 朴泰鎮 (395)
- 아아 내 祖國 • 辛東門 (397)
- 待人歌 • 金在元 (400)

六十年의 配當 (第一部) 三百五十枚全載 • 李
　　浩哲 (402)

第五回 思想界新人文學賞募集要綱[1138] • (447)

読書쌀롱
- 二十世紀思索의 一大饗宴 : 現代危機의 哲
　　學 • (448)
- 經濟實務者를 위한 핸드 · 북 : 『後進國工業
　　開發論』 • (449)
- 國內出版短信 • (450)

編輯室앞 • (452)

編輯後記 • (454)

思想界 第11卷 第6號 通卷 第121號
(1963년 5월)

畵報 · 童心의 五月 : 憲章은 녹쓸어도 • 임범택
　　사진; 조광해 글 (11)

卷頭言 · 議會民主主義를 謀略하지 말라 : 對
　　日依存傾向을 警戒한다 • (26)

民主主義와 歷史意識[1139] • 高柄翊 (28)

새 憲法의 根本的 問題点 : 甚히 염려스런 大
　　統領權限의 肥大症 • 玄勝鍾 (34)

大統領論 : 自主性있는 人格, 現代 이데올로기
　　의 慧者待望 • 金箕斗 (42)

韓國政治는 非論理인가? • 尹亨燮 (47)

事大主義와 民族主義 : 政爭의 道具로 쓰이는
　　政治人의 主義 · 主張 • 朴奉植 (56)

軍隊的인 너무나 軍隊的인 : 革命은 國民의 內
　　部에서 있어야 한다는데?[1140] • 辛東門
　　(62)

日本의 対韓觀을 批判한다 : 池田首相과 大平
　　外相의 경우 • 朴運大 (68)

歷史는 結果로써 審判한다 : 「二 · 二七」宣誓
　　「三 · 一六」, 「四 · 八」聲明이 뜻하는 것
　　• 金聖悅 (75)

特輯 · 獨裁政党의 悲劇
- 法과 獨裁 : 民主國家의 法秩序와 獨裁政治
　　• 黃山德 (84)

캠퍼스動靜 · 「軍務 · 戀愛 · 煩悶의 反問」 • (91)

特輯 · 獨裁政黨의 悲劇
- 指導者國家 · 黨國家 : 世紀的인 惡夢이 再現
　　되지 않는다는 保障은 없다 • 金河龍 (92)
- 볼쉐비크黨과 파씨스트黨 : 獨裁 = 黨에 대한
　　反對는 國家에 對한 反逆 • 李邦錫 (98)

1138 목차는 '第五回思想界新人文學賞要綱'.
1139 목차는 '民主主義와 歷史意識 : 自由와 權利를 맛
　　본 사람들에게 절대적인 것'.

1140 목차는 '軍隊的인 너무나 軍隊的인 : 革命은 國民
　　의 內部에서 있어야 한다는데?'.

- 中共黨의 獨裁化過程 : 「長期共存 · 互相監督」의 現實 • 朴東雲 (105)
- 韓國의 一點半政黨論 : 第三共和에 있어서의 政黨政治의 展望 • 韓己植 (114)
- 新生國家와 一黨獨裁 : 獨裁에 대치될 수 있는 政治制度는? • 윌리암 · A · 다글라스[1141] (124)

國際通貨體制의 危機와 展望 : 資本主義의 運命을 賭할 딸라가 나아갈 길 • 張源宗 (131)

財閥論 : 規模 · 形態 · 過程을 통해 본 世界財閥과 國內財閥 • 文炳宣 (142)

美國援助의 展望 : 民主主義的傳統에 배치되는 援助는 안된다 • 김영록 (150)

社會時評
- 無社說十二日의 歷史를 남긴 言論界 • 無鄕山人 (156)
- 四 · 一九紀念行事의 主催權是非 • 無鄕山人 (157)

움직이는 世界
- 멍드는 라오스의 中立 : 자르平原의 銃聲에 쏠린 世界의 冷戰神經 • (158)
- 열매 익어가는 아랍統合 : 三星旗 아래 三千七百萬의 大版圖 • (161)
- 美國을 衝激한 스레셔號 事件 : 核潛艦의 實用性에 再檢討論도 • (163)
- 흐루시쵸프는 動搖하는가? : 許多한 失策의 상처 속에 六十九歲의 고비 • (165)
- 카나다에 登場한 피어슨內閣 : 디펜베이커 敗退로 美核政策승리 • (167)

- 줄어드는 돈 · 까다로워지는 條件 : 케네디 外援敎書와 美國의 對外政策 • (169)

뉴욕新聞罷業의 總決算 : 公益性과 충돌한 罷業權의 苦悶 • 趙世衡 (171)

世界의 裏窓
- 日本通信 · 韓 · 日會談과 日本의 黑心 : 소위 韓 · 日經濟協力問題를 中心으로 • 田駿 (180)

時事漫畵 · 헤이 · 유— · 겟업 • 申東憲 (183)

特輯 · 軍事 쿠데타의 가는 길
- 아랍世界의 「救世主」 낫셀 : 쿠데타를 革命에로 昇華시킨 民族主義者 • 禹炳奎 (184)
- 캇셈의 쿠데타는 失敗했다 : 强制力의 管理者인 軍隊의 權力獨占이 남긴 것 • 鄭然權 (195)
- 카브리海의 怪物 카스트로 : 美國 · 큐바 · 中南美 • 權五琦 (202)
- 터어키革命이 假飾한 것은? : 名分을 찾아야만 될 터어키革命 • 鄭成觀 (210)
- 네 · 윈式 社會主義의 熱度와 風勢 : 軍事獨裁 아래 社會主義가 强行되는 버마 • 梁興模 (216)

엥크루마의 苦悶 : 祖國의 繁榮, 아프리카의 統合 • 朴重熙 (222)

美国에도 「軍部의 陰謀」가 있을 것인가? : 「五月의 七日間」과 「軍部産業뻘력」의 極右化 • (228)

人物評 · 「自由」의 횃불 씨드니 · 후크 : 그의 六十回甲에 나온 「自由의 逆理」와 • (236)

1141 목차는 'W · A · 다글라스'.

知性의 座標·「猥褻」과 文學의 모랄 問題 •
  (239)

正義의 法律家 나이저의 自叙 : 「나의 法廷生
  活」의 하나 「誹毀訴訟」• 루이스·나이저
  [1142]; 李文桓 譯 (240)

브라질移民通信 · 2月 14日~3月 8日 · 브라질
  의 韓國人 : 謝肉祭의 흥분 속에서 香
  水의 洗禮를 • 白玉彬 (253)

桓因·桓雄·桓儉은 곧 「하나님」이다 : 基督敎
  立場에서 본 檀君神話 • 尹聖範 (258)

나의 回想記 ② · 善竹橋와 血竹 : 나는 血竹을
  보았다 • 金東成 (272)

日本에 다녀와서 • 馬海松 (278)

陶山紀行 • 朴鍾鴻 (288)

對談 · 韓国舞台芸術의 展望 • 呂石基; 吳華燮
  (301)

수필 · 나의 人生教師
 - 冊床물림과 낙지族 • 李熙昇 (312)
 - 그는 나의 아내 • 安鎬三 (314)
 - 人生을 살려고 하는 사람 • 柳達永 (316)
 - 損者三友 • 孫宇聲 (317)
 - 教師不在의 辨 • 呂石基 (319)
 - THE SIMPLE LIFE • 金明水 (321)
 - 월덴湖水가의 소로우 • 金東吉 (323)

映画片想 · 길은 험해도 나는 가리라 : 『엘
  마 · 캔트리』• 황호 (326)

連載 · 土月会이야기 (一) : 韓國 新劇運動을 回
  顧한다 • 朴勝喜 (328)

越北文化人의 悲劇 ⑤ · 李箕永의 悲劇 : 그도
  역시 悲劇에서 헤어날 수는 없다 • 崔
  泰應 (344)

詩
 - 打令調 (十一) • 金春洙 (352)
 - 이 사람을 보라 : 一九六二 · 八 · 一七 西베
    르린 市民에 부침 • 尹一柱 (353)
 - 女人坐像 • 洪允淑 (355)

베스트 · 쎌러轉載
 - 解說 • (357)
 - 美國 · 軍事革命挫折되다 : 『五月의 七日間』
    • F · 네벨; C · W베일리 二世; 安東林 譯 (358)

連載小說 · 勝者와 敗者 (一回) • 韓雲史 (378)

第五回 思想界新人文學賞募集要綱[1143] • (401)

連載小說 · 城砦 (二回) • 鮮于輝 (402)

編輯室앞 • (422)

編輯後記 • (424)

思想界 第11卷 第7號 通卷 第122號
(1963년 6월)

畵報 · 奇蹟을 孕胎한 白雲山 : 共同營農과 山
  地開墾 • 林範澤 사진; 曺廣海 글 (11)

1142 목차는 'L · 나이저'.

1143 목차는 '思想界第五回新人文學賞作品募集要綱'.

卷頭言 · 歷史는 이 時期를 어떻게 審判할까?
: 民政은 「施惠」받는 것이 아니다 ● (26)

病든 政治權力 : 被治者의 同意를 强制하는 暴
政의 生理 ● 李克燦 (28)

韓國의 兩党制度 : 妥協과 寬容을 가진 政黨政
治의 出現을 염원하며 ● 吳炳憲 (35)

韓国의 將來와 一九六三年[1144] ● 趙淳昇 (44)

選擧法의 改正은 必要하다 : 公明選擧를 通한
民政移讓을 爲하여 ● 韓東燮 (54)

北傀獨裁 十八年의 政治変動 ● 韓載德 (59)

쌀의 危機냐? 쌀政策의 危機냐? ● 김영록 (66)

後進國의 國家資本主義 : 民間企業育成의 方
便以上가는 政府의 過度關與가 남기
는 것 ● 李甲燮 (71)

歐美經濟生活을 엿보고 : 伸張되어야할 消費
者主權 ● 全石斗 (78)

時事漫畵 · 選擧무드 ● 申東憲 (85)

特輯 · 韓 · 日關係의 底流
- 日帝가 韓國에 남긴 것 : 回顧하기조차 싫
은 倭政時節 三十五年間 ● 劉鳳榮 (86)
- 아시아와 日本 : 日本을 어떻게 理解하여야
하나 ● 金成植 (96)
- 日本의 政治風土 : 東京往來點想記 ● 李弘稙
(103)

- 日本의 經濟攻勢 : 民族의 生命이란 數億弗
로 左右되는 것이 아니다 ● 安霖 (110)
- 韓 · 日間을 다리놓은 日人들 : 韓 · 日協商
과 日政界氣象圖 ● 崔瑞泳 (117)
- 韓國軍事政府와 日本 : 日本議會의 對韓議
事錄을 통해서 본 ● 田駿 (124)

海外通信
- 에집트 · 바아스黨과 낫셀 : 새로운 아랍統
一共和國의 길 ● 柳正烈 (140)

特派員通信
- 西獨 · 獨逸社民黨 百年 : 悲劇의 獨逸史를
살아온 社會主義政黨 ● 太鎔灣 (146)
- 日本 · 日本의 五月論調 : 싹트는 새로운 思
考 ● 전준 (153)

움직이는 世界
- 새 「中道」찾는 求心運動 (최근의 伊 · 英 · 獨 ·
和 및 쏘 · 東歐圈) : 左는 右傾化 · 右는
左傾化 ● (156)
- 溪谷은 못메워도 架橋는… : 七月의 쏘 · 中
共會談과 흐首相의 位置 ● (162)
- 또 한번 놓친 妥協의 機會 : 되나 · 안되나 —
제네바 軍縮協商 ● (164)
- 눈부신 黑人의 組織的鬪爭 : 南部白人의 據
點 버밍햄도 무너지는가 ● (166)
- 宇宙綜合競技에서 다시 得點 : 美, 머큐리
計劃完遂로 쏘에 肉薄 ● (169)

廣告를 告發한다
- 日本商品廣告의 浸透 : 新聞廣告의 어제와
오늘 ● 崔埈 (172)

知性의 座標 · 내셔날리즘의 非神話化 : 가나
共和國 스위팅卿의 繪畵와 信念 ● (177)

1144 목차는 '韓國의 將來와 一九六三年 : 韓 · 日國交正
常化가 美軍撤收를 낳아서는 안된다'.

廣告를 告發한다
- 廣告倫理의 確立이 아쉽다 :「맞는 廣告」운
  동이 일어나야 한다 • 朴權相 (178)
- 放送廣告를 批判한다 : P·R 管理와 商業放
  送 • 金容重 (184)

社會時評
- 海賊出版과 剽竊映畵의 根絶策없나 • 無鄉
  山人 (190)
- 政治犯特赦 有感 • 無鄉山人 (190)
- 外國人教授들의 韓國問題論爭 • 無鄉山人
  (191)

人物評 · 로버트 · 케네디 美法務長官 • 鄭元洌
  (192)

常識人의 科學메모[1145] · 바다는 이렇게 開發
  되고 있다 : 아직도 利用餘地 많은 무
  진장의 寶庫 • 李鍾秀 (196)

第三共和國과 知識人 : 총명을 지닌 批評精神
  이 아쉽다 • 徐泰一 (200)

캠퍼스動靜 ·「不辯之 辯」곧 沈黙(?) • (203)

地方大學의 自己主張 : 남이 우리를 버리기 전
  에 우리 스스로가 자기를 버리는 슬픈
  歷史를 만들지 말라[1146] • 李鍾恒 (204)

佛教는 無神論이다 : 李箕永先生의 所論을 읽
  고 • 원의범 (210)

半世紀의 社會를 要約한「TIME」誌 :「타임」
  誌 · 四十周年紀念祝宴의 밤 • (217)

연재 ① · 아프리카의 風土와 政治 (一) : 氣候 ·
  人種 · 言語의 槪觀 • 金昌勳 (222)

遊牧民의 나라 蒙古 紀行 : 래티모아의 人類
  學研究를 위한 답사에서 • 오웬 · 래티모
  아[1147]; 韓致煥 譯 (232)

旅窓散策 ① · 손의 哲學 • 安秉煜 (244)

나의 回想記 ③ · 旅券없이 美國留學 • 金東成
  (251)

르뽀르따쥐 · 白雲山農場
- 共同營農의 實驗台 : 未來에 사는 사람들의
  고장 • 曹廣海 (258)

特別寄稿 · 五月國際音樂祭의 結實 • 제임스 · 웨
  이드[1148] (266)

연재 ① · 眞實과 反抗의 自敍傳 : 쏘련 世紀
  兒 · 에프투셴코의 告白 • 에프투셴코; 洪
  承五 譯 (268)

映画片想 · 이것이 人生의 잔 재미냐? :『화
  니』를 보고[1149] • 정숙 (280)

連載 · 土月会 이야기 (二) : 韓國新劇運動을 回
  顧한다 • 朴勝喜 (282)[1150]

越北文化人의 悲劇 ⑥ · 韓雪野의 悲劇 : 그도
  숙청의 운명을 기다린다 • 崔泰應 (295)

1145 목차는 '科學常識'.
1146 목차는 '地方大學의 自己主張 : 자기를 버리는 슬
  픈 歷史를 만들지 말라'.

1147 목차는 'O · 래티모아'.
1148 목차는 'J · 웨이드'.
1149 목차는 '이것이 人生의 잔 재미냐? :『화니』'.
1150 목차는 182쪽. 본문이 맞음.

수필
- 텔레비여 안녕히 • 韓洀劤 (302)
- 美式蹴球와 國歌와 • 吳華燮 (303)
- 騷音 • 박용구 (305)
- 욕심을 응시한다 • 南郁 (306)
- 옛이야기에 대하여 • 朴順女 (308)
- 出生 · 倦怠 · 죽음 • 李成大 (309)
- 걸음마 • 李度珩 (312)

사이런즈 · 코너 · 쏘피아 · 로렌의 人生診斷 :
作家 모라비아와 女優 로렌과의 對談
에서? • (314)

海外文壇
- 二十世紀 쉑스피어 批評의 傾向 〈英〉 • 鄭秉
俊 (320)
- 心理 · 歷史學的 藝術論 〈美〉 • 盧熙燁 (322)
- 푸리드릿히 · 헵 벨 (一八一三~一八六三)
〈獨〉: 誕生 一五○周年을 맞이하여 •
郭福祿 (325)
- 感覺的感受에서 形而上學으로 〈佛〉[1151] :
잃어버린 프루스트를 찾아서 • 李桓
(328)
- 젊은 反抗詩人의 屈服 〈쏘〉 : E · 에프투셍
코와 『바비이 · 야르』• 金鶴秀 (331)

座談會 · 文学芸術에 있어서의 性과 檢閱 :
「플레이 · 보이」誌 一九六一年 七月號
에서 • (335)

詩
- 不在의 在 : 雲門寺溪谷에서 • 柳致環 (348)
- 一九六三年의 築臺 • 金容浩 (349)
- 깡냉이 辭說 • 金鍾元 (350)

創作 · 寧日 • 李文熙 (351)

連載小說
- 城砦 (三回) • 鮮于輝 (364)
- 勝者와 敗者 (二回) • 韓雲史 (380)

베스트 · 쎌러轉載 · 美國 · 軍事革命挫折되다 :
『五月의 七日間』 (二回) • F · 네벨; C · W베
일리 二世; 安東林 譯 (390)[1152]

編輯室앞 • (422)

編輯後記 • (424)

思想界 第11卷 第8號 通卷 第123號
(1963년 7월)

畵報 · 水災, 쌀, 民心 • 한국일보 · 조선일보제공 (11)

卷頭言 · 破綻 直前에 서서 • (26)

自由앞에 敗北한 軍政 : 護國卿 크롬웰의 軍事
獨裁 • 閔錫泓 (28)

民生苦의 政治經濟學 : 低成長의 韓國經濟 •
趙東弼 (36)

생각있는者 먼저 나서라 : 學生들의 正義感은
健在한가? • 金成植 (42)

休戰會談에 依한 假想平和 : 休戰 열돚을 맞으
며 • 朴觀淑 (50)

캠퍼스動靜 · 「炎帝」=暴君을 이기는 良識 • (55)

1151 목차는 '感賞的 感受에서 形而上學으로 〈佛〉'.

1152 목차는 190쪽. 본문이 맞음.

危脅[1153]하는 勞賃問題 : 곪아터지는 勞動層의
　　民生苦 • 김영록 (56)

再建된 日本經濟의 躍相 : 時代錯誤的인 資本
　　攻勢를 向하지 않도록 • 李烈模 (62)

서울의 日本財閥 : 조용한 經濟攻勢 · 日本의
　　韓國붐 • 文炳宣 (68)

딸라 浪費와 外遊 : 外國엘 가면 또 딸라가 든
　　다 • 金容元 (76)

時事漫畵 · 수입풍년 • 安義燮 (81)[1154]

特輯 · 軍政의 永遠한 終末을 위하여
- 軍政終末은 旣定事實인가? : 國民의 올바른
　　姿勢 • 夫琓爀 (82)
- 革命公約의 善用과 誤用 : 아직도 일루의 希
　　望이 남아 있다고 해석하고 싶다 • 朴
　　運大 (91)
- 救濟될 수 없는 相互不信 : 現實的인 二 ·
　　二七當時로 되돌아가라!! • 崔錫采 (98)
- 經濟安定과 成長을 爲하여 : 經濟成長은 安
　　定된 基盤위에서 • 李昌烈 (108)
- 試鍊에 선 韓國民主主義 : 翻意 翻意 끝에 •
　　梁好民 (114)

社會時評
- 이 政治風土 · 果然 누구를 위하여 • 無鄕山
　　人 (122)
- 맥풀린 서울市政에 한 마디 • 無鄕山人 (122)
- 잇빨 빼앗긴 勞動爭議 「붐」 • 無鄕山人 (123)

對談 · 『政治性浪費』가 甚하다 : 自主的 自由化
　　의 길 • 卞榮泰;梁好民 (124)

時事漫畵 · 『여봇. 그 책상이 그런 운동하라는
　　자리 아니옷』• 申東憲 (135)[1155]

四年접어드는 쏘련 · 中共論爭 : 비교적 배부
　　른 쏘련과 굶주린 中共間의 根本的差
　　異에서 • 주요한 (136)

움직이는 世界
- 變貌해 가는 東西冷戰의 樣相 : 모스크바 三
　　國會談과 時代의 方向 • (146)
- 모델 · 걸에 코를 깨인 英內閣 : 프로푸모事
　　件으로 餘命에도 致命傷 • (151)
- 鬪爭에서 建設의 時代로 : 아프리카頂上會
　　談과 團結機構 • (153)
- 急回轉하는 比 · 馬來 · 印尼關係 : 一億四千
　　만을 묶어 馬來族利益圈으로 • (156)
- 불길높은 中東의 部族戰爭 : 이락政府와 쿠
　　르드族, 運命걸고 對決 • (158)

人物評 · 요안 二十三世의 逝去와 世界 : 權威
　　主義와 保守主義가 그의 生存時에는
　　무색했었다 崔鍾律 (160)

特派員通信[1156] · 日本의 六月論調 • 田駿 (165)

常識人의 科學메모 · 放射性同位元素의 驚異
　　的效力 : 科學技術分野에서 갖가지 奇
　　蹟을 實現 • 李鍾秀 (168)

論爭 · 基督敎土着化와 檀君神話 : 尹聖範敎授
　　의 所論과 관련하여 三位一體的解釋
　　의 神學의 問題性을 中心으로[1157] • 朴鳳
　　琅 (172)

_____

1155　목차는 81쪽. 본문이 맞음.
1156　목차는 '日本通信'.
1157　목차는 '基督敎土着化와 檀君神話 : 尹聖範敎授의
　　所論과 관련하여 三位一體的解釋의 神學의 問題를
　　中心으로'.

_____

1153　威脅의 오자.
1154　목차는 135쪽. 본문이 맞음.

洋風考 • 金鎭萬 (185)

나의 回想記 ④ · 最初의 特派員 :「東亞日報」
　　創刊과 함께 나는 中國特派員 • 金東成
　　(190)

아프리카의 風土와 政治(II) : 아프리카의 悲
　　劇을 빚어낸 奴隸貿易 · 白人支配 • 金
　　昌勳 (196)

旅窓散策 ② · 美와 眞實의 探求 : 레오날도 ·
　　다 · 빈치의 人間像 • 安秉煜 (204)

僞惡說小序 : 假面의 行列에서 • 閔丙山 (211)

럿셀과의 一問一答 : 世界的平和主義者 B · 럿
　　셀卿과의 對談 • (218)

美女大生들의 性論爭 : 美國女大生들의 結婚
　　前 性經驗에 대한 女大學長의 發言을
　　둘러싼 論爭 • 盧彬 譯 (225)

누가 아메리칸 · 니그로인가 : 苦痛이 두려운
　　白人과 苦痛이 무디어진 黑人 • 제임스·
　　볼드윈[1158] ; 김재희 譯 (232)

知性의 座標 · 黑人文化와 文學土着化 • (237)

美國의 韓國研究實態 : 東洋學 全般에서 본 韓
　　國研究의 位置 • 李崇寧 (238)

흙위에서 흙속으로 : 지나간 날 農村文化에
　　貢獻한 作家들 • 金八峰 (244)

北韓의 作家 · 藝術人 ① · 그늘진 가슴을 안고
　　: 前「民靑」紙 文藝部長의 마음의 遍歷
　　• 李喆周 (248)

連載 ② · 眞實과 反抗의 自敍傳 (二) : 쏘련 世紀
　　兒 · 에프투셍코의 告白 • 에프투셍코 (260)

사이런즈 · 코너 · 왜 十代는 反抗하는가? : 技
　　術文明下의「危險한 아이들」• (274)

수필
－ 落書 • 피천득 (278)
－ 世代交替 • 趙容萬 (278)
－ 奇蹟은 없다 • 張河龜 (280)
－「이거 뭡니까?」: 母國을 찾아온 在日同胞
　　이야기 • 金鵬九 (281)
－ 悠閑한 시간 • 尹五榮 (284)
－ 누구의 탓일까 • 崔公得 (286)
－ 돕고 싶은 일 • 李恒星 (287)

問題作周邊 ② · 國家 · 諷刺 · 道德 : 에릿히 ·
　　캐스트너의 戱曲『獨裁者學校』를 中
　　心으로 • 李東昇 (290)

詩
－ 綠陰 • 朴斗鎭 (296)
－ 누구도 가난하지 않는 • 金丘庸 (297)
－ 소라 • 劉庚煥 (298)
－ 小感 • 李昌大 (299)

短篇
－ 그래도 우리 끼리는 • 黃順元 (300)
－ 가난한 兄弟 • 吳有權 (310)
－ 憂鬱한 마을 • 朴敬洙 (327)

連載小說
－ 勝者와 敗者 (三回) • 韓雲史 (342)
－ 城砦 (四回) • 鮮于輝 (360)

1158 목차는 'J · 볼드윈'.

- 美國 · 軍事革命挫折되다 : 『五月의 七日間』
  (三回) • F·네벨;C·W베일리二世;安東林 譯
  (383)

読書쌀롱
- 基督 · 社會 · 教導民主主義 : 西獨民主主義와
  慾望革命사이 • (408)
- 憲法秩序論 • (409)
- 現代女性教養講座 (全五卷) • (409)
- 安島山全書 • (409)
- 알파와 오메가와 마음의 窓門을 열고 • (410)
- 定評있는 世界文化史 • (411)
- 其他 · 出版短信 • (411)
- 시빌江의 연약한 잎사귀 : 단테神曲의 根本
  詩想 • (412)

投稿論壇 · 三百萬의 落伍者는 어디로? : 靑少
  年教導의 育成方案을 提議한다 • 李成
  烈 (414)

編輯室앞 • (422)

社告 · 定期讀者中 購讀其間延長에 關한 추첨
  結果發表 • (424)

編輯後記 • (424)

思想界 第11卷 第9號 通卷 第124號
(1963년 8월)

卷頭言 · 恥辱의 歷史를 되풀이 하지말자! : 八 ·
  一五解放 十八周年을 맞이하여 • (26)

꿈틀거리는 백성이야 산다 : 조직 아닌 조직
  을 가져라 • 咸錫憲 (28)

韓国政党의 政策貧困 : 歷史的遺産과 現實 ·
  그 克服 • 金哲洙 (36)

對談 · 國民은 다 알고 있다 : 朴議長은 公約대
  로 出馬를 抛棄해야[1159] • 朴順天;梁好民
  (44)

福祉国家와 兵営國家 : 自由와 빵은 永遠히 平
  行되어야 하는 것 • 尹亨燮 (51)

特別寄稿 · 韓国民主主義의 規制化 : 獨裁政治
  는 近代化過程의 障碍일 뿐이다 • W·A
  ·다글라스[1160];朴奉埴 譯 (58)

『腐敗無能』을 代辯한다 (上) : 과연 民主黨 前
  政權은 부패 무능했던가? • 申相楚 (66)

時事漫畫
- 있는 것과 없는 것 • 申東憲 (74)
- 살림은 엉망이라도… • 安義燮 (75)

特輯 · 民生苦와 經濟危機
- 座談 · 왜 이렇게 되었나? : 經濟危機下의 國
  民生活診斷 • 趙東弼; 卓熙俊; 朴運大; 安
  霖 (76)
- 都市中産層의 破産 : 貧困의 惡循環은 庶民
  經濟의 二重構造化를 促進시킨다 • 文
  炯宣 (88)
- 르뽀 · 뒷골목 人生들의 生計 : 零細民과 失
  業者生活의 一斷面 • 趙德松 (96)
- 르뽀 · 貧困과 諦念을 되씹으며 : 가난과 天
  災에 우는 農 · 漁民들 • 沈亨輔 (102)
- 修正되어야 할 五個年計劃 : 計劃과 인플
  레 그리고 貨幣價値의 不安定 • 申泰煥
  (108)

1159 목차는 '國民은 다 알고 있다 : 朴議長은 公約대
   로 出馬를 포기해야'.
1160 목차는 '다글라스'.

知性의 座標 · 알젠틴의 軍部暴政 : L · 베가氏
　　의 알젠틴 消息 ● (115)

社會時評
- 權敎師 飮毒抗議事件의 核心 ● 無鄕山人
　　(116)
- 四大疑惑事件의 그 後 ● 無鄕山人 (117)

8 · 15 十八周年
- 八 · 一五前後와 日帝 : 굶주림 · 헐벗음 · 눈
　　물 속에서 光復은 왔다 ● 劉鳳榮 (118)
- 三重 『解放』에로 가는 길 : 民主主義暢達을
　　위한 여섯가지의 課業 ● 黃山德 (126)
- 三八線의 誕生 · 韓國의 悲劇 : 「軍人은 결
　　코 훌륭한 外交官이 될 수 없다」(덜레
　　스)[1161] ● 趙淳昇 (133)
- 半世紀의 歌謠文化史 : 「開化歌辭」로부터
　　「解放의 노래」까지 ● 趙芝薰 (146)
- 노래는 歷史를 싣고 : 流行歌로 보는 8 · 15
　　前과 後[1162] ● 박용구 (155)
- 時事漫畵 三人選 · 漫畵政治風土記 ● 金星煥;
　　申東憲; 安義燮 (160)

캠퍼스動靜 · 奉仕하는 知識靑年의 苦悶 ●
　　(169)

美 · 日間의 海外市長競爭 : 日本經濟力은 苦悶
　　한다 ● 朴基淳 (170)

美國과 맞서는 統一유럽 : 케네디 對 드 · 골,
　　아데나워 ● 鄭仁亮 (176)

「뉴욕 · 타임스」國際版七月五日紙轉載
- 中共의 對쏘抗議 二五項目 : 中共의 六月
　　十四日字 對쏘回翰 全文要約 ● (186)

움직이는 世界
- 悲劇的인 두 「兄弟黨」 關係 : 쏘 · 中共會談
　　뒤의 共産圈과 그 앞 길 ● (196)
- 冷戰의 突破口 열리려나? : 核禁으로 시작
　　된 美 · 英 · 쏘 三國會談[1163] ● (202)
- 무르익어가는 美大統領 前哨戰 : 共和黨, 保
　　守派先頭의 反擊試圖[1164] ● (204)
- 沙汰난 國際 스파이 事件 : 冷戰解凍 속에
　　들어나는 殘骸들 ● (206)
- 불길 커지는 佛敎紛爭 : 總選 앞둔 越南에
　　政治併發症[1165] ● (208)

人物評 · 西獨의 뉴 · 프론티어와 에르하르트 :
　　「란인江邊의 奇蹟」과 基民黨의 危機 ●
　　(210)

常識人의 科學메모 · 未來世界의 人工食糧 :
　　아무도 안 굶을 때가 올 것인가? ● 李
　　鍾秀 (214)

特派員通信 · 七月의 日本論調 ● 田駿 (218)

敎育自治制는 왜 必要한가? : 選擧前實施를
　　再强調한다 ● 兪鎭午 (221)

資料 · 敎育自治統合前後의 諸問題 : 과연 敎育
　　自治는 時期尙早인가? ● (226)

1161 목차는 '三八線의 誕生 · 韓國의 悲劇 : 軍人은 결
　　코 훌륭한 外交官이 될 수 없다'.
1162 목차는 '노래는 歷史를 싣고 : 流行歌로 보는 八 ·
　　一五 前과 後'.

1163 목차는 '冷戰의 突破口 열리려나? : 美 · 英 · 쏘 三
　　國會談'.
1164 목차는 '무르익는 美大統領 前哨戰'.
1165 목차는 '불길 커지는 佛敎紛爭 : 월남'.

栗谷[1166]思想의 現代的解釈 :「誠」은 韓國的 「솜씨」• 尹聖範 (230)

연재 ③회 · 아프리카의 風土와 政治(Ⅲ) : 西 歐列强에 의한 分割과 白人의 植民政 策[1167] • 金昌勳 (238)

旅窓散策 ③ · 倦怠보다는 죽음을 : 레오날 도 · 다 · 빈치의 人間像 • 安秉煜 (246)

第五回 思想界新人文學賞募集要綱[1168] • (253)

브라질 移民 通信 3月10日~4月28日[1169] · 아리 랑村 GUARAREMA : 브라질 路邊에 핀 무궁화 • 白玉彬 (254)

英語 · 統制와 自由의 對決 : 멀지 않은 他山之 石 • 金鎭萬 (264)

剝製文化를 分析한다 : 剽窃 · 心臟없는 부엉 이의 年代記 • 李英一 (275)

連載 · 土月会 이야기 (完) : 韓國新劇運動을 回 顧한다 • 朴勝喜 (282)

連載 ③ · 眞實과 反抗의 自敍傳 (三) : 쏘련 世 紀兒 · 에프투셴코의 告白 • 에프투셴코; 洪承五 譯 (296)

海外文壇
- 노벨文學賞是非 〈美〉• 張旺祿 (308)

- 하나의 새로운 趨勢 〈英〉: 도날드 · 데이비 를 中心으로 • 李昌培 (311)
- 探求로서의 小說 〈佛〉• 미셸 뷔또르[1170] (314)

北韓의 作家 · 藝術人 ② · 性遊戲에 희생되는 女人들 : 前「民靑」紙 文藝部長의 마음 과 遍歷 • 李喆周 (318)

話題의 作家를 찾아서 · 戰爭의 啓示 : 詩人 삐에르 · 엠마뉘엘과의 對話 • 朴仁熙 (331)

映画片想 · 에로스에의 絶唱 : 쥴스 · 닷씽 監督 의 『죽어도 좋아』[1171] • 金正鈺 (338)

사이언즈 · 코너 · 『現代藝術의 狀況』• 쟝 · 까 쑤; 李逸 譯 (340)

詩
- 世界에게 韓國을 • 제시 · 스튜어트 (344)
- 無題 • 徐廷柱 (346)
- 向日性 植物 • 姜柱淳 (347)
- 地層 • 許萬夏 (348)
- 抒情抄 • 愼重信 (349)

創作
- 陸橋 • 玄在勳 (350)
- 물결이 높던 날 • 徐廷仁 (366)

連載小說
- 城砦 (五回) • 鮮于煇 (390)
- 勝者와 敗者 (四回) • 韓雲史 (404)

1166 목차는 '栗谷'. 목차가 맞음.
1167 목차는 '아프리카의 風土와 政治 (Ⅲ) : 西歐列强 에 依한 分割과 白人의 植民政策'.
1168 목차는 '第五回 思想界新人文學賞 作品募集要綱'.
1169 목차는 '브라질移民通信'.

1170 목차는 'M · 뷔또르'.
1171 목차는 '에로스에의 絶唱 : 『훼드라』'.

讀者쌀롱 : 經濟開發·民主主義와 計劃經濟·政黨問題
- 갈브레이스의『經濟開發의 展望』• (419)
- 마키버의『民主主義와 經濟的危機』• (420)
- 듀베르제의『政黨論』• (421)

編輯室앞 • (422)

編輯後記 • (424)

思想界 第11卷 第10號 通卷 第125號
(1963년 9월)

卷頭言 · 公明選擧는 公約六項履行에서 비롯한다 • (26)

第三共和国과 大統領 : 民主政治史를 위한 歷史的役割 • 玄勝鍾 (28)

軍隊는 國民의 편이다 : 한 핏줄과 살을 나누어 가진「國民軍隊」! • 李克燦 (35)

軍政型時事語 · 그 魔術 :「民族主體論」·「指導者」·「安定」·「世代交替」• 金成植 (40)

韓·日會談을 집어치우라 :「짐승의 外交를 하지 마라!」[1172] • 함석헌 (50)

法의 支配下의 正義 : 第一次「法을 通한 世界平和大會」에 다녀와서 • 劉基天 (60)

軍事獨裁가 남긴 것 :「腐敗無能」을 代辯한다 (下) • 申相楚 (66)

特輯 · 不正選擧는 逆天이다
- 選擧干涉은 行해진다 : 源泉的 · 法的 · 間接的 選擧干涉에 對하여 • 洪翼杓 (74)
- 選擧管理內閣의 前提 : 이래도「史上類例 없는 公明選擧」가 되나? • 宋元英 (80)
- 누구를 위한 警察인가? : 韓國警察과 政府와 國民 • 尹亨燮 (86)
- 不正選擧를 告發한다 : 一線取材記者가 보고 들은 選擧神話 • 鄭宗植 (94)

知性의 座標 · 孤獨한 英雄의 流刑 : 빠리의「씨네 · 마싸끄르」誌 이야기 • (103)

時事漫畵
- 알뜰한 掃除 • 申東憲 (104)
- 精神異常者 云云! • 安義燮 (105)

社會時評
- 咸錫憲씨의 言論이 던진 波紋 • 無鄕山人 (106)
- 宋堯讚씨의 拘束을 둘러싸고 • 無鄕山人 (107)

나의 外交活動秘話 : 第十六次 UN總會 顚末記 • 崔德新 (108)

革命政府輸出振興策의 虛實 : 輸出政策에 對한 官民의 覺醒이 緊急[1173] • 朴基淳 (118)

韓國水産業의 將來와 平和線[1174] • 鄭文基 (126)

低開發諸國과 韓國 : 溫帶에 남은 孤獨한 貧困의 나라 • 金鎭炫 (136)

1172 목차는 '韓·日會談을 집어 치우라 :「짐승의 外交를 하지 말라」'.

1173 목차는 '革命政府輸出振興策의 虛實 : 輸出政策에 대한 官民의 覺醒이 緊急하다'.

1174 목차는 '韓國水産業의 將來와 平和線 : 平和線의 宣言은 國際的으로 정당한 宣言이다'.

特派員通信 · 八月의 日本論調 • 전준 (147)

「팍스 · 아메리카나」의 終焉 : 東 · 西의 平和
共存은 可能한 것인가? • 朴興遠 (150)

特輯 · 社會主義政黨의 새 물결
- 右旋回냐 左旋回냐? : 맑시즘과 袂別한
六○年代 社會主義諸政黨 • 閔丙台
(156)[1175]
- 英國勞動黨은 執權할 것인가?[1176] : 윌슨領
導下의 勞動黨의 當面課題 • 李邦錫
(162)
- 西獨社民黨의 路線轉換 : 맑시즘에서 自由
主義的社會主義에 이르기까지 • 太鎔
澐 (170)
- 美國의 左翼 : 美國에는 유토피아의 꿈이
必要하다 • 金瓊元 (180)
- 日本社會黨의 將來 : 江田氏의 六年後 執權
說과 社會黨의 體質 • 田駿 (187)

움직이는 世界
- 第二段階 접어든 東 · 西協商[1177] • (194)
- 東南亞에 나타날 새 勢力 : 말레이지아 問題
의 總決算 • (198)
- 「非 낫셀」로 움직이는 「아랍」圈 : 「아랍」統
合, 되나 안되나 • (201)
- 深刻한 닭고기 論爭의 底流 : 심각화하는 歐
美經濟冷戰 • (202)

막賞受賞者 루비스의 抵抗 : 抑壓은 反抗의
아버지다 • (205)

人物評 · 존 · 스트레이치의 訃音 : 民主社會主

義의 象徵 가다 • 알프레드 · 샤먼[1178] (210)

常識人의 科學메모 · 스피드時代의 道路 : 外
國에선 수퍼 · 하이웨이가 四通八達 •
李鍾秀 (214)

非宗教的인 現代基督教의 把握 : 成人이 된 世
界에서의 크리스챤의 새로운 姿勢 •
姜元龍 (218)

論戰 · 하나님觀念의 世界史的性格 : 朴鳳琅박
사의 批評에 答함 • 尹聖範 (226)

調査研究報告 · 우리나라 職業評價의 問題點 :
梨大社會學科의 職業調査를 基礎로한
試論 • 高永復 (234)

演說 · 흐루시쵸프의 文化論 : 文學과 藝術도
思想武器이다 • 鄭洌譯 (250)

二重國籍의 言語文化 : 外來語의 造作과 氾濫
• 呂石基 (265)

美國管見의 斷想 : 日本에 「心醉」한 美國人들
• 李崇寧 (270)

연재 ④ · 아프리카의 風土와 政治 (四) : 「잠
깬巨人」과 오늘과 來日의 問題 • 金昌
勳 (277)

旅窓散策 ④ · 不滅의 巨人 : 레오날도 · 다 · 빈
치의 生涯 • 安秉煜 (286)

나의 回想記 ⑤ · 「朝鮮日報」 時節 • 金東成
(294)

1175 목차는 56쪽. 본문이 맞음.
1176 목차는 '英國勞動黨은 執權할까?'.
1177 목차는 '第二段階 접어드는 東 · 西協商'.

1178 목차는 'A · 샤먼'.

감자와 바우이야기 : 黃池里의 경우 • 오영진
(300)

天才의 精神分析[1179] • 崔臣海 (308)

北韓의 作家 · 藝術人들 ③ · 醜惡한 激流 : 舞
姬 崔承喜와 詩人 朴世永 • 李喆周 (316)

作家와 社會參與 : 韓國作家의 「支配型」, 「阿
附型」, 「多感型」들 • 孫宇聲 (326)

投稿論壇 · 比丘 · 帶妻는 分宗하여야 한다 :
「東亞日報」 社說에 붙이면서 • 崔松雲
(333)

수필
- 제로이즘 • 趙潤濟 (338)
- 一線 敎師와 주고 받은 便紙 • 김성식 (341)
- 空虛 • 임석재 (343)
- 生活有感 • 姜斗植 (345)
- 喜方寺의 밤 • 李鳳順 (347)
- 古文書 • 金東旭 (349)
- 一等是非 • 姜信沆 (350)
- 方向感覺 • 高廷基 (352)

社告 · 定期讀者大募集 • (355)

映画片相 · 脱獄의 執念 : 『구멍』(穴) • 李明遠
(356)

海外文壇
- 世紀的論爭의 主人公 〈英〉: C · P · 스노우 •
羅英均 (358)
- 二次大戰後의 美國小說 〈美〉: 反抗과 傳統

意識 • 金碩柱 (361)
- 構造主義(스트뤽취리즘) 〈佛〉: 現實에 대한
새로운 視角 • 朴異汶 (364)
- 獨逸的 너무나 獨逸的인 現象들 〈獨〉: 四七
클럽의 略史와 本質 • 李東昇 (366)

캠퍼스動靜 · 學資戰線에 異常있다 • (371)

詩
- 그라디오라스 • 鄭漢模 (372)
- 孕胎 • 成贊慶 (373)
- 해바라기 • 李仁秀 (374)
- 밤에 女子를 • 洪完基 (375)

連載小說
- 勝者와 敗者 (五回)〉 • 韓雲史 (376)
- 美國 · 軍事革命挫折되다 : 『五月의 七日間』
(完) • F · 네벨; C · W베일리二世; 安東林 譯
(390)

読書쌀롱
- The politics of Korean Nationalism • (418)
- 民族과 自由와 言論 : 高在旭先生華甲紀念
論叢 • (419)
- 哲學大事典 : 現代思想의 項目도 • (419)
- 大學總長의 論說集 : 젊은 世代에 부치는 書
• (420)
- 韓國思想의 摸索 : 第六輯 「韓國의 近代化」
特輯 • (420)
- 美國作家의 饗宴 : 미네소타 大學 作家論叢
書譯註書 • (421)

編輯室앞 • (422)

編輯後記 • (424)

1179 목차는 '天才의 精神分析 : 天才의 性格特徵'.

思想界 第11卷 第11號 通卷 第126號
(1963년 10월)

畵報·國民은 속았다! : 食言한 公約 6項 버림
　　받은 輿望 • 조선일보 사진 제공; 全永昶 글
　　(15)

卷頭言·舊惡과 新惡은 다 같이 물러서라! :
　　국민의 兩者無擇의 悲哀를 넘어서는
　　길 • (26)

모든 힘을 民政復歸에 : 다 같은 與野의 싸움
　　이 아니다 • 夫琓爀 (28)

政治至上主義의 克服 : 政治人과 軍人 • 池明觀
　　(37)

테로리즘의 再興 : 선거때마다 피어나는 「政
　　治테로」[1180] • 趙庸中 (44)

時事漫畵·第8의 사나이[1181] • 申東憲 (49)

波紋일으킬 쇼·윈도資本 : 僑胞·資本·財産
　　搬入 • 文炯宜 (50)

特輯·새로운 指導勢力의 待望
－ 새 혁명 : 싸움의 目的은 참 이김에 있다 •
　　함석헌 (58)

時事漫畵·김장 • 安義燮 (65)

特輯·새로운 指導勢力의 待望
－ 새 勢力을 부른다[1182] • 宋建鎬 (66)

－ 누구에게 무엇을 期待하랴 : 政治에 「奇蹟」
　　이 없고 歷史엔 「다시」가 없다 • 崔錫
　　采[1183] (72)
－ 韓國政黨의 새로운 次元 : 政治엘리트의 刷
　　新을 위하여 • 金哲洙 (78)

社會時評
－ 百花燎亂한 選擧期의 善心봄 • 無鄕山人 (88)
－ 五月同志會의 敎養講座 • 無鄕山人 (88)
－ 脫走냐 追放이냐 金在春씨 • 無鄕山人 (89)

平和를 위한 世界의 힘 : 集團安全保障의 特性
　　• 呂井東 (90)

東·西兩陣營의 分極化 : 核禁協定을 둘러싼
　　드·골과 毛澤東 • 任洪彬 (99)

越南事態와 美國의 立場 : 共産威脅[1184]下의 受
　　援國에 대한 授援國의 介入限度 • 趙世
　　衡 (104)

黃人種과 人類의 未來[1185] • 許鉉 (110)

特派員通信·필립핀과 인도네시아의 民族主
　　義 • 李聖根 (116)

軍部의 손에 놀아나는 民間政府 : 터어키民政
　　은 어디로 가나? • 탈라트·싸이트·할만
　　[1186] (124)

1180 목차는 '테로리즘의 再興 : 選擧때마다 피어나
　　는 「政治테로」'.
1181 목차는 '第八의 사나이'.
1182 목차는 '새 勢力을 부른다 : 民衆의 앙가쥬망을
　　象徵하는 勢力의 대두'.

1183 본문과 목차의 '崔錫来'은 '崔錫采'의 오자.
1184 목차는 '共産危脅', '危脅'는 '威脅'의 오자.
1185 목차는 '黃人種과 人類의 未來 : 太初에 셋째번으
　　로 구은 하나님의 섭리'.
1186 목차는 'T·S·할만'.

움직이는 世界
- 平和를 녹크해 보는 十八次 유엔總會[1187] :
  東·西接近무드, 韓國問題에 奇蹟있을
  까? • (130)
- 유럽統合 等에 積極的 發言[1188] : 社會主義인
  터내셔날 第八次大會 • (132)
- 三角外交에 얽힌 印度大陸 : 파키스탄의 左
  向은 어디까지 갈 것인가 • (135)
- 쏘·中共間五千哩의 噴出口 : 表面化하는 國
  境對立 • (137)

特輯·金日成 獨裁 十八年 : 촤이나·쿼어틸리
  北韓特輯號轉載
- 北韓의 對外政策 : 兩虎의 어금니 사이를
  헤매는 「上典外交」 • 로버트·A·스칼라피
  노[1189]; 鄭仁亮 譯 (142)
- 金日成個人獨裁의 形成[1190] • 李庭植, G·D·페
  이지[1191]; 李東俊 (149)
- 所謂 「人民」의 軍隊와 黨 : 北韓人民軍과 黨
  • 기원정 (156)
- 休戰後 北韓의 農·工業 : 增産運動의 채찍
  아래 繁榮이 오는가? • 윤T·곽; 徐東九
  譯 (163)
- 黨政策에 犧牲되는 法의 正義 : 北韓의 司
  法·行政構造 • 일평·J·김 (170)

轉換點에 선 美極東戰略 : 東北亞條約機構創
  設을 提唱한다 • 趙在俊 (175)

人物評·헨리·케봇트·롯쥐 • 鄭鎭午 (184)

特派員通信·日本의 九月과 韓國 • 田駿 (189)

常識人의 科學메모·이젠 트랜지스터도 너무
  크다 : 幕이 오른 마이크로 엘렉트로
  닉스 時代 • 李鍾秀 (192)

世界平和와 赤十字百周年 : 世界平和는 눈 앞
  에 • 崔殷範 (196)

알맹이없는 言語의 災殃 : 오얏없는 오얏쩸
  의 얘기 意味도 目的도 없는 삶—하나
  님 없는 宗敎[1192] • 프랭크·W·스코오필드
  [1193] (203)

調査硏究報告·젊은 知性의 價値觀 : 韓國大學
  生들의 價値觀과 政治的態度 • 洪承稷
  (210)

投稿論壇
- 녹쓸은 言語의 美德 : 言語淨化에 對한 小考
  • 劉秉根 (222)
- 抹殺되는 「젊음」의 意識 : 大學生, 그들만
  이라도…… • 金正次 (224)

說問·單刊制一年·讀者의 審判 : 實驗은 成功
  했나[1194] • (228)

論爭·聖書는 基督敎啓示의 唯一한 쏘스 : 尹
  聖範박사의 對答에 答함 • 朴鳳琅 (235)

旅窓散策 ⑤·近代의 프로메듀스 : 레오날
  도·다·빈치의 藝術 • 安秉煜 (248)

1187 목차는 '平和를 녹크해 보는 18次 유엔總會'.
1188 목차는 '歐洲統合等에 積極的發言'.
1189 목차는 '스칼라피노'.
1190 목차는 '金日成個人獨裁의 形成 : 黨內派閥政爭으
     로 惡名 높은 北韓'.
1191 목차는 'D·G·페이지'.

1192 목차는 '알맹이없는 言語의 災殃 : 오얏없는 오
     얏쩸의 이야기'.
1193 목차는 '스코오필드'.
1194 목차는 '單刊制一年·讀者의 審判 : 一年間의 單刊
     制實驗은 成功했나?'.

나의 回想記 ⑥ · 同胞愛 • 金東成 (256)

新聞文章의 어제 · 오늘 : 우리나라 新聞論說
　　의 變遷史 • 주요한 (262)

知性의 座標 · 知性人의 方向感覺 • (275)

南太平洋의 荒波를 넘어 (I) : 遠洋漁撈船長
　　의 日誌 • 金在哲 (276)

캠퍼스動靜 · 너무나 억울한 메아리 • (283)

學生生活의 斷面 · 家庭教師붐의 裏面 : 젊은
　　별들의 苦悶을 取材한다 • 全永昶 (284)

疑妻症과 疑夫症 : 現代夫婦의 精神診斷 • 李
　　東植 (290)

굴러떨어진 石柱 : 文化財를 파 먹은 無識한
　　後孫들 • 李圭泰 (297)

브라질 移民通信 · 親切한 브라질 사람들 : 기
　　쁘나 슬프나 노래로써 鄕愁를 달래는
　　韓國移民들 • 白玉彬 (304)

特派員通信 · 黃色의 땅 · 不滅의 魂 : 獨裁者
　　프랑코의 나라 스페인 紀行 • 朴異汶
　　(310)

連載 · 眞實과 反抗의 自敍傳 (完) : 쏘련 世紀
　　兒 · 에프투셍코의 告白 • 에프투셍코; 洪
　　承五 譯 (318)

隨想三題 · 노스탈쟈의 意味
　- 가을날에 갈팡질팡 • 安鎬三 (330)
　- 第二의 望鄕 • 朴泰鎭 (333)
　- 생각만 해도 가슴이 띈다 • 金東振 (337)

北韓의 作家 · 藝術人들 ④ · 擡頭하는 南勞系
　　文人 : 前 「民靑」紙 文藝部長의 마음
　　의 遍歷 • 李喆周 (341)

사이런즈 · 코너 · 天賦의 演藝家門 · 쉘家 •
　　(350)

映画片相 · 신랄한 戰爭批判 : 『最後의 戰線』
　　• 韓永海 (354)

海外文壇
　- 헤밍웨이의 傳記物들 〈美〉• 金秉喆 (356)
　- 作品과 그 評價 〈佛〉: 쎌린느의 경우 • 洪承
　　　五 (359)
　- 獨逸的 · 너무나 獨逸的인 現象들 (二) 〈獨〉
　　　: 四七크럽 紹介 • 李東昇 (362)

詩
　- 影子의 眼目 • 송욱 (367)
　- 눈먼 寓話 • 朴喜璿 (368)
　- 醉眼素描 • 朴載護 (369)

돌아갈 길 없는 六月의 떠돌이들 • 姜龍俊 (370)

連載小說
　- 勝者와 敗者 (六回) • 韓雲史 (388)
　- 城砦 (六回) • 鮮于輝 (398)

読書쌀롱
　- 알 · 라자스의 「民族主義思想의 發展」• (415)
　- 朴庚來 · 渡邊博史의 「在日韓國人社會의 總
　　　合調査研究」• (416)
　- 어빙 · 웰레이스著 「小說 노오벨賞」• (416)
　- 균터 · 놀라우의 「國際共産主義와 世界革
　　　命」• (417)
　- H · 칸트릴의 「人間性과 政治制度」• (418)

- 周鯨文의 風暴十年 : 共産政權下의 中國 •
  (418)

編輯室앞 • (420)

編輯後記 • (424)

思想界 第11卷 第12號 通卷 第127號
(1963년 11월)

畵報·國展 選外選·一九六三 : 내가 좋아하는
作品 • 成樂寅 撮影; 金秉騏 選 (15)

卷頭言·누가 國民을 欺瞞하고 있는가? : 국
민 앞에 석연히 黑白을 가리라 • 張俊
河 (26)

朴正熙氏에게 부치는 글 : 第三共和國 大統領
選擧를 끝내고 • 李相殷 (28)

大統領選擧戰의 分析 : 「辛勝에 따르는 榮光
의 敗北」根因은 무엇? • 崔錫宋[1195] (35)

外國이 본 十·一五選擧 : 十·一五選擧를 둘
러싼 各國反響 • 鄭仁亮 (44)

民族主義와 民主主義[1196] • 金成植 (50)

새 政府의 當面課題 : 經濟危機說을 中心으로
• 安正模 (57)

絶対権力은 絶対腐敗한다 : 獨裁의 論理 • 趙
淳昇 (64)

軍政의 副産物 : 韓國軍政의 病理를 파헤치다
• 任洪彬 (72)

調査研究報告[1197]·韓国政治指導者의 社会背
景 : 韓國政治엘리뜨에 對한 統計的調
査結果 • 韓培浩 (80)

大邱『十·一暴動』事件 : 當時 取材記者의 回
顧 • 李沐雨 (88)

『實利』와『灰色』의 日本外交路線 : 對韓政策
의 底流를 分析한다 • 李炯淵 (97)

特輯·眞僞를 가리라!
- 轉向者냐? 아니냐? : 人間 朴正熙의 轉向周
  邊 • 金景來 (102)
- 軍事革命과 尹潽善 : 五·一六으로 因한 憲
  政中斷을 그는 찬양하지 않았다 • 鄭
  宗植 (111)
- 무엇이 思想論爭이냐? :「異質的」과「假飾
  的」, 유치해서 구역질 나는 싸움 • 申
  相楚 (118)
-「自主」·「事大」論爭의 底邊 : 이른바 民族
  的民主主義思想의 周邊 • 林芳鉉 (125)
- 政治資金 수수께끼의 실마리 : 對日去來說
  과「새로운 類型」의 腐敗, 不正 • 徐基
  源 (132)

캠퍼스動靜·選擧의 旋風 뒤에 남은 것 • (137)

時事漫畵
- 類例없는 試合 • 申東憲 (138)[1198]
- 選擧公約 • 安義燮 (139)[1199]

1195 崔錫宋은 崔錫采의 오자.
1196 목차는 '民族主義와 民主主義 : 獨裁政治에로의
   길을 택할 것인가?'.

1197 목차는 '調査報告'.
1198 목차는 139쪽. 본문이 맞음.
1199 목차는 138쪽. 본문이 맞음.

말레이지아紛糾와 東南亞情勢 : 國家主義와 友邦關係衝突의 虛點 • 趙世衡 (140)

越南現地取材落穗記 : 사꾸라「중」과 官製데모와 마담 · 누 • 鄭然權 (147)

特派員通信 = 카이로에서 · 不毛의 荒地 욜단의 表情 : 自然의 惠澤을 人工으로 創造하는 알뜰한 努力 • 柳正烈 (156)

世界의 裏窓 · 大學街를 휩쓰는 필립핀의 民族主義風[1200] • 李聖根 (162)

움직이는 世界
- 經濟共存에의 첫 걸음 : 美國의 對쏘 小麥賣渡가 뜻하는 것 • (164)
- 挑戰 받는 벤 · 벨라 體制 : 베르베르 叛亂에 이은 모록코와의 接戰 • (166)
- 理念論爭의 다음 고비 : 注目되는 十一月 七日 쏘련革命紀念日 • (168)
- 크게 소용돌이치는 英政局 : 맥밀란 隱退와 總選對備한 兩黨大會 • (169)
- 무거운 幕을 젖힌 에어하르트時代 : 東西解氷의 새 물결 타야 할 西獨 • (171)

人物評 · 大英帝國의 새 沙工이 된 흄 • 鄭元烈 (174)

常識人의 科學메모[1201] · 새로운 住宅設計提案 : 膨脹하는 人口와 住宅難解決을 위하여 • 李鍾秀 (178)

特派員通信[1202] · 十月의 日本論調 • 전준 (183)

特輯 · 現代의 知的冒險
- 윗트포겔의 東洋的專制觀 : 맑스主義的解釋에서 綜合的實驗의 解釋으로 • 洪以燮 (186)
- 로스토우의 새 經濟史觀 : 社會發展의 段階說과 反맑스史觀 • 林鍾哲 (191)
- 네오 · 토미즘의 旗手 · 마리땡 : 「充全 휴머니즘」을 向하여 • 尹炳熙 (196)
- 技術共和國의 到來 : 라스웰의 人物과 思想 • 金河龍 (202)
- 부버 · 「너와 나의 哲學」 : 現實에서 「너」絶對者와의 만남에서 우리는 神과 만나는 것이다 • 高範瑞 (208)
- 보울즈 · 「아시아를 보는 눈」 : 美國의 一級外交官 · 政策樹立者 • 梁興模 (214)

知性의 座標 · 「劃一」과 「形式」을 告發하는 知性 : 「엔카운터」誌 十周年號에 부쳐 • (219)

韓國의 등불이 될 두冊 : 『島山 安昌浩』와 『뜻으로 본 韓國歷史』 • 安秉煜 (220)

民族知性의 反省과 批判 : 韓國知性人論 • 宋建鎬 (228)

無冠의 政府 第四府 : 英 · 美新聞報道는 어떻게 다른가? • D · E · 버틀러[1203]; 金俊五 譯 (242)

自由의 倫理[1204] • 金泰吉 (248)

1200 목차는 '필립핀의 民族主義風'.
1201 목차는 '科學메모'.
1202 목차는 '海外通信'.

1203 목차는 '버틀러'.
1204 목차는 '自由의 倫理 : 道德律은 단순한 自覺이나 他律的인 규범만이 아니다'.

檀君神話의 精神分析 (上) : 韓國人·原始思考 및 無意識思考에 있어서의 象徵의 特性 • 李丙允 (257)

精神医가본 人生과 社會 ① · 社會 노이로제의 時代 • 李東植 (264)

나의 回想記 ⑦ · 美軍政時節과 나 : 軍政旅券 第一號 • 金東成 (270)

『親善』속에 숨어있는 醜聞 : 體育人까지도 日本에 아첨해야 하나 • 文濟安 (276)

南太平洋의 荒波를 넘어 Ⅱ : 南太洋漁撈紀行 (完) • 金在哲 (283)

都市르뽀르따쥐 ① · 馬山市—그 함성 아련한 中央埠頭 : 냉담한 市民들 차거운 바닷물 • 曹廣海 (290)

연재 ⑤ · 아프리카의 風土와 政治 (五) : 아프리카의 經濟 • 金昌勳 (301)

北韓의 作家·藝術人들 ⑤ · 슬픈 全盛과 春園 李光洙 : 前「民靑」紙 文藝部長의 마음의 遍歷 • 李喆周 (310)

펄·벅 女史의 東洋觀 • 張旺祿 (321)

엣쎄이·風景의 変身
- 壁爐의 土炭불이 정겨운[1205] : 더블린의 가을 • 金宗吉 (328)
- 아쉬움의 季節 : 빠리의 가을 • 金正鈺 (331)
- 灰色의 鋪道와 레온빛 가스燈[1206] : 뮨헨의 가을 • 전혜린 (334)

社告·獨立文化賞 : 1963年度審查委員發表 • (339)

희랍의 榮光 세페리스氏[1207] : 一九六二年度 노벨文學賞受賞詩人 • (340)

사이런즈·코너·孤獨한 理想鄕에의 遍歷 : 허만·멜빌의 象徵的世界 • (343)

海外文壇
- 映像의 詩人 쟝·꼭또 가다〈佛〉• 김정옥 (348)
- 루이스·맥니스의 詩〈英〉: 그의 죽음에 즈음하여 • 李昌培 (352)
- 獨逸文學硏究潮流〈獨〉• 한봉흠 (355)

映画片想
- 어린 共和國의 歷史 : 나체전쟁 • 李根三 (358)
- 現代人의 孤獨과 不安 : 『情事』—L'Avven-tura[1208] • 裵永源 (360)

詩
- 壁 • 金珖燮 (362)
- 나의 心琴을 울리는 낡은 題目들 • 金顯承 (363)
- 주린 땅의 指導原理 • 申東曄 (364)
- 밤을 主題로한 상송 • 金榮泰 (367)

創作·魔의 季節 • 宋相玉 (368)

豫告·「思想界」1963年度 文藝特別增刊號發刊 • (383)

連載小說
- 勝者와 敗者 (七回) • 韓雲史 (384)
- 城砦 (七回) • 鮮于輝 (396)

1205 목차는 '壁로의 土炭불이 정겨운'.
1206 목차는 '灰色의 鋪道와 레몬빛 가스燈'.

1207 목차는 '希臘의 榮光 세페리스氏'.
1208 목차는 '現代人의 孤獨과 不安 : 情事'.

社告 · 五○○원 定期讀者中 購讀其間延長에
　　關한 추첨結果發表 • (417)

編輯室앞 • (422)

編輯後記 • (424)

思想界 第11卷 第13號 通卷 第128號
(1963년 문예특별증간호)

卷頭言 · 現實을 透視하는 內面的經驗의 눈이
　　아쉽다 : 다시 文藝增刊號를 내면서 •
　　(26)

創作八人集
- 깨어진 거울 • 金光植 (30)
- 現場 • 南廷賢 (49)
- 山그늘에 젖은 들녘 • 白寅斌 (70)
- 말을 主題로 한 變奏 • 徐基源 (87)
- 白衣의 旗幟 • 吳有權 (103)
- 마지막 饗宴 • 李浩哲 (117)
- 또 하나의 榮光 • 崔翔圭 (134)
- 金鰲新話 • 崔仁勳 (143)

評論五篇
- 아카데미씨즘과 나르씨씨즘 : 宋稶 著『詩
　　學評傳』을 두고 • 金宗吉 (160)
- 보다 실속 있는 批評을 위하여 • 金鎭萬 (170)
- 戰爭과 韓國作家 : 三篇의 小說을 中心으로
　　• 鄭明煥 (180)
- 사랑이냐 嫌惡냐 : 作家 · 社會 · 現實 • 柳宗
　　鎬 (188)
- 美國의 神話 : 옛과 오늘 • 마아컴 · 카울리[1209]
　　(195)

나의 文壇交友錄 • 주요한 (202)

詩二十一人集
- 밤에 본 埠頭 • 具滋雲 (209)
- 여자 • 金洙暎 (210)
- 打令調(十五) • 金春洙 (211)
- 밤에 山엘 • 閔在植 (212)
- 아침 • 閔雄植 (213)
- 郊外 • 朴南秀 (214)
- 자는 얼굴 IV • 朴斗鎭 (215)
- 無題 • 朴木月 (216)
- 빈 나무가지는 • 朴暘均 (217)
- 이 빅인 金가락지 구멍에 • 徐廷柱 (218)
- 가을의 SENTENCE V • 申基宣 (219)
- 街路樹 • 辛夕汀 (220)
- 新興住宅街 • 申石艸 (221)
- 그래서 너는 詩를 쓴다!?[1210] • 柳致環 (222)
- 冬柏 • 尹一柱 (223)
- 焚花 • 李東柱 (224)
- 權府 • 李昌大[1211] (225)
- 그림자 서넛 • 印泰星 (226)
- 流謫의 그늘에서 • 黃雲軒 (227)
- 네안델탈人 • 許萬夏 (228)
- 접동새 • 許儀寧 (229)

엣쎄이 三篇
- 돌의 美學 : 風霜의 歷史에 對하여 • 趙芝薰
　　(231)
- 故鄉의 비 • 千鏡子 (236)
- 세치 닷분 (三寸五分) 넉넉 • 李東昇 (240)

못 잊을 友情의 徵表 : 六堂 · 吳一島 · 盧天命
　　諸氏의 便紙들[1212]

1209 목차는 'M 카울리'.

1210 목차는 '그래서 너는 詩를 쓰다!?'.
1211 목차는 '李大昌'. 본문이 맞음.
1212 목차는 '못 잊을 友情의 徵表 : 六堂 · 吳一島 · 盧天

六堂 · 崔南善先生의 主禮辭 • (245)

詩人 吳一島氏가 趙海山氏에게 보낸 편지[1213] •
(248)

盧天命氏가 崔貞熙氏에게 보낸 편지[1214] • (249)

物故作家들의 故鄕
- 西京의 風流客 · 東仁 • 田榮澤 (256)
- 모란의 故鄕 · 永郎 • 徐廷柱 (260)
- 藥山東臺 · 素月 • 金永三 (264)
- 故鄕에서의 客死 · 沈熏 • 尹石重 (271)
- 마돈나의 詩碑 · 相和 • 金八峰 (275)
- 北靑의 意志 · 曙海 • 方仁根 (278)
- 嶺南의 好男兒 · 玄鎭健 • 나절로 (282)
- 水原의 돌모루 · 洪思容 • 朴鍾和 (287)

沈熏의 未公開日記[1215] • (291)

沈熏의 日記에 부치는 글 • 李熙昇 (292)

中篇 · 第一部 四三四枚[1216] · 僞史가 보이는 風
景 • 張龍鶴 (322)

一九六三年의 事件 · 其他 · 프로스트=장 · 꼭
또 간 해 : 一九六三年의 世界文壇 • 李
昌培 (381)

第五回思想界新人文學賞発表 • (387)
當選所感 • 尹泰洙 (389)
第五回思想界新人文學賞選後評[1217]
- 詩 · 持續과 集中이 이룩되길 • 송욱 (390)

- 詩 · 계속되는 沈滯相 • 趙芝薰 (390)
- 小說 · 한발자국이 모자라는 아쉬움 • 鮮于輝
(391)
- 小說 · 遺感스러운 일 • 安壽吉 (392)
- 小說 · 選外에서 주춤한 多彩로움 • 呂石基
(393)
- 小說 · 엿보이는 진지한 姿勢 • 吳永壽 (394)

第五回思想界新人文學賞=詩當選作[1218] · 선언
(宣言) 外二篇 • 尹泰洙 (395)
第五回 新人文學賞應募作品=小說佳作[1219] · 봄
과 갈대와 그 아들들의 說話 • 愼太範
(399)
第五回 新人文學賞應募作品=小說佳作 · 密着
된 삶으로 • 李常泰 (446)
第五回 新人文學賞應募作品=小說佳作 · 아겔
다마 • 朴常陸 (464)

表紙의 말 • 金秉騏 (473)

編輯後記 • (474)

命諸氏의 便紙.
1213 목차는 '詩人 吳一島先生이 趙海山先生에게 보낸
便紙'.
1214 목차는 '盧天命氏가 崔貞熙氏에게 보낸 便紙'.
1215 목차는 '沈熏의 未公開日記 : 一九二〇年一月三日
부터 四月十六日까지의 日記'.
1216 목차는 '中篇 第一部 四三四枚全載'.
1217 목차는 '選後評'.

思想界 第11卷 第14號 通卷 第129號
(1963년 12월)

畵報 · 歐美에 비친 韓國의 첫 印象 : 外國人士
들이 소개한 「隱者의 나라」 • 편집자 (11)

卷頭言 · 對日低姿勢와 民族自主 • (26)

政治의 모랄 · 良心의 危機 : 搾取的舊態의 마
키아벨리스트야 들어라 • 金箕斗 (28)

버려야할 軍政體質과 遺物 : 참된 民政을 위
한 提言 • 朴運大 (33)

1218 목차는 '詩當選作'.
1219 목차는 '小說佳作'. 이하 동일.

不正選擧의 새로운 패턴 : 暴露된 選擧不正의 內容 • 李雄熙 (39)

轉換點에 선 韓國政黨들 : 政治活動 再開以後의 政界氣象圖[1220] • 金景來 (46)

朴政權의 公約과 『未知數』民主主義 : 그들의 主義主張을 어떻게 볼 것인가 • 南載熙 (53)

時事漫畫
- 황소 깃발을 들고, 당나귀 짐을 지고, 비단 방석에 앉은 사나이 • 申東憲 (60)
- 當選人事 • 安義燮 (61)

特輯 · 民族主義의 反省
- 戰後民族主義의 方向 : 亞·阿諸國의 民族主義와 共産誘惑 • 車基璧 (62)
- 民主主義의 올바른 姿勢 • 李普珩 (70)
- 朴政權의 民族主義란? : 不透明하고도 模糊한 金鍾必[1221]氏의 發言과 몇 가지의 疑問點 • 洪承勉 (78)
- 새로운 리이더쉽 : 神話를 갈구하는 젊은 世代에게 • 姜元龍 (87)
- 近東民族主義의 昔今 : 膨脹하는 유립勢力과 마호멧敎徒의 政治運動 • 알버트·후라니[1222] (96)

知性의 座標 · 「歷史여 나를 審判하라」 : 南阿 黑人作家의 피맺힌 絶叫 • (105)

東·西共存의 第三段階 : 동요없는 姿勢로 세 번째의 차례를 밀고 나가야 • W·W·로스토우[1223]; 鄭仁亮譯 (106)

轉換點에 선 東·西冷戰 : 核停條約以後의 國際情勢 • 朴武昇 (115)

日本의 버마賠償工事 : 日本과 버마의 經濟協力이 意味하는 것 • 田駿 (122)

座談會 · 人氣經濟政策의 末路 : 經濟不安은 將來에 대한 展望이 없는데서[1224] • 金永善; 夫琓爀; 劉彰順; 李起鴻; 李東旭; 金泳祿 (128)

캠퍼스動靜 · 學會 · 行事 · 歲暮 : 해마다 悔恨의 反省 • (139)

越南쿠데타와 그 將來 : 民生·民主化 및 掃共戰에 直面한 軍事政權 • 趙世衡 (140)

내가 본 越南革命 : 쿠데타前日 싸이곤에 到着한 記者手帖 • 閔泳斌 (148)

特派員通信 · 에집트革命의 流産된 理想政治 : 民族聯盟(The National Union) 硏究 • 柳正烈 (160)

現地通信 · 偉大한 별이 떨어지던 날 : 케大統領逝去를 哀悼하는 美國市民 • 李庭植 (170)

勝利와 平和의 비젼 · 케네디 : 三發의 兇彈은 世界를 울렸다 • 孫世一 (172)

1220 목차는 '轉換點에 선 政黨들 : 政治活動 再開以後의 政界氣象圖'.
1221 목차는 '金鍾泌'. 목차가 맞음.
1222 목차는 '후라니'.

1223 목차는 '로스토우'.
1224 목차는 '人氣經濟政策의 末路 : 經濟不安은 將來에 對한 展望이 없는데서'.

움직이는 世界
- 이탤리政局의 左旋回 : 넨니社會黨首가 右
　旋回의 巨石 던져 • (181)
- 轉換期의 아랍 내셔날리즘 : 알·모紛爭과
　이락의 激動 속에 • (182)
- 빅·리프트와 美軍事戰略의 轉換 : 海外兵
　力 얼마나 줄일 수 있을까 • (186)
- 破綻 거듭하는 美國의 對後進國 援助政策 :
　캄보디아와 아르젠틴의 境遇 • (187)
- 農業 重點과 對西通商 擴大 : 주목되는 고
　비, 中共人民代表大會 • (190)

人物評·愼重한 進步論者[1225] : 린든·B·죤슨
　大統領 • 徐東九 (192)

常識人의 科學메모·癌은 征服될 것인가? :
　아직은 早期發見만이 살 수 있는 길 •
　李鍾秀 (196)

紀行[1226]·四億五千萬의 貧困·印度 : 본대로
　들은대로 • 李萬甲 (200)

花郎精神과 韓國샤마니즘 : 샤만(巫覡)의 第四
　職能·「娛樂」에 對한 「멋」의 解釋學序
　說[1227] • 尹聖範 (210)

特派員通信·日本의 十一月論調 : 저무는 六
　三年을 장식하는 日本의 토픽 • 전준
　(223)

日本文化를 胎生시킨 古代韓人들 : 漢字·佛
　敎·醫學·天文·繪畵·音樂·建築·彫
　刻 • 金正柱 (226)

旅窓散策 ⑥·孤高의 精神 • 安秉煜 (236)

나의 回想記 ⑧ (完)·四次에 걸친 유럽旅行 •
　金東成 (244)

現地報告 = 좌담회·四·H의 기치아래 모인
　젊은이들 : 第九回 中央競進會를 보고
　• 取材部 (251)

都市르뽀르따쥐 ②·水原市篇·有数한 古蹟都
　市·水原 • 韓南哲 (260)

카메레온의 悲劇 : 知性의 背信系譜 • 鄭昌範
　(268)

나치스트에 關한 精神分析 : 나치主義者들은
　어떻게 스스로 선량한 부르죠와로 바
　뀔 수 있었던가? • 호르스트―에버하르트
　·리흐터[1228]; 김재희 譯 (279)

精神醫가 본 人生과 社會 ② : 워드와 킬러의
　心理學 • 李東植 (284)

特派員通信·베일 쓴 女人의 나라 모록코 : 모
　록코 紀行 • 朴異汶 (290)

몬로의 自殺과 아메리카의 悲劇 : 自己充實과
　自己破壞의 對決에서 숨진 글래머의
　哀話 • 다이나·트릴링[1229] (297)

投稿論壇·우리는 恣意의 咸興差使가 아니
　다 : 在美 留學生活의 解剖[1230] • 尹鍾健
　(306)

1225 목차는 '愼重한 進步論者·죤슨'.
1226 목차는 '印度紀行'.
1227 목차는 '花郎精神과 韓國샤마니즘 : 샤만의 第四
　　職能·「娛樂」에 對한 「멋」의 解釋學序說'.

1228 목차는 'HE리흐터'.
1229 목차는 'D·트릴링'.
1230 목차는 '우리는 恣意의 咸興差使가 아니다 : 在美
　　留學生 生活의 解剖'.

수필
- 海外旅行 • 劉鳳榮 (310)
- 歷史的인 感覺 • 白鐵 (311)
- 醫師 受難記 • 南命錫 (313)
- 알고도 모를 일 • 韓沽劯 (315)
- 애기와의 對話 • 金世永 (316)
- 古訓今懷 • 崔勝範 (318)

北韓의 作家 · 藝術人들 ⑥ · 最後의 文學的 裝
飾: 前「民靑」紙 文藝部長의 마음의
遍歷 • 李喆周 (321)

年評 · 一九六三[1231]
- 世代交替의 延手票: 一九六三年의 詩壇年
評 • 金洙暎 (330)
- 黙示錄의 世代: 一九六三年의 創作界 • 洪思
重 (333)

博識과 才致의 傍觀者: 올더스 · 학슬리 가다
• 金鎭萬 (340)

詩
- 二○圓짜리 世界 • 黃錦燦 (345)
- 무르익은 果일은…… • 曺永瑞 (346)
- 薔薇의 內粉 • 金圭泰 (347)

映画片想 · 『로베레將軍』 • 文炯宣 (348)

創作
- 人形의 合唱 • 宋炳洙 (350)
- 가슴에 피가 • 朴憲九 (362)

連載小說 · 勝者와 敗者 (八回) • 韓雲史 (384)

讀書쌀롱
- 一九六○年 學術雜誌索引 • (398)
- 다니엘 · S · 로빈슨의 스코틀랜드 哲學史話
• (399)
- 夜雷 先生의 「新人哲學」 • (400)
- 朴鍾鴻 著 現實과 構想 • (401)
- 펄 벅의 살아있는 갈대 • (402)

思想界 一九六三年度 總目錄 (通卷 一一六~
一二八號) • (403)

編輯室앞 • (414)

一九六三年度獨立文化賞發表 • (418)[1232]
- 月南言論賞 授賞決定書 • 高在旭; 梁好民; 柳光
烈; 李萬甲; 洪以燮 (419)
- 茶山文化賞 授賞決定書 • 金載元; 金活蘭; 兪鎭
午; 李崇寧; 千寬宇 (420)
- 東仁文學賞審査뒤에 밝히는 말 • 金東里; 白
鐵; 安壽吉; 呂石基; 黃順元 (421)
- 月南과 茶山의 人物紹介 • (423)

編輯後記 • (424)

思想界 第12卷 第1號 通卷 第130號
(1964년 1월)

畵報 · 『코리아』 寫眞의 榮光, 海外로!: 1963年
度 國際싸롱入選 및 콘테스트入賞作
品中에서[1233] • 韓國寫眞家協會 提供 (10)

1231 목차는 '年評 1963'.

1232 목차에는 수상자를 표시. 南言論賞은 '咸錫憲', 茶
山文化賞은 '로얄亞細亞學會韓國支部', 東仁文學賞
은 수상자 없음.

1233 목차는 『코리아』寫眞의 榮光, 海外로: 一九六三
年度 國際싸롱 및 콘테스트入賞作品中에서'.

卷頭言·耐乏은 爲政者가 먼저 • (26)

野党의 가는 길 : 正義를 擁하고 思想과 理念
　　의 힘으로 • 金成植 (28)

野党統合의 將來 : 求心力있는 野黨活動을 期
　　待한다 • 崔錫采 (35)

奇異하고 巧妙한 選擧 : 十一·二六總選의 分
　　析과 檢討 • 任洪彬 (41)

우리는 援助때문에 못사나 • 김영록 (50)

韓·日會談은 急進展될까? : 韓國의 總選擧와
　　日本의 議會解散을 契機로 • 李桓儀 (57)

民主勞組의 実現과 正常化 : 勞組民主化가 勞
　　動法改正의 基本方向이 되어야 한다 •
　　卓熙俊 (64)

勞動法의 改惡을 反對한다 : 勞動運動은 民主
　　主義의 哨所이다 • 金末龍 (72)

엘리트·守旧型과 改革型 : 이 時代는 어떤 類
　　型의 엘리트를 要求하나 • 朱耀翰 (78)

特輯·暴風과 맞선 共和國의 出航
- 朴政權의 性格診斷 : 賤民政治에의 徵兆를
　　슬퍼한다 • 申相楚 (84)
- 健全한 國會와 政黨에의 길 : 참된 憲法政治
　　의 常道를 바로 잡자 • 李邦錫 (92)
- 逆說的인 韓·美關係論 : 受援國의 立場에서
　　본 對美外交의 姿勢 • 朴俊圭 (101)
- 低姿勢對日外交의 가는 길 : 日本은 韓國을
　　노리고 있다 • 朴運大 (108)
- 最惡의 經濟危機[1234] • 林元澤 (115)

컬럼·政治時評
- 革命이었더냐 政變이었더냐 • (122)
- 朴大統領의「革新」運動 • (122)
- 韓·日 서울會談이 열린다니까 • (123)

時事漫畵
- 不請新年祝賀客 • 安義燮 (124)
- 너무 큰걸 물어서 말이 잘 안나오는 친구 •
　　申東憲 (125)

컬럼·經濟時評
- 暴風前夜의 經濟生活 • (126)

패널·디스커션·美國의 世界政策과 後進國
　　將來 : 外援政策의 轉換問題 • (128)

움직이는 世界
- 美國과 그 世界政策 : 케네디의 죽음과 존
　　슨의 登場이 말하는 것 • (138)
- 가장 平穩했던 十八次 유엔總會 : 韓國問題
　　는 十七年째 形式處理 • (145)
- 쏘의 軍費削減과 中共의 重農復歸 : 軍擴과
　　經濟建設은 兩立될 수 없다 • (147)
- 保守勢力支配의 太平무드繼續 : 總選後의
　　日政界, 自民黨 派爭激化 • (149)

暗雲속을 헤매는 큐바 : 흐路線과 毛路線사
　　이의 카스트로 • 테어도어·드레이퍼[1235]
　　(151)

東歐衛星諸國의 近況
- 첵코·新舊의 葛藤·不安한 첵코政權 : R·
　　슬렌스키復位를 둘러싼 政權爭奪內幕
　　• 이보·덧챠첵크[1236] (158)

1234 목차는 '最惡의 經濟危機 : 經濟政策의 無分別 無

　　定見'.
1235 목차는 '드레이퍼'.
1236 목차는 'I·덧챠첵크'.

- 항가리 · 항가리의 將來 : 「非스탈린化」와
  「大衆化運動」 • 페렌크 · A · 발리[1237]; 鄭洌
  譯 (164)
- 알바니아 · 東歐의 孤立兒 · 알바니아 : 맑시
  스트의 最惡의 樂園 • 제임스 · 카메론[1238]
  (170)

海外通信
- 日本 · 一九六四年에 비칠 日本形勢 : 올림
  픽 · 韓日會談 · 物價高 • 전준 (179)
- 오스트랄리아 · 修正되어가는 白濠主義 :
  白濠主義 反對의 旗幟는 드높아지고
  있다 • 李承憲 (182)

常識人의 科學메모 · 보이지 않는 殺人깨스 :
  煉炭을 完全 燃燒시킬 수는 없다 • 李
  鍾秀 (192)

캠퍼스動靜 · 始作을 위한 反省 : 새해가 왔다
  해서 • (195)

브라질의 歡喜 · 환희 뒤에는 鄕愁의 情이 잇
  달아 서린다 • 白玉彬 (196)

世界의 裏面 · 現地에서 본 東南亞市場 : 投賣
  競爭으로 信用이 暴落된 韓國商品들 •
  李聖根 (202)

世界史의 아웃싸이더들 ① : 奇人들의 生涯 •
  安東林 編譯 (206)

내 生涯 最高의 秘密 : 麗 · 順叛亂事件의 發生
  前後 • 崔起德 (212)

知性의 座標 · 인텔리겐챠의 現實否定 : 永遠
  한 「自由型의 人間」 • (221)

投稿論壇 · 靑少年의 情緒敎育을 위한 緊急動
  議 : 品位있는 音樂과 文化的公民의 保
  護[1239] • 朴贊錫 (222)

特輯 · 韓国近代化過程의 諸問題
- 主體意識의 形成過程 : 近代韓國思想의 推
  移 • 朴鍾鴻 (226)
- 韓國 近代政治意識의 發展 : 阻害[1240]要因의
  除去와 建設의 構想 • 李克燦 (245)
- 世界史參與의 史的過程 : 韓國近代化始發期
  의 基本性格 • 千寬宇 (256)

行政에 대한 政治干涉 : 韓國近代化와 行政制
  度[1241] • 李文永 (266)

檀君神話의 精神分析 (下) : 韓國人의 原始思
  考 및 無意識思考에 있어서의 象徵의
  特性 • 李丙允 (272)

精神醫가 본 人生과 社會 ③ : 노이로제와 親
  子關係 • 李東植 (280)

神父와 告解 • 尹炳熙 (286)

北韓의 作家 · 藝術人들 ⑦ · 林和 · 金南天批判
  의 裏面 : 前 「民靑」紙 文藝部長의 마
  음의 遍歷 • 李喆周 (292)

1237 목차는 'F · A · 발리'.
1238 목차는 'J · 카메론'.

1239 목차는 '靑少年의 情緒敎育을 위한 긴급동의 : 品
  位있는 音樂과 文化的公民의 保護'.
1240 沮害의 오자.
1241 목차는 '行政에 對한 政治干涉 : 韓國近代化와 行政
  制度'.

隨想·알젠친의 黃昏 : 實感의 手帖 • 柳宗鎬
  (302)

수필
- 즐거운 葬禮式 • 劉昌惇 (306)
- 觀光호텔 • 金元龍 (308)
- 체골이 • 崔淳雨 (309)
- 종교와 사랑과 예술과 (재클린 여사에의 기대)
  • 金鄕岸 (311)
- 群神割據 • 成樂寅 (312)
- 깨어진 偶像 • 安仁熙 (314)
- 活動과 速度의 舞台[1242] • 金義貞 (316)

나이팅겔에 對한 現代詩 • 올더스·헉슬리[1243]; 張
  旺祿 譯 (318)

作品硏究〈佛〉·改革의 先驅 : 앙드레·지드의
  私錢꾼들[1244] • 洪承五 (328)

海外文壇
- 現代小說 속의 人間像〈美〉: E·풀러氏의
  「小數者의 意見」 • 盧熙燁 (334)
- 獨逸的 너무나 獨逸的인 現象들 (三回) :
  四七클럽 紹介 • 李東昇 (336)
- 原罪意識과 오거스티니언 小說家들〈英〉•
  文祥得 (340)

사이런즈·코너·『五月의 七日間』映畵化되
  다 : 軍人들이 멀리하는 映畵 • (344)

詩
- 속의 바다 (一〇) • 全鳳健 (348)

- 冬眠記 • 朴成龍 (349)
- 盞 • 張윤龍 (350)

創作·山울림 • 河瑾燦 (352)

連載小說
- 城砦 (八回) • 鮮于輝 (368)
- 勝者와 敗者 (九回) • 韓雲史 (386)

海林 吳基陽 先生 別世 • (419)

編輯室앞 • (420)

編輯後記 • (424)

1242 목차는 '活動 速度 舞台'.
1243 목차는 '헉슬리'.
1244 목차는 '改革의 先驅 : 앙드레·지이드의 「私錢
  꾼들」'.

思想界 第12卷 第2號 通卷 第131號
(1964년 3월)

畵報·一九六三年에 햇빛을 본 우리文化財 •
  崔淳雨 選 (11)

卷頭言·三·一精神과 韓·日問題의 解決 • (26)

民族自主의 精神的基礎 : 改革의 실마리는 下
  層構造의 改革에 있다 • 姜元龍 (28)

兩韓再造在此一念 : 한마음 한 끝 먹고 조선
  을 새겨보니 조은 땅 조은 빛이 한글월
  피웠구나 한 조선 첨서 한난걸 한알 속
  에 지키네 • 咸錫憲 (38)

여기 日帝의 殘虐相이! : 金炳魯 先生의 訃音
  을 듣고 同友會事件을 회상한다 • 金允
  經 (46)

日本侵略政策의 分析 : 韓國近代의 政治·經

濟 · 文化 • 洪以燮 (54)

勞動爭議의 解決은 正道를 가라 : 賃金構造
는 文明의 水準을 나타낸다 • 卓熙俊
(62)

勞動爭議의 分析과 解決策 : 健全한 國民勞
動政策의 完遂를 위하여 • 金致善 (69)

特輯 · 野党의 前進的姿勢
－ 野黨의 課題와 病理 : 野黨의 活路는 民權의
活路이다 • 李克燦 (76)
－ 前進的保守主義 : 現代保守主義의 內容에는
進步의 原理가 포함되어 있다 • 金永善
(84)
－ 革新政黨의 受難과 更生 : 保守反動 및 파씨
즘에 對決하는 民主勢力의 形成 • 李邦
錫 (91)
－ 統一政策의 摸索 : 南北統一은 韓國問題解
決의 열쇠 • 朴東雲 (100)

國會스냅 : 第三十九回 臨時國會 • (109)

컬럼 · 政治時評
－ 무엇들 하는 國會냐 • (114)
－ 長官과 「同格」이란 幻想 • (114)

時事漫畵
－ 率先垂範者들 • 申東憲 (116)
－ 第三復興時代到來 • 安義燮 (117)

컬럼 · 經濟時評
－ 쌀값과 團束 • (118)

中共과 國際聯合 : 드 · 골 中共 承認의 餘波 •
金昌勳 (120)

意慾과 無力의 渦中에서 • 스탠리 · 카르노우[1245]
(130)[1246]

探索作戰하는 캄보디아 : 드 · 골의 野慾과 曲
藝師 시하누크의 줄타기 • 朴武昇 (138)

움직이는 世界
－ 激動하는 印支半島 : 쿠데타의 惡循環 · 越
南의 소용돌이 · 熱風처럼 불어온 中
立化攻勢 • (144)
－ 프랑스의 東漸 · 中共承認 : 壁에 부딪친 美
國의 아시아政策 「두개의 中國」餘波,
어디까지 미치는가 • (149)
－ 美 · 日經濟會談의 「以後」 : 日本에 떠맡기
는 아시아市場 • (152)
－ 마지막 機會의 말레이지아協商 : 케네디가
提示한 代償條件은 무엇 • (154)

紀行 · 白堊館의 周邊歷史 : 아담즈以來 美國
大統領이 起居했던 곳이란? • 梁興模
(157)

바티칸으로 쏠린 世界의 耳目 : 體質改善하는
카톨릭 • 金在俊 (162)

紀念特輯 · 셰익스피어出生四百周年
－ 셰익스피어의 휴머니즘 • 崔載瑞 (172)

知性의 座標 · 스펭글러의 歷史豫言 : 「憂鬱한
豫言者의 어두운 이야기」를 들을줄
아는 國民 • (183)

1245 목차는 'S · 카르노우'.
1246 135쪽에 원래 기사 대신 '왜 現韓 · 日會談을 反對
하나'라는 기사가 들어와 내용 연결이 되지 않음.

紀念特輯·셰익스피어出生四百周年
- 文學的批評의 危險地帶：셰익스피어 批評의 問題點 • 吳華燮 (184)
- 神秘에 싸인 共同遺産：셰익스피어와 韓國의 讀者 • 金在枏 (192)

캠퍼스動靜·韓國版 悲劇(?)—「좁은 門」뒤에 • (201)

座談會·出版文化의 赤信號：졸렬한 文化政策의 結果·用紙難에다 讀者는 줄고 稅金은 늘고 • 金泳祿; 崔暎海; 鄭鎭肅; 柳周鉉; 柳琦諄; 金益達 (202)

中國語譯本『韓國史大觀』에 對한 批判：『國史大觀』과 『韓國史大觀』의 다른 點[1247] • 權浩淵 (212)

世界史의 아웃싸이더들 ②·莊子의 逆說的人生：奇人들의 生涯 • 安東林 編譯 (228)

創價學會란?·『第三文明』을 파는 日本版邪敎：軍國主義風潮의 復活·世界制覇의 幻想圖 • 延安駿 (233)

六十七種의 韓國類似宗敎：創價學會의 騷亂을 中心으로 • 趙德松 (242)

나의 回顧錄 (續)·創刊號売盡으로 自信얻다：나와 雜誌 (二) • 張俊河 (248)

北韓의 作家·藝術人들 ⑧·作家의 幻滅：前「民靑」紙 文藝部長의 마음의 遍歷 • 李喆周 (258)

수필
- 피카소의 原畵 • 李馬銅 (268)
- 淸·濁·貧·富 • 金泰吉 (270)
- 阿娘과 朴씨 처녀와의 距離：同姓同本婚의 이야기 • 張庚鶴 (272)
- 작은 聖堂 • 金南祚 (274)
- 슬픈思惟 • 池明觀 (276)
- 샤보뎅과의 對話 • 金容重 (278)

詩
- 내 손의 이 붉은 피는 • 朴斗鎭 (280)
- 밤바다에는 • 朴在森 (282)
- 이 休紙를 위하여：時感·5 • 李敬南 (283)
- 바위 • 鄭烈 (284)

創作·空白의 祭壇 • 李英雨 (285)

連載小說·勝者와 敗者 (十回=完) • 韓雲史 (302)

編輯室앞 • (322)

編輯後記 • (324)

思想界 第12卷 第3號 通卷 第132號
(1964년 4월)

畵報·四·一九 그 喊聲 아직 아련한데! • (11)

卷頭言·아아! 四·一九의 榮光은 어디로? • (26)

五·一六은 四·一九精神의 繼承아니다 • 池明觀 (28)

1247 목차는 '中國語譯本『韓國史大觀』에 對한 批判：『國史大觀』과『韓國史大觀』의 다른 點 —韓國文化의 海外紹介라는 名分이 때로는 마이너스의 폐가 된적도 이다. 그 예가 바로 이 글을 통하여 역력히 볼 수 있으니 우리는 진지한 反省을 해야 할 것이다.'

四·一九! 그 四周年을 맞으며
- 四月의 太陽을 바라보라! : 젊은 生命들이
  여 땅의 소금이 되자 • 安秉煜 (38)

五個年計劃의 修正方向 : 財源과 技術이 없는
  綜合計劃의 理想과 實際 • 夫琬爀 (48)

近代化에서 본 韓·日兩國의 農業 : 韓·日兩
  國農業構造의 格差를 어떻게 볼 것인
  가? • 朱碩均 (57)

日本이 노리는 우리 海洋宝庫 : 平和線徹
  廢[1248]를 主張하는 日本의 底意는? • 鄭
  文基 (66)

崔斗善內閣이 가는 길 : 「防彈」·「無難」·「代
  用」·「修飾」內閣을 診斷한다 • 趙庸中
  (74)

컬럼 · 政治時評
- 大法院構成의 違憲性與否 • (82)
- 官費遊覽遊行의 名分 • (83)

컬럼 · 經濟時評
- 創世記 一章一節 • (84)

時事漫畵
- 會談 代表 專用機 • 安義燮 (86)
- 구름위로 도망친 鬪牛士 • 申東憲 (87)

共同執筆 · 經濟疑惑을 파헤친다
- 在日僑胞 財産搬入의 裏面 • 문형선;박재권[1249]
  (89)
- 三粉疑惑의 內容 • 서기원;이병천 (96)

韓國과 美軍減縮說 : 딸라로 換算할 수 없는
  危機事態를 염려한다 • 金點坤 (102)

軍政과 美國의 交涉秘話 : 對話의 斷絶과 惡循
  環의 三年間 • 金景來 (114)

投稿論壇 · 經濟擴張事業의 勞賃實態批判 : 國
  民經濟의 前進을 위한 現實評價 • 李陽
  來 (121)

特輯 · 中立主義의 旋風
- 「中立主義」와 「中立化」의 差異點 : 史的 經
  緯와 分析 • 朴俊圭 (126)
- 드·골이 던진 中立化論의 波紋 : 多中心世
  界의 到來 • 朱耀翰 (134)
- 美·쏘의 世界政策과 「中立」 : 多元化된 勢
  力關係에서의 「中立」은 孤立主義를
  의미한다 • 閔丙岐 (142)

中·쏘 軍事關係의 內幕 : 消極的同盟에서 積
  極的分裂로 • R·L·가르토프[1250]; 金元明
  譯 (152)

東·西의 이데올로기 鬪爭 : 偉大한 哲學者의
  見解 • 버트란드·럿셀[1251] (160)

海外通信 · 아랍社會主義의 現實 : 現地生活 二
  年間에 본 에집트人들 • 柳正烈 (165)

움직이는 世界
- 根本解決 요원한 키프로스 : 焦燥한 美·英
  우선 平和回復程度라도 • (172)
- 두개의 局面가진 제네바軍縮 : 착실히 前進

1248 撤廢의 오자. 목차가 맞음.
1249 목차는 '박병권'. 본문이 맞음.

1250 목차는 '가르토프'.
1251 목차는 'B·럿셀'.

하는 美·쏘協商과 無視못할 佛·中共
脫落의 餘波 • (174)
- 周恩來의 亞阿訪問外交 : 國際社會加入 위
해 옷갈아입는 中共 • (177)
- 越南의 수렁에 빠진 美國 : 擴大·中立化·
現狀維持의 三岐路 • (179)

紀念 = 막스·웨버誕生百周年
- 막스·웨버의 東洋社會觀 : 東洋에 있어서
의 資本主義性格 • 崔文煥 (182)
- 막스·웨버以後의 社會科學 : 現代社會科學
에 끼친 그의 영향을 分析한다 • 姜命
圭 (194)

記者半世紀의 回顧 ① ·『交河』의 얼을 받은
少年期 : 淸貧의 文班이라는 遺産을 이
어 • 柳光烈 (202)

印度 美術紀行 (上) : 佛敎藝術을 돌아보며 •
黃壽永 (210)

社会学教授가 겪은 調査余話 : 調査生活 속에
숨겨진 人間像을 더듬어 • 李萬甲 (218)

精神醫가 본 人生과 社會 ④ · 外國人과 우리
의 主体性 • 李東植 (226)

敎育問題鼎談 · 制度가 나쁜가, 運營이 나쁜
가? : 學制改編說과 敎育行政 • 金基錫;
徐明源; 李鍾恒 (232)

知性의 座標 · 印度知性이 본 「두 개의 美國」 :
「進步」와 「保守」와의 對立關係 • (241)

破綻에 直面한 義務敎育 : 敎育態度의 改善과
文敎行政의 新方向을 위하여 • 鄭泰時
(242)

特輯 · 外國庶民들은 어떻게 사나? : 英國 · 프
랑스 · 北歐三國 · 이탤리 · 日本의 庶民
生活
- 眞摯한 궁끼의 英國庶民 : 儉素와 自律性이
깃든 生活 • 朴泰鎭 (250)
- 맛도 알고 멋도 아는 프랑스 사람들 : 國家
가 뒷받침하는 國民生活[1252] • 金鄕岸
(255)
- 걱정을 모르는 庶民들 : 北歐三國의 庶民生
活 • 李東昇 (260)
- 豊足치 못한 뽀뿔리노들 : 이탤리의 庶民層
• 崔碩圭 (265)
- 부지런히 모으고 아껴쓰는…… : 日本의
庶民生活 • 朴庚來 (270)

캠퍼스動靜 · 피 맺힌 자리에 찬 돌만이 • (275)

韓國의 名著 ① · 洪吉童傳 : 理想과 浪漫의 小
說 • 鄭炳昱 (276)

北韓의 作家 · 藝術人들 ⑨ · 藝術과 出身成分 :
前 「民靑」紙 文藝部長의 마음의 遍歷 •
李喆周 (284)

사이언즈 · 코너 · 精力과 野心의 버튼世界 :
로렌스 · 올리비에卿의 後繼者 리챠
드 · 버튼은 말한다 • 리챠드 · 버튼; 케네
스 · 타난 (291)

隨想 · 開庭落穗[1253] • 尹五榮 (298)

問題의 作家를 찾아 · 疑惑의 눈 : 代表的女流
作家 나따리 · 싸로오뜨를 찾아서 • 朴
異汶 (304)

1252 목차는 '맛도 알고 멋도 아는 佛人들 : 國家가 뒷
받침하는 國民生活'.
1253 목차는 '開庭落穗'.

海外文壇
- 映畵와 C · S · LEWIS 〈英〉● 金鎭萬 (310)
- 美國의 꿈은? 〈美〉● 李根三 (312)
- 귄터 · 그라쓰 〈獨〉● 安仁吉 (316)
- 傳統의 連續과 斷絶 〈佛〉[1254] : 파울리著「現代佛文學案內」에 言及하면서 ● 鄭明煥 (319)

詩
- 또 한 번 大地여 ● 申瞳集 (324)
- 석쇠 ● 金光林 (325)
- 어떤 개인 날 ● 愼重信 (326)

創作
- 南海紀行 ● 徐基源 (327)
- 陷穽 ● 韓南哲 (334)
- 다시 그 웃음을 ● 宋相玉 (350)

編輯室앞 ● (372)

編輯後記 ● (374)

思想界 第12卷 第4號 通卷 第133號
(1964年 4月 증간호)

卷頭言 · 偶像을 박멸하라! : 屈辱外交에 抗議한다 ● (8)

売國外交를 反對한다! ● 咸錫憲 (10)

또 한번 너 自身을 알라! : 韓 · 日會談의 精神的 姿勢 ● 金成植 (18)

交涉에 臨하는 政府와 國民의 姿勢 : 돌다리도 두드려보고 건느자 ● 梁好民 (24)

對談 · 交涉十年, 會談六回의 內幕 : 두 前代表가 말하는 韓 · 日會談 全貌 ● 兪鎭午; 劉彰順 (30)

韓 · 日合邦 前夜와 賣國走狗들 : 寺内統監 그늘 속의 독버섯 = 李完用 · 李容九 · 安秉畯의 罪相 ● 李鉉淙 (40)

舊韓亡國外交의 史的背景 : 獨占支配를 牽制하는 多邊的政治體制의 瓦解[1255] ● 朴俊圭 (44)

日帝의 監獄과 나 :「朝鮮語學會 事件」의 回顧 ● 李熙昇 (50)

나와 日本帝國主義 : 受難과 恥辱의 過去를 되씹으며 ● 白永燁 (54)

文化的植民地化의 防備 : 日本의「色情文化」를 막으라! ● 申一澈 (58)

豫備役將星 座談會 · 國防에 異狀있다! : 우리는 現 韓 · 日會談을 反對한다 ● 金在春; 朴炳權; 孫元一; 張德昌; 梁好民[1256] (62)

日本經濟의 韓國植民地化過程 : 各種의 經濟收奪은 이렇게 행해졌다[1257] ● 趙東弼 (74)

아시아에 있어서의 韓國의 位置 : 變貌하는 世界情勢 속에서 ● 朴奉植 (79)

1254 목차는 '傳統의 連結과 斷絶 〈佛〉'.

1255 목차는 '舊韓亡國外交의 史的背景 : 獨占支配를 牽制하는 多邊的政治體制의 와해'.
1256 목차는 '梁好民'의 이름 누락.
1257 목차는 '日本經濟의 韓國植民地化過程 : 各種의 經濟收奪은 이렇게 行해졌다'.

日本資本可畏論 : 그들에게 과연 무엇을 期待할 것인가? • 김영록 (84)

日本의 戰後賠償現況 : 버마 · 필리핀 · 라오스 · 越南 · 인도네시아 · 泰國 · 캄보디아 · 싱가포르 · 印度 · 中國의 경우 • 梁興模 (90)

韓 · 日 會談의 係爭點 : 讓步以前의 問題들
- 基本關係의 問題點 :「두 個의 韓國」論을 容認하려는가?[1258] • 閔丙岐 (96)
- 請求權問題 : 우리의 財産請求權과「金 · 大平」메모 • 劉彰順 (101)
- 在日僑胞의 法的地位問題 :「半外國人 半日本人」이 된 僑胞들 • 李天祥 (105)
- 漁業과 平和線問題 : 平和線의 生活史 • 鄭文基 (108)
- 文化財問題 : 文化財返還의 周邊 • 崔淳雨 (112)
- 獨島의 歸屬問題 : 카이로 · 포쓰담宣言과 스캐핀 六七七號 • 편집실 (115)

現地르뽀 · 『両南』漁民들의 소리 : 平和線은 무슨 일이 있어도 지켜야
- 마누라 賣買의 論理 : 浦項 · 龜龍浦 · 馬山 · 釜山等地를 다녀와서[1259] • 黃天榮 (119)
- 황소와 트럭터의 對決 : 麗水 · 木浦 · 群山等地를 다녀와서[1260] • 鄭鎭午 (124)

앙케트 · 왜 現 韓 · 日會談을 反對하나 : 各界

各層의 輿論을 들어본다
- 小貪大失의 會談 • 姜元龍 (130)
- 歷史的罪惡을 自省하라 • 高在旭 (130)
- 좀 더 신중하게 다루라 • 金相浹 (131)
- 過去의 韓 · 日關係를 거울삼도록 • 金玉吉 (131)
- 正常이 아니라 屈服 • 金在俊 (131)
- 無償援助라니 우스운 일 • 金俊燁 (132)
- 日本돈이라고 浪費않을까? • 金鎭萬 (132)
- 생고집은 쓰지 말자 • 金八峰 (133)
- 왜 이리 서둘까? • 金幸子 (133)
- 國民投票에 부쳐라 • 馬實彥 (133)
- 자세 실수도 말이 아닌 몰골 • 馬海松 (134)
- 되어있지 못한 基本姿勢 • 毛允淑 (134)
- 不平等條約부터 철폐하라 • 朴鍾和 (134)
- 日本의 謝過부터 먼저 받아라 • 申相楚 (135)
- 經濟的植民地로의 轉落 • 安秉煜 (135)
- 寸步의 讓步도 안된다 • 安壽吉 (135)
- 文化的攻勢에 對備하자 • 呂石基 (136)
- 數學의 흥정이냐 魔術이냐 • 오영진 (136)
- 早速에는 副作用이 있다 • 劉鳳榮 (136)
- 우려되는 바 있다 • 柳致眞 (137)
- 與黨의 一方的인 플레이 • 李克燦 (137)
- 國論부터 統一한 後에 • 李邦錫 (138)
- 政府 處事에 의혹있다 • 李相殷 (138)
- 혼란과 분규의 씨를 뿌리지 말라 • 李崇寧 (139)
- 기분 나쁜 獨立祝賀金 • 李容根 (139)
- 그릇된 認識을 씻으라 • 李丁奎 (139)
- 우려되는 政治資本化 • 林義信 (140)
- 日本에의 예속보다는 고립을 • 鄭正佶 (140)
- 범람할 倭色 • 鄭鎭肅 (141)
- 後患이 없도록 • 조의설 (141)
- 日本에 대한 民族主義서부터 • 趙芝薰 (142)
- 國威 · 國家將來의 放賣냐? • 池明觀 (142)
- 鮮明치 않은 實利의 線 • 卓熙俊 (143)

1258 목차는 '基本關係의 問題點 :「두 개의 韓國」論을 容認하려는가?'.
1259 목차는 '마누라 賣買의 論理 : 浦項 · 龜龍浦 · 馬山 · 釜山地方을 다녀와서'.
1260 목차는 '황소와 트럭터의 對決 : 麗水 · 木浦 · 群山地方을 다녀와서'.

- 國民輿論을 뒷받침하라 • 韓景職 (143)
- 美國에서 責任을 져라 • 洪以燮 (144)
- 舊韓末의 再演이냐? • 黃山德 (144)

資料 · 韓 · 日協商 十三年의 日誌 • 姜範錫
(145)

編輯後記 • (150)

思想界 第12卷 第5號 通卷 第134號
(1964년 5월)

畵報 · 主权의 抗議 : 三 · 二四데모 以後 • 한국
일보사; A · P 제공 (11)

卷頭言 · 流産된 革命三年 : 新版勢道政治부
터 自己改革하라 • (26)

特輯 · 非正常外交의 波動
- 主體性의 回復 : 事大主義의 意味 • 申一澈
(28)

知性의 座標 · 데모와 市民不服從權의 行使 :
核禁示威運動의 어제와 오늘 • (37)

特輯 · 非正常外交의 波動
- 信任을 喪失한 對日外交 : 韓國外交의 正道
를 위하여 • 宋建鎬 (38)
- 口號로 본 「三 · 二四」의 本質 : 國民과 興論
은 끌려만 가는게 아니다 • 尹亨燮 (44)
- 健忘症에 걸린 日本人들 : 三 · 二四데모 波
動과 日本의 反應을 보다 • 田駿 (52)
- 『三 · 二四』데모 周邊漫評 : 「고바우」와 「두
꺼비」가 본 (東亞日報에서) • 김성환; 안
의섭 (59)

最高會議 統治時代 : 軍政二年半이 國民에게
무엇을 주었나 • 申相楚 (62)

中共과 極東의 將來 : 中共을 둘러싼 自由陣營
의 눈들 • 梁興模 (70)

再統一유럽史의 前奏曲 : 유럽과 共同市場과
英國 • A · J · 토인비[1261] (76)

美 · 쏘情報戰의 內幕 : 情報 · 間諜 · 宣傳戰爭 •
金尙鉉 (85)

美極東軍事政策의 變貌 : 「太平洋統合軍」의
創設 • 文熙奭 (94)

양면컬럼 · 政治時評
- 三 · 二四事態가 남긴 宿題 • (104)
- 新聞週間의 슬로건 有感 • (105)

양면컬럼 · 經濟時評 · 쿠데타經濟의 行路 •
(106)

양면컬럼 · 社會時評 • (108)

時事漫評
- 참신한 方法을 써라! • 安義燮 (110)
- 또 꼬리 鑑定(?) • 申東憲 (111)

特輯 · 日本資本主義와 韓國
- 戰後日本經濟成長과 今後 : 高度成長 · 韓國
動亂等과 關聯하여 • 崔虎鎭 (112)
- 日本經濟가 韓國에 미칠 影響 : 非自主的 對
日經濟姿勢의 分析 • 洪性囿 (122)
- 世界市場開拓에 나선 日本 : 貿易面에서 본
日本經濟 • 김영록 (129)

1261 목차는 '토인비'.

움직이는 世界
- 「轉換」을 摸索하는 美國의 中共政策 • (140)
- 分裂의 씨 안은 中立勢力 : 亞 · 阿團結會議
　와 반둥「非同盟」召集工作 • (144)
- 브라질 政變과 軍人 · 資本家들 : 美國의 「發
　展同盟」精神은 어디로 가나 • (146)
- 破局을 달리는 中 · 쏘關係 : 破門과 分裂의
　뒤에 오는 것은 무엇인가? • (148)

世紀的인 名將은 가다 : 더글러스 · 맥아더元
　帥 逝去를 哀悼하며 • (150)

케네디 被擊後 15時間 : 존슨이 겪은 斷腸
　의 試鍊[1262] • 플레쳐 · 네벨[1263]; 安東林 譯
　(152)

캠퍼스動靜 · 知性의 「언 · 밸런스」 : 四月의 榮
　光과 五月의 誘惑 • (159)

関東大震災當時를 証言함 : 日本刀와 竹槍에
　이슬진 僑胞들 • 蔡弼近 (160)

世界의 사람값은? : 雇傭과 賃金을 통해 본 人
　間市場株價評 • 文炳宣 (166)

브라질移民通信 1963年 12月 25日~64年 2
　月 13日 · 鄕愁를 달래며 : 첫번째 새해
　를 맞이하는 브라질의 韓國人들 • 白玉
　彬 (176)

빠리畵壇紀行 ① · 世界美術의 멕카 · 루브르
　• 孫東鎭 (182)

記者半世紀의 回顧 ② · 大韓帝國의 黃昏 :
　韓 · 日併合前後의 憂國의 激浪 • 柳光
　烈 (188)

天道敎는 基督敎의 한 宗派인가? : 「人乃天」
　思想과 「侍天主」論 사이의 中保者問
　題 • 尹聖範 (197)

韓國의 名著 ② · 『牧民心書』: 李朝封建經濟
　의 綜合的批判書 및 改革案 • 洪以燮
　(206)

高麗 · 朝鮮社會의 比較 : 韓國近代化過程 硏
　究序說 • 金龍德 (215)

惡德의 再現者들 : 放送劇을 들으며 • 鄭昌範
　(224)

精神醫가 본 人生과 社會 ⑤ · 노이로제와 夫
　婦關係 : 愛情이 금이간 夫婦들의 心理
　• 李東植 (230)

北韓의 作家 · 藝術人들 ⑩ · 朴憲永과 遊擊隊 :
　前 「民靑」紙 文藝部長의 마음의 遍歷 ·
　李喆周 (237)

靑山里의 抗战 (上) • 李範奭 (244)

海外文壇
- 『殉敎者』: 황폐화한 韓國을 정서적으로 묘
　파 · 죤 · 밋첼 (264)
- 「定着地없는 紀行」〈佛〉[1264] • 朴異汶 (266)
- 오늘의 獨逸文學 : 立地 規定을 위한 試論 •
　발터 · 옌스;朴贊機 譯 (270)

1262 목차는 '케네디 被擊後 一五時間 : 존슨이 겪은 斷
　　腸의 試鍊'.
1263 목차는 'F 네벨'.

1264 목차는 '定着地없는 紀行'.

사이런즈 · 코너 · 쏘런의 性開放風潮 • (280)

수필
- 어디까지 疑心할 것인가 • 張河龜 (284)
- 品位說 • 呂石基 (286)
- 智慧의 限界 • 李鍾求 (287)
- 텔레비젼과 만화가게 • 鄭明煥 (289)
- 글 • 羅英均 (290)
- 五月에의 祈願 • 徐泰一 (292)

文學月評 (四月의 創作界)
- 詩 · 모더니티의 問題 • 金洙暎 (295)
- 小說 · 내셔널리즘 · 其他 • 柳宗鎬 (298)

詩
- 迂廻路 • 朴木月 (304)
- 巨大한 뿌리 • 金洙暎 (305)
- 山에서 • 韓性祺 (307)

映畵片想 · 耽美의 虛無主義가 남기는 것 : 『太
　　陽은 외로워』를 보고 난 느낌 • 成光浩
　　(308)

創作
- 脫皮 • 金利錫 (311)
- 모르못트의 反應 • 全光鏞 (319)
- 第五福音 • 白寅斌 (330)
- 겨울과 쏘 • 姜龍俊 (353)

編輯室앞 • (372)

編輯後記 • (374)

思想界 第12卷 第6號 通卷 第135號
(1964년 6월)

畵報 · 六 · 二五動亂特輯 : 激戰과 勝利의 記錄

• 陸軍本部報道部 提供 (13)

卷頭言 · 또 다시 「思想界」의 發刊精神을 더듬
　　으며 • 張俊河 (32)

이 막다른 골목을 뚫고 나가야 • 張利郁 (34)

社告 · 「思想界」 永久讀者募集[1265] • (53)

新惡論 : 革命政府의 功績은 이 뿐인가? • 李恒
　　寧 (54)

韓國—나의 韓國 : 知識人과 政治人 • 金鎭萬 (62)

「五 · 三」 換率變更雜感 • 김영록 (68)

現 勞動關係法의 病因 : 自由設立主義와 Tri-
　　partism의 確立 • 金致善 (76)

양면컬럼 · 政治時評 · 泣辯을 弄하지 말라 •
　　(82)
양면칼럼 · 經濟時評 · 換率變更 • (84)

양면칼럼 · 社會時評 · 不正腐敗에 관한 一章 •
　　(86)

時事漫畵
- 換率變更[1266] • 申東憲 (88)
- 속아 나는 者는?[1267] • 安義燮 (89)

投稿論壇 · 穀價波動에 한 마디 : 糧穀政策과
　　穀價調節에 관하여 • 沈憲求 (90)

1265 목차는 '「思想界」 通商特殊 永久讀者募集'.
1266 목차는 '換率改定'.
1267 목차는 '녹아나는 者는?'.

鼎談 · 韓国政治의 將來 : 軍과 産業資金의 政
　治的中立 • 金相浹; 黃山德; 梁好民 (94)

움직이는 世界
- 決斷을 부르는 東南亞三角戰亂 : 라오스 ·
　越南 · 보르네오事態의 가는 길 • (106)
- 豫選의 고비에 이른 美大統領選擧戰 : 頂點
　이룬 共和黨大統領指名과 民主黨 副統
　領指名 • (109)
- 아프리카에 첫발 내디딘 흐루시쵸프 : 쏘 ·
　西方 · 中共影響力排除에 外交總力戰 •
　(113)
- 難航 속의 케네디 · 라운드協商 : GATT會議
　에서 壓力받는 美 · 英側苦衷 • (115)

프랑스의 美防衛政策批判 : 美 · 쏘兩國의 核
　保有가 世界平和를 보장하는가[1268] •
　삐엘·M·갈르와[1269] (117)

海外通信
- 바티칸宮內의 韓國 : 韓國과 法皇廳間의 國
　交設立 • 白南翼 (122)
- 올림픽旋風 속의 東京 : 民團과 朝聯係의 움
　직임을 엿보며 • 田駿 (124)

紀行 · 『본』에 들려 華府로 가자 : 五十日間의
　經濟評論的 世界一週 • 夫琓爀 (130)

北韓學生生活의 報告 : 强要되는 生活의 機械
　化와 化石化되는 젊음들 • 崔光石 (143)

最近東洋學의 潮流 : 第二六次 世界東洋學者
　大會 報告 • 金廷鶴 (152)

브라질移民通信 2月 16日~3月 26日[1270] · 異域
　에서 맞은 三 · 一節 : 三 · 一精神 이어
　받아 在伯僑民合心하자 • 白玉彬 (160)

動亂史에 빛나는 作戰들
- 陸軍 · 一騎當千의 死守 : 中共軍六三軍을 壞
　滅한 龍門山의 大勝利 • 劉官鍾 (164)

知性의 座標 · 現代基督敎와 世界問題 : 異端의
　挑戰과 不安의 病因 • (171)

動亂史에 빛나는 作戰들
- 海軍 · 「JF」=國旗를 달아라! : 六 · 二五動
　亂의 첫 海戰 對馬島의 大捷 • 崔英燮
　(172)
- 空軍 · 三五一高地 爆擊作戰 : 「프라이트 · 라
　인」의 不死鳥들 • 尹應烈 (178)

캠퍼스動靜 · 祝典과 綠陰 속의 젊음 : 잔인한
　봄은 가고 • (187)

動亂史에 빛나는 作戰들
- 海兵 · 統營上陸을 敢行하라! : 海兵隊의 處
　女出戰 · 統營上陸作戰을 回顧한다 •
　李鳳出 (188)

맥아더戰略是非 : 韓國動亂 · 休戰과 관련된
　루카스記者의 폭로 • 文熙奭 (194)

記者半世紀의 回顧 ③ · 民族에 눈 뜨던 時節
　: 가난한 어버이의 눈물 속에 움튼 民
　族意識의 孵化器 • 柳光烈 (201)

1268 목차는 '美防衛政策批判 : 美 · 쏘兩國의 核保有가
　世界平和를 保障하는가'.
1269 목차는 '갈르와'.

1270 목차는 '브라질移民通信'.

都市르뽈르따쥐 ③ · 꿈이서린 港都 · 束草 :
　　建設되는 收復地區 唯一의 都市 ● 全永
　　昶 (210)

座談會 · 学園의 自由를 干涉말라! : 「캠퍼스
　　의 사꾸라」는 누가 만든 것이냐? ● 申
　　一澈; 趙義高; 李丁奎; 劉基天; 金玉吉; 金成
　　植 (218)

自由는 學園의 生命 : 總長과 學長의 決斷이
　　있어야한다 ● 金成植 (230)

彷徨하는 教育政策 : 自由와 統制의 틈바구니
　　에 낀 私學의 位置 ● 李寅基 (242)

精神醫가 본 人生과 社會 ⑥ · 宗敎의 精神分
　　析 ● 李東植 (249)

韓國의 名著 ③ · 『栗谷全書』 : 儒敎政治學의
　　結晶 ● 李鉉淙 (256)

빠리畫壇紀行 ② · 魅惑의 거리 몽파르나스 ●
　　孫東鎮 (260)

北韓의 作家 · 藝術人들 ⑪ · 林和에 對한 起訴
　　狀 : 前 「民靑」紙 文藝部長의 마음의
　　遍歷 ● 李喆周 (268)

靑山里의 抗战 (下) ● 李範奭 (276)

作品研究 ④ · 밀러의 新作戲曲 『原罪를 저지
　　른 뒤』 : 無限한 人間愛와 줄기찬 實驗
　　精神 ● 李根三 (296)

未發表遺稿 · 헤밍웨이의 回顧錄 : 빠리生活을
　　回想하며 ● E · 헤밍웨이[1271]; 安東林 譯 (303)

文學月評 (五月의 創作界)
　- 詩 · 卽物時의 試驗 등 ● 金洙暎 (310)
　- 小說 · 「試行錯誤」의 嫡子들 : 이 달 創作의
　　主題 ● 洪思重 (313)

社告 · 創刊十一周年紀念定期讀者中 期間延長
　　에 關한 추첨 結果發表 ● (317)

詩
　- 讚歌 ● 송욱 (322)
　- 土曜日 ● 金鍾元 (323)
　- 埋築地 ● 李裕憬 (324)

創作
　- 六人共和國 ● 柳周鉉 (326)
　- 一期卒業生 ● 李浩哲 (348)

社告 · 第六回思想界新人文學賞作品募集 ●
　　(357)

創作
　- 父主前 上書 ● 南廷賢 (358)

編輯室앞 ● (376)

編輯後記 ● (380)

思想界 第12卷 第7號 通卷 第136號
(1964년 7월)

畫報 · 印度의 敎訓 : 깐디와 네루는 갔어
　　도…… ● (11)

卷頭言 · 自由民權의 길 : 制憲節을 맞이하면
　　서 ● (26)

1271　목차는 '헤밍웨이'.

너무나 險難한 民主憲政의 길 : 制憲節에 즈음하여 • 玄勝鍾 (28)

經濟救國의 길 : Come-Go와 같은 우리의 經濟의 混迷[1272]相을 克服하자 • 夫琓爀 (34)

民主主義的 自由의 모랄 : 道德的 니힐리즘을 넘어서 • 申一澈 (40)

時事漫畵 · 집主人이 도대체 누구십니까? • 申東憲 (47)

네메시스의 教訓 : 새로운 國際政治의 展望 • 金瓊元 (48)

日本軍의 現況을 보라! : 數보다 近代化에 힘쓰는 日本 「自衛隊」• 田駿 (54)

움직이는 世界
- 混迷[1273] · 混線의 連續—東南亞 : 越南 · 라오스 事態는 어디까지 왔는가 • (68)
- 네루 없는 印度 : 國內 課題와 中立主義의 體質方向 • (71)
- 퇴색되어가는 集團安保體制 : NATO十五周—陣痛안은 앞 길[1274] • (74)
- 꿈틀거리는 東歐의 民族主義 : 美 · 루마니아協商과 政治 · 經濟的接近 • (76)

知性의 座標 · 牢獄속의 自由 : 스페인 作家 D · 리드르에호의 釋放運動 • (79)

特輯 · 現代中共의 挑戰
- 中共의 國際的地位 : 움직일 수 없는 中共의 힘과 今日의 世界 • 全永哲 (80)
- 中共의 挑戰과 韓國 : 中共對外政策이 뜻하는 「平和」의 威脅을 앞두고 • 주요한 (87)
- 中共經濟의 性格 : 對쏘依存에서 自己更生策을 摸索하는 中共 • 金潤煥 (94)
- 毛澤東 支配體制의 將來 : 中共政策의 基調는 對美孤立化에 集約되고 있다 • 김영준 (104)
- 毛澤東이 걸어온 七○年 • 하워드 · L · 브어맨[1275] (113)
- 毛澤東의 辨證法的唯物論批判 (上) : 쏘련과 中共의 哲學的見解差 • 호루브니치; 李東昇 · 申一澈 譯 (128)

人物評 · 샤스트리—네루의 後繼者 : 印度支配層의 새로운 面貌 • (138)

印度의 發見 : 네루의 哲學 · 近代化 및 經濟開發에 對하여 • 자와할랄 · 네루[1276] (142)

印度美術紀行 (下) : 佛教藝術을 돌아보며 • 黃壽永 (151)

禪(Zen)—否定의 否定 : 「비이트禪」과 本來의 禪은 다르다 • 徐景洙 (160)

여름의 山과 바다 : 여러분의 旅行 · 踏査 · 登山을 爲한 案內 • 李崇寧 (167)

二十五年만에 出現한 정어리 : 정어리資源을 保護育成하여야 • 鄭文基 (174)

1272 昏迷의 오자.
1273 昏迷의 오자.
1274 목차는 '퇴색해 가는 集團安保體制 : NATO十五周—陣痛안은 앞 길'.

1275 목차는 'H · L · 부어맨.
1276 목차는 'J · 네루'.

모스크바紀行 ① · 내가 본 쏘런 (上) : 神父가
　목격한 모스크바의 이모저모 • 헨리·
　판·스트랄덴[1277] ; 安喆球 譯 (184)

韓國人의 「소슬한 宗敎」 : 基督敎土着化의 새
　로운 提唱 • 문익환 (192)

韓國의 名著 ④ · 李退溪의 『聖學十図』 • 朴鍾
　鴻 (200)

都市르뽀르따쥐—光州市篇[1278] · 湖南文化의
　中心地 · 光州 : 無等山아래 半農의 敎
　育都市 • 曺廣海 (208)

精神醫가 본 人生과 社會 ⑦ · 노이로제에 걸
　린 學生들 • 李東植 (219)

브라질移民通信 · 브라질 軍部革命과 僑胞 :
　赤色으로 禍를 입는 韓國係 · 中國係 ·
　東洋人들 • 白玉彬 (226)

빠리畵壇紀行 ③ · 빠리의 東洋畵들 • 孫東鎭
　(230)

記者半世紀의 回顧 ④ · 「靑年俱樂部」 時節 :
　平生의 銘訓 「一勤天下無難事」 • 柳光
　烈 (237)

李陸史의 生涯와 詩 • 申石艸 (246)

社告 · 「思想界」 永久讀者募集[1279] • (251)

北韓의 作家 · 藝術人들 ⑫ · 「北의 詩人」과 運
　命 : 前 「民靑」 紙 文藝部長의 마음의
　遍歷 • 李喆周 (252)

사이언즈 · 코너 · 藝術作品의 展示會是非 : 미
　로의 비너스는 루브르의 그리고 빠리
　의 屬遺物이다 • 어네스트 · H · 검브리치
　(260)

르네쌍스는 가까워지려나? : 셰익스피어祝
　典決算報告 • 呂石基 (265)

셰익스피어 四百周年祭 : 現地에서 본 有史以
　來의 大祝祭 • 李京植 (272)

수필 · 나의 幸福論
- 苦痛과 悲哀에 눈감지 말라 • 안호삼 (278)
- 眞實한 幸福은 없다 • 尹亨重 (280)
- 幸福은 나의 아내 • 尹克榮 (282)
- 自然을 느끼는 때 • 毛允淑 (285)
- 對話의 幸福論 • 박용구 (287)
- 調和의 感覺 • 安秉煜 (289)

海外文壇
- 苦悶하는 美國의 劇文學 • 盧熙燁 (292)
- 싸르트르와 보부아르의 手記 〈佛〉[1280] • 洪
　承五 (295)
- 獨逸文學과 셰익스피어 〈獨〉[1281] • 姜斗植 (298)
- 엘리옷트를 中心으로 한 새로운 필리스티
　니즘 • 文祥得 (301)

文學月評 (六月의 創作界)[1282]
- 詩 · 「現代性」에의 逃避 • 金洙暎 (304)

1277 목차는 '스트랄렌'.
1278 목차는 '都市르뽀르따쥐'.
1279 목차는 『思想界』 通常 및 特殊 永久讀者募集'.

1280 목차는 '싸르트르와 보부아르의 手記'.
1281 목차는 '獨逸文學과 셰익스피어'.
1282 목차는 '月評'.

- 小說·政治感覺의 效用度 • 洪思重 (307)

詩
- 盲 • 金丘庸[1283] (312)
- 꿈 • 李東柱 (313)
- 續·어떤 狀況 • 姜泰烈 (314)

創作
- 이 하늘 밑 • 韓末淑 (316)
- 列外 • 崔翔圭 (328)
- 오돌막집과 옹달샘 • 李文熙 (342)
- 사랑의 凱歌 • 金義貞 (354)

第六回思想界新人文學賞作品募集[1284] • (369)[1285]

編輯室앞 • (370)

社告·定期讀者 및 愛讀者諸位에게 • (373)

編輯後記 • (374)

思想界 第12卷 第8號 通卷 第137號
(1964년 8월)

畫報·石窟庵·民族藝術의 精華 : 復原重修된
    國寶二四號 • 鄭永鎬 사진제공; 崔淳雨 선
    정 및 설명 (11)

卷頭言·堅實한 社會改革의 비전을 確立하
    자! : 八·一五解放 十九周年을 맞이하
    면서 • (26)

戰後史의 終焉 : 神話의 廢墟위에 平和는 不死
    鳥처럼 • 洪承勉 (28)

韓國企業家精神의 反省 : 不名譽의 王座에서
    물러서라 • 김영록 (36)

오늘의 西歐社會主義 : 몇나라의 印象 • 梁好
    民 (42)

特輯·民族解放二十年의 反省
- 運命의 歷史·二十年 : 解放後二十年의 思想
    的反省 • 池明觀 (54)
- 美軍政의 功過 : 軍政遺産의 再評價와 그 問
    題點 • 夫琓爀 (63)
- 解放韓國의 國際政治學 : 自律性과 國際孤
    立은 同一視할 수 없다 • 주요한 (70)
- 不協和音의 政界山脈 : 亂步로 出發한 解放
    直後의 政界秘話 • 宋南憲 (78)
- 「日本的」과 「美國的」 : 解放二十年의 文化
    的主體意識의 反省 • 李崇寧 (86)
- 八·一五後의 新聞社說小史 : 解放後의 카오
    스를 넘어서는 社說의 몇가지 潮流 •
    宋建鎬 (93)

時事漫畫
- 믿음직스런 協商 • 申東憲 (108)
- "선생님!"[1286] • 安義燮 (109)

움직이는 世界
- 소용돌이 속의 東南亞 : 테일러 赴任과 一
    戰不辭論의 背景은 무엇인가? • (110)
- 골드워터 勝利 뒤에 오는 것 : 反作用일으
    킨 共和黨과 美 少數輿論 • (113)
- 흐루시쵸프의 北歐訪問과 共産東歐의 自由
    化傾向 • (115)
- 다시 터진 콩고紛糾 : 危險한 불씨·춈베獨
    走 • (117)

1283 목차는 '金庸丘'. 본문이 맞음.
1284 목차는 『思想界』第六回 新人文學賞 作品募集'.
1285 목차는 367쪽. 본문이 맞음.

1286 목차는 '선생님'.

존슨 · 東南亞에서 苦戰 : 베트남事態를 둘러싼 美國의 東南亞政策은? • 朴武昇 (120)

第二의 링컨宣言 : 美國의 民權法案 通過의 意義 • 李英範 (126)

對中立國外交 · 韓國과 에집트 : 强硬國策下의 自由主義外交政策[1287] • 柳正烈 (132)

社告 · 「思想界」 永久讀者募集[1288] • (137)

海外通信 = 하와이에서 · 韓國學生과 東西文化센터 : 二重課題의 修學을 위한 「무지개 캠퍼스」 • (138)

毛澤東의 辨證法的 唯物論批判 (下) : 中 · 쏘間의 哲學的分裂 • 호루브니치; 申一澈 譯 (140)

둘러본 一線의 片貌 : 中部 戰線 訪問記 • 金東俊 (148)

都市르뽀르따쥐ー鎭海市篇 · 軍港의 都市 · 鎭海 • 韓南哲 (154)

現地座談會 · 우리들의 愛鄕을 말한다 • 嚴昌燮; 郭仲奎; 卞在轍; 徐凡洙; 羅璣泳 (160)

知性의 座標 · 藝術家의 本分 : 自由의 良心은 아무도 다치지 못한다 • (167)

日本人의 民族心理 : 「神風」의 天惠 속에 相剋하는 心像 • 金廷鶴 (168)

社告 · 思想界海外豫約購讀申請規定 • (175)

産兒制限反対論의 反駁 : 家族計劃은 絶對必要하다 • 趙香祿 (176)

神父의 쏘련紀行 ② · 내가 본 쏘련 (中) : 敎育 · 藝術 · 娛樂 · 宗敎 • 헨리 · 판 · 스트랄렌[1289]; 安喆球 譯 (182)

軍番없는 兵士 · 學徒兵 : 펜을 총과 바꾸어 祖國守護에 • 尹南夏 (191)

記者半世紀의 回顧 ⑤ · 「三 · 一運動」 前夜 : 十年걸린 抗日民族自決의 擧事 • 柳光烈 (198)

精神醫가 본 人生과 社會 ⑧ · 꿈이란 現象과 노이로제 • 李東植 (206)

韓國의 名著 ⑤ · 『九雲夢』 • 李明九 (214)

評論三篇
- 大衆藝術과 健全性의 問題 : 보다 높은 次元을 위한 提言 • 白鐵 (220)
- 作家와 證言 : 「證人의 文學」 「證言으로서의 文學」에 이어서 • 金鵬九 (228)
- 小說과 現實 : 우리의 오늘 • 柳宗鎬 (236)

北韓의 作家 · 藝術人들 ⑬ · 슬픈 運命의 群像들 : 前 「民靑」紙 文藝部長의 마음의 遍歷 • 李喆周 (244)

文學月評 (七月의 創作界)
- 詩 · 搖動하는 포오즈들 • 金洙暎[1290] (253)

1287 목차는 '韓國과 에집트 : 强硬策下의 自由主義外交政策'.

1288 목차는 「思想界」通常 · 特殊 永久讀者募集'.

1289 목차는 '스트랄렌'.

1290 목차는 '金洙暎'. 본문이 맞음.

- 小說 · 이 무더운 여름의 破閑記들 • 洪思重 (256)

수필
- 禁煙 • 金元龍 (260)
- 薔薇에 부쳐서 • 車柱環 (262)[1291]
- 탱자나무 꽃필 무렵 • 南命錫 (264)
- 소쩍새 • 千鏡子 (265)
- 打令 • 李鎭求 (267)
- 自由의 騎士들 • 盧熙燁 (268)
- 極과 極 • 金世永 (270)
- 비둘기 장 속의 어린이 • 安仁熙 (272)

詩
- 仙人掌 • 朴南秀 (274)
- 戰後의 거리에 선 두 다리 • 劉庚煥 (275)
- 외로움이 날 찾아오면 • 洪完基 (277)

海外傑作六人選
- 가장 좋은 것 〈英〉 • 단 · 제이콥슨[1292]; 金碩柱 譯 (278)

社告 · 第六回思想界新人文學賞作品募集 • (295)

海外傑作六人選
- 하늘을 걷는 사람 〈佛〉 • 으젠느 · 이오네스코 [1293]; 鄭明煥 譯 (296)
- 뼈의 山 〈獨〉 • 귄터 · 그라쓰[1294]; 安仁吉 譯 (310)
- 鎭定草盆 〈愛〉 • 쉬일라 · 네기그[1295]; 李昌培 譯 (324)

- 癩病患者 〈유고〉 • 밀로반 · 질라스[1296]; 安東林 譯 (338)
- 아담과 이브 〈쏘〉 • 유리 · 카자코프[1297]; 金洙暎 譯 (348)

編輯室앞 • (372)

編輯後記 • (374)

思想界 第12卷 第9號 通卷 第138號
(1964년 9월)

畵報 · 베일벗는 달의 神秘 • A · P 사진제공; 李鍾秀 글 (15)

卷頭言 · 「無情한 社會」를 벗어나는 길 : 政治指導者들은 먼저 「親切」의 美德을 배우라 • (26)

惡法撤廢 全國言論人大會 · 宣言文 • (28)
惡法撤廢 全國言論人大會 · 決議文 • (29)

우리는 알았다! • 함석헌 (30)

우리는 違憲에 抗議했다 : 戒嚴下 三十二日間의 나의 獄中手記 · 大韓辯協은 內亂罪로 다스리는데 反對한다[1298] • 李丙璘 (40)

왜 그리 自信이 없나? : 危機意識은 政治貧困에서 • 崔錫来[1299] (50)

1291 목차는 202쪽. 본문이 맞음.
1292 목차는 'D · 제이콥슨'.
1293 목차는 'E · 이오네스코'.
1294 목차는 'G · 그라쓰'.
1295 목차는 'S · 네기그'.

1296 목차는 'M · 질라스'.
1297 목차는 'Y · 카나코프'.
1298 목차는 '우리는 違憲에 抗議했다 : 戒嚴下 三十二日間의 나의 獄中手記'.
1299 목차는 '崔錫采'. 목차가 맞음.

時事漫畵 · 時局收拾[1300] ● 安義燮 (57)

戒嚴五十六日間의 國會 : 核 잃은 國會 · 戒嚴
　　是非 · 時局對策演說 · 協商 · 解嚴 ● 金
　　瑢泰 (58)

社会主義思想에 대한 考察 : 共産侵略에서 自
　　由를 옹호하다 서거한 前 베를린 市長
　　E · 로이터를 追悼하며[1301] ● 레이몽 · 아롱
　　[1302] (64)

知性의 座標 · 言論의 自由와 權力의 專橫 : 「쉬
　　피겔事件」의 終末이 뜻하는 것 ● (77)

☆惡法을 卽時撤廢하라!
- 民主言論의 弔鍾을 들으며 : 惡法의 씨를
　　뿌리지 말라! ● 洪鍾仁 (78)
- 言論立法은 國民主权의 侵害 : 違憲의 惡法
　　에 抗議한다 ● 文炯宣 (83)
- 学園의 保護냐, 學園의 危機냐? : 學園은 民
　　族의 將來 ● 梁好民 (88)

時事漫畵
- 어리석은 불장난 ● 申東憲 (94)
- 二代惡法 ● 安義燮 (95)

양면컬럼 · 經濟時評 · 電氣값 石炭값 ● (96)

양면컬럼 · 社會時評 · 記錄 · 言語 · 沈黙 ● (98)

特輯 · 現代의 歷史觀
- 歷史와 現實 : 인텔리는 歷史에 外面하지
　　말라! ● 金成植 (100)

- 必然과 自由의 對話 : 야스퍼스의 歷史觀을
　　中心으로 ● 安秉煜 (107)
- 危機와 希望의 史觀 : A · J · 토인비와 슈바
　　이처의 歷史哲學[1303] ● 池明觀 (120)
- 맑스의 史眼을 벗어라 : 唯物史觀公式은 허
　　물어졌다 ● 申一澈 (128)
- 永遠과 時間 : 佛敎思想에 나타난 東洋人의
　　歷史觀 ● 李箕永 (135)

움직이는 世界
- 통킹灣의 戰火 ● (142)
- 西獨의 摸索 ● (145)
- 美民主黨의 陰影 ● (148)

特輯 · 新生諸国의 政治理念
- 後進國의 리더쉽 : 非西歐世界의 政治的
　　인텔리겐챠들 ● 해리 · J · 벤다[1304]; 김영모
　　역 (150)
- 수카르노構想의 背景 : 指導받는 體制의 열
　　쇠는 經濟社會的인 改革과 建設에 ● 鄭
　　仁亮 (160)
　= 亂鬪的自由主義의 終末 : 하사누딘 大學校
　　에서의 演說 ● 수카르노 (164)
- 시하누크公과 캄보디아 : 不透明한 「王室
　　社會主義」, 「進步的社會主義」 ● 宋建鎬
　　(170)
　= 캄보디아와 中立의 必然性 : 우리는 우리
　　를 攻擊하는 삘럭의 反對삘럭에 원조
　　를 호소할 것이다 ● 노로돔 · 시하누크[1305]
　　(173)
- 쿠비체크의 政治理念 : 德望과 공적이 높은
　　中道派政治人 ● 朴武昇 (177)

1300 목차는 '時局收拾〈보류되었던 원고〉'.
1301 목차는 '社會主義思想에 대한 考察 : 前 베를린 市
　　長 E · 로이터를 追悼하며'.
1302 목차는 'R 아롱'.

1303 목차는 '危機와 希望의 史觀 : 토인비와 슈바이
　　처의 歷史觀'.
1304 목차는 'H · J · 벤다'.
1305 목차는 '시하누크公'.

= 汎美洲活動計劃의 構想[1306] : 平和와 進步
　에로의 前進을 위한 民主盟邦의 結束
　● 쥬세리노 · 쿠비체크[1307] (181)
- 아랍社會와 낫셀리즘 : 汎아랍支配欲에 불
　타는 낫셀 ● 金尙鉉 (184)
= 偉大한 社會에로의 指標 : 아랍社會主義 ●
　가말 · 압델 · 낫셀[1308] (187)
- 엥크루마 검은 大陸의 새벽鐘[1309] : 自我改
　善의 一黨獨裁 ● 全永哲 (192)
= 獨立의 背景 : 엥크루마의 自敍傳의 一部 ●
　크와므 · 엥크루마[1310] (195)

日本 르뽀르따쥐[1311] · 日本社会의 地下道 (上)
　: 「戰爭에 지고 生活에 이긴 나라」 ● 吳
　蘇白 (200)

紀行文 · 에집트는 阿洲運命의 키 (鍵)[1312] : 民
　族自矜과 熱情에 차 있는 젊은이들 ●
　金箕斗 (214)

對談 · 파레스타인의 繁榮 : 이스라엘이 復興
　하기까지 ● 全永昶; 張禹疇 (218)

나의 六 · 二五緖戰回顧 : 漢江防禦作戰에서
　平澤國軍再編成 까지 ● 金弘壹 (226)

나의 未公開日記=二〇〇枚全載 · 젊은 날의 自
　畵像 : 二十一歲때 (一九二七年) 의 日記
　에 비친 ● 兪鎭午 (234)

캠퍼스動靜 · 기나긴 午睡의 思想 : 「캠퍼스의
　主人公」은 무엇을 생각하고 있나? ●
　(255)

西歐의 大學社會 : 繁榮과 文明을 先導한 아카
　데미들 ● 金光源 (256)

「聖岩園」 農場르뽀 (潭陽) · 크로렐라 · 農業革
　命의 불씨 : 韓國有畜農業의 實驗臺 ●
　曹廣海 (264)

텔레비전 放送論 : 「바보箱子」의 善用 ● 金圭
　(272)

빠리畵壇紀行 (完) · 프랑스藝術의 感性 : 화려
　한 프랑스畵壇이여 안녕 ● 孫東鎭 (280)

隨筆五題
- 눈 덮인 포도원 ● 朴花城 (288)[1313]
- 法이 소용없는 사람 ● 金泰吉 (291)
- 慶弔考 ● 金宗吉 (294)
- 緣分 ● 崔淳雨 (297)
- 農夫의 禮服 ● 崔臣海 (300)

카프카와 죠이스를 위한 鬪爭 : 한스 · 마이어
　와 후랑소와 · 봉디의 對談 ● 白樂晴 抄
　譯 (303)

海外文壇
- 매리 · 맥카시의 『그룹』 〈美〉 ● 金世永 (312)
- 父權에 對한 抗拒 〈英〉 ● 吳華燮 (315)
- 獨逸的, 너무나 獨逸的인 現象들 〈獨〉 :
　四七 클럽 紹介 第三回 ● 李東昇 (318)

1306 목차는 '美洲活動計劃의 構想'.
1307 목차는 '쿠비체크'.
1308 목차는 'A · G · 낫셀'.
1309 목차는 '엥크루마 검은 大陸의 새벽鍾'.
1310 목차는 'K 엥크루마'.
1311 목차는 '日本르뽀'.
1312 목차는 '에집트는 阿洲運命의 키'.

1313 목차는 286쪽. 본문이 맞음.

文學月評 (八月의 創作界)[1314]
- 詩·存在하는 詩 • 朴泰鎭 (321)
- 小說·人間의 條件 • 洪思重 (324)

詩
- 續·灰色의 念珠 抄 • 朴喜璡 (330)
- 生活費 • 李仁秀 (331)
- 孫悟空도 싫다는 나라 • 金在元 (332)

創作
- 距離 • 吳尙源 (334)
- 續·愛國者 • 朴敬洙 (348)

編輯室앞 • (370)

編輯後記 • (374)

思想界 第12卷 第10號 通卷 第139號
(1964년 10월)

卷頭言·政府는 言論에 干涉않기를 바란다 •
　　思想界 編輯委員 一同 (16)

政治모랄을 再建하기 위하여 : 政治風土를 改
　　善하고 새 世代로 바꾸자[1315] • 張利郁
　　(18)

背信과 報復의 反倫理 : 言論人의 姿勢와 政治
　　人의 모랄[1316] • 安秉煜 (28)

1314 목차는 '月評'.
1315 목차는 '政治모랄을 再建하기 위하여 : 소위 政黨
　　이란 정당은 與·野의 구별없이 모두 집안싸움
　　에 熱이 높을대로 높아서 멱살을 잡고 주먹질
　　까지 하는등 그 더러운 모습을 국민앞에 드러
　　내고 말았다'.
1316 목차는 '背信과 報復의 反倫理 : 良心의 청진기를

危機에 선 大學 : 學問의 自由를 다시 論한다
　　• 劉基天 (37)

知識人의 使命 : 大衆 속에 뿌리박고 大衆 속
　　에서 에네르기를 되찾자 • 林芳鉉 (44)

對日經濟關係의 底流 : 對日貿易의 跛行性을
　　是正하라 • 김영록 (50)

不可侵의 勞動三權 : 勞動組合法改正案에 異
　　議가 있다 • 金致善 (56)

現代國家論 : 世界共同社會로의 發展을 期待
　　하면서 • 金雲泰 (62)

時事漫畵·그나마…… • 安義燮 (69)

양면컬럼·經濟時評·言論·特惠·報復 • (70)

特輯·十月總選擧를 앞둔 英國労動党과 保守
　　党[1317]
- 三C 精神의 政治風土 : 英國政黨政治의 社
　　會的背景 • 金成植 (72)

時事漫畵·우리의 자랑 • 申東憲 (83)

特輯·十月總選擧를 앞둔 英國労動党과 保守
　　党[1318]
- 英國社會主義의 哲學的基調 : 國際民主社會
　　主義運動의 모델 • 梁好民 (84)
- 守舊와 反動을 克服한 保守黨 : 新保守主義
　　에로의 길 • 李克燦 (92)

民族의 심장에 대고 歷史의 고동을 들어 보라!
民生苦에 허덕이는 大衆의 신음소리가 우리의
고막을 슬프게 한다!'.
1317 목차는 '英國労動黨과 保守黨'.
1318 목차는 '英國労動黨과 保守黨'.

- 또 다시 불붙는「國有化」是非 : 總選擧를
  앞둔 兩黨의 經濟政策 • 李甲燮 (100)
- 幹部政黨制와 大衆組織體 : 保守 · 勞動黨의
  組織과 運營 • 李邦錫 (106)

畵報 · 苦悶하는 越南: 前進과 後退의 岐路에
  서 • (115)

胡志明과 베트콩의 戰術 : 四十年의 亡命 끝
  에 올라앉은 王座 • 朴京穆 (125)

움직이는 世界
- 流血하는 에노시스[1319] • (132)
- 弱했던 强力體制[1320] • (135)
- 第二의 越南化?⋯⋯콩고 • (138)
- 繁榮 속에서의 挽回[1321] • (140)

人物評 · 마틴 · 루터 · 킹 : 癌 · 人種의 障壁 根
  絶하다 • 洪顯周 (142)

開發을 위한 새로운 貿易 : 제네바「유엔通商
  開發會議」報告[1322] • 尹永敎 (147)

韓國에서의 家族計劃 : 人口問題의 合理的解
  決은 무엇? • 李萬甲 (154)

北韓男女의 愛情問題 : 結婚엔 利己主義的打
  算이 앞서고 소위 계급적 黨性이라는
  변형된 공산주의적 연애관이 支配[1323]
  • 蘇貞子 (162)

獨裁에 피로 抗拒한 神學者 : 본회퍼의 生涯
  와 思想[1324] • 高範瑞 (170)

야스퍼스의 神話論 : 미토스와의 邂逅[1325] • 칼
  · 야스퍼스 (180)

브라질 移民通信 · 異域에서 出生한 二世들 •
  白玉彬 (191)

我執없는 非暴力 :「아힝사아」와「아가페」의
  意味 • 徐景洙 (194)

派獨鑛夫通信 · 好評받는 韓國鑛夫들 : 고달픈
  勞動에도 보람 느끼며 • 金漢用 (201)

曲筆言論史 : 亡國辯護論에서 三 · 一五 不正選
  擧 擁護論까지[1326] • 宋建鎬 (208)

知性의 座標 · 反正의 論理 : 힛틀러 暗殺未遂
  事件 • (221)

양면컬럼 · 社會時評 · 健忘症 · 野黨 · 分裂 •
  (222)[1327]

1319 목차는 '流血하는 에노시스⋯키프로스'.
1320 목차는 '弱했던 强力體制⋯越南'.
1321 목차는 '繁榮 속에서의 挽回⋯英國'.
1322 목차는 '開發을 위한 새로운 貿易 : 제네바「유
     엔」通商開發會議報告'.
1323 목차는 '北韓男女의 愛情問題 : 利己主義的打算이
     앞선 結婚, 공산주의적 연애관'.

1324 목차는 '獨裁에 피로 抗拒한 神學者 :「惡한 行爲
     보다 악한 存在는 더욱 邪惡한 것이다. 虛言者의
     입에서 아무리 美化된 眞實의 말이 나온대도 역
     시 그것은 거짓이다. 人間을 敵對視하는 惡人의
     兄弟愛的인 행위도 역시 증오가 될 뿐이다.」'.
1325 목차는 '야스퍼스의 神話論 : 無原則과 混沌이 지
     배하는 現代에 사는 人間의 神話와 邂逅를 어떻
     게 할 것인가하는 점에 대해 야스퍼스의 獨特한
     견해를 피력하고 있다'.
1326 목차는 '曲筆言論史 : 亡國辯護論에서 三 · 一五 不
     正選擧 擁護論까지—倭帝에 붙었던 亡國賣國의
     曲筆, 官權에 아부한 不正不義의 非良心의 曲筆, 言
     論의 姿勢가 흔들리는 오늘의 實情!'.
1327 목차는 220쪽. 본문이 맞음.

記者半世紀의 回顧 ⑥ · 愛國者와 賣國奴 : 裁
　　判廷에서 目擊한 抗日闘士들[1328] • 柳光
　　烈 (224)

精神醫가 본 人生과 社會 ⑨ · 노이로제와 姑
　　婦關係 • 李東植 (233)

神父의 쏘련紀行 ③~完[1329] · 내가 본 쏘련
　　(下)[1330] : 레닌그라드 · 古蹟 · 學會 · 結
　　論 • 헨리 · 판 · 스트랄렌[1331]; 安喆球 譯 (242)

수필 · 偉大한 庶民
　－ 日帝時代의 어떤 敎長 • 安鎬三 (252)
　－ 自己 분수에 맞는 氣風 • 金正俊 (255)
　－ 牧中老人의 印象 • 尹五榮 (259)
　－ 果樹園의 老畫家 • 芮庸海 (262)
　－ 無慾과 自足 속의 人生遊樂 • 전혜린 (265)
　－ 「하꾸라이 X상」 • 禹慶熙 (267)

캠퍼스動靜 · 危機 · 危機의 連續 : 장차 어쩌
　　자는 건가? • (271)

韓國의 名著 ⑥ · 金正浩의 『大東輿地圖』• 洪
　　以燮 (272)

北韓의 作家 · 藝術人들 ⑭ · 戰後作家同盟의
　　結成 : 前「民靑」紙 文藝部長의 마음의
　　遍歷 • 李喆周 (276)

히프레스 文學論[1332] • 金洙暎 (284)

故鄕없는 사람 : 싸르트르의 「낱말」餘白에
　　부쳐 • 金鵬九 (290)

文學月評 (九月의 創作界)[1333]
　－ 詩 · 에스프리는 어디로 • 朴泰鎭 (298)
　－ 小說 · 意味의 回復 • 鄭昌範 (301)

사이언스 · 코너 · 잉그마르 · 베르이만과의
　　對話 : 現代 前衛映畫監督[1334] • (306)

詩
　－ 비닐雨傘 • 辛東門 (311)
　－ 老歌手 : Hüsch氏에게 • 成賛慶 (312)
　－ 눈(雪) • 姜桂淳 (313)

新春文藝當選作家短篇選
　－ 싱싱한 落葉 • 金文洙 (314)
　－ 霧津紀行 • 金承鈺 (329)
　－ 소쩍도 이야기 • 吳知英 (347)
　－ 中伏 • 洪盛原 (359)

編輯室앞 • (372)

編輯後記 • (374)

思想界 第12卷 第11號 通卷 第140號
(1964년 11월)

畫報 · 洛東江千三百里 • 金行五 사진제공 (15)

1328 목차는 '愛國者와 賣國奴 : 재판정에서 目擊한 抗
　　日闘士들'.
1329 목차는 '神父의 쏘련紀行 ③'.
1330 목차는 '내가 본 쏘련 (完)'.
1331 목차는 '스트랄렌'.
1332 목차는 '히프레스 文學論 : 心琴의 交流를 할 수

있는 言語, 人間의 形像을 전달할 수 있는 언어,
將來의 목적을 위해서 선택이 이루어 질 수 있
는 言語'.
1333 목차는 '月評'.
1334 목차는 '잉그마르 · 베르이만과의 對話 : 現代 前
　　衛映畫監督 · 全世界에 話題를 던지다!'.

卷頭言·敗北意識을 克服하자 • (26)

政界改編의 構圖：朋黨的인 舊殼을 벗어나는 길[1335] • 崔錫采 (28)

두개의 幽灵：言論波動의 餘音[1336] • 姜元龍 (38)

時事漫畵·퀴바디스…… • 安義燮 (45)

抗命이냐 遵法이냐：서울地法公安部 檢事事件을 보고 • 金鍾壽 (46)

対談·感情을 넘는 橋梁：韓國人에게 謝過하려고 온「聖書日本」主筆 政池 仁氏와 咸錫憲翁의 對談[1337] • 咸錫憲; 政池 仁 (54)

양면컬럼·政治時評
- 民政黨의 柳珍山 除名 騷動 • (62)
- 國政監査의 成果와 今後 • (63)

인색한 讓步 아쉬운 渴症：二千萬弗借款·日商課稅에 얽힌 低姿勢 • 文炯宣 (64)

庶民의 越冬：특혜와 부패·의혹을 간직한

채 궁핍에 떠는 庶民經濟 • 김영록 (76)

양면컬럼·經濟時評·公正去來 • (80)

日帝末抗日学生運動[1338] • 趙德松 (82)

時事漫畵·『쓰레받기？ 어림도 없어 추력을 갖다 대 추력을……』[1339] • 申東憲 (91)

彈压과 抵抗의 五○年：韓國言論筆禍史[1340] • 宋建鎬 (92)

自由言論의 唱導者·제퍼슨：爲政者와 國民에게 주는 敎範 • 梁興模 (99)

움직이는 世界
- 擴大않는 擴大戰爭—말聯紛糾 • (104)
- 세개의 구멍—東西獨通行協定[1341] • (107)
- 威脅의 成人禮—中共의 核實驗 • (110)

社會主義 인터내셔날 百年祭報告
- Ⅰ 社會主義 인터내셔날 百年祭宣言 (抄錄)：世界平和 및 自由와 繁榮을 위하여 • (112)
- Ⅱ 아시아에 있어서의 民主主義와 社會主義 (演說抄)：共産勢力의 威脅을 이길 수 있는 新生國家의 힘은 무엇인가？ • 李光耀 (114)

1335 목차는 '政界改編의 構圖：改憲을 하고 政黨法을 뜯어고쳐 生理가 맞는 사람끼리 黨을 같이 한다는 朋黨的인 改編이 되지 말고 널리 國民組織이 될 수 있는 大衆勢力의 變動에 呼吸을 같이 하는 幅넓은 政界改編이 될 수는 없을까？'.

1336 목차는 '두개의 幽靈：言論의 自由는 결코 여러 가지 自由 가운데 하나가 아니다. 이것이 그 나라 憲法에 보장돼 있느냐에 앞서 政府의 言論에 대한 態度가 根本問題인 것이다'.

1337 목차는 '感情을 넘는 橋梁：日本의 無敎會主義者로 著名한「聖書日本」의 主筆 政池 仁氏는 이번에 日本友和會 平和使節로 來韓, 이 機會에 韓國의 無敎會主義者 咸錫憲翁과 對談하였다'.

1338 목차는 '日帝末抗日學生運動：釜山·大邱·光州의 學生事件'.

1339 목차는 '쓰레받기？'.

1340 목차는 '彈壓과 抵抗의 五○年：「개돼지만도 못한 우리 政府 大臣者」라고 하여 日警에게 체포되고 停刊된 사건에서「생각하는 백성이라야 산다」를 거쳐 一九六四년의 問題敎授에 이르는 피어린 言論抗爭史'.

1341 목차는 '세개의 구멍—東西獨逸協定'.

인터뷰 · 水産業近代化의 試圖 : 韓國水産開發公社를 찾아서 ● 李翰林; 曺廣海 (117)

特輯 · 世界運命을 건 美国選擧
- 美國民主 · 共和兩黨大統領候補指名受諾演說抄 ● (126)
- 美國大統領論 : 당나귀와 코끼리의 싸움 ● 金東吉 (128)
- 美國的인 政治風土 : 美國選擧를 주름잡는 地 · 血 · 金緣關係 ● 鄭仁亮 (142)
- 良識과 經驗에 의한 選擧制度 : 美國選擧制度의 歷史的인 變遷 ● 李英範 (152)
- 論爭 · 保守對進步의 論爭 : 美國의 將來希望은 保守主義路線에 있는가?
  = 大美國의 權威를 위한 新構想 : 美國의 將來 希望은 保守主義路線에 있다 ● 배리 · 골드워터[1342] (158)
  = 世界發展을 이끄는 進步의 비젼 : 美國의 將來希望은 保守主義에 있지 않다 ● 제이코브 · K · 쟈비츠[1343] (166)
- 解說畵報 · 美國의 大統領選擧 : 美國의 大統領은 이렇게 選出된다 ● (175)

캠퍼스動靜 · 六 · 三事態의 餘韻 : 學生이 본 現社會의 底邊[1344] ● (181)

죽음의 哲学 : 어떻게 살고 어떻게 죽어야 하나[1345] ● 安秉煜 (182)

虛無主義百年史 : 「러시아的虛無女」에서 「反抗的人間」으로[1346] ● 헤르만 · 봐인; 李東昇 譯 (202)

양면컬럼 · 社會時評 · 感謝過剩과 惡意過剩 ● (214)

特輯 · 韓國的思考의 病理
- 劣等意識 : 事大主義的 · 植民地的 遺産 ● 李崇寧 (216)
- 適當主義 : 그릇된 通念의 所産 ● 金鎭萬 (222)

知性의 座標 · 歷史家와 歷史의 意味 : 戰爭의 責任은 누가 지나 ● (227)

特輯 · 韓國的思考의 病理
- 샤마니즘의 風土 : 來世觀 · 數字心理 등에 엉킨 無知 ● 李箕永 (228)
- 不信과 不勞의 論理 : 에누리와 개평 心理 ● 池明觀 (232)
- 門閥과 地閥 : 前近代的封建殘滓의 處理 ● 金廷鶴 (238)
- 名分과 形式의 모랄 : 타락한 行動倫理 ● 金永喆 (244)
- 韓國人의 政治心理 : 非民主的 퍼스낼리티 ● 曺圭甲 (250)

日本知識人의 病理 : 派閥 · 모호한 言語概念 · 權力恐怖症 ● 존 · 피셔 (256)

精神醫가 본 人生과 社會 ⑩ · 內部獨裁와 敗北意識 : 獨裁를 갈구하는 思想 노이로제 ● 李東植 (263)

1342 목차는 'B · 골드워터'.
1343 목차는 'J · K · 자비츠'.
1344 목차는 '學生이 본 現社會의 底邊'.
1345 목차는 '죽음의 哲學 (一五○枚全載) : 「哲學은 죽음에 대한 준비를 하는 것」이라고, 나는 이말을 가끔 생각한다. 哲學은 죽음의 練習이다. 어떻게 살고 어떻게 죽을 것인가 하는 것을 우리는 哲學과 宗教를 通해서 배우는 것이다'.

1346 목차는 '虛無主義百年史 (百枚全載) : 本來의 허무주의자는 革命的인 人間이었다. 그러나 오늘의 虛無主義者는 非情熱的이며 非浪漫的이다. 그러므로 지난날의 劇的이며 惡靈的이던 허무주의자들과는 比較도 안될만큼 危險하다'.

記者半世紀의 回顧 ⑦ · 新文化가 움틀 무렵 :
　　民族中興의 先驅者들 • 柳光烈 (270)

아이디아보다 큰 資本은 없다 : 어느 廣告人
　　의 告白 • 데이비드 · 오길비[1347]; 安東林 抄
　　譯 (279)

사이런즈 · 코너 · 敎授와의 二十三年間 : 아인
　　슈타인 追慕記 • 토마스 · 벅키; 죠셉 · 블랭
　　크 (288)

北韓의 作家藝術人들 ⑮[1348] · 다시 일어나는
　　李泰俊 : 前「民靑」紙 文藝部長의 마음
　　의 遍歷 • 李喆周 (292)

라디오는 누가 듣나? : 通俗的 너무나 商業的
　　인 放送 • 金世永 (302)

文學月評 (十月의 創作界)[1349]
－ 詩 · 難解性에 대한 最終是非 • 朴泰鎭 (307)
－ 小說 · 計算된 雰圍氣 • 鄭昌範 (309)

詩
－ 詩가, 詩가 되지 않는 • 金容浩 (314)
－ 가을 • 金春洙 (316)
－ 畵架 • 李炯基 (317)
－ 猶太人이 사는 마을의 겨울 • 金榮泰 (318)

創作
－ 遊魂說 • 金東里 (319)
－ 殺母蛇 • 李範宣 (330)

新人文學賞佳作入選者 推薦作品發表
－ 外人村入口 • 朴順女 (345)
－ 장끼傳 • 朴常隆 (364)

編輯室앞 • (378)

編輯後記 • (380)

思想界 第12卷 第12號 通卷 第141號
(1964년 12월)

畵報 · 우울한 民政第一年 : 甲辰年十大뉴쓰
　　[1350] • 朝鮮日報 제공 (13)

卷頭言 : 一九六四年을 보내면서 • 張俊河 (26)

座談會 · 変遷하는 共産主義社會 : 흐首相 失
　　脚과 中共의 核實驗이 뜻하는 것[1351] •
　　金相浹; 金俊燁; 趙貞子; 梁好民 (28)

時事漫畵 · 이 騷亂 속에 • 申東憲 (39)

試鍊의 憲政一年을 보내며 : 憲法과 政治 그
　　리고 社會와 責任[1352] • 玄勝鍾[1353] (40)

1347 목차는 'D · 오길비'.
1348 목차는 '北韓의 作家 · 藝術人들 ⑮'.
1349 목차는 '月評'.
1350 목차는 '우울한 民政一年'.
1351 목차는 '變遷하는 共産主義社會 : 흐루시쵸프首
　　相의 失脚 · 中共의 核實驗 · 급변하는 國際情勢를
　　보고 우리는 다시금 우리의 位置를 검토하지 않
　　을 수 없게 되었다. 과연 오늘의 國際情勢變化는
　　무엇을 뜻하는 것일까?'.
1352 목차는 '試鍊의 憲政一年을 보내며 : 現行憲法이
　　시행된지 어언 一年이 되어간다. 一年이라면 憲
　　法을 운영함에 있어 뜻깊은 시험기간이라고 아
　　니할 수 없다. 言論波動을 前後하여 우리는 「法」
　　不在의 아슬아슬한 고비를 넘길 때마다 그 무서
　　운 法無用의 카오스의 위험 속에 숨막히는 暗中
　　摸索의 길을 걸어왔다.'.
1353 목차는 '玄勝鐘'. 본문이 맞음.

『數』의 政治냐 『理』의 政治냐? :「議席의 多數」가「國民의 總意」와 一致되기를 바라면서[1354] • 李克燦 (49)

양면컬럼 · 政治時評 · 國際情勢의 變動과 閉鎖社會[1355] • (56)

누구를 爲한 國家財政이냐? : 國政監査와 新豫算案을 보고[1356] • 金永善 (58)

韓國의 對유엔政策 : 變遷하는 國際情勢下에서 再吟味한다 • 李壽榮 (65)

새로운 英國의 비젼 : 十三年만에 執權한 勞動黨政府의 向方 • 鄭宗植 (72)

時事漫畵 · 피로한 龍해여 조용조용 지나가라 • 金星煥 (79)

特輯 · 変動하는 國際情勢와 韓美日
- 우리의 國家利益을 지키는 길 : 國家利益은 對外關係에 先行한다 • 劉彰順 (80)

캠퍼스動靜 · 피로 얽힌 師弟愛 : 百四十日만의 解放 • (89)

特輯 · 変動하는 國際情勢와 韓美日
- 日本의 對韓姿勢는 變할 것인가?: 平和線에 대한 再確認[1357] • 朴觀淑 (90)

- 韓 · 日關係와 美國政策의 功過 : 美極東政策의 改善을 바라며 • 李瑄根 (98)
-「두개의 韓國」觀을 警戒한다 : 日本과 北韓의 交渉關係 • 鄭圻元 (114)
- 資料 · 美極東政策은 轉換을 摸索하고 있다 • 죠지 · F · 케난[1358] (122)
- 資料 · 日本外務省「獨島報告書」를 批判한다 : 또 하나 日本의 對韓外交의 汚點 • 金元潝 (128)

양면컬럼 · 經濟時評 · 개인살림의 모범될 나라살림 • (132)

움직이는 世界
- 쏘련의 指導層 改編 • (134)
- 中共의 核實驗 • (137)
- 非同盟國會議의 方向 • (139)

特別寄稿 · 合理的인 家族計劃을…… : 趙香祿 氏의「産兒制限反對論 反駁」에 答하여 • 안토니 · 지머맨[1359]; 安喆球 譯 (143)

特輯 · 現代知性의 旗手
- 孤獨한 群衆과의 對面 : 대비드 · 리스맨의 業蹟[1360]과 批判[1361] • 高永復 (150)

知性의 座標 · 人間動物園의 存廢論 : 올림픽 是非 • (157)

特輯 · 現代知性의 旗手
- 邪惡한 政治下의 信仰 : 골비처의 基督教的 政治倫理 • 高範瑞 (158)

1354 목차는 '『數』의 政治냐 『理』의 政治냐? : 賢明한 政治家는 自己를 支持하는 사람들 보다 反對黨을 사랑한다. 反對黨은 언제나 자기 앞길에 위험한 暗礁가 가로놓여 있는 것을 주의시켜준다'.

1355 목차는 '국제정세의 變動과 閉鎖社會'.

1356 목차는 '누구를 爲한 國家財政이냐? : 國政監査結果와 新豫算案을 보면 情報費 · 警察費 · 豫'.

1357 목차는 '日本의 對韓姿勢는 變할 것인가?: 平和線

에 대한 再認識'.

1358 목차는 '죠지 · 케난'.

1359 목차는 'A · 지머맨'.

1360 業績의 오자.

1361 목차는 '孤獨한 群衆과의 對面 : 데이비드 · 리스맨의 業績과 批判'.

- 良心과 革新의 史眼：아서·슐레진져 二世
  의 思想과 歷史觀 • 李普珩 (164)
- 權力批判의 知識人：레이몽·아롱 그는 人
  間救濟에 獻身한다[1362] • 黃性模 (170)
- 아시아 歷史의 世界性發見：印度의 知性
  K·M·파닛카 • 李箕永 (176)

書評
- 中共에 關한 本格的인 研究：冷徹·客觀的
  叙術[1363]·體系化가 겸비된『毛澤東思
  想』[1364] • 車基璧 (182)
- 詩人的直觀의「韓國學」：趙芝薰著『韓國文
  化史序說』[1365] • 申一澈 (186)
- 歡喜에 찬 悲痛의 勝戰歌：『金敎臣全集』을
  읽고 스승을 말한다 • 林玉仁 (191)

韓國의 名著 ⑦ (完)[1366]·金時習의『金鰲新話』
  • 李佑成 (196)

精神醫가 본 人生과 社會 ⑪ (完)[1367]·兄弟·兄
  嫂關係와 노이로제 • 李東植 (202)

씸포지움·佛教와 基督教의 對話는 可能한
  가?[1368]
- 佛教의 立場에서 • 趙明基 (208)

- 基督教의 立場에서 • 金在俊 (212)

메달 세개라고 탓하는게 아니다：第十八回
  올림픽大會의 反省 • 金銀九 (219)

畫報·國展選外選 一九六四 • 成樂寅 촬영; 李慶
  成選 (225)

暴君 네로의 廢墟：이탤리紀行 • 朴異汶 (231)

양면컬럼·社會時評·무슨 歷史인가 • (242)

剽竊文化의 克服：植民地文化를 排擊한다 •
  呂石基 (244)

노벨文學賞 受賞拒否作家·싸르트르
- 쟝·뽈·싸르트르：책과 現實과 自我 • 鄭明
  煥 (251)[1369]
- 싸르트르와 보봐르의 神話 • 金鵬九 (263)
- 作家의 죽음：지드와 까뮈의 죽음에 부쳐
  • 싸르트르; 洪承五 譯 (272)

수필
-「잘못된 말」의 변해 몇가지 • 정인승 (278)
- 아리랑 • 尹五榮 (280)
- 閑談 • 趙容萬 (281)
- 忘憂里 • 최재희 (283)
- 나그네 길 • 權明秀 (284)
- 보람있는 職業 • 李鍾求 (287)
- 五十圓 • 金東旭 (288)

年評·一九六四年
-「難解」의 帳幕：1964年의 詩 • 金洙暎 (291)
- 社會·歷史·現實：1964年의 小說 • 柳宗鎬
  (295)

1362 목차는 '權力批判의 知識人：레이몽·아롱, 그는
  人間精神에 헌신한다'.
1363 敍述의 오자.
1364 목차는 '中共에 關한 本格的인 研究：『毛澤東思想』'.
1365 목차는 '詩人的直觀의「韓國學」：『韓國文化史 序說』'.
1366 목차는 '韓國의 名著〈完〉'.
1367 목차는 '精神醫가 본 人生과 社會〈完〉'.
1368 목차는 '佛教와 基督教의 對話는 可能한가？：서로
  다른 宗教間의 對話가 可能할까？ 오늘의 成熟된
  社會에 이러한 共同의 광장을 마련한다는 것은
  現代人의 요청이다. 그러므로 여기에 우리는 우
  선 佛教와 基督教間의 對話를 들어보기로 했다'.

1369 목차는 250쪽이나 글의 시작은 251쪽.

第六回思想界新人文學賞發表

- 先後評

= 詩 · 잃어버린 詩를 奪還하자 • 趙芝薰 (306)

= 詩 · 詩人이 될 可能性만을 公開 • 宋稶 (306)

= 小說 · 해마다 떨어지는 質 • 鮮于輝 (307)

= 小說 · 缺如된 作品의 構成과 密度 • 吳尙源 (307)

= 小說 · 좀 더 陣痛을 • 吳永壽 (308)

= 小說 · 작품을 읽고 • 柳宗鎬 (308)

= 小說 · 흩어진 意見을 모아낸 佳作 • 鄭明煥 (309)

第六回新人文學賞詩部佳作入選

- 黃昏의 窓가에서 外一篇 • 朴泰荑 (310)

- 계실 것입니다 外一篇 • 朴喜昌 (312)

第六回新人文學賞小說佳作入選作

- 공알앙당 • 權重石[1370] (314)

詩

- 商船에 대하여 • 柳致環 (333)

- 智異山 • 辛夕汀 (334)

- 女歌手 • 鄭孔釆[1371] (336)

創作

- 風景 (B) • 朴景利 (337)

- 붉은 언덕 • 河瑾燦 (343)

- 死者의 말 • 玄在勳 (359)

思想界一九六四年度總目錄 (通卷 一三〇— 一四〇號)[1372] • (369)

1370 박태순(朴泰洵)의 필명.

1371 鄭孔釆의 오자.

1372 목차는 '一九六四年度總目錄 (通卷 一三〇— 一四〇號)'.

編輯室앞 • (378)

編輯後記 • (380)

思想界 第13卷 第1號 通卷 第142號
(1965년 1월)

畫報 · 獨立自彊의 象徵 : 軍人精神의 再發見을 위하여 • 陸 · 海 · 空軍 및 海兵隊報道部提供 (13)

卷頭言 · 우리들의 提言 : 一九六五年을 맞으면서 • 金泳祿; 金俊燁; 申一澈; 安秉煜; 梁好民; 呂石基; 李克燦; 李萬甲; 張俊河; 鄭明煥; 趙芝薰; 池明觀; 崔錫采[1373]; 玄勝鍾 (26)

朴正熙 大統領에게 부치는 公開狀[1374] • 張利郁 (30)

非暴力革命 : 暴力으로 惡은 除去되지 않는다[1375] • 함석헌 (40)

六〇萬國軍에게 주는 글 : 萬人이 썩어도 그대들만은 淸新하라[1376] • 金成植 (56)

1373 崔錫采의 오자.

1374 목차는 '朴正熙 大統領에게 부치는 公開狀 : 軍事革命 當時 在美公館長으로 五 · 一六을 反對聲明하고 그 職을 물러났던 筆者가 朴大統領에 부치는 公開狀. 이 公開狀에서 筆者는 국민의 輿論을 대신하여 率直하고 友情있는 忠告를 아끼지 않고 있다'.

1375 목차는 '非暴力革命 : 정말 문제가 되는 것은 民族 감정은 아닙니다. 그것을 타고 들어가기 쉬운 暴力主義 侵略主義입니다. 非暴力主義를 잘 理解하면 各民族이 서로 제각기 특성을 가지면서도 잘 協和하여 나갈 수 있습니다. 非暴力主義는 자기희생에 의하여 상대방에게서 좋은 힘을 이끌어 내자고 하는 노력입니다'.

1376 목차는 '六〇萬國軍에게 주는 글 : 국군은 국가

時事漫畫 · 乙巳新曲 • 申東憲 (63)

양면컬럼 · 經濟時評 · 希望은 새 해에도 虛妄한가? • (64)

나의 所信은 지금도 『反対』: 玄教授 所論에 대한 憲法審議委員의 辯[1377] • 兪鎭午 (66)

獨占에 犧牲되는 消費大衆 : 價格카르텔의 形成이 國民經濟에 주는 영향[1378] • 李滿基 (71)

特輯 · 一九六五年 · 世界와 韓國
- 네오 · 내셔날리즘과 國際政治 : 「平和는 必要할 뿐만 아니라 또한 可能해야 한다」• E · 크리펜도르프[1379]; 李大泉 譯 (80)

時事漫畫 · 會談은 紀念碑 아래서 열자 • 金星煥 (89)

特輯 · 一九六五年 · 世界와 韓國
- 亞 · 阿世界와 韓國의 位置 : 「팍스 · 룻소―아메리카나」에의 挑戰 • 鄭仁亮 (90)
- 國際多元化와 韓國外交 : 變化를 受容하는 外務行政의 길 • 朴俊圭 (98)
- 「비젼」있는 指導者의 待望 : 失意와 不安이

라는 政治心理의 分析 • 韓培浩 (106)
- 새로운 政策原理의 發見 : 停滯經濟에서 發展經濟에로 • 洪性囿 (114)

양면컬럼 · 政治時評 · 韓 · 日會談再開 「무드」를 타고 • (122)

새 時代人類의 所望 : 危機文明에서의 生存條件[1380] • 아놀드 · J · 토인비[1381] (124)

움직이는 世界
- 「陣營 안의 陣營」……西歐의 激變 • (133)
- 〈잔인한 검은 꽃〉…콩고慘事 • (138)
- 越南 · 그칠줄 모르는 混亂 • (140)

양면컬럼 · 社會時評 · 「悲劇의 네메시스」• (142)

解放二十年紀念씨리즈 ① · 韓國人의 對美觀 : 解放의 恩人으로부터 오늘날까지 • 夫琓爀 (144)

캠퍼스動靜 · 統一은 實力培養으로 : 利權化한 상아탑의 타락 • (155)

사랑과 信念과 使命 : 새 해에 젊은 學生에게 주는 隨想[1382] • 安秉煜 (156)

憤怒의 書 : 不透明한 指導者 · 파렴치한 蓄財者 · 背信한 知識人에게 • 池明觀 (164)

의 간성이다. 이 말은 六 · 二五때 보다도 오늘에 절실히 느끼게 되는 말이다. 밖으로 오는 적은 막을 수 있어도 안에서 생기는 적은 피할 길이 없다. 우리는 국가의 간성인 국군을 크게 믿는다. 萬人이 다 썩어도 軍人만은 淸新하여 나라를 지키고 구제해야 한다'.
1377 목차는 '나의 所信은 지금도 『反對』: 玄教授 所論에 對한 憲法審議委員의 辯'.
1378 목차는 '獨占에 희생되는 消費大衆 : 價格카르텔의 形成이 國民經濟에 주는 영향'.
1379 목차는 '크리펜도르프'.

1380 목차는 '새 時代人類의 所望 : 人類는 적이 인간 자신 속에 있음을 깨닫게 되었다. 발명과 發展의 이름으로 이룩된 危機文明으로부터의 生存조건을 나는 다음과 같이 서술한다'.
1381 목차는 'A · 토인비'.
1382 목차는 '사랑과 信念과 使命 : 새 해에 젊은 학생에게! 激流 속에 꿋꿋이 서는 바위처럼 濁流를 淨化시키는 샘물처럼 眞實에 살고 信念으로 움직이고 義의 편에 서는 젊은 使命的人間의 탄생을 보고 싶다'.

特輯・科学世紀의 展望

- 兩者擇一時代의 戰爭과 社會：科學이 社會
  에 미친 영향과 人類生存의 길 • B·럿
  셀 (172)
- 技術文明의 方向：技術·敎養·文明關係 • A
  ·씨그프리드 (180)
- 戰後科學觀의 發展：存亡의 危機에서 創造
  的史觀을 • 金俊燮 (187)
- 科學世紀의 人間關係：科學的인 組織과 劃
  一을 脫皮하려는 人間存在 • 李萬甲
  (194)
- 韓國科學技術의 展望：科學技術開發에 지
  름길 없다 • 李鍾秀 (202)
- 資料·美·쏘의 科學政策批判：核均衡의 對
  決은 곧 科學의 싸움이다[1383] • (209)

記者半世紀의 回顧 ⑧·總督治下의 自由人들
　：「無限心中事 平生向誰說」• 柳光烈
　(216)

紀念畵報·解放二十年史：傷處받은 民族의 所
　望을 되살리기 위하여! • (225)

知性의 座標·思想과 對話의 貧困：世界哲學
　者大會斷想 • (235)

三十年의 獨立鬪爭記 ①[1384]·悲運의 祖國을
　등지고：抗日靑年士官이 되기까지 •
　金弘壹 (236)

上海戰爭에 參戰한 韓國靑年：「一·二八事件」
　三十三周年을 맞아 從軍을 回顧한다 •
　安炳武 (251)

不滅의 言語：가신 님들의 얼을 되새기며

- 覺醒한 民衆·獨立의 要素 • 徐載弼 (260)
- 無情한 社會의 超克·民族性改造 • 安昌浩
  (262)
- 自由의 나라·民國의 礎石 • 金九 (264)

北韓의 作家藝術人들 ⑯·安懷南의 슬픈 情事
　：前「民靑」紙 文藝部長의 마음의 遍歷
　• 李喆周 (266)

코너·스토리·아메리카가 發行한 不渡手票：
　「검은 知性의 人種觀」黑人作家의 辯
　(279)

現代文學씨리즈·現代作家의 問題와 狀況

- 人種的偏見과 作家良心：볼드윈과 포크너
  • 呂石基 (284)

수필·永遠한 記憶

- 장안 왈짜 정자단 • 김팔봉 (292)
- 桓山과 申明均 • 李軒求 (294)
- 混亂中에서 찾은 人間愛[1385] • 洪顯杓 (296)
- Y教授의 印象 • 金亨錫 (298)
- 一%의 힘 • 崔基哲 (300)
- 日常生活의 斷片 • 崔碩圭 (302)
- 나를 꼬집으시던 어머니 • 李乙浩 (304)

文學月評 (十二月의 創作界)[1386]

- 詩·類似한 主題들 • 成贊慶 (307)
- 小說·知識人의 僞善·其他 • 鄭昌範 (310)

詩

- 속의 바다 (16) • 全鳳健 (314)

1383 목차의 부제는 '停滯經濟에서 發展經濟에로'인데
　이는 '一九六五年·世界와 韓國' 특집의 '새로운
　政策原理의 發見' 글의 부제가 잘못 쓰인 것임.
1384 목차는 '三十年間의 獨立鬪爭記 上'.

1385 목차는 '혼란중에서 찾은 人間愛'.
1386 목차는 '月評'.

- 마치 奇蹟이 있었던 것처럼 • 朴成龍 (315)

- 대낮 (6) • 姜偉錫 (316)

- 비어 있다 • 朴敬用 (317)

第九回 東仁文學賞 受賞作品 · 殘骸 • 宋炳洙
　　　(318)

創作
- 副市長 赴任地로 안가다 • 李浩哲 (338)
- 選好 • 徐基源 (354)

1965年 新年特大號合本附錄 思想界 十年間總
　　　目錄 : 通卷 第1號~第115號—1953年4
　　　月~1962年12月[1387] • (361)

編輯室앞 • (430)

編輯後記 • (434)

思想界 第13卷 第2號 通卷 第143號
(1965년 2월)

解說畵報 · 獨立文化賞 • (19)

卷頭言 · 主體意識의 確立을 위하여 • (26)

半世紀의 韓國精神史 : 一九○五~一九六五年
　　　을 中心으로 한[1388] 洪以燮 (28)

1387　목차는 '新年特別附錄 『思想界』 十年間總目錄 : 通
　　　卷 第一號~第一一五號(一九五三年 四月號~一九六二年
　　　十二月號)'.
1388　목차는 '半世紀의 韓國精神史 : 치욕에 찬 乙巳保
　　　護條約 六○돌을 맞아 다시 歷史를 돌이켜 본다.
　　　民族은 길이 살 것이요 「나」는 한때 사는 것이
　　　다. 그런데 과거 한국의 지도자들은 이 점을 잘
　　　못 알고 그르쳤기 때문에 오늘 우리에게 큰 죄
　　　악의 씨를 뿌려주고 간 것이다'.

彈劾審判法是非 : 法運營의 實際와 問題點[1389]
　　　• 夫琓爀 (36)

時事漫畵 · 이 最大의 威脅物을 어찌하오리
　　　까? • 金星煥 (45)

『民族的民主主義』[1390] • 리햐르트 · 로벤탈[1391]; 夫
　　　琓爀 譯 (46)

양면컬럼 · 政治時評
- 슬로건은 누구를 위해서? • (62)
- 野黨의 急先務는 統合 • (62)
- 稚氣滿滿의 壯談外交 • (63)

解放二十年 紀念씨리즈 ② · 韓國人의 對日觀
　　　: 惡化된 國民感情을 어떻게 解釋할
　　　까? • 高柄翊 (64)

岐路에 선 美国의 極東政策 : 戰爭의 危險이
　　　內包된 極東의 現狀維持 • 趙淳昇 (73)

日本通信 · 一九六五年의 日本政界 : 中共核實
　　　驗이 남긴 餘韻 • 田駿 (82)

양면컬럼 · 經濟時評 · 外遊가 무엇을 가져왔
　　　나? • (92)

1389　목차는 '彈劾審判法是非 : 法定期日 안에 탄핵심
　　　판 위원회를 구성시키지 못하게 하여 違憲事態
　　　를 빚어내게 한데 重大한 過失의 책임이 있는 자
　　　는 헌법과 법률에 따른 책임을 지도록 하는 조
　　　치가 신속 엄격히 취해져야 한다'.
1390　목차는 '『民族的民主主義』: 이 論文은 「兩分된 世
　　　界 안의 신생국가들」이라는 책에 게재된 글이
　　　다. 이글의 原題는 「民族的民主主義와 식민지 시
　　　대이후의 혁명」으로 되어있다. 내용은 民族的
　　　民主主義의 性格을 여러 가지로 分析하고 있으
　　　므로 民族的民主主義를 理解하는데 큰 도움이 될
　　　글이다'.
1391　목차는 'R · 로벤탈'.

움직이는 世界
- 定着을 찾는 나토改編論¹³⁹² • (94)
- 難航을 거듭하는 U · N • (96)
- 再燃한 中 · 쏘紛爭 • (98)
- 危機로 연잇는 越南政局 • (100)

資料 · 互惠 · 平等의 韓 · 日漁業關係를 위하여
   : 日 · 美 · 加漁業條約 締結經緯 및 其他
   資料 • (103)

하이덱거以後의 哲学 : 그의 영향은 어떻게
   미쳐갈 것인가 • 曺街京 (112)

紀行 · 내가 본 아프리카 指導者들 : 낫셀 · 엥
   크루마 · 벤 · 벨라 등의 印像記¹³⁹³ • 文
   濟安 (124)

양면컬럼 · 社會時評 · 「이상한 일들」 • (134)

特輯 · 自立繁榮의 指導精神
- 經濟 建設을 위한 리이더쉽 : 貧困克服戰爭
   의 現代的意義 • 김영록 (136)

時事漫畵 · 今年부터 地上에서 政治합시
   다……¹³⁹⁴ • 安義燮 (143)

特輯 · 自立繁榮의 指導精神
- 沙漠¹³⁹⁵에서 奇蹟을 찾는 歷史 : 惡條件을
   이겨낸 이스라엘 共和國 • 金哲 (144)
- 福祉國家의 모델 · 스웨덴 : 社會民主黨의
   奮鬪에서 배우다 • 梁好民 (152)

- 핀랜드의 自主性 · 獨立性 : 쏘련의 壓制를
   이겨내는 民族精神 • 卓熙俊 (161)
- 敗殘의 恥辱을 씻은 國府 : 결코 암담하지
   않은 自由中國의 前途 • 金俊燁 (169)

畵報 · 敗北와 貧困에서 自立과 繁榮으로 : 오
   늘의 이스라엘 · 스칸디나비아 · 自由
   中國의 모습 • (175)

時事漫畵 · 바람둥이의 正初바람 • 申東憲
   (185)

基督教 二千年 : 새 世代의 基督教를 摸索하는
   眞摯性을 찾자¹³⁹⁶ • 金在俊 (186)

記者半世紀의 回顧 ⑨ · 「東亞日報」 停刊事件
   : 宗教紛爭 · 世代交替 · 神器侮辱 • 柳光
   烈 (202)

三十年의 獨立鬪爭記 ②¹³⁹⁷ · 「自由市事變」 前
   後 : 「샹하이」와 露領 「이만」 사이에
   서 겪은 일들 • 김홍일 (212)

韓国美의 形而上學 : 특히 民藝를 中心으로
   한 提言¹³⁹⁸ • 尹聖範 (225)

連載 · 韓國新劇史研究 ① · 協律社와 圓覺社 :
   韓國最初의 國立劇場 • 李杜鉉 (234)

1392 목차는 '定着을 찾는 나토개편론'.
1393 목차는 '내가 본 아프리카 指導者들 : 낫셀 · 엥
   크루마 · 벤 · 벨라 등의 印象記'.
1394 목차는 '일하는 해'.
1395 목차는 '砂漠에서 奇蹟을 찾는 歷史'.

1396 목차는 '基督教 二千年 : 人間을 찾아온 예수, 그
   리하여 이루워진 그리스도 교회가 어떠한 길을
   밟아 이 땅에 찾아왔는가. 오늘 이 땅에서 그 교
   회는 人間을 찾고 있는 것일까. 아니면 人間과
   社會를 회피하고 있는 것일까'.
1397 목차는 '三十年의 獨立鬪爭記 (中)'.
1398 목차는 '韓國美의 形而上學 : 特히 民藝를 中心으
   로 한 提言'.

隨想·勢道無常 • 尹五榮 (249)

問題의 映畵監督 ①·孤獨과 앙누이의 映像:
　　미켈란젤로·안토니오니의 作品世界
　　　• 李常晦 (258)

北韓의 作家藝術人들 ⑰·北韓의 結婚式風景
　　: 前「民靑」誌 文藝部長의 마음의 遍歷
　　　• 李喆周 (265)

수필·나를 만든 한 卷의 冊
- 내 마음의 등불:『聖經』의 큰 힘과 效果 •
　　高鳳京[1399] (280)
- 純粹持續: 벨그송의『時間과 自由』• 金奎榮
　　(282)
- 肯定的人生觀을: 괴에테의『파우스트』•
　　金曾漢 (283)
- 禪의 奧義: 第三祖 僧璨의『信心銘』• 孫明
　　鉉 (285)
- 젊음과 情熱과 그 意志: 투르게네프의『그
　　전날 밤』• 李鳳順 (286)
- 웰치監督이 준 冊[1400]:『新約聖書』• 趙義卨
　　(289)

文學 씸포지움·韓國文學의 現段階
- 論文·우리 文學의 問題: 外國文學者의 立
　　場에서 • 金鎭萬 (292)
- 論文·現代文學을 向한 過渡期的混亂: 韓國
　　作家의 立場에서 • 徐基源 (299)
- 討論·우리 文學의 過去와 現在 • 金鎭萬; 徐
　　基源; 鄭明煥 (304)

캠퍼스動靜·機會없는 民族의 棟梁[1401]: 엉뚱
　　한 脫出口·事業家志望 • (315)

文學月評 (一月의 創作界)[1402]
- 詩·克服되어야 할 詩의 模糊性 • 成贊慶
　　(316)
- 小說·作家的 렌즈의 解弛 • 李浩哲 (319)

詩
- 아가 • 朴斗鎭 (324)
- 혼령이여 눈 뜨라 • 金燿燮 (327)
- 막車 • 崔啓洛 (328)
- 램프 그늘에서 • 黃雲軒 (329)

創作
- 孵化 • 張龍鶴 (330)
- 담배 • 吳尙源 (350)
- 門을 열고 들어가다 • 崔翔圭 (355)

編輯室앞 • (373)

一九六四年度 獨立文化賞受賞者 發表 • (377)

編輯後記 • (384)

思想界 第13卷 第3號 通卷 第144號
(1965년 3월)

卷頭言·越南派兵에 관한 우리의 見解[1403] •
　　(22)

暗黑속에 못다 부른 노래: 三·一精神을 이은
　　抗日의 詩篇 • 趙芝薰 (24)

愛国의 길은 어디에 있나?: 젊은 知性人에게
　　주는 글[1404] • 林昌榮 (34)

1399 목차는 '高鳳京'. 목차가 맞음.
1400 목차는 '웰치감독이 준 冊'.
1401 목차는 '기회없는 民族의 棟梁'.

1402 목차는 '月評'.
1403 목차는 '越南派兵에 關한 우리의 見解'.
1404 목차는 '愛國의 길은 어디에 있나?: 여러분, 여
　　러분들은 우리 국민의 지도자들이올시다. 여러

現時点에서 본 韓日問題 : 會談에 臨하는 姿勢
　　의 再檢討 • 鄭泰燮 (46)

時事漫畵 · 波紋 일으킨 韓日海峽 • 金星煥 (57)

換率의 現實化와 国民經濟 : 單一變動換率論
　　을 駁함 • 李烈模 (58)

大学敎授의 疎外와 參與 : 그 이름을 지닌 한
　　사람으로서 • 鄭明煥 (68)

時事漫畵 · 貯蓄하십시다! • 安義燮 (75)

解放二十年紀念씨리즈 ③ · 오늘의 韓国農村
　　社会 : 啓蒙段階를 지나서 積極參與로
　　[1405] • 李萬甲 (76)

報告 · 農村近代化의 過程 : 第十二次 國際農業
　　經濟學會에 다녀와서 • 朴基赫 (87)

資料 · 三党政策基調演說全文〈1965年度〉
　- 民主共和黨政策基調演說文 • 鄭求瑛 (96)
　- 民政黨政策基調演說文 • 尹潽善 (102)
　- 民主黨政策基調演說文 • 朴順天 (110)

時事漫畵 · 智異山鳴動 다람쥐 一匹 • 申東憲
　　(121)

양면컬럼 · 經濟時評 · 다음 祭物은 • (122)

獨立国家와 民族的民主主義 : 革命의「中途妥
　　協」[1406] • 죤 · 카드웰[1407] ; 夫琓爀 譯 (124)

西獨通信 · 西獨의 外國勞動力導入政策 : 炭鑛
　　勞動者派遣에 앞서 알아둘 노트 • 權
　　寧壎 (139)

카이로通信 ·「平和와 協力의 大會議」: 카이
　　로 中立國頂上會談과 그 意義 • 柳正烈
　　(146)

投稿論壇 · 韓 · 日會談에 대한 提議 : 間島問題
　　와 請求權을 中心으로 • 共同硏究 (152)

特輯 · 現代史의 氣象圖
　- 帝國主義의 어제와 오늘 : 現代에 있어서
　　植民主義와 民族主義[1408] • 具範謨 (158)
　- 西歐의 多元的 政治體制 : 帝國主義以後의
　　西歐가 나아가는 길 • 朴俊圭 (172)
　- 새로운 統一유럽에의 展望 : 民族國家와 統
　　一 獨逸과 유럽統合 • 데오도르 · 쉬더
　　[1409] ; 夫琓爀 譯 (178)
　- 아프리카의 새로운 版圖 : 아프리카에는
　　過去가 없다 • 徐東九 (184)
　- 共産圈多元化와 新生諸國 : 國際共産主義運
　　動의 左右分裂 • 윌리엄 · E · 그립피스[1410] ;
　　曹廣海 譯 (189)

분들 어깨위에 祖國의 興亡이 달렸읍니다. 이 짐
을 지시렵니까? 그렇지 않으면 一時의 편의와
小利를 위해서 民意를 無視하는 집권자들의 종
이 되시렵니까?'.

1405 목차는 '오늘의 韓國農村社會 : 啓蒙段階를 지나
　　서 적극참여로'.

1406 목차는 '獨立國家와 民族的民主主義 : 쏘련硏究家
　　카드웰의 이 논문은 지난 달의 로렌탈의「民族
　　的民主主義」에 대한 해설이 될 것이라고 생각하
　　여 게재한다. 新生國家에 있어서의 民族的民主主
　　義를 과연 革命의「中途妥協」이라고 할 것인가'.

1407 목차는 'J · 카드웰'.

1408 목차는 '帝國主義의 어제와 오늘 : 現代에 있어
　　서의 植民主義와 民族主義'.

1409 목차는 'T · 쉬더'.

1410 목차는 '그립피스'.

양면컬럼·共産圈評·흐루시쵸프 以後의 中·
　　蘇紛爭●(198)

움직이는 世界
- 防彈 유리 속의「偉大한 社會」●(200)
-「유럽人의 유럽」과 윌슨의 苦悶●(201)
- 逆轉, 또 逆轉하는 東南亞事態●(203)
- 東西外交의 居間役:「左藤의 實利」●(206)
- EEC米價統一의 뉴앙스●(207)

資料·존슨大統領 年頭 外援·國防教書 抄錄●
　　(210)

그는 偉大하였다 : 多方面的 르네쌍스人의 性
　　格을 所有했던 처칠●金成植(218)

양면컬럼·社會時評·乙巳의 教訓●(226)

安島山 秘錄 : 내가 지내 본 島山이야기●張利
　　郁(228)

사랑하는 아내에게 : 島山이 美國에 있던 夫
　　人에게 보낸 편지들[1411]●島山(245)

記者半世紀의 回顧 ⑩·悲命에 쓰러진 愛國志
　　士들 : 꺼질줄 모르는 民族獨立의 烽
　　火●柳光烈(250)

「獨立宣言書」에 異狀 없는가? : 字句統一을
　　위한 提言[1412]●金讚宰(257)

東洋의 知慧 ①·『論語』—「仁慈한 專政」의 教
　　養書●申一澈(262)

오늘에도 哲學은 可能한가?[1413]●로버트·하이쓰
　　[1414];李東昇 譯(272)

問題의 映畫監督 ②·變貌하는「네오·레알리
　　즘」의 作家:「보카치오70」의 펠리니,
　　비스콘티, 데·시카●安柄璩(287)

韓國新劇史研究 ②·新派劇의 時代:第二期革
　　新團과 文秀性(其一)[1415]●李杜鉉(294)

新聞小說의 倫理:教育的으로 본 小說『鷄龍
　　山』을 中心으로●中央教育研究所(306)

엘리오트를 追慕하며 : 詩人·批評家·劇作家
　　로서의 生涯
- 象徵과 信仰의 偉大한 詩人:詩人으로서의
　　엘리오트●金宗吉(315)[1416]
- 二十世紀前半을 支配한 理論:批評家로서
　　의 엘리오트●李昌培(318)
- 理論과 實踐 兩面에 걸친 業績:創作家로서
　　의 엘리오트●呂石基(322)

現代文學씨리즈·現代作家의 問題와 狀況 ②
- 니힐리즘과 西歐文學:激動期가 낳은 虛無
　　의 흐름●金鵬九(326)

1413　목차는 '오늘에도 哲學은 可能한가? : 數學이 모
　　든 學問을 지배하고 電子 두뇌가 人間思考를 결
　　정할 시기에 이르렀다. 神話의 단계, 論理의 단
　　계를 거쳐 이제 메카니즘 단계에 이른 것이다.
　　哲學이 이제 무엇을 할 수 있을까.「眞理는 主觀
　　性이다」에 터전한 키엘케골과 니이체는 어떠
　　한 哲學의 새로운 地平을 암시하고 있는 것이 아
　　닐는지'.

1414　목차는 'R·하이쓰'.

1415　목차는 '新派劇의 時代:第二期革新團과 文秀星
　　(一)'.

1416　목차는 314쪽. 글의 시작은 315쪽.

1411　목차는 '사랑하는 아내에게 : 美國에 있던 夫人
　　에게 보낸 편지들'.

1412　목차는 「'獨立宣言書」에 異狀 없는가? : 字句統一
　　을 爲한 提言'.

隨筆
- 王叔岷先生 • 車柱環 (332)
- 禪雲寺記 • 崔勝範 (334)
- 國會議員이 못된 敎授님들 • 서경수[1417] (337)
- 續漁父辭 • 李東昇 (338)
- 사냥과 祈禱[1418] • 李京雨 (341)

코너 · 스토리 · 뉴욕에 사는 오페라街 領主
    「루돌프 · 빙」: 새 宮殿에 君臨한 十五
    年間의 治績 • (343)

文學月評 (二月의 創作界)[1419]
- 小說 · 외떨어진 異色의 趣向들 • 李浩哲
    (346)
- 詩 · 模糊性에 관한 되풀이 • 成贊慶 (350)

詩
- 噴水 • 張萬榮 (354)
- X에서 Y로 • 金洙暎 (355)
- 線에 관한 素描 (6) • 文德守 (356)
- 「내 사랑은—」• 尹泰洙 (357)

創作
- 無籍人 • 宋炳洙 (358)

캠퍼스動靜 · 開學씨즌의 問題: 登錄金引上 ·
    大學定員增減 • (373)

創作
- 小夜 • 李文熙 (374)
- 또 다른 世界들 • 宋相玉 (383)
- 임금의 귀 • 朴順女 (404)

編輯室앞 • (416)

編輯後記 • (420)

思想界 第13卷 第4號 通卷 第145號
(1965년 4월)

畵報 · 남아있는 四 · 一九 • 本社取材部 (15)

卷頭言 · 黑暗 속의 燈불이기를: 創刊 十二周
    年을 맞으면서 • (22)

座談會 · 韓国政治의 오늘과 來日: 建設은 政
    治惡의 除去로부터[1420] • 夫琓爀; 劉彰
    順; 車基壁; 卓熙俊; 梁好民 (24)

屈從의 外交를 이어가려는가?: 韓 · 日問題의
    基本課題[1421] • 朴俊圭 (50)

四月의 싹은 자란다: 젊은 世代와의 對話[1422]
    • 申一澈 (60)

1417 목차는 '徐景洙'.

1418 목차는 '사냥과 기도'.

1419 목차는 '月評'.

1420 목차는 '韓國政治의 오늘과 來日: 오늘의 執權者
    들은 自由와 獨立과 社會正義를 실현하는데 완전
    히 失敗하고 말았다. 그러면서도 아직 近代化를
    입버릇처럼 뇌이고 있다. 이 무거운 政治現實을
    뚫고 나아갈 길은 없는가. 우리는 냉정한 立場
    에서 여기 새로운 指標를 더듬어 본다'.

1421 목차는 '屈從의 外交를 이어가려는가? : 정부가
    말한대로 宣傳이 미급하고 국민들이 정부의 진
    의를 이해못했기 때문에 六 · 三事態와 같은 試鍊
    을 겪었을까? 政策의 變化가 없는 한 日本과 손
    잡지 않으면 存立조차 위태롭게 된다는 식의 강
    박관념에서 임하는 對日交涉은 屈從이다'.

1422 목차는 '四月의 싹은 자란다: 四 · 一九 새로운 秩
    序의 실마리요 다가올 반동기의 신호일 수도
    있는 것이다. 그러므로 이것은 다름아닌 낡은
    질서의 否定위에 선 새로운 正義이며 새로운 歷
    史의 前進인 것이다'.

이른바 「일하는 해」라는 神話[1423] • 김영록 (70)

時事漫畵 · 숫제 不正部 不正局을 따로 新築하는게 어떠실지?[1424] • 金星煥 (75)

解放二十年紀念씨리즈 ④ · 韓半島의 分割과 統一 : 奇蹟만을 기다리는 韓國의 未來 • 李庭植 (76)

革新政黨은 可能한가? : 大衆의 要求를 反映할 政治路線은? • 金哲 (84)

近代化를 위한 人的資源開發 • F · H · 하비슨; 金潤煥 抄譯 (93)

特輯 · 迷路에 선 韓國敎育
- 韓國的인 敎育의 展開 : 「人間不在」의 狀況을 超克하기 위하여 • 池明觀 (100)
- 大學의 悲劇 : 敎育者로서의 告白을 中心으로 • 李恒寧 (107)
- 政治속의 敎育政策 : 文敎行政에 專門性있는 知能을 • 鄭範謨 (114)
- 敎育과 經濟水準 : 國民所得水準에 比해 높은 敎育投資率 • 李甲燮 (121)
- 敎育理論의 新動向 : 브루너와 그의 思想을 中心으로 • 안드류 · T · 웨일[1425]; 黃天榮 譯 (128)

양면컬럼 · 政治時評
- 帝國主義를 찬양한 椎名外相 • (134)
- 深夜의 눈물로 끝맺은 基本條約 • (134)
- 빛 잃은 三 · 一節 • (135)

양면컬럼 · 共産圈評
- 世界共産黨大會의 行方은? • (136)
- 몇 개의 프롤레타리아 國際主義 • (136)

양면컬럼 · 經濟時評 · 齊國의 史官같이 • (138)

양면컬럼 · 社會時評 · 봄은 오는가 • (140)

양면컬럼 · 文化時評 · 彷徨하는 한국映畵[1426] • (142)

움직이는 世界
- 回轉臺 위를 달리는 越南 • (144)
- 아메리카의 수수께끼들 • (146)
- 危險한 「아시아의 叛亂」[1427] • (148)
- 드 · 골의 第三世界像 • (150)
- 統獨에의 意志와 中東의 試鍊 • (152)

越南에 平和를 가져오는 길 : 美國政策을 批判하는 越南知性人의 소리 • 황반지; 安秉煜 譯 (155)

越南通信 · 駐越 國軍 病院 日誌 : 화려한 꽃 속의 悲劇 • 金東洙 (162)

投稿論壇 · 高杉의 妄言을 反駁한다 : 우리나라 政治人들의 覺醒을 促求하며 • 表春燮 (169)

畵報 · 또 하나의 『民族의 課題』 • 田駿 (171)

時事漫畵 · 세푼짜리 椎名文化財 • 申東憲 (175)

1423 목차는 '이른바 「일하는 해」라는 神話 : 먼저 政府가 政府다워야 한다'.
1424 목차는 '숫제 不正部 不正局을'.
1425 목차는 'A · T · 웨일'.

1426 목차는 '彷徨하는 韓國映畵'.
1427 목차는 '위험한 「아시아의 叛亂」'.

잃어버린 同族을 찾아서 : 在日僑胞論[1428] • 田駿 (176)

韓国知識人과 歷史的現実 : 修養이냐, 出世냐, 政治參加냐?[1429] • 宋稶 (206)

特輯 · 危機를 이겨낸 人間像
- 덴마아크의 偉人 · 껀비히 : 祖國의 危難을 이겨내게 한 偉大한 精神의 所有者 • 洪秉璇 (228)

時事漫畵 · 特惠鑛脈 • 安義燮 (233)

特輯 · 危機를 이겨낸 人間像
- 간디의 참 모습 : 죽음을 이겨낸 간디는 目的보다도 手段의 옳음을 외쳤다 • 함석헌 (234)
- 터어키의 指導者 케말 · 파샤 : 軍人으로서 政治家였던 터어키의 民族運動者 • 朴武昇 (241)
- 銀髮의 다빗 · 벤구리온 : 유태民族의 悲願을 實現시킨 偉人 • 金堂山 (246)
- 自由의 旗手 · 에른스트 · 로이터[1430] : 激動期와 危機 속의 베를린을 이끌어온 英雄 • 鄭元冽 (253)

스위스銀行의 秘密預金 : 安全經濟에 不安한 貨幣出入 • 洪寅基 (259)

옆에서 지켜본 「思想界」 十二年 : 批判과 抵抗의 精神史 • 安秉煜 (263)

三十年間의 獨立鬪爭記 ③ · 쏘 · 滿의 韓國義勇軍 : 죽어서도 銃쏘는 韓國靑年의 神勇 • 김홍일 (272)

너무나 눈물이 많던 先覺者 : 金敎臣先生 二十週忌를 맞아[1431] • 盧平久 (286)

캠퍼스動靜 · 「일하는 해」의 學士 : 말썽은 말썽을 일으키고 • (295)

忍苦와 아픔의 系譜 : 文學作品에서 본 韓國의 女人像 • 鄭漢模 (296)

韓國新劇史研究 ③ · 唯一團과 그밖의 新派劇團 : 第二期 革新團과 文秀星 (其二) • 李杜鉉 (302)

나의 韓國發見 : 十年을 살았지만 배울 것은 아직도 많다 • 盧大榮 (311)

隨想 · 산에 왜 나무가 없는가[1432] • 金泰吉 (316)

北韓의 作家藝術人들 (完)[1433] · 共産黨文學路線의 決算 : 前「民靑」誌 文藝部長의 마음의 遍歷 • 李喆周 (320)

1428 목차는 '잃어버린 同族을 찾아서 : 韓日會談의 또 하나의 盲點이 여기 있다. 韓國政府의 沒理解 · 不正 · 失敗로 인해 교포들은 병들어 가고 있다. 그러므로 筆者는 「非人間的인 政策으로 수많은 사람이 쓰러지는 또 하나의 人間悲劇이 생겨나는 것을 坐視할 수 없어 이 글을 쓴다」'.

1429 목차는 '韓國知識人과 歷史的現實 : 만일 이 나라의 지식인들이 정치적 사회적 과제를 의식적으로 회피한다면 日帝下의 春園이 정치적 지옥에서 그의 背信을 도덕적으로 위장한 글을 남겨놓은 것 같이 정도의 차이는 있겠지만 결국 民族을 배신하는 놀라운 결과가 될 것이다'.

1430 목차는 '自由의 旗手 · E · 로이터'.

1431 목차는 '너무나 눈물이 많던 先覺者 : 金敎臣先生 二十周忌를 맞아'.

1432 목차는 '山에 왜 나무가 없는가?'.

1433 목차는 '北韓의 作家 · 藝術人들 ⑱完'.

現代를 사는 단테 : 그의 탄생 七百周年을 맞
　아 • 朴泰鎭 (334)

知性의 座標 · 世界平和를 위한 憲章 : 再論되
　는 요한 二十三世의 敎書 • (339)

수필 · 푸른 꿈의 季節
- 戀愛와 사치를 모르던 時節 • 金世永 (340)
- 祖國은 妖婦처럼 • 박용구 (342)
- 뱃심좋게 간 入學試驗場 • 成樂寅 (344)
- 散慢한 讀書의 流浪 生活 • 宋建鎬 (346)
- 後進育成을 다짐하며 • 주요섭 (347)
- 宗敎問題로 苦悶 • 崔明官 (349)

文學月評 (三月 創作界)[1434]
- 小說 · 作家姿勢의 네가지 類型 • 李浩哲
　(351)

六七 ○ 行長詩 · 混沌과 創造 • 朴喜璉 (356)

第七回 思想界新人文學賞 作品募集 • (373)

創作
- 소리 그림자 • 黃順元 (374)
- 세끼미 : 제발 나에게 부질없는 관심을 가져
　주지 말았으면 • 全光鏞 (380)
- 第三暴動 • 白寅斌 (395)
- 이 울 속은… • 姜龍俊 (407)

編輯室 앞 • (420)

編輯後記 • (424)

思想界 第13卷 第5號 通卷 第146號
(1965년 5월)

卷頭言 · 現行 韓 · 日會談을 粉碎하자 • 張俊河
　(26)

세번째 國民에게 부르짖는 말 : 오늘은 우리
　에게 무엇을 呼訴하는가[1435] • 함석헌
　(28)

祖国의 將來를 賭博하지 말라 :「새 日本」의
　假裝體質改善에 無批判的일 수 없다
　[1436] • 夫琓爀 (40)

時事漫畫 · 사라지는 平和線 • 金星煥 (51)

屈辱에 抗拒하는 民族的良心 : 韓 · 日問題에
　대한 詩人의 呼訴 • 朴斗鎭 (52)

時事漫畫 · 神武以來의「양보」를 받았읍니다
　• 安義燮 (57)

韓国人의 法意識 : 法의 날을 맞으면서 • 玄勝
　鍾 (58)

1435 목차는 '세번째 國民에게 부르짖는 말 : 여러분,
　살기가 너무 고통스러워서 삶에 지나쳤읍니
　까? 악의 세력이 너무 커서 싸울 용기를 잃었읍
　니까? 나라 일 너무 한심해서 자포자기합니까?
　아닙니다. 죽을래도 죽을 수 없는 것이 삶이요,
　죽으면서 옳지 않은 것과 싸우는 것이 인생이
　요, 열 번을 망해도 또다시 일으켜야 하는 것이
　나라입니다. 여러분……'.
1436 목차는 '祖國의 將來를 賭博하지 말라 : 장차 「하
　나의 韓國과 하나의 朝鮮」을 상대로 하는 日本과
　어떻게 상대할 것인가? 사실상 戰爭事態에 있는
　北傀와 交易하는 것도 放任할 作定인가? 世界漁場
　에서 자숙하는 日本이 한국연안에서만 橫行할
　자유가 있어야 하는가? 이 모든 것을 國家百年
　大計를 위한 實利外交라 할 수 있을까?'.

1434 목차는 '月評'.

民主黨政權의 功過 : 그 執權 九個月을 어떻게 볼 것인가? • 朴運大 (67)

解放二十年紀念씨리즈 ⑤ · 知識人의 社会意識 : 禁制에서 社會改革으로 成長하는 知性 • 金鎭萬 (74)

양면컬럼 · 政治時評
- 乙巳年의 對日外交를 嘆함 • (84)
- 우물우물 넘어간 特惠波動 • (85)

양면컬럼 · 共産圈評 · 中 · 쏘紛爭에 기름을 분 「모스크바三月會議」 (86)

양면컬럼 · 經濟時評 · 「白馬는 말이 아니다」 • (88)

양면컬럼 · 社會時評 · 新聞을 돕는 方式[1437] • (90)

양면컬럼 · 文化時評
- 아름다운 말을 위해서[1438] • (92)
- 藝術作品과 檢閱 • (93)

特輯 · 五 · 一六의 反時代性
- 五 · 一六의 歷史的 意味 : 그것은 우리에게 무엇을 의미하는가? • 閔錫泓 (94)
- 誤用된 民族主義 : 民族主義는 결코 選擧口號에 그칠 수 없다 • 車基璧 (101)
- 特惠一邊의 經濟施策 : 腐敗와 舊惡을 一掃한다는 「公約」 遺産 • 文烔宣 (108)
- 對美關係의 虛點 : 「多邊外交」와 「積極外交」를 批判한다 • 徐碩淳 (116)

- 投稿論壇 · 五 · 一六의 遺産 : 讀者의 눈에 비친 現實 • 投稿論壇 (123)
= 憤怒하는 視線 : 다시 맞는 五 · 一六에 생각나는 일들 • 柳寅旺 (123)
= 한 村夫의 獨白 : 우리는 이렇게 살고 있다 • 익명을 요구하는 農村 靑年으로부터 (128)

近代化된 指導勢力의 摸索 : 近代化途上에서 찾는 指導者의 비젼 • W · A · 다글러스; 盧宗鎬 譯 (132)

리베르만理論은 修正主義인가? : 六○年代 쏘련 經濟의 새로운 展開 • 편집실 (140)

움직이는 世界
- 移動座標 위를 떠도는 非西方世界 • (148)
- 아이러니칼한 美國의 偉大性 • (151)
- 모스크바에 비친 中共의 그림자 • (154)
- 치열해진 美 · 쏘 宇宙競爭 • (156)

時事漫畵 · 쾅江의 다리 • 申東憲 (159)

日本自衛隊幹部養成實況 : 日本防衛研修所訪問記 • 文熙奭 (160)

日本敎科書에 나타난 韓国觀 : 韓國民族史를 歪曲하는 日本人 • 田駿 (167)

紀行 · 내가 본 越南의 向方 : 오늘의 事態는 一朝一夕에 安定을 期待하기 힘들다[1439] • 卓熙俊 (174)

1437 목차는 '신문을 돕는 방식'.
1438 목차는 '아름다운 말을 위하여'.

1439 목차는 '내가 본 越南의 向方 : 오늘의 事態는 朝夕에 安定을 期待하기 힘든다'.

中立國家의 國防政策 : 中共과 맞선 印度 • Y·S
·파란즈페; 姜和英 譯 (181)

大企業化가 가져오는 社會問題 : 中小企業과
市民福祉 • C·W·밀즈; M·J·엘마; 姜信杓
譯 (189)

放談 · 生活文化없는 韓国 : 文化的 現實과 政
治的 現實[1440] • 高永復; 宋建鎬; 宋稶; 申
一澈 (194)

佛敎 二千五百年[1441] • 金東華 (216)

社告 · 「思想界」創刊 十二周年紀念 二大事業計
劃發表 • (231)

三十年間의 獨立鬪爭記 (完) · 中 · 日戰爭과 臨
政 : 光復의 꿈을 안고 中國天地를 헤
매던 時節 • 김홍일 (232)

記者半世紀의 回顧 ⑪ · 일어나는 物産獎勵運
動 : 民族魂을 일깨운 金相玉의 痛死 •
柳光烈 (248)

캠퍼스動靜 · 平和線 死守의 움직임 : 大學이
自省할 일 • (259)

第二의 질라스事件 · 모스크바의 여름 〈1964
년〉[1442] • 미하일로 · 미하일로프; 李東鉉 譯
(260)

知性의 座標 · 얄타會談이 남긴 敎訓 : 反復될
수 없는 過誤 • (291)

童顔에 어린 明暗 • 馬海松 (292)

現代文學씨리즈 · 現代作家의 問題와 狀況 ③
- 現代文學과 神의 行方 : 「神은 죽었다에서
비롯한 人間精神의 巡禮」• 李桓 (296)

問題의 映畫監督 ③ · 美國社會를 告發하는
證人 : 가장 非헐리우드的인 作家 · 엘
리아 · 카잔 • 黃雲軒 (306)

코너 · 스토리 · 性과 法과의 對決 : 被告席에
선 「現實」과 「僞善」과의 裁判 • (310)

수필
- 낮을 잊어버린 靑年과의 對話 • 金錫穆 (314)
- 카운터氏 • 魚孝善 (316)
- 밑천 없이 잘 사는 사람 • 李吉相 (317)
- 빗나간 辯 • 趙瀅相 (319)

1440 목차는 '生活文化없는 韓國 : 우리나라의 文化的
狀況을 歷史 · 政治 · 經濟 · 社會的狀況과 관련하여
綜合的으로 分析, 장차 한국 文化가 가야 할 方向
과 主體性을 모색해 보았다. 一般的인 文化座談
보다 높은 次元에서 예리하게 파고 들어가서 大
衆的인 國民生活 文化를 어떻게 形成할 것인가에
討論의 焦點을 모았다'.

1441 목차는 '佛敎 二千五百年 : 오랜 세월에 걸쳐 한국
佛敎는 어떤 길을 걸어왔는가, 그리고 오늘과
같이 어려운 현실에서 어떤 구실을 해야 할 것
인가, 문화와 신앙을 위하여 불탔던 한국 불교
가 남긴 足跡과 또한 課題를 여기 더듬어 본다'.

1442 목차는 '모스크바의 여름 : 유고의 젊은 學者,
미하일로 · 미하일로프의 쏘련 紀行文 「모스크
바의 여름」은 유고에서 「第二의 질라스事件」을
일으켜 西方世界問題에 화제꺼리가 되고 있다.
쏘련의 항의를 받은 유고當局은 지난 三月十二
日 미하일로프를 체포했으며 그의 紀行文을 連
載한 月刊文藝誌 「젤로」의 一月號 및 二月號는 그
보다 앞서 販禁處分을 당했다. 유고의 자그레브
스키大學 哲學敎授인 미하일로프는 지난 해 여
름에 쏘련을 여행하면서 이 글을 쓰고 「스탈린
格下」以後의 쏘련사회, 특히 文化界의 混沌相에
날카로운 비판을 가하고 있다'.

- 市場 • 崔一男 (321)
- 낚시질 • 韓東燮 (323)

社告 · 第七回思想界新人文學賞作品募集 •
(325)

詩
- 너를 세울지라 • 金顯承 (326)
- 내 世上은 • 成春福 (327)
- 〈人間의 눈만이〉 • 金圭泰 (328)
- 麥播期의 幻想 • 洪完基 (329)

創作
- 特別寄稿 · 사람의 목숨 • 히라바야시 · 다이꼬;
  박용구 譯 (330)
- 변천 • 金溶盎 (342)
- 江南見聞錄 • 朴常隆 (351)

編輯室앞 • (368)

編輯後記 • (374)

思想界 第13卷 第6號 通卷 第147號
(1965년 6월)

畵報 · 民意와 官意 • 本社取材部 (15)

卷頭言 · 이 나라와 이 社會는 어디로? • 張俊
河 (26)

四月과 五月과 六月 : 知性이 混線되어 있는
오늘을 分析한다[1443] • 吉玄謨 (28)

官權을 濫用하지 말라! : 四月의 人權問題를
論한다 • 金澤鉉 (36)

野党의 未來는 있는가? : 健全野黨待望論[1444]
• 李克燦 (40)

時事漫畵 · 新案双輪自轉車 • 金星煥 (47)

六 · 三戒嚴下에 있었던 일 : 病든 나라와 民族
을 바로잡아야 하지 않겠는가? • 金成
植 (48)

時事漫畵 · 批准砲 • 安義燮 (59)

特輯 · 韓 · 日會談의 破滅的 妥結
- 對等關係 속의 侵略根性 : 基本條約에 自慢
  하고 있는 朴政權[1445] • 韓培浩 (60)
- 사라질 수 없는 平和線 : 韓 · 日漁業協定을
  批判함[1446] • 咸秉春 (65)
- 未解決의 章 : 在日僑胞의 法的地位問題[1447]
  • 崔錫采[1448] (71)
- 反省없는 賠償 : 請求權問題의 批判[1449] • 李
  烈模 (78)
- 日本의 隣國窮乏化 政策 : 貿易會談의 問題
  點[1450] • 김영록 (85)

나서는 안되겠다」는 말은 革命權이라는 基本權
利를 否認하는 暴言이다. 그러나 오늘 良識이 두
려워하는 것은 名分을 내세운 報復革命의 惡循環
이다'.

1444 목차는 '野黨의 未來는 있는가? : 祖國의 未來에
     대한 비젼과 自己改善을 통해서 民主發展을 위해
     몸바칠 야당, 원대한 歷史觀을 가진 지혜로운
     야당, 政治引受態勢를 갖출 줄 아는 野黨을 기대
     하는 마음 간절하다'.
1445 목차는 '對等關係 속의 侵略根性〈基本條約〉'.
1446 목차는 '사라질 수 없는 平和線〈漁業協定〉'.
1447 목차는 '未解決의 章〈法的地位〉'.
1448 목차는 '崔錫采'. 목차가 맞음.
1449 목차는 '反省없는 賠償〈請求權問題〉'.
1450 목차는 '日本의 隣國窮乏化 政策〈貿易協定〉'.

- 對談·辱된 길을 왜 서두느냐? : 韓·日問題
  의 全面的再檢討[1451]• 夫琓爀; 梁好民 (92)

양면컬럼·政治時評
- 是日也放聲大哭 • (118)
- 짙어가는 野黨統合의 氣運 • (118)

양면컬럼·共産圈評·부카레스트에 부는 民
  族主義熱風 • (120)

양면컬럼·經濟時評·曲線基線 • (122)

양면컬럼·社會時評·人間의 말 • (124)

양면컬럼·文化時評·國旗를 아끼는 마음 •
  (126)

『民族的民主主義』의 破綻 : 모스크바와 「第
  三世界」[1452] • 유리·라아난[1453]; 夫琓爀 譯
  (128)

續·越南通信·베트남戰爭 속의 다이얀人 : 駐
  越國軍病院日誌 • 金東洙 (143)

움직이는 世界
- 메아리 없는 協商提議 • (152)

- 百日을 넘긴 죤슨時代 • (153)
- 유럽은 西向할 것인가, 東向할 것인가? •
  (155)
- 「一步前進·二步後退」하는 검은 民族主義 •
  (157)

時事漫畵·銀行人事波動 • 申東憲 (159)

韓国戰乱의 再評價 : 目前에 둔 祖國統一의
  好機를 놓쳐버린 六·二五[1454] • 梁興模
  (160)

캠퍼스動靜·「悲月」의 四月 : 解散이 目的인
  지, 패는 것이 目的인지? • (169)

座談會·韓國動乱秘話 : 六·二五를 치룬 指
  揮官들의 回顧와 反省[1455] • 姜文奉; 金
  弘壹; 文熙奭[1456]; 李成佳; 李翰林; 金俊燁
  (170)

特輯·新生国家의 自立路線
- 來日을 헤아릴 수 없는 政治 : 後進國의 民

1451 목차는 '辱된 길을 왜 서두느냐? : 마치 離婚하
  는 사람이 위자료주듯 이것만으로 군말 말라는
  식의 協定文을 가지고 對하려는 日本의 高姿勢앞
  에 머리를 숙이면서 倒産을 거듭하는 日本經濟
  界에 기대를 건다는 것은 日本의 一喜一悲에 그
  대로 左右되는 결과가 되고 말 것이다. 이것을
  타개하기 위한 批判이 代案을 모색한다'.

1452 목차는 '『民族的民主主義』의 破綻 : 「第三世界」의
  登場은 스탈린治下 第十九次黨大會때부터 쏘련
  영도층에게 腐心하지 않을 수 없는 과제로 나타
  났다. 모스크바와 中共간의 파벌은 흐루시쵸프
  로 하여금 北京과 모스크바 自體内의 공격을 받
  아 넘기지 않을 수 없게 만들었다'.

1453 목차는 'U·라아난'.

1454 목차는 '韓國戰亂의 再評價 : 自由를 위한 集團安
  全의 필요성을 인식시킨 韓國戰亂을 겪었음에
  도 共産侵略이 계속되고 있는 것은 그들이 韓國
  戰爭時에 치명적인 타격을 받지 않은 때문이다.
  韓國戰亂과 함께 두고 두고 想起될 일이 아니겠
  는가?'.

1455 목차는 '六·二五動亂은 우리 情報를 美國側에서
  不信한 데서 발생했다. 괴뢰들은 戰爭數年前부
  터 무력침공을 계획했고 비밀리에 훈련했다.
  그들에게 훌륭한 戰略家가 있었다면 우리의 위
  기는 더 심했을 것이다. 그러나 맥아더 將軍의
  仁川上陸이라는 神政이 괴뢰를 괴멸시킨 것이
  다. 더욱 안타까운 것은 그때에 鎭南浦上陸作戰
  을 감행했더라면 지금의 형세가 어떨까 하는
  것이다'.

1456 목차는 '文熙奭'. 목차가 맞음.

主主義 • 죤 · 스트레이치[1457]; 韓興壽 譯
(196)

- 新生國家와 先進國家의 關係 : 라인홀트 · 니버의 帝國主義論 • 李邦錫 (204)
- 國家形成의 基本目標 : 國家建設의 短期戰略과 長期目標 • 윌리엄 · J · 폴츠[1458]; 姜和英譯 (212)
- 軍事政權과 近代化問題 : 新生獨立國家의 뒤바뀐 政治體制 • 徐東九 (219)
- 資料 · 東南亞自由主義의 勝共路線 : 말레이지아와 쎄일론의 政治的展望 • 편집실 (225)

社會發展과 이데올로기 : 레이몽 · 아롱의 産業哲學 • 金鵬九 (232)

사랑에 의한 革命 : 낡은 不正의 秩序에 挑戰하는 非暴力의 哲學 • 마틴 · 루터 · 킹[1459]; 안병욱 譯 (242)

「모스크바의 여름」後聞
- 미하일로프의 非公開書翰[1460] : 「나는 獨裁를 默過할 수 없다」고 외친 抗辯 • 미하일로 · 미하일로프[1461] (251)
- 「危險思想」과 미하일로프 : 유고슬라비아 人의 눈에 비친 쏘련 • 레오폴드 · 라벳츠[1462] (254)

六〇年前의 孤兒 · 韓国 : 舊韓末을 본 親韓과 親日의 碧眼[1463] • 李光麟 (258)

『事大主義論』의 再檢討 : 韓國史의 敍述에서 「事大主義」라는 낱말을 말살하자 • 李基白 (267)

韓國私學의 搖籃 : 그 八十年史를 되새기면서 • 宋建鎬 (276)

칼 · 바르트以後의 神學 : 後期 하이덱거에 대한 바르트의 神學的인 해석을 中心으로[1464] • 朴鳳琅 (282)

記者半世紀의 回顧 ⑫ 完[1465] · 先烈志士들의 遺志를 더듬어 : 日帝統治下에 숨겨간 先驅者들 • 柳光烈 (297)

東洋의 知慧 ② · 『中庸』 · 忠恕의 倫理精神 • 崔東熙 (306)

우리 文化의 자랑 · 極東의 알파벳 : 訓民正音의 世界性 • 마샬 · R · 필[1466] (313)[1467]

예이쓰詩 紀行 : 그의 誕生百周年에 부쳐 • 金宗吉 (320)

現代文學 씨리즈 · 現代作家의 問題와 狀況 ④[1468]

國이 오늘날엔 反共이라는 口實로 日本을 또다시 내세우고 있다. 그때의 사태가 다시 再現되는 것 같은 感을 부질없는 걱정이라고만 할 수 있을까?'.

1464 목차는 '칼 · 바르트以後의 神學 : 現代神學은 「이것이냐 저것이냐」가 아니라 「두 가지다」라는 입장, 그 綜合이 문제된다. 여기에 中間者로서 後期 하이덱거의 哲學이 나타나고 있다. 바르트가 남긴 影響은 이러한 知性의 거대한 과제를 짊어지고 있다'.

1465 목차는 '記者半世紀의 回顧 (完)'.

1466 목차는 'M · R · 필'.

1467 목차는 213쪽. 본문이 맞음.

1468 목차는 '現代文學 씨리즈 ④ · 現代作家의 問題와

1457 목차는 'J · 스트레이치'.
1458 목차는 'W · J · 폴츠'.
1459 목차는 'M · 루터 · 킹'.
1460 목차는 'M · 미하일로프의 非公開書翰'.
1461 목차는 'M · 미하일로프'.
1462 목차는 'L · 라벳츠'.
1463 목차는 '六〇年前의 孤兒 · 韓國 : 六〇年前 러시아의 南進을 막기 위해 日本을 내세웠던 英國과 美

- 現代文學과 카프카的 世界 : 既存價値體系에 대한 不信 • 李東昇 (329)

隨筆
- 맛과 멋 • 金丁煥 (336)
- 健忘症의 惡德 • 盧明植 (338)
- 「밀 알 하나가 땅에 떨어져 죽으면…」 • 吳銀洙 (340)
- 萬兩과 萬弗 • 劉昌惇 (342)
- 염소 • 尹五榮 (343)
- 秘方 • 林憲道 (344)
- 잘 살아 보자 • 韓哲河 (346)

六○年前의 베스트 · 쎌러 · 禽獸會議錄 (百二十枚)[1469] • 안국선; 이장진 교열 (348)

詩
- 私財와 國庫金 • 全榮慶 (366)
- 六月의 이데올로기 • 李敬南 (368)
- 달리다 넘어지면 해를 보라 • 劉庚煥 (369)
- 食慾記 • 閔雄植 (370)

社告 · 第七回思想界新人文學賞作品募集 • (371)

創作
- 성문거리 • 金東里 (372)
- 天地玄黃 • 南廷賢 (383)
- 서울 · 一九六四年 겨울 • 金承鈺 (401)

狀況'.
1469 목차에는 '一九○八年에 간행되어 당시의 讀書界를 휩쓴 베스트 · 쎌러! 動物들의 입끝에 오른 人間地位의 여지없는 타락상은 당시 世態에 대한 頂門의 一針이었으며 六○年이 지난 오늘의 世態에도 그대로 적용되는 것 같기에 우리의 關心이 큰 것이다.'라는 설명글이 있음.

編輯室앞 • (418)

編輯後記 • (424)

思想界 第13卷 第7號 通卷 第148號
(1965년 7월)

畵報 · 多島海 • 本社取材部 (15)

卷頭言 · 知性人과 現實 • (26)

韓美行政協定의 問題点 : 그 早速한 締結을 促求하면서[1470] • 朴觀淑 (28)

時事漫畵 · 行協二題 • 金星煥[1471]; 安義燮 (35)

不正腐敗의 메카니즘 : 그 加速度現象을 어떻게 볼 것인가?[1472] • 李烈模 (36)

얼마큼의 돈을 빌릴 수 있나 : 外援 · 借款 · 對日經濟關係의 現況 및 將來 • 夫琓爀 (44)

아메리카革命論 : 美國獨立鬪爭史의 敎訓 • 李普珩 (54)

1470 목차는 '韓美行政協定의 問題點 : 行政協定에서 규정하여야 할 허다한 문제중에서도 가장 핵심이 되는 중요한 문제는 駐留軍의 범죄행위에 대한 刑事管轄權問題이며 현재 한 · 미 간에서도 協定의 체결을 가로막고 있는 가장 중요한 원인이 되고 있는 것이 이 문제다'.
1471 목차는 '金聖煥'. 본문이 맞음.
1472 목차는 '不正腐敗의 메카니즘 : 五 · 一六以來 오늘날까지의 政府行績에 대해 「舊惡을 無色케 하는 新惡」이란 評을 하는 사람이 많아졌다. 그렇다면 八 · 一五以後 오늘날까지 우리 나라에서 창궐하고 있는 이 不正腐敗의 내용은 무엇일까?'.

政權의 永久不滅은 없다 : 反復되는 神話 • 池明觀 (62)

金利現實化有感 : 現實化했던 換率을 非現實的인 것으로 하다니 • 김영록 (72)

突擊內閣一年의 決算
- 「韓國政治 一人化」의 政策 : 政治·社會 • 申相楚 (78)
- 政策體系 未確立의 混沌 : 經濟 • 洪性囿 (84)

時事漫畵·合成痲藥 • 申東憲 (89)

양면컬럼·政治時評·傷處 많은 최고의 榮光 • (90)

양면컬럼·共産圈評·하노이—北京—모스크바 : 越南問題를 둘러싼 또 하나의 中·쏘對立 • (92)

양면컬럼·經濟時評·畵像 • (94)

양면컬럼·社會時評·學園·知性人·學生 • (96)

양면컬럼·文化時評
- 詩協의 叛旗 • (98)
- 茶房에 먼저 온 倭色 • (98)
- 中共 두번째로 核實驗 • (98)

特輯·沒落과 相剋의 世界
- 딜레스外交의 瓦解 : SEATO 및 CENTO의 將來 • 李基遠 (100)

캠퍼스動靜·敎授와 學生과 指導者 : 「굿이나 보고 떡이나 먹자」는 格인가! • (105)

特輯·沒落과 相剋의 世界
- 美·英의 對後進國政策 : 美·英이 前提할 受援條件批判 • 朴俊圭 (106)
- 드·골 第三勢力의 꿈 : 執權初부터 오늘에 이르기까지 • 鄭宗植 (112)
- 아시아·아프리카의 民族主義 : 國家意識과 連帶意識의 갈등[1473] • 金尙鉉 (120)
- 흐루시쵸프以後의 共産圈 : 非스탈린化냐 非흐루시쵸프化냐? • 董玩 (127)
- 資料·指導部에 비친 中·쏘의 來日 : 中·쏘 兩國의 指導者像
  = 毛澤東 路線의 展望 • 로데릭·맥파르카르[1474]; 鄭鎭午 譯 (134)
  = 새 指導部의 오늘과 來日 • 찰스·W·데이어[1475]; 曺廣海 譯 (139)

比重이 큰 우리의 對阿關係 : 東部 아프리카 七個國을 돌아보고 • 李壽榮 (144)

知性의 座標·言論과 資本 : 西獨과 아프리카의 경우 • (153)

움직이는 世界
- 搖動하는 라틴·아메리카政局 • (154)
- 아랍民族主義의 離合集散 • (156)
- 越南戰은 어데까지 擴大될 것인가?[1476] • (158)
- 죤슨外交와 아시아諸國의 紛爭 • (160)

海外通信·學問과 實務가 조화된 비엔나大學 : 六百周年을 맞이하는 비엔나大學 • 李光奎 (163)

1473 목차는 '亞·阿의 民族主義 : 國家意識과 連帶意識의 갈등'.
1474 목차는 'R·맥파르카르'.
1475 목차는 'C·W·데이어'.
1476 목차는 '越南戰은 어디까지 擴大될 것인가?'.

資料 · 「國民輿論」에 비친 韓 · 日問題 : 現行
韓 · 日會談 反對의 震源을 찾아 ● 本社
編輯室 (166)

特派員 通信 · 日本通信
- 假調印까지 : 覆面의 特使는 누구? ● 田駿
(172)
- 假調印後 : 在日僑胞의 悲劇 ● 田駿 (174)

共同硏究 · 現 韓 · 日會談沮止鬪爭의 正當性 :
韓 · 日問題硏究報告書 ● 서울大學校 韓 ·
日問題硏究會 (176)

東洋의 知慧 ③ · 『道德經』 · 逆說의 倫理 : 轉換
期의 自己突破를 위한 超越의 倫理 ●
鄭璇 (183)

解放二十年紀念씨리즈 ⑥ · 서울은 어떻게 變
했나? : 首都 서울의 變貌相 ● 金永上
(192)

南海르뽀 · 多島海千里 : 平和線을 잃는 漁民
들의 表情들 ● 劉庚煥 (200)

基督敎的인 人間像 : 中世 哲學이 낳은 向主型
과 愛主型의 人間 ● 金奎榮 (225)

敎育의 國際交流 ● 鄭泰時 (230)

批評과 行動 : 安島山에서 릿프먼까지[1477] ● 宋
稶 (236)

書評
- 反省의 資料 : 『東仁文學全集』을 읽고[1478] ●
柳宗鎬 (255)
- 새 發展의 契機 : 『黃 順元 全集』에 부쳐[1479]
● 金烈圭 (259)
- 두 가지의 韓國傳記全集 : 『韓國의 人間像』
과 『人物韓國史』[1480] ● 高柄翊 (263)

隨想 · 七月의 旅情
- 어두움의 비탈길에서 주은 抒情 ● 金東鳴
(268)
- 多島海의 風光 ● 金相沃 (270)
- 地中海의 푸른 바다를 바라보며 ● 朴泰鎭
(273)
- 에스테 山莊 ● 李鳳順 (275)
- 歸鄕의 急行列車 ● 異河潤 (277)

韓國新劇史硏究 ④ · 土月會와 殘餘劇團 : 近代
劇의 胎動에서 土月會의 全盛期까지 ●
李杜鉉 (280)

코너 · 스토리 · 젊어지는 社會 構造 : 프랑스
젊은 世代의 動向 ● (296)

社告 · 第七回思想界新人文學賞作品募集 ●
(299)

나의 自傳的 小說論
- 아마츄어 作家의 辯 ● 孫昌涉 (300)
- 不毛의 文學風土 ● 張龍鶴 (305)
- 殉敎者와 知識人 ● 徐基源 (308)

1477 목차는 '批評과 行動 : 島山에서 리프먼까지'. 목
차는 '우리 민족의 정치적 · 경제적 · 정신적 활
로를 위하여 비평과 행동은 한시라도 멈출 수
없는 것이다. 이런 뜻에서도 島山의 理想과 行動
그리고 리프먼의 비평적 통찰력은 현재 우리의
狀況과 장차의 전망을 밝히는데 도움이 되지않
을까 생각한다.'라는 설명글이 있음.

1478 목차는 '反省의 資料 「東仁文學全集」'.
1479 목차는 '새 發展의 契機 「黃順元全集」'.
1480 목차는 '두 가지의 韓國傳記全集 「韓國의 人間
像」 · 「人物韓國史」'.

詩 · 新春文藝當選詩人作品選

- 一九五九年「東亞日報」當選 · 春困 ● 姜仁燮 (312)

- 一九六三年「韓國日報」當選 · 돌아오지 않는 화살 ● 朴利道 (313)

- 一九六三年「서울신문」當選 · 새 ● 張潤宇 (315)

- 一九六四年「東亞日報」當選 · 꽃과 兵丁 ● 李炭 (316)

海外短篇七人選

- 美國篇 · 나의 노래「신 포도는 안먹어」● 윌리암 · 와이저[1481]; 羅英均 譯 (318)

- 英國篇 · 지저분한 꼴을 좀 보세요 ● 뮤리엘 · 스파크[1482]; 鄭炳祖 譯 (328)

長篇連載豫告 : 太陽의 아들[1483] ● 張龍鶴 (335)

海外短篇七人選

- 이탤리篇 · 脫出 ● 알베르토 · 모라비아[1484]; 李昌培 譯 (336)

- 프랑스篇 · 안녕 · 영원히 안녕 ● 앙드레 · 도뗄[1485]; 洪承五 譯 (342)

- 印度篇 · 電氣톱 ● 무믈리 · 다스 · 멜와니[1486]; 金在姬 譯 (350)

- 쏘련篇 · 見習生 ● 이반 · 멧쩨르[1487]; 李東鉉 譯 (355)

- 獨逸篇 · 亡市 ● 하인쓰 · 피온테에크[1488]; 池明烈 譯 (364)

編輯室앞 ● (370)

編輯後記 ● (374)

思想界 第13卷 第8號 通卷 第149號
(1965년 7월 긴급증간호)

卷頭言 · 韓 · 日協定調印을 廢棄하라 ● 「思想界」編輯同人一同 (8)

連作詩 · 우리는 또 다시 奴隸일 수 없다[1489] ● 朴斗鎭; 朴南秀; 趙芝薰 (10)

한국은 어디로 가는가 : 決定權은 結局 國民에 있다[1490] ● 함석헌 (20)

韓国의 近代化와 日本侵略[1491] ● 白樂濬 (26)

이제는 더 沈默할 수 없다 : 急하다고 바늘 허리에 실을 맬 수 있을까?[1492] ● 李範奭 (32)

1481 목차는 'W · 와이저'.

1482 목차는 'M · 스파크'.

1483 목차는 '長篇連載小說「太陽의 아들」豫告'.

1484 목차는 'A · 모라비아'.

1485 목차는 'A · 도뗄'.

1486 목차는 'M · D · 멜와니'.

1487 목차는 'I · 멧쩨르'.

1488 목차는 'H · 피온테에크'.

1489 목차에는 '돌아오라. 民族의 良心으로 오늘의 祖國, 오늘의 祖國의 이 悲運을 똑바로 보자, 오늘 또한번 잘못을 저지르면 歷史의 罪人을 魂인들 우리 그 後代의 낯을 무엇으로 對하리.'라는 요약문이 있음.

1490 목차에는 '이제 우리는 외톨이다. 믿을만한 아무 外勢가 없다. 하늘조차 못 믿게 됐다. 하늘이 無心해서가 아니다. 우리가 無心無信하기 때문이다. 제손으로 할 수 있는 제 집의 보물도 지키지 못하고 제 손으로 남에게 넘겨주는 민족에게 하늘인들 왜 혜택을 주겠나?'라는 요약문이 있음.

1491 목차에는 '나는 오늘도 걱정하지만은 來日을 더 염려한다. 오늘의 便宜를 위해 結託하는 對日關係는 필경 日本隸屬을 가져올까 두려워한다.'라는 요약문이 있음.

1492 목차에는 '유구한 세월에 걸친 우리 民族의 歷史的 傳統을 통하여 역대의 어느 政權에서도 이처럼 民族의 이익을 외면하고 歷史에 무책임하며

鼎談·『開門納賊』의 韓·日協定：六十年前의 「保護」가 「協力」으로 둔갑했나 • 夫琓爀; 劉彰順; 李克燦 (36)

韓·日 協定文의 分析
- 基本關係條約：그 政治的 盲點을 批判한다 • 梁好民 (47)
- 「請求權·經濟協力」協定 등에 관하여[1493]：배주고 배속 빌어먹기 • 夫琓爀 (52)
- 韓·日漁業關係條約批判：完全한 양도로 끝난 去來 • 鄭文基 (67)
- 僑胞의 法的地位에 관한 協定[1494]：누구를 위한 協定이냐! • 金哲 (74)
- 文化財返還問題：數字의 愚弄·쓸모없는 종이뭉치 • 金元龍 (80)

앙케트·百十五人의 發言：韓·日協定反對에 들끓는 國論을 들어본다 • 金龍玉; 安壽吉; 洪東根; 張龍鶴; 姜信明; 朴大善; 宋稶; 崔以順; 金八峰; 金南祚; 朴景利; 金東振; 洪以燮; 朴花城; 金東吉; 최현배; 김정준[1495]; 吳基亨; 崔虎鎭; 鄭漢淑; 金錫源; 金星煥; 白理彦; 洪承勉; 李恒寧; 宋建鎬; 太倫基; 盧弘燮; 李斗鉉; 李烈模; 洪鍾仁; 梁興模; 黃山德; 李丙燾; 金成植; 孫元一; 安義燮; 金廷鶴; 梁柱東; 洪性佩; 張秉吉; 崔載喜; 董天(德模)[1496]; 朴運大; 金在俊; 李効再; 徐恩淑; 이태영[1497]; 金泰吉; 홍현설[1498]; 나영균[1499]; 金昊燮; 鄭

泰時; 김은우[1500]; 金鎭萬; 馬慶一; 정준; 高永復; 安仁熙; 鮮于煇; 鄭錫海; 高柄翊; 金弘壹; 吳泳鎭; 千寬宇; 李丙璘; 洪思重; 車基壁; 申相楚; 柳光烈; 朱碩均; 金相敦; 姜元龍; 金光源[1501]; 李丁奎; 張利郁; 吉玄謨; 金桂淑; 金允經; 車柱環; 毛允淑; 吳華燮; 韓泰東; 민영규[1502]; 柳周鉉; 朴觀淑; 咸秉春; 全澤鳧[1503]; 孫明鉉; 鄭忠良; 李桓信[1504]; 李容卨; 劉昌惇; 羅運榮; 朴繼和; 朴在森; 金東鳴; 李浩哲; 張萬榮; 韓哲河; 金鳴善; 金相浹; 田榮澤; 金用雨; 朴榮濬; 李家源; 申奭鎬; 박창환; 李邦錫; 金斗憲[1505]; 韓景職; 禹慶熙; 鄭晉慶; 趙潤濟; 宋炳洙 (86)

時論二題
- 賣國外交中止하라：特別談話의 虛構性을 駁함 • (122)
- 置毒飛石·屍山血河：데모 沮止와 警察 • (123)

資料·韓日條約·協定全文
- 請求權·經濟協力에 관한 協定 • (128)
- 法的地位와 待遇에 관한 協定 • (140)
- 漁業에 관한 協定 • (143)
- 文化財·文化協力에 관한 協定 • (153)
- 基本關係에 관한 條約 • (154)

민족의 전래의 大義를 배신한 事例를 찾기가 어렵다.'라는 요약문이 있음.
1493 목차는 「請求權·經濟協力」協定에 관하여'.
1494 목차는 '僑胞의 法的地位와 待遇에 관한 協定'.
1495 목차는 '金正俊'.
1496 목차는 '董天'.
1497 목차는 '李兌榮'.
1498 목차는 '洪顯卨'.
1499 목차는 '羅英均'.

1500 목차는 '金恩雨'.
1501 목차는 '金斗憲'. 목차에는 '金光源'과 '金斗憲'의 순서가 바뀌어 있음.
1502 목차는 '閔泳珪'.
1503 목차는 '전택부'.
1504 목차는 '李恒信'. 본문이 맞음.
1505 목차는 '金光源'. 목차에는 '金光源'과 '金斗憲'의 순서가 바뀌어 있음.

知性人의 喊聲 : 宗敎人·文學人·敎授의 批准 反對聲明[1506]
- 聲明書[1507] • 基督敎牧師敎役者連署 (156)
- 聲明書[1508] • 在京文學人一同 (158)
- 抗議文[1509] • 梨花女子大學校 學生一同 (160)
- 韓·日協定批准反對宣言[1510] • 在京大學敎授團 (162)

編輯後記 • (164)

思想界 第13卷 第9號 通卷 第150號
(1965년 8월)

畵報·憂國과 暴力 • 本社取材部 (15)

卷頭言·解放二十年을 맞으면서 • (26)

解放二十年의 反省 : 우리는 그 날을 떳떳이 回想할 수 있는가?[1511] • 安秉煜 (28)

解放二十年의 政治 : 受難과 困辱의 民族史[1512] • 李克燦 (44)

1506 목차는 '韓·日協定批准反對'.
1507 목차는 '基督敎牧師敎役者聲明書'.
1508 목차는 '在京文學人聲明書'.
1509 목차는 '워싱톤·데일리紙 編輯長에게 보내는 抗議 : 梨大學生一同'.
1510 목차는 '大學敎授聲明書'.
1511 목차에는 '歷史의 맥박과 고동에 반성의 청진기를 대어보자. 해방의 그 날 우리에게는 감격의 노래와 희망의 對話가 있었다. 그후 二十年이 지났다. 우리의 입에서는 맑은 노래가 사라졌고 우리의 가슴에서는 아름다운 기도가 끊어졌다.'는 설명글이 있음.
1512 목차에는 '해방을 맞이할 때의 우리 민족의 希願은 「진정한 독립과 통일과 자유와 번영」이었다. 그러나 우리에게 찾아온 것은 민족분열과 그리고 극도의 혼란 뿐이었다. 우리의 政治史는 글자 그대로 「受難과 困辱의 民衆史」라고 하겠다.'라는 설명글이 있음.

時事漫畵·몽둥이 남용시대 • 金星煥 (57)

韓日協定은 批准·同意 될 수 없다 : 어째서 우리는 그것을 賣國條約이라고 부르는가[1513] • 夫琓爀 (58)

莫重한 野黨의 責任 : 民衆黨의 健全한 성장을 기대하며 • 姜元龍 (74)

時事漫畵·곰과 中國人 • 安義燮 (81)

特輯·戰後二十年의 思想과 神話
- 戰後二十年의 冷戰과 이데올로기 : 援助라는 神話를 中心으로[1514] • 崔鍾起 (82)
- 世界平和의 問題 : 核恐怖와 人間疎外 • 金在俊 (91)
- 分斷國家들의 民族悲願 : 悲劇의 歷史와 오늘의 現實 • 趙世衡 (99)
- 民主主義는 神話가 아니다 : 데모크라시의 올바른 意味 • 申相楚 (108)
- 民族主義의 神話 : 後進國의 現實과 關聯하여 • 具範謨 (114)
- 方向잃은 世界共産主義 : 맑시즘 神話의 와해 • 金光源 (120)
- 資料·世界共産主義運動의 現況 : 맑스·레닌主義의 正統派는 누구인가? • 편집실 (127)

움직이는 世界
- 微妙해지는 韓·美·日 三角關係 • (136)

1513 목차에는 '금번 調印된 韓·日協定은 잔인한 日本人들에게 또 다시 이 땅을 開放한 것에 지나지 않는다. 한편 우리는 한없이 비굴하게 행동하면서 國家의 主體性과 利益을 全面的으로 양보하였다. 解放二十年의 해에 맺어진 新乙巳條約!'이라는 설명글이 있음.
1514 목차는 '戰後20年의 冷戰과 이데올로기'.

-「동소아이」血戰의 세 갈래 波紋 • (148)

- 暗中摸索하는 도미니카의 問題性[1515] • (140)

-「나토」改編을 뜻하는 內外動向 • (141)

- 挫折된 亞・阿會議와 알제리아問題[1516] •
  (143)

對談・苦悶하는 美國의 世界政策 : 激動하는
  現實에서 來日을 摸索한다[1517] • S・K・파
  도우버; 梁好民 (146)

時事漫畵・그림자 • 申東憲 (167)

特輯・八・一五以後의 北韓
- 政治體制의 變遷 : 스탈린主義化의 二十年 •
  梁好民 (168)

- 北韓經濟變遷二十年 : 金日成과「千里馬運
  動」經濟 • 徐南源 (180)

- 北韓舞臺藝術人의 運命 : 北韓의 演劇・映
  畵・舞踊・音樂界의 現況 • 李喆周 (193)

- 社會文化面에서의 變遷 : 八・一五以後 北
  韓共産黨의 重要 社會文化政策과 北韓
  同胞들의 오늘의 精神的 姿勢 • 崔光石
  (218)

캠퍼스動靜・大學街의 抵抗의 熱風 : 先制
  放學은 大學敎育의 正道가 아니다 •
  (229)

兩面컬럼・政治時評・小生의 上書 • (230)

兩面컬럼・經濟時評・메뚜기 뛰는 季節 •
  (232)

兩面컬럼・社會時評・慾望과 絶叫 • (234)

兩面컬럼・文化時評
- 치욕의 달・메마른 달 • (236)
-「번시들」의 모임 • (236)
- 고운 말・바른 말 • (237)

韓國社會學의 課題 : 高永復氏의「韓國社會構
  造의 分析」을 批判함 • 李効再 (238)

西獨鑛夫通信・名分 있는 抗拒 : 駐西獨韓國人
  鑛夫 스트라이크의 眞相과 그 結果 •
  金漢用 (245)

特派員通信
- 美國通信・熱帶의 樂園 하와이 : 파인애플・
  꽃・사탕수수의 알로하나라 • 申命變
  (250)

휴머니즘의 化身 마르틴・부버 : 그의 서거를
  追悼하면서 • 高範瑞 (252)

知性의 座標・再活되는 政治意識 : 美國知性人
  들의 앙가쥬망 • (257)

東洋의 智慧 ④・『우파니샤드』・梵我一如 :
  「네가 그것이다」의 世界觀 • 李箕永
  (258)

韓國新劇史硏究 ⑤[1518]・劇藝術硏究會 : 第四期
  劇藝術硏究會와 東洋劇場(其一) • 李杜
  鉉 (266)

1515 목차는 '摸索하는 도미니카의 問題性'.

1516 목차는 '挫折된 A・A會議와 알제리아문제'.

1517 목차에는 '美國知性人은 韓國과 日本을 어떻게
  보며 越南과 도미니카의 문제를 어떻게 해결하
  려고 하는 것일까? 또한 美國內에서의 人間疎外
  의 현실과 黑人問題를 어떻게 타개하려는 것일
  까?'라는 설명글이 있음.

1518 목차는 '韓國新劇史硏究 ⑤'.

國語淨化의 時急性：殘留日語의 除去問題 •
劉昌惇 (276)

「마아」란 말：딱한 日語混用 • 梁柱東 (281)

韓國雜誌 七〇年史 ①[1519]・「親睦會報」와 「自
新報」：前衛的인 同人誌의 出現 • 백순
재[1520]; 조광해 (283)

예프투셴코와의 對話：改革者의 運命 • 올가 ·
카알리슬; 安東林 譯 (294)

祖國에 바친 一念：光復二十年에 부쳐[1521] •
[1522] (302)

코너 · 스토리 · 共産世界의 익살맞은 對話：
불가리아式 方法[1523] • 니콜라이 · 미지이
스키 (309)

現代文學씨리즈 · 現代作家의 問題와 狀況 ⑤
- 西歐作家와 社會意識：政治的 態度를 中心
으로 • 鄭明煥 (312)

成長과 深化의 軌跡：韓國文學 二〇年[1524] • 柳
宗鎬 (320)

自傳的詩論
- 나의 詩의 遍歷：슬픔과 멋의 意味 • 趙芝薫
(332)
- 羈旅의 歷程：永時代的인 探求와 當時代的
인 對決 • 朴斗鎭 (338)
- 목마른 歷程：나의 詩 · 나의 見解 • 朴木月
(344)

隨筆 · 永遠한 歌曲
- 가고파 • 金東振 (350)
- 봉숭아 • 나운영 (352)
- 思友曲[1525] • 朴泰俊 (354)
- 고향의 봄 • 李元壽 (355)
- 옛동산에 올라 • 이은상 (357)
- 바우고개 • 이흥열 (359)
- 따오기 • 韓晶東 (361)

詩
- 또 第二創世記 • 송욱 (363)
- 늪 • 朴在森 (364)
- 落島 • 金光林 (365)
- 葡萄園隨想 二篇[1526] • 林鍾國 (366)

太陽의 아들 (一回) • 張龍鶴 (368)

社告 · 第七回思想界新人文學賞作品募集 •
(387)

創作
- 望鄉 • 鮮于煇[1527] (388)
- 迷宮 • 朴憲九 (401)

社告 · 추첨結果發表[1528] • (418)

1519 목차는 '韓國雜誌七十年史 ①'.
1520 목차는 '白淳在'.
1521 목차는 '祖國에 바친 一念 : 光復二〇年에 부쳐'.
1522 목차는 필자 정보에 '尹泰吉, 韓龍雲, 金東仁, 宋鎭
禹, 尹東柱, 朴容義'.
1523 목차는 '익살맞은 共産世界의 對話'.
1524 목차에는 '한 때나마 빼앗겼던 우리말과 글을
도로 찾은 지 二十年이 된다. 이 二十年의 시간은
한국 현대문학의 성장에 있어 그 半生에 해당한
다. 二十年의 文學의 궤적을 더듬어 본다는 것은
이 나라 현대문학의 半生을 더듬어 보는 일이
된다'라는 설명글이 있음.

1525 목차는 '思友'.
1526 목차는 '포도원수상 二편'.
1527 선우휘의 한자는 '鮮于輝'.
1528 목차는 '抽籤結果發表'.

編輯室앞 • (420)

編輯後記 • (424)

思想界 第13卷 第10號 通卷 第151號
(1965년 9월)

書報
- 許埴 烈士 遺影 • (10)
- 悲願 • 本社取材部 (11)
- 異邦地帶 : 의정부, 파주, 동두천, 부평 等地
  點描 • 林範澤 사진·글 (19)

卷頭言 · 國難에 부딪쳐서 • (26)

美国의 国家利益과 韓国과 日本 : 美國의 對韓
  政策의 反省과 再考를 바람[1529] • 車基
  壁 (28)

時事漫畫 · 兇物通過路는 어디로? • 金星煥 (35)

人生은 짧고 民族은 永遠하다 : 巨木 雩南의
  遺産은 무엇인가?[1530] • 夫琓爀 (36)

大学과 敎授와 学生 : 教育二十年의 回顧[1531] •

張利郁 (48)

죤슨外交의 問題點 : 東南亞 特히 越南政策을
  中心으로 • 李基遠 (56)

特輯 · 美学의 對韓政策批判
- 韓國近世史와 美國 : 韓·美修交九十年 • 柳
  洪烈 (62)
- 韓·日 合邦과 美國의 責任 : 舊韓末의 韓·
  美·日 外交 • 董天(德模) (77)
- 美軍政이 남긴 遺産 : 온갖 社會混亂의 불씨
  만 남기고 • 金永達 (85)
- 美對韓經濟政策의 功過 : 自主性을 喪失케
  한 經援 • 李甲燮 (94)
- 美國의 防衛協力 : 軍援과 韓·美行政協定問
  題를 中心으로 • 梁興模 (102)
- 異邦人에서 「同役者」로 : 美國의 宣教政策
  批判 • 金燦國 (111)

時事漫畫 · 法治國家萬歲! • 申東憲 (119)

座談會 · 韓國과 美國 : 「韓國不在」의 對韓觀을
  批判한다 • 咸秉春; 李昊宰; 韓培浩; 李承
  潤 (120)

兩面컬럼 · 政治時評 · 孤掌難鳴 • (132)

兩面컬럼 · 共産圈評
- 루마니아의 民族主義[1532] • (134)
- 계급장 없는 軍隊 • (135)

兩面컬럼 · 經濟時評 · 格下運動 • (136)

1529 목차에는 '反共·親美的인 한국지식인들의 의사
  를 무시하고 美國政府는 어떻게 하자는 것인가?
  비록 우리는 弱小民族이라 하더라도 民族自主獨
  立이라는 기본적인 國家利益을 強國의 목적을
  위해 희생시킬 수는 없다'라는 설명글 있음.
1530 목차에는 '그는 우리에게 너무나 큰 영향을 남
  겨 놓았다. 公人으로서 李博士가 해방 후 二十年
  간에 우리에게 무엇을 남겨 놓았는가를 성찰
  함으로써 진정한 의미에서 우리의 앞날을 위한
  교훈을 찾아보자는 것이다'라는 설명글 있음.
1531 목차에는 '모든 말썽붙는 문제를 교수들이 꺼
  려하고 피하는 限, 그런 문제는 거리로 나갈 수

밖에 없다. 순수하고 대담하고 또 자유스러운
분위기를 만들지 못하고 이러한 氣風이 대학안
에 풍기고 있지 않는 한, 外部로부터 오는 간섭
은 계속될 것이다'라는 설명글 있음.
1532 목차는 '루마니아의 民族主義旋風'.

兩面컬럼·社會時評·어느 날 新聞 • (138)

兩面컬럼·文化時評
- 傳統的 文弱 • (140)
- 反共의 자세 • (141)

國家的危機와 政治的無關心 : 議會政治不信의
　　現實은 무엇을 意味하나 • 曺圭甲 (142)

知性의 座標·正義에 立脚한 權利行使 : 聖職
　　者의 政治參與 • (149)

聖書와 現實 : 民族의 햇불은 꺼지지 않는다 •
　　金正俊 (150)

아시아에 있어서의 近代化問題 : 國際學術會
　　議를 마치고 • 金俊燁 (158)

움직이는 世界
- 越南戰線·「몬순」의 決戰으로 肉迫 • (164)
- 그리스―二○年來 最大의 政治危機 • (166)
- 새 指導者를 갖게 된 英保守黨 • (168)

投稿論壇·論理以前의 批判 : 玄敎授의 「韓國
　　人의 法意識」의 反響을 中心으로 • 朴
　　海巖 (170)

캠퍼스動靜·繼續되는 大學街熱風 : 警察橫
　　暴에 法廷鬪爭考慮 • (175)

美國通信·버클리 캠퍼스의 政治運動 : 美國
　　大學의 最近學生運動이 意味하는 것
　　• 韓昇洲 (176)

時事漫畵·龍頭蛇尾 • 安義燮 (185)

特輯·抗日鬪爭半世紀 : 合邦에서 解放까지

- 乙巳國恥와 乙巳國賊 : 倭兵에 둘러싸인 御
　前會議 • 盧啓鉉 (186)
- 三·一運動 이후의 抗日 : 臨政樹立에서 新
　幹會解散에 이르는 抗日의 길 • 金龍德
　(195)
- 韓國敎會의 受難史 : 一○五人事件에서 神
　社參拜拒否까지 • 文相熙 (204)
- 資料·歷史에 나타난 日人 : 日帝三六年間
　의 暴惡小史 • 편집실 (212)

작은 나라가 사는 길 : 스위스의 경우 • 李漢
　彬 (220)

오늘에 대한 告發
- 걱정·불안·공포 • 金允經 (226)
- 우리에겐 最後도 죽음도 없다 • 毛允淑 (229)
- 純情에 얽힌 參與者의 辯 • 朴木月 (232)

敍事詩는 可能한가? : 近來의 몇 편 長詩와 關
　聯해서 • 金春洙 (236)

解放二十年紀念씨리즈 ⑦·變化하는 社會에
　서의 모랄 : 社會上層에 심각한 倫理
　問題가 있다 • 李萬甲 (242)

東洋의 智慧 ⑤[1533]·『韓非子』法術의 政治道 :
　戰國時代에 나타난 東洋의 마키아베
　리즘 • 李克燦 (250)

韓國新劇史研究 ⑥[1534]·商業劇團·華麗하던
　時節 : 第四期劇藝術研究所와 東洋劇
　場(其二) • 李杜鉉 (258)

1533　목차는 '東洋의 智慧 ⑥'. 본문이 맞음.
1534　목차는 '韓國新劇史研究 ⑤'. 본문이 맞음.

韓國雜誌 七○年史 ②[1535]·「獨立協會月報」와 「가정잡지」: 韓末開化期의 大衆啓蒙 運動 • 白淳在 (270)

隨筆
- 日本 사람의 마음[1536] • 金觀錫 (280)
- 廣告의 속임수 • 金鎭萬 (281)
- 戰爭과 平和 • 羅英均 (282)
- 랑궁의 어느 黃昏 • 盧宗鎬 (283)
- 人形들의 浪漫 • 吳華燮 (284)
- 詩人像 • 尹克榮 (285)
- 해 밝은 높이 • 李寧熙 (287)
- 레크레이션 雜說 • 鄭炳昱 (288)
- 당나귀 • 黃錦燦 (289)

現代海外詩
- 英國·園丁 • 시드니·케이즈[1537]; 異河潤 옮김 (292)
- 英國·秘書 • 테드·휴우즈; 金宗吉 옮김 (293)
- 美國·눈먼 少女 • N·크레인/柳玲 옮김 (294)
- 알젠친[1538]·데리아·에레나·상·마르꼬 • J·L·보르헤스; 朴異汶 옮김 (295)
- 獨逸[1539]·날이 밝으면 • 카알·크로오로; 鄭庚錫 옮김 (296)
- 쏘련·孤獨 • 요씨프·브로드스끼; 李徹 옮김 (297)

創作
- 成年의 秘密 • 朴敬洙 (298)
- 꼭두말집 • 吳有權 (314)
- 프로방스의 理髮師 • 洪盛原 (334)

1535 목차는 '韓國雜誌七十年史 ②'.
1536 목차는 '일본 사람의 마음'.
1537 목차는 '시드니·케이즈'.
1538 목차는 '알제리아'.
1539 목차는 '독일'.

社告·第七回思想界新人文學賞作品募集 • (347)

太陽의 아들 (二回) • 張龍鶴 (348)

編輯室앞 • (370)

編輯後記 • (374)

思想界 第13卷 第11號 通卷 第152號
(1965년 10월)

畵報·衛戍令前後 • 林範澤 사진·글 (15)

卷頭言·美國政府의 對韓定策은 무엇인가[1540] • (26)

싸움은 이제부터[1541] • 함석헌 (28)

時事漫畵·各種테로 • 申東憲 (37)

危機에 선 祖國에 부치는 글[1542] • 林昌榮 (38)

憲政과 違憲 : 최근의 政局을 어떻게 볼 것인 가[1543] • 夫琓爀 (46)

1540 목차는 '美國의 對韓定策은 무엇인가'.
1541 목차에는 '장차 있을 싸움에 비하면 이 날까지 의 싸움은 싸움이 아니다. 그 準備다. 이긴 것도 준비가 되지만 졌으면 더 좋은 준비. 모든 일 의 값은 네 마음속에 일으킨 반응 곧 反抗意識의 정도에 따라서 헤아려본다'라는 설명글 있음.
1542 목차에는 '최근에 祖國으로부터 오는 소식은 一 邊 怒氣, 一邊 感淚를 금치 못하게 합니다. 우리 國民이 하는 일은 自由와 民主를 嚴守하고 民生을 확보하려는 것 뿐인데 政府는 催淚彈과 棍棒으 로써 强壓하니 이 어찌 通情할……'이라는 설명 글 있음.
1543 목차에는 '祖國의 民主化와 統一의 완수로 밝아

時事漫畫·史上初有 一黨國會 • 金星煥 (59)

危機에 대한 責任 : 學園亂入을 어떻게 볼 것
인가[1544] • 張俊河 (60)

自由와 暴力 : 누가 民主主義를 葬送하려나! •
洪思重 (66)

韓國政治風土의 再檢討 : 그 現代化를 위하여
• 池明觀 (72)

캠퍼스動靜·學園防衛團 : 受難의 大學街 •
(79)

特輯·戰後二十年의 日本
- 日本의 政黨과 政治風土 : 이데올로기 없는
日本國家主義 • 金哲 (80)

時事漫畫·자……뿌리 뽑습니다! • 안의섭 (91)

特輯·戰後二十年의 日本
- 日本의 國際政治와 對外政策 : 極東의 强者
를 꿈꾸는 日本 • 李昊宰 (92)
- 轉換期에 들어선 日本經濟 : 그 現況을 中
心으로 • 洪性囿 (102)
- 日本社會의 傳統과 變遷 : 擡頭되는 새로운

人間像 • 田駿 (110)
- 座談會·어제와 오늘의 日本 : 戰後日本을
어떻게 볼 것인가 • 權五琦; 朴容九; 劉彰
順; 金哲 (118)

1965年度 後期思想講座 / 通信 思想講座
1966年度 前期分 發刊計劃 • (137)

外交와 姿勢問題 : 韓·日會談을 되새겨 본다
• 金東鳴 (138)

나치獨裁와 獨逸教會 : 獨逸教會鬪爭史 • 洪
東根 (144)

調査報告·大學教授의 價値觀 : 政治와 關聯
된 問題를 中心으로 • 洪承稷 (154)

資料·韓日協定·一黨國會通過前夜 : 第五二
回臨時國會 特別委員會議錄抄 • 편집
실 (165)

兩面칼럼·政治時評
- 大監의 下回[1545] • (174)
- 무슨 뿌리를 뽑을 것인가[1546] • (176)

兩面칼럼·共産圈評·機會主義化한 金日成路
線 • (178)

兩面칼럼·經濟時評·어떤 뿌리 먼저 뽑아야
하나 • (180)

兩面칼럼·社會時評·學園 閉鎖의 決斷 • (182)

저야만 할 우리 民族의 장래에 먹구름을 모아
들이는 것같은 違憲의 激化現象이 全國民의 애국
심으로 너무 늦기 전에 防止 淨化되어야 할 것을
다짐할 때는 바로 이 때라 하겠다'라는 설명글
있음.
1544 목차에는 '學園亂入을 恣行하고 學園의 自由와 法
의 尊嚴을 포기하여 民主主義的政府, 國民을 위한
政府로서의 모든 긍지를 저버리고도 살아남아
야 되겠다고 한다면 그것은 곧 비굴하게 살아
남는 것이라고 하지 않을 수 없다'라는 설명글
있음.

1545 목차는 '(一) 大監의 下回'.
1546 목차는 '(二) 무슨 뿌리를 뽑을 것인가'.

兩面컬럼 · 文化時評
- 學園休業의 近代化 • (184)
- 參與精神 • (184)
- 검은 부르죠아지 • (185)

움직이는 世界
- 越南에 평화가 올 날은 언제[1547] • (186)
- 蜜月[1548]의 꿈이 깨진 말레이지아 • (188)
- 「카슈미르」를 노리는 印 · 파 • (189)
- 黑人 「겟토」의 폭발 • (191)

特派員通信
- 프랑스通信 · 프랑스의 韓國人 : 프랑스의
  빠리에서 • 朴異汶 (193)

海外通信 · 中立國 · 墺地利 : 오스트리아 獨立
  十週年을 맞아 • 李光奎 (198)

인터뷰 · 初代總長들의 現實觀
- 原則과 信念의 敎育者 • 張利郁 (202)
- 韓國的 이미쥐의 謳歌 • 白樂濬 (205)
- 福音化運動의 先驅 • 金活蘭 (208)

解放二十年紀念씨리즈 ⑧[1549] · 女性의 社會進
  出 : 안방살이에서 社會全域으로 • 李
  效再 (211)

그의 逝去에 부치는 글 · 不滅의 巨人 · 슈바이
  처 가다 : 슈바이처의 生涯와 思想 •
  安秉煜 (218)

르뽀 · 韓國속의 異邦地帶 : 美軍駐屯地域의
  生活點描 • 盧宗鎬 (224)

隨想 · 「偉大한 苦悶者」: 가난한 스승들을 위
  하여 • 尹五榮 (234)

코너 · 스토리 · 理由있는 抗爭의 後見人들 :
  美國黑人社會를 움직이는 人物 • (240)

知性의 座標 · 「整風運動」과 肅淸旋風 : 中共作
  家들의 運命 • (244)

沈熏三十周忌追慕(未發表)遺稿特輯
- 詩 · 山에 오르라 • (246)
- 短篇 · 여우목도리 • (248)
- 評論 · 무딘 연장과 녹이 슬은 武器 : 言語와
  文章에 관한 偶感數題 • (252)
- 콘티 · 먼동이 틀 때 • (256)
  = 『먼동이 틀 때』의 回顧 : 朝鮮映畵監督苦
    心談 • 沈熏 (271)
  = 貴重한 文獻的價値 • 吳泳鎭 (272)

社告 · 思想講座 1965年度 後期講座豫告[1550] •
  (273)

씸포지움 · 文學과 現實
- 作家의 誠實性 • 李炯基 (274)
- 文學活動은 現實批判이다 • 崔仁勳 (279)
- 純粹文學의 限界와 參與 • 趙東一 (283)

隨筆 · 가을과 하늘과 人情
- 菊花 • 金世永 (288)
- 平床 • 金元龍 (290)
- 時間 • 朴承薫 (292)
- 猶太人 • 朴一松 (293)
- 殺風賦 • 尹永春 (296)

1547 목차는 '越南에 평화가 오는 날은 언제'.
1548 목차는 '密月'. 본문이 맞음.
1549 목차는 '解放二○年紀念씨리즈 ⑧'.

1550 목차는 '思想講座(六五年度後期)案內'.

- 어느 가을의 邂逅 • 이종기[1551] (298)

- 슬픈 落果 • 林玉仁 (299)

- 능금철 마다 • 張萬榮 (301)

- 論語와 나와 • 崔勝範 (303)

社告

- 新人文學賞佳作入選者 推薦作品審査發表 •
　(305)

- 第七回 新人文學賞作品募集 中間發表 •
　(305)

詩

-『너의 이야기』• 朴泰鎭 (306)

- 초가을 • 申東曄 (307)

- 귀뚜라미 • 李仁秀 (308)

- 쥴리엘의 葉書 (Ⅲ) • 李裕憬 (309)

創作

- 金敎授 • 朴榮濬 (310)

- 그 어느 周邊 • 吳尙源 (326)

- 墓穴 • 宋相玉 (335)

太陽의 아들 (三回) • 張龍鶴 (352)

編輯室앞 • (370)

編輯後記 • (374)

思想界 第13卷 第12號 通卷 第153號
(1965년 11월)

畵報 · 自由守護의 決意 : 派越 우리 國軍의 모
　습 • (11)

卷頭言 · 오늘의 極限狀況은 누구의 責任인가
　• (26)

大學의 魂을 哭한다 : 所謂「政治敎授」波動을
　보고[1552] • 張利郁 (28)

우리는 觀望만 할 것인가 : 日本議會의 批准
　承認을 展望하면서[1553] • 夫琓爀 (36)

時事漫畵 · 쑈-처럼 싱거운 人生은 없다 • 申
　東憲 (45)

國家問題를 外面할 수 없다 :「學園波動」으
　로 大學敎壇을 물러서면서[1554] • 梁好民
　(46)

民族의 希望을 가꾸는 度量 : 學生의 날에 부
　쳐[1555] • 權五惇 (54)

1551 목차는 '李鍾琦'.

1552 목차에는 '一九六五年 九月 四日은 우리 나라 大
　學歷史에 있어 놀라운 사실을 기록한 날이었다.
　「政治敎授」處罰, 延世大와 高大의 休業令. 이 사실
　은 적어도 韓國의 大學街에 있어서「是日也放聲
　大哭」이 있었어야 할 것이다'라는 설명글 있음.

1553 목차에는 '이웃나라의 將來를 근심하는 듯한 日
　本의 與野論爭도 결국은 釜山까지 赤化된다면 日
　本도 共産化할 것이니, 韓國과 修交하여 反共保壘
　로 방패삼아 세워두자는 自己中心의 利害打算에
　서 나온 것이니 同巧異曲이라 하겠다'라는 설명
　글 있음.

1554 목차에는 '民族的 福祉社會를 건설해야 할 後進
　韓國에서 知識人의 정수라고 인정받은 大學敎授
　들까지 國家의 일을 방관하고 現實逃避와 無事
　主義와 保身에만 급급한다면 大韓民國의 앞날에
　영광이 있다고 봐야 옳을 것인가?'라는 설명글
　있음.

1555 목차에는 '찰나의 영화를 위하여 民族의 꽃을 짓
　밟고 國家의 希望을 말살할 것인가! 이것은 故李
　承晩으로도 敢行하지 못한 政治行爲다. 後日의 歷
　史가 어떻게 심판할 것이냐'라는 설명글 있음.

캠퍼스動靜 · 學園防衛非常時局宣言 : 休校令
　　에 이른바「政治敎授」追放 • (61)

日本社会党의 對韓政策 : 韓 · 日協定에 반대
　　하는 姿勢는 어디에서 오나[1556] • 金哲
　　(62)

膨脹 豫算案의 內譯 : 加重된 六六年度의 國民
　　負擔 • 김영록[1557] (73)

特輯 · 民主社会와 国民主權
- 얼룩진 國民主權 : 憲法上의 基本主權과 그
　　蹂躪 • 李炳勇 (80)

時事漫畵 · 物價暴騰曲 • 金星煥 (85)

特輯 · 民主社會와 國民主權
- 法의 精神과 秩序 : 恣意的인 法制定과 法運
　　營의 現實 • 張俊河 (86)
- 善良한 管理者 :「民主的大統領」은 어떻게
　　行動해야 하는 것인가 • 申相楚 (93)
- 國民과 官僚制度 : 受任者로서의 公務員의
　　姿勢 • 李文永 (101)
- 座談會 · 오늘의 政局 混亂을 말한다 • 夫琓
　　爀;申相楚;李烈模;宋建鎬 (110)

10分間 인터뷰 · 公約을 지킨 議員들 : 그들의
　　現實觀을 타진해본다
- 국민에게 어떻게 사과하나? • 尹潽善 (140)

- 나라가 어디로 가는 거요? • 金度演 (142)
- 政治信念이 헌신짝같아서야 • 徐珉濠 (143)
- 외로운 진영을 지키겠오 • 尹濟述 (144)
- 韓國史에 없던 彈壓이요 • 鄭一亨 (145)
- 그게 正道입니까 覇道죠 • 鄭成太 (146)
- 共和黨議員은 辭退해야돼요 • 金在光 (147)

兩面컬럼 · 政治時評 · 돌아가는 季節 • (148)

兩面컬럼 · 共産圈評 · 中共은 티베트를 어떻
　　게 消化해왔나[1558] • (150)

兩面컬럼 · 經濟時評 · 發見所得과 不勞成長 •
　　(152)

兩面컬럼 · 社會時評
- 歷史의 먼 훗날 • (154)
- 人形을 조종하는 것처럼 • (154)
- 大學의 自由 • (155)

兩面컬럼 · 文化時評
- 密林의 詩風土 • (156)
- 同人詩 運動 • (157)
- 科學展의 奇現象 • (157)

르뽀 · 出發을 앞 둔「猛虎部隊」를 찾아 보고 :
　　武運을 祈願한다 • 金東俊 (158)

綜合化學工場으로 躍進하는 湖南肥料[1559] •
　　(162)

움직이는 世界
- 謀叛 당한 수카르노의 神話 • (166)
- 陣痛하는 英勞動黨과 윌슨[1560] • (167)

1556 목차에는 '우리는 韓 · 日諸協定에 있어서 韓國國
　　民의 의사를 무시한 日本의 自民黨政權의 對韓政
　　策을 경계할 뿐만 아니라 이에 반대하는 社會黨
　　의 그것에 대해서도 다른 각도에서 크게 경계
　　하지 않아서는 안 될 점을 발견하였다'라는 설
　　명글 있음.
1557 목차는 '金泳祿'.

1558 목차는 '中共은 西藏을 어떻게 消化했나'.
1559 목차는 '躍進하는 湖南肥料'.
1560 목차는 '陣痛겪는 英勞動黨과 윌슨'.

- 安定과 調和를 택한 西獨 • (168)
- 越南戰鬪는 계속되고 있다 • (170)

「이스라엘」「튀니시아」見聞記 : 希望의 나라
　와 몸부림만 치는 나라 • 崔相徵 (171)

特派員通信
- 브라질通信 · 二年半이란 歲月을 보내고 :
　雜草만이 우거진 아리랑 農場 • 白玉彬
　(178)

내가 만나 본 世界知性
- 政治家 · 聖者의 印象을 준 네루 • 金俊燁
　(182)
- 思想家 · 中國을 대신하는 胡適 • 주요섭 (186)
- 哲學者 · 平凡한 農夫의 風貌 · 하이덱거 • 曹
　街京 (189)
- 神學者 · 決斷있는 곳에 歷史가 · 틸리히 • 全
　景淵 (193)
- 藝術家 · 革命에 參與한 音樂家 카잘쓰[1561] •
　孫東鎭 (196)
- 詩人 · 늙은 독수리의 印象 · 엘리어트 • 金宗
　吉 (199)
- 科學者 · 平凡한 모습의 오펜하이머 • 安世
　熙 (202)

政治理念과 軍部倫理 : 軍部集團과 兵營國家
　의 위험성 • 알렌 · 굿트만[1562]; 盧宗鎬 譯
　(206)

知性人에게 銃쏘지 말라 : 「안다는 것은 비극
　적인 運命이다」 • 쥰비에르 · 젠나리[1563];
　鄭明煥 抄譯 (214)

隨想 · 健全한 다음 世代 : 우리의 다음世代는
　이렇게 길러보자 • 李琦烈 (223)

九月山遊擊戰 : 實記映畵와 作者의 良心 • 李敬
　南 (227)

東洋의 智慧 ⑥ · 『孫子』 · 不戰主義의 兵法 :
　크라우제빗쓰를 능가하는 兵書 • 辛正
　道 (232)

韓國雜誌 七〇年史 ③ · 「大韓自强會報」와 「少
　年」誌 : 地緣學會中心의 救國運動 • 白
　淳在 (240)

韓國新劇史研究 (完) · 朝鮮演劇協會結成과 活
　動 : 第五期 朝鮮演劇文化協會 一九四
　〇──一九四五 • 李杜鉉 (251)

現代文學씨리즈 · 現代作家의 問題와 狀況 ⑥
- 現代文學과 科學時代 : 戰後獨文學과 原子
　文明을 中心으로 • 安仁吉 (266)

나의 가을 書架[1564] • (272)

隨筆
- 아쉬운 餘裕 • 金龍玉 (280)
- 「音樂家根性」 • 郭商洙 (281)
- 어느 中學同窓 이야기 • 南載熙 (284)
- 내가 심은 사철나무 • 朴晟義 (285)
- 에이브라함의 不安 • 方坤 (287)
- 손 • 李君喆 (289)
- 巧勝信薄의 사람들 • 李度珩 (290)
- 長者의 辯 • 金聖福 (292)

1561 목차는 '革命에 參與한 「카잘쓰」'.
1562 목차는 'A · 굿트만'.
1563 목차는 'G · 젠나리'.

1564 목차는 '나의 가을 書架 : 各界人士가 추천하는
　마음의 糧食'.

知性의 座標·深刻해진 靑少年問題 : 쏘련 젊은이들의 最近動靜 • (293)

追悼詩·永遠한 사람 알버트·슈바이처 : 一九六五年 九月 四日밤 子正直前永眠 • 趙炳華 (294)

詩
- 나비의 旅行 : 〈아가의 房〉·5 • 鄭漢模 (296)
- 江의 練習曲 • 李興雨 (297)
- 薔薇園 • 朴載護 (299)
- 屛風속의 수닭처럼 • 金在元 (301)

創作
- 八顚九起 • 朴花城 (303)
- 메마른 것들 • 黃順元 (321)
- 하루 • 朴景利 (331)

太陽의 아들 (四回) • 張龍鶴 (350)

社告·思想講座 1965年度 後期講座案內[1565] • (369)

編輯室앞 • (370)

編輯後記 • (374)

思想界 第13卷 第13號 通卷 第154號
(1965년 12월)

畵報·六五年에 간 얼굴들 • (15)

卷頭言·一九六五年을 보내면서 • (26)

特輯·一九六五年의 評價
- 民主에 逆行한 乙巳年史 : 말로만 그친 民族主體性 • 金在俊 (28)
- 褪色한 民主主義와 民族主義 : 迂餘曲折과 波瀾重疊의 政治史 • 李邦錫 (35)

畵報·第十四回 國展選外選 一九六五 • 林範澤 撮影; 金世中 選 (44)

特輯·一九六五年의 評價
- 忘却된 經濟와 政策 : 韓國經濟의 出口는 어디 • 김영록 (45)
- 危機에 선 韓國知性의 精神狀況 : 文化와 社會 • 金昇漢 (51)
- 世界政治의 潮流와 樣相 : 國際政治의 版圖 • 梁興模 (60)
- 資料·一九六五年度 國內外重要事件日誌 • 편집실 (69)

時事漫畵·枝葉만 건드려도 먼지 투성이…… • 안의섭[1566] (81)

違憲條約의 效力 : 韓·日協定의 將來[1567] • 夫琓爀 (82)

對談·民衆의 證言 : 咸錫憲翁 六〇年의 발자취 • 咸錫憲; 安秉煜 (92)

時事漫畵·「수카르노」의 새 다리 • 申東憲 (113)

1565 목차는 '思想講座 一九六五年度 後期講座案內'.

1566 목차는 '安義燮'.

1567 목차에는 '韓·日協定 체결에 있어 違憲問題를 많이 남겨놓게 한 當事者들의 정치적 및 행정적 책임문제는 또 하나의 별개 문제로 대두될 것이다. 韓·日協定의 前途는 互惠平等의 내용을 갖추도록 改正하는 노력을 할 때 비로소 國內政局에도 안전의 曙光이 올 것이다'라는 설명글이 있음.

全面戰爭은 惹起될것인가 : 한美國戰略專門
家의 見解[1568] ● 헤르만·칸 (114)

激動의 흐름 : 國民과 政府의 對決·政治以前
의 狀態[1569] ● 李雄熙 (132)

解說·借款과 支拂保證 ● (139)

움직이는 世界
− 內亂의 危機에 直面한 印尼 ● (142)
− 로데시아 白人의 獨善과 幻想 ● (143)
− 越南戰線과 平和作業의 座標 ● (145)

社告·思想講座 1965年度 後期講座案內 ● (147)

兩面칼럼·政治時評·風船 ● (148)

兩面칼럼·共産圈評·흐루시쵸프 以後의 「自
由化」 ● (150)

兩面칼럼·經濟時評·政治農學 ● (152)

兩面칼럼·社會時評·「이제 더 말하기 싫다」
● (154)

兩面칼럼·文化時評
− 曲藝團의 文敎行政 ● (156)

− 國展下馬評 ● (157)

랑케以後의 歷史学 : 考證的 史學에서 生成과
當爲의 史學으로[1570] ● 金成植 (158)

投稿論壇·一線敎師의 自己反省[1571] : 敎育者의
反省과 民族的使命 ● 安在勳 (174)

文化神學의 巨匠 폴·틸리히 : 그의 서거를 追
悼하면서[1572] ● 徐南同 (178)

나의 入山 五十年 : 比丘와 戒가 살아 있어야
한다[1573] ● 李靑潭 (184)

東洋의 智慧 (完)[1574]·涅槃의 道·「阿含」과「般
若」:「無住相」의 人生超克의 哲學 ● 徐
景洙 (190)

時事漫畵·바람을 넣어도 넣어도 뜨지않는
氣球 ● 金星煥 (197)

自傳的 美術論
−「叙述·辯」● 卞鍾夏 (198)
− 東洋畵의 抽象化 ● 朴崍賢 (201)
− 나의 美術遍歷 ● 李慶成 (204)

1568 목차에는 '昨今에 있어서 베트남 戰爭의 規模가
擴大되어 감에 따라 쏘련의 위협과 中共의 原爆
실험까지 첨가되고 보니 三次大戰發勃에 대한
恐怖와 不安이 民心속에 생겨나게 되는데 이에
權威있는 해설을 소개한다'라는 설명글 있음.

1569 목차에는 '野黨이 투쟁력을 상실하고 與黨이 政
治圈에서 疏外되자 政府의 統治의 權力만이 亂舞
하게 되었으며 韓·日協定에 대해 批判的인 姿勢
로 임해있던 多大數國民들은 그러한 統治의 인 權
力과 直接 맞서게 됐다는 것이 六五年 韓國政治의
特色이었다'라는 설명글 있음.

1570 목차에는 '오늘의 歷史는 觀望에서 그칠 것이 아
니고 우리가 직접 참여하여 역사를 만들지 않
으면 안 된다고 생각한다. 그릇된 길로부터 歷
史의 바퀴를 돌려 놓지 않으면 안 된다는 當爲
에 부딪치고 있는 것이다'라는 설명글 있음.

1571 목차에는 '一線敎師의 抗拒'.

1572 목차에는 '文化神學의 巨匠 폴·틸리히 : 그의 逝去
를 追悼하면서'.

1573 목차는 '나의 入山 五十年 : 比丘와 戒가 살아 있
어야 된다'.

1574 목차는 '東洋의 知慧 (完)'.

코너·스토리·自由를 노래하는 쏘련의 散文
　　詩 : 西歐로 흘러나온 쏠제니쯔인의
　　近作詩篇 • (207)

一九六五年度 文壇總評 = 小說
－ 鼎談·現實追求의 作家精神 • 安壽吉; 洪思重;
　　鮮于煇[1575] (210)
一九六五年度 文壇總評 = 詩
－ 對談·定着過程의 詩壇 • 朴斗鎭; 金洙暎 (225)

現代文學씨리즈·現代作家의 問題와 狀況 (完)
－ 西歐的 傳統과 우리의 問題 : 韓國的인 土
　　俗化의 問題 • 金鎭萬 (236)

「까자끄」運命속의 作家 : 노오벨賞을 받은
　　숄로호프의 「고요한 돈江」의 소개 • 李
　　東鉉 (242)

隨筆·歲暮有情
－ 이것이 우리의 거울이다 • 玄勝鐘 (248)
－ 고개를 넘을 때마다 • 全炳國 (250)
－ 間島에서 지낸 歲暮 • 張德順 (252)
－ 苛酷한 진짜 • 南廣祐 (254)
－ 겨울 꽃가게 • 金南祚 (256)
－ 알뜰한 마음 • 金甲順 (258)
－ 「고요한 섣달을」 • 權寧大 (260)

캠퍼스動靜·政權은 짧고 敎育은 길다 : 「자
　　는 범 코침 주는」格 • (263)

第七回思想界新人文學賞發表
－ 심사경위 • (264)
－ 審査를 마치고 • (267)
－ 新人文學賞當選所感[1576] • (271)

第七回新人文學賞詩當選作品·坑에서 죽은
　　어떤 鑛夫의 (外二篇) • 李世芳 (272)

第七回新人文學賞小說當選作品·退院 • 李淸
　　俊 (274)

詩
－ 紀念碑 • 申瞳集 (292)
－ 잃어버린 領土 • 黃錦燦 (293)
－ 行次 • 金鍾元 (294)
－ 死後의 말 • 姜泰烈 (295)

知性의 座標·作家와 僞裝文學 : 쏘련 作家들
　　의 悲劇 • (296)

創作
－ 未明 • 安壽吉 (297)
－ 江물이 있는 風景 • 康信哉 (313)
－ 꿈을 꾸는 버러지 • 朴容淑 (321)

太陽의 아들 (五回) • 張龍鶴 (336)

思想界 一九六三年度總目錄 (通卷一四一―
　　一五三)[1577] • (357)

編輯室앞 • (370)

編輯後記 • (374)

思想界 第14卷 第1號 通卷 第155號
(1966년 1월)

畵報·招待作家作品選 • (15)

卷頭言·새해를 맞이하면서 • (26)

1575　선우휘의 한자는 '鮮于煇'.
1576　목차는 '當選所感'.

1577　목차는 '一九六三年度總目錄'.

民衆의 抗議 짓밟지 말라 : 새 해를 맞이하여
 [1578] • 千寬宇 (28)

沒落된 政治道義와 民衆 : 信義의 倫理와 背信
 의 反倫理[1579] • 高範瑞 (34)

時事漫畵 · 歷史의 새 페이지는? • 金星煥 (41)

後進国의 政治錯誤 : 政治發展과 政治破綻[1580]
 • S·P·헌팅튼[1581] (42)

時事漫畵 · 再建「봄」• 안의섭[1582] (77)

六○年代 後期의 民族的課題 : 冷戰 속에서 國
 家利益을 찾는 世界와 韓國[1583] • 金哲
 (78)

信教의 自由는 어디로 : 「社會團體登錄法改正

1578 목차에는 '나라 위한 民衆의 抗議를 정당히 대하
 라. 그래야만 民衆은 시련의 폭풍우를 뚫고 나
 갈 수 있다. 나라가 「껍질 없는 게」 모양으로 되
 어있더라도 그 試鍊을 이겨나갈 수 있는 최대의
 힘은 民衆에게 있다'라는 설명글 있음.

1579 목차에는 '漢江白沙場에 數十萬 군중이 모이던
 民主政治의 頂點은 이제 神話와도 같다. 왜 이러
 한 몰락이 시작 되었는가. 이제 民衆은 기다리
 다 못해 지쳤고 배신당하다 못해 믿을 힘을 잃
 은 채 虛脫狀態에 빠졌다.'라는 설명글 있음.

1580 목차에는 '個人이나 軍人을 支持하지 말고 건전
 한 政黨形成에 힘쓸 때가 왔다. 近代化라는 이름
 에서 政治의 破綻을 초래해서는 안된다'라는 설
 명글 있음.

1581 목차는 'S · 헌팅톤'.

1582 목차는 '安義燮'.

1583 목차에는 '자칫하면 民衆 스스로를 잊기 쉬웠던
 五○年代, 민족의 새로운 自覺이 생긴 六○년대
 전기, 이 모두가 지난 오늘 우리는 민족의 운명
 을 개척하여 나아갈 主體로서 뚜렷한 民族路線
 을 정립하여야 한다. 이것이 六○年代後期의 민
 族的課題이다'라는 설명글 있음.

案」이 의미하는 것[1584] • 朴炯圭 (88)

國際社會에서의 後進國의 位置 : 多元化國際
 社會에서 新生國家의 役割은 커가고
 있다[1585] • 李昊宰 (94)

資料 · 日本國會日韓特別委議事錄抄[1586] : 獨
 島 · 漁業請求權 · 法的地位問題 • 田駿
 (103)

兩面컬럼 · 政治時評 · 벼락 • (108)

兩面컬럼 · 共産圈評 · 쟈카르타의 붉은 落照 •
 (110)

兩面컬럼 · 經濟時評 · 사람이 무서운 社會 •
 (112)

兩面컬럼 · 社會時評
 - 自由 잃은 民族 • (114)
 - 뒤틀린 世上 • (114)

兩面컬럼 · 文化時評
 - 牧童을 양떼가 지켜야 하나 • (116)
 - 八十年의 決算 • (117)

特輯 · 韓国의 課題 第一章
 - 憲政은 어디로 : 暗黑이냐 光明이냐의 岐路
 • 李丙璘 (118)

1584 목차에는 '社會團體 登錄法 改正案을 위요하고 각
 가지 혼란이 빚어질 것이다. 그러나 宗教는 어
 떤 혼란 때문에 스스로의 本性을 버릴 수는 없
 다. 宗教는 그 自由를 주장하는 것이 생명이기
 때문에 自由를 위해서는 죽는 것이 종교적인 삶
 의 생태인 것이다'라는 설명글 있음.

1585 목차는 '國際社會에서의 後進國의 位置 : 多元化國
 際社會에서 新生國家의 役割'.

1586 목차는 '日本國會日韓日特別委議事錄抄'.

- 歷史觀에 서야 할 民族文化 : 그 淨化와 自立을 위한 反省 • 趙潤濟 (125)
- 獨占과 貧困의 排除 : 富益富 · 貧益貧 現象의 是正을 促求한다 • 李烈模 (133)
- 教育再建의 旗幟를 높이 들고 : 한국 교육계의 미래는 있는가? • 김동길 (142)
- 座談 · 政黨政治의 轉機를 摸索한다 : 韓國政黨의 오늘과 내일을 말한다 • 金基喆; 金哲洙; 鄭宗植; 梁好民 (151)

움직이는 世界
- 帝國主義的 妄想의 一方疾走 • (179)
- 콩고에 몰아친 새로운 突風 • (181)
- 印尼共産黨不法化와 수카르노 • (182)
- 傾斜하는 드골의 榮光 • (184)

投稿論壇
- 인텔리의 歷史的 使命 : 批准波動에서 느낀 것 • 張明奉 (186)
- 韓國의 悲劇 : 個人만의 安寧을 止揚하자 • 李承春 (188)

東南亞 通信 · 東南亞에 있어서의 中 · 쏘角逐 • 千辰煥 (190)

美國女性의 民權鬪爭史 : 一九一九年에 美國女性이 參政權을 획득하기까지 • 이보배 (198)

無名의 教師를 禮讚하노라 : 教員의 權益擁護와 伸張을 거듭 바라며 • 鄭泰時 (206)

인터뷰 · 法道一念五十年 : 志操의 法曹人 前檢察總長 金翼鎭翁을 찾아[1587] • (217)

畫報 · 잃어버린 네 시간 • 林範澤 (225)

르뽀 · 흙과 農民과 現實 : 忠州地區 葉煙草收納場周邊의 農村을 찾아[1588] • 盧宗鎬 (231)

特輯 · 最近쏘련文化의 動向
- 맑스 · 레닌主義教育의 矛盾 : 쏘련 共産主義教育의 樣相 (The Main Features of Soviet Education under Marxism Leninism) • 헬만 · 아크미노브[1589]; 劉庚煥 譯 (240)
- 쏘련에서 社會學은 可能한가? : 美國 社會學者가 본 쏘련의 社會學界 (An American Impression of Sociology in the Soviet Union) • 탈콧트 · 파슨즈[1590]; 吳甲煥 譯 (247)
- 쏘련 宗教界의 近況 : 迫害 받는 教會 活動 (The Results of Soviet Persecution of the Orthodox Church) • D · 콘스탄티노프 (253)
- 解氷期 쏘련文學의 保守的 傾向 : 오늘의 러시아는 변천도상의 분기점에 처해 있다 • W · H · 리히터[1591]; 李東昇 譯 (259)

캠퍼스動靜 · 學生과 學校當局 : 「活動停止」와 選擧 보이콧 • (271)

隨想 · 『빠리여 안녕』 : 「自由의 十字路」에서의 作別 • 朴異汶 (272)

鼎談 · 考古學과 聖書神學 : 聖書考古學 大家 후리취博士를 맞이하여[1592] • C · T · 후리취; S · 모햇; 문익환 (279)

1587 목차는 '法道一念五十年 : 志操의 法曹人 金翼鎭翁을 찾아'.

1588 목차는 '흙과 農民과 現實 : 忠州地區 葉煙草收納帳 주변의 農村을 찾아'.

1589 목차는 'H · 아크미노브'.

1590 목차는 'T · 파슨스'.

1591 목차는 'H · 리히터'.

1592 목차는 '考古學과 聖書神學 : 聖書考古學 大家 후리취博士를 맞아'.

連載 · 人間像의 歷史[1593] · 知와 美의 饗宴 : 希臘的 人間像[1594] ● 安秉煜 (291)

特輯 · 祖國을 지켜온 芸術家들
- 作品속에 담은 祖國의 試鍊 : 폴랜드의 作家 · 센키에비치 ● 金洙暎 (302)
- 詩로써 昇華시킨 祖國愛 : 칠레의 女流詩人 가부리엘라 ● 韓宗源 (307)
- 愛國的良心에 歸依한 反파씨스트 : 이탤리의 作家 시로내 ● 林明芳 (310)
- 現實參與에 바친 藝術的獻身 : 아일랜드의 詩人 예이쯔 ● 白樂晴 (314)
- 畵幅에 쏟은 抗佛의 情熱 : 스페인의 民衆畵家 고야[1595] ● 張鮮影 (318)
- 救恤演奏旅行을 떠난 大統領 : 폴랜드의 音樂家 파데레프스키 ● 羅運榮 (322)
- 暴風 · 暗黑 속의 革命家 : 韓國의 民族詩人 韓龍雲 ● 趙芝薰 (325)

放送餘談 : 錄音器 없던 一九三○年代 ● 李惠求 (330)

隨筆
- 傷處 ● 盧熙燁 (334)
- 䏑舌多辱 ● 閔泳珪 (336)
- 厚顔無恥 ● 金成俊 (338)
- 맴도는 鬱憤들[1596] ● 徐哲圭 (340)
- 記憶喪失症 ● 車凡錫 (342)
- 報復의 風潮 ● 李相魯 (344)
- 時間이란 病속에서 ● 楊炯春 (346)
- 世代交替斷想 ● 장대욱 (347)

詩
- 無題 ● 朴南秀 (350)
- 환이에게 ● 成贊慶 (351)
- 그야, 漢江에 배 지나가기지 ④ ● 李相和 (352)
- 倦怠 ● 金榮泰 (353)

創作
- 時祭터 遊覽客 ● 李浩哲 (354)
- 三角의 집 ● 河瑾燦 (363)
- 幻滅 ● 金容誠 (380)

太陽의 아들 (六回) ● 張龍鶴 (394)

知性의 座標 · 로데시아의 女旗手 : 볼만한 토드 孃과 스미스의 對決 ● (410)

第十回東仁文學賞授賞作品 · 서울 · 一九六四년 겨울[1597] ● 金承鈺 (411)

編輯室앞 ● (428)

編輯後記 ● (430)

思想界 第14卷 第2號 通卷 第156號
(1966년 2월)

畵報 · 六五年度 特種 報道 寫眞選 ● (13)

卷頭言 · 敎育의 改造 ● (26)

씨리즈 · 思索의 포람 ① · 信念 : 哲學的 人生論 ● 金在俊 (28)

1593 목차는 '人間像의 歷史'.
1594 목차는 '知와 美의 饗宴 (連載一回)'.
1595 목차는 '畵幅에 쏟은 愛國의 情熱'.
1596 목차는 '맴도는 울분들'.

1597 목차는 '第十回東仁文學賞受賞作發表 · 서울 · 一九六四年 겨울'.

特輯 · 韓国教育二〇年의 反省
- 무엇이 敎育의 病理냐? : 敎育基本法과 人間敎育 문제[1598] • 金泰吉 (38)
- 實驗教育의 理想과 苦悶 : 梨花女大附屬國民學校의 모델케이스 • 李淑禮 (46)
- 中等教育의 制度와 運營 : 새로운 敎育은 可能하다 • 성내운[1599] (58)

時事漫畵 · 國立地方大學 拂下構想 • 金星煥 (67)

特輯 · 韓国教育二〇年의 反省
- 私立大學의 聯合은 可能한가 : 高等教育機關의 合理的運營 • 吳基亨 (68)
- 韓國社會가 요청하는 教師像[1600] • 張眞鎬 (76)

時事漫畵 · 復古調 • 申東憲 (83)

特輯 · 韓國教育二〇年의 反省
- 教育者에게도 責任있다 : 基本姿勢의 問題 • 張利郁 (84)

韓日會談이 열리기까지 (上) : 前韓國首席代表가 밝히는 十四年前의 곡절[1601] • 兪鎭午 (92)

움직이는 世界
- 變化를 찾아 진통하는 越南戰 • (99)
- 타쉬켄트 印 · 파頂上會談의 結果 • (101)
- 焦點 잃은 亞 · 阿 · 中南美 三大陸會議 • (103)

日本의 對韓 「經濟協力資金」 : 그 使用과 處理 • 夫玩爀 (105)

苛政은 호랑이보다 무섭다 : 豫算規模가 國民에게 지우는 부담 • 김영록 (118)

憲政秩序와 追加更正豫算 : 第三次 追加更正豫算은 違憲이 아니냐 • 李烈模 (127)[1602]

學問의 뉴 · 프론티어 ① · 政治學 • 咸義英 (135)

對談 · 六〇年代 後半期의 國際社會 : 韓國이 설 자리를 찾는 立場에서 • 咸秉春; 韓培浩 (144)

兩面컬럼 · 政治時評 · 「八百미리」 • (158)

兩面컬럼 · 共産圈評 · 아시아의 覇權은? • (160)

兩面컬럼 · 經濟時評 · 豊饒한 失望 • (162)

兩面컬럼 · 社會時評
- 또다시 「일하는 해」 • (164)
- 文教部여! • (165)

兩面컬럼 · 文化時評 · 藝術에도 國境이 있다 • (166)

座談會 · 五年間의 沈黙을 깨다 : 두 革新 政客의 發言 • 李東華; 高貞勳; 梁好民 (168)

1598 목차는 '무엇이 敎育의 病理냐? : 敎育基本法과 人間敎育問題'.
1599 목차는 '成來運'.
1600 목차는 '韓國社會가 要請하는 教師像'.
1601 목차는 '韓日會談이 열리기까지'.

1602 목차는 125쪽. 본문이 맞음.

祖國建設의 設計圖 ①[1603] · 工業地方分散政策
　　의 構想 • 車一錫 (187)

座談會 · 摸索過程의 戰後思想風土
－ 탄타로스의 焦燥와 悲劇 : 解放後 二〇年의
　　精神的 變貌 • 申一澈; 車基壁; 洪承勉; 安
　　秉煜 (193)

日本紀行 : 10日間의 見聞記 • 池明觀 (218)

歷史의 人間像 ② · 創造者와 被造者의 對話 :
　　基督敎의 人間像 • 安秉煜 (234)

哲学과 神学의 對話 : 하이덱거와 부르트만
　　을 中心해서 • 安炳茂 (244)

人間굴레의 作家가다 · 죠오지王朝風의 紳士
　　모음 : 『人間의 굴레』 쓰고 과거의 추
　　억에서 해방을 찾다 • 金鎭萬 (251)

作故文人隨筆選 ① · 戀印記 • 李陸史 (256)

隨筆
－「수유리」有感 • 金八峰 (260)
－ 記憶力 • 李萬甲 (261)
－ 映畫有感 • 全圭泰 (263)
－「걷는다」는 것 • 李逸 (265)
－ 文人과 배우 • 申東漢 (267)
－「남을 돕는다」는 일 • 曺德鉉 (268)
－ 賞이라는 것 • 朴松 (270)

詩
－ 無題 • 朴木月 (272)
－ 儀式 (4) • 全鳳健 (273)

－ 漂流者 • 李昌大 (274)
－ 念拂抄 • 張炅龍 (275)
－ 벌판 • 鄭烈 (276)
－ 備忘錄 (Ⅲ) • 馬鍾基 (277)

創作
－ 피 • 朴淵禧 (278)
－ 아이들 • 李光淑 (288)
－ 四角의 現實 • 玄在勳 (306)
－ 푸른 숲이 있는 붉은 江 • 劉賢鍾 (320)

太陽의 아들 (七回) • 張龍鶴 (336)

時事漫畵 · 特別待遇? • 안의섭[1604] (357)

一九六五年度「獨立文化賞」受賞者發表 •
　　(358)

社告 · 一九六五年度 第二次 募集 定期讀者中
　　特典에 의한 추첨 결과발표[1605] • (361)

편집실앞 • (372)

편집후기 • (374)

思想界 第14卷 第2號 通卷 第156號
(1966년 2월호 부록)

指導勢力論 ① · 韓國的 指導勢力의 摸索 • 梁
　　好民 (2)
指導勢力論 ② · 民主政治와 指導者 • 申相楚
　　(15)

民族主義論 ① · 民族主義의 理念 • 閔錫泓 (30)

1603 목차는 '祖國建設 ①'.

1604 목차는 '安義燮'.
1605 목차는 '定期讀者「추첨당선자」名單發表'.

民族主義論 ② · 後進國의 民族主義 ● 車基壁
(40)

思想界 第14卷 第3號 通卷 第157號
(1966년 3월)

畫報 · 그 喊聲 메아리도 없는 47年만의 파고
다 公園[1606] ● 林範澤 (15)

卷頭言 · 또 다시 三 · 一節을 맞으며[1607] ● 張俊
河 (26)

씨리즈 · 思索의 포럼 ②[1608] · 레지스땅스 : 哲
學的 人生論 ● 함석헌 (28)

時事漫畫 · 1億원 짜리 偶像[1609] ● 申東憲 (39)

特輯 · 새 指導勢力 摸索의 初章 : 새로운 韓國
의 추진 세력이 들어야 할 旗幟
– 時代가 要求하는 指導者像 : 多元的 民主社
會의 엘리뜨 屬性 ● 鄭範謨 (40)
– 우리 國家에 필요한 政黨리더쉽 : 創造的
指導者[1610] ● 申相楚 (52)
– 企業人의 指導精神과 社會指導 : 價值意識,
慣用行爲 및 未來像의 轉換을 摸索하
자[1611] ● 徐南源 (59)
– 民主公務員으로서의 리이더쉽[1612] ● 朴東緒
(66)

– 새 勞動指導者의 摸索[1613] ● 朴榮基 (72)
– 軍部 엘리뜨의 課題 : Silent Service로서의
指揮官 ● 李邦錫 (78)

時事漫畫 · 黑幕의 챔피온들[1614] ● 金星煥 (85)

韓日会談이 열리기까지 (下) : 前韓國首席代
表가 밝히는 十四年前의 곡절 ● 兪鎭午
(86)

쎄미나
– 무엇이 國家利益이냐? : 國家利益과 그 理
念 ● 車基壁 (92)
– 어떻게 하는 것이 國家利益이냐? : 國家利
益과 國家政策 ● 金永俊 (99)
– 國際多元社會에 있어서의 國家利益과 限界
: 그 體系의 安定을 위해서[1615] ● 李容弼
(106)

學問의 뉴 · 프론티어 ② · 經濟學 ● 李滿基
(113)

韓國外交 方向과 할슈타인原則 ● 禹在昇 (120)

共同研究 · 日本帝國主義가 남긴 잔재
– 우리의 生活 · 慣習 · 言語 속에 숨은 保菌 ●
李丙疇 (128)
– 日本이 심은 民族的 偏見과 兩國의 對立 ●
洪承稷 (132)

祖國建設 設計圖 ② · 물資源의 開發構想 ● 崔
景烈 (140)

1606 목차는 '四十七年만의 파고다 公園'.
1607 목차는 '또 다시 三 · 一節을 맞으면서'.
1608 목차는 '에쎄이의 길을 걸어가며 ②'.
1609 목차는 '一億원 짜리 偶像'.
1610 목차는 '政黨 리더쉽'.
1611 목차는 '企業人의 指導精神'.
1612 목차는 '民主公務員의 리이더쉽'.

1613 목차는 '勞動指導者의 摸索'.
1614 목차는 '黑幕의 챔피온들은 누구?'.
1615 목차는 '國際多元社會와 國家利益 限界'.

兩面컬럼 · 政治時評 · 拂下 • (149)

兩面컬럼 · 社會時評 · 祖靈이여 굽어 살펴보
　　소서 • (151)

兩面컬럼 · 共産圈評 · 다윗과 골리아의 對決?
　　• (153)

兩面컬럼 · 文化時評
－ 非正常과 正常[1616] • (155)
－ 제우스神의 銅像도 없다 • (156)

兩面컬럼 · 經濟時評 · 소가 웃을 것이다 • (157)

公務員腐敗二○年史 • 李文永 (159)

文化財 保存에 異狀있다 • 金廷鶴 (171)

資料 · 빼앗긴 사람들 : 二次大戰時의 韓國
　　人[1617] • 鹽田庄兵衛; 李度珩 譯 (177)

人間像의 歷史 ③[1618] · 新 프로메테우스의 誕
　　生 : 近代的 人間像(一) • 安秉煜 (185)

움직이는 世界
－ 越南문제 • (197)
－ 印度문제 • (203)
－ 歐羅巴 共同市場의 再稼動[1619] • (205)

隨想 · 사람은 왜 文學을 하나 : 소련作家 시냐
　　프스키의 文學精神 • 朴鍾和 (206)

詩
－ 피는 꽃 • 徐廷柱 (210)
－ 三月 • 朴成龍 (211)
－ 朝鮮獨立宣言文 • 朴鳳宇 (212)
－ 해바라기 • 許儀寧 (213)
－ 古典과 생모래의 苦惱 • 愼重信 (214)
－ 나의 경치[1620] • 李世芳 (215)

意味와 音樂 (一回) : 分析的 詩論[1621] • 金宗吉
　　(216)

永遠한 銅像들 : 亞細亞의 國父像
－ 孫文 : 中國 革命家의 生涯 • 全海宗 (225)
－ 모하메드 · 지나 : 파키스탄의 獨立鬪爭家 •
　　張旺祿 (229)
－ 호세 · 리쌀 : 필립핀의 國民英雄 • 루퍼 · 아이
　　· 레이바[1622]; 劉庚煥 譯 (234)

「도오꾜오」 呼稱論 : 對日一邊倒의 언어정책
　　• 李崇寧 (238)

世界民謠를 찾아서 ①[1623] · 알프스 그림자에
　　잠긴 抒情 • 金光源 (245)

隨想[1624] · 끝나지 않은 文化 : 北美의 印象 • 朴
　　異汶 (249)

讀書餘話 · 眞妙의 書 : 「Goodbye, Mr. Chips」 •
　　金永鎭 (253)

1616　목차는 '正常과 非正常'.
1617　목차는 '빼앗긴 사람들 : 第二次大戰時의 韓國人'.
1618　목차는 '連載③ 人間像의 歷史'.
1619　목차는 '歐洲共同市場의 再稼動'.

1620　목차는 '나의 경취 (19)'.
1621　목차는 '詩論連載 · 一回'.
1622　목차는 '레이바'.
1623　목차는 '世界民謠'.
1624　목차는 '旅窓隨想'.

特派員의 見聞[1625] · 羅城雜記 : 로스안젤스 ·
　　요쎄미테 · 디즈니랜드 • 申命燮 (257)

評論[1626]
－ 李孝石과「花粉」: 存在에의 잠김 • 김현
　　(265)
－ 內面世界의 美學 • 文德守 (276)

現役作家研究 ①[1627] · 閉鎖된 社會의 文學 : 朴
　　景利씨의 세 作品을 中心으로 • 鄭明煥
　　(282)

時事漫畵 · 記者 담당 秘書 • 안의섭[1628] (291)

共同題隨筆 · 三月
－ 아름다운 記憶의 三月[1629] • 趙容萬 (292)
－「公約三章」의 三月[1630] • 주요섭 (294)
－ 奉天驛의 三月 • 郭鍾元 (296)

創作
－ 冬日 • 李鍾桓 (299)
－ 告解 • 宋基東 (316)
－ 寓話 • 吳學榮 (327)
－ 姙夫 • 李淸俊 (339)

戲曲 · 交流 (全幕 八景)[1631] • 韓路壇 (356)

豫告 · 一九六六년도 四월호 附錄의 내용을 다
　　음과 같이 예고해 드립니다[1632] • (371)

1625 목차는 '美國見聞'.
1626 목차는 '評論二題'.
1627 목차는 '現役作家研究 · 朴景利 論'.
1628 목차는 '安義燮'.
1629 목차는 '아름다운 記憶'.
1630 목차는 '公約三章'.
1631 목차는 '交流 (上)'.
1632 목차는 '一九六六年度 四月號 別冊 附錄 豫告'.

편집실앞 • (372)

편집후기 • (374)

思想界 第14卷 第3號 通卷 第157號
(1966년 3월호 부록)

韓國思想 ① · 韓國思想의 摸索 • 趙芝薰 (2)
韓國思想 ② · 實學思想의 構造와 發展 • 千寬
　　宇 (10)

韓國經濟 ① · 韓國經濟의 構造와 政策 • 劉彰
　　順 (18)
韓國經濟 ② · 對韓 美國援助 分析 • 洪性囿
　　(27)

韓國文學 ① · 韓國作家의 姿勢問題 • 鄭明煥
　　(36)
韓國文學 ② · 韓國文學의 特殊性과 一般性 •
　　金鎭萬 (47)

思想界 第14卷 第4號 通卷 第158號
(1966년 4월)

畵報 · 서울 성북구 水踰里 4.19 희생용사의
　　墓地 • (16)

卷頭言 · 우리의 底力을 더욱 튼튼하게 기르
　　자 : 四 · 一九 여섯 돌을 맞으며 • 張俊
　　河 (18)

씨리즈 ③ · 哲學的 人生論 · 人格 • 張利郁 (20)

特輯 ① · 大衆 속의 知識人
－ 知識人은 大衆을 어떻게 보는가 • 金泳謨 (30)

時事漫畵 · 專管陸域 • 金庚彦 (37)

特輯 ① · 大衆 속의 知識人
- 大衆文化와 知識人 • 呂石基 (38)
- 大衆勢力 形成과 知識人의 역활 • 韓興壽 (42)

時事漫畵 · 診斷 • 안의섭[1633] (49)

特輯 ① · 大衆 속의 知識人
- 歷史에 나타난 民衆勢力 : 東學亂에서 四 ·
　一九까지의 抗爭의 발자취 • 洪以燮 (50)

越南에 一個軍団을 꼭 보내야 하나? • 夫琬爀
　(59)

解說 · 韓國과 제네바 條約 : 派越將兵과 國際
　的 人道法規 • 崔殷範 (64)

韓國官僚의 生理와 選擧 • 盧貞鉉 (70)

그리스도敎 禮拜의 精神 : 朝餐祈禱會는 中止
　되어야 한다[1634] • 盧弘燮 (76)

時事漫畵 · 두 입을 가진 사나이 • 金星煥 (81)

韓国의 新聞 · 放送을 批判한다 • 홍종인 (82)

農業協同組合 : 農協은 왜 農民의 것이 아니
　냐? • 崔相徵 (92)

그것은 韓國의 傳統的 神話인가? · 보리고개
　• 金炳台 (100)

特輯 ② · 韓國政治防禦論
- 軍部執权과 政治排除主義 : 不信政治風土의
　責任 • 曺圭甲 (108)
- 韓国政治風土 : 政客의 存在와 政治의 不在
　• 韓培浩 (114)

對談 · 西歐社會主義의 韓國土着化問題 • 梁好
　民 ; 申一澈 (122)

副特輯 · 自由와 正義를 위해 희생된 學者들[1635]
- 僞善과 偶像에 對한 挑戰 : 漢學者 李贄[1636]
　• 高柄翊 (144)
- 異端에의 權利 : 神學者 미쉘 · 세르베[1637] •
　金正洙 (147)
- 人類進步를 위한 革命參與 : 數學者 꽁도르
　세[1638] • 閔錫泓 (150)
- 幸福한 毒杯 : 哲學者 소크라테스[1639] • 崔東
　熙 (153)
- 眞理를 위한 殉敎 : 哲學者 죠르다노 · 브루
　노[1640] • 최명관[1641] (156)
- 別篇 · 갈릴레오 · 갈릴레이의 경우 • 李昌健
　(160)

社告 · 創刊13周年紀念 思想講座[1642] • (165)

兩面컬럼 · 政治時評 · 殺人成仁 • (166)[1643]

兩面컬럼 · 共産圈評 · 소련의 雙頭馬車 • (168)

1635 목차는 '죽음으로 抗拒한 教訓'.
1636 목차는 '僞善과 偶像에 對한 挑戰 〈李贄〉'.
1637 목차는 '異端에의 權利 〈미쉘 · 세르버〉'.
1638 목차는 '人類進步를 爲한 革命參與 〈꽁도르세〉'.
1639 목차는 '幸福한 毒杯 〈쏘크라테스〉'.
1640 목차는 '眞理를 위한 殉敎 〈죠르다노 · 브루노〉'.
1641 목차는 '崔明官'.
1642 목차는 '一九六六年度 五月號 別冊附錄豫告'.
1643 목차는 167쪽. 본문이 맞음.

1633 목차는 '安義燮'.
1634 목차는 '朝餐祈禱會는 中止되어야 한다'.

兩面컬럼 · 經濟時評 · 어느 吸煙家의 告白처
   럼 • (170)

兩面컬럼 · 社會時評
– 我田引水의 근대화[1644] • (172)
– 아베크조약의 후일담 • (172)
– 입이 있으면 말하시오 • (173)

兩面컬럼 · 文化時評
– 一年小計도 없는 當局 • (174)

건전한 대중娛樂을 • (175)

四 · 一九 秘話 • 高貞勳 (176)

4 · 19 紀念論文 · 四月革命의 政治行態學的 分
   析 • 李華洙 (190)

特派員通信 · 轉換期에 선 카나다의 苦悶 :
   B.N.A法 一〇〇周年을 앞두고 • 金瓊
   元 (198)

韓國의 碩學 ① · 金在俊 論 • 全景淵 (204)

一九七〇年代의 信仰告白[1645] • 朴鳳琅 (216)

學問의 뉴 · 프론티어 ③ · 哲學 • 李奎浩 (229)

움직이는 世界
– 越南에서 中共으로 옮겨진 論點 • (236)
– 검은 大陸을 휩쓸 第二革命의 거센 바람 •
   (240)
– 다른 世界도 激動하고 있다 : 英, 佛, 印度,
   파기스탄, 印尼, 시리아, 日本, 東獨등
   의 경우 • (242)

海外通信 · 어느 韓國 學士鑛夫의 現地報告 •
   廉天錫 (246)

社告 · 思想界 1卷값으로 1年分을![1646] • (258)

人間像의 歷史 ④ · 近代人의 意識構造 : 近代
   的人間像 (二) • 安秉煜 (259)

對談 · 韓國文學風土와 批評의 모랄 • 柳宗鎬;
   鄭昌範 (266)

意味와 音樂 (二回) : 分析的 詩論[1647] • 金宗吉
   (285)

評論 · 人間과 그리고 새로운 : 韓國小說의 構
   造的 特性을 중심으로[1648] • 朴東奎 (292)

海外文學 · 소련의 結氷期文學 : 精神病院에서
   다시 監獄으로[1649] • 李東鉉 (298)

소련作家 시냐스끼의 密送作品[1650] · 「펜츠」•
   아브람 · 테르츠(가명); 金洙暎 譯 (304)

作故文人隨筆選 ② · 꿈자리 • 金素月 (320)

수필
– 뒤 바뀐 氣象圖 • 金彰顯 (322)
– 손가락 하나의 沈黙 • 林仁洙 (323)

1644 목차는 '我田引水의 近代化'.
1645 목차에는 '一九六七년에 채택될 연합장로교회
   의 새 信仰告白書에 대한 神學的 義意'라는 설명
   글 있음.

1646 목차는 '讀者募集 社告'.
1647 목차는 '詩評連載 二回'.
1648 목차는 '人間과 그리고 새로운 : 韓國小說의 構造
   的 特性을 中心으로'.
1649 목차는 '소련의 密送派作家와 結氷期文學'.
1650 목차는 '시냐스끼의 最後密送作品'.

- 「汚吏無中」• 鄭明煥 (325)
- 개구리 올챙이적 생각 않는다 • 池樿 (327)
- 非情의 오브제 • 陣星基 (328)
- 健忘症 • 洪允命 (330)
- 비행기 안에서 겪은 일 • 黃山德 (332)

詩
- 四月 滿發[1651] • 朴斗鎭 (334)
- 變身記 • 金宗文 (335)
- 六百山 〈蔡基葉님에게 드림〉[1652] • 金昭影 (336)
- 저녁 海邊에서 • 尹一柱 (337)
- 壁 (2) • 姜桂淳 (338)
- 國立서울大學校 • 金光協 (339)

創作
- 그 姉妹 • 孫素熙 (340)
- 京鄕之間 • 朴敬洙 (350)
- 必死의 對局 • 崔翔圭 (361)
- ㄴㄱㅁ[1653] • 白寅斌 (374)

太陽의 아들 (八回) • 張龍鶴 (388)

戱曲 · 全幕八景 · 交流 (中) • 韓路檀 (398)

편집실 앞 • (414)

編輯後記 • (416)

思想界 第14卷 第4號 通卷 第158號
(1966년 4월호 부록)

歷史觀 ① · 歷史를 어떻게 보아야 하나 • 金成植 (2)

歷史觀 ② · 맑스의 歷史觀 • 申一澈 (13)

社會的 이데올로기 ① · 自由經濟의 特性 • 김영록 (24)

社會的 이데올로기 ② · 福祉國家와 社會主義 • 卓熙俊 (34)

思想界 第14卷 第5號 通卷 第159號
(1966년 5월)

卷頭言 · 五 · 一六의 遺産 • 張俊河 (16)

思索의 포럼 ④ · 에쎄이의 길을 걸어가며
- 志操 • 李熙昇 (18)

特輯 · 歪曲된 韓國史의 새로운 解釋
- 韓國史學의 새 試鍊 • 千寬宇 (26)
- 近世朝鮮 黨爭의 再評價 • 李宗馥 (33)
- 鎖國主義論 • 盧啓鉉 (40)
- 우리 歷史와 民族의 生活信念 • 함석헌 (48)

鼎談 · 越南戰爭 • 金點坤; 夫玩爀; 劉彰順 (58)

共同硏究 · 新興宗敎와 그 問題点 周辺 •
- 新興宗敎와 유토피아思想 • 柳東植 (89)[1654]
- 新興宗敎와 性問題 • 崔信德 (95)
- 샤머니즘과 社會階層 • 張秉吉 (102)
- 新興宗敎의 精神分析學的 考察 • 白尙昌 (108)

時事漫畵 · 騎手가 셋 • 申東憲 (117)

1651 목차는 '四月의 滿發'.
1652 목차는 '六百山'.
1653 목차는 'ㄴ, ㄱ, ㅁ'.

1654 목차는 88쪽. 본문이 맞음.

解說 · 最近의 北傀와 朝總聯의 工作戰術現況
• 崔大賢 (118)

美國은 과연 帝國主義인가? : 越南戰爭의 樣
相과 展望 • 金瓊元 (126)

座談會[1655] · 不正博覽会 : 위험한 可能性을 지
닌 新惡의 生理[1656] • 李圭泰; 嚴鎰永; 姜
仁變[1657]; 姜大衡; 劉庚煥 (136)

研究論文 · 韓國女性의 民族運動 : 3 · 1운동을
중심으로[1658] • 丁堯變[1659] (156)

時事漫畵 · 吏道哲學 • 金星煥 (167)

兩面컬럼 · 政治時評 · 가짜 불도저 • (168)

兩面컬럼 · 經濟時評 · 옳은 가르침과 和答의
良心[1660] • (170)

兩面컬럼 · 共産圈評 · 소련共産黨 二三차대회
• (172)

兩面컬럼 · 社會時評 · 歲月은 흐르건만 • (174)

兩面컬럼 · 文化時評 · 試行錯誤란 변명 憂慮 •
(176)

祖國建設의 設計圖 ③[1661] · 都市計劃과 그 美
學 • 朴英芳 (178)

韓国의 碩学 ② · 최현배론 • 허웅 (182)

時事漫畵 · 選擧期 • 安義燮 (195)

人間像의 歷史 ⑤ · 人間의 獨立宣言 : 近代的
人間像 (三) • 安秉煜 (196)

에밀 · 브루너의 生涯와 思想 : 그의 逝去에 부
쳐서[1662] • 池東植 (204)

움직이는 世界
– 「亂中亂」— 越南 • (210)
- 월슨時代의 到來 — 英國 • (213)
  = 畵報 · 움직이는 世界 • (215)
- 크게 흔들이는 동서진영 — 佛, 蘇, 印, 印
  尼, 日[1663] • (221)

座談會 · 四 · 一九 世代 : 五 · 一六이 四 · 一九
의 계승이냐? • 朴完; 劉泳哲; 李敦寧; 李
源方; 李洪培; 田相義; 河銀喆; 劉庚煥 (226)

一九七○年代의 信仰告白 (下) : 一九六七년에
채택될 연합장로교회의 새 信仰告白
書에 對한 神學的 意義 • 朴鳳琅 (240)

「場」을 中心으로 한 韓國人 特性 : 韓國文化內
容의 核心 • 朴容憲 (256)

科學 · 바다에서 나오는 食糧 • Dr.H · S · Olcott;
Dr.M · B · Schaefer[1664]; 權泰完譯 • (264)

越南 現地報告 · 한 医務官의 越南 印象記 • 李
鐵男[1665] (270)

1655 목차는 '座談 ①'.
1656 목차는 '不正博覽會 : 五 · 一六以後의 不正腐敗史'.
1657 목차는 '姜仁變'.
1658 목차는 '韓國女性의 獨立運動'.
1659 목차는 '丁堯變', '丁堯變'이 맞음.
1660 목차는 '옳은 가르침과 話答의 良心'.
1661 목차는 '祖國建設 ③'.

1662 목차는 '에밀 · 브루너의 生涯와 思想 : 그의 逝去
에 부쳐'.
1663 목차는 '크게 흔들리는 동서진영—佛, 蘇, 印, 印
尼, 日'.
1664 목차는 '올카트; 쉐퍼'.
1665 목차는 '李鐵南'.

隨想[1666] · 故鄕 버린 사람들 • 朴異汶 (278)

이것이 모스크바의 裁判이다 : 소련作家 시냡스끼와 다이엘이 강제노역소로 끌려간 公判眞相 • 레오폴드·라베츠 (286)

時事漫畵 · 言約不履行 • 金庚彦 (301)

現代作家硏究 ② · 鮮于輝論 • 洪思重 (302)

社告 ·『六人그룹』特典豫約申請期間延長 • (311)

意味와 音樂 (三回) : 分析的 詩論[1667] • 金宗吉 (312)

社告 · 第八回 思想界新人文學賞작품모집[1668] • (321)

評論
- 詩劇의 可能性 : 內在律의 視覺的인 構造 • 崔一秀 (322)
- 近作에 나타난 휴머니스트의 諸型 • 金松岏 (329)

共同題 수필 · 나의 職業[1669]
- 牧師의 이미지 • 姜元龍 (336)
- 十個師의 指導官[1670] • 金萬福 (338)
- 꿈을 담는 그릇빚기 • 金永淑 (340)
- 小兒科 文學 • 吳英民 (341)
- 無醫村과 海外進出 • 吳仁赫 (342)

- 幸運魚의 꼴뚜기 • 李鳳國 (345)

詩
- 解冬녘 • 柳致環 (348)
- 靜 • 申基宣 (349)
- 電柱 • 李姓敎 (350)
- 브라질 行路 • 黃東奎 (351)
- 어떤 關係 • 徐林煥 (352)
- 願 (Ⅲ) • 尹泰洙 (353)

創作
- 無翼鳥(KIWI) • 李御寧 (354)
- 對話 • 宋炳洙 (372)

太陽의 아들 (九回)[1671] • 張龍鶴 (383)

戲曲 · 全幕八景 · 交流 (下) • 韓路檀 (399)

편집실 앞 • (418)

編輯後記 • (420)

1666 목차는 '特派員通信'.
1667 목차는 '詩論連載 ③'.
1668 목차는 '第八回 思想界新人文學賞作品募集'.
1669 목차는 '共同隨筆 · 나의 職業'.
1670 목차는 '十個師団의 指導官'.

思想界 第14卷 第5號 通卷 第159號
(1966년 5월호 부록)

現代哲學思想 ① · 實用主義 哲學 • 安秉煜 (2)
現代哲學思想 ② · 實存主義 思想 • 曺街京 (14)

韓國官僚制度 ① · 制定法을 通해 본 韓國官僚 • 李文永 (29)
韓國官僚制度 ② · 行態面으로 본 韓國官僚 • 盧貞鉉 (41)

1671 목차는 '長篇連載九回'.

思想界 第14卷 第6號 通卷 第160號
(1966년 8월)

卷頭言 · 또다시 八 · 一五를 맞으면서 ● 張俊河
(14)

思索의 포럼 ⑤ · 에쎄이의 길을 걸어가며 :
愛國 ● 金東鳴 (16)

우리는 무엇을 해야 할 것인가? : 非그리스
도敎國에 있어서 社會와 政治生活에
대한 그리스도敎의 공헌 ● 張勉; 金昌洙
옮김 (27)

第八回 思想界 新人文學賞 작품모집[1672] ● (37)

特輯 · 五個年計劃 이후의 韓國經濟
- 第一次 五個年計劃은 成功했는가? ● 金永善
(38)
- 財閥과 五個年計劃 ● 夫琓爀 (46)
- 잘 살게 되었다는 寓話 : 國民所得이라는
數字의 魔術 ● 劉彰順 (58)
- 二次五個年計劃은 呪文아닌가? ● 김영록 (65)

政治人의 言語 ● 金權鎬 (75)

共同硏究 · 選擧期
- 選擧公約과 行政實現性 ● 李文永 (82)
- 選擧行政과 國民의 政治意識[1673] ● 盧貞鉉
(90)
- 選擧直前의 豫算變動 ● 李烈模 (97)

白凡 金九선생을 모시고 六個月(一) ● 張俊河
(104)

視聽覺文化論
- TV에 옮겨지는 第八藝術性 ● 崔彰鳳 (118)
- Audio-Visual 文化 ● 吳華燮 (126)

海外에서 發表된 韓國人 學位論文 소개 ① ·
中共의 아프리카 進出의 모험 ● 宋寅英
(133)

兩面컬럼 · 政治時評 · 野黨과 國土의 統一[1674]
● (142)

兩面컬럼 · 經濟時評 · 놀랄 것 없다 ● (144)

兩面컬럼 · 共産圈評
- 루마니아의 爆彈宣言 ● (146)
- 生死를 건 世紀的 權力鬪爭 ● (147)

兩面컬럼 · 社會時評
- 憲章의 범람 ● (148)
- 氷山의 一角 ● (149)

兩面컬럼 · 文化時評 · 淨化運動을 淨化하자 ●
(150)

對談 · 韓國의 水産資源 開發問題 ● 鄭文基; 崔相
(152)

畵報 · 움직이는 世界 ● (163)

움직이는 世界[1675]
- 越南戰이 넘어선 고비 ● (173)
- 獨逸 統一論이 던진 波紋 ● (176)

1672 목차는 '第八回 思想界 新人文學賞 作品募集社告'.
1673 목차는 '選擧行政과 政治意識'.

1674 목차는 '野黨과 國土統一'.
1675 목차는 '해설 움직이는 世界'.

學問의 뉴·프론티어 ④·神學 : 방법론을 중
심으로 • 허혁 (179)

人間像의 歷史 ⑥·進步에의 意志 : 近代的 人
間像 (四)[1676] • 安秉煜 (188)

座談會·神은 과연 죽었는가? : 神의 죽음의
神學 • 盧弘燮; 徐南同; 安炳茂; 尹聖範; 池
明觀 (196)

歷史餘話·李龍祥傳 : 韓·越親善史 • 金龍國
(223)

隨想[1677]·에로스의 絶叫 • 朴異汶 (230)

特派員見聞 ②[1678]·하와이 : 美國속의 東洋人
州 • 申命變 (236)

르뽀·가나안 農軍學校 : 여기 한 信念의 生活
人이 있다 • 劉庚煥 (246)

豫告·「思想界」9月호 附錄 내용 • (257)

作故文人隨筆選 ③·이러쿵 저러쿵 • 玄鎭健
(258)

社告·思想界海外豫約購讀申請規定[1679] • (265)

大学의 캠퍼스는 『유리動物園』인가?
- 盛夏의 나르시시즘 : 大學의 침체 • 宋載邵
(266)
- 人形들의 浪漫 : 學園의 非正常 • 이경순 (268)

- 綠陰의 우울 : 知性의 傷心 • 鄭求宗 (270)
- 벤취 위의 思索 : 허탈한 正義感 • 鄭運成
(272)

轉換期에 서야 할 韓國文學 : 韓國文學의 限界
와 將來 • 李鶴洙 (274)

評論·素月·萬海·陸史論 : 이들의 旣刊詩集
에 未收錄된 作品을 中心으로 • 金允植
(284)

隨筆·韓国의 庶民像
- 빈 지게의 映像 • 柳周鉉 (300)
- 政治 무관심의 幸福[1680] • 韓培浩 (302)
- 갈 곳 없는 休日 • 李御寧 (304)
- 農民의 서글픔[1681] • 宋建鎬 (307)
- 그래도 庶民은 산다 • 鄭明煥 (309)

詩
- 바닷가에서 • 申石艸 (312)
- 暴雨 • 印泰星 (313)
- 서울驛 • 鄭孔采 (314)
- 아이들의 四重奏 • 黃明杰 (315)
- 오똑이의 노래 • 金思穆 (316)
- 誇張日記 • 金善英 (317)

創作
- 屋上에서 • 宋相玉 (319)
- 줄 • 李淸俊 (330)

太陽의 아들 (十回)[1682] • 張龍鶴 (350)

편집실 앞 • (368)

1676 목차는 '進步에의 意志 : 近代的 人間像'.
1677 목차는 '특파원통신'.
1678 목차는 '특파원통신'.
1679 목차는 '思想界海外豫約購讀申請規定社告'.

1680 목차는 '정치 무관심의 幸福'.
1681 목차는 '순박잃은 農民'.
1682 목차는 '長篇連載 十回'.

편집 후기 • (372)

思想界 第14卷 第6號 通卷 第160號
(1966년 8월호 부록)

韓國宗教 ① · 基督教의 土着化問題 • 朴鳳琅 (2)
韓國宗教 ② · 宗教間의 對話 • 李箕永 (14)

韓國社會 ① · 韓國의 農村과 都市 • 李萬甲 (24)
韓國社會 ② · 韓國의 社會發展과 宗教 • 池明
觀 (37)

思想界 第14卷 第7號 通卷 第161號
(1966년 9월호)

卷頭言 · 主權意識에 透徹하자 • (14)

日本의 韓國侵略史 • 趙璣濬 (16)

「韓 · 日協定」 · 누구말을 믿게 되었는가 • 편집
실 (30)

韓 · 日國交와 反美感情 • J · 마크 · 모비어스[1683]; 禹
柄球譯 (43)

特輯 · 執權者論
- 行政分權의 破壞 過程에서 본 大統領職 • 李
文永 (52)
- 브리핑行政의 實態와 執權者의 責任 • 趙錫
俊 (62)
- 執權者와 리더쉽의 本質 • 宋建鎬 (71)
- 國家元首 · 行政首班 · 党首 : 그의 結合性과
分離性 • 梁好民 (78)

思索의 포럼 ⑥ · 나와 너의 倫理 • 安秉煜 (87)

共同硏究 · 韓國의 中小企業論
- 韓國經濟와 中小企業의 地位 • 黃炳晙 (98)
- 政府의 中小企業政策 批判 • 趙範行 (106)
- 中小企業銀行의 機能과 實態 • 金炳國 (116)
- 中小企業의 살길은 무엇이냐 • 金永善 (123)

術語上으로 본 國際政治 • 朴武昇 (130)

印度의 行政制度와 官僚의 獨立性[1684] • 張乙炳
(136)

白凡 金九선생을 모시고 六個月(二) • 張俊河
(144)

움직이는 世界
- 파운드貨의 危機 • (159)
- 英國의 南阿三大保護領抛棄 • (162)
畵報 · 越南戰과 휴머니즘 • (162-163)
- 激化되는 越南戰에서 발 빼려는 英國 •
(163)

第八回 「思想界」 新人文學賞 작품모집 • (164)

學問의 뉴 · 프론티어 ⑤ · 法學 • 權泰埈 (165)

投稿 · 大學入試 國語問題에 대한 提言 : 출
제의 표준화를 바라면서[1685] • 李淳燮
(171)

兩面컬럼 · 政治時評 · 造作과 潛跡의 時代 •
(176)

1683 목차는 '모비어스'.

1684 목차는 '印度의 行政制度와 官僚의 獨立性'.
1685 목차는 '大學入試 國語問題에 對한 提言'.

兩面컬럼 · 經濟時評 · 農協에도 過慾病 • (178)

兩面컬럼 · 社會時評 · 暴力萬能時代 • (180)

兩面컬럼 · 文化時評
- 所信과 亡身 • (182)
- 廣告倫理의 相對性 • (183)

對談 · 選擧法是非 • 夫琓爀, 梁好民 (184)

遺稿 · 儒敎의 反民主性 • 裵成龍 (206)

一面投稿 · 의무교육에 한마디 • 김세기 (212)[1686]

世界民謠를 찾아서 ② · 필립핀
- 太平洋의 태양아래 불타는 浪漫[1687] • 李正浩 (213)

紀行文 · 續 · 日本紀行 • 池明觀 (216)

佛敎音樂에의 鄕愁 : 〈梵唄〉에 대하여 • 洪潤植 (232)

특파원 수첩[1688]
- 미국 · 「品」과 「美」 • 朴異汶 (237)
- 브라질 · 黑女에의 향수 : 太陽을 상징하는 화려한 사육제 • 백옥빈[1689] (242)

作故文人隨筆選 ④ · 自作案內 • 蔡萬植 (246)

수필[1690] · 知識人의 苦悶
- 한 가닥 自責 • 南郁 (252)
- 걱정 안해도 될 일 • 徐晳圭 (253)
- 蹴球와 담배맛 • 李興雨 (255)
- 苦悶할 資格의 問題 • 林英 (257)
- 尊敬이 어디 있어? • 崔一男 (259)

隨想 · 山有情 • 朴斗鎭 (261)[1691]

韓國의 詩 · 韓國의 詩論[1692] • 徐廷柱 (268)

詩
- 黃昏이 울고있다 • 金珖燮 (275)
- 서울俯瞰 • 楊明文 (276)
- 風景 · 11[1693] • 金潤成 (277)
- 神童 金永旭이 • 朴喜璿 (278)
- 다시 失樂園 • 姜敏 (279)

創作
- 短篇 · 象限밖으로 • 金容誠 (280)

讀書余話[1694] · 「非賣品」 • 李庭植 (296)

太陽의 아들 (十一回) • 張龍鶴 (298)

편집실 앞 • (309)

편집후기 • (312)

1686 목차는 171쪽. 본문이 맞음.
1687 목차는 '太平洋의 太陽아래 불타는 浪漫'.
1688 목차는 '특파원 통신'.
1689 목차는 '白玉彬'.

1690 목차는 '공동제수필'.
1691 목차는 263쪽. 본문이 맞음.
1692 목차의 꼭지명은 '詩論'.
1693 목차는 '풍경 · 11'.
1694 목차는 '讀書餘話'.

思想界 第14卷 第7號 通卷 第161號
(1966년 9월호 부록)

共産國家論 ① · 中 · 蘇理念紛爭과 國際情勢 ● 金相浹 (2)
共産國家論 ② · 東歐諸國의 조용한 變化 ● 梁興模 (16)

軍部와 政治 ① · 阿 · 東南亞의 軍部執權 ● 夫琓爀 (24)
軍部와 政治 ② · 쿠데타의 一般的 性格 ● 申相楚 (38)

思想界 第14卷 第8號 通卷 第162號
(1966년 10월)

畵報 · 中共「紅衛兵」의 乱動 ● (7)

卷頭言 · 우리는 또다시 우리의 할 일을 밝힌다 ● 張俊河 (14)

思索의 포럼 ⑦ · 信仰 : 信仰이란 宗教를 믿는다는 것 보다도 우리의 삶의 길이다 ● 洪顯昌 (16)

對談 · 中共의 『文化大革命』 ● 金俊燁; 梁好民 (26)

히틀러 第三帝國과 大學의 受難 · 獨裁의 決算書 · 李光周 (62)

特輯 · 未來史에 비젼을 던진 사람들
- 非暴力運動 : 간디를 中心으로 ● 車基璧 (78)
- 三民主義 : 孫文을 中心으로 ● 咸洪根 (92)
- 民權運動 : 루터 · 킹을 中心으로 ● 姜元龍 (100)
- 뉴 · 프런티어리즘 : 케네디에 대한 〈最後의 判斷〉[1695] ● 李英範 (107)
- 民主社會主義 : 「페이비언 協會」를 中心으로[1696] ● 李邦錫 (114)

白凡 · 金九선생을 모시고 六個月 (三) : 四黨首와의 會談과 臨政要人 第二陣의 還國 ● 張俊河 (122)

社告 · 第八回新人文學賞作品募集中間發表 / 思想界출신文人住所錄[1697] ● (151)

공동연구 · 새 系譜学의 問題点 : 이를 止揚시키기 위한 意味에서
- 近世朝鮮에 있어서의 族譜의 威力 ● 李熙鳳 (152)
- 解放後 우리나라의 政黨系譜 ● 趙一文 (159)
- 側近者群의 社會學的分析 ● 金海東 (168)

名著를 통해 본 現代思想의 系譜
- 하이덱거 著 『存在와 時間』[1698] ● 李奎浩 (174)
- 베르그송 著 『道德과 宗教의 두 源泉』[1699] ● 崔明官 (182)
- 프로이드 著 『꿈의 解釋』[1700] ● 韓承鎬 (190)
- 케인스 著 『雇用 · 利子 및 貨幣의 一般理論』[1701] ● 南惠祐 (198)
- 라스키 著 『政治學原理』 ● 白尙健 (208)

1695 목차는 '뉴 · 프론티어리즘 : 케네디를 中心으로'.
1696 목차는 '民主社會主義 : 페이비언 協會'.
1697 목차는 '第六回 新人文學賞 中間發表 · 思想界出身 文人住所錄'.
1698 목차는 '哲學 · 『存在와 時間』 하이덱거'.
1699 목차는 '倫理 · 『道德과 宗教의 二源泉』 베르그송'.
1700 목차는 '心理 · 『꿈의 解釋』 프로이드'.
1701 목차는 '經濟 · 『雇用 · 利子 · 貨幣의 一般理論』 케인즈'.

- 듀이 著 『民主主義와 敎育』[1702] ● 韓基彦 (216)

對談 · 一九六六년도 「막사이사이 · 公共奉仕
   賞」受賞者 : 金容基씨의 生活哲學 ● 金
   容基; 安秉煜 (223)

隨筆 · 韓國 傳統美의 再發見 : 내가 보고 듣고
   겪었던 일을 회고하면서
- 〈衣裳〉 저고리 · 치마 · 버선 ● 金箕斗 (238)
- 〈美術〉情들여 恨없는 陶磁器[1703] ● 金永淑
   (240)
- 〈國樂〉「가야금」의 情緖 ● 朴憲鳳 (242)
- 〈民俗〉「울력」이란 美風 ● 任晳宰 (245)
- 〈建築〉百濟塔과 그 傳統 ● 黃壽永 (248)

隨想 · 歸鄕無常 ● 朴斗鎭 (250)

나의 文壇回顧錄 · 散珠片片 ① : 一九二九-
   一九三五 ● 李軒求 (263)

詩
- 漢拏山나리 ● 설창수 (274)
- 가을과 湖水 ● 李東柱 (275)
- 喪失 ● 宋永擇 (276)
- 꽃의 이름 ● 石庸源 (277)
- 遊戲 ● 成春福 (278)
- 消燈 (四) ● 李炭 (279)

수필 · 가을과 더불어 오는 回想
- 등산객과 묵장수[1704] ● 金燦國 (280)
- 잊혀지지 않는 토론회[1705] ● 馬慶一 (282)
- 雜木이 있는 風景 : 어느 異國의 가을 ● 呂石
   基 (283)

- 落葉 기다리던 시절 ● 李明秀 (285)
- 夕陽에 가랑잎 밟던 소리 ● 趙宇鉉 (286)
- 동산에 밤을 따던 ● 鄭庚錫 (288)
- 가고 싶은 내 고향 ● 玄勝鍾 (290)

創作 · 斷絶 ● 朴順女 (293)

太陽의 아들 (十二回)[1706] ● 張龍鶴 (311)

넌 · 픽션—百八○장[1707] 全載 · 小鹿島의 叛乱
   : 땅에서 못 사는 恨 ● 李圭泰 (334)

編輯後記 ● (362)

思想界 第14卷 第9號 通卷 第163號
(1966년 11월)

卷頭言 · 이 欄을 메꿀 수 있는 自由를 못 가져
   서 미안합니다. -서울矯導所에서- ●
   張俊河 (14)

思索의 포럼 ⑧ · 誠實 ● 白樂濬 (16)

공동연구 · 市民社會
- 市民社會成立過程과 意義 ● 閔錫泓 (23)
- 近代市民의 精神的 特質 ● 白賢基 (29)
- 市民社會의 變質과 企業人 ● 李賢宰 (35)
- 理想的인 市民像 ● 玄勝鍾 (40)

特輯 · 韓國近代史의 先驅者 : 그들의 現代史
   的 意義
- 民衆言論의 旗手 — 徐載弼 論 : 開花期運動
   ● 崔埈 (46)

1702 목차는 '敎育 · 『民主主義와 敎育』 듀이'.
1703 목차는 '情들여도 限없는 陶磁器'.
1704 목차는 '登山客과 묵장수'.
1705 목차는 '잊혀지지 않는 討論會'.

1706 목차는 '長篇連載小說 第十二回'.
1707 목차는 '160장'.

- 民族受難의 證人 ─ 李商在 論:靑年運動 •
柳光烈 (53)
- 文化救國의 先覺 ─ 崔南善 論:新文學運動
• 金鍾武 (64)
- 近代精神의 象徵 ─ 安昌浩 論:民族改造運
動 • 池明觀 (73)
- 生存權을 위한 革命 ─ 全琫準 論:民權運
動 • 崔東熙 (80)

韓国政治理念의 貧困 • 金瓊元; 李綱杰 옮김 (85)

白凡 · 金九선생을 모시고 六個月 (四):還國
臨時政府의 첫 國務會議 • 張俊河 (98)

黑龍中共의 核戰頭威脅 • 해리슨 E · 쌜리스베리
[1708];申命變 옮김 (112)

隨想 · 幼年天國 • 朴斗鎭 (129)

學生의 달 · 大學生隨筆 · 知性의 広場에 落葉
지다
- 灰色의 삐에로[1709] • 高慶淑 (138)
- 圖書館 있는 旅人宿[1710] • 金光先 (140)
- 분노의 校庭에도 가을이[1711] • 金明植 (141)
- 열매, 그 혼돈의 美學[1712] • 윤상규 (143)
- 野生의 딱다구리[1713] • 李靑雨 (145)
- 知性孃 · 落葉君[1714] • 吳鐸藩 (146)
- 늙은 젊은이들[1715] • 金潤珠 (148)

에쎄이 · 가을素描[1716]
- 머루와 老人 • 全光鏞 (150)
- 人物이 있는 가을 • 羅英均 (153)
- 조용한 午後에 • 朴峽賢 (156)

詩
- 陸橋 • 李雪舟 (159)
- 바다(續)[1717] • 金先現 (160)
- 石手 • 劉庚煥 (161)
- 겨울旅行歌 • 崔然鴻 (162)

評論 · 詩의 反省 • 廉武雄 (163)

長篇連載豫告[1718] · 氷河時代 • 宋炳洙 (170)

다울라기리 勇士 • 劉賢鍾 (171)

太陽의 아들 (十三回) • 張龍鶴 (187)

編輯後記 • (212)

思想界 第14卷 第10號 通卷 第164號
(1966년 12월)

卷頭言 · 一九六六년을 보내면서:共和黨執權
一,〇〇〇日이 보여 준 것 • (14)

『民族主体性』의 行方:또 무슨 일을 했는가?
• 金永善; 金点坤; 夫琓爀; 劉彰順; 梁好民;
池明觀 (16)

思索의 포럼 ⑨ · 勇氣 • 金八峰 (38)

1708 목차는 '쎌리스베리'.
1709 목차는 '灰色의 삐에로 (淑明女大)'.
1710 목차는 '圖書館 있는 旅人宿 (西江大)'.
1711 목차는 '분노의 校庭에도 가을이 (서울大)'.
1712 목차는 '열매, 그 혼돈의 美學 (延世大)'.
1713 목차는 '野生의 딱따구리 (梨花女大)'.
1714 목차는 '知性孃 · 落葉君 (高麗大)'.
1715 목차는 '늙은 젊은이들 (서울女大)'.

1716 목차는 '에쎄이三選 · 가을素描'.
1717 목차는 '바다'.
1718 목차는 '豫告'.

공동연구 · 压力団体論
- 政治力學 속의 壓力團體 • 鄭河龍 (43)
- 韓國의 行政府와 壓力團體[1719] • 安海均 (50)
- 地方發展과 壓力團體의 役割[1720] • 盧隆熙 (57)
- 外國의 壓力團體 • 咸義英 (64)

學問의 뉴 · 프런티어 ⑥ · 行政學 • 盧貞鉉 (69)

한 韓国人과 日本의 良心 : 同胞에게 말한다 • 田駿 (74)

東洋社会와 基督教 • 스펜서 · J · 파머; 池明觀 옮김 (85)

欧美関係의 새로운 움직임 · 몇 가지의 主觀的 인상들 : 유럽紀行 • 金瓊元 (92)

나의 文壇回顧錄 · 散珠片片 ② : 一九三六년 • 李軒求 (99)

말 · 生活의 智慧
- 람바레네에서 받은 箴言 • 金燦三 (106)
- 「새 것」의 意味 • 朴容卿 (109)
- 「내게 있는 것으로 네게」 • 李三悅 (111)
- 「大丈夫」의 定義 • 李恒寧 (114)
- 「永遠히 속일 수는 없다」[1721] • 林宜善 (117)
- 永遠的 현재 • 張起呂 (119)

爐邊情談八話
- 훈장의 辯 • 韓晶東 (122)
- 故鄕의 냄새 • 李載瑛 (123)
- 主人의 구두 • 蘇興烈 (125)
- 音樂會 有感 • 裵成東 (127)

- 키 • 魚孝善 (129)
- 램프 • 朴木月 (131)
- 名分 • 尹五榮 (133)
- 回想의 크리스마스 씰 • 康信哉 (135)

第八回思想界新人文学賞發表
- 심사경위 • (137)
- 選後感 • (139)
- 當選作品
  = 詩 · 이 푸른 江邊의 戀歌[1722] • 鄭旼浩 (142)
  = 詩 · 아침 薔薇園[1723] • 金萬玉 (145)
- 新人文學當選所感 • (149)

詩
- 球 • 李永純 (150)
- 食卓의 김 • 金耀燮 (151)
- 故鄕素描 • 朴龍來 (152)
- 態 · 3 〈Picasso; woman ironing〉 • 崔元 (153)

1966년도 노벨文學受賞作家短篇[1724] · 敵과 同志 • 슈무엘 요셉 아그논; 申命變 옮김 (154)

넌 · 픽션 · 第二의 오스왈드論 : 輿論이 容納 안하는 케네디暗殺 • 리차드 · H · 폽킨스; 申命變 옮김 (158)

太陽의 아들 (最終回) • 張龍鶴 (180)

編輯後記 • (212)

思想界 第15卷 第1號 通卷 第165號
(1967년 1월)

卷頭言 · 政權交替의 民主傳統을 세우자 • (14)

1719 목차는 '韓國行政府와 壓力團體'.
1720 목차는 '地方發展과 壓力團體'.
1721 목차는 '영원히 속일 수는 없다'.

1722 목차는 '이 푸른 江邊의 戀歌 (외三편)'.
1723 목차는 '아침 薔薇園 (외三편)'.
1724 목차는 '一九六六년도 노벨文學賞受賞作家作品'.

言論의 게리라戰을 提唱한다 : 새해에 부치는 말씀 • 함석헌 (16)

「年頭敎書」와 經濟的 自讚의 逆理 • 劉彰順 (21)

特輯 · 七○年代를 向한 国際政治
- 韓日關係의 畸型化와 總選展望 • 張俊河 (24)
- 今後二年間의 존슨路線과 새 美 · 소關係 : Peaceful Co-existence에서 Peaceful Engagement로[1725] • 夫琓嶣 (30)
- 中共의 封鎖와 太平洋時代의 是非[1726] • 徐東九 (37)
- 世界社會主義政黨들의 새 動向 • 金哲 (42)
- 프랑스의 새 外交와 國際關係 : Pan-Atlantic이냐, United Europe이냐? • 金俊燁 (48)

美 · 中共의 大使級會談 · 바르샤바 · 秘密會談 • 케네스T · 양; 申命變 옮김 (55)

金日成體制論 • 金昌順 (64)

공동연구 · 半世紀의 民族証言 : 一九○○年 이후 近代史에 영향을 미친 文獻과 그 時代性
- 兪吉濬의 『西遊見聞』 • 崔永禧 (70)
- 孫秉熙의 『三戰論』 • 白世明 (76)
- 李光洙의 『民族改造論』 : 民族百年大計를 構想한 大經綸의 書 • 安秉煜 (81)
- 韓龍雲의 『님의 沈黙』 • 朴魯埻 (94)
- 申采浩의 『朝鮮史研究草』 • 洪以燮 (98)

인포메이션 投入面에서 본 都市比較 • 李文永 (103)

現地報告 · 納稅者의 實態 : 農村社會의 分析的 調査結果 • 吳甲煥 (109)[1727]

解放 二○年의 外來思潮
- 自我의 發見과 褪色한 個人主義 • 鄭璇 (116)
- 風土없는 思想, 實用主義 • 蘇興烈 (122)
- 定着못한 西歐思潮, 實存主義 • 趙要翰 (127)

社會參與와 아카데미즘 · 大學속의 知性 : 牧者 · 批判家로서의 大學敎授 • 존 D · 와드; 禹柄球 옮김 (132)

獨逸의 第三共和國과 敎會 ① · 獨逸敎會鬪爭의 現代的意義 • 마틴 · 니뫼러; 池明觀 옮김 (137)

連載 ① · 검은 十字架 : 自由에로의 巨步 • 마틴 루터 킹 二세[1728]; 洪東根 (142)

노래로 키운 民族의 얼
- 「반달」 : 윤극영 작사 · 작곡 • 閔元得 (152)
- 「고향 생각」 : 현제명 작사 · 작곡 • 李觀玉 (154)
- 「성불사의 밤」 : 이은상 작사 · 홍난파 작곡 • 金慈璟 (156)
- 「오빠생각」 : 최순애 작사 · 박태준 작곡 • 李成三 (158)
- 「고향 그리워」 : 박만향 작사 · 이흥열 작곡 • 黃柄德 (160)

異邦人과의 対話[1729] • 로저 · 와일더; 데이빗 · 매칸; 스테판 · 하이쓰미스; 제임스 C · 백스터; 하나 · 길만; 申命變 譯 (163)

1725 목차는 '今後二年의 존슨路線과 美蘇關係'.
1726 목차는 '中共封鎖와 太平洋時代의 是非'.

1727 목차는 108쪽. 본문이 맞음.
1728 목차는 '마틴 · 루터 · 킹'.
1729 목차는 '異邦人과의 對話 「美平和軍團이야기」'.

特派員수첩 · 異國에서 쓴 隨筆[1730] • 朴異汶
(168)

再燃되는 모스크바 裁判 : 시냐스끼와 다니
엘석방청원서에서 본 소련 작가들의
항의[1731] • 데오도르 · 샤바드[1732]; 李淸俊 옮
김 (182)

讀者通信 • (189)

暗黑期의 兒童文學姿勢
- 雜誌「어린이」와 그 時節 • 尹石重 (190)
- 雜誌「붉은 져고리」와 六堂 • 魚孝善 (193)
- 雜誌「아이생활」과 그 時代 • 林仁洙 (196)
- 「가톨릭소년」과 「빛」의 두 雜誌[1733] • 李錫鉉
(199)
- 「색동회」와 그 運動 • 尹克榮 (201)

詩人篇-① · 나의 處女作과 그 周辺
- 「慶州를 지나면서」 • 黃錦燦 (204)
- 한 作家의 運命의 별 • 李炳基 (206)
- 고향 비슷한 情懷 • 朴在森 (208)
- 深夜에 結晶된 「沈默」 • 文德守 (210)

評論 · 現代 獨逸抒情詩와 고트프리트 · 벤 • 郭
福祿 (212)

隨筆 · 共同題 「人情 · 世情 · 有情」[1734]
- 「에파미논다스」의 경우 • 孫宇聲 (218)
- 고마운 사람들 • 李周洪 (221)

- 누워있는 『有情』 • 高廷基 (224)
- 人生의 凶作者 • 文炳泰 (227)

詩
- 겨우살이 • 金顯承 (229)
- 그땅의 說話 • 浪承萬 (230)
- 初冬에 • 金春碩 (232)
- 數의 生理 • 崔鶴奎 (233)

第十一回東仁文學賞受賞作品 · 웃음소리 • 崔
仁勳 (234)

長篇連載小說 · 氷河時代 (第一回) • 宋炳洙 (246)

書評 • (260)

編輯後記 • (262)

思想界 第15卷 第2號 通卷 第166號
(1967년 2월)

卷頭言 · 抵抗의 姿勢를 積極化하자 • (8)

抵抗의 哲學 • 함석헌 (10)

現代人과 抵抗 • 張利郁 (15)

우리나라 開化 이후의 抵抗史[1735] • 李瑄根 (20)

프랑스의 「마키」精神 : 프랑스의 對獨抵抗運
動 • 洪思重 (26)

知識人의 抵抗 : 그 孤獨한 使命 • 장 · 폴 · 싸르뜨
르[1736]; 高聖勳 옮김 (30)

1730 목차는 '異國에서 쓴 特派員隨筆 三題'.
1731 목차는 '再燃되는 모스크바 裁判 : 소련 作家들
의 새로운 抗議'.
1732 목차는 '샤바드'.
1733 목차는 '카톨릭의 두 雜誌'.
1734 목차는 각 글의 제목, 쪽수 없음.

1735 목차는 '開化 이후의 抵抗史'.
1736 목차는 '싸르뜨르'.

外勢에 시달린 一世紀 (上)[1737] ● 李宗馥 (36)

日本의 再武裝과 그 展望 : 第三次 軍事力增強 計劃을 中心으로 ● 金成楫 (41)

『資本論』一〇〇周年의 맑스主義 (上) : 「科學 的 社會主義」에서 神話로 ● 시드니 후크; 朴相圭 옮김 (50)

獨逸 第三帝國의 敗亡과 軍部將星들 : 半神들 의 몰락 ● 李光周 (54)

獨逸의 第三共和國과 敎會 · 獨逸敎會鬪爭의 現代的意義 (中)[1738] ● 마틴 니뫼러 (62)

學問의 뉴 · 프론티어 ⑦ · 社會學 ● 洪承稷 (67)

나의 어린이 運動 44年 ① · 戰爭 속에 돋아난 새싹 ● 尹石重 (72)

評論 · 韓國 現代詩의 形態論 (上) : 英詩와의 比較研究 ● 鞠正孝 (80)

隨想 · 봄의 禮讚 ● 毛允淑 (88)

詩
- 檄文 ● 金洙暎 (90)
- 가을에서 ● 洪完基 (92)
- 完成으로 향하는 한 걸음 ● 金榮泰 (93)
- 戲 ● 朴根瑛 (94)

長篇連載小說 · 氷河時代 (第二回) ● 宋炳洙 (95)

編輯後記 ● (106)

思想界 第15卷 第3號 通卷 第167號
(1967년 3월)

卷頭言 · 抗爭의 달 三月에 부친다 ● (8)

受難의 哲學 ● 池明觀 (10)

思索의 포럼 ⑩ · 思索三章 : 불안 · 믿음 · 만남〈지 혜로운자는 무관심한가?〉● 安炳茂 (15)

「휴머니즘」論
- 휴머니즘의 아포리아 ● 安秉煜 (20)
- 휴머니즘은 現代에 無力한가 ● 李奎浩 (26)
- 휴머니즘과 危機意識의 克服 ● 林明芳 (29)

公務員腐敗의 社會學的要因 ● 金璟東 (34)

韓國農業의 現段階 ● 池錫英 (41)

紀行文 · 印度의 이모저모 ● 金尙鉉 (52)

讀者通信 · 씨알의 항변[1739] ● 農夫 김상웅 (61)

나의 어린이 運動 44年 ② · 솥은 검어도 밥은 희다 ● 尹石重 (62)

評論 · 神과 祈禱의 背叛 : 戰後독일문학을 중 심으로[1740] ● 金柱演 (71)

小說家篇 · 나의 處女作과 그 周辺
- 「思想界」와 나 ● 金光植 (77)
- 「暗射地圖」周邊 ● 徐基源 (79)
- 등불 드는 女人 ● 韓戊淑 (80)
- 「素描」와 「脫鄕」● 李浩哲 (83)

1737 목차는 '外勢에 시달린 한世紀'.
1738 목차는 '獨逸敎會鬪爭의 現代史的意義'.

1739 목차는 '讀者通信'.
1740 목차는 '神과 祈禱의 背反'.

詩

- 검푸른 얼굴을 하였나뇨 • 李敬純 (85)
- 城 • 閔雄植 (86)
- 受話 • 金鍾元 (87)
- 막걸리 • 李仁秀 (88)

海外短篇選 ① · 갈증 • Ivo Andric[1741]; 梁仁淑 譯
(89)

長篇連載小說 · 氷河時代 (第三回) • 宋炳洙 (96)

編輯後記 • (106)

思想界 第15卷 第4號 通卷 第168號
(1967년 4월)

卷頭言 · 主權者의 寬容이 民主主義를 絞殺한
다 • (8)

座談會 · 『四者會談』을 말한다[1742] • 咸錫憲[1743];
白樂濬; 李範奭; 梁好民 (10)

美國의 對韓外交政策 : 정책구성의 기본요소
를 중심으로 • 李庭植 (35)

프랑스 對外政策과 드골 : 프랑스의 苦悶과
꿈 • 金光源 (42)

「資本論」 一○○周年의 맑스主義 ②[1744] • 시드
니 후크; 朴相圭 옮김 (47)

1741 목차는 '이보 안드리치'.
1742 목차에는 '一九六○年代에 이 나라 政治風土에
일어난 奇蹟이 하나 있다면, 그것은 이 「四者會
談」이 아닐 수 없다. 平和的 政權交替의 民主主義
傳統을 위해 이 「四者會談」이 이룩된 그 動機와
內幕과 結果는 무엇인가…… 과연 그것은 「국이
나 남긴 것」인가.'라는 설명글 있음.
1743 목차는 '함석헌'.
1744 목차는 「資本論」 一○○周年의 맑스主義 (中)'.

詩人隨筆[1745] · 四 · 一九 그 喊聲 七年의 餘韻

- 잊혀지지 않는 두 短文 • 金春洙 (52)
- 祖國이 있는 곳 • 盧榮壽 (54)
- 아아 「피의 火曜日」 • 曺永瑞 (55)

韓國現代詩의 形態論 (下) • 鞠正孝 (58)

隨筆

- 「복조리」 • 崔以順 (64)
- 제五열 · 제六열 · 제七열 • 蔡熙祥 (65)
- 過剩出版 • 李重漢 (67)
- 때 아닌 귀뜨라미 • 朴景利 (68)
- 人間關係 專門家 • 金璟東 (70)

連載 ② · 검은 十字架 : 自由에로의 巨步 • 마
틴 루터킹 二세[1746]; 洪東根 옮김 (72)

詩

- 눈 (芽) • 李元壽 (79)
- 惑 • 張炅龍 (80)
- 花思錄 • 元永東 (81)
- 懊惱하는 月夜 • 朱成允 (82)

短篇小說[1747] · 詩人一家네 겨울 • 朴常隆 (83)

長篇連載小說 · 氷河時代 (第四回) • 宋炳洙 (97)

編輯後記 : 四月에 움트는 街路樹 앞에 • (106)

思想界 第15卷 第5號 通卷 第169號
(1967년 5월)

卷頭言 · 造花의 民主主義엔 열매가 없다 • (8)

1745 목차는 '詩人隨筆三題'.
1746 목차는 '마틴 루터 킹'.
1747 목차는 '短篇'.

五·三選擧와 政治意識 : 朴政權式「公明選擧」
　　의 評價問題 • (10)

존슨外交政策의 盲點 : 루즈벨트와 존슨의 比
　　較[1748] • 라인홀드 니이버; 鄭鎭午 옮김 (29)

獨逸의 第三共和國과 敎會·獨逸敎會鬪爭의
　　現代的 意義 (下) • 마틴 니뫼러 (36)

『資本論』一〇〇周年의 맑스主義 (下) :「科學
　　的 社會主義」에서 神話로[1749] • 시드니후
　　크; 朴相圭 옮김 (42)

學問의 뉴·프런티어 ⑧·數學界의 新思潮 •
　　金炯堡 (52)

越南從軍記·民衆은 戰爭 밖에 있다 : 越南戰
　　과 韓·美·越 • 李度珩 (57)

나의 어린이運動 44年 ③·童心은 良心이다 •
　　尹石重 (63)

海外短篇選 ②·마니히의 登場 • Reinhard Let-
　　tau[1750]; 한스 살만 옮김[1751] (72)

詩
－ 柳絮飛蠅 • 李相魯 (79)
－ 祈禱하는 마음 • 黃良秀 (81)
－ 비여 오라 • 張潤宇 (82)
－ 反響 • 朴義祥 (83)

短篇小說[1752] · 樸頭장이 • 朴憲九 (84)

1748 목차는 '존슨 外交政策의 批判'.
1749 목차는 『資本論』一〇〇周年의 맑스主義'.
1750 목차는 '렛따우'.
1751 목차는 '살만'.
1752 목차는 '短篇'.

長篇連載小說·氷河時代 (第五回) • 宋炳洙 (97)

編輯後記 • (106)

思想界 第15卷 第6號 通卷 第170號
(1967년 6월)

卷頭言·一千萬 有權者를 우롱하는 者 과연
　　누구냐? • (8)[1753]
卷頭詩·우리들의 旗발은 不滅의 그것 • 朴斗
　　鎭 (10)

議會民主主義와 野黨의 地位 • 梁好民 (14)

「守舊勢力」과「反守舊勢力」論 • 車基壁 (19)

더러운 자리 • 李文永 (27)

敎授設問·六·八事態와 敎授設問 • 趙芝薰; 崔
　　虎鎭; 洪承稷; 韓泰東; 朴鳳琅; 吳日弘; 卓熙
　　俊; 盧熙燁; 池明觀; 閔泳珪; 洪思重; 馬慶一;
　　李邦錫 (33)

政治엘리뜨의 循環과 政治安定 • 金宗林 (38)

學問의 뉴·프론티어 ⑨·敎育社會學 • 張眞鎬
　　(50)

科學·食品添加物의 必要性과 安全度(The Ne-
　　cessity and Safety of Food Additives) • 權
　　泰完 (54)

評論·民族我와 學問·藝術의 參與 : 한 進步的
　　인텔리겐챠의 血鬪史 • 金允植 (65)

1753 목차는 7쪽. 본문이 맞음.

수필
- 陋巷記 • 朴一松 (76)
- 빼앗긴 하늘 • 吳英民 (79)
- 형식과 본질 • 劉熙世 (81)

第九回 『思想界』 新人文學賞 작품모집[1754] • (83)

詩
- 生의 意味 • 黃錦燦 (84)
- 어느 봄날 아침 • 朴敬用 (85)
- 이 滿潮에 告하다[1755] • 高銀 (86)
- 무례한 女人 • 金圭泰 (87)

短篇小說[1756] · 어떤 平日 • 具暎瑛 (88)

長篇連載小說 · 氷河時代 (第六回) • 宋炳洙 (96)

編輯後記 • (106)

思想界 第15卷 第7號 通卷 第171號
(1967년 7월)

卷頭言 · 正義가 神이다 • (8)

뜻으로 본 韓國의 오늘 • 함석헌 (10)

不義에 대한 鬪爭도 信仰이다 • 金在俊 (17)

野黨不參의 政局은 全面再選을 要求한다 • 夫琓爀 (22)

學園의 門이 權府의 水門이냐? • 洪思重 (28)

解說 · 中選擧區制란? • 李克燦 (32)

外勢에 시달린 一世紀 (中)[1757] • 李宗馥 (37)

現代政治意識에서의 無關心 • 崔榮 (42)

現世에서의 宗教의 相互對面 : 새로운 世界宗教聯合을 提案하면서 • 徐京保; 朴明基 옮김 (48)

第九回 『思想界』 新人文學賞 작품모집[1758] • (59)

隨想 · 로터리의 꽃의 노이로제 : 詩人과 現實 • 金洙暎 (60)

詩
- 포스터 속의 비둘기 • 申瞳集 (65)
- 古都寓吟 • 姜泰烈 (66)
- 佛像 : 冬旅中에서 • 姜偉錫 (67)
- 假花장수 2 (外一篇) : 外勢의 거리 • 崔夏林 (68)

評論 · 詩의 難解性 : 오늘의 韓國詩 • 任軒永 (69)

隨筆
- 沈默 • 朴昌海 (75)
- 尺度 • 李仁模 (77)
- 建築餘話 • 李相寶 (80)

資料 · 『六 · 八事態』에 대한 主要聲明書 • (82)
- 大韓辯護士協會 聲明書

1754 목차는 '第九回 『思想界』 新人文學賞 募集 公告'.
1755 목차는 '이 滿潮에 告하는'.
1756 목차는 '短篇'.

1757 목차는 '外勢에 시달린 一世紀'.
1758 목차는 '第九回 新人文學賞 作品募集公告'.

- 韓國基督敎聯合會 聲明書
- 言論界 간부 간담인사와의 會談에서 행한
　　新民黨 兪鎭午 대표위원의 演說文[1759]
- 朴正熙씨에게 보내는 公開狀
- 서울大學校 文理大學生會 宣言文
- 서울大學校 法大學生會 宣言文
- 서울大學校 師大學生會 宣言文
- 서울大學校 總學生會 聲明書
- 서울大學校 文理科大學生會 聲明書
- 서울大學校 文理科大學學生會 激文
- 延世大總學生會 · 延世大自由守舊鬪爭委員
　　會 宣言文
- 延世大學校總學生會 · 延世大自由守舊鬪爭
　　委員會 決議文
- 서울市內 八個大學 新聞編輯者 代表二五人
　　聲明書

長篇連載小說 · 氷河時代 (第七回) • 宋炳洙 (97)

편집후기 • (106)

思想界 第15卷 第8號 通卷 第172號
(1967년 8월)

卷頭言 · 八 · 一五의 非感激[1760] • (4)

「네거티브 시스팀」과 貿易自由化 • 김영록 (5)

信仰의 限界와 現實 • 洪顯高 (12)

歷史와 知性人의 參與 • 韓泰東 (18)

社會正義와 政治倫理 • 金觀錫 (24)

學問의 뉴프런티어 ⑩ · 地理學 • 李燦 (28)

海外短篇選 ③ · 五〇七號室[1761] • J·D·쌔린저;劉
　　庚煥 옮김 (33)

短篇小說 · 不動行 • 李文求 (44)

社告 • (52)

思想界 第15卷 第9號 通卷 第173號
(1967년 9월)

卷頭言 · 人間의 尊嚴性 • (4)

解放二二年의 統韓問題와 그 展望 • 夫琓爀 (5)

隨想 · 韓國政治風土에 대한 斷想 • 金泳三
　　(12)

詩
- 言語의 階級 〈五〉 • 李範旭 (18)
- 나무의 會議 • 劉庚煥 (19)
- 定한 者의 手帖 • 鄭旼浩 (20)
- 밤과 暗去來 • 金萬玉 (21)

隨筆
- 沙漠에 메아리 친 아리랑 • 金燦三 (22)
- 養鷄記 • 石庸源 (25)
- 몽키걸과 봉숭아[1762] • 崔淑卿 (27)

短篇小說[1763] · 쿠마場 : 却說이 日記 其一 • 朴
　　常隆 (29)

1759　목차는 '言論界 간부 간담회에서 행한 兪鎭午博
　　士연설문'.
1760　목차는 '8 · 15의 非感激'.

1761　목차는 '507號室'.
1762　목차는 '몽키걸과 봉숭아'.
1763　목차는 '小說 · 創作'.

海外短篇選 ④ · 어떤 母子 • J · D · Saliner[1764]
(42)

思想界 第15卷 第10號 通卷 第174號
(1967년 10월)

卷頭言 · 野黨을 위한 政治 願치 않는다 • (4)

머리를 숙이라 民权앞에 • 張俊河 (5)

毛沢東의 中國[1765] • 엘 · 라대니; 劉庚煥 옮김 (11)

海外現代詩 ① · 내 사는 곳 • 권터 아이히; 安仁
    吉 옮김 (24)

詩
- 靜物 • 文德守 (26)
- 너의 眼鏡 : 榮泰에게 • 鄭鎭圭 (27)
- 스물두살 • 姜寅翰 (29)

評論 · 文壇의 世代連帶論 • 金炳翼 (30)

隨筆
- 산 좋고 물 좋은 곳 • 魚孝善 (36)
- 군소리 • 朴一松 (37)
- 니오베에게 • 田民友 (39)
- 豫期치 않은 風景 • 金洙容 (41)[1766]

短篇小說 · 男子의 時間 • 李聲勳 (43)

思想界 第15卷 第11號 通卷 第175號
(1967년 11월)

卷頭言 · 野黨의 登院에 즈음하여 • (4)

東歐를 뒤흔든 체코의 小說(二○○枚全載)[1767]
- 權力者의 葬禮式(The Taste of Power) : 한 편의
    文學作品이 共産國 權座를 뒤흔들었다
    [1768] • 래디스라브 마나[1769]; 유경환 옮김 (5)

詩
- No. 444 • 金永三 (39)
- 握手 • 李禧哲 (40)
- 主義 • 丁奎南 (41)
- 스켓취 • 金思林 (42)

書評 · 壁畵를 살려낸 情緖 : 이종기 지은 「하
    늘과 땅의 사랑」 • (43)

日曆의 秩序 • 金永琪 (45)

思想界 第15卷 第12號 通卷 第176號
(1967년 12월)

卷頭言 · 一九六七年의 韓國 • (4)

特輯 · 새 倫理와 現代知性
- 르낭과 베르그송의 人格倫理 : 프랑스의 知
    性[1770] • 崔明官 (6)
- 人間과 世界의 自律性時代 • 朴炯圭 (12)
- 블트만의 終末論的 倫理 • 邊鮮煥 (17)

1764 목차는 'J · D · 쌔린져'.
1765 목차는 '毛澤東의 中國'.
1766 목차는 40쪽. 본문이 맞음.

1767 목차는 '東歐問題作品 Atlas誌에 발표된 체코作
    家의 이 告發!'.
1768 목차는 '權力者의 葬式'.
1769 목차는 '마나꼬'.
1770 목차는 '프랑스의 知性과 人格倫理'.

- 발트의 狀況倫理 • 尹聖範 (24)
- 틸리히의 神律倫理 • 文相熙 (30)
- 사랑 · 忠實 · 待命 • 金奎榮 (35)
- 사랑의 主體者로서의 共同的 存在 • 李鍾聲 (40)
- 니버의 크리스천 리어리즘 • 金觀錫 (47)

一九六六年度「獨立文化賞」受賞者 發表[1771] • (52)

詩
- 이 地平線에 • 毛允淑 (55)
- 불새 외1편 • 李元壽 (56)
- 어찌된거냐 • 張萬榮 (58)
- 놓친 굴렁쇠 • 金光林 (59)
- 同窓會에서 온 發起文 • 金在元 (60)
- 첫 눈 • 閔暎 (62)
- 決心 • 李炭 (63)

隨筆
- 까마귀 • 朴松 (64)
- 事物과의 對話 • 成春福 (65)
- 어글리 코리언 • 吳在璟 (67)

第九回「思想界」新人文學賞에 관한 社告 • (70)

思想界 第16卷 第1號 通卷 第177號
(1968년 1월)

畵報
- 꿩 대신 닭! • (5)
- 合議議定書가 남긴 活劇 • (6)
- 따뜻한 獨立文化賞 授賞式 • (7)
- 民主主義의 再檢 • (8)
- 産業戰士의 變貌 • (9)
- 돌아가는 三角地 • (10)
- KS마크의 魔力 • (11)
- 無罪言渡의 合法團體 • (12)

卷頭言 · 무거운 짐을 기꺼이 지고 떳떳이 살자 • 夫琓爀 (14)

卷頭論文 · 知識人의 良心崩壞를 막자 • 李熙昇 (17)

敎養特輯 · 價値觀의 確立 : 社會現實과 價値觀의 再評價
① 現代의 三綱五倫 • 安秉煜 (24)
② 政治人의 價値觀 • 車基璧 (36)
③ 企業人의 價値觀 • 徐南源 (43)
④ 사랑과 性에 대한 價値觀 • 金恩雨 (50)

現代不條理와 人間疎外
① 社會學的 疎外意識의 系譜 • 高永復 (57)
② 現代文學과 人間疎外 • 李御寧 (64)
③ 不條理와 疎外의 社會風潮 • 黃東奎 (71)

知識의 驚異 ①
- 人間工學 • 韓萬春 (78)
- 宇宙開發 • 金在灌 (83)

知識人의 社會參與 : 日刊新聞의 最近 論說을 중심으로[1772] • 金洙暎 (89)

機動警察의 合法的 行動半徑 : 美國의 民亂鎭壓의 경우와 對照하여 • 蓬萊 (95)

韓國史의 時代區分問題 : 심포지움 〈韓國史의 時代區分問題〉를 듣고 • 金龍德 (102)

1771 목차는 '第四回 獨立文化賞受賞發表'.

1772 목차는 '知識人의 社會參與 : 日刊新聞의 最近 論說을 中心으로'.

豫告 · 韓國學의 形成과 그 開發 ● (114)

經濟特輯 · 後進国의 高度成長은 可能한
가?[1773]
① 8.3% 成長率의 虛實[1774] ● 李甲燮 (116)
② 經濟協力의 必要性과 그 得失[1775] ● 韓基春
　　(123)
③ 自立的 成長의 條件[1776] ● 南悳祐 (133)
④ 量的外形成長과 大衆經濟生活의 沈滯[1777] ●
　　李濟民 (141)
⑤ 財政投融資政策의 階層別 地域別 隔差深化
　　: 富의 集中化 傾向을 中心으로[1778] ● 金
　　重緯 (148)

BOOK REVIEW ● 申命燮 (155)

座談會 · 越南과 韓国問題 : 特派員들의 證言 ·
　　戰爭과 平和 ● 梁興模; 李錫烈; 曺淳煥; 沈
　　載薰; 李度珩; 張斗星 (160)

「思想界」二月號 豫告 ● (223)

二〇世紀 美術 · 現代美術論考 ● 卞鍾夏 (224)[1779]

靑鹿第二小詩集

1773 목차에는 '韓國經濟의 경우를 中心으로'라는 부
　　제 있음.
1774 목차는 '八 · 三% 成長率의 虛實 : 台灣의 年平均
　　五%와 比較해서'.
1775 목차는 '經濟協力의 必要性과 그 得失 : 外資 · 技術
　　및 糧穀의 導入이냐? 商品市場化냐?'.
1776 목차는 '自立的 成長의 條件 : 外資導入, 貿易外受
　　入, 도시건설, 民間大企業으로만 可能한가'.
1777 목차는 '量的外形成長과 大衆經濟生活의 沈滯 : 借
　　款償還難과 開發인프레이숀'.
1778 목차는 '財政投融資政策의 階層 · 地域別 隔差深化 :
　　富의 集中化 傾向을 中心으로'.
1779 목차는 223쪽. 본문이 맞음.

- 朴木月篇 : 가벼운 隕石
　= 離別歌 ● (234)
　= 對座相面五百生 ● (236)
　= 下端에서 ● (238)
　= 바람소리 ● (240)
　= 詩 ● (241)

- 趙芝薰篇 : 靑鹿集以後
　= 花體開顯 ● (244)
　= 絶頂 ● (245)
　= 多富院에서 ● (247)
　= 혼자서 가는길 ● (249)
　= 病에게 ● (252)

- 朴斗鎭篇 : 예루살렘의 나귀
　= 辨證法 ● (255)
　= 예루살렘의 나귀 ● (257)
　= 背叛圖 ● (260)
　= 林間學校 ● (263)
　= 海岸線 ● (264)

短篇小說 · 削髮 ● 安壽吉 (266)

長篇連載小說 · 氷河時代 (第八回) ● 宋炳洙 (284)

編輯後記 ● (312)

思想界 第16卷 第2號 通卷 第178號
(1968년 2월)

卷頭言 · 바늘 허리에 실을 매서는 안된다 ●
　　夫琓爀 (14)

特輯 · 大學社會論
- 國家發展을 위한 大學敎育의 使命 ● 朴大善
　　(16)

- 大學의 自主性 • 李恒寧 (26)
- 오늘의 大學本質은 무엇이냐 • 르네 마르킥 (34)
- 學生權力의 主唱 • 매리 홀랜드 (43)

特輯 · 市民社會의 意識構造[1780]
- 進步에의 意志 (歷史觀의 問題) • 崔東熙 (50)
- 自然에의 挑戰 (自然觀의 問題) • 鄭範謨 (56)
- 人格과 個性 (人間觀의 問題) • 金泰吉 (63)
- 職業의 榮光과 倫理[1781] (職業觀의 問題) • 黃山德 (70)
- 새 社會에의 志向[1782] (社會觀의 問題) • 李萬甲 (76)

새해의 經濟展望 • 金永善 (83)

特輯 · 新生國民主政治의 座標
- 新生國民主化의 理想과 現實 • 李克燦 (90)
- 國際政治挑戰에 시달리는 新生國 : 新生國의 民主化에 對한 國際的影響 分析 • 金永俊 (97)
- 政治發展과 經濟成長 : 新生國의 民主政治 發展과 經濟成長은 兩立할 수 없는가 • 張偉敦 (104)
- 新生國政治와 權威主義 • 韓培浩 (112)
- 新生國野黨의 位置 • 梁好民 (119)
- [1783] 一人一票主義의 神話 • 蓬萊 (126)

韓國政治思想의 메타볼리즘 • 李榮一 (133)

作家와 評論家의 對決 : 文學의 現實參與를 중심으로 • 鮮于煇; 白樂晴[1784] (144)

二○世紀의 美術 ② · 現代美術論攷 : 戰後抽象 美術을 중심으로 • 卞鍾夏 (166)

社告 · 韓國學의 形成과 그 開發 • (179)

編輯者에게 온 便紙 • (180)

鼎談 · 韓國學의 形成과 그 開發 ① : 韓國의 宗教 • 朴暎岩; 金在俊; 崔德新 (182)

BOOK REVIEW • 申命燮 (200)

知識의 驚異 ②
- 內科醫學의 發達[1785] • 韓鏞澈[1786] (205)
- 外科醫學의 發達[1787] • 閔丙哲 (212)

古典의 現代的解釋 ① 論語 · 論語는 永遠히 살아 있는 人類의 書 : 孔子와 現代人과의 對話[1788] • 鄭瑽 (218)

學問의 열쇠 ① · 數學은 自然科學인가? • 金致榮 (230)

새 번역『新約全書』[1789] • 金鎭萬 (234)

特別連載 ① · 地球의 그림자 C · I · A • Andrew Tully; 閔小庭 譯[1790] (244)

藝術의 프리즘 ① · 모나리자의 原型[1791] • 林英芳 (255)

1780 목차에는 '낡은 意識의 淸算을 위하여'라는 부제가 있음.
1781 목차는 '職業의 榮光'.
1782 목차는 '새 社會의 志向'.
1783 ⑥이어야 하는데 ⑤로 잘못 표기.

1784 '白樂晴'의 오자. 목차도 잘못됨.
1785 목차는 '內科醫學'.
1786 목차는 '韓鏞徹'. 목차가 맞음.
1787 목차는 '外科醫學'.
1788 목차는 '生活의 智識과 古典①「論語」篇'.
1789 목차는 '새번역 新約全書 批判'.
1790 목차는 '앤드류 털리'.
1791 목차는 「모나리자」의 원형'.

教授隨筆
- 변명에 가까운 苦悶[1792] • 金亨錫 (260)
- 中學入試에 나타난 한심한 일들 • 玄勝鍾
  (264)
- 爐邊記 • 金南祚 (267)
- 아마츄어 禮讚 • 李軒求 (269)
- 老教授의 隱退 : 比較文學者프리더리크教
  授 • 異河潤 (272)

海外文壇 ① · 現代 獨逸作家群의 動向 : 廢墟
  속의 不死鳥 • 金晸鎭 (275)

文學論評 · 虛無主義와 그 克服[1793] : 東仁文學
  賞授賞作家를 中心으로한 試論 • 김현
  (290)

時
- 실한 머슴 : 마르끄 · 샤가르 畵風으로 • 徐
  廷柱 (302)
- 겨울날 • 金珖燮 (304)
- 눈맞춤 • 辛夕汀 (306)
- 零時 以後의 品詞 • 李相魯 (309)

短篇小說 · 숨쉬는 나무 • 朴榮濬 (316)

長篇連載小說 · 氷河時代 (第九回) • 宋炳洙
  (336)

畵報
- 女會計司 • G. Rouault (361-362)
- 兵士와 女人 • G. Rouault (361-362)

編輯後記 • (362)

思想界 第16卷 第3號 通卷 第179號
(1968년 3월)

畵報
- 變則의 通則化 • (5)
- 韓日獨立鬪士 島山先生 • (6)
- 先烈 앞에서 골프를 해야 近代化냐? • (7)
- 韓國人은 '朝鮮人' 稱號를 왜 싫어하여야
  하나? • (8)
- 부시고 또 부셔야 建設인가? • (9)
- 觀光붐과 外資導入붐이 外國人에게 犯罪自
  由를 주었나? • (10)
- 美軍駐屯의 副作用 • (11)
- 메사돈과 世代交替한 가짜 抗生劑 • (12)

卷頭言 · 抵抗意識의 現代化를 促求한다 • 夫琓
  爀 (14)

卷頭論文 · 抵抗의 哲學 • 夫琓爀 (16)

特輯 · 民族抵抗의 歷史[1794]
- 三國人의 外敵對抗 • 李基白 (26)
- 高麗人의 外壓克服 • 姜晋哲 (33)
- 朝鮮人의 悲劇的 抗拒 • 李鉉淙 (42)
- 修好條約 이후의 反日勢力 • 洪以燮 (51)
- 新文化開花 전후의 民族精神 • 李瑄根 (59)

公安犯罪와 法平等原則의 限界 • 金興漢 (67)

金新朝의 處遇에 관한 問題 • 李太熙 (74)

特輯 · 現代危機意識의 系譜
- 軍隊의 政治關與가 낳은 危機現象 : 로마帝
  國 末期의 경우 • 梁秉祐 (84)

1792 목차는 '변명에 가까운 苦憫'.
1793 목차는 '虛無主義의 克服'.

1794 목차에는 '外族의 侵略과 우리의 抵抗'라는 부
  제 있음.

- 教會의 부패타락과 中世의 終焉 • 李光周 (91)
- 資本主義의 發展과 危機의 要因[1795] • 吳日弘 (99)
- 文化의 相衝과 東洋的 傳統社會의 變質[1796] • 全海宗 (108)
- 二〇世紀 危機意識의 本領 • 李敏鎬 (115)
- 新生諸國이 봉착한 危機 분석과 처방 • 蓬萊 (122)

特別連載 ② · 地球의 그림자 C · I · A • Andrew Tully; 閔小庭 譯[1797] (131)

『힘을 기르소서』: 島山 逝去 三〇周忌에 붙이는 글[1798] • 安秉煜 (140)

學問의 열쇠 ② 物理學 · 微視的 世界의 自然觀 • 安世熙 (149)

知識의 驚異 ③
- 海洋學 (上) • 崔相 (153)
- 氣象學 • 金聖三 (158)

古典의 現代的解釋② 佛典 · 涅槃의 집 · 自覺의 힘 : 元曉述, 『金剛三昧經論』中에서[1799] • 李箕永 (163)

藝術의 프리즘 ② · 로댕博物館 · 其他 • 李逸 (172)

BOOK REVIEW • 申命變 (176)

희랍 軍事政權의 大領들[1800] • 헤렌 브라코[1801] (182)

特輯 · 게릴라戰과 反게릴라戰 : 誘導彈時代의 原始戰爭
- 特殊戰의 主役軍들 • 金成楫 (190)
- 게릴라戰의 戰略理論家 • 金洪喆 (198)
- 第三의 挑戰 人民解放戰爭[1802] • 林東源 (208)

豫告 · 思想界 四月號 主要內容 • (218)

海外文壇 ② · 現代 英國作家群의 動向[1803] : 머독크의 對話 • 金鎭萬 (219)

鼎談 · 韓國學의 形成과 그 開發 ② : 韓國의 科學 • 鄭寅國; 車均禧; 尹東錫 (226)

生存賃金의 보장을 위한 提言[1804] • 卓熙俊 (240)

서랍속에 든 「不穩時」를 分析한다 : 「知識人의 社會參與」를 읽고[1805] • 李御寧 (250)

二〇世紀의 美術 ③ · 現代美術論攷 : DA-DA-NEO DADA • 卞鍾夏 (260)

時
- 아침 이미쥐 • 朴南秀 (272)

1795 목차는 '資本主義의 발전과 危機의 要因'.
1796 목차는 '文化相衝과 東洋的 傳統社會의 變質'.
1797 목차는 '엔드류 털리'.
1798 목차는 '安島山 三〇周忌'.
1799 목차는 '生活의 智慧와 古典② 「佛典」: 古典의 現代的解釋'.

1800 목차는 '軍事政權의 大領들'.
1801 목차는 '헬렌 브라코'.
1802 목차는 '第三의 挑戰「人民解放戰爭」'.
1803 목차는 '最近 英國作家群의 動向'.
1804 목차는 '生存賃金의 保障을 위한 提言'.
1805 목차는 '서랍속에 든 「不穩」時를 分析한다 :「知識人의 社會參與」에 대한 反論'.

- 神과 나와 座席 • 李敬純 (273)

- 不在 • 金顯承 (274)

隨筆

- 觀光비자를 바꾸던 날 • 李吉相 (276)

- 컬럼니스트이야기 • 沈鍊燮 (279)

- 이끼 낀 바위 • 金奎榮 (282)

- 생각하는 대로 • 張萬榮 (284)

1960年代 노벨文學賞受賞者를 중심으로 · 아
    스투리아스의 敎訓 : 世界文學과 韓國
    文學[1806] • 廉武雄 (288)

短篇小說 · 鳴村 할아버지 • 吳永壽 (296)

長篇連載小說 · 氷河時代 (第一○回) • 宋炳洙
    (308)

編輯後記 • (334)

思想界 第16卷 第4號 通卷 第180號
(1968년 4월)

畵報

- 忘却된 4 · 19 墓地 • (7)

- 겉치레工事의 悲劇 • (8)

- 區廳長에 쫓기는 司法府의 권위 • (9)

- 가짜 時代에 가짜 卒業狀 登場 • (10)

- (무제) • (11)

- 갓쓰고 자전거 타는 격인 光化門復元 • (12)

卷頭言 · 존슨退陣을 直視하라 • 夫琓爀 (14)

『思想界』創刊一五周年 記念辭[1807]

- 民族的良心과 知性의 代辯誌로서 계속 奮發
    하라 • 兪鎭午 (16)

- 무궁한 발전 있기를 • 蔡命新 (17)

- 北極星과도 같은 밝은 빛을 • 朴大善 (17)

- 겨레의 빛으로, 대화의 광장으로, 『사상
    계』의 발전을 祈願한다 • 쟌 P · 데일리
    (18)

- 새 삶의 건설을 위한 희망과 과업을 『思想
    界』에 기대한다 • 洪在善 (19)

- 暗黑社會에 光明의 燈台 되라 • 趙性喆 (20)

革命의 哲學[1808] • 함석헌 (22)

特輯 · 政權交替論[1809]

- 「大學生政治」의 比較展望 • 세이무어 M · 립세
    트[1810] (29)

- 政權交替의 實際 : 平和的 政權交替에의 論
    理 • 金圭澤 (47)

- 執權延長의 戰略[1811] : 權力安定의 이론적 고
    찰 • 金碩祚 (52)

- 政權交替 可能性의 提示와 摸索[1812] • 盧在鳳
    (57)

- 四 · 一九의 行方 • 李敦寧 (62)

後進國의 防衛體制와 自立防衛能力[1813] • 李圭
    東 (69)

1807 목차는 '創刊一五周年 記念祝辭'.

1808 목차는 '卷頭論文' 꼭지명 있음.

1809 목차는 '選擧와 그 否定'라는 부제 있음.

1810 목차는 'S · M · 립세트'.

1811 목차는 '執權延長을 위한 戰略'.

1812 목차는 '政權交替可能性의 제시와 摸索'.

1813 목차는 '後進國의 防衛體制와 自立防衛能力 : 不安
    의 擴大再生産을 경계함'.

1806 목차는 '世界의 文學과 韓國文學 : 一九六○年代
    노벨文學受賞作家들'.

時論·꽃이 지면 옳은 열매가 맺어야 한다[1814]
· 蓬萊 (78)

韓國學生民族運動史 ① · 金大商; 鄭世鉉 (80)

BOOK REVIEW · 申命燮 (85)

特輯·歷史觀의 鳥瞰圖
- 歷史를 보는 눈 · 安秉煜 (88)
- 中國人의 歷史觀 : 儒教를 中心으로 · 鄭在覺 (98)
- 基督教 終末論 · 徐南同 (104)
- 進步의 史觀 : 헤겔의 歷史觀 · 田元培 (113)
- 辨證法的 唯物論의 化石化 : 맑스史觀 · 李炳吉 (120)
- 토인비의 歷史觀 · 盧明植 (128)

社告·새로운 筆者를 위한 青壯年層 投稿 募集 · (135)

鼎談·韓國學의 形成과 그 開發 ③ : 韓國의 經濟 · 金永善; 朴喜範; 李承潤 (136)

外國人의 韓國評 ① · 韓國人이 제대로 하는 일[1815] · 柳益衡 (162)

特別連載 ③ · 地球의 그림자 C · I · A[1816] · An-drew Tully; 閔小庭 譯[1817] (168)

對談·基督教의 世俗化와 社會參與 · 安炳茂; 金觀錫 (174)

古典의 現代的 解釋 ③ 『폴리테이아 (國家)』[1818] · 趙要翰 (186)

나의 研究노오트 ① · 「무을」과 「두레」에 대하여[1819] · 李丙燾 (192)

智識의 驚異 ④ · 海洋學 (下) · 崔相 (198)

學問의 열쇠 ③ 遺傳學 · 멘델法則에의 挑戰[1820] · 姜永善 (206)

藝術의 프리즘 ④[1821] · 반 고호 : 悲劇의 한 典型 · 李慶成 (210)

編輯者에게 온 便紙[1822] · (213)

社告·第一○回 新人賞募集 · (217)

海外文壇 ④ · 現代프랑스作家群의 動向 · 洪承五 (218)

座談會·韓國創作文學의 當面課題와 方向 : 東仁文學賞 一二年의 遍歷 · 金聲翰; 鮮于輝; 吳尙源; 全光鏞; 李浩哲; 宋炳洙; 金承鈺; 崔仁勳 (224)

第五回 獨立文化賞授賞式에 즈음하여[1823] · (245)

一九六八년도 獨立文化賞 受賞者 발표 · (246)

1814 목차는 '꽃이 지면 옳은 열매가 열어야 한다'.
1815 목차는 '外國人의 황당무계한 韓國評①'.
1816 목차는 '地球의 그림자 C · I · A ③'.
1817 목차는 '엔드류 털리'.

1818 목차는 「폴리테이아」篇이 주는 教訓'.
1819 목차는 '나의 研究노트①·「무을」과「두레」'.
1820 목차는 '멘델유전법칙에의 挑戰'.
1821 목차는 '藝術의 프리즘 ③'. 본문이 맞음.
1822 목차는 '讀者通信'.
1823 목차는 '第五回 獨立文化賞發表'.

- 月南言論賞 授賞決定書 • (247)
- 東仁文學賞 授賞決定書 • (248)
- 春谷美術賞 授賞決定書 • (249)
- 一九六七年度 獨立文化賞基金管理委員會 名單/ 一九六七년도 月南言論賞 審査委員會/ 一九六七년도 茶山文化賞 審査委員會/ 一九六七년도 東仁文學賞 審査委員會/ 一九六七년도 春谷美術賞 審査委員會 • (250)
- 月南言論賞 受賞者의 答辯 • 李繽致[1824] (251)
- 東仁文學賞 受賞者의 答辯 • 李清俊 (252)
- 春谷美術賞 受賞者의 답변 • 金今玉[1825] (253)

隨筆 · 各大學校 大學新聞 主幹들의 隨筆 ①
- 「나」• 심종섭 (254)
- 나의 趣味[1826] • 吳周煥 (255)
- 取材原과 學生記者 • 鄭忠良 (256)
- 새끼줄 語錄 • 李圭鍾 (257)

詩壇八人集
- 撫劍의 書 • 金冠植 (258)
- 鬪鷄가 되고 보면 • 金容浩 (261)
- 로마 • 金宗文 (264)
- 보름달 • 金春洙 (266)
- 智慧 • 朴泰鎭 (267)
- 聖家族 • 申瞳集 (269)
- 돌의 노래 • 鄭漢模 (271)
- 돌멩이 처럼 • 黃錦燦 (273)

第一二回 東仁文學賞受賞作品[1827] · 병신과 머저리 • 李清俊 (275)

長篇 連載小說 · 氷河時代 (第一一回) • 宋炳洙 (297)

畵報 · Rythme oriental (2), 1965 • 南寬(薛元植所藏) (311)

編輯後記 • (312)

思想界 第16卷 第5號 通卷 第181號
(1968년 5월)

畵報 • (표지-6)[1828]

卷頭言 · 黑과 白 • 夫琓爀 (14)

『五 · 一六革命公約』의 行方[1829] • 함석헌 (16)

「五 · 一六公務員」의 病理分析 : 韓國官僚制의 歷史的 反省 • 安海均 (24)

金波動과 존슨 退陣 • 金泳祿 (32)

美國의 新孤立主義 路線 • 朴俊圭 (39)

民權爭取에의 險路 • 申命變 (45)

三權의 均衡이냐 알력이냐 • 李炳勇 (54)

東歐의 새 물결 : 共産化에서 自由化까지의 背景狀況 • 林芳鉉 (59)

軍部와 民主政治 • 이기원 (65)

與野合意議定書의 處理方案[1830] • 金哲洙 (71)

1824 '李繽敎'의 오자. 목차가 맞음.
1825 수상자인 '南寬'의 처제.
1826 목차는 '나의 취미'.
1827 목차는 '東仁文學賞 12回受賞作品'.

1828 5 · 16비판, 노동쟁의 민생고, 소월 난과 동상 등 무제의 화보 14면.
1829 목차는 '卷頭論文 · 革命公約의 行方'.
1830 목차는 '與野合意議定書의 處理'.

소련 知性의 革命兒들 • 에드워드 크랭크쇼[1831] (78)

知識人의 抵抗 • 孫宇聲 (84)

交替勢力의 培養 : 승계주체의 형성 과제 • 鄭範謨 (93)

權力變動의 諸類型 • 李廷植 (99)

必然을 싸고 넘는 自由에의 確信[1832] • 崔東熙 (105)

우리에겐 史觀이 있는가 • 崔永禧 (110)

都市計劃에 쫓기는 文化財 • 秦弘燮 (116)

大衆社會와 大衆文化 • 金璟東 (121)

古典의 現代的 解釋 ④ • 마그나칼타의 眞相 • 金碩祚 (126)

藝術의 프리즘 ⑤ • 베에토벤의 生家[1833] • 閔元得 (130)

學問의 열쇠 ④ 經濟學 · 歪曲된 經濟術語[1834] • 金貞世 (133)

特輯 · 五 · 一六 이후의 韓國文化[1835]

- 韓國文化와 權力構造 • 金泳謨 (138)
- 時 · 時와 政治 現實 • 金禹昌 (144)
- 小說 · 自嘲와 無意味한 散策 • 鄭昌範 (149)
- 戱曲 · 씨나리오 · 너무나 神經過敏인! • 吳華燮 (152)
- 美術 · 「藝術保護」와 「善意의 紐帶」 • 劉槿俊 (154)
- 演劇 · 外國엔 解明 어려운 「藝總」 • 李根三 (159)
- 公演藝術 · 政策의 貧困 · 大衆文化의 墮落 • 呂石基 (161)
- 言論 · 虛脫狀態의 言論 • 나절로 (163)
- 放送 · 放送은 權力을 좋아한다 • 李相禧 (165)
- 座談會 · 出版과 雜誌 : 出版과 雜誌의 어제와 오늘[1836] • 鄭鎭肅; 柳琦諄; 柳益衡; 閔泳斌[1837] (168)
- 映畵 · 위험한 고빗길 · 不吉한 豫感 • 扈賢贊 (181)
- 情緒不在의 映像 • 李眞燮 (183)
- 敎育 · 國民敎育의 畸型化 • 金龍現 (187)
- 體育 · 體育團體의 春秋戰國時代 • 趙恒彦 (192)
- 衣 · 食 · 住 · 形式의 모방과 標識없는 近代化 • 韓甲洙 (194)
- 建設 · 指名隨意契約이라는 새 戰術 • 趙性喆 (197)

詩壇五人集
- 고개마루 • 金光林 (201)
- 손톱을 깎으며 • 朴成龍 (202)

1831 목차는 '크랭크쇼'.
1832 목차는 '야스퍼스 史觀'.
1833 목차는 '예술의 프리즘 ④ · 베토멘의 生家'.
1834 목차는 '學問의 열쇠 ④ 歪曲된 經濟術語'.
1835 목차는 김우창, 정창범, 오화섭의 글을 '參與와 純粹의 迷路─文學'으로, 유근준, 이근삼, 여석기, 호현찬의 글을 '藝術舞台의 人形들'로, 나절로, 이상희, 이진섭의 글을 '權力의 侍女化─大衆弘報'로, 김용현, 조항언의 글을 '權力 · 金力 · 暴力의 敎育 · 體育'으로, 한갑수, 조성철의 글을 '僞裝近代化의 衣 · 食 · 住 · 建設'이라는 제목으로 묶음.
1836 목차는 '出版雜誌의 어제와 오늘'.
1837 목차는 '閔永斌'. 본문이 맞음.

- 가을 나그네 • 全鳳健 (203)
- 違約 • 李炯基 (204)
- 旅愁 • 李東柱 (206)

社告 · 第一○回 新人賞募集[1838] • (208)

生殖生理學에 대한 小考 • 趙完圭 (209)

트란지스터에 대한 科學常識 • 李鍾珏 (212)

社告 · 새로운 筆者를 위한 靑壯年層 投稿 募集[1839] • (215)

編輯者에게 온 便紙[1840] • (216)

BOOK REVIEW • 申命燮 (218)

鼎談 · 韓國學의 形成과 그 開發 ④ : 韓國의 思想 • 李相殷; 李箕永; 韓㳓劤 (220)

特別連載 ④ · 地球의 그림자 C · I · A • Andrew Tully; 閔小庭 譯[1841] (237)

對談 · 韓國의 兒童文學 • 韓晶東; 李元壽 (242)

英國의 離婚法 改正案 • 申命燮 譯 (252)

知識의 驚異 ⑤
- 物理學 • 金相敦 (261)
- 天文學 : 物質의 歷史 • 玄正晙 (265)

韓國學生民族運動史 ② • 金大商; 鄭世鉉 (268)

나의 硏究 노트 ② · 滅貊問題 : 특히 貊과 滅貊의 名稱에 대하여 • 李丙燾 (279)

阮堂論 • 柳熙綱 (283)

二○世紀의 美術 ④ · 現代美術의 變貌 • 李慶成 (288)

墨畵의 思想 • 徐世鈺 (294)

隨筆 · 各大學校 大學新聞 主幹들의 隨筆 ②
- 速斷과 말 • 李乙煥 (300)
- 自由와 正義와 和解 • 金載珍 (301)
- 醜惡한 自畵像 • 崔載勳 (302)
- 老教授의 멋 • 최기준 (303)

海外文壇 ④ · 現代美國作家群의 動向 • 金容權 (304)

時
- 山河 • 申石艸 (310)
- 黙示錄 • 楊明文 (311)
- 長丞 • 韓何雲 (315)

評論 · 新素月文學論[1842] • 文德守 (319)

문학의 機能과 비평의 姿勢 • 金治洙 (326)

短篇小說 · 城廓 밖의 봄 • 孫素熙 (333)

長篇連載小說 · 氷河時代 (第一二回) • 宋炳洙 (346)

編輯後記 • (362)

1838 목차는 '新人賞制度募集要領'.
1839 목차는 '新人筆者投稿要領'.
1840 목차는 '讀者通信'.
1841 목차는 '엔드류 털리'.

1842 목차는 '新素月文學論'.

思想界 第16卷 第6號 通卷 第182號
(1968년 6월)

畵報
- 향토예비군 개정법안통과 • (3)
- 六〇년來의 한발 • (4)
- 陽性化公約이 빚어낸 철거반대 데모가 유행 • (5)
- 애국 先烈의 동상들 • (6)
- 데모아닌 꽃놀이 소동 • (7)
- 佛敎의 近代化냐, 제二의 크리스마스냐? • (8)

卷頭言 · 反共을 위한 깊은 反省 • 夫琓爀 (14)

歷史의 現段階 • 閔錫泓 (17)[1843]

共産主義運動의 多元化와 北傀行方 • 스테판 C · 스톨트[1844] (26)

特輯 · 國軍 二〇年의 成長度
- 對談 · 建軍의 産苦와 發育 • 李範奭; 劉庚煥 (40)
- 民主軍隊의 理想과 現實 • 金晉均 (54)
- 軍에 對한 經濟的 投入과 社會的 産出 : 軍援 · 國防豫算과 經濟發展 • 李漢彬 (61)
- 國軍戰力과 休戰線 • 申應均 (68)

鄕土豫備軍法 改正案에 對한 政府側提案說明 • 崔榮喜 (74)

鄕土豫備軍法改正案에 對한 野黨側反對理由 • 兪鎭午 (76)[1845]

광고 · 國軍 二〇年의 발자취 • 국방부 제공 (78-79)[1846]

金玉均에서 李承晩까지 • 千寬宇 (82)

産業社會의 變異 : 갈부레이스의 『新産業國家論』을 중심으로 • 李承潤 (92)

社告 · 第一〇回 新人賞募集[1847] • (102)

社告 · 새로운 筆者를 위한 靑壯年層 投稿 募集[1848] • (103)

現代國際法의 戰爭防止力 • 金燦奎 (104)

忠武公銅像建立의 意義와 問題點 • 崔碩男 (109)

國際政治와 韓國動亂 • 咸義英 (116)

外國學者들의 韓國政治分析批判 • 尹謹植 (123)

韓國學生民族運動史 ③ : 三 · 一運動 이후 六 · 一〇運動 前까지 • 金大商; 鄭世鉉 (130)

特輯 · 侵略과 成長의 日本 ― 一〇〇年
- 日本의 思想 : 丸山眞男敎授의 論文을 소개하면서 • 鄭明煥 (140)
- 日本의 政治와 韓國 • 朴俊圭 (147)
- 日本의 經濟成長과 韓國 • 鄭道泳 (153)
- 韓日關係史 • 金玉烈 (159)

1843 목차는 '卷頭論文 · 歷史의 現段階'.
1844 목차는 'S · C · 스톨트'.
1845 최영희와 유진오의 글은 '國軍 二〇年의 成長度'

특집에 '鄕土豫備軍法改正案'라는 소제목과 함께 실려 있음.
1846 78쪽과 79쪽 사이의 20면.
1847 목차는 '新人賞制度募集要領'.
1848 목차는 '新人筆者投稿要領'.

知識의 驚異 ⑥ · 레이서光線의 神秘 • 金根熙 (167)

鼎談 · 韓國學의 形成과 그 開發 ⑤ : 韓國의 演劇 · 映畫[1849] • 吳泳鎭; 吳華燮; 金綺泳 (170)

教授隨筆三題
- 봄이 오면 걱정이[1850] • 鄭庚錫 (188)
- 돈 · 돈 · 돈 • 羅英均 (190)
- 소크라테스의 재판 • 蘇興烈 (192)

古典의 現代的 解釋 ⑤ · 맑스『資本論』의 새로운 批判[1851] • 林鍾哲 (197)

編輯者에게 온 便紙[1852] • (200)

마틴 루터 킹의 삶과 죽음의 意味[1853] : 非暴力主義者가 暴力에 넘어진 희생 • 崔明官 (202)

時間과 空間의 哲學 : 現象學的 人間學의 立場에서 • 李奎浩 (210)

時論
- 人力輸出의 現況과 展望 • 李文弘 (215)
- 財産稅는 公約대로인가? • 李光杓 (218)

特別連載 ⑤ · 地球의 그림자 C · I · A • Andrew Tully; 閔小庭 譯 (221)

BOOK REVIEW • 申命燮[1854] (228)

藝術의 프리즘 ⑤[1855] · 美國黑人의 抵抗音樂 : 前衛藝術과 째즈 音樂 • 崔敬植 (230)

나의 研究노트 ③ · 阿斯達社會 : 變遷과 그 名稱問題(上)[1856] • 李丙燾 (237)

소聯作家들의 抗拒 : 不滿의 코러스 • 申命燮 譯 (242)

二〇世紀의 美術 ⑤ · 現代美術의 素材 • 李慶成 (250)

續 · 나의 文壇回顧錄 ① · 散珠片片 : 一九二九 — 一九三六 • 李軒求 (257)

時
- 方 안드레아神父 • 朴喜璡 (262)
- 입맞춤하다가도 • 申東曄 (263)
- 내가 겨울을 • 成贊慶 (265)
- 暗夜行 • 李敬南 (267)
- 꽃밭에 물을 주면 • 曺永瑞 (269)

앙팡 · 모랄리스뜨 : 우리 世代의 文學[1857] • 金炳翼 (270)

評論 · 金東仁의 리얼리즘文學 緣由 • 安容道 (276)

短篇小說
- 銀빛깔의 작은 새 • 具喆瑛 (289)
- 우울한 漢江 • 孫章純 (300)

1849 목차는 '韓國의 演劇과 映畫'.
1850 목차는 '봄날이 오면 또하나의 걱정이'.
1851 목차는 '맑스『資本論』에 대한 새로운 批判'.
1852 목차는 '讀者通信'.
1853 목차는 '마틴 루터 킹의 삶과 죽음'.
1854 목차에는 '신명섭'.

1855 ⑥이 맞음.
1856 목차는 '阿斯達社會의 變遷과 그 名稱問題'.
1857 목차는 '앙팡 모랄리스뜨(젊은 作家의 精神姿勢)'.

長篇連載小說 · 氷河時代第 (一二回)[1858] • 宋炳洙 (311)

戲曲 · 家族 : 〈三幕 四場〉[1859] • 韓路檀 (326)

編輯後記 • (344)

思想界 第16卷 第7號 通卷 第183號
(1968年 7월)

畵報
- 國軍裝備의 現代化
- 上濁下不淨을 反省하라!
- 名分 없는 退陣의 휘날레!
- 요란했던 野堂 單一指導體制의 産苦
- 阿呼! 芝薰은 가다
- 主體意識 상실의 산 證據?
- 半世紀만에 햇빛 본 韓日合倂條約 關係文書 原本
- 正札 아닌 흥정으로 이루어진 國政監査
- 勝訴한 紅一點選良에게 先苦後樂의 마음씨를! (표지-7)[1860]

卷頭言 · 私意보다 死義를 擇하라 • 夫琓爀 (14)

特輯 · 立法府存立의 「決定」論[1861]
- 行政權의 異常肥大와 國會機能弱化 • 張乙炳 (18)
- 立法過程 없는 立法府의 向方 • 韓培浩 (26)
- 國會의 無能과 民權守護 • 朴承載 (31)

特輯 · 農業經濟의 定向分析
- 農民은 왜 못사나? • 金永善 (38)
- 食糧自給에의 緊急動議 : 國際的 食糧事情의 變化와 韓國農業의 姿勢 • 朱宗桓 (45)
- 農地制度 改革의 方向 • 朴基赫 (53)
- 農協과 農村指導機關 • 金鏞喆 (60)

歷史의 激戰地를 찾아서 ① · 南漢山城 • 함석헌 (66)

腐敗學序說 : 腐敗와 經濟發展 • 張源宗 (74)

世界學生運動의 變貌 • 編輯部 (80)

美國의 政治와 軍部[1862] • 金永俊 (86)

兵營國家論 • 金碩祚 (92)

行政府腐敗와 國民保健
- 保健豫算과 保健行政 • 許程 (96)
- 保健施策과 國民疾病의 豫防 • 明柱完 (101)
- 靑少年疾患과 國家發展[1863] • 韓鏞徹 (106)

知識의 驚異 ⑦[1864] · 原子力의 作物育成에 대한 利用[1865] • 白龍均 (111)

二〇世紀의 美術 ⑥ · 現代美術의 方法 • 李慶成 (114)

나의 硏究노트 ④[1866] · 阿斯達社會 : 變遷과 그 名稱問題 (下)[1867] • 李丙燾 (121)

1858 목차는 13회. 목차가 맞음.
1859 목차에는 '家族 : 〈三幕 四場〉①'.
1860 표지에서 7쪽 사이의 9면.
1861 목차는 '立法府存立의 「決定」論 : 法律과 豫算 없는 行政府의 獨走防止'.

1862 목차는 '美國의 軍部와 政治'.
1863 목차는 '靑少年疾病과 國家發展'.
1864 목차는 '과학 · 知識의 驚異 ⑦'.
1865 목차는 '原子力의 作物利用'.
1866 목차는 '나의 연구노트 (完)'.
1867 목차는 '阿斯達社會의 變遷과 그 名稱問題 (下)'.

學問의 열쇠 ⑤·藥理學 : 감기에 특효약은 없다[1868] • 全鍾暉 (126)

BOOK REVIEW • 申命燮[1869] (129)

韓國學生民族運動史 ④ : 六·一〇運動 • 金大商; 鄭世鉉 (132)

世界三大性典 • 蓬萊 (139)

韓國學의 形成과 그 開發 ⑥·韓國의 音樂 : 國樂·洋樂 • 金琪洙; 金東振; 羅運榮; 洪潤植 (142)

特輯·構造主義
- 構造主義의 發端과 文學에 미친 影響 • 李彙榮 (150)
- 構造主義의 擴散 • 김현 (161)
- 言語學과 人文科學 • 니콜라스 류베; 洪在星 譯 (170)
- 構造的 人類學과 歷史 • 마르크 가보리오; 金華榮 譯 (183)

人間 芝薰과의 交誼 三〇年
- 처음과 마지막 : 芝薰에의 回想 • 朴木月 (197)
- 趙芝薰論 : 그의 詩世界 • 朴斗鎭 (202)

海外文壇 ⑤·現代英國詩人群의 動向 : 라아킨, 건 및 휴우즈를 중심으로 • 金宗吉 (207)

詩
- 智異山 이야기 • 宋稶 (212)
- 잠이 먼 밤에 • 朴在森 (215)
- 聖書의 눈 • 金耀燮 (216)

- 의자가 많아서 걸린다 • 金洙暎 (218)
- 梵鐘의 音響 : 多率寺 (Ⅱ) • 具滋雲 (220)

教授隨筆
- 돌파리 의사 • 李熙昇 (222)
- 理解·心情·打算 • 朴昌海 (224)
- 고무신族·하이힐族 • 金世永 (228)
- 禿頭의 우울 • 趙容萬 (230)
- 大學과 大學校 • 趙義卨 (232)

續·나의 文壇回顧錄 ②·散珠片片 : 故 朴龍喆 三〇 周忌를 보내며 • 李軒求 (234)

戲曲·家族〈三幕四場〉② • 韓路檀 (239)

畫報
- 충북시멘트공업주식회사 제천공장
- 현대건설주식회사 단양공장
- 한일세멘트공업주식회사 단양공장
- 쌍용양회공업주식회사 쌍용공장
- 대한양회공업주식회사 문경공장
- 동양세멘트공업주식회사 삼척공장 • (240-241)[1870]

中篇小說 (五五〇張)·第五의 季節 • 鄭然喜 (252)

編輯後記 • (320)

思想界 第16卷 第8號 通卷 第184號
(1968년 8월)

畫報
- 庇仁공업단지(忠南) • (3)
- 錦江大橋(全北) • (4)

1868 목차는 '감기에 특효약은 없다'.
1869 목차는 '신명섭'.

1870 240쪽과 241쪽 사이 6면.

- 御乘生땜 공사(濟州島) • (5)
- 綜合漁市場(釜山) • (6)
- 濟州-釜山, 釜山-木浦간 연락선 • (7)
- 洛東大橋(慶南) • (8)
- 洛丹橋와 一善橋(慶北) • (9)
- 東海北部線(江原道) • (10)
- 住宅建設의 公約 • (11)
- 京釜高速道路의 高速推進 • (12)

卷頭言 · 暴力과 權力의 函數關係를 명심하라
　　　　　　　　　• 夫琓爀 (14)

政治活動淨化法 七年의 決算 • 蓬萊 (16)

國土防衛와 精神武裝 • 張俊河 (24)

最近 一○年間의 經濟社會趨勢槪觀 〈유엔報
　　告書〉[1871] • 퍼시아 켐벨; 李承潤 譯 (34)

BOOK REVIEW · 開發理論의 發展相
　　(1957~1967) • Egbert De Vries[1872]; 李承潤
　　譯 (48)

社告 · 『思想界』新人文學賞 第一○回應募作品
　　初選對象者名單發表[1873] • (55)

共同題隨筆 · 나의 二○年[1874]
- 나는 藥局의 甘草인가? • 權純永 (57)
- 「法을 지키자면 살 수 없다」• 羅相朝 (59)
- 내 生涯의 高速道路 二○年 • 夫琓爀 (62)

- 짝사랑의 歷程 • 徐廷柱 (66)
- 「漢城棋院」以後 • 趙南哲 (68)
- 「조선어학회」와 『큰 사전』• 최현배 (71)
- 몇 가지의 觀 • 玄錫虎 (74)
- 失意에서 온 虛脫 • 黃山德 (77)
- 萬年新人 • 李奉來 (80)
- 對共査察 二○년 • 李太熙 (83)

美平和軍團의 反作用 • 申命變 譯 (86)

思索의 포럼 ①[1875] · 謙虛의 意志 • 馬慶一 (88)

特輯 · 政府樹立 二○年의 決算書[1876]
1) 新·舊政治勢力의 隆替
　- 操縱民主主義의 痼疾化 : 不正選擧와 政
　　治人의 定向없는 大衆조종 • 金桂洙 (95)
　- 執權延長을 위한 改憲工作 : 改憲의 歷史
　　그 批判과 展望[1877] • 李命英 (101)
　- 第三政治勢力의 歷程 • 李相斗 (110)
　- 政黨과 代議政治 : 代議制民主主義政治
　　過程에서의 政黨의 機能 • 李澤徽 (119)
2) 文化活動의 暗中摸索
　- 韓國敎育制度의 座標 • 鄭範謨 (126)
　- 創造와 混沌의 章 : 思潮의 변천 • 安秉煜
　　(131)
　- 不毛의 文學 二○年[1878] • 趙演鉉 (141)
　- 科學技術敎育 및 政策[1879] • 趙完圭 (147)

미르달의 『國貧論』是非
　- 亞細亞人의 『아시아의 드라마』分析 • 폴 시
　　티-암누아이[1880]; 金重緯 譯 (152)

1871 목차는 '最近 一○年間의 經濟社會趨勢槪觀 (UN報
　　告書)'.
1872 목차는 '브리'.
1873 목차는 '新人文學賞·新人筆者 第一○回初選審査
　　對象者名單發表'.
1874 목차는 '나의 二○年　隨筆一○人選'.

1875 목차는 '續·思索의 포럼 ①'.
1876 목차는 '政府樹立以後 二○年'.
1877 목차는 '改憲의 歷史 : 그 批判과 展望'.
1878 목차는 '不毛의 文學風土 二○年'.
1879 목차는 '科學技術 및 敎育政策'.
1880 목차는 '시티-암누아이'.

- 美國人의 『아시아의 드라마』分析 • 죤 핏셔[1881]; 編輯部 譯 (160)
- 벌어지는 所得格差 • 군나 미르달; 李烈模 譯 (167)

特輯 · 海外文學 — 現代小說
- 英國 · 젠틀한 두 사람 • 그레암 그린; 金世永 譯 (174)
- 美國 · 觀光客과 순례자[1882] • 조오지 P · 에리얼[1883]; 李昌培 譯 (181)
- 프랑스 · 끌레르에게 하는 편지 • 기 로우; 李鎭求 譯 (191)
- 獨逸 · 길다란 그림자 • 마리이 루이제 카슈닛쯔[1884]; 郭福祿 譯 (196)
- 伊 · 請婚[1885] • 모라비아; 林明芳 譯 (202)
- 소聯 · 뻬뜨루샤 • 브 고류쉬낀[1886]; 金鶴秀 譯 (207)

特輯 · 海外文學 — 現代詩
- 英國 · 慘變 • 테드 휴우즈; 金宗吉 譯 (215)
- 美國 · 난폭한 牧歌 • 제임스 메릴; 金禹昌 譯 (216)
- 프랑스 · 두우브는 말한다 • 이브 본느후아[1887]; 洪承五 譯 (217)
- 獨逸 · 빨간 양귀비를 보고 놀래라 • 발터 휄레러; 鄭庚錫 譯 (218)
- 소聯 · N (外) • 바뜨세프; 董玩 譯 (219)

歷史의 激戰地를 찾아서 ② · 幸州山城 • 함석헌 (222)

韓國學生民族運動史 ⑤ : 六 · 一○運動 뒤의 學生運動[1888] • 金大商; 鄭世鉉 (230)

特別連載 ⑥ · 地球의 그림자 C · I · A • Andrew Tully; 閔小庭 譯 (238)

藝術의 프리즘 ⑥ · 오페라의 歷史와 舞臺 • 金慈璟 (245)

外國人의 韓國評 ② · 儒敎的 傳統과 낡은 遺風사이의 誤解[1889] • 金鎭萬 (248)

知識의 驚異 ⑦[1890] · 電子技術의 第二革命 I.C.[1891] • 吳鉉禕 (251)

續 · 나의 文壇回顧錄 ③ · 散珠片片 • 李軒求 (258)

詩 · 五人選
- 무늬 • 金潤成 (263)
- 아직은 • 石庸源 (264)
- 소나기 • 成春福 (265)
- 不在 • 姜敏 (266)
- 축하합니다 • 李炭 (267)

短篇小說 · 共犯者들 (其一) : 내가 보낸 편지 • 徐基源 (268)

戲曲 · 家族〈三幕四場〉完[1892] • 韓路檀 (281)

長篇連載小說 · 氷河時代 (第一四回) • 宋炳洙 (298)

1881 목차는 '핏셔'.
1882 목차는 '〈美國〉觀光客과 巡禮者'.
1883 목차는 '죠지 엘리얼'.
1884 목차는 '카슈닛쯔'.
1885 목차는 '〈伊太利〉請婚'.
1886 목차는 '고류쉬낀'.
1887 목차는 '본느후아'.

1888 목차는 '韓國學生民族運動史 ⑤'.
1889 목차는 '外國人의 韓國評 ②'.
1890 목차는 '科學 · 知識의 驚異 ⑦'.
1891 목차는 '電子技術의 革命'.
1892 목차는 '家族〈三幕四場〉③'.

編輯後記 • (312)

思想界 第16卷 第9號 通卷 第185號
(1968년 9월)

畵報[1893] • (3)

卷頭言 · 民主豫算의 참뜻을 살리자 • 夫琓爀
(14)

地方自治와 政治發展 • 盧隆熙 (16)

언제나 明滅이 無常한 農村地域事業公約의
行方[1894] • 柳龍大 (23)

權力肥大와 不正腐敗의 惡循環 • 趙容範 (30)

特輯 · 自立經濟政策의 失踪
- 高度成長과 貧困擴散의 虛實 • 李烈模 (37)
- 自立과 依存의 亂脈 • 林鍾哲 (43)
- 經濟開發計劃의 諸側面 • 李圭東 (51)
- 經濟發展의 類型과 現段階의 韓國經濟 : 우
리의 經濟는 어디까지 왔나? • 張源宗
(58)

빠리의 美 · 越盟會談은 어떻게 될 것인가 • 梁
興模 (73)

美國政治의 病理分析 • 韓己植 (80)

黑白의 距離는 좁혀질 것인가? : 黑人問題는
美國의 歷史的 負債다 • 高明植 (90)

美國言論人의 韓國觀 : 니만 펠로우의 對話에
서 • 南載熙 (96)

增産 · 輸出 · 建設의 表裏 • 金重緯 (102)

韓國獨占財閥形成의 特異性 : 韓國財閥의 非
能率 非經濟的 特質 • 金成斗 (108)

領主와 大學 (上) • 金成植 (123)

韓國學生民族運動史 ⑥ : 光州學生運動[1895] •
金大商; 鄭世鉉 (130)

나의 스포오츠觀[1896] • 南昇龍 (139)

續 · 思索의 포럼 ② · 憎惡와 慈悲 • 金東益
(144)

未來의 奇襲과 그것의 征服 • 李漢彬 (146)

對談 · 基督敎는 敎派를 초월할 수 있는가? •
柳東植; 朴炯圭 (152)

類似宗敎 • 柳炳德 (161)

藝術의 프리즘 ⑦ · 쀠비 드 샤반느 • 林英芳
(169)

鼎談 · 韓國學의 形成과 그 開發 ⑦[1897] · 韓國의
美術 : 東 · 西洋畵 • 金元龍; 卞鍾夏; 崔淳
雨 (174)

世界保健機構와 韓國保健 • 車喆煥 (193)

1893 화보의 제목 없음. 내용은 멕시코 올림픽 출전
선수들의 훈련상.
1894 목차는 '農村地域事業公約의 行方'.

1895 목차는 '韓國學生民族運動史 ⑥'.
1896 목차는 '나의 스포츠觀'.
1897 목차는 '韓國學의 形成과 그 開發 ⑥'. 본문이 맞음.

國民音樂 復興을 위한 提言 • 金東振 (198)

第一○回『思想界』新人文學賞 및 新人筆者發
　　表에 즈음하여[1898] • (202)

第一○回『思想界』新人文學賞發表 • (202)
　- 新人文學賞小說部門審査評 發表 • 崔仁勳
　　(204)
　- 新人文學賞 文學評論部門審査評 • 白樂晴
　　(204)
　- 新人文學賞 戲曲部門審査評論 發表 • 李根三
　　(205)
　- 新人文學賞詩部門審査評 • 朴斗鎭 (206)

第一○回『思想界』新人文學賞詩部門當選作
　　品[1899] · 巡禮者의 잠 (外一篇) • 姜恩喬
　　(208)

特輯 · 構造主義
　- 레비 스트로스와의 對談 • 폴 리꾀에르; 崔承
　　彦 譯 (212)
　- 言語로서의 批評 • 롤랑 바르트; 金華榮 譯 (222)
　- 構造主義的 活動 • 롤랑 바르트; 김현 譯 (227)

詩
　- 牧場牛乳 • 金榮泰 (233)
　- 素描 • 張旻龍 (234)
　- 古典과 생모래가 뒤섞임의 苦惱 (IV) • 愼重
　　信 (235)

短篇小說 · 열명길 • 朴常隆 (236)

中篇小說 · 漁村 〈三五○張〉 • 吳有權 (267)

編輯後記 • (312)

思想界 第16卷 第10號 通卷 第186號
(1968년 10월)

畵報 · 近代化의 兩面素描 • (5)

卷頭言 · 言論의 自由와 責任 • 夫琓爀 (14)

歷史의 激戰地를 찾아서 ③ · 思想界 • 함석헌
　　(17)

特輯 · 指導者論
　- 리더쉽形成의 一般論 : 政治的 리더쉽研究
　　의 意義와 動向 • 車基壁 (23)
　- 指導者의 心理的 · 歷史的 考察 : 간디를 中
　　心으로 • 에릭 H·에릭슨; 金景梓 抄譯 (33)
　- 後進國政治指導者의 變態的 執權過程 : 에
　　집트의 낫셀을 중심으로[1900] • 柳正烈
　　(49)
　- 偉大한 榮光에의 意志 : 政治의 名匠 드골의
　　프랑스[1901] • 스탠리 호프만; 李澤徽 抄譯
　　(58)
　- 現代大衆社會와 리더쉽 • 李廷植 (67)
　- 作業集團과 리더쉽 • 鄭良殷 (74)
　- 權力의 集中化와 民主主義의 背理[1902] • 李克
　　燦 (81)
　- 開發獨裁發想法 序說 • 李榮一 (88)
　- 政治的 挑戰의 打開策 : 後進國 政治指導者
　　의 進路 • 윌리암 맥코드; 編輯部 譯 (96)
　- 韓國的 政治指導者像의 現實과 理想 • 宋建
　　鎬 (104)

1898 목차는 '第一○回『思想界』新人文學賞 · 新人筆者
　　審査結果發表'.
1899 목차는 '第一○回 新人文學賞詩當選作品'.

1900 목차는 '後進國政治指導者의 變態的 執權過程 : 에
　　집트의 낫셀을 中心으로'.
1901 목차는 '偉大한 榮光에의 意志 : 政治藝術家로서
　　의 드골'.
1902 목차는 '權力集中化와 民主主義의 背理'.

소聯大國主義의 退潮 • 朴奉植 (112)

特別勞役刑等에 대한 論考 : 暴力行爲等 處罰
　　法改正案의 改惡性과 反民主性을 告發
　　하면서 • 柳寅鶴 (121)

國際經濟競爭에 대한 韓國戰略 • 鄭道泳 (129)

勞動運動 새 轉機의 摸索 • 金末龍 (134)

旱 · 水害對策의 空中曲藝 • 孫柱煥 (140)

領主와 大學 (下) • 金成植 (145)

韓國學生民族運動史 ⑦ : 一九二〇年代이후
　　在日留學生들의 活動 • 金大商; 鄭大鉉
　　(152)

BOOK REVIEW • 金景梓[1903] (158)

『美國의 挑戰』是非
- J · J · 세르방—슈라이버 原著 美國의 挑
　　戰[1904] • 로랄드 스틸 飜譯論文[1905] (아더 슐
　　레징거 二世 序文); 編輯部 譯 (161)
- 美國經濟의 災難 : 세르방 슈라이버의 『美
　　國의 挑戰』에 대한 反論[1906] • 로버트 L ·
　　헤일브로나; 編輯部 譯 (178)
- 美國의 挑戰 〈讀後餘滴〉 • 金鵬九 (182)

美國文化의 背景과 오늘 : Americana Sympo-
　　sium에서[1907]

- 彫刻 • 朴鍾培 (189)
- 오케스트라 • 金夢弼 (191)
- 現代美國 藝術과 韓國 • 呂石基 (193)
- 現代 美國의 演劇 • 李根三 (194)
- 美國의 TV 放送과 大衆藝術 • 金圭 (196)

續 · 未來學論考[1908] · 今後一世紀 : 다음 世紀가
　　가져올 事態에 대한 科學的 測定 • 디
　　자크 아시모브; 編輯部 譯 (197)

한글식 이름 (상)[1909] • 오아성 (204)

知識의 驚異 ⑦[1910] · 生命體의 凍結 • 姜萬植
　　(212)

特別連載 ⑦ · 地球의 그림자 C · I · A • Andrew
　　Tully; 閔小庭 譯 (215)

特輯 · 構造主義[1911]
- 새로운 批評이냐 새로운 欺詐냐[1912] • 레이몽
　　피카르; 全盛子 譯 (220)
- 批評과 眞實 • 롤랑 바르트; 김현 譯 (241)

六〇年代의 詩人意識 : 小市民의식과 浪漫主
　　義의 가능성[1913] • 金柱演 (257)

詩
- 傷處 • 洪完基 (265)
- 철새 • 黃東奎 (266)

<hr>

　　지움에서'.
1908 목차는 '續 · 未來學'.
1909 목차는 '한글식 이름 (上)'.
1910 목차는 '科學 · 知識의 驚異 ⑦'.
1911 목차는 '構造主義 (完)'.
1912 목차는 '새로운 批評이냐 새로운 詐欺냐'.
1913 목차는 '六〇年代의 詩人意識 : 小市民意識과 浪漫
　　主義의 可能性'.

<hr>

1903 목차는 '金景梓 譯'.
1904 목차는 '美國의 挑戰'.
1905 목차는 '세르방 슈라이버; 로날드 스틸 譯'.
1906 목차는 '美國經濟의 災難 : 『美國의 挑戰』에 대한
　　反論'.
1907 목차는 '美國文化의 背景과 오늘 : 美國文化 심포

- 流刑地의 노래 • 金華榮 (267)
- 새 • 金炯榮 (268)

第一○回『思想界』新人文學賞 小說部門 佳作
　　入選作品[1914]
- 橋 • 徐永恩 (270)
- 2와 1/2 • 崔仁浩 (286)

長篇連載小說 · 氷河時代 (最終回) • 宋炳洙 (300)

編輯後記 • (324)

思想界 第16卷 第11號 通卷 第187號
(1968년 11월)

畵報 · 農民生活向上의 基點 • (3)

卷頭言 · 高速道路보다 眞實一路를 苦待한다 •
　　夫琓爀 (14)

特輯 · 世界學生運動과 우리 學園
- 世界學生運動과 그 理論的 背景 • 金碩祚
　　(16)
- 韓國大學生의 價値觀[1915] • 安秉煜 (36)
- 大學敎授가 본 韓國學生 生活 • 玄勝鍾 (43)
- 學園과 革命評議會 • 닐 애쉬슨; 編輯部 譯 (48)
- 大學生의 自我診斷
　　= 圖書館을 지키는 囚人으로의 强要 • 姜光
　　　植 (52)
　　= 가벼운 英雄보다는 내일의 主人公 • 都在
　　　彦 (53)
　　= 市民的 機能의 엘리뜨의 要求 • 文丙燦 (54)
　　= 우리의 利益은 우리가 옹호 • 朴容植 (55)
　　= 마음 속 깊은 곳의 레이다 裝置 • 宋永
　　　珠[1916] (56)
　　= 侵蝕되는 象牙塔의 그늘에서 • 鄭鵬祚 (57)

革命的 人間像 • 에리히 프롬; 編輯部 譯 (58)

特輯 · 國際共産主義의 殞命
- 集團指導體制의 向背 • 崔榮 (69)
- 「革命輸出」과 「人民戰爭」 • 林東源 (75)
- 中共 「造反派」의 將來 • 梁興模 (82)
- 共産體制自由化의 限界性 : 체코슬로바키
　　아의 自由化鬪爭을 中心으로[1917] • 金永
　　達 (88)
- 소聯에 外面하는 世界共産黨大會 • 朴奉植
　　(98)
- 共産圈激浪속의 北傀 • 崔光石 (105)

新生國比較政治論 • 데이빗 에프터[1918]; 李榮一 抄
　　譯 (112)

美國大統領選擧戰의 爭點과 政局趨移 • 朴俊
　　圭 (127)

一九六八年의 美國 : 暴力政治 • 아더 슐레징거
　　二世; 編輯部 譯 (132)

美國政治의 一大轉機 一九六八年
- 한 世代에 해당하는 四년간 • 피터슈래그 (143)
- 政治的 作風 • 펜킴볼 (151)

1914　목차는 '第一○回 新人文學賞小說佳作入選作品'.
1915　목차는 '韓國學生의 價値觀'.

1916　목차는 '宋永洙'.
1917　목차는 '共産體制自由化의 限界性 : 체코슬로바
　　키아의 경우를 中心으로'.
1918　목차는 '데이빗 에프터 共同 · 챨스 엔드래인 執筆'.

特輯·豫算과 腐敗
- 權力政治와 異常膨脹의 惡循環：租稅規模
  의 膨脹에 따르는 諸問題點 • 金容甲
  (156)
- 國政監査는 제대로 실시되고 있는가?[1919] •
  趙容範 (162)[1920]
- 代表없이 課稅없다 • 韓旺均 (169)
- 豫算制度 改革論：歲出의 制度的 效率化를
  위하여 • 張源宗 (174)

開發을 위한 協力에 관한 「第二비엔나 宣言
文」[1921] • (186)

國際法과 刑法에서 본 間諜 • 南興祐 (194)

韓國學生民族運動史 ⑧：日帝末期의 抵抗運
動 • 金大商; 鄭世鉉 (199)

座談·韓國言論의 綜合診斷 • 朴鉉兌; 宋建鎬; 李
相禧; 李泳禧[1922]; 鄭龍鉉 (208)

研究活動의 表裏：研究費의 活動과 그 結果評
價[1923] • 玄源福 (226)

資料·朝鮮總督府 美術展覽會 • 全榮慶 (233)

國展의 來歷과 問題點 • 李慶成 (242)

스타인버그의 美術論：Encounter誌에서[1924] •
Pierre Schneider[1925] (249)

BOOK REVIEW • 編輯部 (258)

特別連載 ⑧·地球의 그림자 C·I·A • Andrew
Tully; 閔小庭譯 (261)

性은 歡樂이냐 義務냐？：人類學者 마가레트
미드여사는 새로운 종류의 結婚의 必
要性을 인식한다[1926] • 마가레트 미드; 嚴
廷植譯 (267)

知識의 驚異 ⑩[1927]·美·蘇宇宙競爭：美國의
아폴로 計劃과 소聯의 존드 五號를 中
心으로 • 玄正晙 (273)

한글식이름 (하) • 오아성 (276)

隨筆
- 땀 뻰 이야기 • 金東里 (288)
- 한글전용운동에 대하여 • 김윤경 (290)
- 孤立은 죽을 때까지 • 千鏡子 (294)
- 「영화판」과 「레디 꼬」• 尹逢春 (297)
- 階前梧葉已秋聲 • 朴珍 (300)
- 電話·近代化 • 李相魯 (302)

批評의 科學과 사이버네틱스 • 金相一 (306)

「構造主義」批評：言語學의 見地에서 • 金芳
漢 (312)

詩
- 簫 • 金丘庸 (317)
- 비둘기 (2) • 姜桂淳 (318)
- 손거울 • 朱成允 (319)

1919 목차는 '國政監査는 제대로 實施되고 있는가?'.
1920 목차는 152쪽. 본문이 맞음.
1921 목차는 「第二비엔나 宣言文」.
1922 목차는 '李永禧'. 본문이 맞음.
1923 목차는 '研究活動의 表裏：研究費의 行方과 그 結
     果評價'.
1924 목차는 '스타인버그의 美術論'.
1925 목차는 'Encounter誌에서'.

1926 목차는 '性은 歡樂이냐 義務냐：美國의 경우'.
1927 목차는 '科學·知識의 驚異 ⑩'.

- 깨울者는 그 누구!? • 김월준 (320)
- 아픔으로도 구할 수 없는 • 崔夏林 (321)
- 사랑의 죽음 • 鄭玄宗 (322)

短篇小說
- 四神圖 • 朴容淑 (323)
- 이삭 • 李文求 (342)

第一○回『思想界』新人文學賞 戱曲部門 佳作
　　入選作品[1928] · 人間이라면 누구나 • 柳
　　舜夏 (364)

編輯後記 • (374)

思想界 第16卷 第12號 通卷 第188號
(1968년 12월)

畵報 · 氾濫과 不足 • (3)

卷頭言 · 올해도 그대로 넘어가는가 : 人權의
　　해를 보내면서 • 夫琓爀 (14)

特輯 · 人權宣言 二○年[1929]
- 民權에서 出帆한 人權의 坐礁 • 蓬萊 (16)
- 法앞에 背信당하는 人權 : 韓國人權의 婚禮
　　服을 벗길 者는 바로 우리다 • 黃山德
　　(30)
- 人權不在의 社會 • 李萬甲 (37)
- 過速과 踏步의 男女平等 : 社會學的 考察 •
　　李璋鉉 (43)
- 權力과 民權 : 放恣한 權力이냐, 不退轉의
　　民權이냐? • 李丙璘 (49)

「유엔속의 韓國」二○年[1930] • 文昌周 (56)

越南戰後處理와 우리의 戰略 : 休戰說 주변의
　　몇 가지 關心問題 • 金洪喆 (68)

獨寡占暴利와 公正去來法의 對決 • 林鍾哲 (78)

一九六八年의 回顧와 새해의 展望 : 今年의 未
　　決問題와 來年의 解決期待[1931] • 宋建鎬
　　(85)

特輯 · 新文學六○年의 作家狀況
- 韓國文學의 世界的進出은 可能한가 : 가와
　　바다 야스나리의 노벨文學賞受賞을
　　계기로[1932] • 趙演鉉 (93)
- 觀念世界의 設定과 그 限界 : 韓國觀念小說
　　의 內容 • 李哲範 (97)
- 啓蒙 · 土俗 · 參與 • 崔仁勳 (104)
- 作家와 反抗의 限界 • 金治洙 (110)
- 土俗世界의 設定과 그 限界 : 金東里 · 黃順
　　元 · 吳有權 등을 中心으로 • 千二斗
　　(115)
- 詩에서의 韓國的 虛無主義 : 靑鹿派이후 詩
　　人에서 본 觀念의 虛無와 그 止揚 • 金
　　柱演 (121)
- 一九六八年의 作家狀況 • 김현 (128)

韓國學生民族運動史 ⑨ • 金大商; 鄭世鉉 (141)

멕시코 올림픽의 反省 • 趙勝運 (150)

母岳山下의 宗敎 (上) • 柳炳德 (156)

1928 목차는 '第一○回 新人文學賞戱曲佳作入選作品'.
1929 목차는 '人權宣言 二○年 : 人權은 宣言으로 끝나
　　는 것인가?'.

1930 목차는 「UN속의 韓國」 二○年'.
1931 목차는 '一九六八년의 回顧와 새해의 展望 : 今年
　　의 未決問題와 來年의 解決期待'.
1932 목차는 '韓國文學의 世界的進出은 可能한가 : 川端
　　康成의 노벨文學賞受賞을 계기로'.

「構造主義」의 限界 : 哲學의 立場에서 ● 蘇光熙 (166)

續 · 未來學論考[1933]
- 西紀 二〇〇〇년 ● 다니엘 벨; 編輯部 譯 (170)
- 콤퓨터와 한국의 미래 ● 성기수 (176)

『중학국어』를 비판한다 (상) : 三학년 교과서를 중심으로 ● 윤성근 (183)

知識의 驚異 ⑪[1934] · 蛋白質의 生合性[1935] ● 朴仁源 (197)

特輯 · 農業增産의 新轉機 摸索
- 職場 · 食糧과 人口 : 왜 農業發展이 經濟成長의 礎石인가[1936] ● 군나 뮤르달; 編輯部 譯 (201)
- IR8과 벼농사의 革新 ● 趙載英 (212)
- 쌀의 革命 · IR8號 ● 존얼 (220)
- 協同의 理想과 個人의 自覺 ● 金文植 (226)
- 「高米價政策」成功의 열쇠는 무엇인가? : 政府의 決斷 · 都市民의 混食 · 農民의 意慾 ● 朱宗桓 (232)
- 韓國 牧畜業의 近代化 條件 ● 韓錫紘 (240)
- 貧困擴散의 穀價政策 ● 李烈模 (247)

隨想 · 나와 너와의 만남 : 和와 誠과 敬의 秩序 ● 安秉煜 (255)

藝術의 本質 : 現代 美學은 抽象的 美의 槪念을 문제로 하지 않는다 ● 吳炳南[1937] (261)

特別連載 ⑨ · 地球의 그림자 C · I · A ● 閔小庭 譯 (269)

BOOK REVIEW ● 編輯部 譯 (275)

詩
- 굴뚝 ● 金昭影 (279)
- 서울의 거리 ● 金思林 (280)
- 理由 ● 李昇勳 (281)
- 連結 ● 馬鍾河 (282)
- 自轉 ● 姜恩喬 (283)

第一〇回 『思想界』新人文學賞文學評論佳作 入選作品[1938] · 繪畵의 文學 : IMAGIST 로서의 金光均論 ● 金永一 (284)

短篇小說
- 檀木山祭 ● 白寅斌[1939] (297)
- 辯明 ● 朴泰洵 (317)

編輯後記 ● (330)

思想界 第17卷 第1號 通卷 第189號
(1969년 1월)

卷頭言 · 「오랜 冬眠에서 速히 깨어나자」 ● 夫琓爀 (1)

特輯 · 永久執權工作과 民主政治의 終焉[1940]
- 長期執權의 病理學 : 絶對權力은 絶對腐敗한다[1941] ● 張乙炳 (7)

1933 목차는 '續 · 未來研究'.
1934 목차는 '科學 · 知識의 驚異 ⑪'.
1935 목차는 '蛋白質의 生合性 : 노벨生理學賞 受賞의 蛋白質研究 소개'.
1936 목차는 '職場 · 食糧과 人口 : 왜 農業發展이 經濟成長의 礎石이 되는가'.
1937 목차는 '吳昞南'. 목차가 맞음.

1938 목차는 '第一〇回 新人文學賞文學評論佳作入選作品'.
1939 목차는 '白演斌'. 본문이 맞음.
1940 목차는 '永久執權工作과 民主政治의 終焉(上)'.
1941 목차는 '長期執權의 病理學'.

- 永久執權의 亡靈들 • 韓相範 (24)
- 「憲政二○年에 대한 나의 評價」• 李仁; 李哲承 (41)

詩 · 不在의 거리 • 釈智賢 (61)

편집후기 • [1942]

思想界 第17卷 第2號 通卷 第190號
(1969년 2월)

卷頭言 ·「國民經濟本質의 洞孔을 막아라」• 夫琓爀 (1)

特輯 · 永久執權工作과 民主政治의 終焉[1943]
- 三選連任禁止 条項의 系譜 : 大統領三選連任禁止의 論理와 史的 考察[1944] • 金雲龍[1945] (7)
- 軍政과 憲政 : 新生国家의 現實과 그 類型[1946] • 李沢徽 (27)

「憲政 二十年에 對한 나의 評價」[1947] • 姜元龍 (43)
「憲政二○年에 대한 評價」• 鄭一亨 (51)

詩 · 印象 I • 林正男 (59)

편집후기 • [1948]

思想界 第17卷 第3號 通卷 第191號
(1969년 3월)

卷頭言 ·「우리는 무엇과 싸워야 하나」• 夫琓爀 (1)

特輯 · 民權運動半世紀의 決算
- 民族運動에 對한 誤解들[1949] • 宋建鎬 (7)
- 萬歲 · 反萬歲 • 金聖佑 (21)
- 새로운 民族神話의 創造가 있어야 한다 : 民族神話의 어제와 來日[1950] • 池明觀 (39)

詩 · 呻吟 • 金哲 (54)

小說 · 가나안으로 가는 길 • 朴敬洙 (56)

편집후기 • [1951]

思想界 第17卷 第4號 通卷 第192號
(1969년 4월)

卷頭言 ·「四 · 一九속의 軍隊와 政治人」• 夫琓爀 (1)

正論은 孤独할 수 없다 : 言論의 自由와 現在的 狀況 • 李相禧 (9)

아시아情勢変化와 韓国安保의 將來 : 스칼라피노教授와의 対談 • 編輯部 訳 (17)

改憲不可避의 詭弁 : 改憲論議의 어제 오늘 내일 • 朴鉉兌 (29)[1952]

1942 쪽수 없음.
1943 목차는 '永久執權工作과 民主政治의 終焉 (下)'.
1944 목차는 '① 三選連任禁止 条項의 系譜'.
1945 목차는 '金雲竜'.
1946 목차는 '② 쿠데타와 憲法'.
1947 목차는 '③ 憲政 二十年에 對한 나의 評價'.
1948 쪽수 없음.

1949 목차는 '民族運動에 대한 오해들'.
1950 목차는 '새로운 民族神話의 창조가 있어야 한다'.
1951 쪽수 없음.
1952 목차는 27쪽. 본문이 맞음.

野党改編의 理想과 現實 : 平和的 政權交替는 幻想이냐 理想이냐 • 李榮一 (38)

賃金勞動者의 生活戰線은 비참 하다 : 勞動關係諸法 改正論議의 經濟的背景 • 趙容範 (51)

食糧自給七個年計劃의 行方 : 農政의 一大轉換을 促求하여 • 張源宗 (64)

詩 · 変奏曲 • 李浩溶 (74)

편집후기 • [1953]

思想界 第17卷 第5號 通卷 第193號
(1969년 5월)

卷頭言 ·「軍 · 民의 分界와 民主社会의 健康」• 夫琓爀 (1)

一九六九년 国際情勢의 展望 • 文章郁 (7)

오끼나와 返還과 우리의 安保問題 • 蓬萊[1954] (19)

資料 · 時局宣言文 : 民主 · 自由의 메아리[1955] [1956] (28)[1957]

建設的인 腐敗란 없다 • 사이드 훗세인 알라다스; 編輯部 訳 (35)

書評 ·「民主」精神의 月蝕 : 演說用語 分析으로 본 執權理念 • 調査部 (45)

運命과 機會 : 作家의 手記[1958] • 오영진 (47)

한글專用을 反対한다 : 그의 矛盾性과 나의 反対理由 • 柳正基 (71)

小說 · 소매치기 올시다 (上) • 李淸俊 (82)

편집후기 • [1959]

思想界 第17卷 第6號 通卷 第194號
(1969년 6월)

卷頭言 · 大學의 安全保障[1960] • 夫琓爀 (2)

特輯 · 非常時局論을 解剖한다[1961]
- 五 · 一六後 改憲節次에 異常있다[1962] • 蓬萊 (4)
- 經濟發展의 癌—그 實體 : 不實企業의 産母와 畸形兒[1963] • 趙容範 (11)
- 越南協商의 利益配當 : 五萬派越의 發言權의 行方은 어디인가?[1964] • 成滉鏞 (17)
- 運命과 機會 (하)[1965] • 오영진 (29)

韓國의 成功譚 • 에머슨 체핀; 編輯部 譯 (43)

1953 쪽수 없음.
1954 蓬萊의 오자.
1955 목차는 '民主 · 自由의 메아리 : 新春의 時局宣言文을 中心으로'.
1956 목차는 '調査部'.
1957 목차는 27쪽. 본문이 맞음.

1958 목차는 '運命과 機會 (上)'.
1959 쪽수 없음.
1960 목차는 '大學의 安全問題'.
1961 목차는 '非常時局論을 解剖한다 : 날림 政治工事의 塗裝'.
1962 목차는 '政治 · 五 · 一六後 改憲節次에 異狀있다'.
1963 목차는 '경제 · 經濟發展의 癌 · 그 實體 : 不實企業의 産母와 畸形兒'.
1964 목차는 '軍事 · 越南協商의 利益配當 : 五萬派越의 發言權의 行方은 어디인가?'.
1965 목차는 '社會 · 運命과 機會 (하)'.

武裝抗日鬪爭의 搖籃時代 : 海外에서 맞았던
　三 · 一運動 • 李範奭, 金景梓 探訪 (55)

歪曲宣傳된 民族傳統의 再建 • 李敦寧 (66)

新聞月評 • (76)

美 · 蘇宇宙開發競爭의 今後 : 아포로 8號 成功
　을 계기로[1966] • 李鍾秀 (78)

새로운 食糧資源의 展望 • 嚴圭白 (84)

『중학국어』를 비판한다 (하) : 三학년 교과서
　를 中心으로[1967] • 윤성근 (90)

詩四人選
－ 異常健康 • 朱成允 (104)
－ 삐에로 哀歌[1968] • 金后蘭 (106)
－ 身熱 • 朴建漢 (107)
－ 黑人 • 李裕植 (108)

小說 · 소매치기 올시다 (하) • 李淸俊 (109)

編輯後記 • (116)

思想界 第17卷 第7號 通卷 第195號
(1969년 7월)

卷頭言 · 越南의 戰爭과 平和 • 夫琓爀 (2)

特輯 · 危機─그 本質을 糾明한다
－ 危機意識의 造成과 民主主義의 埋沒 • 張乙
　炳 (7)

－ 援助중단의 論理와 借款에의 迷妄 • 趙容範
　(14)
－ 模倣文化의 氾濫과 主體意識의 行方 : 外來
　文化의 政治 · 社會的 機能과 그 韓國的
　現實 • 李相禧 (24)

三選辭讓의 辯 • 蓬萊 (35)

改憲贊反兩陣營의 戰列을 點檢한다
－ 왜 三選改憲이 필요한가[1969] • 改憲全國推進
　委員會 (會長 金祐石) (43)
－ 三選改憲을 반대한다 • 四 · 一九, 六 · 三 民
　主守護鬪爭委員會[1970] (代表 李基澤) (50)

反改憲體制를 診斷한다 • 宋孝翼 (54)

改憲波動의 證言者들
－ 暴力的 政權유지의 종말 : 五 · 二六 釜山政
　治波動을 회고한다[1971] • 尹吉重 (59)
－ 三選改憲은 不正腐敗의 延命策이다 • 金相
　敦 (66)
－ 護憲戰線은 永遠하다 • 李哲承 (69)

戰勝에서 協商으로 • 헨리 A 키신저; 編輯部 譯
　(73)

越南戰과 超强大國時代의 終焉 • 아더 슐레징거
　二世; 編輯部 譯 (94)

中共內紛의 再評價와 우리의 選擇 : 홍콩에서
　온 편지 • 스탠리 카노우; 編輯部 譯 (109)

「위대한 프랑스」의 榮光된 退陣 : 드골의 人
　間과 現實 • 宋建鎬 (124)

1966 목차는 '美 · 蘇宇宙競爭의 今後'.
1967 목차는 '『중학국어』를 비판한다'.
1968 목차는 '피에로의 哀歌'.

1969 목차는 '왜 三選改憲을 해야 하나?'.
1970 목차는 '四 · 一九, 六 · 三汎靑年 民主守護鬪爭委員會'.
1971 목차는 '暴力的 政權維持의 終末'.

學園內騷擾에 관한 見解들 • 編輯部[1972] (130)

불꽃은 있어도 광장은 없다[1973]
- 이 처절한 침묵을 • 〈서울大〉이영준 (133)
- 젊음 · 현실 · 참여 • 〈延世大〉김성환 (136)
- 改憲論議와 學園의 自由 • 〈慶熙大〉윤채한
  (138)

言論은 자기 革命을 바랄 수 없는가 • 李祥雨
  (140)

市民社會의 論理와 福祉國家에의 幻想 : 官憲
  國家的 精神構造의 拂拭과 자유민국
  복지국가를 위한 市民的 권리투쟁이
  필요하다 • 韓相範 (145)

韓國的 志士道란 무엇인가 • 安秉煜 (153)

新聞月評 • 編輯部 (162)

母岳山下의 宗敎 (中) • 柳炳德 (164)

詩四人選
- 아들 • 權五云 (173)
- 生成 • 오경남 (174)
- 失身 • 金炯榮 (175)
- 合唱 • 金昭影 (177)

短篇小說 · 白衣 • 李文求 (180)

編輯後記 • (194)

思想界 第17卷 第8號 通卷 第196號
(1969년 8월)

卷頭言 · 革命權과 改憲權 • 夫琓爀 (8)

特輯 · 後進國革命속의 學生─學生勢力의 座
  標
- 學生運動의 國際政治에 대한 影響 • 시모어 M
  립셋트; 編輯部 譯 (14)
- 역사에서의 落後냐 새로운 理想의 追求냐 :
  美國學生運動의 정리와 회고[1974] • 南載
  熙 (33)
- 大衆革命 속의 學生 : 革命이냐 改革이냐?
  이것은 永遠한 社會의 洗劑이다 • 양성
  철 (42)
- 言論의 눈, 붓과 얼 • 李祥雨 (48)
- 反知性人論 : 暴君放伐論, 抵抗叛亂權 및 民
  主革命權의 史的 考察 • 蓬萊 (54)

近代化는 西歐化가 아니다 • 李榮一 (67)

닉슨政府의 새 使命 • 朴奉植 (74)

루마니아의 抗拒外交 • J · F · 브라운; 編輯部 譯
  (80)

소련 國際共産黨大會以後 : 국제 共産主義의
  今後 그 向方을 추적한다[1975] • 崔榮 (89)

對美 國防依存의 必要性과 그 限界 • 朴商潤
  (96)

韓日經濟協力의 발자취 • 李烈模 (105)

1972 목차는 '外紙에서'.
1973 목차는 '〈大學生의 對話〉 · 햇불은 있어도 광장은
  없다'.

1974 목차는 '歷史에서의 落後냐 새로운 理想의 追
  求냐'.
1975 목차는 '蘇聯國際共産黨大會 以後'.

國交正常化三年의 決算 • 鄭道泳 (111)

人口成長과 經濟開發 • 죠지 C 자이단; 編輯部 譯
　　(117)

資料 · 三選改憲에 관한 聲明書들 (其一)
－ 朴正熙大統領 三選改憲에대한 特別談話全
　　文[1976] • 朴正熙 (127)
－ 七 · 二五 談話에 對한 新民黨總裁俞鎭午 記
　　者會見 內容[1977] • 俞鎭午 (130)
－ 三選改憲反對汎國民鬪爭委員會宣言文[1978] •
　　(132)
－ 聲明書[1979] • 李範奭 (134)
－ 海外 留學生 三選改憲反對 決議文[1980] • 워싱
　　톤지구 학생회 (135)

三選改憲의 非現實性 • 李相晉 (137)[1981]

데모 · 경찰 · 여당[1982]
－ 학생 데모는 잠들 것인가[1983] • 金成鎬 (142)
－ 우리를 슬프게 하는 것들 • 李在久 (146)
－ 학생 데모의 어제와 오늘[1984] • 安澤秀 (149)
－ 警察官 서울法大亂入事件白書[1985] • 서울大
　　法大學生三選改憲反對鬪委亂入事件特調
　　委[1986] (155)

語文敎育是正論 • 柳正基 (159)

新聞月評 • 編輯部 (167)

母岳山下의 宗敎 (下) • 柳炳德 (170)

詩四人選
－ 달이 진다 • 尹常奎 (177)
－ 나의 癌 • 金鍾鐵 (178)
－ 어둠이 오는 江 • 申瓚均 (180)
－ 薔薇吟 • 李鍾燮 (181)

短篇小說(外國) · 마르타(Martha) • Kahlil Gi-
bran[1987]; 李泰相 譯 (182)

短篇小說 · 明姬 • 구혜영[1988] (192)

編輯後記 • (200)

思想界 第17卷 第9號 通卷 第197號
(1969년 9월)

卷頭言 · 不義와 싸울줄 아는 國民이라야 잘
　　살수있다 • 夫玩爀 (8)

特輯 · 民主憲政의 奈落
－ 變則發議의 乘數效果 : 民主憲政의 永久暴
　　政化를 막아내자! • 蓬萊 (11)
－ 國民投票와 民意의 眞假 : 羊頭狗肉의 民意
　　單幕劇 • 李丙璘 (19)
－ 國家利益이냐 黨派權益이냐[1989] • 金重緯
　　(27)

1976 목차는 '朴大統領談話文'.
1977 목차는 '俞鎭午 新民黨總裁聲明書'.
1978 목차는 '汎國民鬪委宣言文'.
1979 목차는 '鐵驥 李範奭將軍 聲明書'.
1980 목차는 '在美留學生會聲明書'.
1981 이 글은 목차에는 '데모 · 경찰 · 여당' 안에 포함
　　되어 있지만 본문에서는 독립적인 글.
1982 목차는 '데모 · 警察 · 與黨'.
1983 목차는 '學生데모는 잠들 것인가?'.
1984 목차는 '學生 데모의 어제와 오늘'.
1985 목차는 '警察의 서울法大亂入事件白書'.
1986 목차는 '서울大法警察亂入學生調委'.

1987 목차는 '카릴 지브란'.
1988 목차는 '具惠瑛'.
1989 목차는 '國家利益이냐 黨派權益이냐 : 奉仕와 收奪
　　의 論理'.

- 三選改憲의 違憲性에 관한 小考 • 辛泰嶽[1990]
  (33)
- 新生國 强力政治體制의 正體：永久執權慾
  을 僞裝한 一次方程式의 決算 • 張乙炳
  (45)
- 朋黨的 暗鬪속의 政策流失：우리나라 政黨
  은 무엇을 대표하는가? • 趙一文 (54)
- 汎國民的 野黨을 待望한다 • 申相楚 (71)
- 資料 · 速決 · 沮止의 變則：第71回 國會 改憲
  質議抄[1991] • (80)

日本 自衛隊百萬構想의 底邊：日本의 再軍備
  는 아시아에 새 混亂을 가져온다 • 朴
  永大 (109)

새로운 太平洋의 政策潮流：닉슨 독트린의
  출발점과 그 방향 • 鄭璟喜 (115)

朴 · 닉슨 會談에 對한 海外論調 • [1992] (119)

特輯 · 颱風一過냐 暴風前夜냐 — 學園의 氣流
- 大學의 自治와 國家權力 • 池明觀 (121)
- 民主敎育者論：御用學者는 專制政治의 遺
  物이다 • 安秉煜 (128)
- 資料 · 各大學 學生 宣言文 • (139)

七 · 二五聲明에 나타난 所信의 變改 • 李相晋
  (159)

文學人의 時代的 立場：韓國藝術文化團體總
  聯合會의 改憲 지지성명을 보고 • 具
  仲書 (162)

言論의 責任：軍政權力에 對抗하라 • 어그스틴
  E 에드워즈; 編輯部 譯[1993] (165)

民主主義의 遺産：思想 · 言論 · 出版의 自
  由[1994] • 휴고 L · 불랙; 編輯部 譯 (167)

解放史 餘滴 • 金成植 (180)

開發途上國家에 있어서의 民主主義의 挑戰 •
  월트 W 로스토우; 李烈模 譯 (185)

社會開發과 國家責任：社會開發의 新構想을
  위한 提言 • 金泳謨 (196)

「에큐메노 폴리스」 내일의 世界都市[1995] • 콘
  스탄티노스 A 독씨아디스[1996]; 編輯部 譯
  (207)

舊月有感 • 李泰相 譯[1997] (219)

文學評論 · 詩學—故鄕：그 存在의 소리 • 朱
  成允 (226)

詩四人選
- 六九年風俗詩[1998] • 李相魯 (234)
- 上道洞에서 • 李相魯 (236)
- 同時抄 • 李相魯 (238)
- 海月이：天, 地, 海, 序曲 • 鄭鎭業 (239)
- 우울한 發送 • 金哲圭 (240)
- 땅 • 鄭鎭圭 (241)

短篇小說(外國)·狂人 유한나(Yuhanna the Mad) •
　　Kahlil Gibran[1999]; 李泰相 譯 (242)

短篇小說·젊은 國民들 • 崔凡棲 (254)

編輯後記 • (266)

思想界 第17卷[2000] 第10號 通卷 第198號
(1969년 10월)

卷頭言·國民投票의 假面을 벗긴다 • 夫琓爀 (8)

특집·國民의 再決斷을 促求한다
- 民主的 自由와 責任의 本質：政治權力의 本
　　質과 限界 • 朴永大 (13)
- 永久執權의 技術：後進國 도미니카 트루이
　　요의 경우[2001] • 韓相範 (22)
- 院內 極限鬪爭의 戰略：改憲案은 國會를 通
　　過하지 못했다 • 金泳三 (31)
- 變則改憲處理는 無效이다：변칙처리의 위
　　헌성과 국민투표거부론에 대한 고찰
　　[2002] • 尹吉重 (38)
- 一人腐敗獨裁政權 打倒의 길：政權交替의
　　準備作業 • 蓬萊 (46)
- 資料·九·一四는 四·一九의 終章일 수 없
　　다：第72回 國會 改憲 質議抄[2003] • (54)

三選改憲反對聲明書들 (基二) • (92)

高度成長의 根據를 묻는다：外換危機下의
　　一九七○年度政府豫算案 問題點[2004] •
　　趙容範 (114)

纖維産業의 賃金引上爭議 • 卓熙俊 (128)

勞動基本權守護를 위한 提言：當面勞動情勢
　　를 中心으로 • 李贊赫 (135)

「에큐메노 폴리스」 내일의 世界都市 (中)[2005]
　　• 콘스탄티노스 A 독씨아디스[2006]; 編輯部 譯
　　(144)

論評의 自由와 言論의 責任：「워싱톤 포스
　　트」紙 社說을 반격한「韓國日報」論評
　　에 편견있다[2007] • 黃活元 (149)

特輯·美國外交政策의 새 方向
- 新外交政策의 中心課題 • 헨리 A·키신저[2008];
　　李澤徽 譯 (155)[2009]
- 越南戰의 再評價：한사람 見解의 顚末과 發
　　展經緯 • 클라크 M 클리포드[2010]; 編輯部 譯
　　(166)
- 汎太平洋 關係의 調整[2011] • 에드윈 O 라이샤워
　　[2012]; 朴秀治 譯 (182)
- 資料·UN總會席上의「닉슨」美大統領演說
　　文 • 裴重變 譯 (202)[2013]

1999 목차는 '카릴 지브란'.
2000 1969년도는 제17권이 맞으나 1969년 10월 판
　　권기에는 제18권으로 되어 있음.
2001 목차는 '永久執權의 技術：後進國의 경우'.
2002 목차는 '變則改憲處理는 無效다'.
2003 목차는 '九·一四는 四·一九의 終章일 수 없다：
　　國會速記錄에서'.

2004 목차는 '高度成長의 根據를 묻는다：外換危機下
　　의 豫算編成'.
2005 목차는 '내일의 世界都市：「에큐메노 폴리스」(中)'.
2006 목차는 '독시아디스'.
2007 목차는 '論評의 自由와 言論의 責任：한국일보 社
　　說을 反駁한다'.
2008 목차는 '키신저'.
2009 목차는 154쪽. 본문이 맞음.
2010 목차는 '클리포드'.
2011 목차는 '汎太平洋 關係의 再調整'.
2012 목차는 '라이샤워'.
2013 목차는 203쪽. 본문이 맞음.

胡志明死亡後의 中 · 蘇極東戰略 • 梁興模 (210)

特輯 · 教育의 現實的 課題
- 教育者의 權威와 責任 • 林漢永 (216)
- 非常時局下의 大學教育[2014] • 金昇漢 (223)

近代化에의 刺戟 • 데이빋 · C · 맥클레란드; 李烈模
譯 (231)

한글專用과 三選改憲의 妄想[2015] : 執權者의
反省을 促求한다 • 柳正基 (239)

이 사람을 보라 · 眞實과 非暴力의 聖雄 : 간디
의 탄생 百周年을 기념하는 글[2016] • 安
秉煜 (246)

隨想 · 風流와 멋의 意味 • 宋志英 (264)

詩五人選
- 에리제를 위하여 • 釋智賢 (268)
- 農場行 • 具谷天 (270)
- 내 목소리 • 成耆兆 (271)
- 魚鼈詞(어별사) • 姜熙根 (273)
- 어머니 • 金昭影 (274)

넌 픽션 연제[2017] · 回想의 黃河 (第1回) : 검은
눈이 나리던 날의 슬픈 手記 • 太倫基
(277)

短篇(外國) · 太古의 티끌과 영원히 타오르는
불길 • Kahlil Gibran[2018]; 李泰相譯 (288)

短篇小說 · 委任狀 • 吳贊植 (302)

社告 • (314)

編輯後記 • (322)

思想界 第17卷[2019] 第11號 通卷 第199號
(1969년 11월)

卷頭言 · 民主反擊態勢의 整備 : 向後 二○個月
의 戰略 • 夫琓爀 (8)

特輯 · 政界改編의 새로운 構圖
- 數의 論理와 힘의 倫理 : 岐路에 선 韓國의
政黨政治[2020] • 朴永大 (13)
- 絶望에서 希望의 씨를 찾자 : 民主蘇生의
길[2021] • 朴承載 (19)
- 政局刷新作業의 起工을 서둘라 : 野黨不在
상황과 半民主主義 위기의 극복을 위
하여 • 申相楚 (34)
- 新民黨에 告함[2022] • 金重緯 (43)
- 體質改革論 : 과감한 自己改革만이 살길이
다 • 金大中 (51)
- 새로운 代替勢力을 待望한다 • 蓬萊 (60)

理解와 協助의 架橋를 넘어서 : UN의 날을 보
내면서 • 金圭澤 (69)

새로운 亞細亞時代의 座標 : 우리나라의 安全
保障과 韓日經濟協力的 視角에서 본

2014 목차는 '非常時局下의 大學教育의 使命'.
2015 목차는 '한글專用과 三選改憲의 忘想'.
2016 목차는 '眞實과 非暴力의 聖雄 : 간디의 一○○周年
을 기념하여'.
2017 목차는 '連載넌휙션'.
2018 목차는 '카릴 지브란'.

2019 1969년도는 제17권이 맞으나 1969년 10월 판
권기에는 제18권으로 되어 있음.
2020 목차는 '數의 論理와 힘의 倫理 : 岐路에 선 우리
나라의 政黨政治'.
2021 목차는 '絶望속에서 希望의 씨를 찾자'.
2022 목차는 '新民黨에 告한다'.

日本의 國防外交 및 經濟的 展望 • 呂井東 (74)

國際社會主義運動의 歷史와 現實 • 金哲 (85)

改憲報道의 決算 • 기자협회 (96)

新聞月評 • 編輯部 (100)

特輯 · 革命論再考
- 볼셰비키 革命半世紀의 假決算 • 李相斗 (103)[2023]
- 스탈린에서 코시킨까지 : 神話와 現實 • W 아브렐 헤리먼[2024]; 編輯部 譯 (127)
- 文化大革命이후 오늘의 中共 : 中共의 外交 政策과 政治指導力 • 헤롤드 C 힌톤; 프랑쓰 · 마이클[2025]; 朴秀治 譯 (139)
- 軍靴냐 囚衣냐 : 新生國 軍部쿠데타 批判 • 梁東安 (151)
- 歷史의 前進과 反轉 : 軍部쿠데타의 승리냐? 독립투쟁의 結實이냐? • 李球載 (158)

獨裁者列傳 ① · 獨裁者의 本質[2026] • 줄스 아쳐; 柳相旭 譯 (166)

特輯 · 學園鬪爭의 變質과 正道 : 光州學生運動에서 改憲反對鬪爭까지의 四○년
- 反植民鬪爭의 위대한 實證 : 光州학생 운동의 回顧 • 鄭世鉉 (174)
- 反植民運動에서 反獨裁鬪爭에로 • 金成植 (183)

- 聖職에서 御用으로 • 金永達 (189)
- 大學改革의 氣流 • 李哲遠 (202)

이땅의 모든 大學總長 어른께 부치는 편지[2027] • 金昭影 (206)

特輯 · 七○年代繁榮의 蜃氣樓 : 우리의 經濟는 破局을 向하고 있다[2028]
- 農業政策 散發率의 命中彈 : 農地所有上限制廢止案이 지니는 雇傭面의 含蓄[2029] • 李烈模 (208)
- 借款企業의 不實化와 對外債務의 累積 : 돈은 엉뚱한 데서 맴돌고 있다 • 金成斗 (216)
- 通貨量膨脹과 財政安定의 破綻 • 尹起重 (224)
- 外換危機와 輸出 一○ 億弗의 將來 • 鄭道泳 (235)

「에큐메노 폴리스」 내일의 世界都市 (下)[2030] • 콘스탄티노스 A 독씨아디스[2031]; 編輯部 譯 (243)

國展의 正體와 行方 • 李慶成 (258)

넌 픽션 연제[2032] · 回想의 黃河 (第2回) : 검은 눈이 나리던 날의 슬픈 手記 • 太倫基 (265)

2023 목차는 102쪽. 본문이 맞음.
2024 목차는 '해리만'.
2025 목차는 'H · C · 힌튼; 프랑쓰 마이클'.
2026 목차는 '하이티의 뒤발리에'.

2027 목차는 '이땅의 모든 大學總長 어른들께 부치는 편지'.
2028 목차는 '七○年代繁榮의 蜃氣樓 : 우리의 經濟는 破局을 향해 달리고 있다'.
2029 목차는 '農業政策 散發彈의 命中率'.
2030 목차는 '내일의 世界都市 :「에큐메노 폴리스」(下)'.
2031 목차는 '독시아디스'.
2032 목차는 '連載넌픽션'.

長篇連載 小說[2033] · 火印 (第一回) • 姜鷺鄕 (278)

詩
- 芍藥島 • 趙雲濟 (300)
- 부엉이 • 金允院 (302)
- 新人作品 · 念佛幻想曲 • 金澤中 (304)

短篇小說(外國) · 地神들(THE EARTH GODS) (其一) • Kahlil Gibran[2034]; 李泰相譯 (306)

編輯後記 • (320)

思想界 第17卷[2035] 第12號 通卷 第200號
(1969년 12월)

卷頭言 · 誌齡 二〇〇號를 맞이하는 마음 • 夫琓爀 (12)

『思想界』誌齡 二〇〇號 記念辭
- 逆境속에 자라난 『思想界』의 前途를 祝福한다 • 尹潽善 (16)
- 국가발전의 활력소되기를 • 尹致暎 (18)
- 號輪 二〇〇號를 맞이하는 기쁨을 나누면서 • 趙漢栢 (19)
- 바른 눈과 입이 되어 국민들의 광장이 되기를 • 徐珉濠 (21)
- 不變의 意志에 榮光있으라 • 金在光 (22)
- 民族의 良心과 知性의 대변지 • 金相敦 (24)
- 「푸로메타우스」는 屈치 않는다 • 尹吉重 (26)
- 道德的 勇氣에 敬意 • 高在旭 (28)

- 大局的 立場에서 建設的인 提言을 • 車均禧 (29)
- 知性을 깨운 鍾塔 • 全禮鎔 (31)
- 國力을 상징하는 記念塔 • 다니엘 E 무어 (32)
- 思想的배경의 뒷받침 되기를 • 李孝祥 (32)
- 투철한 비판정신을 견지하라 • 方一榮 (34)

韓國二〇 年속의 思想界
- 社會公器로써 思想界[2036] • 蓬萊 (36)
- 不毛의 薄士에 思想의 뿌리를 박기까지[2037] • 金聲翰 (40)
- 創刊의 面貌 • 梁興模 (42)
- 칼의 힘과 펜의 힘[2038] • 安秉煜 (43)
- 反獨裁, 民權鬪爭의 義로운 行路 • 池明觀 (46)
- 颱風속에서도 깃빨이[2039] • 黃浩元[2040] (50)

思想界와 나
- 民族의 未來를 형성하는 旗手 • 安炳茂 (52)
- 高級綜合誌로서 獨步的 存在 • 千寬宇 (55)
- 韓國의 知性 • 卓熙俊 (56)
- 正義와 眞實을 밝히는 道標 • 鄭明煥 (58)
- 民族의 나갈길을 밝히는 횃불이기를 • 구혜영[2041] (60)
- 편견과 아부를 고발하는 작업 • 柳炳德 (61)
- 二〇〇호의 세월이 • 오영진[2042] (64)

2033 목차는 '連載小說'.
2034 목차는 '카릴 지브란'.
2035 1969년도는 제17권이 맞으나 1969년 10월 판권기에는 제18권으로 되어 있음.

2036 목차는 '社會公器로서의 思想界'.
2037 목차는 '國力을 상징하는 記念塔'. 『思想界』誌齡 二〇〇號 記念辭'의 '다니엘 E 무어'의 글 제목이 잘못 들어온 것.
2038 목차는 '칼(銃劍)의 힘과 펜(筆鋒)의 힘'.
2039 목차는 '颱風속에서도 깃발이'.
2040 목차는 '編輯部'.
2041 목차는 '具惠瑛'.
2042 목차는 '吳泳鎭'.

- 산혀와 필, 목소리가 있다면 • 釋智賢[2043] (66)
- 지식인의 싸롱 • 鮮于煇 (68)

思想界에 기대하는 것
- 『思想界』一九九卷을 앞에 놓고 • 金城漢 (70)
- 어려움속에서도 패기와 용감성이 • 任俊昌 (71)
- 인간성의 재건을 위해 분투 해주시기를 • 李靜 (73)
- 신문화에 올바른 座標를 찾는 책임을 • 元明子 (75)
- 社會變質속에서도 變質하지않는 精神을 : 지금이야말로 외칠 때이다 • 朴英吉 (76)
- 不義에 대해서 굽힐줄 모르는 투쟁을 國民的 抵抗精神으로 확산하라 • 이영준 (78)

舊 西本願寺不正拂下에 관한 公開狀 : 모든 言論機關이 權力과 金力앞에 外面하였다[2044] • 劉衡鎭 (81)

平和的 革命의 必然性 : 나는 왜 野黨大統領후보指名에 나섰나[2045] • 金泳三 (86)

국제연합의 가는길 : UN총회에 다녀와서[2046] • 鄭一亨 (92)

特輯 · 盲目과 變改의 一〇年을 評價한다 : 새로운 哲學과 政策과 生活의 一〇年을 바라면서[2047]
- 國民投票이후의 諸課題 • 李廷植 (97)
- 腐敗經濟下의 高度成長假面劇 • 趙容範 (107)
- 國際收支不均衡의 深化와 財政 · 金融의 破綻 : 財閥形成이라는 이름의 特惠金融 • 文波岩 (122)
- 敎育革命의 流産 • 金仁會 (134)
- 必然을 딛고선 歷史의 새물결 : 六〇年代學生運動의 決算 • 李協 (144)
- 言論不在의 韓國的 現實 : 權力에 물린 「아킬레스」의 발꿈치 • 李祥雨 (157)

미국對外政策決定上의 指導力問題[2048] • 워렌 · 코렌[2049]; 夫琓爀 譯 (163)

獨裁者列傳 ② · 안토니오 데 올리비에라 살라자르 (1889~)[2050] • 쥴즈아쳐; 柳相旭 譯 (169)

新聞月評 : 抑弱扶强의 言論墮落相 • 編輯部 (174)

運命과 機會 : 作家의 手記[2051] • 오영진 (176)

特輯 · 우리에게 文學이 있었는가?
- 六〇年代 文學의 位置 • 金炳翼 (212)
- 왜 詩를 쓰는가 • 김현 (221)

2043 목차는 '釋知賢'.
2044 목차의 꼭지명은 '人權週間에 즈음하여'. 목차의 제목은 '財閥의 無限橫暴앞에 蹂躪된 人權과 國法과 言論의 自由 : 舊 西本願寺 住民强制撤去事件에 關한 公開狀'.
2045 목차는 '平和的 革命의 必然性 : 나는 왜 野黨大統領候補戰에 나섰나?'.
2046 목차는 '國際聯合의 가는길 : UN總會에 다녀와서'.

2047 목차는 '盲目과 變改의 一〇年 : 새로운 哲學과 政策과 生活의 一〇年을 바라면서'.
2048 목차는 '美國對外政策決定上의 指導力問題'.
2049 목차는 '코렌'.
2050 목차는 '포르트칼의 살라자르'.
2051 목차는 '運命과 機會 (再錄)'.

- 로망에로의 길 : 한국 小說의 問題點[2052] •
  金允植 (225)
- 歷史意識과 小市民意識 : 六○年代의 文藝
  批評 • 具仲書 (239)
- 挑戰의 文學 • 任軒永 (243)

넌 픽션 연재[2053] · 回想의 黃河 (第3回) : 검은
  눈이 나리던 날의 슬픈 手記 • 太倫基
  (251)

長篇連載 小說[2054] · 火印 (第二回) • 姜鷺鄕 (259)

詩
- 아무도 없다 • 김지하 (278)
- 비녀산 • 김지하 (279)
- 이 炎凉世態에 • 朴智帥 (280)
- 침묵의 무늬 • 金炯榮 (284)
- 대폿집에서 • 金炯榮 (285)
- 푸른 하늘께 • 尹常奎 (286)

外國小說 · (續)「地神들」(THE EARTH GODS)[2055]
  • Kahlil Gibran[2056]; 李泰相譯 (287)

資料 ② · 獨立文化賞 制度에 관한 諸規定과
  그 경과 • (297)

資料 ① · 誌齡二○○號 紀念號 合本附錄 思想
  界 通卷 第一號~第一九九號 總目錄
  (一九五三年 四月~一九六九年 一一
  月)[2057] • (309)

編輯後記 • (458)

思想界 第18卷 第1號 通卷 第201號
(1970년 1월)

卷頭言 · 韓國의 座標를 定하라 • 夫玩爀 (8)

特輯 · 送舊迎新의 轉換點 : 새로운 選擇을 위
  하여
- 危機的 狀況과 大衆造作 技術 : 權力 · 매스
  콤 · 民意 이들사이의 力學관계[2058] •
  李相禧 (13)
- 政治不在의 克服을 위하여 : 우리는 어떻게
  할것인가 • 申相楚 (23)
- 經濟破局과 그 수습책[2059] • 金永善 (32)
- 農工併進에로의 환상과 農業問題의 핵심
  [2060] • 朴玄採 (41)
- 高度成長의 그늘속에 희생되는 勤勞者權
  益[2061] : 社會正義具顯과 富益富 · 貧益
  貧政策의 是正을 促求한다 • 李憲琦
  (56)
- 外來文化의 범람과 民族文化의 危機[2062] •
  韓相甲 (68)
- 國民倫理의 破綻과 再創造의 論據 • 安海均
  (76)
- 權力의 悲觀主義와 言論의 退嬰化 • 張乙炳
  (84)
- 行都市肥大의 實態[2063] • 羅相振 (99)

<hr />

2052 목차는 '로망에로의 길 : 韓國小說의 問題點'.
2053 목차는 '連載넌픽션'.
2054 목차는 '連載小說'.
2055 목차는 '地神들 (其二)'.
2056 목차는 '카릴 지브란'.
2057 목차는 '思想界 創刊號부터 誌齡二○○號까지의
  總目錄'.

<hr />

2058 목차는 '權力 · 매스컴뮤니케이션 · 民意 이들사
  이의 力學關係'.
2059 목차는 '經濟破局과 그 收拾策'.
2060 목차는 '農工併進의 幻想과 農業問題의 核心'.
2061 목차는 '高度成長의 그늘속에 犧牲되는 勤勞者
  權益'.
2062 목차는 '外來文化의 氾濫과 民族文化의 危機'.
2063 목차는 '逆行都市肥大의 實態'. 목차가 맞음.

七〇年代의 비젼 : 大衆民主體制의 具現 ● 金
大中 (107)

外資誘致를 위한 爭議規制立法의 不當性 ● 鄭
京鎔 (123)

美國對外政策의 新目標 ● 에리오트·리차드슨[2064];
朴秀治譯 (128)

越南平和의 동은 언제 트는가? : 美國의 對亞
政策과 아시아의 安保 ● 成滉鏞 (133)

南貧北富-그 가깝고도 먼 길[2065] : 開發의
一〇年에서 불만과 기만의 一〇年으
로 ● 鄭允炯 (145)

開發途上國에 있어서의 經濟成長의 諸問
題[2066] ● 콜린 크라크; 編輯部 譯 (154)

知性·그것은 民族革命의 前衛였다 ● 李敦寧
(165)

한글전용찬·반론비판[2067] ● 오아성 (175)

新聞月評 : 針小棒大 ● (184)

희랍軍部쿠데타의 裏面眞想[2068] : 自由基本權
의 死滅 ● 죤 코리; 夫玩爀 譯 (186)

희랍 亡命政客이 본 軍事革命의 裏面相 ● 外誌
에서; 夫玩爀 譯 (202)

獨裁者列傳 ③ · 후안페론(1895~)[2069] ● 쥴즈 아
쳐; 柳相旭 譯 (205)

美·蘇火山위의 架橋 ● 맥죠지 번디; 裵重燮 譯
(209)

페르시아紀行[2070] : 이란 白色革命의 現地診斷
● 金尙鉉 (224)

隨想·獄苦六年의 回想 (上) ● 曹仲瑞 (233)

隨筆四題
- 그 말이 맘에 들었다 ● 金成植 (242)
- 閑中記 ● 朴一松 (244)
- 冬至有感 ● 蘇光熙 (246)
- 사람·손수레·자전거 ● 玄錫虎 (248)

넌 픽션 연제[2071] · 回想의 黃河 (第4回) : 검은
눈이 나리던 날의 슬픈 手記 ● 太倫基
(251)

長篇連載 小說·火印 (第三回)[2072] ● 姜鷺鄕 (266)

詩
- 빛살 속으로 ● 金后蘭 (282)
- 列車 ● 朴進昊 (283)
- Jean Cocteau의 손 : 그의 肖像畵에 부쳐 ● 愼
重信 (284)
- 鐵窓에서 ● 吳景南 (285)
- 어떤 會議 ● 林正男 (286)

文學評論·七〇年代의 文學展望 : 우리에게
리얼리즘은 가능한가? ● 任重彬 (287)

2064 목차는 'E·리차드슨'.
2065 목차는 '南貧北富·그 멀고도 가까운 거리'.
2066 목차는 '開發途上國家에 있어서 經濟成長의 諸
問題'.
2067 목차는 '한글전용 찬반론 비판(상)'.
2068 목차는 '희랍軍部 쿠데타 裏面'.

2069 목차는 '알젠틴의 후안 페론'.
2070 목차는 '紀行文'.
2071 '목차는 '連載년픽션'.
2072 목차는 '連載小說·火印 ③'.

短篇小說 · 千夜一話 • 朴常陸 (300)[2073]

誌齡二○○號總 目錄 補遺 • (316)

編輯後記 • (318)

思想界 第18卷 第2號 通卷 第202號
(1970年 2月)

卷頭言 · 「五賦村」의 新惡을 拔本塞源하라 • 夫琓爀 (8)

特輯 · 創造的政治風土의 構築方向
- 新生國家의 政治的 發展:民主主義와 國家 發展의 문제 • 李澤徽 (11)
- 橫暴政治와 市民의 意志力:우리나라의 政治事情과 權力狀況 • 金永達 (18)
- 兩黨制의 理想과 現實:安定된 政黨政治를 위한 社會學的 · 心理學的 側面에서의 考察[2074] • 車仁錫 (32)
- 政治資金의 理論과 現實的 考察 • 趙一文 (45)
- 國民의 自發性과 政黨의 自由:國民의 自發的活力의 抑制는 政治의 自殺行爲이다 • 朴永大 (71)
- 生産的 議會政治의 要件:韓國的選擧構造의 특징과 그 處方箋[2075] • 朴承載 (77)
- 政治人의 條件:政治權力의 운전자로서 政治人의 理想型을 추구한다[2076] • 韓相範 (90)

- 民族主體勢力의 形成課題:轉換期의 決斷과 政治意識 • 蓬萊 (105)

故國의 同胞에게 부치는 글:美洲僑胞로부터의 편지[2077] • 林昌榮;李寶培[2078] (112)

夫琓爀 學兄前 • 兪鎭午 (115)

財閥의 橫暴를 糾彈告發한다:西本願寺事件을 解剖한다 • 劉衡鎭 (117)

輸出立國政策의 虛와 實 • 朴容相 (140)

中共外交政策의 現實的 轉換 • D · 바넬트;編輯部 譯 (148)

美國人의 彈力性 • F · 챔피언 워드[2079];夫琓爀 譯 (155)

發端에서 勝利까지:한글專用을 反對한 事件의 發端에서 行訴의 勝利까지[2080] • 柳正基 (162)

獨裁者列傳 ④ · 中國—蔣介石 (1887~):軍閥과 日本帝國主義 思考方式의 統治者[2081] • 쥴즈 아쳐;編輯部 譯 (175)

카스트로의 큐바:북과 銃과 새 人物 • 존코리;裵重燮 譯 (180)

2073 목차는 299. 본문이 맞음.
2074 목차는 '兩黨制의 理想과 現實:韓國政黨 政治의 現實과 方向'.
2075 목차는 '生産的 議會政治의 要件:韓國의 選擧構造와 特徵'.
2076 목차는 '政治人의 條件:指導者의 理想型을 追求한다'.

2077 목차는 '故國의 同胞에게 부치는 편지'.
2078 목차는 '兪鎭午'.
2079 목차는 '챔피온 위드'.
2080 목차는 '發端에서 勝利까지:한글專用反對事件의 全貌'.
2081 목차는 '中國의 蔣介石:軍閥과 日本帝國主義의 思考方式의 統治者'.

Book Review[2082] · 韓貞一 著 韓國政治·行政論
　　：韓國立法過程과 發展行政에 관한 研
　　究[2083] ● 張偉敦 (195)

新聞月評：表裏不同의 野黨育成論 ● 編輯部
　　(198)

한글전용찬·반론비판 (하) ● 오아성 (200)

隨想·獄苦六年의 回想 (下) ● 曹仲瑞 (213)

秋史가 본 韓國佛敎 ● 韓基斗 (220)

隨筆三題
- 何謂恥乎 ● 金成植 (230)
- 蘭坡노래碑의 香氣 ● 朴靜峰 (234)
- 날씨에는 관계없다 ● 徐珉濠 (235)

넌 픽션 연재[2084] · 回想의 黃河 (第5回)：검은
　　눈이 나리던 날의 슬픈 手記 ● 太倫基
　　(238)

長篇連載 小說[2085] · 火印 (第四回) ● 姜鷺鄕 (253)

詩
- 파고다 공원 ● 金允晥 (270)
- 韓服 ● 金準泰 (271)
- 독버섯 ● 盧益星 (272)
- 틸 ● 趙泰一 (274)
- 허수아비 ● 朱成允 (275)

短篇小說
- 두 나그네 ● 朴容淑 (277)

- 異色거미줄素描 ● 韓勝源 (286)

編輯後記 ● (306)

思想界 第18卷 第3號 通卷 第203號
(1970년 3월)

卷頭言 ·「彷徨하는 現代知性」：知識人의 苦
　　悶과 定向 ● 夫琓爀 (8)

三·一運動·一九七○年의 再吟味
- 萬歲·反萬歲 ● 金聖佑 (13)
- 民族運動에 對한 誤解들 ● 宋建鎬 (21)

特輯·新民族主義의 熱風속에서
- 아시아民族主義의 새로운 覺醒：現國際政
　　治에 있어서의 내쇼널리즘의 意味 ●
　　申相楚 (28)
- 現代版事大主義와 民族主體性：民族主義
　　의 再認識과 民族主體性을 찾는 길 ●
　　盧明植 (37)
- 反時代的 思潮들：一幕劇「民族的 民主主
　　義」의 안팎 ● 梁東安 (45)
- 危機와 希望의 史觀：통일에 대한 우리의
　　자세[2086] ● 金永達 (53)
- 參與와 改編의 論理：새로운 政治原理와 民
　　族勢力의 集結을 바란다 ● 蓬萊 (62)

北傀挑發의 測定과 對應：北傀의 對南戰略과
　　우리의 安保 ● 康仁德 (76)

美國軍事介入의 限界 ● 그라함 앨리슨; 어네스트
　　메이; 아담 아몰린스키 共同執筆; 夫琓爀 譯
　　(92)

2082 목차는 '書評'.
2083 목차는 '『韓國政治·行政論』：韓貞一 著'.
2084 목차는 '連載넌픽션'.
2085 목차는 '連載小說'.

2086 목차는 '危機와 希望의 史觀：統一에 대한 우리의
　　姿勢'.

特輯·侵略과 成長의 日本：韓·日관계의 過去와 未來
- 舊韓末亡國外交의 展開過程：一八七六年 韓日守護條約을 中心으로 • 崔昌圭 (106)
- 軍國日本의 朝鮮經濟收奪樣相 • 文定昌 (118)
- 「日本的」인 것의 意味 • 金恩雨 (141)
- 日本資本不可畏論의 詭辯 • 趙容範 (150)
- 財閥의 橫暴를 糾彈告發한다 (續)：選良과 言論은 잠들었는가 • 尹長星 (161)[2087]

三·一五 不正選擧 一〇周年의 回顧·歷史는 反轉하는가?：당시의 主役들은 무엇을 하고 있나[2088] • 鄭晩敎 (170)

新聞月評 • 編輯部 (177)

獨裁者列傳 ⑤ · 도미니카—라파엘 트루히요 (1891~1961) • 쥴즈 아쳐; 柳相旭 譯 (180)

特輯 · 「市民없는 都市」의 幻想
- 都市成長의 韓國的 解釋 • 盧隆熙 (184)
- 四大公敵의 挑戰과 應戰：大氣汚染을 中心으로 • 蔡一錫 (191)
- 「서울市」라는 이름의 伏魔殿 • 金成斗 (201)

現代的 思考方式의 變革[2089] · Gestalt 心理學의 異端[2090] • 趙明翰 (209)

럿셀의 人間과 生涯：抵抗의 九七年 • 安秉煜 (217)

베토벤 탄생 二〇〇周年을 맞이하여 · 베토벤의 生涯와 藝術 • 閔元得 (235)

獄中手記 · 자물쇠 共和國 ① • 李相斗 (245)

隨筆三題
- Academic과 Romantic과 그리고…… • 金成植 (258)
- 眞美人 假美人 • 김병우[2091] (260)
- 建設과 나 • 崔載九 (262)

한국인과 세계문학[2092] · 幼年時節을 그린 두 개의 小說：「草堂」과 「鴨綠江은 흐른다」[2093] • 金允植 (264)

長詩 · 祖國의 눈물 • 金昭影 (283)

詩
- 太陽을 向한 雜記 • 金潤植 (314)
- 바다 • 김지하 (316)
- 유태인의 땅 • 申世薰 (317)
- 베이비스橋에서 • 李萬根 (318)

時調
- 薦賦 • 金春朗 (319)
- 待日散題 • (320)

희곡 · 「아빠빠」를 입었어요 • 오영진 (321)

長篇連載 小說[2094] · 火印 (第五回) • 姜鷺鄉 (334)

2087 목차는 162쪽. 본문이 맞음.
2088 목차는 '歷史는 反轉하는가?：三·一五 不正選擧의 回顧'.
2089 목차는 '學問의 포럼'.
2090 목차는 '形態心理學의 異端'.

2091 목차는 '金炳瑀'.
2092 목차는 '文學評論'.
2093 목차는 '韓國人과 世界文學'.
2094 목차는 '連載小說'.

넌 픽션 연재[2095] · 回想의 黃河 (第6回) : 검은
    눈이 나리던 날의 슬픈 手記 • 太倫基
    (357)

編輯後記 • (366)

思想界 第18卷 第4號 通卷 第204號
(1970년 4월)

卷頭言 · 德色僞善의 政治를 止揚할 때 : 四 ·
    一九 否定과 五 · 一六 肯定의 辨證法 •
    夫玩爀 (10)

特輯 · 四月革命의 主體的 評價와 課題[2096] :
    四 · 一九學生革命一〇周年의 回顧[2097]
- 反獨裁民主守護를 위한 大學의 自由海溢 :
    젊은 怒濤, 화요일의 콤포지슌 • 李敦
    寧 (14)
- 世界史속의 四 · 一九 學生革命 : 誤導된 定
    義의 批判的 克服 • 李秀正 (27)
- 四月革命의 史的 定向 : 四 · 一九가 近代化
    이다 • 柳相旭 (39)
- 自立을 위한 緖戰 : 援助와 自助의 分岐點 ·
    新生活運動의 提起 • 李佑宰 (45)
- 民主反逆의 判定 : 五 · 一六의 不正選擧繼承
    論 • 卜鎭豊 (55)
- 資料 · 四월 革命의 메아리 : 四 · 一九革命宣
    言文 • (59)

似而非 兩黨制의 幻想的 性格 : 野黨의 本質을
    파헤친다 • 申相楚 (66)

일그러진 비전의 末路 : 輸出目標 一〇억弗의
    實像과 虛像 • 張和洙 (72)

韓 · 日租稅協定 是非論 · 韓 · 日租稅協定締結
    의 意義와 그 內容 : 贊成의 立場에서 •
    李雄根 (78)

國土統一院長官에게 보내는 公開狀 : 舊西本
    願寺不正拂下 및 不法撤去事件 • 盧極
    淳 (90)

新版「暗行御史」有效論 : 엄버즈맨(Ombuds-
    man)制度 抄[2098] • 白承元 (98)

매일을 抵抗하라 : 사울 알린스키의 急進抵抗
    論[2099] • 사울 알린스키[2100]; 夫玩爀 譯 (106)

公害解放戰 : 一九七〇年 닉슨美대통령 年頭
    敎書 中에서[2101] • (111)

日本 歷史敎科書上에 나타난 韓國 : 虛僞와 造
    作으로 屬國취급 • 咸星洸 (115)

海洋資源開發의 展望 • 嚴圭白 (127)

國家發展과 言論의 役割 : 記者協會 招請演說
    文 • 柳珍山 (137)

2095 목차는 '連載넌픽션'.
2096 목차의 특집 제목은 '四月革命의 主體的 評價와
    課題'이며, 14쪽 이외에는 모두 이와 같이 인쇄
    되어 있으나 14쪽에만 특집 제목이 '四월혁명
    그날을 回顧함'로 되어 있음.
2097 특집의 부제가 39쪽에는 '四月革命一〇周年의
    回顧'로 쓰여 있음.

2098 목차는 '新版「暗行御史」有效論(上) : 엄버즈맨 制度'.
2099 목차는 '每日을 抵抗하라 : 알린스키의 急進抵抗論'.
2100 목차는 '外誌에서'.
2101 목차는 '公害解放戰 : 一九七〇年 美닉슨大統領年
    頭敎書에서'.

鬪爭과 屈從의 混同 : 韓國新聞 五○年의 正史 • 吳蘇白 (141)

民族魂의 烽火 · 石吾 李東寧先生을 追悼함 : 逝去 三○周年을 맞이하여 鄭靖和女史의 回顧談[2102] • (150)

헤롤드 · 라스키逝去 三○周年 · 自由와 權威의 調和 : 그의 政治理論의 中心問題[2103] • 李克燦 (155)

럿셀의 人間과 思想[2104] : 創造와 哲學 – 럿셀의 基本思想 (1) • 安秉煜 (161)

學問의 포럼 · 現代的思考方式의 變革 · 現代社會學方法論 • 高永復 (167)

特輯 · 學園再建의 길[2105]
- 「參與의 展望」 – 先進國大學의 경우 (上) : 知識의 힘은 오늘날 善보다 惡을 위한다[2106] • 스탠리 호프맨; 夫琓爀 譯 (176)
- 東歐의 學生運動 • 車興奉 譯[2107] (187)
- 敎育再生을 위한 治策 : 入試制폐지에 대한 批判 • 柳正基 (202)
- 盲啞大學의 痼疾化 : 大學內 言論自由化의 要求 • 李信範 (220)

解禁人士의 聲明과 그 行方 · 民主政治勢力의 大同團結의 길[2108] • 編輯部 (228)

書評 · 高亨坤著「禪의 存在論的究明」[2109] • 蘇光熙 (232)

獨裁者列傳 ⑥ · 베니토 무솔리니 (1883~1945)[2110] • 쥴즈 아쳐; 柳相旭 譯 (237)

新聞月評 • (241)

隨筆
- 「四 · 一九」追憶 • 金成植 (244)
- 四月 • 宋志英 (246)

長篇連載 小說[2111] · 火印 (第六回) • 姜鷺鄕 (249)

獄中手記 · 자물쇠 共和國 ② • 李相斗 (268)

넌 픽션 연재[2112] · 回想의 黃河 (第7回) : 검은 눈이 나리던 날의 슬픈 手記 • 太倫基 (280)

四 · 一九와 韓國文學
- 리포트 · 四 · 一九와 韓國文學 : 무엇이 말해지지 않았는가? • 金允植 (290)
- 座談 · 四 · 一九와 韓國文學[2113] • 具仲書; 金允植; 김현; 任重彬 (300)

2102 목차는 '石吾 李東寧先生을 追悼함 : 鄭靖和女史의 回顧談'.
2103 목차는 '自由와 權威의 調和 : 헤롤드 · 라스키逝去 二○周年', 헤롤드 라스키는 1950닌에 서거했으므로 목차가 맞음.
2104 목차는 '럿셀의 人間과 思想(上)'.
2105 목차는 '敎育 · 大學 · 學生'.
2106 목차에는 '參與의 展望(上) : 先進國 大學生의 경우'로 되어 있음.
2107 목차는 '外誌에서'.

2108 목차는 '資料 · 民主政治勢力 大同團結의 어제와 오늘'.
2109 목차는 '書評 · 高亨坤著「禪의 存在論的究明」 – 高亨坤 著'.
2110 목차는 '獨裁者列傳 ⑥ 〈이태리의 베니토 무솔리니〉'.
2111 목차는 '連載小說'.
2112 목차는 '連載넌픽션'.
2113 목차는 '四月革命과 韓國文學'.

短篇小說 · 불타는 都市 • 辛相雄 (317)

詩
- 遺作詩 · 좋은 言語 外一篇 • 故 申東曄 (329)
- 사월의 피 · 김지하 (331)
- 다시 四月은 오는데 · 朴鳳宇 (334)
- 또다시 四月아 : 四 · 一九 一○週年에 붙여
  • 朴智師 (335)
- 四 · 一九 이후 · 李秋林 (337)
- 그 四月을 上演한 者의 現住所 • 朱成允
  (339)

東西詩의 比較論的立場에서 · 黃眞伊의 詩와
  韓國詩의 傳統[2114] • 趙雲濟 (345)

編輯後記 • (356)[2115]

思想界 第18卷 第5號 通卷 第205號
(1970년 5월)

卷頭言 · 哲學없는 擧事의 行方 : 用語의 革命
  과 理想社會의 失踪 • 夫琓爀 (14)

特輯 · 反民主 · 反自由 · 虛脫의 九年
- 民主主義와 軍隊生理 : 同意를 위한 說得과
  命令에 의한 服從 • 申相楚 (23)
- 對外依存이 낳은 事大腫氣 : 「모세」는 「기
  조」보다 위대했다 • 盧明植 (30)
- 『經濟成長』만 먹고 살 수 없다 : 第三次五個
  年計劃總量計劃批判 • 李烈模 (38)
- 「近代化된 國民」은 借款할 수 없다 : 外國에
  서 본 五 · 一六 • 李보배 (56)
- 軌道를 벗어난 經濟成長의 모듈 • 趙容範
  (60)

- 臥牛山은 到處에 있다 : 不實建物 뒷처리의
  損害賠償은 누가? • 姜明求 (71)

電子社會로 가는 언덕에 서서
- 現代를 超克할 科學과 哲學 : 思想의 貧困
  을 克服하기 위하여 • 李鍾求 (77)
- 科學時代의 새로운 道程 • 蘇興烈 (88)

現代의 光彩 · 떼야르 드 샤르뎅의 歷史觀 • 金
  慶桓 (94)

「市民 없는 都市」의 환상 · 都市의 本質에 관
  한 文明論的 接近 • 孫禎睦 (105)

國會議長에게 보내는 公開狀 : 舊西本願寺 不
  正拂下 및 不法撤去事件 • 盧極淳 (118)

大學 · 敎授 · 學生
- 「參與의 展望」—先進國大學의 경우 (中) :
  知識의 힘은 善보다 惡을 위한다 • 스
  탠리 호프만; 夫琓爀 譯 (124)
- 學園의 解放을! : 히틀러는 言論과 學園과
  宗敎를 抹殺했다 • 金在俊 (141)
- 權力의 侍女에서 脫皮하는 길 • 安仁熙 (145)
- 學生運動의 나아갈 길 : 正義의 횃불은 永遠
  히…… • 編輯部 (149)
- 同盟休校에 즈음한 서울大學校 學友들에
  게 보내는 멧세지 • 서울大學校 文理科
  大學 學生會 · 서울大學校 法科大學 學生會
  (153)
- 캡슐속의 熱火 • 편집부 (154)

獨裁者列傳 ⑦ · 유고슬라비아−티토(1892~) •
  줄즈 아쳐; 裵重燮 譯 (158)

新版 『暗行御史』 有效論 : 엄버즈맨(Ombuds-
  man)制度 (續) • 白承元 (165)

2114 목차는 '黃眞伊의 詩와 東西詩의 比較'.
2115 목차에 없음.

韓國周邊의 列强勢力關係 • 李承憲 (174)

二重社會構造의 逆機能 : 多數를 犧牲시킨 少
　　數의 天國 • 宣鍾崙 (188)

럿셀의 思想 · 自由의 哲學 • 安秉煜 (196)

日本 · 그「사꾸라」式 偏見
- 日本言論의 韓國報道 : JAL機拉北事件을
　　中心으로 • 趙雲濟 (203)
- 國際法으로 본 JAL機 拉致事件 • 洪淳吉
　　(207)

新聞月評 • 鄭乙炳 (214)

隨筆
- 鄭仁淑 社會 • 朴晭東 (216)
- 해외토픽의 묘미 • 朴靜峰 (218)
- 생명을 거는 일 • 전대련 (220)

美國文學의 兩大潮流 • 金利哲 (222)

譚詩 · 五賊 • 김지하 (231)

文学月評 : 大衆과의 約束 • 白承喆 (249)

詩
- 時調 · 祖國에 바치는 노래 • 金春朗 (253)
- 해를 보고 웃을 뿐 • 韓粉順 (257)
- 세월 • 金昭影 (258)
- 땅 • 文貞姬 (260)
- 잠의 背後 • 姜恩喬 (261)
- 讚觀音 • 釋智賢 (262)
- 湖面에 뜬 너와 나 그리고 • 韓無學 (263)
- 장미원에서 • 洪允靜 (264)
- 庭園 • 매리 올리버(Mary Oliver); 李泰相 譯 (265)

短篇小說 · 合格者 手記 • 表文 (266)

獄中手記 · 자물쇠 共和国 ③ • 李相斗 (291)

넌픽션연재 · 回想의 黃河 ⑧ : 검은 눈이 나
　　리던 날의 슬픈 手記 • 太倫基 (310)

長篇連載小說 · 火印 (第七回) • 姜鷺鄉 (330)

讀者隨想 · 告發精神의 精粹「運命과 機會」•
　　朴星宰 (352)

読者欄 • (359)

編輯後記 • (360)

찾아보기

〈인명〉

ㄱ

가가와 도요히코(賀川豊彦) 36

로멩 가리(Romain Gary) 195

강경애(姜敬愛) 42

강계순(姜桂淳) 105, 118, 175, 177, 271, 323, 362

강노향(姜鷺鄉) 374, 376, 384

강두식(姜斗植) 125, 132, 133, 135, 143, 147, 163, 191, 216, 221, 236, 263

강문용(康文用) 81, 83, 90, 178, 193

강병규(姜秉奎) 146

강봉식(康鳳植) 11, 12, 15, 18, 19, 20, 21, 22, 23, 25, 26, 29, 31, 32, 34, 35

강신재(康信哉) 127, 136, 204, 312, 333

강신항(姜信沆) 169, 188, 236

강영선(姜永善) 61, 63, 74, 77, 82, 89, 95, 109, 120, 123, 145, 176, 348

강용준(姜龍俊) 140, 156, 181, 239, 259, 288

강원룡(姜元龍) 139, 235, 245, 250, 272, 298, 330, 365

강은교(姜恩喬) 359, 364, 384

강태열(姜泰烈) 143, 163, 264, 312, 339

갤브레이스(John Kenneth Galbraith) 164, 211

계용묵(桂鎔默) 34

고범서(高範瑞) 15, 34, 241, 270, 275, 300, 313

고병익(高柄翊) 53, 61, 72, 89, 97, 102, 119, 136, 140, 146, 162, 180, 210, 223, 280, 296, 298, 321

고석구(高錫龜) 126, 127

고승제(高承濟) 41, 52, 58, 65, 89, 128, 132, 157

고영복(高永復) 129, 134, 144, 298

고원(高遠) 76, 97, 152, 155, 157, 159, 165, 175, 184

고원창(高源昶) 39, 45

고은(高銀) 116, 165, 339

고재욱(高在旭) 236, 247, 256, 374

고정기(高廷基) 203, 236, 335

고정훈(高貞勳) 23, 47, 103, 108, 113, 131, 134, 316, 322

고형곤(高亨坤) 41, 108, 382

고황경(高凰京) 91, 132, 166, 282

곰브리치(Ernst Gombrich) 263

곽복록(郭福祿) 173, 205, 228, 335, 357

곽복산(郭福山) 100

곽상훈(郭尙勳) 32

곽소진(郭少晋) 30, 36, 37, 49, 85, 102, 106

곽종원(郭鍾元) 109, 114, 320

구범모(具範謨) 141, 283, 299

구본명(具本明) 59, 77, 99, 179

구자운(具滋雲) 91, 150, 174, 208, 243, 355

구중서(具仲書) 370, 376, 382

구혜영(具嘒瑛) 27, 41, 119, 339, 353

권명수(權明秀) 84, 99, 101, 117, 127, 147,
155, 188, 276

권상노(權相老) 11

권순영(權純永) 77, 90, 102, 183, 356

권영대(權寧大) 26, 42, 53, 55, 57, 59, 111,
118, 120, 124, 132, 145

권오기(權五琦) 224, 305

권오돈(權五惇) 135, 222, 307

권용태(權龍太) 145

권중석[權重石, 박태순(朴泰洵)의 필명] 277, 364

권중휘(權重輝) 47, 70, 118, 125, 147, 149, 155

그라스(Günter Grass) 255, 266

그리예(Alain Robbe-Grillet) 88, 158, 167, 179,
213

그린(Graham Greene) 56, 168, 170, 357, 380

김경동(金璟東) 336, 337, 350

김경래(金景來) 219, 240, 245, 253

김경원(金瓊元) 164, 172, 183, 206, 221, 235,
262, 322, 324, 332, 333

김경탁(金敬琢) 26, 32, 35, 36, 40, 53, 60, 66,
74, 79, 87, 92, 99, 102, 118,
134

김계숙(金桂淑) 10, 52, 61, 71

긴관석(金觀錫) 47

김관식(金冠植) 65, 95

김광림(金光林) 74, 102, 132, 152

김광섭(金珖燮) 23, 47, 52, 58, 75, 100, 127, 174

김광식(金光植) 20, 29, 90, 125, 145, 336

김광원(金光源) 221, 268, 299, 319, 337

김구(金九) 279, 326, 328, 330, 332

김구용(金丘庸) 27, 90, 130, 174

김규동(金奎東) 24, 27, 29, 38, 71, 83, 91, 118

김규영(金奎榮) 41, 49, 73, 145

김규태(金圭泰) 125, 150, 175

김규환(金圭煥) 149

김기두(金箕斗) 92, 135

김기석(金基錫) 9, 10, 11, 12, 15, 16, 22, 24,
27, 39, 51, 64, 75, 119, 131,
160, 199, 215, 254

김기수(金基洙) 16, 73

김기진(金基鎭) 44

김기창(金基昶) 138

김남조(金南祚) 34, 208, 252, 312, 345

김남진(金南辰) 160, 164, 171, 193

김대상(金大商) 348, 351, 352, 355, 357, 358,
360, 362, 363

김대중(金大中, 金大仲) 30, 372, 377

김대현(金大炫) 114

김도연(金度演) 308

김동길(金東吉) 127, 225, 273

김동리(金東里) 64, 93, 107, 121, 127, 174

김동립(金東立) 112, 114, 125, 140, 174

김동명(金東鳴) 43, 51, 53, 55, 60, 99, 116, 298

김동성(金東成) 222, 225, 227, 230, 235, 239,
242, 246

김동욱(金東旭) 24, 25, 28, 99, 104, 136

김동인(金東仁) 31, 32, 40

김동일(金東一) 84, 120

김동준(金東俊) 153, 190, 265, 308

김동진(金東振) 165, 239, 301, 355, 359

김동화(金東華) 43, 65, 92, 163, 190, 290

김두종(金斗鍾) 99

김두헌(金斗憲) 9, 20, 71

김두희(金斗熙) 71, 94

김득황(金得榥) 10

김말봉(金末峰) 24

김병기(金秉騏) 9, 14, 114, 127, 129, 131, 135, 138, 161, 176, 201, 205, 216

김병로(金炳魯) 102

김병익(金炳翼) 341, 353, 375

김병태(金炳台) 183, 216, 321

김붕구(金鵬九) 104, 143, 147, 153, 158, 168, 172, 181, 184, 186, 200, 203, 204, 230, 265, 271, 276, 284, 293, 360

김삼규(金三奎) 144, 150

김상기(金庠基) 9

김상돈(金相敦) 351, 367, 374

김상현(金尙鉉) 257, 268, 295, 336, 377

김상협(金相浹) 35, 41, 47, 82, 84, 86, 94, 98, 108, 121, 128, 137, 143, 150, 220, 298

김석목(金錫穆) 9, 25, 69, 91, 131, 290

김석조(金碩祚) 347, 350, 354, 361

김석찬(金錫讚) 116, 123

김선기(金善琪) 65

김성도(金聖道) 77

김성두(金成斗) 358, 373, 380

김성식(金成植) 11, 33, 39, 41, 59, 63, 77, 83, 85, 87, 90, 98, 100, 107, 118, 129, 133, 136, 153, 168, 177, 202, 208, 215, 217, 220, 226, 228, 234, 240, 248, 255, 261, 267, 269, 277, 284, 291, 311, 323, 358, 360, 370, 373, 377, 379, 380, 382

김성우(金聖佑) 167, 365, 379

김성진(金晟鎭) 31, 40, 49, 57, 82, 93, 107

김성태(金聖泰) 158, 163, 177, 188, 215, 219

김성한(金聲翰) 23, 24, 27, 34, 35, 40, 58, 61, 67, 82, 174

김성환(金星煥) 165, 199, 202, 206, 209, 211, 214, 216, 220, 232, 275, 278, 280, 283, 286, 288, 291, 294, 299, 302, 305, 308, 311, 313, 316, 318, 321, 324

김성희(金成熺) 94, 106, 121

김세영(金世永) 145

김세준(金世駿) 151

김소영(金昭影) 95, 323, 364, 368, 372, 373, 380

김소월(金素月) 32, 322

김송(金松) 46, 70, 75, 129

김수돈(金洙敦) 95, 107

김수선(金壽善) 37

김수영(金洙暎) 29, 65, 90, 102, 132, 175, 243

김순애(金順愛) 95

김승옥(金承鈺) 271, 294, 315, 348

김승한(金昇漢) 164, 310, 372

김안재(金安在) 39, 56, 64, 104

김영국(金榮國) 145, 150

김영달(金永達) 157, 162, 302, 361, 373, 378, 379

김영록(金泳祿) 221, 245, 252, 277, 308, 349

김영모(金泳謨) 320, 350, 370

김영삼(金永三) 77, 97, 244

김영상(金永上) 146

김영선(金永善) 15, 30, 33, 42, 49, 64, 75, 89,
94, 102, 130, 137, 143

김영주(金永周) 107, 108, 113, 138, 151, 163

김영준(金永俊) 176, 221, 318, 344, 354

김영철(金永喆) 194, 215, 273

김영철(金榮澈) 40, 81

김영태(金榮泰) 119, 136, 165, 208, 242, 274,
315, 336, 359

김옥길(金玉吉) 125

김요섭(金耀燮) 58, 129

김용갑(金容甲) 137, 149, 362

김용권(金容權) 31, 38, 40, 42, 45, 57, 71, 73,
83, 123, 135, 144, 145, 147,
149, 181

김용덕(金龍德) 14, 23, 40, 69, 74

김용배(金龍培) 387

김용옥(金龍玉) 65, 84, 298

김용제(金龍濟) 60, 74, 84

김용호(金容浩) 23, 58

김우종(金宇鍾) 107

김운태(金雲泰) 145

김원용(金元龍) 92, 133, 138, 142, 298

김윤경(金允經) 18, 39, 250, 303

김윤성(金潤成) 107, 134, 195, 205, 329, 357

김윤식(金允植) 327, 338, 376, 380, 382

김윤환(金潤煥) 180, 212, 218, 262, 286

김은우(金恩雨) 12, 109, 298

김의정(金義貞) 195, 250, 264

김이석(金利錫) 88, 90, 114, 143, 174

김재원(金在元) 223, 269, 310, 342

김재준(金在俊) 9, 10, 11, 13, 32, 40, 43, 53,
59, 62, 77, 89, 117, 119, 176,
178, 201, 251, 256, 276, 281,
299, 310, 315, 322, 339, 344

김점곤(金點坤) 253, 323

김정균(金正均) 79

김정옥(金正鈺) 109, 132, 133, 135, 145, 151,
152, 175

김정진(金㵢鎭) 100, 133, 134, 140, 197, 345

김정태(金定台) 180, 202, 218

김정태(金鼎泰) 141, 144, 169

김정학(金廷鶴) 65, 83, 113, 298

김정한(金廷漢) 123

김종길(金宗吉) 133, 179, 181, 188, 191, 242,
268, 284, 293, 304, 309, 319,
322, 325, 355, 357

김종무(金鍾武) 20, 31, 79, 104

김종문(金宗文) 24, 60, 97

김종삼(金宗三) 102

김종원(金鍾元) 102, 119, 150, 181, 228, 261,
312, 337

김주연(金柱演) 336, 360, 363

김주택(金周澤) 147

김준보(金俊輔) 96

김준섭(金俊燮) 38, 101

김준엽(金俊燁) 115, 180, 189, 256, 274, 277, 281, 292, 303, 309, 330, 334

김중위(金重緯) 343, 356, 358, 369, 372

김중희(金重熙) 27, 44, 88

김증한(金曾漢) 51, 83, 109, 138, 159, 282

김지하[金芝河, 김영일(金英一)의 필명] 388

김진(金辰) 101

김진만(金鎭萬) 113, 133, 135, 140, 143, 145, 147, 150, 243, 298

김진웅(金振雄) 124, 144

김차영(金次榮) 43, 68, 91

김찬국(金燦國) 190, 302, 331

김창순(金昌順) 47, 150

김창훈(金昌勳) 194, 196, 227, 230, 233, 235, 242, 251

김채윤(金彩潤) 122, 149

김천배(金天培) 77, 97, 149

김철(金哲) 99, 115, 128, 137, 192, 201, 211, 214, 218, 231, 237, 281, 286, 305, 308, 313, 314, 334, 349, 365, 373

김철손(金喆孫) 82

김철수(金哲洙) 192, 201, 211, 214, 218, 231, 237, 314, 349

김춘수(金春洙) 58, 64, 80, 90, 102, 104, 107, 109, 125, 131, 138, 175, 243

김치선(金致善) 137, 251, 259, 269

김치수(金治洙) 351, 363

김태관(金泰寬) 93

김태길(金泰吉) 33, 46, 53, 59, 68, 77, 83, 97, 107, 112, 129, 142, 153, 164, 169, 177, 185, 213, 241, 252, 268, 287, 316, 344

김태오(金泰午) 40, 43, 48, 50, 52, 59, 65, 71

김팔봉(金八峰) 24, 25, 26, 27, 28, 29, 32, 33, 38, 39, 43, 44, 45, 47, 49, 52, 54, 56, 58, 60, 62, 67, 73, 76, 82, 89, 91, 92, 95, 97, 111, 114, 115, 127, 134, 138, 147, 244, 298

김하용(金河龍) 197, 223, 241

김하태(金夏泰) 41, 45, 53, 73, 81, 82, 85, 88, 91, 96, 105, 107, 112, 119, 120, 124, 131, 134, 142, 158

김학수(金鶴秀) 187, 200, 213, 228, 357

김학엽(金學燁) 42, 55

김해강(金海剛) 99

김향안(金鄕岸) 179, 250, 254

김현(金炫) 320, 345, 355, 359, 360, 363, 375, 382

김현승(金顯承) 118, 147, 153, 179, 204, 242, 291, 335, 347

김형규(金亨奎) 81, 83, 99, 111

김형석(金亨錫) 53, 90

김형영(金炯榮) 361, 368, 376

김호섭(金昊燮) 190, 194, 196, 201, 207, 211, 214

김홍수(金洪洙) 114

김홍일(金弘壹) 268, 279, 292

김홍철(金洪喆) 145

김환기(金煥基) 138, 169

김활란(金活蘭) 247, 306

김효록(金孝祿) 51

김흥호(金興浩) 116

ㄴ

나도향(羅稻香) 32

나세르(Gamal Abdel Nasser) 34, 199

나영균(羅英均) 142, 143, 167, 195, 200, 216, 236, 259, 297, 304, 332, 353

나운영(羅運榮) 97, 99, 298

나희균(羅喜均) 142

남명석(南命錫) 153, 247, 266

남재희(南載熙) 245, 309, 358, 368

남정현(南廷賢) 167, 171, 193, 243, 261, 294

남평우(南平祐) 85

남흥우(南興祐) 40, 362

네루(Jawaharlal Nehru) 15, 39, 54, 62, 115, 120, 155, 162, 178, 194, 261, 262, 309

노도양(盧道陽) 12

노명식(盧明植) 294, 348, 379

노융희(盧隆熙) 333, 358, 380

노정현(盧貞鉉) 321, 325, 326, 333

노종호(盧宗鎬) 289, 304, 306, 309, 314

노천명(盧天命) 23, 49, 60, 243, 244

노평구(盧平久) 124

노희엽(盧熙燁) 203, 205, 228, 250, 263, 266, 315, 338

니묄러(Martin Niemöller) 334, 336, 338

니부어(Karl Paul Reinhold Niebuhr) 17, 28, 65, 91, 101, 338

ㄷ

더글라스(William A Douglas) 62, 224, 231

독시아디스(Constantinos Apostolou Doxiadis) 370, 371, 373

동천[董天, 동덕모(董德模)의 필명] 166, 171, 175, 302

드레이퍼(Theodore H. Draper) 106, 166, 202, 248

ㄹ

라베츠(Leopold Lavezzi) 176, 325

라이샤워(Edwin Oldfather Reischauer) 72, 151, 171, 371

래티모어(Owen Lattimore) 227

러셀(Bertrand Arthur William Russell) 28, 41, 81, 85, 92, 105, 108, 111, 113, 134, 148, 190, 197, 230, 253, 279, 380, 382, 384

로스토(Walt Whitman Rostow) 111, 113, 126, 129, 130, 133, 154, 180, 241, 245, 370

류초당(劉招唐) 12

리영희(李泳禧) 362

리쾨르(Paul Ricœur) 359

리프먼(Walter Lippmann) 178

립셋(Seymour Martin Lipset) 347, 368

ㅁ

마경일(馬慶一) 298, 331, 338, 356

마종기(馬鍾基) 317

마해송(馬海松) 36, 51, 67, 109, 154, 156, 158, 159, 161, 174, 208, 225, 256, 290

매클리랜드(David Clarence McClelland) 372

모겐소(Hans Joachim Morgenthau) 176

모라비아(Alberto Moravia) 205, 228, 297, 357

모로아(Andre Maurois) 19, 24, 30

모윤숙(毛允淑) 20, 62, 129, 256, 263, 298, 303, 336, 342

무향산인(無鄕山人) 201, 206, 209, 212, 215, 220, 224, 227, 229, 232, 234, 237

문덕수(文德守) 136, 170, 285, 320, 335, 341, 351

문방흠(文方欽) 74

문상득(文祥得) 183, 188, 221, 222, 250, 263

문상희(文相熙) 153, 303, 342

문익환(文益煥) 41, 90

문형선(文炯宣) 180, 186, 202, 209, 211, 219, 224, 229, 231, 247, 258, 267, 272, 289

문홍주(文鴻柱) 103, 112, 132

문희석(文熙奭) 146, 150, 257, 260, 289, 292

뮈르달(Karl Gunnar Myrdal) 182, 356, 357, 364

미치오 타케야마(竹山道雄) 29

미하일로프(Mihailo Mihailov) 290, 293

민덕순(閔德順) 134, 144

민병기(閔丙岐) 44, 49, 87, 89, 123, 126, 130, 137, 148, 196, 211, 218, 253, 256

민병태(閔丙台) 29, 89, 96, 115, 117, 141, 144, 235

민석홍(閔錫泓) 13, 132, 155, 201, 228, 289, 317, 321, 331, 352

민영규(閔泳珪) 12, 13, 118, 298, 315, 338

민웅식(閔雄植) 97, 112, 174, 177, 203, 243, 294, 337

민원득(閔元得) 334, 350, 380

밀즈(Charles Wright Mills) 154, 160, 163, 178, 290

ㅂ

바르트(Roland Gérard Barthes) 359, 360

박경리(朴景利) 125, 277, 298, 310, 320, 337

박경수(朴敬洙) 27, 64, 97, 114, 121, 132, 147, 163, 174, 193, 204, 222, 230, 269, 304, 323, 365

박경용(朴敬用) 140, 280, 339

박계주(朴啓周) 21

박관숙(朴觀淑) 13, 56, 118, 141, 151, 184, 228, 275, 294, 298

박광선(朴光善) 60, 148, 153

박기병(朴基丙) 40, 46, 139

박기순(朴基淳) 86, 139, 156, 162, 232, 234

박기혁(朴基赫) 189, 216, 283, 354

박남수(朴南秀) 44, 56, 70, 84, 93, 136, 154, 170, 174, 193, 204, 243, 266, 297, 315, 346

박노태(朴魯胎) 53

박대선(朴大善) 298, 343, 347

박동묘(朴東昴) 149, 154, 157, 160, 170

박동섭(朴東燮) 86

박동앙(朴東昂) 24, 46, 61, 64, 65, 79, 126, 150

박동운(朴東雲) 150, 171, 224, 251

박동현(朴同玄) 27

박두진(朴斗鎭) 60, 70, 75, 87, 109, 125, 129, 138, 163, 167, 184, 204, 230, 243, 252, 282, 288, 297, 301, 312, 323, 329, 331, 332, 338, 343, 355, 359

박래현(朴崍賢) 138, 153, 311, 332

박목월(朴木月) 87, 97, 105, 114, 116, 125, 147, 165, 167, 174, 181, 188, 198, 204, 243, 259, 301, 303, 317, 333, 343, 355

박무승(朴武昇) 194, 212, 245, 251, 265, 267, 287, 328

박문복(朴文福) 116

박봉랑(朴鳳琅) 97, 99, 101, 103, 106, 218, 229, 235, 238, 293, 322, 324, 328, 338

박봉식(朴奉植) 134, 157, 164, 223, 255, 360, 361, 368

박봉우(朴鳳宇) 74, 102, 140, 177, 200, 319, 383

박상륙(朴常陸) 244, 378

박성룡(朴成龍) 72, 90, 112, 123, 143, 174, 198, 250, 280, 319, 350

박순녀(朴順女) 205, 228, 274, 285, 331

박승재(朴承載) 354, 372, 378

박승희(朴勝喜) 225, 227, 233

박양균(朴陽均) 80

박연희(朴淵禧) 88, 114, 125, 317

박영대(朴永大) 370, 371, 372, 378

박영준(朴榮濬) 23, 26, 43, 54, 57, 67, 70, 90, 95, 119, 204, 298, 307, 345

박영희(朴英熙) 82, 83, 91, 93, 95, 97, 100, 102, 104, 107

박용구(朴容九) 90, 163, 165, 190, 305

박용숙(朴容淑) 312, 363, 379

박운대(朴運大) 17, 142, 146, 223, 229, 231, 244, 248, 289, 298

박이문(朴異汶) 24, 34, 47, 119, 131, 135, 140, 143, 145, 149, 152, 155, 158, 159, 161, 163, 165, 169, 177, 200, 236, 239, 246, 254, 258, 276, 304, 306, 314, 319, 325, 327, 329, 335

박익수(朴益洙) 10, 12, 14, 132

박인희(朴仁熙) 177, 179, 181, 183, 185, 191, 195, 197, 210, 213, 217, 221, 233

박일경(朴一慶) 81, 86, 93

박일송(朴一松) 57, 70, 306, 339, 341, 377

박일환(朴逸煥) 79

박재빈(朴在彬) 142, 166

박재삼(朴在森) 102, 130, 156, 174, 204, 252, 298, 301, 335, 355

박재호(朴載鎬) 150, 175, 195, 310

박정봉(朴靜峰) 75, 109, 379, 384

박정희(朴正熙) 240, 277, 340, 369

박종서(朴鍾緒) 55

박종우(朴鍾禹) 114

박종인(朴鍾仁) 27

박종홍(朴鍾鴻) 62, 65, 70, 87, 88, 91, 92, 101,
112, 119, 120, 126, 152, 153,
178, 198, 225, 247, 249, 263

박종화(朴鍾和) 52, 53, 67, 70, 71, 95, 116,
127, 244, 256, 298, 319

박준규(朴浚圭) 43, 108, 113, 122, 128, 132,
137, 143, 148, 154, 166, 168,
175, 177, 187, 193, 215, 219

박찬세(朴贊世) 185

박창해(朴昌海) 25, 28, 339, 355

박태진(朴泰鎭) 34, 85, 105, 123, 158, 163,
174, 179, 188, 203, 204, 206,
223, 239, 254, 269, 271, 274,
288, 296, 307, 349

박헌구(朴憲九) 116, 140, 174, 247, 301, 338

박현채(朴玄採) 376

박형규(朴炯圭) 313, 341, 358

박화성(朴花城) 195, 268, 298, 310

박희범(朴喜範) 87, 153, 157, 162, 177, 180, 348

박희선(朴憘宣) 114

박회진(朴喜璡) 67, 93, 123, 150, 162, 169,
175, 179, 191, 204, 239, 269,
288, 329, 353

방인근(方仁根) 127, 244

방일영(方一榮) 374

배성룡(裵成龍) 9, 10, 11, 13, 15, 16, 24, 28,
30, 31, 32, 33, 36, 39, 42, 51,
58, 61, 329

배응도(裵應道) 132

백낙준(白樂濬) 9, 11, 13, 14, 16, 26, 30, 38,
44, 54, 124, 133, 138, 306,
331, 337

백낙청(白樂晴) 268, 315, 344, 359

백남억(白南檍) 122

백순재(白淳在) 301, 304, 309

백옥빈(白玉彬) 213, 216, 222, 225, 233, 239,
249, 258, 260, 263, 270, 309, 329

백운길(白雲吉) 150, 164

백인빈(白寅斌) 169, 243, 259, 288, 323, 364

백철(白鐵) 23, 24, 27, 28, 31, 33, 35, 56, 63,
67, 79, 83, 93, 95, 106, 107, 109,
118, 121, 126, 129, 130, 131, 147,
171, 174, 198, 200, 204, 216, 217,
220, 247, 265

백형인(白炯寅) 152, 156, 167, 171, 177, 179,
184, 189

다니엘 벨(Daniel Bell) 364

변시민(邊時敏) 12, 39, 51, 69

변영로(卞榮魯) 33, 38, 73, 127

변우창(邊宇昌) 44, 47, 49, 124

변종하(卞鍾夏) 311, 343, 344, 346, 358

변형윤(邊衡尹) 90

보르헤스(Jorge Luis Borges) 304

보트랄(Ronald Bottroll) 155, 157

봉래[蓬萊, 부완혁(夫琓爀)의 필명] 342, 344,
346, 348, 355, 356, 363, 366, 367, 368,

369, 371, 372, 374, 378, 379

뵐(Heinrich Böll) 143, 195

부완혁(夫玩爀) 130, 134, 137, 139, 141, 144, 146, 148, 150, 376, 377, 381

뷔토르(Michel Butor) 158, 233

휴고 블랙(Hugo Lafayette Black) 370

ㅅ

사르트르(Jean-Paul Sartre) 77, 133, 134, 142, 148, 153, 169, 196, 263, 271, 276, 335

샐린저(Jerome David Salinger) 181

샤바드(Theodor Shabad) 335

샤프(Adam Schaff) 176, 196, 199

서경수(徐景洙) 262, 270, 285, 311

서기원(徐基源) 100, 116, 121, 127, 138, 147, 150, 159, 174, 186, 193, 204, 207, 240, 243, 255, 280, 282, 296, 336, 357

서남동(徐南同) 10, 11, 311, 327, 348

서남원(徐南源) 159, 167, 210, 300, 318, 342

서동구(徐東九) 238, 246, 283, 293, 334

서두수(徐斗銖) 80, 83

서명원(徐明源) 69, 111, 143, 221, 254

서민호(徐珉濠) 308, 374, 379

서상일(徐相日) 78, 138

서석순(徐碩淳) 39, 52, 79, 289

서석태(徐錫泰) 139

서원우(徐元宇) 140, 149, 183

서재필(徐載弼) 178, 279, 331

서정인(徐廷仁) 205, 233

서정주(徐廷柱) 91, 116, 127, 129, 157, 174, 186, 203, 204, 233, 243, 244, 319, 329, 345, 356

석용원(石庸源) 331, 340, 357

석지현(釋智賢) 372, 375, 384

선우휘(鮮于煇) 50, 67, 76, 88, 95, 109, 112, 119, 298, 301, 312, 344, 348, 375

설의식(薛義植) 9, 10

설창수(薛昌洙) 47, 64, 82, 95, 134

성경린(成慶麟) 20, 155

성낙인(成樂寅) 210, 217, 240, 250, 276, 288

성찬경(成贊慶) 179, 184, 204, 207, 236, 271, 279, 282, 285, 315, 353

성창환(成昌煥) 24, 27, 30, 32, 33, 34, 35, 38, 40, 42, 49, 51, 53, 55, 57, 59, 62, 63, 66, 68, 69, 71, 73, 78, 92, 94, 142, 149, 156, 157, 183

성춘복(成春福) 291, 331, 342, 357

세이덴스티커 (Edward Seidensticker) 182

소광희(蘇光熙) 364, 377, 382

소흥렬(蘇興烈) 333, 334, 353, 383

손경석(孫慶錫) 142, 155, 166, 168

손동진(孫東鎭) 258, 261, 263, 268, 309

손명현(孫明鉉) 32, 37, 42, 47, 53, 63, 67, 93, 104, 139, 181, 194, 213, 282, 298

손세일(孫世一) 142, 161, 171, 245

손소희(孫素熙) 93, 123, 167, 323, 351

손우성(孫宇聲) 23, 24, 25, 27, 28, 30, 33, 38,

39, 45, 49, 56, 62, 67, 71, 81, 86, 120, 129, 134, 140, 168, 169, 225, 236, 335, 350

손원일(孫元一) 255, 298

손제석(孫製錫) 140, 152, 160, 163, 171

손창섭(孫昌涉) 27, 37, 64, 77, 80, 92, 105, 121, 174, 296

솔제니친(Aleksandr Isayevich Solzhenitsyn) 213, 312

송갑호(宋甲鎬) 141

송건호(宋建鎬) 192, 207, 211, 219, 222, 237, 241, 257, 264, 267, 270, 272, 288, 290, 293, 298, 308, 327, 328, 359, 362, 363, 365, 367, 379

송방용(宋邦鏞) 20

송병수(宋炳洙) 88, 102, 116, 125, 179, 204, 247, 280, 285, 298, 325, 332, 335, 336, 337, 338, 339, 340, 343, 345, 347, 348, 349, 351, 354, 357, 361

송상옥(宋相玉) 109, 119, 165, 174, 191, 242, 255, 285, 307, 327

송욱(宋稶) 90, 102, 130, 140, 143, 154, 155, 165, 169, 181, 184, 186, 188, 191, 193, 195, 198, 200, 203, 205, 208, 210, 213, 217, 243, 277, 287, 290, 296, 298, 355

송지영(宋志英) 146, 372, 382

수카르노(Sukarno) 117, 267, 308, 310, 314

쉬더(Theodor Schieder) 283

슐레이진져 2세(Arthur M. Schlesinger) 110, 132, 187, 360, 361, 367

스칼라피노(Robert A. Scalapino) 167, 180, 238, 365

스타인백(John Steinbeck) 102, 203, 205

스트레이치(John Strachey) 180, 182, 185, 187, 235, 293

스파크(Muriel Spark) 297

신기석(申基碩) 48, 69

신기선(申基宣) 70, 105, 208, 243, 325

신도성(慎道晟) 10, 13, 14, 15, 23, 28, 36, 39, 69

신동문(辛東門) 138, 161, 174, 193, 195, 204, 223, 271

신동엽(申東曄) 242, 307, 353, 383

신동집(申瞳集) 56, 70, 78, 93, 112, 134, 154, 170, 174, 186, 203, 217, 255, 312, 339, 349

신동헌(申東憲) 199, 202, 206, 209, 211, 214, 220, 224, 226, 229, 231, 232, 234, 237, 240, 245, 248, 251, 253, 257, 259, 262, 264, 267, 269, 272, 274, 278, 281, 283, 286, 289, 292, 295, 300, 302, 304, 307, 310, 316, 318, 323

신명섭(申命燮) 300, 320, 327, 332, 333, 334, 343, 344, 346, 348, 349, 351, 353, 355, 356

신범식(申範植) 169, 173, 176, 192, 201, 208

신병현(申秉鉉) 25, 139, 157

신상웅(辛相雄) 383

신상초(申相楚) 11, 12, 13, 14, 15, 16, 17, 19,
22, 23, 25, 27, 28, 31, 33, 39,
42, 51, 58, 59, 66, 69, 75, 86,
88, 94, 96, 98, 102, 106, 107,
110, 115, 117, 121, 123, 126,
128, 130, 133, 134, 136, 138,
141, 143, 144, 146, 150, 153,
159, 166, 169, 185, 186, 187,
198, 201, 205, 206, 214, 218,
220, 222, 231, 234, 240, 248,
256, 257, 295, 298, 299, 308,
317, 318, 330, 370, 372, 376,
379, 381, 383

신석정(申夕汀) 87

신석초(申石艸) 66, 99, 132, 159, 174, 200,
243, 263, 327, 351

신응균(申應均) 78, 79, 82, 94, 96, 98, 151, 352

신일철(申一澈) 101, 129, 159, 172, 178, 182,
190, 192, 194, 196, 206, 210,
212, 217, 220, 255, 257, 261,
262, 265, 267, 276, 277, 284,
285, 290, 317, 321, 323

신중신(愼重信) 205, 233, 255, 319, 359, 377

신태환(申泰煥) 36, 43, 222, 231

심훈(沈熏) 306

ㅇ

아롱(Raymond Aron) 196, 267, 276, 293

아시모프(Isaac Asimov) 360

아이히(Günter Eich) 341

아처(Jules Archer) 373, 375, 377, 378, 380,
382, 383

안드리치(Ivo Andrić) 179, 188, 195, 337

안림(安霖) 16, 19, 180, 226, 231

안병무(安炳茂) 98, 113, 121, 122, 133, 152,
317, 327, 336, 348, 374

안병섭(安柄燮) 151, 167, 169, 172, 179, 180,
187, 188, 284

안병욱(安秉煜) 18, 19, 20, 24, 25, 27, 28, 31,
32, 34, 35, 37, 38, 39, 41, 42,
44, 46, 50, 55, 58, 60, 62, 69,
77, 79, 82, 87, 88, 91, 96,
102, 105, 109, 118, 119, 123,
124, 126, 129, 134, 136, 147,
152, 153, 161, 197, 201, 210,
218, 220, 221, 227, 230, 233,
235, 238, 241, 246, 253, 256,
263, 267, 269, 273, 277, 278,
286, 287, 299, 306, 310, 315,
317, 319, 322, 324, 325, 327,
328, 331, 334, 336, 342, 346,
348, 356, 361, 364, 368, 370,
372, 374, 380, 382, 384

안수길(安壽吉) 58, 89, 91, 93, 95, 107, 114, 121,
140, 147, 154, 165, 171, 174,
198, 200, 205, 210, 216, 221,
244, 247, 256, 298, 312, 343

안영태(安永泰) 13

안의섭(安義燮) 229, 231, 232, 234, 237, 240,

245, 248, 251, 253, 257, 259, 264, 267, 269, 272, 281, 283, 287, 288, 291, 294, 298, 299, 303, 310, 313, 317, 320, 321, 324

안인길(安仁吉) 195, 222, 255, 266, 309, 341

안인희(安仁熙) 112, 149, 198, 250, 266, 298, 383

안해균(安海均) 333, 349, 376

안호삼(安鎬三) 33, 122, 155, 225, 239, 271

앨리슨(Graham T. Allison) 379

야스퍼스(Karl Jaspers) 134, 156, 162, 171, 267, 270, 350

양명문(楊明文) 54, 97, 329, 351

양병탁(梁炳鐸) 33, 99, 102, 108, 136

양재모(梁在謨) 112, 151

양주동(梁柱東) 31, 91, 93, 95, 97, 99, 111, 120, 127, 135, 144, 298

양중해(梁重海) 114

양호민(梁好民) 11, 12, 47, 101, 120, 126, 128, 150, 152, 166, 171, 176, 178, 180, 209, 211, 214, 219, 220, 229, 231, 247, 255, 260, 264, 267, 269, 274, 277, 281, 285, 292, 300, 307, 314, 316, 317, 321, 328, 329, 330, 332, 337, 338, 344

양흥모(梁興模) 212, 218, 222, 224, 241, 251, 256, 257, 272, 292, 302, 310, 330, 343, 358, 361, 372, 374

어효선(魚孝善) 165, 290, 333, 335, 341

엄민영(嚴敏永) 85, 92, 105, 112, 114, 122, 139, 166

엄상섭(嚴詳爕) 15, 19, 30, 65

엄요섭(嚴堯爕) 9, 10, 11, 13, 17, 23, 27, 31, 32, 33

에릭슨(Erik Erikson) 359

엘리엇(George P. Elliott) 357

여석기(呂石基) 130, 140, 154, 155, 157, 163, 165, 171, 177, 179, 186, 195, 198, 200, 205, 213, 218, 222, 225, 235, 247, 256, 259, 263, 276, 277, 279, 284, 321, 331, 350, 360

염무웅(廉武雄) 332, 347

염상섭(廉想涉) 100, 157, 204, 207

예일부(芮逸夫) 72

옙투센코(Yevgeny Yevtushenko) 227, 228, 230, 233, 239

오길비(David Ogilvy) 274

오덕영(吳德永) 55, 57

오몽[吳蒙, 신응균(申應均)의 필명] 90, 93, 96, 110

오병수(吳秉秀) 149

오병헌(吳炳憲) 102, 106, 112, 128, 136, 142, 187, 226

오상원(吳尙源) 33, 43, 60, 62, 67, 70, 72, 74, 77, 88, 93, 97, 109, 116, 125, 134, 167, 169, 173, 174, 269, 277, 282, 307, 348

오아성 360, 362, 377, 379

오약(吳若) 12, 14

오영수(吳永壽) 92, 112, 119, 125, 147, 174,
195, 204, 244, 277, 347

오영진(吳泳鎭) 12, 14, 17, 85, 97, 104, 109,
112, 173, 177, 186, 188, 298,
306, 353, 374

오유권(吳有權) 93, 125, 136, 152, 173, 230,
243, 304, 359, 363

오정근(吳貞根) 117, 144

오정주(吳貞珠) 142

오종식(吳宗植) 42, 104, 109, 110, 112

오주환(吳周煥) 192, 202, 349

오천석(吳天錫) 33, 47, 57, 124, 137

오화섭(吳華燮) 73, 79, 82, 85, 91, 97, 104,
109, 114, 115, 118, 120, 125,
129, 142, 145, 225, 228, 252,
268, 298, 304, 326, 350, 353

왕학수(王學洙) 35, 133

우경희(禹慶熙) 198, 271, 298

우기도(禹基度) 75

우병규(禹炳奎) 115, 116, 121, 130, 149, 152,
212, 219, 224

우승규(禹昇圭) 21, 66, 123, 138

원용석(元容奭) 17

원의범(元義範) 136, 149

월탄[月灘, 빅종화(朴鍾和)의 호] 67, 70, 71, 127

웰렉(René Wellek) 181

유경환(劉庚煥) 105, 132, 266, 319

유광열(柳光烈) 112, 127, 298

유기천(劉基天) 89, 91

유달영(柳達永) 75, 81, 82, 85, 86, 89, 90, 92,
97, 109, 114, 120, 131, 136,
144

유병덕(柳炳德) 168, 358, 363, 368, 369, 374

유병천(劉秉千) 51, 86

유봉영(劉鳳榮) 226, 232, 247, 256

유석진(兪碩鎭) 135, 152, 153, 158, 198

유익형(柳益衡) 172, 179, 184, 185, 194, 197,
208, 348, 350

유정기(柳正基) 366, 369, 372, 378, 382

유정열(柳正烈) 226, 245, 253, 265, 283, 359

유종호(柳宗鎬) 89, 91, 93, 95, 102, 104, 107,
121, 123, 130, 131, 151, 174,
243

유주현(柳周鉉) 26, 44, 72, 88, 109, 119, 138,
175, 298

유진산(柳珍山) 272, 381

유진오(兪鎭午) 19, 26, 36, 38, 44, 86, 113,
136, 138, 185, 204, 221, 232,
247, 255, 268, 278, 316, 318,
340, 347, 352, 369, 378

유창돈(劉昌惇) 10, 16, 53, 75, 77, 83, 85, 94,
102, 114, 115, 161, 178, 180,
183, 186, 250, 294, 301

유창순(劉彰順) 93, 110, 127, 298

유치진(柳致眞) 20, 92

유치환(柳致環) 23, 27, 33, 45, 49, 61, 74, 83,
86, 99, 107, 127, 134, 174,
243

유현종(劉賢鍾) 317, 332

유형진(柳炯鎭) 99, 154

유호선(柳浩善) 15

유홍열(柳洪烈) 79, 81, 97, 113, 138

육지수(陸芝修) 39, 155, 175

윤극영(尹克榮) 183, 186, 188, 190, 263, 304, 335

윤길병(尹吉炳) 151

윤길중(尹吉重) 367, 371, 374

윤병욱(尹炳旭) 49, 57, 152, 160

윤병희(尹炳熙) 124, 142, 163, 241, 249

윤보선(尹潽善) 220, 240, 283, 308, 374

윤상규(尹常奎) 369, 376

윤석중(尹石重) 188, 244, 335, 336, 338

윤성범(尹聖範) 61, 82, 89, 99, 112, 186, 212, 225, 229, 233, 235, 238, 246, 258, 281, 327, 342

윤세원(尹世元) 82, 83, 84, 111

윤세창(尹世昌) 49, 79, 89, 92, 94, 102, 114, 141, 177, 193

윤영춘(尹永春) 11, 14, 22, 28, 62, 306

윤오영(尹五榮) 183, 210, 230, 254, 271, 276, 282, 294, 306, 333

윤일주(尹一柱) 100, 134, 167, 175, 188, 225, 243, 323

윤제술(尹濟述) 33, 71, 195, 308

윤종주(尹鍾周) 182, 197, 199

윤천주(尹天柱) 99, 139, 144, 152, 157

윤치영(尹致暎) 374

윤태림(尹泰林) 117, 165, 181, 196

윤태수(尹泰洙) 244, 285, 325

윤하선(尹河璿) 162, 191, 210, 218

윤형섭(尹亨燮) 215, 223, 231, 234, 257

이가원(李家源) 93, 298

이갑섭(李甲燮) 156, 162, 211, 226, 270, 286, 302, 343

이건호(李建鎬) 10, 101

이경남(李敬南) 145

이경석(李烱錫) 49

이경선(李慶善) 29

이경성(李慶成) 110, 125, 276

이경숙(李慶淑) 142

이경순(李敬純) 105

이경호(李坰鎬) 86, 111

이관구(李寬求) 78, 146

이광린(李光麟) 111

이광주(李光周) 203, 330, 336, 346

이교승(李教承) 9

이군철(李君喆) 31, 134

이규태(李圭泰) 239, 324, 331

이규호(李奎浩) 322, 330, 336, 353

이규환(李圭煥) 99, 140, 167, 169

이극찬(李克燦) 81, 134, 146, 182, 298

이근삼(李根三) 127, 135, 140, 143, 145, 147, 149, 151, 161, 163, 169, 173, 197, 205, 222, 242, 255, 261, 350, 359, 360

이근상(李根祥) 144

이기백(李基白) 180, 182, 212, 293, 345

이기영(李箕永) 181, 190, 201, 218, 225, 227, 267, 273, 276, 300, 328, 346, 351

이기원(李基遠) 295, 302

이길상(李吉相) 79, 83, 95, 97, 113, 120, 129

이노미(李魯美) 142

이능우(李能雨) 24, 26

이도형(李度珩) 35, 43

이돈녕(李敦寧) 324, 347, 367, 377, 381

이동승(李東昇) 152, 243

이동식(李東植) 117, 135, 142, 153, 156, 160, 172, 179, 239, 242, 246, 249, 254, 258, 261, 263, 265, 271, 273, 276

이동욱(李東旭) 24, 84, 98, 108, 111, 122, 124, 126, 130, 133, 137, 139, 148

이동주(李東柱) 43, 107, 140, 170, 264, 331, 351

이동준(李東俊) 79

이동홍(李東洪) 148

이동화(李東華) 25, 149

이두산(李斗山) 13, 25, 27, 43, 44, 45, 48, 49, 63, 65, 69, 73, 95

이두현(李杜鉉) 26

이만갑(李萬甲) 126, 133, 150, 154, 160, 166, 171, 180, 181, 189, 203, 206, 218, 246, 247, 254, 270, 277, 279, 283, 303, 317, 328, 344, 363

이만기(李滿基) 202, 278, 318

이만성(李晩成) 70, 101

이면석(李冕錫) 68, 144

이무영(李無影) 23, 24, 25, 26, 28, 30, 32, 40, 48, 50, 67, 69, 70, 72, 121, 129

이문구(李文求) 340, 363, 368

이문영(李文永) 249, 308, 319, 325, 326, 328, 334, 338

이문휘(李文輝) 168, 172, 183, 187, 190

이문희(李文熙) 145

이민영(李珉永) 114

이민재(李敏裁) 96, 99

이방석(李邦錫) 187, 201, 211, 214, 223, 235, 248, 251, 256, 270, 293, 310, 318, 330, 338

이범석(李範奭) 137, 138, 170, 220, 258, 261, 337, 352, 367, 369

이범선(李範宣) 147, 181, 204, 274

이병기(李秉岐) 63

이병도(李丙燾) 9, 15, 20, 76, 176, 215, 348, 351, 353, 354

이병린(李丙璘) 114, 298

이병용(李炳勇) 77, 85, 112

이병주(李丙疇) 74, 76

이보형(李普珩) 13, 127, 132, 142, 146, 154, 166, 208, 245, 276, 294

이봉구(李鳳九) 95

이봉래(李奉來) 37

이봉순(李鳳順) 34, 50, 80, 91, 139, 142, 181, 236, 282, 296

이상(李想) 14

이상구(李相球) 46, 63, 86, 96

이상두(李相斗) 356, 373, 380, 382

이상로(李相魯) 29, 37, 46, 56, 64

이상백(李相佰) 95, 104, 120, 122

이상우(李祥雨) 368, 375

이상은(李相殷) 141, 175, 178, 211, 240, 256, 351

이상희(李相禧) 350, 362, 365, 367, 376

이선근(李瑄根) 9, 275, 335, 345

이설주(李雪舟) 52, 63, 73, 77, 83, 95, 118, 161, 332

이성근(李聖根) 194, 197, 237, 241, 249

이성삼(李成三) 72, 85

이숭녕(李崇寧) 47, 168, 178, 180, 183, 186, 230, 235, 247, 256, 262, 264, 273, 319

이승윤(李承潤) 302, 348, 352, 356

이시호(李始豪) 10, 11, 12, 42, 44, 46, 57, 84, 90

이양하(李敭河) 45, 47, 50, 51, 66, 68, 71, 77, 81, 84, 94, 118, 145, 174

이어령(李御寧) 115, 125, 157, 188, 204, 213, 217, 325, 327, 342

이연호(李淵瑚) 161, 183, 194

이열모(李烈模) 184, 229, 283, 291, 294, 308, 314, 316, 326, 357, 358, 364, 368, 370, 372, 373

이영범(李英範) 265, 273, 330

이영섭(李英燮) 75, 123, 126

이영일(李榮一) 344, 359, 361, 366, 368

이영치(李榮治) 42, 43, 58, 63, 71

이오네스코(Eugène Ionesco) 152, 266

이용희(李用熙) 57, 60, 61, 68, 70, 72, 75, 78, 80, 82, 84, 108, 119

이원수(李元壽) 163, 301, 337, 342, 351

이원식(李元植) 19

이원우(李元雨) 110, 123, 128, 134, 139, 146

이원철(李源喆) 84

이원혁(李源赫) 142

이유경(李裕暻) 105, 116

이육사(李陸史) 263, 317

이은복(李恩馥) 142, 144, 212

이은상(李殷相) 11, 42, 46, 77, 99, 101, 104, 106, 111, 114

이인기(李寅基) 99, 131, 159, 261

이인석(李仁石) 27, 29, 37, 48, 64, 80, 116, 136

이인수(李仁秀) 200, 236, 269, 307, 337

이일(李逸) 70, 91, 112, 317, 346

이재수(李在秀) 116

이재훈(李載壎) 30, 55, 91

이정식(李庭植) 164, 167, 171, 173, 182, 184, 190, 209, 238, 245, 286, 329, 337

이정식(李廷植) 143, 162, 164, 165, 350, 359, 375

이정환(李廷煥) 138, 153, 155, 157

이종구(李鍾求) 63, 198, 259, 276

이종극(李鍾極) 14, 16, 26, 29, 36, 37, 43, 46, 54, 59, 83, 86, 114, 117, 122, 143

이종두(李鍾斗) 114

이종복(李宗馥) 323, 336, 339

이종수(李鍾秀) 196, 199, 202, 207, 209, 212, 216, 222, 227, 229, 232, 235, 238, 241, 246, 249, 266, 279, 367

이종우(李鍾雨) 33, 38, 42, 49, 54, 62, 97, 133, 141, 169, 178, 203, 217

이종진(李鍾珍) 78, 79, 84, 87, 89, 91, 94, 98, 108, 111, 118, 145

이종태(李鍾泰) 131

이종항(李鍾恒) 198, 227, 254

이종헌(李鍾憲) 84, 95

이주복(李周福) 47

이진구(李鎭求) 21, 118, 119, 147

이진숙(李鎭淑) 117, 124, 153, 156

이창대(李昌大) 116, 132, 150, 186, 230, 317

이창렬(李昌烈) 149, 154, 157, 160, 229

이창배(李昌培) 161, 167, 173, 233, 242, 266, 284, 297, 357

이채우(李採雨) 102

이철범(李哲範) 25, 69

이철승(李哲承) 365, 367

이철주(李喆周) 150

이청준(李淸俊) 312, 320, 327, 335, 349, 366, 367

이탄(李炭) 297, 331, 342, 357

이태극(李泰極) 31, 47, 75, 136

이태영(李泰榮) 10, 11

이태재(李太載) 88, 101, 121

이택휘(李澤徽) 356, 359, 371, 378

이하윤(異河潤) 127, 296, 304, 345

이한기(李漢基) 97, 107

이한빈(李漢彬) 124, 303, 352, 358

이항녕(李恒寧) 41, 64, 65, 67, 80, 95, 101, 104, 114, 119, 126, 298

이해남(李海南) 41, 63

이해동(李海東) 81, 90

이해영(李海英) 61, 85, 93, 115, 125, 132

이헌구(李軒求) 127, 279, 331, 333, 345, 353, 355, 357

이현종(李鉉淙) 255, 261, 345

이형기(李炯基) 274, 306, 335, 351

이혜구(李惠求) 28, 30, 81, 118

이호재(李昊宰) 302, 305, 313

이호준(李好俊) 19

이호철(李浩哲) 76, 88, 102, 119, 125, 150, 175, 243, 298

이홍직(李弘稙) 24, 25, 26, 30, 35, 39, 40, 53, 67, 86, 104, 116, 139

이환(李桓) 167, 205, 228, 248, 290

이활(李活) 46, 93

이효석(李孝石) 37

이효재(李効再) 133, 143, 159, 300, 306

이휘영(李彙榮) 151, 152

이홍우(李興雨) 80

이희봉(李熙鳳) 61, 81, 118, 126

이희승(李熙昇) 23, 30, 39, 47, 59, 65, 77, 104, 107, 113, 116, 118, 120, 122, 125, 127, 129, 131, 135, 244

이희철(李禧哲) 70, 102, 341

인태싱(印泰星) 60, 121, 208, 243, 327

임방현(林芳鉉) 209, 217, 221, 240, 269, 349

임범택(林範澤) 208, 225, 302, 304, 310, 314, 318

임석재(任晳宰) 16, 29, 75, 97, 113, 331

임영(林英) 125

임영웅(林英雄) 125

임원택(林元澤) 148

임정택(林貞澤) 90

임종철(林鍾哲) 241, 353, 358, 363

임중빈(任重彬) 377, 382

임창영(林昌榮) 282, 304, 378

임한영(林漢永) 11, 12, 17, 372

임헌영(任軒永) 339, 376

임홍빈(任洪彬) 237, 240, 248

ㅈ

장경룡(張炅龍) 123, 140, 175, 198, 250, 359

장경학(張庚鶴) 13, 15, 17, 21, 22, 27, 30, 32,
34, 35, 36, 38, 39, 40, 43, 44,
45, 61, 64, 71, 75, 77, 79, 85,
88, 95, 97, 99, 100, 126, 252

장기근(張基槿) 31, 46, 53, 59, 68, 221

장기려(張起呂) 333

장대욱(張大郁) 90, 102, 116

장덕순(張德順) 25, 31, 35, 42, 53, 82, 83,
104, 115, 312

장리욱(張利郁) 97, 101, 105, 138, 259, 269,
277, 284, 302, 306, 307, 316,
320, 335

장만영(張萬榮) 74, 99, 129, 155, 173, 285,
298, 307, 342, 347

장면(張勉) 137, 138, 139, 326

장사훈(張師勛) 81, 102

장서언(張瑞彦) 121, 158

장수철(張壽哲) 69, 75, 123

장왕록(張旺祿) 135, 140, 147, 152, 157, 170,
173, 195, 233, 242, 250, 319

장용학(張龍鶴) 24, 46, 48, 50, 52, 80, 82, 84,
86, 132, 174, 244, 298

장원종(張源宗) 224, 354, 358, 362, 366

장을병(張乙炳) 328, 354, 364, 367, 370, 376

장준하(張俊河) 9, 22, 23, 24, 25, 27, 30, 31,
32, 33, 34, 36, 37, 39, 40, 41,
42, 43, 44, 45, 46, 49, 51, 53,
54, 56, 58, 61, 73, 84, 86, 88,
90, 92, 94, 96, 98, 100, 102,
105, 107, 110, 115, 117, 121,
122, 123, 126, 128, 129, 130,
131, 134, 135, 136, 141, 148,
150, 151, 152, 164, 167, 171,
184, 222, 240, 252, 259, 274,
277, 288, 291, 305, 308, 318,
320, 323, 326, 328, 330, 331,
332, 334, 341, 356

장지영(張志暎) 53, 69, 95

장하구(張河龜) 91, 111, 137, 149, 161, 213,
230, 259

전경연(全景淵) 17, 30, 178, 190, 309, 322

전광용(全光鏞) 22, 26, 31, 33, 36, 37, 38, 41,
42, 43, 44, 47, 66, 82, 86, 93,
102, 104, 118, 119, 143, 149,
179, 183, 193, 200, 204, 259,
288, 332, 348

전봉건(全鳳健) 42, 56, 90, 116, 127, 204, 250, 279, 317, 351

전석두(全石斗) 199, 211, 218, 226

전숙희(田淑禧) 62, 118

전영경(全榮慶) 63, 82, 105, 127, 167, 188, 294, 362

전영창(全永昶) 184, 185, 187, 190, 191, 192, 199, 208, 237, 239, 261, 268

전영철(全永哲) 144, 149, 164, 169, 172, 176, 190, 262, 268

전영택(田榮澤) 23, 37, 45, 61, 95, 101, 127, 244, 298

전준(田駿) 147, 153, 164, 175, 183, 185, 187, 190, 192, 194, 197, 199, 209, 212, 222, 224, 226, 229, 232, 235, 238, 245, 257, 260, 262, 280, 286, 287, 289, 296, 305, 313, 333

전택부(全澤鳧) 11, 12, 13, 18

전해종(全海宗) 57, 59, 62, 91, 118, 133, 149, 175, 208, 319, 346

전혜린(田惠麟) 147

전희수(全熙洙) 99, 148

정경해(鄭暻海) 18, 19, 21, 22

정공변(鄭孔釆) 145, 170, 277

정대위(鄭大爲) 10, 41, 131, 178, 200

정도영(鄭道泳) 123, 197, 352, 360, 369, 373

정량은(鄭良殷) 152

정명환(鄭明煥) 78, 134, 140, 142, 155, 158, 169, 174, 179, 184, 188, 195, 196, 204, 213, 216, 243, 255, 259, 266, 276, 277, 282, 283, 301, 309, 320, 323, 327, 352, 374

정문기(鄭文基) 234, 253, 256, 262, 298, 326

정범모(鄭範謨) 286, 318, 344, 350, 356

정병욱(鄭炳昱) 18, 22, 25, 30, 49, 61, 68, 69, 79, 87, 91, 92, 106, 118, 123, 125, 152, 254, 304

정병조(鄭炳祖) 29, 30, 48, 116, 131, 132, 146, 149, 152, 174, 204, 297

정비석(鄭飛石) 18, 47, 63, 202

정석해(鄭錫海) 141, 165, 298

정세현(鄭世鉉) 348, 351, 352, 355, 357, 358, 362, 363, 373

정수영(鄭守永) 58, 120, 139

정양은(鄭良殷) 158, 178, 194, 215, 359

정연권(鄭然權) 170, 221, 224, 241

정연희(鄭然喜) 116, 136, 355

정열(鄭烈) 123, 175, 252

정인량(鄭仁亮) 197, 202, 232, 238, 240, 245, 267, 273, 278

정인보(鄭寅普) 11, 12, 19, 207

정인승(鄭寅承) 135

정인욱(鄭寅旭) 151

정인흥(鄭仁興) 54, 89, 94, 106, 117

정일영(鄭一永) 137, 148

정일형(鄭一亨) 308, 365, 375

정재각(鄭在覺) 46, 66, 82, 177, 179, 206, 348

정종(鄭璿) 296, 334, 344

정종식(鄭宗植) 205, 216, 234, 240, 275, 295, 314

정종진(鄭鍾鎭) 122, 192

정진숙(鄭鎭肅) 252, 256, 350

정창범(鄭昌範) 32, 33, 162, 246, 258, 271,
274, 279, 322, 350

정충량(鄭忠良) 61, 93, 165, 298, 349

정태섭(鄭泰燮) 133, 283

정태시(鄭泰時) 254, 296, 298, 314

정태용(鄭泰鎔) 133

정하은(鄭賀恩) 19, 222

정한모(鄭漢模) 27, 31, 90, 136, 158, 174,
205, 236, 287, 310, 349

정한숙(鄭漢淑) 25, 27, 56, 88, 112, 116, 152,
298

정현준(鄭顯準) 139

조가경(曺街京) 86, 119, 135, 158, 163, 165,
166, 281, 309, 325

조광해(曺廣海) 225, 227, 242, 263, 268, 273,
283, 295

조규갑(曺圭甲) 273, 303, 321

조기준(趙璣濬) 53, 66, 100, 218, 328

조덕송(趙德松) 231, 252, 272

조동일(趙東一) 306

조동필(趙東弼) 157, 217, 228, 231, 255

조명기(趙明基) 35, 41, 276

조병옥(趙炳玉) 32, 78

조병화(趙炳華) 13, 54, 107, 310

조복성(趙福成) 42, 43, 104

조석천(趙錫泉) 141

조성(趙成) 33, 61

조성식(趙成植) 33

조세형(趙世衡) 206, 218, 224, 237, 241, 245,
299

조순승(趙淳昇) 129, 134, 137, 139, 141, 143,
148, 150, 152, 154, 162, 164,
172, 176, 226, 232, 240, 280

조영서(曺永瑞) 97, 169, 247, 337, 353

조요한(趙要翰) 155, 168, 334, 348

조용만(趙容萬) 52, 58, 76, 78, 80, 134, 169,
206, 230, 276, 320, 355

조용범(趙容範) 358, 362, 366, 367, 371, 375,
380, 383

조용중(趙庸中) 198, 237, 253

조운제(趙雲濟) 374, 383, 384

조윤제(趙潤濟) 141, 152, 236, 298, 314

조의설(趙義卨) 36, 41, 57, 78, 85, 100, 172,
261, 282, 355

조일문(趙一文) 144, 330, 370, 378

조좌호(曺佐鎬) 102, 117

조지훈(趙芝薰) 23, 140, 154, 165, 167, 188, 204,
205, 212, 215, 220, 232, 243,
244, 256, 276, 277, 282, 297,
301, 315, 320, 338, 343, 355

조풍연(趙豊衍) 39, 56, 63, 97, 107, 113, 129,
151, 181

소효원(趙孝源) 21, 28, 44

주석균(朱碩均) 13, 14, 15, 31, 40, 54, 65, 81,
94, 189, 216, 253, 298

주성윤(朱成允) 337, 362, 367, 370, 379, 383

주요섭(朱耀燮) 16, 23, 24, 64, 82

주요한(朱耀翰) 23, 71, 76, 79, 88, 92, 98,

108, 248, 253

주탁(周卓) 83, 86

주효민(朱孝敏) 141

지동식(池東植) 11, 55, 63, 74, 120, 324

지명관(池明觀) 91, 190, 210, 215, 237, 252,
    256, 264, 267, 273, 277, 278,
    286, 295, 305, 317, 327, 328,
    329, 332, 333, 334, 336, 338,
    365, 370, 374

지백산(智栢山) 96

지브란(Kahlil Gibran) 369, 371, 372, 374, 376

질라스(Milovan Djilas) 157, 189, 203, 207, 266,
    290

ㅊ

차균희(車均禧) 94, 132, 346, 374

차기벽(車基璧) 105, 108, 118, 120, 129

차낙훈(車洛勳) 53, 82

차범석(車凡錫) 102, 136, 167, 208, 315

차주환(車柱環) 25, 26, 31, 46, 53, 57, 68, 75,
    87, 97, 146, 157, 179, 188,
    200, 266, 285, 298

채만식(蔡萬植) 329

천경자(千鏡子) 198, 203, 243, 266, 362

천관우(千寬宇) 21, 70, 97, 125, 146, 177,
    207, 212, 219, 247, 249, 298,
    313, 320, 323, 352, 374

천상병(千祥炳) 109

최광석(崔光石) 260, 300, 361

최기일(崔基一) 124, 132, 144, 154

최남선(崔南善) 16, 73, 76, 244, 332

최덕신(崔德新) 189, 192, 222, 234, 344

최동희(崔東熙) 152, 166, 218, 293, 321, 332,
    344, 350

최명관(崔明官) 107, 288, 321, 330, 341, 353

최문환(崔文煥) 10, 38, 54, 64, 123, 126, 132,
    137, 139, 160, 170, 180, 212,
    254

최민기(崔敏基) 15

최민순(崔玟順) 67

최봉수(崔鳳守) 123

최상(崔相) 309, 321, 326, 346, 348

최상규(崔翔圭) 90, 119, 156, 189, 243, 264,
    282, 323

최서해(崔曙海) 34

최석규(崔碩圭) 149, 169, 178, 205, 213, 254,
    279

최석채(崔錫采) 181, 182, 220, 221, 229, 237,
    240, 248, 266, 272, 277, 291

최순우(崔淳雨) 250, 256, 264, 268, 358

최승범(崔勝範) 152, 167, 247, 285, 307

최신해(崔臣海) 112, 113, 147, 153, 236, 268

최영(崔榮) 194, 339, 352, 361, 368

최영두(崔永斗) 112, 137, 144, 162

최이순(崔以順) 33, 133, 144, 298, 337

최인호(崔仁浩) 361

최인훈(崔仁勳) 165, 193, 243, 306, 335, 348,
    359, 363

최일남(崔一男) 291, 329

최일수(崔一秀) 59, 77, 109, 116, 325

최일운(崔逸雲) 73, 186

최재서(崔載瑞) 31, 33, 35, 36, 38, 40, 41, 58,
　　　　　　62, 67, 70, 71, 74, 75, 97, 99,
　　　　　　102, 104, 107, 109, 111, 113,
　　　　　　116, 118, 120, 123, 134, 135,
　　　　　　141, 251

최재석(崔在錫) 101

최재희(崔栽喜) 91

최정희(崔貞熙) 23, 59, 121, 129, 143, 145,
　　　　　　147, 150, 152, 171, 244

최주철(崔朱喆) 45, 149, 162, 166, 176, 177

최준(崔埈) 179, 226, 331

최태응(崔泰應) 90, 123, 207, 210, 213, 217,
　　　　　　222, 225, 227

최태호(崔台鎬) 29, 189

최학영(崔學泳) 122

최현배(崔鉉培) 11, 18, 26

최호진(崔虎鎭) 29, 64, 65, 74, 86, 90, 132,
　　　　　　178, 257, 298, 338

추식(秋湜) 84, 123

ㅋ

카뮈(Albert Camus) 15, 133, 134, 140, 143,
　　　　　　167, 175, 177, 181, 276

케넌(George F. Kennan) 82, 275

크리스톨(Irving Kristol) 159

클리포드(Clark McAdams Clifford) 371

키신저(Henry Alfred Kissinger) 367, 371

킹(Martin Luther King Jr.) 270, 293, 330, 334,
　　　　　　337, 353

ㅌ

타고르(Rabindranath Tagore) 208

탁희준(卓熙俊) 124, 128, 133, 137, 139, 144,
　　　　　　154, 161, 166, 178, 185, 189,
　　　　　　193, 218, 220, 231, 248, 251,
　　　　　　256, 281, 285, 289, 323, 338,
　　　　　　346, 371, 374

태용운(太鎔澐) 141, 164, 168, 169, 172, 190,
　　　　　　194, 221, 226, 235

태윤기(太倫基) 46, 77, 137, 298, 384

토인비(Arnold Joseph Toynbee) 10, 26, 35, 41,
　　　　　　52, 70, 101, 119, 257, 267, 278, 348

툴리(Andrew F. Tully Jr) 344, 346, 348, 351,
　　　　　　353, 357, 360, 362

트릴링(Diana Trilling) 117, 179, 246

ㅍ

파운드(Ezra Pound) 205

팔머(Spencer J. Palmer) 333

프롬(Erich Fromm) 121, 201, 361

프리드먼(Milton Friedman) 170

피천득(皮千得) 31, 32, 34, 44, 73, 79, 86, 97,
　　　　　　131, 153, 230

필(Marshall R. Pihl) 186, 293

ㅎ

하근찬(河瑾燦) 93, 114, 121, 145, 181, 250, 277, 315

하기락(河岐洛) 54, 67, 81, 89, 99, 104, 119, 134, 150, 169

하유상(河有祥) 208

한경직(韓景職) 257, 298

한교석(韓喬石) 25, 27, 28, 33

한귀동(韓龜東) 104

한기식(韓己植) 20, 224, 358

한남철(韓南哲) 93, 100, 127, 140, 156, 157, 171, 172, 174, 204, 246, 255, 265

한노단(韓路檀) 323, 354, 355, 357

한동섭(韓東燮) 146, 205, 206, 226, 291

한말숙(韓末淑) 90, 119, 142, 264

한무숙(韓戊淑) 97, 203, 216, 336

한배호(韓培浩) 172, 184, 192, 240, 278, 291, 302, 316, 321, 327, 344, 354

한상범(韓相範) 365, 368, 371, 378

한성기(韓性祺) 105, 145, 213, 259

한승호(韓承鎬) 90, 330

한우근(韓㳓劤) 24, 71, 106, 111, 115, 147, 153, 212, 228, 247, 351

한운사(韓雲史) 225, 228, 230, 233, 236, 239, 242, 247, 250, 252

한웅빈(韓雄斌) 151, 162

한재덕(韓載德) 150, 159, 168, 180, 199, 206, 226

한정동(韓晶東) 301, 333, 351

한종원(韓宗源) 106, 315

한준택(韓俊澤) 99

한철하(韓哲河) 168, 294, 298

한태동(韓泰東) 70, 134, 163, 298, 338, 340

한태수(韓太壽) 93, 115, 165

한태연(韓泰淵) 43, 51, 86, 93, 94, 96, 100, 104, 107, 110, 112, 113, 114, 122, 128, 130, 134, 137, 141, 143, 146, 150

한하운(韓何雲) 351

함병춘(咸秉春) 154, 160, 291, 298, 302, 316

함석헌(咸錫憲) 34, 38, 40, 44, 45, 49, 55, 58, 61, 62, 63, 66, 88, 92, 99, 101, 104, 107, 108, 111, 114, 115, 119, 120, 122, 124, 138, 152, 154, 156, 158, 160, 162, 164, 171, 182, 203, 214, 219, 221, 231, 234, 247, 250, 255, 272, 310, 337

함의영(咸義英) 316, 333, 352

허만하(許萬夏) 105, 233, 243

허웅(許雄) 17, 19, 21, 42, 83, 85, 87, 99, 113

허의령(許儀寧) 175, 243

허정(許政) 138, 214, 220

허창(許彰) 114

허현(許鉉) 9, 50, 95, 220, 237

헉슬리(Aldous Huxley) 250

헌팅턴(Samuel Phillips Huntington) 313

헤밍웨이(Ernest Miller Hemingway) 22, 51, 136, 166, 171, 193, 216, 239, 261

현석호(玄錫虎) 47, 73, 356, 377

현승종(玄勝鍾) 45, 73, 76, 77, 83, 87, 95, 109,
113, 117, 118, 120, 123, 126,
137, 158, 166, 181, 185, 197,
205, 206, 221, 223, 234, 262,
274, 277, 288, 331, 345, 361

현재훈(玄在勳) 125, 140, 159, 174, 233, 277,
317

현정준(玄正晙) 112, 351, 362

현제명(玄濟明) 20

현진건(玄鎭健) 41, 244, 327

호세(Francisco Sionil José) 12, 53, 202, 319

호적(胡適) 28, 29, 188, 309

호프만(Stanley Hoffmann) 359, 382, 383

홍기창(洪基昶) 42

홍사중(洪思重) 136, 156, 165, 166, 192, 217,
247, 261, 264, 266, 269, 298,
305, 312, 325, 335, 338, 339

홍성원(洪盛原) 271, 304

홍성유(洪性囿) 17, 87, 257, 278, 295, 298,
305, 320

홍승면(洪承勉) 89, 126, 149, 162, 168, 173,
176, 202, 207, 214, 217, 220,
245, 264, 298, 317

홍승오(洪承五) 141, 149, 158, 161, 173, 191,
227, 233, 239, 250, 263, 276,
297, 348, 357

홍승직(洪承稷) 150, 155, 159, 160, 169, 185,
194, 207, 218, 238, 305, 318,
336, 338

홍완기(洪完基) 107, 118, 150, 175, 193, 236,
266, 291, 336, 360

홍이섭(洪以燮) 15, 22, 26, 27, 92, 108, 125,
155, 158, 167, 178, 185, 199,
207, 212, 219, 241, 247, 251,
257, 258, 271, 280, 298, 321,
334, 345

홍정희(洪貞姬) 142

홍종인(洪鍾仁) 168, 220, 267, 298

홍현설(洪顯卨) 29, 61, 81, 89, 98, 270, 279,
298, 330, 340

황금찬(黃錦燦) 154, 173, 191, 247, 304, 312,
335, 339, 349

황동규(黃東奎) 105, 325, 342, 360

황민성(黃旼性) 65, 70, 72, 74, 89, 129

황병준(黃炳晙) 90, 130, 149, 153, 154, 162,
170, 328

황산덕(黃山德) 10, 42, 43, 44, 53, 57, 59, 62,
64, 69, 77, 80, 82, 85, 88, 91,
97, 100, 111, 115, 117, 120,
122, 123, 131, 137, 140, 141,
146, 150, 223, 232, 257, 260,
298, 323, 344, 356, 363

황성모(黃性模) 156, 160, 168, 179, 180, 276

황수영(黃壽永) 66, 139, 159, 161, 254, 262,
331

황순원(黃順元) 88, 93, 100, 121, 127, 130, 132,
134, 136, 138, 140, 147, 154,
156, 165, 171, 174, 200, 205,
230, 247, 288, 296, 310, 363

황운헌(黃雲軒) 93, 121, 150, 174, 181, 217,
243, 282, 290

훅(Sidney Hook) 40, 49, 92, 96, 97, 110, 119,
122, 161, 176, 224, 336, 337,
338

휴스(Ted Hughes) 304, 355, 357

히라바야시 다이꼬(平林たい子) 291

저자 소개

김려실(金麗實, Ryeosil Kim)

부산대학교 국어국문학과 교수. 연세대학교 국어국문학과를 졸업하고 같은 학교 대학원에서 「영화소설연구」(1999)로 석사학위를 받았다. 일본 교토대학 인간·환경학연구과에서 「영화와 국가 : 한국영화사(1901~1945)의 재고」(2006)로 박사학위를 받았다. 부산대학교에서 희곡, 시나리오, 영상문학을 가르치고 있으며 비교문화사의 관점에서 한국문학과 한국영화를 연구해왔고 동아시아 냉전문화 연구로 관심 영역을 확장하고 있다. 지은 책으로『일본영화와 내셔널리즘』,『투사하는 제국 투영하는 식민지』,『만주영화협회와 조선영화』,『문학과 영상예술의 이해』(공저),『문화냉전 : 미국의 공보선전과 주한미공보원 영화』등이, 옮긴 책으로『문화냉전과 아시아 : 냉전 연구를 탈중심화하기』,『전후일본 단편소설선 : 갈채』(공역) 등이 있다.

김경숙(金敬淑, Kyoungsook Kim)

문학박사. 부산대학교 국어국문학과에서 「『사상계』의 문예 전략 연구」(2019)로 박사학위를 받았다. 발표 논문으로 「신문소설의 영화적 변용연구 : 정비석의 『자유부인』 그리고 한형모의 〈자유부인〉」(2018), 「한국 연극사에서 『사상계』의 위치연구 : 연극전문지 공백기(1950~60년대)의 『사상계』 극문학 수록양상 중심으로」(2018), 「『사상계』의 편집 양식과 담론연구(1)」(2018) 등이 있다.

이시성(李市成, Siseong Lee)

부산대학교 국어국문학과 박사수료. 부산대학교 국어국문학과 졸업 후 동 대학원에서 「4·19 소설의 주체 구성과 젠더 양상」(2015)으로 석사학위를 받았다. 발표 논문으로 「김승옥의 '60년대式' 생존방식」(2017), 「대학생 담론을 통해 본 1960년대 『사상계』의 담론 지형 변화」(2020)가 있으며, 지은 책으로『문학과 영상예술의 이해』(공저)가 있다.

종합잡지『사상계』총목차 및 인명 색인

초판 1쇄 인쇄 2020년 10월 16일
초판 1쇄 발행 2020년 10월 26일

편자 김려실 김경숙 이시성
펴낸이 이대현
편집 이태곤 권분옥 문선희 임애정
디자인 안혜진 최선주 김주화 ∣ **기획마케팅** 박태훈 안현진
펴낸곳 도서출판 역락 ∣ **등록** 1999년 4월 19일 제303-2002-000014호
주소 서울시 서초구 동광로46길 6-6 문창빌딩 2층(우06589)
전화 02-3409-2060(편집부), 2058(영업부) ∣ **팩시밀리** 02-3409-2059
이메일 youkrack@hanmail.net
역락홈페이지 www.youkrackbooks.com

ISBN 979-11-5686-6244-581-5 93810